드 래 곤 플 라 이

DRAGONFLY

ⓒKanzi Kawai 2013

Edited by KADOKAWA SHOTEN

First published in Japan in 2013 by KADOKAWA CORPORATION, Tokyo.

Korean translation rights arranged with KADOKAWA CORPORATION, Tokyo

through Eric Yang Agency Inc, Seoul.

ドラゴンフライ

드래곤플라이

가와이 간지 장편소설 ㅣ 권일영 옮김

장가
정신

<등장인물 소개>   * 경찰 조직도

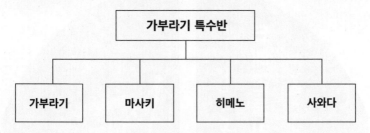

가부라기 데쓰오   도쿄 경시청 소속의 경위. 46세. 뛰어난 육감과 직감으로 미궁의
                      살인사건을 해결하는 특수반의 리더.

마사키 마사야   도쿄 경시청 소속의 경위. 46세. 가부라기와는 오랜 동료. 성질 급
                      하고 거친 면이 있으나 알고 보면 팀의 분위기 메이커.

사와다 도키오   과학경찰연구소 소속의 프로 파일러. 26세. 범죄심리 분석에 천재
                      로 불리며 냉정하고 침착한 성격의 포커 페이스.

히메노 히로미   도쿄 경시청 소속의 엘리트 형사. 26세. 단정하고 깔끔한 외모와
                      달리 오래된 경찰 은어를 좋아하는 '형사 오타쿠.'

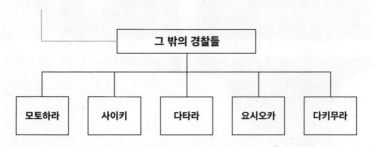

모토하라 요시히코   도쿄 경시청 수사 1과장. 56세. 귀신같이 범인을 찾아내 '오니하라'
                      라는 별명으로 더 유명한 형사.

사이키 다카시   도쿄 경시청 경정. 33세. 수사관들 사이에서는 야유가 섞인 '다타
                      리'라는 별명으로 불린다.

다타라 도시오   군마 현 나가노하라 경찰서 형사과장. 59세. 20년 전 미즈사와 부부
                      살인사건의 범인을 밝혀내지 못한 자책감을 갖고 있다.

요시오카 나오토   군마 현 나가노하라 경찰서 경위.

다키무라 류이치로   감식과 주임. 직급은 경위. 51세.

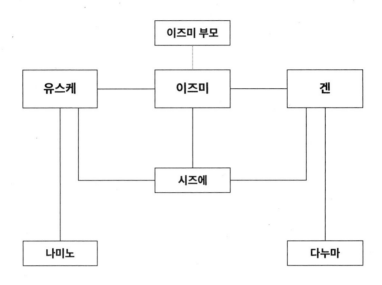

미즈사와 이즈미   히류무라 출신의 27세 맹인 여성. 가와즈 유스케, 야마세 겐과 둘도 없는 소꿉친구이다. 일곱 살 때 부모가 살해당했으나 아직 범인을 찾지 못한 상태이다.

가와즈 유스케   히류무라 출신의 30세 남성. 어릴 때 잠자리를 발견한 뒤로 잠자리 마니아가 됐다. 야마세 겐과는 죽마고우 사이. 앞을 못 보는 이즈미를 보호하려 한다.

야마세 겐   히류무라 출신의 30세 남성. 건축설계회사 야마세 공간설계 대표. 다누마 야스오의 신임을 얻어 히류댐과 관련된 대부분의 설계 프로젝트를 도맡아 진행해왔다.

가와무라 시즈에   수제 액세서리 가게 드래곤플라이를 운영하는 30세 여성. 가와즈 유스케, 야마세 겐과 같은 히류분교 동급생이다. 큰 대회에서 우승한 석궁 선수이기도 하다.

다누마 야스오   히류무라 출신의 56세 독신 남자. 히류댐 건설 반대 운동에 참여, 그 표를 배경으로 촌장 선거에서 여러 번 당선되었다. 20년간 히류무라 촌장 자리를 지켜오고 있다.

나미노 헤이스케   일본 잠자리회의 대표. 70대 남자.

차례

일러두기
* 본문에 괄호로 들어간 내용은 모두 옮긴이의 주입니다.

프롤로그

끝없이 이어지는 깊고 깊은 어둠 속을 지나고 있다.

흐릿한 빛이 부채 모양으로 반경 몇 미터만 겨우 비칠 뿐, 그 바깥은 오직 캄캄한 어둠이다. 아무것도 보이지 않으니 거기에 뭐가 있는지도 알 수 없다. 눈앞을 비추는 불빛 말고는 무엇도 존재하지 않는 것 같다.

칠흑 같은 어둠 속에서 갑자기 작은 빛 하나가 그를 향해 날아왔다. 빛은 그의 얼굴을 스칠 듯 지나치더니 곧 어둠 속으로 사라졌다. 야광충? 야광충인 걸까? 어쩌면 이곳은 빛이 닿지 않는 깊은 바닷속이고 그는 지금 잠수정을 타고 지나는 중일지도 모른다.

물론 야광충 같은 것은 없다. 헤드라이트에 비친 나방이나 하루살이일 것이다. 그리고 이곳은 깊은 바다가 아니라 산속이다. 한밤중에 그는 차를 타고 깊은 산속으로 난 포장도로를 달리고 있었다.

도로 양옆으로 숲이 펼쳐질 테지만 아무것도 보이지 않는다. 도쿄에서 자란 그에게 이런 어둠은 꽤나 낯설다. 그는 흰색 중앙선과 사이드라인 사이를 벗어나지 않으려고 잔뜩 집중하면서 핸들을 꽉 움켜쥐었다.

자신도 모르게 한숨이 나왔다. 오늘 아침 집에서 출발할 때까지만 해도 이렇게 될 줄은 꿈에도 몰랐다. 그는 아침에 잠에서 깬 뒤 지금까지 일어났던 일들을 머릿속에 떠올렸다.

기나긴 겨울이 지나고 골프 치기 딱 좋은 계절이 왔다. 일요일 새벽, 미리 알람을 설정해두었지만 울리기도 전에 잠이 깼다. 골프 치는 날 아침은 소풍 가는 어린아이 같았다.

골프를 치러 나갈 때는 머리맡에 준비해둔 옷을 어둠 속에서 갈아입고 아내가 깨지 않도록 살금살금 침실을 빠져나가야 한다. 그리고 보통은 '7시까지는 돌아올 거야. 미안.'이라고 비굴하게 쓴 쪽지를 부엌 식탁 위에 남기고 소리 없이 현관문을 나선다. 하지만 오늘은 당당히 나올 수 있었다. 아내가 대학 동창 결혼식에 참석하려고 사흘 일정으로 괌에 갔기 때문이다.

그는 애지중지하는 승용차에 올라타 힘차게 시동을 걸었다. 그리고 왼쪽에 있는 일방통행 표지판에 스치지 않도록 조심스럽게 차를 움직이기 시작했다. 그의 집은 건축가들이 흔히 지어 파는 작은 단독주택이었다. 얼마 전에 30년 융자를 받아 산 것이다. 평소 이 집에 틀어박혀 혼자 디자인 업무를 한다.

집 앞 좁은 도로 왼쪽으로 꺾자마자 웅장한 저택이 보였다. 이 주택가를 조성한 부동산중개사에 따르면 건축가가 동네에 변화를 준다며 저렇게 커다란 집을 군데군데 섞어 설계했다고 한다. 저 저택도 매매됐겠지만 아직 입주하지는 않았는지 사는 사람을 보지 못했다.

그 집 옆에 거추장스러운 전신주가 있다. 그걸 피해 우편함을 지나 20미터 더 가면 주택가에서 벗어나 넓은 길을 만난다. 그 길에 들어서자 그는 안심하고 가속 페달을 밟았다.

오늘은 군마 현 외곽에 있는 골프장에 가기로 했다. 처음 가는 코스였다. 도쿄에 있는 집에서 고속도로를 타고 가장 가까운 입체교차로까지 약 2시간. 그리고 고속도로를 빠져나와 골프장까지 약 30분. 솔직히 꽤 멀다. 하지만 이렇게 골프가 한창인 시즌에 필드에 나가는 것만으로도 고마운 일이다. 예약해준 친구를 탓할 마음은 털끝만큼도 없다.

날씨도 딱 좋았다. OB가 네 번이나 났고, 트리플보기 6회로 스코어는 엉망이었지만 그는 오랜만에 라운드를 실컷 즐겼다. 골프장을 나선 후에는 평가를 하자며 친구들과 레스토랑에서 이야기를 나누다 보니 벌써 6시였다. 서둘러 돌아가도 집에 도착하면 8시가 될 터였다.

마음이 급했다. 아내는 외출해서도 툭 하면 집에 있는 유선전화로 연락을 하곤 했다. 골프 치러 나온 걸 들키면 보나마나 돈 낭비한다고 잔소리를 퍼부을 것이다. 아니, 일단 밤에 집에 없으면 갖은 의심을 할 것이 틀림없다. 그는 친구들에게 양해를 구하고 먼저 일어나 서둘러 차에 올라탔다.

그러고 나서 내비게이션을 켜고 목적지를 집으로 설정한 다음 골프장을 출발했다. 그의 차는 구불구불한 시골길을 달려 고속도로 나들목으로 향했다.

도중에 새로 포장한 도로가 왼쪽으로 갈라지는 걸 발견했다. 내비게이션에는 표시되지 않은 길이다. 최근에 생긴 건가? 지도를 살피니 나들목 방향으로 곧게 뻗은 듯했다. 이 도로를 타면 집에 더 빨리 갈 수 있지 않을까? 그는 얼른 새 도로로 들어섰다.

문제는 거기서 시작됐다. 언제부턴가 내비게이션의 차 위치 표시는 아무것도 없는 산속을 지나는 것으로 나타났다. 어디쯤인지 도무지 알 수 없었다. 내비게이션은 말을 듣지 않는 운전자에게 화가 났는지 이상한 방향을 가리킨 채 입을 다물고 안내를 포기하고 말았다.

되돌아갈까? 얼핏 이런 생각도 했다. 하지만 이내 마음을 고쳐먹었다. 이미 이 도로로 들어서 30분쯤 달렸다. 돌아가려면 다시 30분, 합쳐서 1시간을 완전히 허비한 셈이 되고 만다. 조금만 더 가면 어디선가 간선도로로 빠져나갈 수 있지 않을까?

그는 그렇게 생각하며 불안감을 짓누르고 어둠 속을 앞만 보고 달렸다.

느닷없이 대시보드 위에 얹어둔 휴대전화가 울렸다. 아마 아내일 것이다. 이미 집에 없다는 걸 알고 걸었으리라. 어떻게 할까 망설였지만 잔뜩 화가 난 아내의 무서운 얼굴을 떠올리며 받지 않기로 했다. 휴대전화는 운전 중 모드로 설정되어 있으니 운전 중이라는 건 아내도 알 것이다.

얼마나 더 달렸을까. 무슨 까닭인지 속도가 점점 떨어지기 시작했다. 가속페달을 밟으며 계기판을 보니 수온계나 전압계 모두 정상이다. 대체 왜 이러는 걸까? 고개를 갸웃거리던 그는 깜짝 놀랐다. 도로의 경사가 점점 가팔라지는 중이었다. 이 도로는 나들목이 아니라 틀림없이 산꼭대기로 향하고 있다.

그는 속도를 줄이며 차를 갓길 쪽에 붙여 세웠다.

계속 운전하느라 굳은 허리를 쭉 펴기 위해 잠깐 차에서 내리기로 했다. 그는 엔진과 헤드라이트를 켜둔 상태로 내릴까 했지만 이런 곳에서 가스나 배터리가 떨어지면 큰일이다. 그는 라이트와 엔진을 모두 껐다.

그러자 무서우리만치 조용해졌다. 아무런 소리도 들리지 않았다. 게다가 한 치 앞도 보이지 않을 만큼 캄캄했다. 조심스럽게 어둠 속을 향해 문을 열었다. 그리고 도로에 내려섰다. 어디선가 희미하게 졸졸 물 흐르는 소리가 들린다. 근처에 개울이 있는 모양이다.

그는 한껏 기지개를 켜고는 어렸을 때 라디오의 구령에 따라 체조하던 기억을 떠올리며 어둠 속에서 대충 몸을 움직였다. 온몸의 관절에서 우두둑거리는 소리가 나더니 몸이 풀렸다. 비로소 지금 상황을 냉정하게 생각했다. 더는 안 되겠다. 돌아가자. 더 산속으로 들어가면 돌아 나오기도 힘들어진다. 아직 건설 중인 도로인 모양이니 앞길이 막혀 있을 게 틀림없다.

일단 죽었다 생각하고 아내에게 전화하자. 그리고 몰래 골프 치러 나온 짓을 사과하자. 아무리 피도 눈물도 없는 무서운 아내지만 욕이나 할 테지 더는 심하게 들볶지 않을 것이다. 그렇게 마음을 다지고 차로 돌아가려다가 그는 몸을 부르르 떨었다. 갑자기 소변이 마려웠다. 산속의 차가운 밤공기 때문일까?

캄캄한 어둠 속에 더듬으며 길가로 갔다. 도로 바로 옆은 낭떠러지였다. 그는 조심스레 아스팔트 밖으로 나가 도로 옆 낭떠러지 아래를 향해 소변을 보기 시작했다. 수풀에 오줌이 튀는 소리가 길게 이어졌다. 용변을 마치자 해방감이 밀려왔다. 그는 크게 안도의 한숨을 내쉬었다. 그리고 바지 지퍼를 올렸다. 바로 그때였다.

갑자기 딛고 있던 발아래 흙이 무너졌다. 발뒤꿈치에 체중을 실었으나 이내 앞으로 쏠리며 미끄러졌다. 다리를 벌려 버티고 설 수도 없었고 두 손을 허우적거려 균형을 유지할 수도 없었다. 칠흑 같은 어둠 속, 그는 오줌이 묻은 풀 위를 지나 계곡 아래로 굴러 떨어졌다.

눈을 뜨니 벌렁 누워 있는 상태였다. 한동안 정신을 잃은 듯했다. 여전히 캄캄한 어둠 속이었다.

그는 얼른 윗몸을 일으켰다. 그 순간 허리에 심한 통증이 느껴졌다. 떨어질 때 허리를 심하게 부딪친 모양이다. 달리 아픈 곳은 없다. 팔과 다리를 움직여 보았더니 제대로 움직였다. 다행히 뼈가 부러진 곳은 없는 것 같다. 가까이서 물 흐르는 소리가 들렸다. 그가 있는 곳은 낭떠러지 아래 있는 개울가의 수풀이었다. 습지 같은 곳이었기 때문에 큰 부상을 입지 않은 셈이다.

운이 좋았다. 그렇게 생각한 순간, 그는 화가 난 표정으로 고개를 저었다. 이건 운이 좋은 게 아니지 않은가. 길을 잃고 캄캄한 어둠 속을 한참 달리다가 어딘지도 모를 산속 낭떠러지에서 굴러 떨어져 골짜기 아래에 처박혔다. 이보다 더 운이 나쁜 사람이 어디 있겠나.

그는 문득 전자 손목시계가 있다는 사실을 깨달았다. 문자판에 조명을 켜고 몇 시인지 확인했다. 오전 2시 17분. 잔뜩 화가 난 아내의 얼굴이 반사적으로 머릿속에 떠오른다. 정나미가 뚝 떨어지는 표정이다.

앞으로 어떻게 되는 걸까. 갑자기 밀려온 불안감에 휩싸여 그는 낭떠러지 위를 쳐다보았다. 캄캄해서 위까지 보이지는 않지만 키 작은 나무들이 자라난 경사면은 거의 수직에 가까웠다. 도저히 혼자 힘으로는 올라갈 수 없을 것 같았다. 타고 온 차는 저 위에 있다. 휴대전화는 차 안에 두었다. 상의도 조수석에 벗어두었기 때문에 지금은 폴로셔츠 차림이다. 지갑도 없고 먹을 것도 없다. 그렇게 생각하자 배에서 꼬르륵 소리가 났다. 그러고 보니 여태 저녁도 못 먹은 상태였다.

조난? 그는 마른침을 삼켰다. 조난당한 건가?

그는 초조했다. 자기가 여기 있다는 사실을 누가 알겠는가. 자영업자이기 때문에 걱정해줄 동료가 없다. 아내가 괌에서 돌아오는 날은 사흘 뒤다. 아내가 이상하게 생각해서 실종 신고를 낸다고 해도 경찰이 골프장에서 집까지는 조사를 할 테

지만 사람들이 이용하지 않는 이 도로까지 수색할 가능성은
적을 수도 있다.

아니, 방치된 차는 언젠가 발견될 것이다. 차만 발견되면 아
마 이 골짜기 아래도 찾아보겠지. 하지만 그게 대체 언제일까.
저 도로는 통행량이 매우 적어 보인다. 실제로 그가 저 도로에
들어선 뒤로 맞은편에서 오는 차량은 한 대도 보지 못했다.

걸을 수밖에 없다. 여기 가만히 있다가는 굶어죽는다. 개울
하류로 내려가면 사람들이 사는 마을이 나올지도 모른다.

아니, 잠깐. 도중에 폭포라도 나타나 더는 내려갈 수 없으면
어쩌지? 섣불리 이동하다가 차에서 멀리 떨어진 장소에서 옴
짝달싹 못하면 백골이 된 뒤에나 발견되는 건 아닐까? 차를 세
워둔 도로 아래에서 움직이지 않는 게 더 낫지 않을까? 어떡하
면 좋지? 어떻게 해야 할까?

그는 문득 위를 올려다보았다. 굴러 떨어진 쪽과 반대편 낭
떠러지 위에서 뭔가 반짝이는 것이 보인 듯하다. 인가가 있는
걸까? 갑자기 힘이 솟았다. 오랜 시간 캄캄한 골짜기에 있다
보니 눈도 어둠에 익숙해져 건너편이 어슴푸레 보였다. 굴러
떨어진 이쪽 낭떠러지보다 경사가 훨씬 완만한 것 같았다. 저
낭떠러지라면 기어오를 수 있을지도 모르겠다.

그는 마음을 굳히고 일어서 건너편으로 가기 위해 계곡물로
들어갔다. 물살은 의외로 빨랐다. 물은 차갑고 허벅지까지 잠
기는 깊이였다. 수면 위로 솟은 바위를 붙잡고 미끄러지지 않
도록 조심하면서 조금씩 물속을 나아갔다.

16

겨우 건너편에 도착했을 때는 몸이 얼어붙는 듯했다. 하지만 그는 쉬지 않고 낭떠러지를 기어오르기 시작했다. 축축한 흙에 구두 앞쪽을 찔러 넣고 낭떠러지에 자라는 풀과 작은 나무를 움켜쥐며 위로 올라갔다. 이내 숨이 차올랐다. 움켜쥔 풀이 자꾸 빠지고 작은 나무는 가지가 부러졌다. 그도 아니면 구두 끄트머리가 자꾸 주르륵 미끄러지곤 했다. 하지만 간신히 낭떠러지에 달라붙어 죽을힘을 다해 올라갔다.

위로 뻗은 손에 평평한 지면이 느껴졌다. 드디어 낭떠러지를 다 기어오른 것이다. 오른손 손가락에 온 힘을 모아 왼쪽 팔꿈치를 올려 땅 위에 얹고, 두 손으로 온몸을 끌어올렸다. 그리고 그는 땅바닥에 몸을 내던지듯 쓰러졌다.

그는 큰 대자로 뻗었다. 심장은 마구 뛰었다. 마치 머릿속에 심장이 있는 것처럼 그 소리가 귓속에 쿵쿵 울렸다. 거친 숨소리는 쉽게 가라앉지 않고 가슴은 심하게 들썩였다. 온몸에서 김이 모락모락 피어올랐다. 팔다리가 마비되어 힘을 줄 수 없었다. 하지만 혼자 힘으로 낭떠러지를 올라왔다. 지독하게 피곤했지만 이제 안도의 한숨을 내쉴 수 있었다.

바로 앞에 집이 몇 채 나란히 서 있었다. 깊은 산속에 있는 농가 주택이 아니었다. 도시적이고 현대적인 주택가였다. 집과 집 사이로 도로가 포장되어 있고, 도로 표지나 전신주, 우편함까지 있었다.

그는 기쁜 나머지 눈물이 나왔다. 이제 살았다. 집으로 돌아갈 수 있다. 어느 집이건 상관없으니 아무 데나 노크하고 사정이야기를 한 다음 전화를 빌려 쓰자. 만약 친절한 사람이라면 물 한 잔 얻어 마실 수 있을지도 모르고 뭔가 먹을 것을 줄지도 모른다. 갈아입을 옷을 빌려줄지도 모르고.

그런데 깊은 산속에 이런 번듯한 주택가가 있다니. 도쿄의 동네와 다를 게 없지 않은가. 그는 감탄하며 집들을 둘러보았다. 그리고 집 한 채에 눈길이 머물렀다. 좋아, 어차피 노크할 거라면 제일 부잣집 문을 두드리자.

걸음을 내디디려 했으나 몸은 그대로 멈춰 있었다. 왜지? 그는 자기 자신에게 물었다. 어서 노크해. 오른발과 왼발을 번갈아 앞으로 내디뎌 저 저택 앞으로 가서 초인종을 눌러야 해. 그런데 왜 그대로 서 있는 거야?

그는 곧 자기 발이 움직이지 않는 이유를 깨달았다. 뭔가 이상했다. 그 위화감 때문에 앞으로 나아가지 못하고 있다. 대체 뭐가 이상한 거지?

그렇다. 이 주택가에 있는 집들은 한 채도 불이 들어와 있지 않다. 물론 지금은 깊은 밤이다. 동네 사람이 모두 잠이 들었다고 해도 이상할 일은 없다. 시골 사람들은 일찍 자고 일찍 일어난다고 하니까. 하지만 아무리 그래도 한 채 정도는 늦게까지 잠들지 않을 수도 있지 않나. 그런데 이 주택가는 전체가 캄캄하다. 가로등도 켜지 않았다. 이곳에는 사람이 사는 기척이 없다.

그뿐만이 아니었다. 그는 더 기묘한 부분에 위화감을 느꼈다. 불길한 예감이 들었다. 그리고 바로 앞 저택에서 왼쪽으로 시선을 돌려 이웃집을 보았을 때 그는 온몸의 털이 곤두서는 공포를 느꼈다.

저건 우리 집이다.

집을 살 때 그는 적은 예산 때문에 검토하고 또 검토하여 몇 십 군데나 되는 집을 보러 돌아다녔다. 그리고 눈 딱 감고 일생 일대의 결정을 내려 구입한 집이다. 이사한 뒤에는 한동안 괜히 밖에 나가서 자기 집을 여러 각도에서 넋을 잃고 바라보았다. 그러니 잘못 보았을 리 없다.

1층 왼쪽에는 현관문, 오른쪽은 차고. 작은 단독주택이 흔히 그렇듯 지진에 약하다는 구조다. 2층의 도로 쪽으로는 좁은 베란다, 그 안쪽에는 문턱이 없는 큰 창문이 있다. 3층은 사실 건축기준법을 위반한 셈인데 지붕으로 보이는 천장을 달아 볕이 들도록 했다.

'우리 집' 차고 오른쪽에는 도로 표지판이 있었다. 오늘 아침에도 차가 긁히지 않도록 하려고 신경을 썼다. 그리고 앞길에서 오른쪽으로 꺾어지면 누가 살고 있는지 모르는 이웃 저택. 그 옆에 늘 거추장스럽다는 생각이 드는 전신주. 그리고 그 앞쪽에 우편함.

그는 몸을 부들부들 떨었다. 자기 집만 이곳에 있는 것이 아니다. 이웃에 있는 저택도, 도로 표지판도, 전신주도, 우편함도 있다. 주위를 둘러보니 다 눈에 익은 집들이었다. 내가 사는 동네가 여기 있다.

그는 자기 뺨을 꽉 꼬집었다. 아팠다. 이건 꿈이 아니라는 이야기다. 현기증이 날 만큼 혼란스러웠다. 왜 여기에 우리 집과 우리 동네가 있는 거지?

낭떠러지에서 떨어진 충격으로 의식을 잃은 채 나도 모르게 걸어서 도쿄로 돌아온 건가? 아니다. 고개를 설레설레 저었다. 그런 말도 안 되는 일이. 군마 현 산속을 헤매던 중이지 않았는가. 차를 타고 고속도로를 달려도 2시간 반은 걸리는데 걸어서 도쿄에 도착했을 리 없다.

그렇다면 내가 순간이동이라도 했다는 건가? 어렸을 때 과학소설에서 읽은 적이 있다. 나도 모르는 사이에 시공간의 틈새에 떨어져 눈 깜빡할 사이에 먼 곳으로 날아가는 것. 그는 뒤를 돌아보았다. 등 뒤에는 조금 전 기를 쓰고 기어오른 낭떠러지가 있었다. 이곳은 틀림없이 도쿄에서 멀리 떨어진 산속이다. 그리고 가만히 생각해보면 그런 소설 속에 나오는 이야기가 실제로 일어날 리도 없다.

합리적으로 설명하자면 이렇다. 누군가 도쿄 한 모퉁이에 있는 그의 집을 포함한 주택가를 이 인적 없는 산속에 똑같이 지었다. 그는 다시 거세게 고개를 저었다. 그 '누구'는 대체 무엇 때문에 그런 짓을 했겠는가? 이렇게 여러 채의 집을 지으려면 2억 엔이나 3억 엔쯤으로는 턱도 없을 텐데. 아니, 그보다 이런 짓을 해서 얻어지는 게 뭐가 있다고?

설마. 그는 기웃기웃 주위를 둘러보았다. 곧 어디선가 텔레비전 카메라와 플래카드를 든 사람들이 나타나 이렇게 말하는 게 아닐까?

"감사합니다! 몰래카메라였습니다!"

그는 한숨을 푹 내쉬었다. 그럴 리는 없다. 탤런트나 인기인도 아니다. 이렇게 많은 돈을 들여 속일 가치가 있다는 생각은 들지 않았다. 나를 속인 장면을 텔레비전으로 방송해도 시청자는 아무런 재미도 느끼지 못할 것이다.

유일하게 나를 비웃으며 기뻐할 사람이 있다면 그건 내 아내인데, 그녀에게 몇 억씩 되는 비자금은 없다. 설사 있다고 해도 그 구두쇠가 이런 장난에 돈을 쓸 리 없다. 틀림없이 나 몰래 다이아몬드 반지나 명품 백을 사겠지.

게다가 이번 골프는 우연히 기회가 났던 것이고, 돌아오다가 길을 잃거나 낭떠러지에서 떨어진 것도, 계곡물을 건너 맞은편 낭떠러지를 기어오른 것도 모두 우연이다. 아내가 아니더라도 그렇다. 누가 날 곤경에 빠뜨리기로 작정했다면 여러 달 전부터 여기에 함정을 팠다는 이야기가 되는데, 아무리 생각해도 터무니없다.

남은 가능성은 하나. 내 머리가 이상해진 거다. 캄캄한 산속에서 오랜 시간 헤매다 낭떠러지에서 떨어져 정신이 이상해졌다. 그리고 집에 돌아가고 싶다는 간절한 마음이 이런 환각을 만들어냈다. 이건 현실이 아니다. 미쳐버린 내 머리가 만들어낸 허상이다. 이렇게 생각하던 바로 그때였다.

"거기서 뭐하는 거예요!"

불쑥 어둠 속에서 악을 쓰는 소리가 들렸다. 그 목소리에 그는 심장이 오그라들었다. 맥박이 불규칙하게 뛰기 시작했다. 간신히 용기를 내어 목소리가 들려온 쪽을 바라보니 내 집 앞에 어떤 여자가 서 있었다. 그 여자는 오른손에 몽둥이 같은 것을 들었다.

저걸로 나를 두들겨 패려는 걸까? 그렇다면 저 여자는 내 아내가 틀림없다. 전에 아내가 쇼핑하러 간다며 차를 쓰겠다고 했는데 내가 그 차를 몰고 골프를 치러 갔었다. 아내는 잔뜩 화가 나서 집에 돌아온 나를 3번 아이언으로 후려치려고 했다. 환각이건 뭐건 아내는 내 잘못을 결코 용서하지 않는다.

두려움 때문인가? 지칠 대로 지쳐서 그런가? 아니면 너무 배가 고파서? 그의 머릿속이 뿌옇게 흐려졌다. 그리고 의식이 가물가물해졌다.

미안. 이젠 골프 그만둘게. 이렇게 말하려 했는데 목소리가 나왔는지 어떤지 모르겠다. 하지만 그로서는 어쩔 도리가 없었다. 어차피 이상해진 머릿속에서 생겨난 환각일 테니까.

그는 천천히 눈을 감으며 무릎을 꿇고 어둠 속으로 무너져 내렸다.

01 히류무라飛龍村

태어났을 때 내 목욕물을 담은 대야를 본 기억이 난다. 어느 오래된 소설 주인공은 이렇게 말했다. 그런 일은 있을 수 없다. 태어난 때를 기억하는 사람은 없다. 누구나 그렇게 생각할 것이다. 사람의 기억이 시작되는 것은 기껏해야 서너 살 때부터라고 의사나 학자들도 말한다.

하지만 나는 그 소설 주인공의 말이 사실인 것 같다. 왜냐하면 나도 만 한 살이 되지 않은, 아마 태어난 지 몇 달 되지 않았을 때가 기억나기 때문이다. 내 경우에는 뭔가를 본 건 아니다. 내가 무얼 보았을 리도 없다. 남아 있는 기억은 이렇다.

……이즈미? 얘, 이즈미?

어디선가 남자와 여자가 내 이름을 부른다. 나는 천정을 바라보고 누워 있다. 얼굴 바로 위에서 딸랑딸랑 종이 울리는 소리가 들린다. 그 소리가 재미있어 나는 방글방글 웃는다. 소리가 왼쪽, 오른쪽으로 이동한다. 나는 그 소리를 놓치지 않으려고 고개를 좌우로 돌린다.

문득 장난감 소리가 멈추더니 남자가 불안한 목소리로 말했다.

"······여보."

여자 목소리도 당황한 듯하다.

"왜요? 왜 그래요?"

"여길 좀 봐요."

내 얼굴 위를 실찍 바람이 스쳐갔다. 뭔가 얼굴 위를 지나간 것이다. 나는 무슨 일이 일어났는지도 모른 채 가만히 누워 있었다.

"딸랑이를 흔들면 고개를 움직이는데 손만 움직이면 아무런 반응을 보이지 않네요."

그리고 남녀의 침묵이 한동안 이어졌다. 그 뒤로는 아무런 기억도 나지 않는다. 이 남녀가 내 부모라는 사실을 알게 된 것은 훨씬 뒤의 일이다.

내가 앞을 보지 못한다는 사실을 이해한 때는 언제일까? 철이 들고 나서도 한동안 나는 내가 다른 사람과 좀 다르다는 사실을 깨닫지 못했다. 남들도 다 나와 같은 줄 알았다. 나는 눈이 보이지 않는다는 사실을 부자연스럽게 느낀 적이 전혀 없었다. 내게는 그게 아주 당연한 일이었기 때문이다.

나는 두메산골 작은 마을에서 태어났다. 그리고 다섯 살 무렵부터 집 앞뜰에 나와 혼자 놀았다. 아버지는 매일 차를 몰고

24

근처 마을로 일하러 나갔다. 어머니는 밭일을 하느라 밥을 차리는 시간을 빼곤 집에 없었다. 그렇다 보니 나 혼자 보내는 시간이 길었다.

집은 낡은 농가였다. 이로리(囲炉裏, 농가에서 방 일부를 네모나게 잘라내 그곳에 재를 깔아 취사나 난방용으로 불을 피우는 장치)가 있는 방은 나무로 되어 있어 걸을 때마다 삐걱삐걱 소리를 냈다. 맨발로 걸으면 발바닥이 차가워졌다. 이로리가 있는 방 끝에서 동쪽으로 일곱 걸음 반을 걸으면 가로로 긴 거실이 있다. 봉당으로 나가려면 그리로 가야 한다.

발끝으로 거실 끄트머리를 확인하고 거기에 걸터앉아 두 발을 아래로 내린다. 그 발 조금 아래 울퉁불퉁한 디딤돌이 있고 그 위 어딘가에 샌들이 놓여 있다. 나는 발가락 끝으로 디딤돌 위를 더듬어 샌들을 찾는다. 그리고 발가락으로 발을 끼울 부분을 찾아 밖으로 향하게 놓은 다음 왼발, 오른발의 순서로 샌들을 신는다. 마침내 디딤돌 위에 선다.

디딤돌 높이는 내 무릎 정도. 오른쪽 발을 디딤돌 아래로 뻗어 발끝으로 조심스럽게 지면을 찾아 내려선다. 안 그러면 발을 헛디뎌 넘어지고 만다. 차라리 엉덩방아를 찧으면 낫겠는데 무릎이나 팔꿈치를 부딪쳐서 많이 아프다.

무사히 땅에 내려서면 거기가 봉당이다. 눅눅하고 살짝 곰팡내 나는 봉당의 왼편을 걷는다. 여덟 걸음을 걸으면 현관 문지방이 있다. 그 문지방을 두 손으로 잡고 넘어서면 그제야 앞뜰. 이제 밖으로 나설 수 있다.

문득 머리 위에 따사로운 햇볕이 쏟아진다. 부드러운 바람이 뺨을 스친다. 바람은 단발머리며 앞머리까지 흔들고 셔츠와 치맛자락은 펄럭이며 나부낀다. 그 바람의 온도와 습기로 계절의 변화를 느낀다. 사방에서 나무와 풀잎에 일제히 소리를 낸다.

지금은 봄. 비가 그친 화창한 날씨다. 한껏 심호흡을 하면 코에 앞뜰 냄새가 들어온다. 어제 내린 비에 젖은 흙냄새, 웅덩이에서 나는 물 냄새, 쑥쑥 자라기 시작한 나무와 풀 냄새. 여기저기 핀 풀꽃의 달콤한 향기. 꽃잎을 따서 입에 대면 정말 달콤한 맛이 났다.

온도, 습도, 소리, 감촉, 냄새, 그리고 맛. 이게 내 세상의 전부다.

앞뜰에서는 거침없이 걸을 수 있다. 앞뜰에 있는 나무, 화단, 댓돌 위치가 머릿속에 지도처럼 전부 들어 있다. 샌들이기 때문에 물웅덩이에 빠져도 걱정 없다. 물웅덩이에 빠지면 일부러 제자리걸음을 한다. 봄이라 물이 차가운데 그게 기분 좋다. 첨벙첨벙 나는 소리도 재미있다.

다른 애들은 혼자 놀 때 그림 그리기를 하는 모양이다. 하지만 나는 그림을 그리기 힘들다. 내가 무엇을 그렸는지 확인할 수 없다. 진흙 같은 것 위에 못으로 선을 그어 손가락으로 더듬으면 알 수 있다는 사실을 나중에야 깨닫게 되었다.

하지만 나는 '그림'이라는 게 쉽게 이해되지 않았다. 입체적인 물건을 그림으로 그리는 방법을 전혀 이해하지 못했기 때문이다. 평평한 것, 예를 들면 나뭇잎 같은 것은 그릴 수 있다. 먼저 윤곽을 그린 다음 그 안에 손으로 만져 느껴진 줄기 무늬를 그리면 된다.

하지만 '달걀' 그림을 그릴 때는 대체 어떻게 해야 하는 걸까? 그 동글동글한 모양을, 높이를 어떻게 평평한 종이로 전할 수 있을까? 달걀을 만질수록 그 모양을 평면 위에 재현하는 일은 도저히 불가능하게 여겨져 나는 어쩔 줄 몰랐다. 하물며 마당에 핀 꽃 같은 복잡한 입체의 모양을 평평한 종이 위에 그려내는 방법은 도저히 상상도 할 수 없었다.

혼자 논다고 해서 특별한 뭔가를 하는 것도 아니다. 진흙을 손으로 주물러 둥글게 만들거나 땅바닥에 떨어진 작은 돌을 주워 무너질 때까지 쌓아 올렸다. 뜰에 있는 나무의 잎사귀를 뜯어 나무마다 잎의 모양이나 무르기가 다르다는 걸 확인하기도 했고 뜰에 핀 꽃을 만지며 그 감촉을 즐기고 달콤한 꿀 냄새를 맡거나 맛볼 뿐이었다.

나무와 풀꽃에는 갖가지 작은 생물이 숨어 있어 내 놀이 상대가 되어주었다. 가늘고 긴 막대기처럼 생긴 생물은 털이 많아 부드러운 감촉이라 기분이 좋았다. 또 손바닥이나 팔 위를 기어갈 때 달라붙는 감촉도 재미있었다. 둥글고 단단한 생물은 뾰족한 다리로 내 손바닥을 꼭 붙들고 기어 다니다가 마지막에는 반드시 손가락 끝에 올라가 붕 소리를 내며 날아갔다.

털이 난 생물은 싫었다. 자칫 실수로 건드려 그 독 있는 털에 손을 찔리면 무지하게 아프고 한동안 부풀어 오른다. 그러

면 부모님에게 크게 꾸지람을 듣는다. 그 생물이 특별히 잘못
한 것은 없다. 분명 애들과 놀기 싫었던 것뿐이다. 그럭저럭 냄
새로 앞에 어떤 생물이 있는지 알게 되자 그럴 일은 없어졌다.

건드리려고 해도 건드릴 수 없는 생물이 몇 가지 있었다. 하
나는 꽃에 날아와 가만히 있는 생물. 이 생물은 눈치로 보아 평
평하고 커다란 날개를 지녔으며 내가 다가가면 팔랑팔랑 날개
를 쳐서 날아가 버린다.

또 하나는 역시 꽃에 모이는데 붕붕 하는 날개 소리를 내는
생물이다. 이것도 다가가면 얼른 도망간다. 원래 이 생물은 침
으로 쏘니 절대로 건드리지 말라고 엄마가 말해주어서 만져보
려고 한 적은 없다.

그리고 하나 더. 늘 내 머리보다 높이 날아다니는 작은 생
물. 침으로 쏘는 생물처럼 날개 소리를 내지는 않지만 때로 파
르르 하는 소리를 내며 순식간에 무서운 속도로 하늘로 날아
오른다. 그래서 나는 이렇게 재빠른 생물에게는 도저히 다가
갈 수 없을 거라고 생각했다.

그런데 어느 날 놀라운 일이 일어났다. 역시 비가 갠 날이었
다. 나는 뜰에 쭈그리고 앉아 어젯밤에 온 비 때문에 생긴 웅덩
이를 손가락으로 휘젓는 중이었다. 그런데 항상 빠르게 하늘
을 날던 작은 생물이 뒤에서 살며시 다가와 내 어깨에 앉았다.

그 생물은 내 얼굴 바로 옆에서 해바라기를 하는지 가만히
앉은 채 움직이지 않았다. 가슴이 두근거렸지만 몸이 움직이
지 않도록 조심하며 눈치를 살폈다. 그 생물에게는 햇볕에 잘

말린 지푸라기 같은 따스한 냄새가 났다.

어떻게 생겼을까? 크기는 얼마나 될까? 나는 그만 참지 못하고 그것을 향해 천천히 손을 뻗었다. 그러자 이 생물은 작은 날개를 파닥이는 소리를 남기고 눈 깜빡할 사이에 날아가고 말았다.

나는 마침내 알게 되었다. 앞뜰에서 가만히 쭈그리고 앉아 있으면 그것은 어디선가 날아와 내 어깨나 무릎, 단발로 깎은 머리 꼭대기에 내려앉았다. 그 뒤로 나는 늘 앞뜰에서 그 생물이 오기를 기다렸다.

나는 그 생물이 좋아졌다. 여러 가지 작은 생물이 있지만 내게 다가와 머물러주는 것은 그 생물뿐이었다. 아니, 다른 생물—사람도 포함해서—들은 내게 관심을 보이거나 놀러 와주지 않았다. 그래서 나는 그 생물이 틀림없이 나를 좋아한다고 생각했다.

그래도 그 생물은 겁이 아주 많은지 아니면 누가 건드리는 게 싫은지, 내가 손을 뻗으면 항상 훌쩍 날아가버렸다. 그건 좀 슬펐다. 나는 아무 짓도 하지 않아. 널 못살게 굴거나 하지 않아. 그러니 살짝 만졌다고 그렇게 얼른 달아나지 않아도 돼. 이렇게 가르쳐주고 싶었다.

그 생물의 이름을 가르쳐준 사람은 유스케(遊介)와 겐(建)이었다.

어느 날 늦은 오후. 나는 앞뜰에서 오른손 검지를 세운 채

가만히 쭈그리고 앉아 있었다. 이러고 있으면 그 생물이 손가
락 끝에 와주기 때문이다.

그러자 집 앞으로 난 길에서 발소리가 들렸다. 그 무게나 리
듬으로 보아 어린아이 두 명 같았다. 그냥 집 앞을 지나치는 줄
알았는데 불쑥 두 아이가 멈춰 섰다.

"야, 너 거기서 뭐하는 거니? 이상한 모습을 하고."

두 아이 가운데 한쪽이 내게 말을 걸었다.

나는 웅크리고 앉은 채 목소리가 들린 쪽으로 귀를 기울였
다. 사내아이였다. 모르는 애가 말을 거는 일은 거의 없었기 때
문에 나는 긴장했다. 그렇지만 그 목소리가 너무도 친근하고
순진하게 들렸기 때문에 겨우 대꾸할 수 있었다.

"날아올 거여서."

작은 목소리로 내가 말하자 또 다른 목소리가 이렇게 물었
다. 이쪽도 사내아이였다.

"날아와? 뭐가?"

처음 들린 목소리의 아이가 어처구니없다는 듯이 말했다.

"너 말이야, 그렇게 쭈그리고 앉아 있으면 속옷이 다 보이잖
아?"

나는 얼른 일어섰다. 속옷이 보이면 어떻다는 건지 모르겠
지만 왠지 부끄러운 기분이 들었기 때문이다. 나는 두 아이 쪽
을 향해 치맛자락을 내리면서 이렇게 대꾸했다.

"날아와서 앉거든."

그때 내 머리 바로 위로 그 생물이 메마른 날개를 움직이며

지나갔다.

"봐, 저거!"

나는 날아가는 생물의 날갯짓 소리를 두 귀로 따라갔다. 그러자 처음에 말을 건 아이가 말했다.

"에이, 뭐야. 밀잠자리 말하는 건가?"

밀잠자리? 내가 처음 듣는 말을 되새기는데 또 다른 쪽에서 그 생물이 날아와 방금보다 가벼운 날개 소리를 내며 얼굴 앞을 지나갔다. 그 소리로 조금 전 생물과는 크기가 다르다는 걸 알 수 있었다.

"또 왔다! 작은 밀잠자리야."

내 말에 그 아이는 놀리듯 말했다.

"그건 밀잠자리가 아니지. 잘 봐. 색깔이 전혀 다르잖아? 조금 전 그건 푸르스름하고 꼬리 끝이 까만 밀잠자리고, 지금 그 불그스름한 건 고추잠자리지. 고추잠자리는 가을이 되면 고추처럼 새빨간 색이 돼."

"색이라니, 그게 뭐야?"

나는 색이라는 말의 뜻을 이해할 수 없었다.

"색이란 건, 그냥 색깔이지."

아이는 당황한 듯했다.

"푸르스름하다, 까맣다, 불그스름하다, 빨갛다는 어떻게 달라?"

내가 묻자 그 애는 더 난처해하는 목소리로 말했다.

"그거야 그러니까 푸르스름한 건 푸르스름한 거고, 까만 건

까만 거고, 불그스름한 건 불그스름한 거고, 새빨간 건 아주 빨간 거지. 알겠어?"

"몰라."

내 대답에 아이는 할 말을 잃었다. 그러자 다른 아이가 속삭였다.

"야, 얘 그 여자애 아니야? 봐, 이 집이잖아."

그러자 처음 말을 걸었던 아이가 얼른 말했다.

"아아! 미안! 네가 그 애로구나. 눈이 안 보인다는 걸 몰라서, 미안해. 저어, 그러니까, 색 이야기는 잊어. 그 곤충은 둘 다 잠자리야."

내 주위에 있는 그 작은 생물이 모두 '곤충'이라는 것이었다. 그리고 내가 가장 좋아하는 곤충 이름은 '잠자리'였다.

두 아이는 자기들 이름을 가르쳐주었다. 처음에 밝은 목소리로 말을 걸어온 애가 유스케이고 차분한 목소리를 가진 아이가 겐. 둘 다 여덟 살이고 이곳 히류무라(飛龍村)에 있는 히류 분교 2학년이라고 했다. 나도 이즈미(泉美)라는 내 이름을 가르쳐주고 다섯 살이라고 했다.

"이즈미, 너 잠자리 좋아하니?"

유스케가 기쁘다는 듯이 내게 말했다.

"응, 좋아!"

"그래? 그럼 내가 잡아줄게. 지금은 오봉이 아니니까."

유스케가 '오봉'이 뭔지 가르쳐주었다. 오봉은 조상님에게 제사를 지내는 날인데 그날은 돌아가신 조상님이 집으로 찾아온단다. 그때 조상님은 잠자리 등에 올라타고 오기 때문에 오봉에는 잠자리를 잡으면 안 된다는 거다.

"그럼 됐어."

내가 말했다.

"엥? 어째서?"

"잠자리는 기특한 일을 하는데 잡으면 불쌍할 것 같아."

이번에는 겐이 내 대답에 감탄한 듯이 말했다.

"그래? 이즈미, 너 마음씨가 곱구나. 그렇지만 걱정하지 마. 잡아도 네가 살짝 만져보게만 하고 바로 놔줄 테니까."

사실 나도 잠자리라는 곤충이 어떻게 생겼는지 만져보고 싶었다.

"그럼 살짝 만질게."

"좋아. 약속했어. 내일 이 시간쯤 유스케하고 다시 올게."

겐은 내 오른손을 잡고 새끼손가락을 펴더니 자기 새끼손가락에 걸었다. 유스케도 내 왼손을 잡고 똑같이 새끼손가락을 걸었다.

그리고 두 사람은 이상한 노래를 부르면서 그 가락에 맞추어 내 손을 마구 위아래로 흔들었다.

새끼손가락 걸고 약속한다. 거짓말하면 바늘 천 개 먹기. 손가락 걸었다.

그 이상한 노래를 듣다 보니 나도 왠지 즐거워져 웃음을 참을 수 없었다.

이튿날 오후. 내가 앞뜰에 쭈그리고 앉아 있자 집 앞 길을 어린애 두 명이 달려오는 소리가 들렸다. 달그락거리는 소리도 함께 들렸다. 나중에야 알게 됐지만 그건 등에 멘 책가방 속의 필통 안에서 연필이 마구 흔들리는 소리였다. 달려온 것은 유스케와 겐이었다. 약속대로 정말 나를 찾아와주었다.

유스케와 겐은 길쭉하고 틈새가 많은 네모난 상자를 내게 쥐어주었다. 그 안에서는 뭔가 살아 있는 생명의 기척이 났다. 내가 얼굴을 가까이 가져가자 그 생물은 파닥거리며 움직이는 소리를 냈다. 그리고 지푸라기 같은 냄새가 났다.

"잠자리?"

내가 가슴 설레며 묻자 유스케가 의기양양한 목소리로 말했다.

"그래. 잠자리야. 이즈미, 잠깐 쥐봐."

유스케는 일단 상자를 도로 가져가더니 내게 두 손을 펼치고 내밀라고 했다. 내가 시키는 대로 하자 유스케는 손 위에 뭔가 가벼운 것을 얹어주었다. 내 손바닥을 몇 가닥 가느다란 수염 같은 것이 살짝 할퀴었다. 간지럽게 긁는 듯한 감촉이었다.

"알겠니, 이즈미? 놓지 마. 놓치지 않도록 조심해."

유스케가 말했다. 나는 얼른 두 손을 오므렸다. 유스케가 손가락을 뗐다.

내 손안에 잠자리가 있었다. 잠자리는 여러 개의 가느다란 다리로 내 손바닥을 짚었다. 이윽고 그 다리가 살살 움직이기 시작하자 손가락이 가려워졌다. 하지만 손가락을 펴지 않으려고 꾹 참았다.

나는 얼굴을 가까이 가져가 잠자리 냄새를 맡았다. 뭐든 냄새를 맡아보는 것이 내 습관이었다. 전에 어깨에 앉았던 잠자리와 같은 냄새가 났다. 그러나 코앞에 두고 맡으니 나무의 진이나 열매 같은 이상한 냄새가 난다는 걸 깨달았다.

나는 잠자리가 어떻게 생겼는지 궁금증을 참을 수 없어 손을 살짝 오므린 채로 잠자리를 만지려고 했다. 그 순간 잠자리가 손안에서 날개를 마구 파닥거렸다. 나는 깜짝 놀라 그만 두 손을 펴고 말았다. 그러자 잠자리는 파르륵 짧고 건조한 날개 소리를 내고 내 손바닥에서 날아갔다.

나는 그 날개 소리를 두 귀로 좇았다. 잠자리는 순식간에 높이 날아올라 그대로 불쑥 방향을 바꾸더니 하늘 속으로 녹아들어가듯 사라지고 말았다.

"아……아, 겨우 잡아온 잠자리인데……."

유스케는 아쉽다는 듯이 말했다. 그 목소리 방향으로 유스케가 하늘을 쳐다보고 있다는 걸 알 수 있었다.

"또 잡아오면 되지."

겐도 하늘을 우러러보며 재미있다는 듯이 말했다.

"맞아. 다음엔 왕잠자리, 아니 훨씬 더 큰 장수잠자리를 잡을까? 이즈미, 장수잠자리는 엄청 크거든. 만져보고 깜짝 놀라지 마."

유스케가 나를 바라보며 즐거운 듯이 그렇게 말했다.

잠자리가 날아가기 전에 나는 아주 잠깐 잠자리를 만질 수 있었다. 처음 만져본 잠자리는 셀로판종이로 만든 것처럼 가볍고 바스러질 듯 약하게 느껴졌다. 그러면서도 힘이 세고 씩씩하고 생명력이 넘쳤다.

그로부터 1년 뒤, 역시 어느 봄날이었다.

새벽. 유스케와 겐, 나는 서늘한 아침 공기를 헤치며 좁은 산길을 오르고 있었다. 맨 앞에는 겐. 몇 미터 뒤에 유스케. 유스케는 내 왼손을 잡아주었다. 나는 오른손에 나뭇가지를 들고 지팡이처럼 짚으며 걸었다.

"야, 유스케. 벌써 이만큼 올라왔어. 정말 이 산에서 본 거야?"

겐이 숨을 헐떡거리면서 우리 쪽을 향해 의심스러운 듯 물었다. 겐이 헤치는 풀숲이 부스럭부스럭 소리를 냈다.

"정말이라니까! 도대체 몇 번 이야기해야 알겠어?"

유스케도 걸으며 겐을 향해 지긋지긋하다는 듯이 대꾸했다.

"난 믿어! 유스케는 거짓말하지 않아!"

이번에는 내가 큰 목소리로 말했다. 내가 생각해도 목소리가 너무 컸다.

어제 우리 아빠는 일 때문에 집에 들어오지 않았다. 엄마도 외박할 일이 있어서 내 저녁 식사로 주먹밥을 만들어놓고 읍내로 나갔다. 놀러온 유스케와 겐에게 그 이야기를 했더니 유스케가 그럼 내일 아침에 특별한 잠자리를 보여주겠다고 했다. 그리고 오늘 이른 새벽, 겐과 함께 조용히 나를 데리러 와주었다.

산길을 오르는 건 처음이었다. 모든 게 신선하고 가슴 설레는 경험이다. 뜰에 자라는 나무나 풀과는 다른 초목이 짙은 풋내가 풍겼다. 아침이슬에 흠뻑 젖은 축축한 흙냄새, 길가에 흐르는 개울물의 맑고 깨끗한 냄새. 귀에 들어오는 소리는 그 개울의 물소리, 바람이 나뭇잎을 흔드는 소리, 이름도 모르는 작은 새들의 지저귐, 나무 위를 뛰어다니는 작은 동물이 내는 소리, 그리고 땅에 떨어진 잔가지를 뽀득뽀득 밟으며 우리가 걷는 소리.

썩은 잎이 쌓인 산길의 폭신한 감촉이 재미있다. 양말을 신지 않아 걸음을 내디딜 때마다 발에 풀이 닿았다. 불쑥 잔가지가 얼굴을 찔렀다. 주위 나무들이 사라지더니 차가운 아침 바람이 밀려와 온몸을 쓰다듬었다. 또 오른쪽 어깨에 나뭇가지가 닿았다. 그 냄새를 맡으려고 가지를 잡자 유스케가 얼른 가로막았다.

"이즈미, 그거 만지면 안 돼. 그건 옻나무야. 건드리면 손이 부어오르는 나무라고!"

나는 얼른 가지에서 손을 뗐다.

"잘 들어, 이즈미. 산속에는 만지거나 닿거나 먹으면 배탈이 나기도 하고 병이 걸리기도 하는 풀과 나무가 아주 많아. 아무거나 막 만지면 안 돼."

그렇게 말하더니 유스케는 또 내 손을 끌고 걷기 시작했다. 나는 될 수 있으면 주위 나무와 풀을 건들이지 않도록 조심하며 걸었다. 그러다 보니 걸음걸이가 자연스럽지 못했으리라.

비탈길을 오르다 갑자기 발을 헛디뎌 넘어질 뻔했다. 그 순간 유스케가 멈춰 서서 허우적거리는 내 왼손을 잡아당겨 부축해 주었다.

"힘들면 말해. 쉴 테니까."

유스케는 다시 앞을 향해 걷기 시작하더니 무뚝뚝한 말투로 말했다. 내 손을 잡은 유스케의 왼손에 땀이 났다. 지금 돌이켜 보면 유스케가 멋쩍었던 모양이다.

"이런 언덕쯤이야 아무것도 아니지. 아주 큰 잠자리를 만져 보고 싶은걸."

솔직히 나는 무척 지쳤지만 그렇게 말하며 이를 살짝 드러 내고 웃었다. 유스케는 한 차례 한숨을 내쉬더니 어처구니없 다는 말투로 말했다.

"너, 요새 혼자서도 잘 걷게 된 건 좋지만 툭 하면 넘어지잖 아? 길가에서 넘어져 살갗이 까지기도 하고 기둥에 얼굴을 부 딪치거나 이로리에 발이 빠져서 늘 다치고 멍들고 불에 데는 바람에 엄마, 아빠에게 만날 야단맞잖아?"

유스케는 걸으며 고개를 돌려 말했다. 아마 내 얼굴이나 팔 다리에 상처와 멍이 여러 군데 있는 모양이다.

"엄마도 아빠도 다정하셔. 늘 이즈미, 괜찮니, 아프지 않니, 하면서 약을 발라주시는걸."

나는 유스케에게 자랑했다.

"그렇다면 괜찮지만. 그래도 그렇게 온몸 여기저기 상처가 있으면 어른이 되어 시집가기 힘들어."

"그럼 유스케랑 겐에게 시집가면 되지!"

나는 대뜸 그렇게 말했다. 그러자 유스케가 허둥거렸다.

"바, 바보 같은 소리 하지 마, 너! 결혼이란 건 남자와 여자가 한 사람하고만 할 수 있는 거야! 남편이 두 명이고 부인은 한 명인 일은 없어! 안 돼, 그건 안 돼!"

"왜 안 돼?"

내가 그렇게 묻자 유스케는 난처한 듯이 중얼거렸다.

"왜냐고? 그게, 왜 그런지는 모르지만 원래 그런 거야. 그렇지, 겐?"

겐도 난처한 듯이 머리를 긁적이는 듯했다. 앞서 걷던 겐의 발소리가 멎었다.

"이즈미, 그렇지만……."

겐의 부드러운 목소리가 들렸다. 겐이 뒤돌아 나를 보며 말하는 것이다.

"유스케 말이 맞아. 다치지 않도록 스스로 조심해야 해. 어쨌든 넌 앞이 보이지 않으니까."

"겐!"

유스케도 갑자기 멈춰 서서 내 손을 잡은 채 언성을 높였다. 그 바람에 나는 유스케의 등에 부딪혀 또 비틀거렸다.

"너 무슨 소리야! 잘도 그런 소리를!"

"유스케, 난 이즈미를 우리와 다른 사람으로 구별하고 싶지 않아."

겐이 침착한 목소리로 말했다.

"보이지 않는 건 보이지 않는 거야. 그게 뭐 어때서? 그건 이제 숨기지 않아도 되고 우리가 너무 신경 쓰지 않아도 돼. 아니, 신경 쓰지 않는 편이 더 낫지."

"겐, 그렇지만 너 말이 좀……."

"볼 수 없어도 알아!"

두 사람이 다툴 것 같아서 나는 얼른 큰 목소리로 말했다.

"하늘은 파랗지. 구름은 하얗고. 나뭇잎은 푸르지. 흙은 까맣고, 꽃은 빨갛기도 하고 노랗기도 하고. 하얀 꽃도 있어. 물과 얼음, 유리는 투명해서 반대편이 다 보여. 봐, 뭐든 다 알잖아!"

나는 고개를 들어 하늘을 보았다. 그다음에 주위를 둘러보듯 고개를 빙글 돌렸다.

유스케와 겐, 두 사람과 이야기하게 된 뒤로 나는 '색'이라는 개념을 자연스레 깨달았다. 내 머릿속에는 사물은 입체적인 형태뿐이다. 그렇지만 모든 물체는 서로 다른 '색'이라는 걸 지녔다. 그건 각각 다른 인상을 주는 속성이다. 세상에는 내가 모르는 풍요로운 색의 세계가 펼쳐지고 있는 것이다.

"곤충도 알아. 투구벌레는 뿔이 있고 딱딱해. 사슴벌레가 손가락을 물면 아파. 나비는 종이 같고 손에 가루가 묻지. 잠자리는 말랑말랑한 막대기에 얇은 종이를 붙인 것 같아서 날 때 바르르, 바르르하는 소리가 나!"

잠자리 이외에도 유스케와 겐은 내게 여러 곤충을 만지게 해주고 그 이름을 가르쳐주었다. 때론 강에 나가 잡은 물고기를 양동이에 넣어 가지고 와서 이게 피라미, 이건 동사리, 하면서 만지게 해주었다. 그러나 물고기는 차갑고 미끈거리며 손에 냄새가 배기 때문에 나는 곤충이 더 좋았다.

"유스케, 잠깐 이리 와봐."

겐이 갑자기 유스케에게 말했다. 유스케는 나를 길가에 있는 그루터기에 앉히더니 산길을 올라 겐에게 다가갔다. 겐은 유스케에게 작은 목소리로 말했다.

"유스케, 난 이즈미가 더 강해지면 좋겠다고 생각할 뿐이야. 걱정하지 마. 약속은 잊지 않을 테니까."

"저, 정말이니?"

내겐 두 사람의 대화가 고스란히 들렸다. 그렇지만 미안한 생각이 들어 그루터기에 걸터앉은 채로 엉뚱한 쪽을 바라보며 듣지 않는 척했다. 겐은 나를 내려다보면서 말을 이었다.

"이즈미는 정말 마음이 맑고 고운 아이야. 그런데 태어날 때부터 눈이 보이지 않지. 형제도 없어. 앞으로 혼자 살아가기는 힘들 거야. 그래서 우리가 계속 돌봐주지 않으면 안 돼. 너하고 내가 이즈미를 지켜주자. 그렇게 하자, 응?"

"맞아."

유스케는 겐에게 작은 목소리로 말했다.

"이즈미는 형제, 자매가 없어. 그렇지만 우린 이 마을에서 함께 자랐으니까 이즈미는 우리 동생이야. 이즈미를 괴롭히는 놈은 내가 그냥 두지 않을 거야."

겐도 작지만 힘찬 목소리로 말했다.

"그래. 너랑 나랑 이즈미는 한 형제야. 앞으로 무슨 일이 있어도 계속 형제야."

"그럼! 난 어른이 되어도 언제나 이즈미를 지켜줄 거야. 평생 곁에 있으면서 죽을 때까지 이즈미를 지켜줄 테야. 설사 내가 먼저 죽더라도 유령이 되어서라도 이즈미를 지켜주겠어!"

틀림없이 유스케라면 귀신이 되어 나타나더라도 무섭지 않을 거다. 나는 유스케가 유령이 된 모습을 상상하니 우스워졌다. 그리고 왠지 코끝이 시큰해져 갑자기 콧물이 나올 것 같았다. 나는 얼른 일어섰다.

"둘이 뭘 그렇게 속닥거리는 거야? 어서 가자!"

유스케가 당황한 목소리로 대답했다.

"아무것도 아니야! 어디까지 올라가면 좋을지 의논했을 뿐이야!"

그렇게 말하더니 유스케는 다시 돌아와 내 왼손을 잡아당겼다.

우리는 다시 산길을 오르기 시작했다. 나는 앞으로 일어날 일을 기대하며 흥분한 목소리로 말했다.

"아아, 어서 보고 싶어! 유스케, 엄청 큰 잠자리라는 게 얼마나 컸던 거야? 연필만큼? 홍당무만큼?"

"무슨 소리야, 이즈미. 팔을 활짝 펼쳐봐."

유스케가 말했다. 산길에서 유스케의 손을 놓고 서기는 힘들었지만 나는 비틀거리며 두 팔을 활짝 펼쳤다.

"이만큼?"

"더, 더! 조금 더 펼쳐봐."

유스케의 말에 나는 있는 힘껏 두 팔을 펼쳤다.

"이만큼?"

"그래! 1미터는 될 거야, 틀림없이."

"메가네 뭐뭐라고 하지?"

겐이 앞쪽에서 놀리듯 끼어들었다.

"그래! 화석으로 남아 있는 까마득한 옛날 잠자리 '메가네우라'(Meganeura, 약 2억 9천 년 전, 고생대 석탄기 말기에 숲에 서식하던 원시적인 잠자리)야! 그게 이곳 히류무라에 있어. 그렇게 생각할 수밖에 없잖아?"

유스케는 겐을 처다보며 발끈한 목소리로 대꾸했다.

"그런데 말이야, 겐. 이름을 부를 때 '메가네'(일본어로 '안경'이란 뜻)에서 끊지 마. 메가, 네우라야. 커다랗다는 뜻과 '신경'이나 '힘줄'을 가리키는 말이 합쳐진 이름이지. 난 학교에서 도감을 뒤져보았거든. 요즘 잠자리는 커봐야 겨우 20센티미터쯤 된대. 그렇게 커다란 잠자리는 지금 이 세상 어디에서도 찾을 수 없지. 그러니까 내가 본 건 까마득한 옛날에 살던 메가네우라가 살아남은 걸 거야. 틀림없어!"

그러자 겐이 놀리듯 말했다.

"뭐, 봤다고 우기는 거야 네 마음이지. 그렇지만 글짓기 시작에 써서 발표한 건 좀 문제였어. 다른 아이들이 모두 깔깔 웃고 선생님도 어처구니없어 하셨잖아?"

겐은 짐짓 한숨을 푹 내쉬며 말을 이었다.

"너도 참 어지간해. 무카시톤보(일본 고유의 잠자리로 살아 있는 화석이라고 불린다. 길이 5센티미터, 날개 길이 3센티미터쯤 되는 잠자리다. 성충이 되는 시기는 4~6월이고 산간지역 맑은 계곡물 부근에 서식한다.)를 발견한 것까지는 좋았어. 그렇지만 그때 다들 널 보고 대단하다, 잠자리 박사다, 나중에 곤충학자가 되겠다, 노벨상을 타겠다, 하면서 감탄했지. 그런데 그 글짓기 때문에 이제는 잠자리 오타쿠다, 잠자리밖에 모르는 바보다, 이런 소리를 듣게 되었잖아."

유스케는 딱 1년 전 히류무라 강 상류에 있는 '오쿠노사와'라는 계곡에서 무카시톤보라는 보기 드문 잠자리를 발견했다.

"그 무카시톤보 말이야."

유스케가 목소리에 힘을 주었다.

"무카시톤보는 아주 오래전에 살던 잠자리가 살아남은 거야. 잠자리 말고도 투구게(삼엽충에 가까운 모양을 한 게)라든가 실러캔스, 바퀴벌레 같이 여태 살아남은 오래전 동물이 있잖아? 그렇다면 메가네우라가 이 세상 어딘가에 살아남아 있다고 해도 이상할 일 없지. 그게 이 히류무라에 있는 거야."

"난 바퀴벌레 무서워. 그게 기어가는 소리가 싫어."

곤충은 뭐든 좋아하지만 딱 하나, 바퀴벌레만은 질색이었다. 낮에는 숨어 있지만 밤이 되면 살금살금 기어 나와 재빠르게 바닥을 기어 다니다가 느닷없이 날기도 하는 게 무서웠다. 그래서 만져보고 싶은 생각도 들지 않았다.

유스케가 얼른 내게 말했다.

"메가네우라는 달라. 뭐랄까. 거룩한 느낌이 들지. 잠자리는 신이 보낸 심부름꾼이라고 하는데 틀림없이 메가네우라는 그 우두머리일 거야. 아주 커다랗고 투명한 날개가 햇빛을 받아 반짝반짝 빛이 나는데 그게 얼마나 멋진지. 그리고 하늘 아주 높은 곳까지 날아오르는데 이따금 파라락파라락 하고 큰 소리를 내면서 길고 까만 꼬리를 살랑살랑 흔들며 천천히 날아다녀. 그 모습은 마치……."

유스케는 자기 이야기에 한껏 빠져든 것처럼 말하다가 문득 무슨 생각이 떠올랐는지 말을 멈추고 갑자기 목소리를 높였다.

"그래, 용이야! 용이 날아오르는 것 같았어! 그러고 보니 우리 마을 이름이 히류무라, 날아다니는 용이란 뜻이잖아. 틀림없이 옛날부터 이 부근에 메가네우라가 있어서 항상 산 위를 날아다녔기 때문에 그런 이름이 붙은 거 아니겠어? 맞아, 틀림없이 그럴 거야."

"뭐가 용이라는 거야! 너 혹시 뭔가 잘못 본 거 아니니? 그거 잠자리가 아니라 솔개 아니야? 맞아, 틀림없이 그럴 거야."

젠의 비아냥에 유스케는 발끈하며 대꾸했다.

"웃기는 소리하지 마! 잠자리를 새 같은 거하고 착각할 리 없지. 그건 잠자리였어. 날개가 투명한 새가 있나? 아, 이 근처야."

유스케는 중얼거리면서 산기슭 쪽을 가리켰다. 젠이 앞에 어떤 풍경이 보이는지 내게 이야기해주었다.

저 멀리, 이 산과 맞은편 산 사이 제일 낮은 곳에 약간 평평한 부분이 있다. 거기 펼쳐진 논과 밭, 그리고 수십 채의 집들이 모형처럼 작게 보인다. 그게 우리들이 자란 히류무라다. 가느다란 강이 반짝반짝 햇빛을 반사하며 마을 한가운데를 가로질러 흐른다. 그게 히류가와(飛龍川) 강이다.

멀리 있는 것은 작게 보인다고 겐이 말했다. 그렇지만 나는 그 느낌을 잘 모른다. 내 머릿속에는 산이나 강, 집들이 모두 실물 크기로 존재했다.

나는 커다란 산 위에 서 있다. 맞은편에도 마찬가지로 큰 산이 여러 개 있고 그 골짜기에 히류무라가 있다. 마을은 내 걸음으로는 끝까지 걸을 수 없을 만큼 넓고, 강은 그 옆을 따라 아무리 걸어도 끝나지 않을 만큼 길다. 그 웅대한 풍경 속에 조그마한 내가 있었다. 세상은 정신이 아득할 만치 넓었다.

"저 마을 위 부분 높은 곳을 그 녀석이 날고 있었단 말이야."

유스케는 몇 주 전 여기서 조금 더 올라간 곳에서 커다란 상수리나무를 발견했다고 한다. 상수리에는 수액을 노리는 갖가지 곤충이 몰려들었다. 아직 투구벌레를 보기는 이른 계절이지만, 풍이라거나 하늘소 등 겨울잠에서 깨어나 배 속이 텅 빈 곤충을 잡으러 유스케는 어두컴컴한 새벽에 이 산을 올랐다. 그때 마을 위를 나는 커다란 잠자리를 보았다는 이야기다.

겐이 마을을 내려다보며 중얼거렸다.

"그러고 보니 저기에 만든다는 건 도대체 어떻게 되는 걸까."

유스케가 자세를 바꾸었다. 겐이 바라보는 곳을 유스케도 보는 모양이었다.

"그거라니, 뭐?"

내가 그렇게 묻자 겐이 이렇게 말했다.

"뭐긴 뭐야, 하얀 괴물이지."

겐은 지금 보는 것을 이야기해주었다. 그건 거인처럼 우뚝 솟은, 상상할 수 없을 만큼 거대한 인공 건조물이었다. 주위의 부드러운 자연 풍경과는 전혀 다른, 직선만으로 이루어진 것이라고 했다.

그것은 높이 수십 미터나 되는 네모난 흰색 콘크리트 기둥이었다. 히류무라가 물에 잠길 것에 대비해 미리 만드는 커다란 교각이라고 겐이 가르쳐주었다. 히류무라에는 마을 전체를 집어삼킬 거대한 '히류댐'이 만들어질 예정이며, 이미 준비가 착착 진행 중이다.

"댐이 생기면 우리 히류무라는 없어질 거야. 말도 안 되는 이야기지."

어떤 어른이 한 말을 흉내 낸 것인지 겐이 목소리에 힘을 주고 말했다.

유스케가 걱정스러운 목소리로 겐에게 물었다.

"겐, 그럼 댐이 생기면 '오쿠노사와'까지 물에 잠기는 거니?"

오쿠노사와는 히류가와 강 상류의 청정 지역이다. 그곳은 유스케가 무카시톤보를 발견한 장소였다. 유스케의 말에 따르면 자기가 목격한 거대 잠자리도 그 오쿠노사와에 사는 게 틀림없다. 그래서 오쿠노사와는 유스케에게 이른바 '잠자리의 성역'이었다.

"어른들은 그렇게 말하는데……."

젠은 거기까지 이야기하고 입을 다물었다.

"난 계속 이 마을에서 잠자리를 연구할 거야. 그리고 댐을 만들지 못하게 막겠어!"

유스케가 소리쳤다.

"오쿠노사와에는 틀림없이 희한한 잠자리가 더 있을 거야. 그걸 발견하면 여기 댐을 만들 수 없겠지. 안 그래? 젠, 너도 그렇게 생각하지? 넌 나하고 달리 머리가 좋으니까 좋은 고등학교, 대학교에 가서 히류무라가 물에 잠기지 않게 해줄 거지?"

"그건 나도 고민 중이야."

젠은 또박또박 말하고 이렇게 말을 이었다.

"유스케, 그렇지만 말이야, 이번 촌장님은 댐 건설을 반대하는 쪽 사람이야. 촌장님을 비롯해 다들 반대하면 댐 같은 건 세울 수 없겠지."

"그래, 맞아."

유스케도 안심한 듯 살짝 한숨을 내쉬었다. 그리고 갑자기 기운이 났는지 나와 젠을 번갈아 바라보며 말했다.

"젠, 이즈미. 이제 슬슬 올라가자! 내가 그걸 본 곳은 좀 더 위야."

"쉿!"

나는 검지를 입술에 댔다. 희미하게 무슨 소리가 들린 듯했다. 유스케와 젠이 뒤를 돌아보았다. 나는 히류무라 위 하늘 쪽을 향해 두 귀를 쫑긋 세웠다. 유스케와 겐도 내가 바라보는 쪽을 보는 듯했다.

두 사람은 잠시 그러고 있다가 이윽고 난처한 목소리로 유스케가 겐에게 속삭였다.

"아무것도 보이지 않는데, 그치?"

겐 역시 작은 목소리로 대꾸했다.

"그렇지만 이즈미는 귀가 밝으니까. 무슨 소리를 들은 걸지도 몰라."

그 말이 끝나자마자 마을 위 드넓은 하늘 쪽에서 틀림없이 무슨 소리가 났다. 뭔가가 하늘 높이 날아오르려는 소리다.

"있어!"

얼굴을 하늘로 향한 채 나는 두 사람에게 말했다. 유스케가 물었다.

"뭐, 뭐가 있어?"

그때 하늘에서 이번에는 아주 또렷한 소리가 내 귀에 들렸다. 비비빗, 비비빗 하며 뭔가가 공기를 두드리는 소리. 약간 건조하게 느껴지는 날갯짓 소리와는 분명히 다르다. 얇고 평평한 것이 내는 소리. 그건 유스케와 겐의 귀에도 틀림없이 들렸으리라.

"야, 유스케. 저기."

겐이 어이가 없다는 듯한 목소리로 말했다. 하늘에 뭔가가 보이는 듯했다.

"저기 날고 있어. 천천히 날고 있어. 몸통을 흔들거리면서.

우와, 무지 크다."

나는 겐이 저도 모르게 내뱉는 말을 듣고 그가 보고 있는 물체를 머릿속에 떠올렸다. 구름 한 점 없는 파란 하늘을 큰 날개를 지닌 뭔가가 날고 있다. 날개를 좌우로 펼치고 긴 몸통을 흔들면서 마을 하늘을 천천히 날고 있다.

"날개가, 반짝거렸어."

유스케가 중얼거렸다. 솔개나 수리, 매 같은 맹금류는 아니다. 그것은 아마 잠깐 하늘에서 몸을 뒤챌 때 햇빛을 반사하며 반짝거렸으리라. 그랬다. 그것의 날개는 유리처럼 투명했다.

겐이 하늘을 우러러보며 넋이 나간 듯한 목소리로 간신히 말했다.

"유, 유스케. 저게, 메가네……우라?"

유스케 역시 마을 하늘을 나는 물체에서 눈길을 거두지 못한 채 정신이 나간 사람처럼 대꾸했다.

"겐, 메가네에서 끊지 말라니까. 메가, 네우라야."

"보여."

내 머릿속에도 그 모습이 또렷하게 떠올랐다. 그건 내게 보이는 거나 마찬가지였다. 나는 그때 틀림없이 활짝 웃음을 머금고 있었으리라. 나는 얼굴을 들어 하늘을 우러른 채로 두 팔을 활짝 펼치고 말했다.

"나한테도 보여. 이만큼 큰 잠자리, 정말 있었어. 아아, 반짝반짝 빛이 나. 정말 예쁘다."

히류무라 상공을 천천히 나는 그것은 유스케가 말한 것처럼 거룩하게 하늘을 날아오르는 용, 바로 그것이었다. 나는 시간이 흐르는 것도 잊고, 말도 잊고 그 모습을 가만히 바라보았다. 유스케와 겐도 역시 말을 잃은 채 하늘을 우러러보았다.

문득 정신을 차리니 날갯짓 소리는 이미 들리지 않았다. 내 머릿속 푸른 하늘에는 이미 하늘을 나는 것의 모습이 사라졌다. 하지만 앞을 보지 못하는 내 눈에도 반짝반짝 빛나며 천천히 날아오르는 거대한 용 같은 잠자리의 모습이 언제까지나 남아 있었다.

이대로 시간이 흐르면 좋았을 것이다.

셋이 함께 어른이 되어 사이좋게 나이를 먹어 갔으면 얼마나 좋았을까.

하지만 그렇게 되지는 않았다.

02 사건이 일어나다

눅눅하고 차가운 바람이 불어오는 가운데 정신을 차린 그는 길쭉한 받침대 위에 누워 있었다. 눈앞에는 별을 뿌려 놓은 밤하늘이 펼쳐졌다. 밤이었다. 다른 것은 전혀 보이지 않았다.

불쑥 어디선가 신경을 긁는 벨 소리가 요란하게 울리기 시작했다. 불이 났나? 아니면 방범용 벨인가? 서둘러 일어나려다가 그는 깜짝 놀랐다. 온몸에 밧줄이 감겨 있었다.

그는 얼른 고개를 꼬아 오른쪽을 보았다. 1미터쯤 낮은 곳에 놓인 콘크리트 바닥이 보였다. 고개를 반대쪽으로 돌려 왼쪽을 보았다. 거기에는 아무것도 없는 캄캄하고 넓은 공간이 펼쳐졌다. 저 멀리 수많은 흰색 직사각형이 가지런히 늘어서 있다. 그건 빌딩가의 야경이었다.

그는 고개를 숙여 아래를 보았다. 저 아래 어둠 속에 떠오른 노란색 띠가 보였다. 도로다. 수많은 차와 푸르스름한 헤드라이트, 붉은색 백라이트를 깜빡거리며 마치 미니카처럼 오가는 중이다. 클랙슨 소리가 아래서 작게 들렸다.

　그가 누워 있는 곳은 고층빌딩 옥상일까? 폭 50센티미터쯤 되는 금속으로 만든 네모난 난간 위였다.

　온몸에 소름이 돋았다. 그는 고소공포증이 심했다. 귀에 거슬리는 벨 소리가 여전히 울려댔다. 그 소리가 불안감을 부채질해 공포가 더 커졌다. 침착하자, 침착해야 한다. 그는 필사적으로 스스로를 타일렀다. 이대로 체중을 오른쪽으로 옮겨 옥상 안쪽으로 떨어지면 된다. 약간 아프기는 할 테지만 왼쪽으로 떨어지는 것보다 낫다. 그다음에 어떻게든 밧줄을 풀면 된다. 그래, 그렇게 하자.

　그때였다. 몸 아래서 끼익, 하는 기분 나쁜 소리가 났다. 동시에 몸이 왼쪽으로 쓱 기울었다. 받침대에서 뭔가 작은 것이―건물을 지을 때 붙인 콘크리트 조각일 테지만―건물 벽을 타고 후두둑 떨어졌다. 그는 무심코 그 떨어지는 조각들을 보았다. 조각들은 바람에 날리며 아득히 아래 보이는 칠흑 같은 어둠 속으로 빨려 들어갔다.

　몸에서 식은땀이 났다. 난간이 몸을 지탱하지 못하게 된 걸까? 그는 이렇게 허술하게 빌딩을 지은 놈을 저주했다. 주위에서는 여전히 벨 소리가 울려대 고막이 찢어질 것만 같았다. 그는 오른쪽 손가락에 힘을 주어 난간 끄트머리를 죽을힘을 다해 움켜쥐었다.

　덜컹, 하고 금속 받침대가 더 크게 왼쪽으로 기울었다. 이제 그가 누워 있는 받침대는 건물 바깥쪽을 향해 비스듬히 기울었다. 오른쪽 손가락으로 잡고 있던 난간 끄트머리를 놓쳤다.

몸이 왼쪽으로 반쯤 회전했다. 그리고 온몸이 둥실 허공에 뜬 느낌이 들었다. 그의 몸은 밧줄에 묶인 채로 허공에 내던져졌다. 아래에는 아무것도 없었다. 오로지 수백 미터 아래, 마치 하늘 가득 수놓은 별들이 거울에 비친 듯한 눈부신 도시의 야경이 펼쳐질 뿐이었다.

아아, 참으로 아름답다. 눈물이 날 만큼 아름답다. 허공에 내던져진 순간, 그는 자기가 어떤 상황인지도 잊고 감동했다.

저 위에서는 비상벨이 계속 울리는 가운데 그 빛의 소용돌이를 향해 밧줄에 몸이 꽁꽁 묶인 채로 그는 가속도를 붙여가며 떨어져갔다.

쿵, 하고 등에 충격이 왔다. 동시에 뒤통수에 심한 통증이 느껴졌다. 잠깐 숨이 턱 막혔다. 가부라기 데쓰오(鏑木鉄生)는 신음했다. 잠시 그 자세로 가만히 통증을 견뎠다. 등에 서늘한 감각이 느껴졌다. 평평하고 딱딱한 어딘가에 하늘을 보고 누운 상태인 듯했다.

가부라기는 눈을 떴다. 바로 위에 콘크리트로 된 차양, 왼쪽에 문, 오른쪽에 콘크리트 담장. 그 위에 푸르른 아침 하늘이 펼쳐졌다.

그곳은 작고 낡은 아파트 3층, 그러니까 가부라기가 사는 집 현관 앞 통로였다. 얼른 몸을 일으키려고 했으나 손이 말을 듣지 않았다. 문득 자기 몸을 살피니 바닥에 구멍이 난 반투명

비닐봉지를 목만 내민 채 뒤집어쓰고 있었다. 90리터짜리 쓰레기봉투였다.

나는 왜 쓰레기봉투를 뒤집어쓰고 집 현관 앞에서 누워 자고 있는 건가? 잠시 생각한 뒤에야 그 이유를 떠올릴 수 있었다.

오늘은 5월 7일, 월요일. 어젯밤에도 전철 막차 시간이 임박할 때까지 일하고 집이 있는 JR 니시오기쿠보(西荻窪) 역에 도착한 게 오전 1시가 조금 지나서였다. 10분쯤 걸어 집이 있는 아파트에 도착해 계단을 세 칸쯤 올라가 현관문을 열려다가 그제야 열쇠를 잃어버렸다는 사실을 깨달았다.

가부라기는 어처구니가 없었다. 흔히 화분 아래 여벌 열쇠를 숨겨두는 집이 있는데 그런 조심성 없는 짓은 할 수 없다. 애초에 집에 화분이 없다. 꽃병도 없다. 부동산중개사 사무실은 이미 문이 닫혔다. 집주인이 어디 사는지는 모른다. 아파트 관리회사라면 여벌 키를 가지고 있을 테지만 회사 이름도 모르고 전화번호도 모른다.

가부라기는 집에 들어가기를 포기했다. 아침이 되면 청소하는 아주머니가 오실 것이다. 부탁하면 관리회사에 연락해주겠지. 그때까지는 역 앞에 열려 있는 가게에서 시간을 죽이면 된다. 그렇게 마음먹은 가부라기는 다시 니시오기쿠보 역 앞까지 걸었다.

빵집 2층에 있는 패밀리레스토랑에 들어가 드링크바(음식점 안에 마련된 셀프 서비스 방식의 음료 코너)만 이용하고 꾸벅꾸벅 졸다 보니 어느새 오전 6시였다. 가부라기는 서둘러 가게를 뛰쳐

나와 동이 트기 시작한 거리를 전속력으로 달렸다. 청소하는 아주머니가 돌아가 버리면 큰일이다. 헐떡거리며 아파트 앞에 도착해 현관 앞에 한동안 서 있었지만 아주머니는 도무지 나타나지 않았다.

더 늦은 시간에 오시는 건가? 하지만 피로와 졸음 때문에 더는 서 있을 수 없었다. 그렇다고 현관에 쭈그리고 앉아 있으면 아무래도 수상한 사람 취급을 당할 것이다. 가부라기는 어쩔 수 없이 현관문 앞에 앉아 기다리기로 했다.

그 순간 이른 아침의 냉기에 온몸이 떨렸다. 무슨 대책을 세우지 않으면 얼어 죽을 것만 같았다. 그래서 가부라기는 일단 1층 우편함에서 막 배달된 조간신문을 꺼냈다. 그리고 비상상황이니 어쩔 수 없다는 핑계를 대며 쓰레기장을 뒤져 어제 자기가 버린 쓰레기봉투에서 내용물을 꺼내고 봉투만 끄집어냈다.

신문지를 펼쳐 셔츠 안 앞뒤에 넣고 쓰레기봉투 밑바닥을 뚫어 머리부터 뒤집어썼다. 언젠가 텔레비전 재해 특집 프로그램에서 소개한 추위를 견디는 방법이었다. 가부라기는 그 모습으로 현관문에 등을 기댄 채 쭈그리고 앉았다. 그리고 어느새 곯아떨어졌는지 정신을 차리고 보니 콘크리트 통로에 누워 자고 있었다.

가부라기의 바지 주머니에서 구식 전화벨이 울리고 있었다. 언제부터 착신음으로 설정해둔 거지? 이 소리 때문에 묘한 꿈을 꾼 모양이다. 휴대전화 소리, 새벽 추위, 쓰레기봉투를 뒤집어써서 손을 움직일 수 없는 상황이라 뇌가 현실을 반영해 그런 꿈을 꾸었으리라.

가부라기는 쓰레기봉투 안에서 꾸물꾸물 바지 주머니 안으로 손을 뻗었다. 왼손에 휴대전화가 닿았다. 간신히 쓰레기봉투를 벗어내고 겨우 일어나 콘크리트 통로에 책상다리를 하고 앉아 전화를 받았다.

"어떠세요? 그 착신음 마음에 드세요?"

의기양양한 목소리가 들렸다. 부하 직원인 히메노 히로미(姬野広海)였다.

"너 언제 내 휴대전화를 만지작거렸냐?"

한숨을 내쉬며 가부라기가 묻자 히메노는 못마땅한 듯이 대꾸했다.

"왜 그러세요? 어제 뭐든 좋으니 착신음을 바꾸라고 선배가 내게 휴대전화를 맡겼잖아요? 그래서 일부러 그 검은색 다이얼식 전화기 소리를 다운로드받은 건데. 선배 나이라면 그런 소리가 정겹지 않나요?"

가부라기는 다시 한숨을 푹 내쉬었다. 올해 마흔여섯 살. 스물여섯 살인 히메노가 보기에는 자신이 옛날 사람인지도 모르지만 다이얼식 전화기를 쓴 것은 그보다 더 윗세대다. 가부라기가 어렸을 때 집 전화는 버튼 방식으로 바뀌었고 컬러풀한 갖가지 색이었다.

그런 건 아무 문제도 아니다. 가부라기는 손목시계를 보았다. 흰 문자판 위에 아날로그 시계바늘이 오전 7시 5분을 가리켰다.

"그런데 히메. 너 일 때문에 전화한 거 아니냐?"

'히메'라는 호칭은 물론 히메노의 성을 줄인 것이다. 남자를 히메(姬, 기본적으로 여자를 예쁘게 일컫거나 신분이 높은 사람의 딸을 가리킨다.)라고 부르는 건 이상하지만 히메노의 가지런하고 어딘가 여성적인 외모, 고급 브랜드로 갖춰 입은 패션, 누구에게나 스스럼없이 도도한 태도를 생각하면 더할 나위 없이 어울리는 호칭이기도 하다.

히메노의 목소리가 갑자기 진지해졌다.

"니코타마에 만주입니다. 지금 선배 아파트 앞으로 차를 가지고 갈게요."

"알았다."

가부라기는 그렇게 대꾸하고 전화를 끊었다.

가부라기 데쓰오와 히메노 히로미는 경시청 형사부 수사1과 제4 강력범수사·살인범수사 13계의 수사관, 알기 쉽게 말하면 살인사건 담당 형사로서, 계급은 가부라기가 경위, 히메노는 순경이다. 따라서 '일'이란 설명할 필요도 없이 살인사건 수사를 말한다.

'니코타마'는 도쿄 남서부 세타가야 구의 전원도시선과 오이마치선이 교차하는 역으로서, 니코타마가와 강가를 지칭한다. 그리고 '만주'란 아마 '도만주'(土饅頭, 봉분이 만두처럼 봉긋 솟은 무덤)가 어원일 텐데, 경찰은 오래전부터 시신을 가리키는 은어로 사용했다.

히메노의 말은 세타가야 구에 있는 니코타마가와 강에서 타

살 시신이 발견되었다는 뜻이다.

검은 쐐기 모양을 한 4도어 세단은 먹이를 찾아 헤엄치는 상어처럼 무서운 속도로 환상 8호선을 남하했다. 주변 차들이 겁을 먹을 만큼 사이렌을 울렸다. 차 지붕의 빨간 회전 경광등이 으르렁거리듯 요란한 엔진 소리를 내고 다른 차를 스치며 추월해 질주한다. 히메노가 운전하는 이탈리아산 승용차 알파로메오 159ti다.

3.2리터짜리 직접분사식 엔진, 풀타임 4WD. 스포츠용 특수 서스펜션에 필레리 235/40R19 타이어와 알로이 휠. 빨간 브렌보 제 디스크브레이크를 갖춘 한정판 스포츠 버전이다. 히메노는 거기에 엔진과 제어 계통에 손을 대, 260마력에서 320마력으로 파워를 올린 모양이다. 차체 색깔은 특별 주문한 오체아노 블랙. 깊은 바다를 떠올리게 만든다는 색이다. 짙은 남색으로도 보이고 보라색으로도 보이는 검정이다.

어제와 마찬가지로 짙은 회색 양복을 입은 가부라기는 조수석에 앉아 푹신한 검은색 가죽 시트에 몸을 묻고 히메노가 건네준 팥빵과 우유를 배 속으로 밀어 넣었다. 히메노는 가부라기와 출동할 때면 TV 드라마 형사 흉내를 내느라 반드시 이걸 사온다. 또 '만주'라는 은어도 그렇지만 요즘은 거의 쓰지 않은 오래된 경찰 은어까지 즐겨 쓴다.

말하자면 히메노는 '형사'이면서 '형사 오타쿠'인 셈이다. 이 검은색 알파로메오 159를 타는 이유도 이탈리아 카라비니에리(Carabinieri, 국가치안경찰대)가 순찰에 쓰는 걸 보았기 때문이라고 한다. 그러나 한편으로 이 차는 영화 〈007 퀀텀 오브 솔러스〉에서는 범죄조직원들이 탄 차라서 경찰차로 적합한지 의아하게 생각될 때도 있다.

"어휴, 정말이지. 그 나이에 뭘 하시는 거예요? 쓰레기봉투를 쓰고 밖에서 자다니. 노숙인도 아니고."

운전석에 앉은 히메노가 진짜 질렸다는 말투로 말했다. 살짝 웨이브를 넣은 긴 머리카락. 짙은 남색 고급 옷감으로 지은 양복에 차분한 은색 넥타이를 맸다. 아마 이탈리아나 어디 다른 나라 브랜드이리라.

가부라기는 팥빵을 먹으며 미안한 표정을 지었다.

"면목이 없다. 그렇지만 네가 내 집 여벌 열쇠를 가지고 있을 줄은 몰랐지. 덕분에 살았다. 더운 물로 샤워도 할 수 있었고."

"열쇠를 자주 잃어버리니 맡아두라며 선배가 내게 떠맡겼잖아요. 에휴, 뭐든 금방 까먹으니."

입을 비죽거린 다음 히메노는 히죽 웃으며 덧붙였다.

"그래도 출근하기 전에 샤워할 생각도 하고, 선배도 많이 나아졌어요. 그것 보세요. 노력하니까 되잖아요!"

"아주 내 담임선생이네?"

가부라기는 히메노를 흘겨보며 어깨를 으쓱했다.

"네가 나한테 불쑥 애완동물용 탈취제를 뿌려대는 건 싫으니까."

빈정거리는 가부라기의 말에 히메노는 기쁜 듯 말했다.

"그래도 그 스프레이는 효과가 아주 좋죠? 게다가 안전하기도 하고. 우리 칸지가 오줌 쌌을 때도 항상 뿌리거든요."

가부라기는 깜짝 놀라 히메노의 얼굴을 보았다.

"뭐? 너 독신이잖아. 애가 있어?"

"설마. 칸지는 우리 큰어머니가 기르는 프렌치불독이에요. 집 지키는 걸 싫어해서 혼자 집을 보게 하면 화가 나는지 화풀이 삼아 현관에 오줌을 싸죠. 그렇지만 그 스프레이를 뿌리면 지독한 냄새가 단번에 사라져요."

어차피 내 냄새는 개 오줌 냄새와 같은 수준이다. 가부라기는 어깨에 힘이 빠졌다. 다 먹은 팥빵 봉지와 우유팩을 흰 비닐봉투에 쑤셔 넣었다.

"그래, 시신은?"

히메노는 고개를 끄덕이고 차를 운전하면서 설명하기 시작했다. 시신으로 발견된 사람은 20대에서 40대 사이로 보이는 남성. 장소는 니코타마 역에서 제법 가까운 다마가와 강의 둔치. 시신의 신원은 불명. 사망 추정시각이나 사인 등 자세한 상황도 감식의 판단을 기다리는 중이라고 한다.

"그런데 말이죠, 그 시신이라는 게 너무 이상해요."

"또 뭐냐?"

가부라기는 얼굴을 찡그렸다.

"머리와 팔다리가 없다거나 하는 건 아닐 테지."

"아뇨. 머리와 팔다리는 모두 멀쩡하답니다."

"그럼 뭐가 이상하다는 거야?"

의아해하는 가부라기에게 히메노가 말했다.

"사흘 전 사건 해결 쫑파티에서 마사키 선배와 본사 근처 이자카야에 갔었잖아요?"

마사키 마사야(正木正也) 경위는 같은 강력범수사 11계 소속 형사다. 가부라기와는 같은 해에 경시청에 들어왔으며 역시 올해 마흔여섯 살이 된다. 본사란 치요다 구 가스미가세키 2초메, 사쿠라다몬 앞에 있는 경시청을 말한다.

"아, 갔었지."

"그때 가부라기 선배는 뭘 주문했었죠?"

"그러니까, 두부꼬치에 된장을 발라 구운 것, 소고기 다짐, 물만두, 해삼······. 그리고 또 뭐였더라?"

가부라기는 손가락을 꼽으며 기억을 떠올리다가 히메노가 하고 싶은 말을 눈치챘다.

가부라기는 넌더리가 난다는 표정을 지으며 히메노에게 물었다.

"······그래서 뭘 닮았다는 거지?"

두부꼬치라면 흉기에 찔린 시체, 소고기 다짐이라면 박살 시체. 물만두라면 익사체인가? 그리고 해삼이라면 온몸이 난도질당했다는 이야기리라.

"설마, 해삼?"

히메노는 고개를 저었다.

"선배, 마지막으로 하나 더 주문했었잖아요?"

히메노의 말을 듣고 가부라기는 무릎을 쳤다.

"아, 그래. 맞아. 전쟁이 배를 갈라 말린 것을 먹었지. 주방장이 '직접 손질해 하룻밤 말려 살짝 불에 구우면 맛있습니다.'라며 추천해서. 그래, 그거 맛있었지."

정말이지 이 녀석은 별걸 다 기억하는 놈이다. 가부라기는 히메노의 기억력에 감탄한 뒤 갑자기 진지한 표정을 지었다. 가부라기가 마지막으로 주문한 것은 전쟁이 구이.

"그렇다면……."

가부라기는 무심코 히메노의 얼굴을 보았다. 히메노도 어두워진 표정으로 고개를 끄덕였다.

"시신은 목에서부터 아랫배까지 일직선으로 배가 갈라졌어요. 복부의 내장을 완전히 들어냈죠. 게다가 온몸에 휘발유를 끼얹어 불에 태웠습니다."

다마가와 강은 야마나시 현과 사이타마 현 경계에 있는 가사토리야마 산에서 시작해 도쿄를 지나 가나가와 현까지 흐르는 일급하천이다. 하류 지역에서는 도쿄 도 세타가야 구와 가나가와 현 가와사키 시를 가르는 경계 역할도 한다.

이곳 세타가야 구를 흐르는 니코타마가와 강의 남쪽은 유역이 넓고 수심은 얕다. 양쪽 기슭에 다마가와 둔치라고 불리는 넓은 지역이 이어진다. 그 둔치는 공원이나 야구장, 골프연습장, 테니스코트 등으로 이용되며 강물을 이용한 조정장까지 있다. 수도권을 흐르는 강인데 도심을 지나지 않아 강둑이 없는 부분이 많다. 그렇기 때문에 강가에는 지금도 풍부한 자연이 그대로 남아 있고 들풀이나 들새를 많이 볼 수 있다. 천연 은어를 비롯한 다양한 어류도 서식한다. 히메노는 그 다마가와 강 문치가 한눈에 들어오는 둑 위에 차를 세웠다. 강변에는 이미 수십 명의 수사관과 감식관들이 수사를 벌이고 있었다.

"아! 가부, 히메. 늦었잖아. 감식반은 벌써 왔단 말이야!"

다마가와 강둑을 달려 내려가는 가부라기와 히메노를 향해 강변에 서 있던 남자가 소리쳤다. 짧은 머리에 가냘픈 체격, 짙은 갈색 양복에 같은 색 구두. 짙은 붉은색에 검정 물방울무늬가 있는 넥타이. 바지가 약간 짧아 검정 양말을 신은 발목이 드러나 보인다. 마사키 마사야 경위다.

"아, 수고. 마사키."

"또 마사키 선배가 제일 먼저 도착했나요?"

가부라기와 히메노는 마사키 앞으로 다가가며 말했다.

"그래. 내가 당직인 날만 골치 아픈 사건이 일어나네. 이거 운이 좋은 건지 나쁜 건지 모르겠어."

그렇게 말하더니 마사키는 두 팔을 들고 크게 기지개를 켰다.

"운이 좋은 거지. 나도 어제가 당직이었다면 좋았을 텐데."

가부라기의 말에 마사키는 의아한 표정을 지으며 고개를 저었지만 이윽고 포기한 듯 어깨를 움츠리더니 오른쪽을 향해 턱짓을 했다. 마사키의 오른쪽, 몇 십 미터 앞 강변에는 무성한 풀숲이 있는데 거기 파란 비닐로 된 텐트가 쳐져 있었다. 시신 발견 현장이었다.

"지금 다키무라 주임이 작업 중이니까 걸리적거리지 않도록 조심해서 봐."

다키무라는 감식과 주임인 다키무라 류이치로(瀧村龍一郎) 경위. 올해 쉰한 살일 것이다. 가부라기는 고개를 끄덕이더니 파란 텐트 쪽으로 향했다. 히메노도 마사키에게 살짝 고개를 숙이고 쪼르르 가부라기의 뒤를 따랐다.

텐트가 있는 곳에는 무릎까지 오는 풀이 무성했다. 그 주변에는 제복을 입은 여러 명의 감식과 직원들이 긴 막대를 이용해 풀밭 바닥을 헤집었다. 텐트 입구의 비닐시트를 슬쩍 들추자 늘 그렇듯 짙은 남색 제복을 입은 다키무라 주임의 뒷모습이 보였다. 스모 선수가 준비운동을 할 때처럼 쭈그리고 앉아 양손을 양 무릎 위에 얹고 납거미처럼 낮은 자세로 지면 위의 검은 물체를 꼼꼼하게 살피는 중이었다.

"다키무라 선배. 수고하십니다."

가부라기와 히메노가 말을 걸자 다키무라는 몸을 일으키고 돌아보았다. 그리고 마스크를 벗더니 인상 좋은 얼굴로 빙긋 웃었다.

"아, 수고. 지금 바로 보겠나?"

가부라기와 히메노는 고개를 끄덕이고 텐트 안쪽을 향해 합장한 다음 잠시 묵념했다. 다키무라가 옆으로 물러서서 두 사람 앞으로 나섰다.

타서 문드러진 시신이 거기 누워 있었다.

휘발유 특유의 디메틸벤젠(dimethylbenzene)에 의한 휘발성 냄새와 단백질이 탄 냄새가 한꺼번에 두 사람의 코를 찔렀다. 히메노가 욱, 하고 신음하며 얼른 손수건을 꺼내 입을 막았다.

온몸의 표면이 새카맣게 탄화했다. 특히 얼굴 쪽 얇은 피부는 완전히 타버려 두개골의 형태가 고스란히 드러났다. 머리카락도 타서 오그라들어 일부만 두피에 눌어붙었을 뿐이다. 복장도 깊게 탄화해 색깔이나 형태조차 파악할 수 없었다.

하늘을 보고 누운 상태. 양 팔꿈치를 거의 직각으로 굽힌 채 양 손가락을 안쪽으로 구부린 모습이었다. 양 무릎도 배 쪽으로 구부렸으며 마치 가슴 앞에 눈에 보이지 않는 커다란 공을 껴안은 듯한 자세였다. 그런데 그 배 부분이 텅 빈 채 벌어진 것이다. 목구멍은 물론 턱 아래부터 복장뼈 부근까지 세로로 갈라져 쩍 벌어졌다.

"폐는 남아 있더군."

두 사람 뒤에서 한숨을 내쉬며 다키무라가 말했다.

"심장, 간장, 췌장 등 내장이 모두 사라졌어. 게다가 식도에서부터 위, 십이지장, 소장, 대장도 통째로 사라졌지."

"폐는 있다. 하지만 다른 내장은 대부분 없다……."

가부라기는 생각에 잠기며 다키무라의 말을 되새겼다. 그리고 다키무라에게 물었다.

"사인은 뭐죠?"

"복부를 찔려 피를 많이 흘렸어. 실혈사가 아닐까? 배를 가른 부분 말고도 깊은 자상이 두 군데 있었지. 아마 이게 치명상이었을 거야. 심장이 없어서 단정할 수는 없지만."

가부라기가 다시 물었다.

"죽인 것과 배를 가른 것, 어느 쪽이 먼저죠?"

"배를 가른 건 사후야. 출혈량이 적으니까."

히메노가 접은 손수건을 입에 댄 채 웅얼거리는 소리로 물었다.

"단독범일까요?"

다키무라는 고개를 끄덕였다.

"바닥이 자갈이나 풀밭이라서 족적을 따기 힘들지만 심하게 흐트러지지 않을 걸로 보아 여럿이 몰려온 건 아닌 걸로 보여. 단독범이거나 범인이 한 명 이상이라고 하더라도 몇 명 되지 않을 거야."

"흉기는 뭡니까?"

가부라기가 묻자 다키무라는 고개를 꼬았다.

"이렇게 탔으니 절단면의 특징을 확인하기 어려워. 현재로는 상처를 낸 건 예리한 칼날 종류라고밖에 할 수 없네."

히메노가 물었다.

"사망추정시각은 알 수 있나요?"

다키무라는 안타깝다는 듯이 고개를 저었다.

"타버려서 직장 온도는 기준이 될 수 없지. 온몸의 피부가 타버려서 시반도 관찰할 수 없고. 위가 없으니 음식물 소화 상태도 알 수 없어. 그렇다면 주변 목격 정보를 통해 판단할 수밖에 없을지도 모르겠네. 그건 자네들 영역이지."

"예. 노력하겠습니다."

히메노가 기특하게 고개를 숙였다.

"시신이 팔다리를 구부린 건 불에 탔기 때문인가요?"

가부라기가 다키무라에게 물었다.

"근육이 수축한 거지. 옛날부터 시신은 불에 태우면 벌떡 일어선다고 하잖아?"

가부라기도 선배 형사한테 들은 적이 있다. 시신을 들판 같은 데서 화장하면 온몸의 근육이 열기에 수축해, 그 결과 상반신을 일으키는 일이 있다고 했다.

가부라기는 문득 눈썹을 찌푸렸다. 그렇다면…….

"다키무라 선배. 이 시신, 불에 태우기 전에는 어떤 자세였을까요?"

"응? 으음, 그렇군."

다키무라는 다시 시신 쪽으로 얼굴을 가져가 전체적으로 훑어보았다.

"손과 발이 구부러진 방향으로 보아 아마 발을 모으고 몸을 똑바로 뻗어 양손을 배 위에 얹은 상태 아니었을까? 부검의에게 확인해 보도록 하지."

"발을 가지런히 모으고 몸을 쭉 편 채 양손을 배 위에……."

가부라기는 다키무라의 말을 되뇌면서 그 자세를 상상했다. 관 안에 안치된 듯한 모양이다. 시신이 배 앞으로 손을 모을 리 없다. 결국 범인이 그런 자세로 만들었다는 이야기다.

히메노가 이렇게 중얼거렸다.

"이 사람, 마치 뭐라고 외치는 것 같네요."

시신은 입을 쩍 벌린 모양이다. 치과 치료를 받는 환자 같기도 하고 북유럽 유명화가가 그린, 다리 위에서 절규하는 사람 같기도 했다. 가부라기에게는 그 입에서 살해당한 남자의 원한이 들리지 않는 신음이 되어 튀어나오는 것 같았다.

"입안을 봐."

다키무라의 말을 듣고 가부라기는 시신 옆에 쭈그리고 앉았다. 그리고 그 불에 탄 얼굴 몇 센티미터 위까지 자기 얼굴을 들이대고 시신의 입안을 들여다보았다. 히메노는 가부라기 위에 서서 주춤주춤 시신의 입안을 내려다보았다. 시신의 불에 탄 목구멍 안쪽에 길이 5센티미터, 폭 3센티미터쯤 되는 까맣고 동그란 물체가 보였다. 처음에는 혀인 줄 알았는데 그게 아니었다.

"돌?"

가부라기는 눈썹을 찌푸렸다. 히메노도 고개를 끄덕였다.

"좀 작기는 하지만 감자를 본떠 만든 것 같은 돌이로군요."

다키무라는 두 사람에게 고개를 끄덕여보였다.

"시신을 불에 태우기 전에 범인이 입안에 넣은 것 같아. 돌 표면이 탄 걸 보면."

히메노가 눈썹을 찡그리며 물었다.

"도대체 무엇 때문에 그랬죠? 무슨 메시지 같은 걸까요?"

다키무라는 미안하다는 듯이 착잡한 웃음을 지었다.

"글쎄, 이제부터는 역시 자네들 영역일지도 모르지."

"그렇군요."

고개 숙인 가부라기 앞에서 다키무라는 상의 주머니에 손을 찔러 넣어 투명한 비닐봉투를 꺼냈다.

"시신이 생전에 목에 걸었던 모양이더군. 몸 아래 떨어져 있었어."

다키무라는 흰 장갑을 낀 손으로 봉투의 내용물을 꺼내 오른쪽 손바닥에 얹었다. 불에 탄 목걸이였는데 은으로 만든 걸로 보였다. 은색 가느다란 사슬이 달려 있는데, 잠금쇠가 아닌 곳에서 끊어진 상태였다.

"범인이 목을 가를 때 사슬도 함께 잘려 끊어진 걸지도 모르지. 좀 묘하게 생긴 모티브이니 시신의 신원을 확인할 수 있는 단서가 되면 좋겠군."

그러면서 다키무라는 사슬을 손가락으로 잡아 목걸이를 들어올렸다.

그 끝에는 2센티미터쯤 되는 은으로 만든 잠자리 장식이 달려 있었다.

가부라기와 히메노는 다키무라에게 다시 인사하고 텐트를 나섰다. 두 사람이 비닐을 젖히고 밖으로 나오니 마사키가 서 있었다. 강가에 불어오는 바람 속에 마사키는 두 손을 바지 주머니에 찔러 넣고 무료하게 서 있었다.

"끔찍한 짓을 저질렀어."

마사키는 땅바닥을 보면서 낮은 목소리로 말했다.

"이렇게 처참한 모습을 가족에게 어떻게 보여주나. 하지만 빨리 신원을 밝혀내고 유족 품으로 돌려보내야겠지."

가부라기, 그리고 히메노도 심각한 표정으로 고개를 끄덕였다. 마사키는 마음을 추스르듯 주위 강변을 둘러보며 이렇게 말을 이었다.

"운전면허증이나 카드 같은 신원을 알 수 있을 단서는 아무것도 발견되지 않았어. 저렇게 타버렸으니 지문도 뜰 수 없겠지. DNA나 혈액형, 법치의학적 조사에 기대할 수밖에 없겠어."

가부라기가 입을 열었다.

"마사키, 어때? 첫인상에서 뭔가 감이 오는 게 있어?"

마사키는 서부극 영화처럼 두 손을 들어보였다.

"항복이야. 시신을 불태운 것도 그렇지만 배를 갈라 내장을 몽땅 꺼내간 이유를 도무지 짐작할 수가 없네. 정신이 나간 녀석이라는 생각밖에는 안 들어."

"정신이상자의 '묻지 마 살인'일까요?"

히메노가 심각한 표정으로 마사키에게 물었다.

"그렇지만 이렇게 지독한 짓을 했으니 단순한 묻지 마 살인은 아닐 텐데요."

"그런 거야 다 알고."

마사키는 짜증을 숨기지 못하고 히메노의 말을 가로막았다.

"범인 녀석은 피해자가 어지간히 미웠던 모양이다. 그렇지만 아무리 증오했어도 이렇게까지 했다면 정신이 나간 놈일

게 빤하다. 이런 이야기를 한 거야."

"그럼 마사키 선배는 원한 때문이라고 생각하시는 건가
요?"

히메노가 입을 삐죽거리자 마사키는 목을 움츠렸다.

"시신을 봤잖아? 죽이고도 분이 안 풀릴 만큼 원한이 있었던
게 틀림없지. 그렇지 않다면 이렇게 잔혹한 짓을 할 리 없잖아."

히메노는 또 고개를 갸웃거리며 중얼거렸다.

"과연 원한 때문일까요?"

"그럼 내가 물어볼게, 히메."

마사키가 넌더리가 난다는 듯이 물었다.

"원한이 아니라면 범인은 대체 무슨 이유로 여기서 사람의
배를 가르고 불태우는 잔혹한 짓을 했다는 거지?"

히메노는 제대로 대꾸를 못하고 웅얼거렸다.

"그건……."

가부라기는 두 사람의 대화를 들으며 생각에 잠겼다.

사람을 찔러 죽이고 배를 갈라 내장을 송두리째 꺼낸 다음
휘발유를 뿌려 태운다. 마사키가 말한 것처럼 틀림없이 정상
적인 인간이 한 짓이라고는 도저히 생각할 수 없었다. 범인이
정상이라면 대체 무슨 이유로 그런 흉악한 짓을 저질렀을까?
아니, 그보다…….

"인간은 어떻게 이렇게까지 잔인할 수 있는 걸까?"

가부라기는 살짝 한숨을 내쉬며 고개를 숙였다.

"그런데도 범인이 정상이라면 대체 어떻게 받아들여야 하

나? 정상적인 상태에서도 이렇게 잔혹한 짓을 할 수 있는 게 인간이라는 이야기가 되고 마는군."

"동족을 죽이는 건 모든 생물 가운데 인간뿐이죠."

히메노가 혼잣말처럼 중얼거리기 시작했다.

"예외적으로 사자나 침팬지는 무리를 제압한 보스가 다른 수컷의 자식을 죽이는 일이 있답니다. 새끼를 밴 암컷은 발정하지 않기 때문에 다른 수컷들을 그냥 두면 자기가 자손을 많이 남길 수 없기 때문이라고 하더군요. 하지만 이건 자기 종 가운데 강한 개체의 유전자를 남기겠다는, 종의 이익을 위한 행동인 거죠."

"자기 이익을 위해 죽이는 게 아니로군."

히메노는 가부라기를 바라보며 고개를 끄덕였다.

"그렇죠. 그들은 영역 다툼이나 먹이 쟁탈전 때문에 동료를 죽이는 일은 절대로 없죠. 그런 사적인 이익을 위해서 동종을 죽이는 생물은 사람, 즉 인간뿐입니다."

"그건 왜지? 왜 인간만 욕망 때문에 동료를 죽이는 거지?"

가부라기의 물음에 히메노는 생각에 잠긴 채 시선을 땅바닥으로 떨구었다.

"인간이란 동물은……."

잠시 뜸을 들인 뒤 히메노는 이렇게 중얼거렸다.

"애당초 망가진 존재이기 때문은 아닐까요?"

"인간은 모두 정신이 나갔다는 건가?"

바지 주머니에 두 손을 찌른 채 마사키도 툭 내뱉었다.

"확실히 일 년 내내 살해당한 시신만 보며 살다 보니 가끔 그런 생각이 들기도 하지."

가부라기도 문득 생각이 났다는 듯이 이렇게 말했다.

"다른 동물에게도 원한이란 감정은 있을까?"

"다른 동물들에겐 없을 겁니다."

히메노가 단호하게 대꾸했다.

"원한이나 증오는 동료도 죽일 수 있는 행동의 방아쇠가 되는 감정이니까요."

가부라기는 히메노의 말에 충분히 공감하면서도 동시에 암담한 기분에 휩싸였다.

인간의 감정을 '희로애락'이라고 한다. 하지만 이 가운데 '원한'이나 '증오'는 없다. 마치 그런 감정은 존재하지 않는 듯. 아니, 존재할까봐 두려운 듯이. 그건 자기 안에 원한이나 증오 같은 감정이 존재한다는 걸 누구도 인정하려 하지 않기 때문일까? 그렇다면 인간은 왜 이런 골치 아픈 감정을 짊어지고 사는 걸까.

가부라기는 고개를 들고 마사키를 보았다.

"자, 어떡하지, 마사키?"

마사키는 한숨을 푹 내쉬더니 가부라기에게 대꾸했다.

"그 자식을 부를까, 가부?"

히메노가 기쁜 듯이 목소리를 높였다.

"아! 알았다. 그 친구 말이군요!"

가부라기는 고개를 끄덕이더니 두 사람에게 말했다.

"오니하라(鬼原) 선배에게 부탁해보자. 과학경찰연구소의 사와다 도키오(澤田時雄)를 1과로 파견해줄 수 없겠느냐고 말이야."

03 재결성

"나흘이 지났는데도 아무것도 알아내지 못하다니, 대체 어떻게 된 거지?"

나직한 목소리다.

"너희들 사쿠라다몬 밥을 몇 년이나 먹은 거야? 의욕이 없으면 빨리빨리 직업을 바꿔."

억양이 없는 담담한 말투였다. 하지만 백 명이 넘는 수사관 모두가 침묵하는 바람에 대회의실은 물을 끼얹은 듯이 조용했다.

목소리의 주인은 경시청 형사부 수사 1과장 모토하라 요시히코(元原良彦) 경무관이었다. 56세. 예전에는 어려운 사건을 수없이 해결한 뛰어난 형사로 유명해 경시청 안에서는 본명보다 '오니하라'라는 별명으로 더 자주 불린다. 풍채 좋은 체격에 진회색 양복을 입었다.

5월 11일 금요일, 오후 8시 15분. 경시청 6층에 있는 대회의실에는 긴 테이블이 빼곡하게 놓이고 수사관들이 긴장한 표정으로 자리에 앉아 있었다. 그 수사관들 정면에는 긴 테이블 하나가 정면에 놓여 있고 그 중앙에 모토하라가 자리를 잡았다.

모토하라의 왼쪽에는 관리관 사이키 다카시(齊木崇)가 무표정하게 앉아 있다. 계급은 경정. 나이는 가부라기나 마사키보다 아래인 33세. 물론 커리어(일본 국가공무원시험 상급 갑종 또는 I종에 합격하여 간부 후보생으로 중앙부처에 채용된 국가공무원을 일컫는 속칭) 출신으로 경시청에 들어왔다. 고급스럽고 밝은 회색 양복을 입고 무테안경을 썼다. 수사 1과에는 사이키를 포함해 현재 13명의 관리관이 있는데 각자 늘 서너 개의 수사본부를 맡는다.

나흘 전, 내장을 들어내어 살해된 남성 시신이 발견되자 경시청 수사 1과는 바로 세타가야경찰서와 합동으로 특별수사본부를 설치했다. 명칭은 '니코타마가와 강변 살인사건 특별수사본부.' 경시청과 세타가야 경찰서의 수사관들은 철저한 현장 통제 수사와 주변 탐문 수사를 실시해 목격자를 찾기 위해 온 힘을 기울였다.

그러나 시신을 발견한 지 나흘째 되는 지금까지도 수사는 진전이 없었다. 몇 가지 수상한 인물이나 차량 목격 정보는 들어왔지만 범인 파악에는 도움이 되지 않았다. 시신에서 나는 연기를 목격한 사람은 여러 명 있었지만 살해 당시의 유력한 정보는 얻을 수 없었다. 또 시신의 신원도 아직 밝혀지지 않았다. 그래서 수사 상황에 속이 탄 모토하라가 불쑥 수사회의에 나타나 수사관들 모두를 질책하시 시작한 것이다.

"에구, 무서워라."

가부라기 오른쪽에서 마사키가 목을 움츠렸다.

"그렇지만 시신이 나온 지 아직 나흘 밖에 지나지 않았어. 저렇게 화낼 것까진 없잖아. 수사 제1기는 2주간이잖아?"

범죄수사에서 보통 최초 2~3주간을 '제1기 초동수사기간'으로 설정하고, 이 기간에 철저한 기초 수사를 진행한다. 수사관의 집중력을 유지하기 위해서다. 그리고 이 기간은 '인간의 기억은 시간이 흐르면 망각으로 향한다.'고 하는 헤르만 에빙하우스(Hermann Ebbinghaus, 1850~1909, 독일의 심리학자. 실험심리학의 선구자다. '에빙하우스의 망각곡선'으로 유명하다. 주요 저서로 『기억에 관하여』가 있다.)의 법칙에 따른 설정이다.

"그렇죠. 저 양반은 얼굴만 봐도 충분히 무서운데."

마사키의 오른쪽에서 히메노도 속삭였다.

"우리에게 화내는 게 아니야. 오니하라 선배는 범인에게 화를 내는 거지."

가부라기는 작은 목소리로 두 사람에게 말했다.

회의실에 늘어놓은 긴 테이블 제일 뒷줄에 가부라기, 마사키, 히메노, 그리고 또 한 명, 검은색 캐주얼한 양복 안에 흰색 컷소(cutsew)를 입은 젊은 남자가 앉았다. 가느다란 은테 안경을 썼다. 사와다 도키오였다.

사와다는 과학경찰연구소, 약칭 '과경연' 안에 있는 범죄행동과학부 수사지원실 범죄심리분석관, 이른바 프로파일링 전문가다. 전에 6연속살인사건 수사 때도 과경연에서 파견되어 가부라기, 마사키, 히메노와 팀을 이룬 적이 있다. 그때 그가 보여준 독특한 발상에 감탄한 가부라기가 이번에도 수사본부에 파견해 달라고 요청했다.

사와다는 수사회의가 시작되기 직전에 이 회의실에 도착해 당연하다는 듯이 가부라기 팀이 앉은 테이블에 자리를 잡았다. 그리고 인사도 하는 둥 마는 둥 수사회의 전에 배포된 자료 읽기에 몰두했다. 그리고 회의가 시작된 지금도 정신없이 자료를 읽는 중이다. 가부라기도 그 자료를 보았다. 감식과가 정리한 시신 관련 보고서였다.

피해자는 일본인 남성. 나이는 20~30대. 혈액형은 Rh+ A형. 키는 175센티미터 전후, 체중 65킬로그램 전후. 신발은 270밀리미터. 짧은 머리카락. 근육, 골격, 손바닥 피부로 보아 육체노동자나 스포츠 관계자는 아니고 사무직이나 연구직에 종사했을 가능성이 높다. 오른손잡이.

사법해부 결과 왼쪽 아래팔뼈 부분에 오래된 골절 흔적이 있어, 이것은 신원을 밝히는 데 하나의 실마리가 될 것으로 보였다. 폐에는 특별한 이상 없음. 폐 조직 상태로 보아 비흡연자. 다른 내장의 상태는 알 수 없음. 물론 폐를 제외한 대부분의 내장이 제거되었기 때문이다.

온몸에 휘발유를 부어 태운 시신이다. 휘발유는 자동차용 연료가 아니라 캠핑용 버너 등에 사용되는 화이트 가솔린. 아웃도어용품 매장은 물론 백화점, 슈퍼마켓, 할인점, 통신판매 등을 통해서도 쉽게 구할 수 있다. 그리고 시신의 입에서는 범인이 넣은 것으로 추정되는 작은 돌 하나가 발견되었다.

사인은 복부에 난 깊은 자상으로 인한 실혈사로 추정되었다. 그 자상과 목에서부터 복부까지 절개한 부분은 같은 예리한 칼날 종류에 의한 것으로 보이는데, 칼날 종류는 상처 부위가 탔기 때문에 판단이 불가능하다. 시신 아래 지면에 혈액이 스며들어 살해 현장이 시신 발견 현장과 동일하다는 사실이 확인되었다.

시신의 복장은 타고 남은 일부 섬유를 기준으로 판단하면 상의는 흰색 티셔츠에 회색 면 재킷, 하의는 트렁크스에 청바지. 주머니에 있던 타월 손수건, 검은 가죽 벨트, 검은 면양말, 흰색 스니커. 모두 전국에 매장이 있는 대형 의류 양판점에서 취급하는 오리지널 상품이라 전국적으로 대량 판매되고, 온라인 판매도 하기 때문에 구입한 지역을 확인하기는 불가능하다. 이 특징으로 미루어 피해자는 부유층이 아니며 복장에 별로 신경을 쓰지 않는 사람으로 보인다.

가방, 지갑, 정기 승차권 케이스, 휴대전화, 손목시계 같은 소지품은 발견되지 않았다. 범인이 가지고 갔을 가능성이 높아 보였다. 다만 유일하게 시신 아래서 피해자의 것으로 추정되는 은 목걸이가 남아 있었다.

시신을 처음 발견한 사람은 오전 5시경 개 산책을 시키러 나온 근처에 사는 노인. 평소에는 들어가지 않는 풀숲으로 개가 들어가는 바람에 거기서 연기가 오르는 시신을 발견하고 서둘러 경찰에 신고했다고 한다. 그 밖에도 인근 주민들로부터 전날 밤 음식물 쓰레기를 태우는 듯한 냄새가 났다는 증언

을 얻었다. 평소 강변에서는 쓰레기를 불법소각하거나 젊은
이, 노숙인들이 모닥불을 피우는데 트러블이 생길까 두려워서
보고도 못 본 척한다고 한다.

시신 발견과 동시에 꼼꼼한 현장 검증과 유류품 수색이 이
루어졌다. 그리고 수사 1과와 관할인 세타가야 경찰서를 총동
원해서 현장 주변에 대한 철저한 탐문 수사가 시작됐다. 그러
나 아직 범인과 피해자 목격정보는 들어오지 않았다. 주변에
서 행방불명된 사람도 발견되지 않고 실종 신고나 수배 중인
도주범 리스트에도 특징이 일치하는 인물은 없었다.

"다키무라, 지문이나 DNA도 소용없나?"

모토하라가 제일 앞줄에 앉은 감식과 다키무라 경위를 보았
다. 다키무라가 일어섰다.

"피해자에게는 범죄 경력이 없는 것 같고, 본청 데이터베이
스에 피해자의 것과 일치하는 지문이나 DNA도 없었습니다.
애당초 지문 감정이나 DNA 분석은 시신과 대조할 사람이 좁
혀져야 비로소 의미가 있는 것이라⋯⋯."

다키무라는 어깨를 움츠리며 말을 이었다.

"현재 법의학 전문가의 협조를 얻어 두개골을 이용해 피해
자의 얼굴 생김새를 복원하고 동시에 몽타주를 만들고 있습니
다. 이 작업은 내일까지 시간을 주십시오."

"돌은 어떤 의미가 있나?"

모토하라는 시신 입에 있던 작은 돌에 대해 물었다. 다키무
라는 한숨을 내쉬었다.

"아직 확인된 게 없습니다. 돌도 탔으니 불을 붙이기 전에 범인이 넣었을 겁니다만……."

모토하라는 말없이 고개를 끄덕이더니 회의실을 둘러보고 말했다.

"다음, 치아 쪽은?"

다키무라를 대신해 담당 수사관이 벌떡 일어섰다.

"일본치과의사회를 통해 전국 치과의사에게 치아 관련 조회를 요청했습니다. 하지만 아직 해당 환자가 떠오르지 않습니다. 치아 치료 흔적이 무척 오래된 것 같습니다. 석고 틀의 보존 의무는 없고, X선 사진의 보존 의무는 5년입니다. 이미 폐기했을 가능성이 큽니다. 무엇보다 입안이 불에 탔기 때문에 치아 자체의 손상도 심합니다."

"알았네."

퉁명스러운 모토하라의 목소리에 일어섰던 수사관은 얼른 자리에 앉았다.

치아를 이용한 신원 파악도 완전하다고는 할 수 없다. 대형 사고나 재해를 예로 들면, 신원이 밝혀지는 비율은 1985년에 일어난 일본항공기 추락사고 때 약 40퍼센트, 2001년의 뉴욕 동시 다발 테러 때 약 35퍼센트, 2004년 수마트라 앞바다 지진 때 약 56퍼센트였다. 즉 시신의 신원 미확인 비율이 상당히 높았던 것이다. 현재 치과치료 기록과 개인정보 데이터베이스화가 필요하다는 목소리가 있지만 아직 실현되지는 않은 상태다.

"그러면 남은 것은……."

모토하라가 긴 테이블에 두 팔꿈치를 얹고 손가락으로 깍지를 끼면서 회의실 맨 뒷부분으로 시선을 옮겼다.

"마사키."

"예, 옛!"

마사키가 의자에서 벌떡 일어섰다.

"그러니까, 피해자 시신 아래서 발견된 은 목걸이가 있습니다만."

허둥지둥 수첩을 꺼내 뒤적이면서 마사키는 중얼거리기 시작했다.

"취급할 가능성이 있는 가게를 관할 경찰서와 협력해 철저하게 조사하고 있습니다. 백화점, 유명 브랜드의 지역 매장, 보석상, 액세서리가게, 수입 잡화상에 패션 매장, 금속공예 문화강좌, 통신판매 잡지, 온라인 매장, 옥션, 전당포, 양판점, 재활용품 가게, 그리고……."

"이제 그만 됐네."

"아, 예. 소재는 순은, 대량생산품은 아닙니다. 수공예품이며 만든 방법은 로스트 왁스나 실버클레이가 아니라 금속을 쪼아 만든 것입니다. 아마추어가 아니라 전문가가 만든 것이라고 합니다."

로스트 왁스란 밀랍 틀에 녹인 은을 부어 만드는 제조접이고 실버클레이는 은이 포함된 점토를 빚어 구워 굳히는 제작법이다. 둘 다 은 세공에서는 비교적 간단한 방법으로 꼽힌다.

하지만 직접 쪼아 만드는 방법은 딱딱한 은을 직접 가공하는 것이기 때문에 숙련된 전문가가 아니면 힘들다.

"만든 사람만 알면 주문한 손님을 알아낼 수 있을 테니 사진을 언론사에 내보내 제보가 들어오기를 기다리기로 했습니다. 그리고 서둘러 실물 사진을 넣은 포스터를 만들어 바로 전국에 붙일 예정입니다."

"서둘러."

"예, 옙! 알겠습니다!"

마사키는 큰 목소리로 얼른 대답하고 바로 앉았다.

"과장님."

어느 수사관이 오른손을 들었다.

"피해자의 배를 갈라 내장을 끄집어낸 녀석입니다. 범인은 정신이상 묻지 마 살인자 또는 피해자에게 깊은 원한을 지난 놈, 둘 중 하나로 보면 되지 않을까요?"

그 수사관이 말을 이었다.

"게다가 시신에 화이트 가솔린을 끼얹어 태우고 도망치기까지 했습니다. 이건 피해자의 신원을 감추기 위한 게 틀림없습니다."

"그래서 범인이 노린 대로 수사는 제자리걸음이라는 건가?"

모토하라는 그렇게 중얼거리더니 갑자기 손바닥으로 책상을 쾅 두드렸다. 회의실에 모인 수사관 전원이 허리를 쭉 폈다.

"범행 현장 주변 조사, 구역 분담 탐문 수사, 증거품, 모든 수사에서 실수하지 말도록. 피해자 신원을 빨리 밝히고 만난 적이 있는 놈은 모조리 조사해. 범행 당시 반경 5킬로미터 안에 있던 사람은 한 명도 남김없이 직접 만나 이야기를 들어."

침묵하는 대회의실에 모토하라의 낮은 목소리가 계속 흘렀다.

"현장을 샅샅이 조사하도록. 머리카락 한 올 놓치지 마라. 덴엔토시선, 오이마치선, 주변 간선도로를 이용하는 사람은 한 명도 빠짐없이 체크해. 그렇게 해도 아무것도 나오지 않는다면 처음부터 다시 한 번 훑어. 범인의 꼬리를 잡을 때까지는 몇 번이고 계속해. 알겠나?"

예, 알겠습니다. 백 명이 넘는 수사관이 일제히 짧게 대답했다. 그리고 다들 자리에서 일어나려고 하는데 회의실 뒤편에서 목소리가 들렸다.

"범인이 시신을 태운 것은 신원을 숨기기 위한 게 아닙니다."

수사관들은 다들 엉거주춤한 채로 뒤를 돌아보았다. 회의실 맨 뒷줄, 가부라기, 마사키, 히메노와 같은 긴 테이블 왼쪽 끝에 은테 안경을 쓴 젊은 남자가 아무런 표정 없이 오른손을 높이 들고 있었다. 사와다였다.

"뭐?"

모토하라의 눈이 살짝 가늘어졌다. 애가 단 마사키가 사와다를 노려보며 작은 목소리로 속삭였다.

"야, 야! 도키오! 모처럼 오니하라 선배의 설교가 짧게 끝나는데 왜 네가 굳이 꺼져가는 불에 부채질이냐?"

하지만 사와다는 아랑곳하지 않고 그대로 일어서서 말을 이었다.

"신원을 숨기기 위해서라면 생김새를 알아볼 수 없도록 얼굴을 짓이기고, 지문을 뜰 수 없도록 양쪽 손가락을 태우고, 치아를 망가뜨리는 등 신원을 확인할 수 있는 부위를 훼손할 겁니다. 그렇지만 이번에는 시신을 불태우기는 했지만 얼굴이나 손가락, 치아가 그대로입니다. 즉 범인이 시신을 태운 이유는 신원을 감추기 위한 것이 아니라는 이야기입니다."

"호오."

모토하라는 고개를 끄덕이더니 사와다에게 이렇게 물었다.

"그럼 불에 태운 이유는 뭔가?"

"모르겠습니다."

사와다는 무표정하게 대답하고 다시 말을 이었다.

"그렇지만 뭔가 이유가 있었을 겁니다. 그렇게 생각하면 시신의 목과 복부를 가르고 장기 대부분을 꺼내간다는 이해할 수 없는 행동도 원한이나 변태 성향 같은 것이 이유는 아닐 겁니다. 뭔가 합리적인 이유가 있어서 그렇게 했을 거라고 생각해야 합니다."

"저도 그렇게 생각합니다."

사와다의 왼쪽에 있던 히메노가 자리에서 일어섰다.

"단순히 내장을 시신 주변에 뿌려놓고 갔다면 깊은 원한이나 변태의 행동일지도 모르죠. 그렇지만 이번에는 내장 대부분을 어디론가 가지고 갔습니다. 그건 내장을 거기에 남겨두어서는 안 될 이유가 있다는 이야기 아닐까요?"

"그 이유라는 건?"

"모르겠습니다."

히메노도 태연하게 대답했다.

"그렇지만 범인은 어떤 이유가 있어서 내장을 가지고 갔고, 같은 이유로 시신을 태운 겁니다. 그 이유만 알아내면 범인이 누군지 밝힐 수 있을 겁니다."

회의실에 있는 수사관들이 술렁거리기 시작했다. 한숨도 섞여 나왔다.

"나 참. 햇병아리 두 명이 무슨 소리를 하나 싶었더니 결국 모릅니다, 모릅니다, 이거로군."

"내장을 가지고 갈 이유라는 게 있나? 그런 걸 가지고 돌아가서 어떻게 하려고."

"시신을 이렇게 훼손했는데 원한에 의한 범죄의 가능성을 지운다는 건 아무래도 지나친 생각이지."

"제정신인 인간이 저지른 짓이라고는 생각할 수 없어. 정신 이상자가 저지른 범행이라고 볼 수밖에 없는데."

"가부라기와 마사키는 저 애들을 어떻게 다루는 거야?"

마사키는 불안한 듯이 주위를 두리번거리며 고개를 숙이고 손을 뻗어 사와다와 히메노의 옷자락을 잡아당겼다.

"야! 너희들 그만 앉아! 수사회의라는 건 말이야, 굳이 재미있는 이야기를 하지 않아도 되는 자리야!"

"가부라기."

모토하라가 가부라기를 나직한 목소리로 불렀다.

"너희 팀 젊은이들이 이렇게 이야기하는데?"

사와다, 히메노에 이어 가부라기도 벌떡 일어났다.

"아, 예. 저어……."

회의실에 있는 수사관 모두가 가부라기를 주목했다. 그 시선을 받으며 가부라기는 얼른 머릿속을 정리했다. 그 잔혹한 시신을 보면서 그는 틀림없이 묘한 위화감을 느꼈다. 가부라기는 그 위화감의 원인을 깨달았다.

"시신의 자세가 마음에 걸립니다."

"자세?"

모토하라가 되묻자 가부라기는 고개를 끄덕였다.

"다키무라 주임의 의견에 따르면 시신은 양발을 모으고 몸을 쭉 편 채 양손을 배 위에 얹고 있었다고 합니다. 즉 범인이 시신을 태우기 전에 그런 자세로 만들었다는 이야기죠."

"다키무라."

모토하라가 이름을 부르자 감식과의 다키무라가 얼른 일어섰다.

"아, 예. 시신은 몸을 웅크렸지만 정확하게 좌우대칭 상태였습니다. 게다가 팔꿈치 각도로 보아 양 팔꿈치는 불에 타기 전부터 이미 90도 이상의 각도로 굽어져 있었다고 부검의가 말씀하셨습니다. 즉 가부라기 경위가 말씀드린 그 자세입니다."

가부라기는 다키무라에게 고개 숙여 인사를 하고 말을 이었다.

"그렇다면 이건 마치 장례 때 입관하는 자세입니다. 범인은 왜 시신을 그런 자세로 만들었을까요? 배를 가르고 불을 지르는 잔인함과는 모순된 행동이라고 생각합니다. 저는 뭐랄까…….."

가부라기는 망설이듯 말을 끊었다가 이렇게 이었다.

"범인이 시신에게 표하는 사죄의 뜻이랄까, 참회의 뜻 같은 게 느껴집니다."

그렇게 말하면서 가부라기는 스스로 발언이 그럴듯하다는 생각이 들었다. 자기가 죽인 피해자에 대한 사죄, 혹은 연민. 자기 행위에 대한 깊은 후회, 혹은 슬픔……. 시신의 몸을 가지런히 하고, 양손을 배 위에 얹어놓는다는 범인의 행위에서 가부라기는 그런 것을 느꼈다.

"……어쩌면 범인은 피해자에게 원한이 있었던 게 아니라 뭔가 사정이 있어서 어쩔 수 없이 죽이고 피치 못하게 그런 짓을 저지른 걸지도 모릅니다."

가부라기의 말에 회의실이 일제히 술렁거리기 시작했다. 물론 그 대부분은 말도 안 된다는 소리였다.

수사관 가운데 한 명이 화난 표정으로 손을 들었다.

"과장님, 그렇게 끔찍한 짓을 저지르고 사죄를 하다니, 그건 앞뒤가 맞지 않습니다. 시신의 몸을 가지런하게 만든 것은 그냥 그렇게 하는 게 태우기 편해서 아닐까요? 팔다리를 활짝 편 자세라면 휘발유를 뿌릴 때 낭비가 많을 테니까요."

다른 수사관이 냉정하게 발언했다.

"가부, 범인은 죽인 다음에 시신을 보고 겁이 나서 원한이

맺히지 않도록 시신의 자세를 다듬어준 게 아닐까? 생각해봐, 죽인 상대가 매일 꿈에 나타나거나 해서 견디지 못하고 자수하는 녀석도 가끔 있잖아?"

"그래, 그럴지도 모르지."

가부라기는 회의실을 둘러본 뒤 모토하라를 바라보았다.

"그렇지만 일단 시신을 보고 저는 그런 인상을 받았습니다. 그래서 과경연에서 사와다를 불러온 겁니다. 사와다와 히메노는 시신의 이상한 상태를 보고 범인이 누군지 판단할 실마리가 있을 거라고 합니다. 저도 그 가능성을 찾아보고 싶습니다. 과장님, 허락해주시겠습니까?"

마사키가 이번에는 가부라기의 옷자락을 세게 잡아당겼다.

"너까지 이러기냐! 어째서 너희들은 하나같이 그렇게 생각이 꼬였어?"

모토하라는 잠시 침묵했지만 이윽고 입을 열었다.

"수사는 애초 예정대로 계속 진행한다."

회의실 모두가 조용히 모토하라의 말에 귀를 기울였다.

"우선 피해자 신원 파악에 온 힘을 기울이면서 동시에 세타가야 구와 가와사키 시를 중심으로 탐문 수사를 펼쳐 이상성격자 정보를 수집한다. 이게 제1단계. 그리고 피해자 신원이 밝혀진 뒤에는 관계자 전원, 특히 원한을 품을 만한 인물을 살살이 훑어라. 그게 제2단계다. 각 수사관에게는 따로 세부적인 수사 내용을 지시하겠다."

마사키가 의기양양한 표정으로 콧방귀를 뀌고 서 있는 세 사람을 쳐다보며 말했다.

"그것 보라니까! 이건 누가 보더라도 원한이거나 변태 새끼가……."

"그리고 가부라기. 히메노, 사와다."

불쑥 모토하라가 이름을 불렀다.

가부라기, 히메노, 사와다, 그리고 마사키까지 네 명은 동시에 고개를 들어 모토하라를 보았다.

"너희들 이야기에는 아무런 근거도 없다. 하지만 그렇게 신경이 쓰인다면 잠시 너희 뜻에 따라 행동해봐. 다만 추가 인력은 지원할 수 없다."

"옛!"

"과장님, 감사합니다."

히메노가 기쁜 표정으로 경례를 하고 가부라기는 꾸뻑 고개를 숙였다. 사와다도 말없이 고개를 숙였다.

"마사키. 넌 어떻게 할 건가?"

모토하라의 질문에 마사키는 당황한 표정으로 자기 얼굴을 가리키며 물었다.

"예? 저, 저 말입니까?"

서 있던 가부라기, 히메노, 사와다가 마사키를 빤히 내려다보았다. 마사키는 고개를 숙이고 한숨을 푹 내쉬었다. 그리고 천천히 일어나 재판장에서 선서할 때처럼 오른쪽 손바닥을 정면으로 향하고 슬픈 목소리로 이렇게 말했다.

"물론 저도 처음부터 평범한 동기는 아닐 거라고 생각은 했습니다."

모토하라가 마사키의 말에 고개를 살짝 끄덕였다.

그때 모토하라의 오른쪽에 앉은 사이키 관리관이 혼잣말하
듯 중얼거렸다.

"바둑으로 이야기하면 '사석'인가요? 아니면 룰렛을 할 때
칩을 모든 숫자에 배팅하는 편이신가?"

모토하라가 사이키를 보았다.

"뭐, 하고 싶은 말 있나?"

"아뇨. 그냥 뜻대로 하시죠. 이 수사 1과 과장 아니십니까?"

사이키는 앞을 보면서 그렇게 말했다. 모토하라는 콧방귀를
뀌고 고개를 돌리더니 회의실에 있는 전원의 얼굴을 천천히
둘러보았다. 그리고 백 명이 넘는 수사관들을 향해 격양된 목
소리로 이렇게 말했다.

"1분 1초라도 빨리 범인을 잡아 수갑을 채워. 그런 터무니
없는 짓을 저지른 놈에게 이 세상 공기를 느긋하게 즐기도록
해줄 수는 없어. 재판에 넘겨 교도소에 처넣어야지. 결코 용서
할 수 없는 죄를 지은 걸 죽을 때까지 후회하도록 만들어야 한
다. 알겠나?"

옙, 하는 우렁찬 대답과 함께 전원이 자리를 박차고 일어났다.

"그러면 가부라기 데쓰오 경위가 이끄는 특별수사반, 줄여
서 '가부라기 특수반'의 두 번째 결성을 축하하며, 건배!"

히메노는 팔을 잔뜩 뻗어 맥주가 든 자기 잔을 가부라기, 마

사키, 사와다의 잔에 억지도 부딪쳤다.

같은 날, 그러니까 5월 11일 금요일 오후 10시 30분.

수사회의를 마친 뒤, 네 사람은 늦은 저녁 식사를 하기 위해 경시청 근처 작은 꼬치구이 집에 와 있었다. 가부라기가 자주 식사를 하러 오는 곳인데 1층에는 카운터와 테이블 석, 2층에는 작은 방이 있다. 네 명은 2층의 다다미 깔린 작은 방에 자리를 잡았다. 식탁 한가운데는 꼬치구이가 잔뜩 쌓인 커다란 접시. 그 옆에는 주먹밥과 채소 절임이 놓인 접시가 나란히 놓여 있었다.

"뭐가 가부라기 특수반이라는 거야. 게다가 왜 내가 또 그 안에 포함되어야 하는 거지?"

마사키는 투덜거리면서 단숨에 잔을 비웠다. 그리고 꼬치구이 접시로 손을 뻗어 닭 날개 끄트머리 꼬치를 집어 들고 뼈째로 입에 물더니 옆으로 쭉 잡아당겼다.

마사키는 구로다 구 무코지마 출신이라 어려서부터 서민적인 동네의 노인들에 둘러싸여 자랐다고 한다. 그 때문인지 에도(도쿄 도 동쪽 지역을 가리키던 옛 이름. 1603년 이후 일본 정치의 중심지가 되었다.) 토박이 기질이라 성미가 거칠고 말투도 좀 낡았다.

가부라기가 마사키의 잔에 맥주를 따랐다.

"뭐, 괜찮잖아. 우리 같은 괴짜 가운데 너처럼 정신이 제대로 된 인간이 있으니 마음이 놓인다."

마사키는 잔을 슬쩍 들어 가부라기가 따라주는 맥주를 받았다.

"빤히 알잖아. 난 말이야, 네가 위태로워서 두고 볼 수가 없어서 그때 오니하라 선배에게 그렇게 대답한 거지. 고맙게 여겨."

마사키는 닭 날개의 뼈를 자기 개인 접시에 내려놓고 새로 따른 맥주를 단숨에 목구멍에 쏟아 넣었다.

"도대체가 말이야, 너희들 너무 협조심이 없어. 뭐라고 해야 할까, 인화(人和)라고 하던가? 특히 너, 히메. 다른 분이 하는 말씀에 반대만 해서 출세할 수 있겠냐? 가부야 손을 쓰기에는 이미 늦어서 아무렇게나 되어도 상관없지만."

"출세하고 싶어서 경찰관을 하는 게 아니에요. 이 세상의 악과 싸우기 위해 하는 거죠."

히메노가 태연한 표정으로 대꾸했다. 히메노 히로미는 스물여섯 살. 4년 전에 들어가기 가장 어렵다는 국립대학 법학부를 졸업했는데 2년 동안 해외 유학을 한 뒤, 2년 전에 상급공무원 시험을 치르지 않고 일반 채용으로 경시청에 들어온 별종이다. 경찰학교를 수석으로 졸업하고 본인의 강력한 희망에 따라 형사부 수사 1과에 배치되었다.

어렸을 때 부모를 잃고 자산가인 큰어머니 밑에서 자라 지금도 기치조지에 있는 큰어머니 집에서 사는 모양인데 자세한 사정은 가부라기도 잘 모른다.

"그런데 말이야, 사와다."

가부라기는 말없이 주먹밥을 베어 무는 사와다에게 말했다. 사와다는 히메노와 같은 나이인 스물여섯 살. 졸업한 대학도 히메노와 같지만 사와다는 문학부에서 사회학과 심리학을 전공하고 프로파일링 전문가가 되기 위해 과학경찰연구소에 들어갔다고 한다.

"이번 시신 말이야. 범인이 피해자의 내장을 꺼내 갔다는 건 내장에 뭔가 특징이 있기 때문이라는 이야기 아니겠어? 질환이라거나 이상이라거나 수술 흔적 같은 것. 그 특징을 가지고 피해자 신원을 밝히지 못하도록 범인이 내장을 제거해 가지고 간 거지."

"아까도 말씀드렸지만요."

사와다는 손가락에 묻은 밥알을 어린애처럼 핥아먹으며 가부라기를 보았다.

"범인은 피해자의 신원을 숨기기 위한 조작은 전혀 하지 않았습니다. 만약 신원이 밝혀지면 곤란하다고 생각했다면 시신에 다른 방법으로 손을 더 댔을 거라고 생각합니다. 다시 말씀드리지만, 내장을 꺼내간 것이나 시신을 불태운 행동도 다른 이유가 있기 때문이죠."

마사키가 다 먹은 꼬치를 한 손에 들고 흔들면서 물었다.

"그럼 말이야, 가방이 있었는지 어떤지는 모르지만 지갑이나 면허증 종류, 휴대전화 같은데 보이지 않는 건 왜지? 피해자 신원을 숨기기 위해서였을 거잖아?"

그러자 히메노가 끼어들었다.

"지갑이나 정기 승차권 케이스에 자기 신상 관련 내용이 적힌 메모가 들어 있거나 휴대전화에 통화나 메일 흔적이 남아 있을까봐 두려웠던 거 아닐까요?"

"뭐 그럴지도 모르지만."

마사키는 마지못한 표정으로 고개를 끄덕이면서 이번에는
쓰쿠네(생선살을 다져 닭고기 같은 것에 달걀을 묻혀 적당한 크기로 빚어
구운 음식) 쪽으로 손을 뻗었다. 히메노가 고개를 꼬았다.

"차라리 시신을 통째로 가지고 가서 소지품과 함께 처리하
는 게 낫지 않았을까? 그렇게 하면 살인사건이 있었다는 사실
자체를 알리지 않을 수 있었을지도 모르는데. 왜 시신을 강가
에 두고 간 거지?"

쓰쿠네를 한 입 씹으며 이번에는 마사키가 역습했다.

"그런데 말이야, 히메. 한 사람의 시신을 없앤다는 건 그리
만만한 일이 아니거든. 그래서 자주 제대로 처리하지 못한 토
막시신이 발견되는 거 아니야? 그중에서도 제일 처리하기 곤
란한 건 뼈야."

그러자 사와다가 마사키의 개인 접시로 손을 뻗어 닭 날개
뼈를 집어 들었다. 그리고 그 뼈를 바라보면서 히메노에게 말
했다.

"2005년에 후쿠오카 현에서 살인을 저지른 도예가가 시신
을 가마에서 태워 처리하려고 하다가 결국 뼈가 발견되어 체
포된 사건이 있었지. 도예 가마는 온도가 1,300도나 되는데,
사람 뼈는 그래도 남아 있었어. 일반인이 시신을 완전하게 처
리하기는 일단 불가능하다고 봐야 할 거야. 운반하는 과정까
지 포함해서 체포될 위험성이 높아지지."

마사키가 노골적으로 얼굴을 찌푸렸다.

"야, 도키오. 내가 먹은 닭 날개 뼈를 시신 설명에 쓰지 마."

히메노도 마사키가 집어 든 쓰쿠네를 보면서 고개를 끄덕였다."

"맞아. 시신의 살만이라면 생선살처럼 다져서 처리할 수 있을지도 모르지만."

마사키는 먹으려던 쓰쿠네를 자기 접시에 내려놓고 슬픈 표정을 지으며 중얼거렸다.

"난 이 자식들하고 꼬치구이 집에 오기 정말 싫어."

쓴웃음을 짓는 가부라기에게 사와다가 불쑥 이렇게 물었다.

"가부라기 선배, 시신 자세에서 범인이 피해자에게 사죄하는 느낌이 들었다고 말씀하셨잖아요?"

"그래. 그런 느낌이 들었어."

가부라기는 자신 없는 표정으로 대답했다. 그러자 사와다가 다시 물었다.

"그러면 범인은 어떤 사정이 있어서 어쩔 수 없이 피해자를 죽이고, 어쩔 수 없이 그 배를 갈라 내장을 꺼냈으며, 어쩔 수 없이 휘발유를 부어 불태웠다, 이런 이야기가 되네요?"

히메노가 고개를 저었다.

"그럴 수가 있을까? 그렇게 잔인하게 죽인 상대에게 사과하다니."

"그럴 리가 없다고 하면 반론하기 어렵지만."

생각에 잠기듯 가부라기의 시선은 허공을 헤맸다.

"물론 회의에서도 지적되었듯이 죽인 뒤에 무서워서 사죄했다고 생각할 수도 있겠지. 쓸데없는 어림짐작은 피하는 게 좋아. 남은 것은……."

"남은 것은, 뭐죠?"

사와다의 물음에 가부라기는 시선을 허공에 던진 채 고개를 끄덕였다.

"그 작은 돌이 아무래도 신경 쓰여."

"작은 돌이라면, 그 시신 입안에 있던 거요?"

히메노가 확인하자 가부라기도 고개를 끄덕였다.

"범인은 왜 시신 입안에 작은 돌을 넣었을까? 분명 이유가 있을 텐데……."

마사키가 손뼉을 짝 쳤다.

"일단은 피해자 신원을 밝혀내는 수밖에 없어! 이런저런 생각은 그다음에 하지. 어, 그게 없네?"

마사키가 두리번두리번 테이블 위를 둘러보자 히메노가 물었다.

"뭘 찾는데요?"

"이쑤시개. 이쑤시개 찾는 거야. 사람은 나이가 들면 치아 사이가 벌어져서 음식물이 잘 껴. 특히 이런 닭고기처럼 섬유질 같은 게 있는 것은. ……아아, 여기 있군."

기분 좋다는 듯이 이쑤시개를 쓰는 마사키를 사와다가 물끄러미 바라보았다.

그때 전화 벨소리가 좁은 방 안에 울려 퍼졌다. 네 사람은 주위를 둘러보다가 이윽고 마사키, 히메노, 사와다의 시선이 가부라기 쪽으로 향했다. 가부라기도 그제야 세 사람의 시선을 깨닫고 서둘러 양복 안주머니에 오른손을 찔러 넣었다. 가부라기의 휴대전화 착신음이었다.

"야, 야. 왜 그렇게 시대에 뒤떨어진 소리를 넣었냐? 쇼와 시대로 돌아간 줄 알았네."

마사키가 맥 빠진다는 듯이 말했다.

"저 소리 때문에 가부라기 선배는 비상벨이 울려대는 중에 고층빌딩 옥상에서 떨어지는 꿈을 꾸었답니다."

히메노가 재미있다는 듯이 설명했다.

"아니야, 그건 비닐봉지를 쓰고 잤기 때문이지. ……예, 가부라기입니다."

가부라기는 정정하다가 전화를 받고 작은 목소리로 통화하기 시작했다. 통화하면서 수첩을 꺼내더니 뭔가 메모했다. 그러는 사이에 히메노는 오늘 아침에 있었던 일을 마사키에게 설명했다.

마사키는 한숨을 푹 내쉬더니 팔짱을 끼며 조용히 말했다.

"가부도 아내에게 버림받은 뒤로 여전히 풀이 죽어 지내는군. 어디 없으려나? 저런 별 볼일 없는 박봉의 중년 홀아비라도 참고 살겠다는 기특한 여성은?"

"마사키 선배도 동갑이잖아요? 남보다 선배 먼저 어떻게 좀 해보시죠?"

히메노의 말에 사와다도 이상하다는 표정으로 말했다.

"마사키 선배, 독신이세요?"

"뭐가 잘못되었냐? 난 이상이 높아서 말이야. 눈이 이렇게 큼직하고 머리가 좋고 성격 좋고 얼굴 하얗고 쭉쭉빵빵이 아니면 관심이 가지 않거든."

두 손을 야릇하게 움직이며 몸을 꼬는 마사키를 보고 히메노는 기가 막혔다.

"설사 그런 사람이 있다고 해도 마사키 선배를 상대할 리 없잖아요."

"흥, 모르냐? 이래봬도 파출소에 근무할 때 말이야, 기동경찰대 여자애들이 날 둘러싸고 매일 쟁탈전을 벌……."

"마사키, 히메노, 사와다."

가부라기가 전화를 끊으며 말했다.

"내일은 아침 일찍 출장이다. 오늘은 그만 들어가지."

"조바에서 온 전화입니까?"

히메노가 주먹밥을 하나 집으며 물었다. '조바(帳場)'란 수사본부를 가리키는 은어다.

"그래. 그 목걸이 말이야, 사진이 저녁 뉴스에 나간 덕분에 제보 전화가 꽤 많이 들어온 모양이군. 일손이 부족해서 우리도 그 가운데 한 건 할당받았어. 사이키 관리관 지시라고 하더군."

"출장이라고 하셨죠? 도쿄 도내가 아닌가요?"

사와다가 물었다. 가부라기는 고개를 끄덕였다.

"군마 현이야. 시부카와(渋川) 시에 있는 수제 액세서리 가게 주인이 자기가 만든 건지도 모르겠다고 했대. 다른 정보 제공은 모두 수도권이라 탐문 수사와 병행해서 진행되지만 이 한 건만은 거리가 있어서 우리가 갔으면 좋겠다는군."

마사키가 의심스럽다는 듯이 미간을 찌푸렸다.

"군마? 먼 곳이네. 허위정보 같지는 않아? 그런데 그 다타리(祟り, 재앙, 뒤탈 등의 뜻을 지닌 말) 녀석, 너무하네."

고개를 갸웃거린 뒤 마사키는 부아가 치민다는 듯이 아랫입술을 삐죽 내밀었다. '다타리'란 수사 1과 안에서 사이키 다카시 관리관을 부르는 별명이다. 이름의 祟(다카시)라는 글자가 재앙이나 뒤탈을 뜻하는 祟(다타리)라는 글자와 비슷해서 붙은 별명인데 물론 거기에는 수사관들의 야유가 담겨 있다.

"조바에서 우리를 바둑의 사석이나 룰렛의 칩이라고 부르더니 일찌감치 뺑뺑이를 돌리는군. 이거 못살게 굴겠다는 심보 아니야? 현장 주변 수사나 탐문 수사에서 빠진 건 사실이지만 우리가 노는 줄 아는 모양이네."

히메노가 달래듯 말했다.

"선배, 시부카와라면 온천이 있는 곳 아닌가요? 시부카와온천. 유명한 이카보온천도 시부카와 시내에 있어요. 그리고 군마 현은 닭 꼬치구이도 맛있을걸요? 조슈 토종닭의 산지이니까요."

"정말이냐? 탐문 수사보다 토종닭이 낫지(구역을 정해 진행하는 탐문 수사를 뜻하는 지도리地取り와 토종닭을 뜻하는 지도리地鳥가 일본어로 발음이 같기 때문에 하는 말장난)."

갑자기 마사키의 눈이 빛났다.

"좋았어! 가부라기 특수반, 내일 아침부터 시부카와로 출동이다! 야, 가부. 출장경비를 쓸 수 있을 거잖아. 가능하면 1박 2일로 갈 수 없을까?"

"군마는 1박할 수 없을 거야."

가부라기는 쓴웃음을 지었다.

"신주쿠에서 JR 쇼난신주쿠선을 타고 다카사키로 가서, 거기서 조에쓰선으로 갈아타면 시부카와야. 2시간쯤이면 도착할걸."

"제 차를 가지고 가겠습니다!"

히메노가 번쩍 오른손을 들었다.

"시부카와라면 간에쓰(関越)의 시부카와이카보 나들목이죠? 네리마(練馬)에서 1시간도 걸리지 않죠."

"너는 운전을 거칠게 해서. 경찰관답게 좀 제대로 안전운전해야지. 그럼 가부, 내일을 위해 이제 슬슬 일어날까?"

마사키가 들뜬 목소리로 말하며 자리에서 일어났다. 가부라기도 일어서면서 히메노에게 물었다.

"그런데 말이야, 히메. '드래곤플라이'라는 게 무슨 뜻이지?"

히메노는 일어서면서 대답했다.

"잠자리예요."

"잠자리?"

가부라기는 무심코 히메노의 얼굴을 보았다.

"예. 영어로 곤충인 잠자리를 가리키는 말이죠. 그게 왜요?"

가부라기는 생각에 잠긴 표정으로 히메노에게 말했다.

"시부카와 시에 있는 액세서리 가게 이름이 '드래곤플라이'
라는군."

04 잠자리 마을

편도 3차선 간에쓰고속도로. 적색 경광등을 켠 쐐기 모양의 검은 세단이 오른쪽 추월차선을 무서운 속도로 질주했다. 히메노가 운전하는 알파로메오 159ti였다. 앞에 가는 차들이 튕겨나가듯 왼쪽으로 차선을 변경해 길을 비켜주었다.

"우하하하! 이거 재미있군. 히메, 저기 저 트럭도 추월해!"

운전석 뒷좌석에 거만한 자세로 앉은 마사키가 앞을 가리키며 신나는 듯 턱짓을 했다.

"마사키 선배, 정말 괜찮겠어요? 긴급통행차량인 척하고 달리는데?"

히메노는 그렇게 말하면서도 앞선 트럭과 거리를 좁히고 오른쪽 깜빡이를 켠 채 헤드램프를 번쩍번쩍 비추며 재촉을 했다. 트럭은 왼쪽 깜빡이를 켜고 천천히 중앙 차선으로 이동했다. 그러자 히메노는 패들시프트를 당겨 기어를 낮추면서 동시에 가속 페달을 밟았다. 엔진 회전수를 충분히 올린 다음 히메노는 다시 변속 레버를 밀었다. 순간 풀타임 사륜구동 알파로메오 159ti는 채찍이라도 맞은 듯 네 바퀴로 지면을 박차며 눈 깜빡할 사이에 대형 트럭을 앞질렀다.

"좋았어! 오니하라 선배가 '1분 1초라도 빨리 범인을 잡아라.'라고 했잖아. 우린 그래서 군마로 가는 거야. 그러니 느긋하게 차를 몰 수 있겠느냐고."

마사키 옆에 앉은 가부라기가 한숨을 내쉬었다.

"마사키, 히메. 한마디 해두겠는데 이 구간 제한속도는 시속 100킬로미터야. 교통 흐름이란 게 있으니까 정확하게 지키라고는 할 수 없지만 속도를 너무 올리지는 마."

"예에! 알겠습니다."

히메노는 그렇게 대답했지만 빨간색 LED 속도계는 시속 160킬로미터를 가리켰다.

5월 12일 토요일, 9시 30분.

가부라기, 마사키, 히메노, 사와다는 히메노가 운전하는 차를 타고 군마 현 시부카와 시로 가는 중이다. 어젯밤에 들어온 잠자리 목걸이에 관한 정보를 확인하기 위해서였다.

"이제 2킬로미터만 더 가면 시부카와이카보 나들목이야. 네리마에서 30분 걸렸나? 군마 현이 생각보다 가까이에 있군."

마사키가 대시보드에 장착된 내비게이션을 들여다보며 흡족한 듯 말했다.

시부카와이카보 출구까지 5백 미터 남았다는 표지판이 보였다. 히메노는 왼쪽 깜빡이를 켜고 바깥 차선으로 접어든 다음 좁은 도로를 타고 간에쓰고속도로를 빠져나왔다.

커브를 도니 요금소가 보였다. ETC(전자요금징수) 통로 쪽으로 대형 트럭 여러 대가 줄을 서 있었다. 대형트럭에는 저마다 엄청난 양의 자갈, 강철 와이어, 철제 건축자재, 목재, 거대한 토관, 그리고 불도저 같은 중장비가 실려 있었다. 히메노는 맨 뒤에 차를 붙였다. 조금 전에 추월한 대형 트럭이 다가와 네 사람이 탄 알파로메오 뒤에 붙었다.

"구마바야시(熊林)건설……인가?"

가부라기가 중얼거렸다. 몇몇 트럭 뒷부분에 대형 건설회사인 구마바야시건설의 깃발이 달려 있었다.

"이 부근에 무슨 큰 공사라도 있는 건가?"

그러자 조수석에 앉은 사와다가 입을 열었다.

"아마 여기서 서쪽으로 갈 트럭일 겁니다."

운전석 뒤에서 마사키가 고개를 갸웃거렸다.

"서쪽? 도키오, 시부카와 시 서쪽에 뭐가 있는데?"

사와다가 카 내비게이션으로 손을 뻗어 표시 범위를 넓혔다. 그리고 JR 아가쓰마선과 나란히 달리는 나가노가도 서쪽의 히류무라라는 지명에서 멈췄다.

"이곳에 히류댐이 생깁니다. 저 트럭은 그 공사 현장으로 가는 거겠죠."

히류댐은 군마 현 아가쓰마 군 히류무라를 흐르는 히류가와 강에 건설 중인 다목적 댐이다. 높이 131미터로 완성되면 중력식 콘크리트 댐으로는 국내에서 손꼽히는 거대한 댐이 된다.

계획이 발표된 건 이미 반세기를 더 거슬러 오른 1952년이
었다. 그때 수도권은 만성적인 물 부족 상태에 놓여 있었고 히
류댐은 그 물병 역할을 맡을 예정이었다. 또한 간토지방을 덮
치곤 하는 대형 태풍과 그로 인한 홍수 피해를 막는 치수 효과
도 기대되었다.

하지만 계획이 발표되자마자 히류무라 주민을 중심으로 거
센 반대운동이 일어났다. 그도 그럴 것이 댐이 완성되면 히류
무라는 부락 전체가 거의 물밑에 가라앉게 될 형편이었다. 그
러나 2005년, 국토교통성은 반대파와 퇴거 보상금에 합의했
고, 2010년에는 이주할 대체 토지에 대한 합의도 이루어졌다.
그리고 같은 해, 히류댐이 본격 착공됐다. 그리고 올여름에는
주요 부분이 완성되어 약 108만 제곱미터의 시험 저수를 시작
하기로 되어 있는 상태였다.

히류댐 건설공사에는 크고 작은 다섯 개 건설 관련회사가
세운 공동기업체 아래 하청을 받은 수많은 건설회사가 참여하
고 있었다. 그 가운데 업계 전국 2위인 대형 건설회사 구마바
야시건설이 설계부터 시작해서 모든 공사를 통괄했다.

"아아, 이제 생각난다. 히류댐이 건설하느냐 마느냐로 몇 십
년이나 싸우고 몇 번이나 백지화될 뻔했던 그 댐이지?"

마사키가 자기 무릎을 탁 쳤다.

"그래서 사업비도 많이 부풀었죠. 제가 히류댐 소동에 개인
적으로 관심이 있어서 자세하게 알아본 적이 있습니다."

히메노가 그렇게 말하며 눈썹을 찌푸렸다.

"정부는 총사업비를 4,600억 엔이라고 발표했지만 반대파는 이것저것 다 포함하면 8,800억 엔에 이른다고 계산했어요. 사실이라면 일본 댐 건설 역사상 가장 비싼 댐이 되는 거죠."

"팔, 천, 팔, 백, 억, 엔? 금액이 너무 커서 감이 잡히지 않네."

깜짝 놀란 마사키에게 히메노가 설명을 덧붙였다.

"도쿄 도내 주요 건축물 총사업비로 따지면, 도쿄 돔이 약 350억 엔, 도쿄 스카이트리가 약 650억 엔, 도쿄 도 청사가 약 1,600억 엔, 11개의 빌딩과 건물로 이루어진 롯폰기힐스도 2,700억 엔이니까요."

"전부 더해도 그러니까 5,300억 엔인가? 굉장하군. 댐 하나 짓는 데 8,800억 엔이 든다는 건 역시 터무니없는 금액이야. 도대체 어디에 쓰는 거야?"

열 손가락을 전부 헤아리며 겨우 계산하더니 마사키가 말했다.

"확실히 댐 자체 공사비는 8백 억 엔가량이에요. 대체지 조성, 도로, 철도 정비에 1,200억 엔, 조사비 등에 700억 엔, 보상금 1,200억 엔이라고 합니다. 합계 3,900억 엔이죠. 나머지 4,900억 엔은 아마 반세기에 걸쳐 사용한 각종 비용과 이자 아닐까요?"

히메노의 설명을 듣고 사와다가 중얼거렸다.

"아이러니하군."

"뭐가?"

가부라기의 물음에 사와다는 대답했다.

"계획이 통과되어 바로 착공했다면 히류댐은 4,000억 엔쯤이면 완성되었을 겁니다. 그런데 반대운동이 일어나 공사가 50년 이상 지연된 덕분에 건설관련 기업과 금융기관에는 두 배 이상인 8,800억 엔이 떨어진 거죠."

가부라기는 고개를 끄덕였다.

"그렇군. 결과적으로 오랜 반대운동 덕분에 참가한 기업은 오히려 돈을 버는군. 아이러니야."

그때 마사키가 불쑥 소리를 질렀다.

"이봐! 머리 아프니 숫자 이야기는 그만 집어치우자고! 야, 가부. 지금 찾아가는 액세서리 가게 말이야, 이름이 뭐라고 했지? 에비플라이라고 했었나, 가키플라이라고 했었나?"

"아니. 드래곤플라이야. 히메, 영어로 잠자리라는 뜻이지?"

히메노가 고개를 끄덕이며 덧붙였다.

"영어로 플라이라는 말은 좁은 의미로는 파리를 가리키지만 넓은 의미로는 날아다니는 곤충을 두루 일컫는 말이에요. 나비는 버터플라이인데 이건 버터 같은 배설물을 내보내는, 날아다니는 곤충이란 뜻인 모양입니다. 드래곤플라이라는 말을 곧이곧대로 옮기면 괴물 파리, 불길한, 날아다니는 곤충, 뭐, 그런 뜻이 되지 않을까요?"

"불길한, 날아다니는 곤충이라……."

가부라기가 중얼거렸다.

"왠지 그 드래곤플라이가 히류(飛龍)라는 지명하고도 관계가 있을 것 같은데?"

앞에 있던 트럭이 ETC 게이트를 통과했다. 네 사람이 탄 차는 이윽고 시부카와이카보 나들목을 나와 17번 국도로 들어서 시부카와 시내를 향해 달리기 시작했다.

"예. 가게 이름은 말씀하신 대로 제 고향인 히류무라와 관계가 있어요."

오전 10시 5분. 네 사람은 액세서리 가게 드래곤플라이에 있었다.

주인은 가와무라 시즈에(川村静江)라고 하는 30세 독신여성이었다. 도쿄에서 온 경찰 관계자 네 명을 만나는 자리여서 그런지 그녀의 표정에서는 불안한 기색이 묻어났다.

가부라기는 납득이 간다는 듯 고개를 끄덕였다.

"역시 히류무라 출신이시군요."

"이 가게에 진열된 액세서리는 모두 제가 만든 것이에요. 어렸을 때부터 히류무라에서 친숙하게 보아왔던 생물이나 풀, 나무들을 토대로 만들었어요."

매장 안을 쭉 둘러보며 시즈에가 말했다.

드래곤플라이는 시부카와 역 앞길 상점가 외곽에서 약간 옆길로 들어선 곳에 자리 잡고 있었다. 좁은 가게 안에는 갖가지 동물과 곤충, 또는 꽃과 나뭇잎, 나뭇가지, 나무 열매, 과일을 모티브로 삼아 은으로 만든 액세서리가 진열되었다.

"히야, 잠자리네."

가게 안을 둘러보던 사와다가 벽에 걸린 코르크 보드를 보면서 중얼거렸다.

가부라기, 마사키, 히메노가 차례로 사와다의 시선을 따랐다. 목걸이의 헤드, 브로치, 귀걸이 등이 고급스럽게 진열된 가운데 잠자리 모양을 지닌 것이 몇 개 섞여 있었다.

마사키는 그 가운데 하나를 엉거주춤 자세를 낮추며 들여다보고는 감탄사를 내뱉었다.

"우와, 잘 만들었다! 어찌나 정교한지 진짜 잠자리 같네. 가까이 가면 잠자리가 훌쩍 날아갈 것 같은데?"

시즈에는 살짝 미소를 지으며 대꾸했다.

"히류무라는 잠자리의 고장이기도 하죠. 히류가와 강의 수원지 가운데 하나인 계류는 이 고장 사람들이 오쿠노사와라고 부르는데 전국에서도 손꼽히는 잠자리 서식지예요. 봄부터 가을까지 여러 종류의 잠자리를 많이 볼 수 있죠."

"그렇습니까? 오쿠노사와라…… 한번 가보고 싶군요!"

히메노가 눈빛을 반짝였다. 그러자 시즈에가 말했다.

"가시려면 서두르세요. 이제 곧 히류댐 물속에 잠길 테니까요."

"예? 그렇지만 거긴 한참 상류 쪽 아닌가요?"

깜짝 놀라는 히메노를 바라보며 시즈에가 고개를 끄덕였다.

"애초 계획은 히류댐을 훨씬 더 하류에 만드는 것이었죠. 그런데 도중에 건설 계획을 수정하면서 댐이 커지고 위치도 상류 쪽으로 변경됐어요."

"그렇습니까?"

히메노는 진심으로 안타깝다는 듯이 말했다.

"테루짱은 어떤 분입니까?"

가부라기가 불쑥 가와무라 시즈에에게 물었다. 시즈에는 깜짝 놀라 가부라기를 바라보았다.

"예?"

"이거 말입니다."

가부라기가 가게 벽에 붙은 색지 한 장을 가리켰다. 색지는 투명한 비닐로 싸여 있었다. 한가운데 열 명쯤 되는 젊은 남녀가 모여 찍은 단체 사진 한 장이 붙어 있었다. 그 사진 속에 가와무라 시즈에의 모습도 보였다. 사진 아래에는 굵은 유성 펜으로 '테루짱에게'라고 큼직하게 쓴 글씨가 있었고, 글자 주위로 여러 사람이 돌려가며 적은 글자가 방사선 모양으로 퍼져 있었다.

"아아."

시즈에는 살짝 한숨을 쉬더니 미소를 지었다.

"테루는 제 대학시절 별명이에요. 그 색지는 이 가게를 오픈할 때 대학 동창들이 만들어 보내준 축하 메시지죠."

가부라기는 그 메시지에 쓰인 문장을 읽었다. 아마도 사진 속에 있는 사람들이 돌아가며 한 마디씩 적었으리라.

"성함은 가와무라 시즈에인데 왜 별명이 테루가 되었는지 궁금하시죠?"

가부라기가 묻기도 전에 시즈에가 먼저 입을 열었다.

"제가 외출하는 날이면 항상 날이 맑거든요. 친구들과 놀러 가거나 여행을 갈 때는 전날 아무리 비가 쏟아져도 당일에는 날이 맑아졌어요. 그래서 다들 저를 '테루테루보즈(照る照る坊主, 날이 맑기를 빌며 처마 끝에 매다는 종이 인형) 같다'고 하다 보니 어느새 테루짱이라는 별명이 붙었죠."

시즈에가 거침없이 설명했다. 색지에 적힌 메시지를 본 사람들이 다들 그런 질문을 했기 때문이리라.

"아, 예. 이 여행 때도 날씨가 좋았던 것 같군요."

가부라기는 이해가 간다는 듯 몇 번이나 고개를 끄덕이며 말했다.

"네? 여행이요?"

시즈에가 당황한 표정으로 가부라기 쪽을 보았다.

"예. 다들 여행용 옷가방을 들고 계셔서요. 분명 여행 가셨을 때 찍은 사진이겠죠?"

가부라기는 색지 한가운데 붙은 사진을 가리켰다. 사진 속에서 웃고 있는 남녀는 모두 넙적하고 튼튼해 보이는 가방을 손에 들었다. 윗부분 가운데 손잡이가 있고 그 좌우가 둥그스름하게 커브를 그린 얇은 백이었다.

"으음. 어디 갔을 때 찍은 사진이더라? 아, 형사님, 그보다……."

"이거 실례했습니다. 그냥 궁금해서 그만."

가부라기는 얼른 정신을 차리고 서둘러 본론에 들어갔다.

"잠자리 목걸이를 직접 만드신 것 같다는 제보를 주셨다면서요?"

"네. 뉴스에 나오는 사진만으로는 제대로 알 수 없으니 틀릴 지도 모르지만요."

가부라기는 히메노에게 눈짓을 했다. 히메노는 고개를 끄덕 이더니 서류 가방에서 A4 크기의 사진을 열 장쯤 꺼내 진열장 유리 위에 늘어놓았다. 은빛 잠자리 사진이었다. 시신 밑에서 발견된 목걸이 사진을 확대해 인화지에 출력한 것이었다.

"어떻습니까? 직접 만드신 작품인가요?"

마사키가 그렇게 물으며 시즈에의 얼굴을 들여다보았다. 시 즈에는 늘어놓은 사진을 뚫어지게 바라보더니 갑자기 몸이 휘 청거렸다. 히메노가 재빨리 어깨를 잡고 부축하며 걱정스러운 듯이 말했다.

"괜찮으세요?"

시즈에는 잠시 빈혈이 온 듯했다. 사와다가 가게 구석에 있 던 목제 의자를 가져왔다. 시즈에는 의자에 앉아 겨우 고개를 들고는 말했다.

"제가 만든 겁니다."

"저, 정말인가요?"

마사키가 눈을 부릅떴다. 시즈에는 파랗게 질린 얼굴로 살 짝 고개를 끄덕였다.

"틀림없습니다. 무카시톤보를 모티브로 해달라는 주문이 어서 그 특징을 몰라 도감을 찾아봤기 때문에 잘 기억합니다. 저는 스무 살 학생이었고 금속공예는 아직 취미로 하던 상태라서…….”

“무카시톤보?”

가부라기가 물었다. 시즈에는 작은 목소리로 말했다.

“히류무라의 오쿠노사와에서 가끔 볼 수 있는 희귀한 잠
자리죠. 그걸 이즈미가 유스케를 위해 만들어주고 싶다고 해
서……. 벌써 10년도 더 지난 일이지만요.”

“이즈미? 유스케?”

가부라기의 물음에 시즈에는 입을 다물었다. 이윽고 그녀의
눈에서 눈물 한 줄기가 주르륵 흘렀다.

“그럼 그 시신은 유스케라는 사람일지도 모른다는 건가
요?”

마사키의 말에 시즈에는 창백한 얼굴로 고개를 끄덕였다.

“모르겠어요. 하지만 이즈미는 유스케에게 이걸 늘 몸에 지
니고 다니라고…….”

그렇게 말하더니 시즈에는 두 손으로 얼굴을 가렸다. 손가
락 사이로 가느다란 흐느낌이 흘러나왔다.

“히메, 사이키 관리관에게 전화해.”

히메노는 가부라기에게 고개를 끄덕여 보인 다음 돌아서서
스마트폰을 꺼내 작은 목소리로 통화하기 시작했다.

사와다는 침통한 표정으로 우는 시즈에를 내려다보았다. 그
때 마사키가 가부라기의 귓가에 대고 소곤거렸다.

“아무래도 온천이나 꼬치구이는 포기해야 할 것 같군.”

가와무라 시즈에에게 무카시톤보 목걸이를 주문한 사람은 미즈사와 이즈미(水澤泉美)라는 27세 여성이었다. 이즈미도 히류무라 출신인데 지금은 시부카와 시내에 살았다. 그 목걸이를 선물한 상대는 가와즈 유스케(河津遊介)로 30세이고 역시 히류무라 출신이었다. 그는 군마 현의 현립 고등학교를 졸업한 뒤 나가노하라마치 주민센터에 근무한다고 했다. 나가노하라마치(長野原町)는 히류무라와 서쪽으로 이웃해 있는 지역이었다.

"이즈미는 전화로 고등학교 졸업과 관공서에 취직이 된 걸 축하하는 선물을 하고 싶다고 했어요. 일주일 정도 밖에 시간이 없었지만 겨우 늦지 않게 택배로 이즈미에게 보냈지요."

시즈에는 진정하고 이야기를 시작했지만 여전히 떨리는 목소리로 말했다.

"왜 무카시톤보였죠?"

사와다가 물었다.

"잠자리에도 여러 종류가 있습니다. 이즈미 씨는 왜 유스케 씨에게 선물하면서 왜 무카시톤보로 만들어달라고 한 걸까요?"

시즈에는 이렇게 설명했다.

"유스케는 어려서부터 잠자리를 무척 좋아했고, 아는 것 또한 많았습니다. 그래서 잠자리 박사 또는 잠자리 오타쿠로 불리기도 했죠. 그렇게 된 계기는 유스케가 어렸을 때 오쿠노사와에서 무카시톤보를 발견했기 때문이에요."

시즈에의 말에 따르면 무카시톤보는 '살아 있는 화석'으로 불릴 만큼 귀한 잠자리라고 한다. 일본 고유종인데 비슷한 종이 히말라야 산맥과 중국 오지에서 발견된 두 종류뿐이라는 것이다. 그러나 일본에는 홋카이도에서부터 큐슈에 이르기까지 전국에 널리 분포한다.

"이 지방에서 발견된 것은 처음이었고, 발견한 사람이 어린아이라고 해서 그때 지역 신문사에서 취재하러 오기도 했고요. 꽤 떠들썩했지요. 그래서 이즈미는 유스케에게 목걸이를 선물하면서 무카시톤보를 고른 거죠."

이번에는 마사키가 물었다.

"가와무라 씨는 두 사람과 무척 친한 모양이군요. 전부터 잘 알던 사이였나요?"

시즈에는 고개를 끄덕였다.

"유스케하고는 초등학교 동창이에요. 이즈미는 저보다 세 살 아래지만 워낙 작은 마을이라서 비슷한 또래 애들은 모두 소꿉친구죠. 특히 유스케와 이즈미, 그리고 겐은 아주 친했어요. 늘 함께 산에 놀러 다녔죠."

"겐?"

가부라기가 물었다.

"야마세 겐(山瀨建)이라고 같은 히류분교 동창생이죠. 어려서부터 머리가 좋은 아이라 지금은 도쿄에서 건축설계회사를 경영한답니다. 최근에는 댐 관련 장사 때문에 히류무라의 다누마(田沼) 촌장을 자주 찾아오는 것 같던데……."

"야마세 겐 씨라고요? 지금 다누마 촌장님과 일하는?"

가부라기는 시즈에가 사용한 '장사'라는 말에서 묘한 뉘앙스를 느꼈다. 시즈에는 야마세와 동창생이지만 별로 좋지 않은 감정을 품은 듯했다.

"가와즈 유스케 씨, 미즈사와 이즈미 씨, 야마세 겐 씨와는 지금도 만나나요?"

시즈에는 살짝 뜸을 들였다가 이윽고 고개를 저었다.

"이즈미는 지금도 자주 전화로 수다를 떨고 문자도 주고받아요. 그렇지만 유스케와 겐은 연락한 지 꽤 오래되었죠."

"혹시 그분들 전화번호와 주소를 알고 계시나요?"

"이즈미라면 알아요. 여기서 걸어서 10분쯤 거리에 있는 아파트에 혼자 살고 있어요. 유스케와 겐은 직장에 물어보면 되지 않을까요?"

시즈에는 일어서더니 계산대 쪽으로 걸어가 그 옆에 놓아둔 노트북을 열었다. 잠시 후 화면에 미즈사와 이즈미의 전화번호와 주소, 이메일 주소가 나타났다. 마사키가 수첩에 옮겨 적으려고 하자 옆에 있던 히메노가 스마트폰 카메라로 화면을 찍었다. 마사키는 화가 난 표정으로 수첩을 양복 안주머니에 집어넣었다.

"이즈미를 만나면 유스케 이야기를 들을 수 있을 겁니다. 그런데 또 이런 일이……."

그렇게 말하는 시즈에게 마사키가 의아하다는 표정으로 물었다.

"방금 또 이런 일이……라고 하셨습니까?"

시즈에는 한숨을 내쉬고 나서 머뭇거리며 이야기를 시작했다.

"어차피 알게 되실 일이에요. 이즈미가 일곱 살 때 한밤중에 집에 강도가 들어 이즈미 부모님이 살해되었어요. 범인은 20년이 지난 지금도 잡히지 않았고요."

네 사람의 표정이 심각해졌다. 미즈사와 이즈미가 20년 전 강도살인사건의 피해자였다는 이야기다. 히메노가 조심스럽게 물었다.

"집에 강도가 들어 부모가 살해되었는데 딸인 이즈미 씨는…… 그러니까, 무사했던 거군요? 어떻게 화를 피할 수 있었던 거죠?"

"그날 이즈미는 마침 겐과 함께 유스케네 집에서 자고 오는 바람에 목숨을 건진 거죠. 만약 여느 때처럼 집에 있었다면 어떻게 되었을지……"

"그런가요? 마침 친구 집에 가서 자고 왔다……. 그야말로 요행이로군요."

가부라기의 말이 끝나자 시즈에가 조심스럽게 물었다.

"저어, 도쿄에서 일어난 살인사건 때문에 오신 거 아닌가요? 20년 전 사건이 무슨 문제가 되나요?"

가부라기는 얼른 대꾸했다.

"아, 아뇨. 미해결 사건 이야기를 들으면 저도 모르게 신경이 쓰여서 그만."

마사키가 미간을 찌푸렸다.

"가엾게도 그 어린 나이에 그렇게 끔찍한 일을 당하다니…… 부모가 변고를 당한 모습을 보았을 때 얼마나 충격이 컸을까?"

그러자 시즈에가 중얼거렸다.

"다행히 이즈미는 부모의 시신을 보지 않고 넘어가기는 했지만……."

"예? 어떻게요? 시신은 반드시 유족의 확인 과정을 거칠 텐데요."

히메노가 이상하다는 듯이 물었다. 시즈에는 착잡한 표정을 지었다.

"이즈미는 태어날 때부터 앞을 보지 못합니다."

네 사람은 동시에 동작을 멈추고 시즈에를 보았다.

"어렸을 때부터 다들 그 애를 여동생처럼 귀여워했습니다. 이즈미는 늘 생글생글하며 앞을 보지 못하는 데도 우리 뒤를 열심히 따라다녔죠. 그러다가 갑자기 넘어지기도 해서 누구도 그 애를 모른 척 내버려둘 수 없었어요."

시즈에의 얼굴에 희미한 미소가 떠올랐다.

"이즈미를 보면 그 애를 지켜주어야 한다는 마음이 들어요. 그리고 그 애가 웃는 모습을 보면 행복한 기분이 든다고나 할까, 마음이 뿌듯해져요. 앞을 못 보는 대신 신께서 그렇게 만들어주셨을 거예요."

말을 마친 시즈에의 얼굴이 일그러졌다. 시즈에는 두 손으로 얼굴을 가렸다.

"그런데 또 끔찍한 일을……."

네 명의 수사관이 코인파킹에 세워둔 차로 돌아왔을 때 가부라기의 휴대전화 벨이 울렸다. 이번 특별수사본부를 이끄는 사이키 관리관이 건 전화였다.

"목걸이 주인인 가와즈 유스케 말입니다. 연락이 되지 않고 어디 있는지도 파악되지 않는군요. 지금 군마 현경이 가와즈의 자택 아파트를 조사 중입니다."

오전에 히메노에게 보고를 받은 사이키 관리관이 즉시 군마현 경찰본부에 유스케의 신변 확인을 요청했던 것이다. 군마 현경은 즉시 유스케의 근무처인 나가노하라마치 주민센터에 문의를 했고 유스케가 일주일 유급 휴가를 받은 상태라는 사실을 알게 됐다. 군마 현경은 유스케의 집으로 전화를 걸었지만 아무도 받지 않았다. 그러자 군마 현경은 급히 유스케가 사는 나가노하라마치의 아파트로 달려가 집주인 입회 아래 조사를 시작한 것이다.

유스케가 행방불명이라는 사실은 니코타마가와 강변에서 발견된 시신이 유스케일 가능성이 높아졌다는 이야기나 마찬가지였다.

"그 목걸이 말입니다만, 유스케가 몸에 지니고 있는 걸 본 사람이 있습니까?"

가부라기의 질문에 사이키는 대답했다.

"유스케의 직장 동료와 아파트 주인이 늘 은색 잠자리 목걸이를 한 모습을 보았다고 증언했답니다."

"유스케의 집에서 뭔가 이상한 점은 발견되지 않았는지요?"

"벽이 온통 유리 케이스에 든 잠자리 표본이었다고 하더군요. 책장에는 잠자리 사진이 든 엄청난 양의 앨범과 잠자리 관련 전문서적들로 가득했고, 그야말로 잠자리 마니아였던 거죠. 그런 목걸이 선물을 받은 것도 이해가 갑니다."

사이키의 말에서 왠지 어처구니없다는 뉘앙스가 풍겼다. 시즈에의 말처럼 유스케는 어렸을 때부터 잠자리를 무척 좋아한 듯한데, 어른이 되어서도 여전했던 모양이었다.

"그런데 이거……."

전화 저편에서 사이키 관리관이 한숨을 내쉬었다.

"탐문 수사에서 제외된 가부라기 경위 팀이 중요한 정보를 입수하다니 일이 우습게 되었군요."

"우연히 인력 부족 때문에 군마까지 왔던 덕분이죠. 게다가 아직 그 시신이 가와즈 유스케라고 확인된 건 아니니까요."

가부라기가 그렇게 말하자 사이키가 콧방귀를 뀌는 소리가 들렸다.

"무슨 그런 겸손의 말씀을. 설사 시신이 가와즈 유스케가 아니더라도 시신 아래서 가와즈의 목걸이가 나온 이상 그 사람이 이 사건에 깊이 관계되었다는 사실에는 변함이 없죠. 공로를 세운 겁니다."

"그렇게 말씀해주시니 감사합니다."

"이제부터 군마 현경과 가와즈 주변 수사를 진행하면서 가와즈와 시신의 DNA를 분석할 겁니다. 시신이 유스케로 판명되면 군마 현경과 합동수사본부를 설치해 함께 수사를 진행하겠죠. 가부라기 경위 일행은 이제 도쿄로 돌아와도 좋습니다."

"관리관님, 부탁이 있습니다."

가부라기가 사이키에게 말했다.

"유스케에게 목걸이를 선물한 이즈미라는 여성이 부근에 삽니다. 잠깐 만나고 가도 되겠습니까?"

사이키는 잠시 침묵한 뒤 가부라에게 말했다.

"유스케 주변 수사에 대해서는 합동수사본부가 결성된 다음에 팀이 만들어질 겁니다. 아마 군마 현경이 담당하게 될 테지만요."

"미즈사와 이즈미의 부모가 20년 전에 강도를 당해 살해된 일이 있답니다. 게다가 그 사건은 미궁에 빠진 모양이더군요. 될 수 있으면 미즈사와 이즈미와 당시 상황을 아는 군마 현경 수사관도 만나 이야기를 들어보고 싶습니다."

옆에서 그 말을 듣고 있던 마사키가 짜증을 냈다.

"야, 가부. 너, 다른 지역 경찰의 미제 사건을 들쑤실 작정이야?"

군마 현경 입장에서는 미해결로 공소시효를 맞이한, 즉 미궁에 빠진 사건이 있다는 사실은 굴욕이다. 그걸 도쿄의 경시청이 재수사한다면 반발이 클 것이다.

"20년 전 그 사건이 이번 사건과 관계가 있다는 건가요?"

사이키의 말에 가부라기가 얼른 대답했다.

"아, 아뇨. 근거는 없습니다만 왠지 신경이 쓰여서."

"또 그 육감 때문입니까?"

전화 저편에서 사이키가 살짝 한숨을 쉬었다.

"뭐, 초동수사는 서두르는 편이 좋은 게 사실이죠. 아직 합동수사본부 설치 전이니 나중에 제대로 인계해주면 문제는 없을 겁니다. 군마 현경에 전화해두겠습니다. 20년 전 미제사건에 관해서는 부디 그쪽 경찰본부에 실례가 되는 일이 없도록 해주세요."

"알겠습니다. 감사합니다."

"아, 그리고."

사이키는 문득 생각났다는 듯이 말했다.

"고속대에서 보고가 들어왔습니다. 오늘 오전 9시 24분, 간에쓰고속도로의 시부카와이카보 나들목 부근에서 경광등을 켠 채로 법정 속도인 60킬로미터를 초과해 달리는 검은 승용차를 확인했다더군요. 짚이는 점 없습니까?"

고속대의 정식 명칭은 고속도로 교통경찰대. 고속도로상의 교통위반 단속을 맡은 경찰 조직이다.

"아, 아뇨, 그게……."

"돌아오면 경위서 제출하세요."

사이키는 그렇게 말하고 전화를 끊었다.

한숨을 내쉬는 가부라기에게 마사키가 어처구니없다는 듯 말했다.

"가부, 너. 설마 20년 전과 이번 사건이 같은 범인일 거라 생각하는 건 아니지? 20년 전 가와즈 유스케는 초등학교 4학년이었잖아? 게다가 그때 미즈사와 이즈미, 야마세 겐과 함께 자기 집에 있었다고 하잖아. 아무리 생각해도 강도사건과는 별 관계가 없어 보이는 데 말이야."

히메노도 고개를 저었다.

"20년 전이라면 1992년이네요. 그때 살인사건 시효는 15년이니까 이즈미 씨 부모 살인사건은 2007년에 공소시효가 성립되었어요. 벌서 5년이나 지났죠."

2005년의 형사소송법 개정으로 살인사건의 시효는 이전까지 15년이었던 것이 25년으로 연장되었다. 그 뒤 2010년에도 개정되어 이제 살인사건의 공소시효는 없다. 하지만 이 개정은 그 전에 발생한 사건에는 소급 적용되지 않는다.

"설사 가와즈 유스케가 20년 전 살인사건에 대해 뭔가 중요한 사실을 알았다고 해도 시효가 성립된 지 5년이나 지난 지금 범인이 가와즈를 죽일 필요가 있을까요? 게다가 그렇게 잔인하기 짝이 없는 수법으로."

가부라기는 세 사람을 둘러보며 말했다.

"일단 관리관 허락을 받았으니 미즈사와 이즈미를 만나 보도록 할까? 20년 전 사건이 이번 사건과 무관하다는 사실을 알아내면 그것도 수사가 한 걸음 나아간 셈이 되니까."

"뭐, 그야 그렇기는 하지만."

히메노가 말하자 사와다도 고개를 끄덕였다. 마사키도 포기한 듯 어깨를 움츠렸다.

"에유, 정말. 무슨 말을 해도 듣지 않는다니까. 너, 요새 오니하라 선배를 닮아가는 거 아니야?"

네 사람은 일제히 문을 열고 검정 알파로메오에 올라탔다. 부웅, 하는 묵직한 소리를 네 차례 연달아 내더니 차는 주차장을 빠져나갔다.

05 이즈미

부엌 가스레인지에 오른 주전자 주둥이에서 하모니카 소리가 나기 시작했다.

미즈사와 이즈미는 코크를 돌려 불을 껐다. 그리고 콧노래를 부르면서 주전자를 들어 홍차 잎을 넣은 유리 포트에 뜨거운 물을 부었다.

"도와드릴까요?"

거실에 있던 히메노가 일어서려고 하자 이즈미가 밝은 목소리로 말했다.

"아뇨, 손님에게 어떻게 그런! 그냥 앉아 계세요."

히메노가 걱정스러운 표정으로 다시 눌러앉자마자 이즈미가 작은 비명을 질렀다.

"앗, 뜨거!"

이번에는 히메노뿐만 아니라 가부라기, 마사키, 사와다까지 엉거주춤 일어섰다. 이즈미는 주전자를 위로 올린 채 얼굴을 찌푸렸다. 뜨거운 김이 얼굴에 닿은 듯했다.

"괘, 괜찮으세요? 제가 할까요?"

마사키가 물었다.

"괜찮아요. 신경 쓰지 마세요."

이즈미는 다시 포트에 뜨거운 물을 따르기 시작했다.

오전 11시 30분. 가부라기를 비롯한 세 명은 미즈사와 이즈미의 아파트에 와 있었다.

목조에 시멘트를 바른 아파트 2층에 주방이 딸린 방 하나가 있는 집이었다. 문을 열자 흰 지팡이가 세워져 있는 작은 현관이 있고, 마루에 올라서면 좁은 부엌과 그 안쪽으로 세 평이 채 안 되는 다다미방이 있었다. 네 사람은 그 다다미방으로 안내를 받았다.

포트에 물을 따르던 이즈미는 물이 8할 정도 차오르자 동작을 딱 멈추고 주전자를 풍로 위에 다시 얹었다. 이즈미는 쟁반 위에 모양이 각기 다른 머그컵 다섯 개를 빙 둘러 놓았다. 그 한가운데에는 포트를 내려놓았다. 이윽고 쟁반을 가슴 앞까지 들어 올린 이즈미는 그대로 몸을 돌려 전통 무용이라도 하는 듯 천천히 방으로 향했다.

가부라기, 마사키, 히메노, 사와다는 낮은 목제 탁자 앞에 무릎을 꿇고 앉아 그 모습을 초조하게 지켜보았다. 네 사람은 문득 바닥을 보다가 부엌과 방 사이에 높이 2센티미터쯤 되는 문턱이 있는 것을 보았다. 네 사람은 서둘러 일어섰다. 하지만 이즈미는 발밑에 아무것도 존재하지 않는 것처럼 자연스럽게 문턱을 넘어섰다.

이즈미는 낮은 탁자 앞에 멈춰 서서 쟁반을 든 채 천천히 무릎을 구부렸다. 네 사람이 숨을 죽인 가운데 탁자 위에 조심스럽게 쟁반이 놓였다. 이즈미는 그 앞에 무릎을 꿇고 앉더니 후우, 하고 한숨을 내쉬었다. 네 사람도 이즈미가 눈치채지 못하도록 얼굴을 마주보면서 한숨을 내쉬었다.

이즈미는 부끄러운 듯이 웃었다.

"오래 기다리셨네요. 죄송합니다. 제가 서툴러서."

가부라기가 얼른 고개를 숙였다.

"저희야말로 죄송합니다. 우르르 몰려와서."

"아뇨! 손님이 와주시면 기뻐요. 게다가 저는 이렇게 많은 차를 끓이기는 난생처음이네요!"

이즈미는 가부라기를 향해 즐겁다는 듯이 방긋 웃었다.

이즈미와 눈이 마주친 순간 가부라기는 어찌할 바를 몰랐다. 무방비 상태에서 정면으로 시선을 마주쳤기 때문이다. 경찰관이라는 직업상 이토록 경계심 없이 웃는 얼굴로 맞아주는 사람은 만나본 적은 거의 없다. 마치 사람을 잘 따르는 강아지나 아기 고양이가 얼굴을 바라보는 듯한 느낌이 들었다.

가부라기는 드래곤플라이의 주인 가와무라 시즈에의 말을 떠올렸다.

'이즈미를 보면 그 애를 지켜주어야 한다는 마음이 들어요. 그리고 그 애가 웃는 모습을 보면 행복한 기분이 든다고나 할까, 마음이 뿌듯해져요.'

자신을 바라보는 이즈미의 눈을 보고 가부라기는 그 말뜻을 바로 이해했다. 그러나 유난히 커다란 그 눈동자에 가부라기의 모습은 보이지 않을 것이다. 미즈사와 이즈미는 태어날 때부터 앞을 보지 못한다.

약간 날카로운 턱에, 얼굴은 작은 편이었고 코와 입도 큰 편이라고 할 수는 없었다. 눈에 뜨일 정도로 예쁜 얼굴은 아니지만 기품이 느껴지는 얼굴이었다. 염색하지 않은 스트레이트 단발이 단정해 보였다. 전체적으로 왠지 히나인형(여자 어린이가 행복하게 자라기를 비는 일본 전통 축제인 히나마쓰리 때 장식하는 인형) 같은 인상이었다. 얇은 베이지색 니트와 짙은 남색 스커트는 수수한 차림이었지만 청초해 보이는 이즈미에게 잘 어울렸다.

가부라기는 방 안을 둘러보았다. 살풍경하다는 표현이 딱 어울리는 방이었다. 가부라기는 보통 여자들 방에 있을 법한 인형이나 그림, 사진 액자 등이 전혀 없기 때문이라고 생각했다. 굳이 여성스러운 면을 찾아본다면 자양화로 보이는 꽃꽂이가 구석 쪽에 놓여 있는 정도였다. 떡갈나무 잎사귀 같은 게 달렸고 우산처럼 피어난 흰 꽃들에서 희미한 향기가 풍겼다. 향을 즐기기 위한 꽃이리라.

가구라고는 낮은 탁자와 장롱, 컴퓨터와 스캐너 같은 장비가 놓인 책상, 책이 빼곡한 책꽂이뿐이었다. 동선을 가로막을 만한 물건은 될 수 있으면 두지 않기 때문일 것이다.

잠깐 뜸을 들인 뒤 이즈미는 차가 우러난 포트를 들고 찻잔에 따르기 시작했다. 이번에도 8할쯤 잔이 채워지자 포트를 딱 멈첬다. 그리고 나머지 네 개의 잔에도 차례차례 홍차를 따랐다.

"자, 드세요."

네 사람 앞에 차례대로 잔이 놓였다.

"잘 마시겠습니다."

마사키가 고개를 숙여 인사를 한 뒤 조심스럽게 말했다.

"그나저나…… 실례가 되는 말씀인데 혼자 지내기 힘드시겠습니다."

이즈미는 부끄러워하는 표정을 지으며 마사키 쪽으로 얼굴을 돌렸다.

"이제 익숙해질 법도 싶은데 제가 좀 덜렁대는 편이어서요. 내 집에서는 어디에 무엇이 있는지 다 알지만 설령 제가 앞을 볼 수 있다고 해도 실수가 잦을 거예요."

이즈미는 그렇게 말하고 어깨를 움츠렸다.

"저어……."

히메노가 조심스럽게 입을 열었다.

"네?"

이즈미가 이번에는 히메노 쪽을 바라보았다.

"포트에 물을 따를 때, 잔에 차를 넣을 때 어떻게 분량을 조절하시나요?"

"소리로 알아요."

이즈미가 방긋 웃으며 대답했다.

"포트와 잔의 모양새는 이미 알고 있어요. 놓이는 위치는 내려놓을 때 기억해두고요. 그다음은 소리로 얼마만큼 들어갔는지 알 수 있어요. 익숙하지 않은 그릇은 둘째손가락을 넣어 손가락이 닿을 때까지 따라요. 손끝에 닿는 순간은 좀 뜨겁기는 하지요."

이번에는 사와다가 진지한 표정으로 물었다.

"화장도 직접 하시나요?"

이즈미는 옅은 화장을 한 상태였다. 입술도 깔끔하게 칠했다.

"야, 그런 질문은 실례잖아! 너희는 왜 그렇게 예의가 없어?"

당황한 마사키는 무릎을 꿇은 채 오른쪽에 앉은 히메노와 사와다를 노려보았다.

"괜찮아요! 그런 질문 자주 받거든요."

이즈미는 생긋 웃었다.

"처음에는 도와주는 분이 해주셨는데 배우고 나서는 제가 직접 해요. 립스틱도 입술을 만지면서 바르니까 어긋나지 않을 거예요. 오히려 시력이 좋지 않은 분들이 눈에 보이는 대로 하다가 화장에 실패하는 일이 더 많다더군요."

그러다가 이즈미는 불안한 듯이 사와다에게 물었다.

"혹시 립스틱이 번졌나요?"

"아뇨, 전혀요. 오히려 화장이 깔끔해 이상하다는 생각이 들 정도인걸요."

사와다는 당황해 고개를 저었다. 이즈미는 다행이라며 수줍게 웃음을 지었다.

"앞을 보지 못해도 비장애인들이 하는 건 대부분 할 수 있어요. 외출도 혼자 할 수 있고요. 한 번 지나간 적이 있는 길은 어느 방향인지, 어느 정도 폭과 경사인지, 얼마쯤 걸어야 모퉁이가 나오는지 기억합니다. 흰 지팡이를 짚는 건……."

이즈미는 흰 지팡이가 놓인 현관 쪽을 바라보았다.

"길에 있는 울퉁불퉁한 장애물을 찾기도 하고 두드리는 소리로 건물이나 벽과의 거리를 파악하기 위한 용도이지만 무엇보다 첫 번째 목적은 제가 시작장애인이라는 사실을 주위 사람들에게 알리기 위한 거예요."

가부라기는 그저 감탄할 수밖에 없었다. 앞을 전혀 보지 못하는 사람들은 머릿속에 3D 지도를 지니고 있는 셈이다. 한 번 지나간 적이 있는 곳은 도로나 지형이 3차원으로 상세하게 머릿속에 그려진다. 그렇게 해서 우리가 눈으로 보는 것과 그리 다를 바 없는 감각으로 길을 걸을 수 있다.

하지만 가부라기는 이즈미의 팔다리에 오래된 흉터가 있는 것을 보고 마음이 짠했다. 스스로 덜렁대는 편이라고는 했지만 어렸을 때부터 이리저리 부딪치고 넘어져 다치기도 하면서 고생이 많았을 것이다.

"저는 가끔씩 미술관이나 사진 전시회에도 가는걸요."

"정말이세요?"

마사키가 눈이 휘둥그레져서 물었다.

"네. 물론 어떤 그림이나 사진인지는 다른 분이 설명해주지만요. 그 설명을 들으며 그림과 사진을 제 머릿속에 떠올려요. 여자를 그린 그림이라면 마음씨 착한 여성이겠구나, 어떤 목소리를 지닌 사람일까 하는 생각도 하고 풍경 사진이라면 웅장한 풍경이로구나, 저곳을 걸으면 어떤 냄새가 날까, 하는 생각도 하죠."

이즈미는 자신이 책읽기를 좋아한다는 말도 덧붙였다. 점자가 아닌 일반 서적도 OCR이라고 불리는 음성 독서기를 사용하면 활자를 음성으로 변환해 들을 수가 있다고 했다. PC 옆에 놓인 스캐너 비슷한 장비가 그 음성 독서기인 모양이었다.

게다가 이즈미는 일상적으로 컴퓨터나 스마트폰으로 메일 혹은 문자메시지를 보내거나 읽기도 한다고 했다. 이 또한 문자를 음성으로 읽어주고 대신 써주는 기능을 이용한다. 메일이나 메시지 내용만이 아니라 문서나 인터넷 콘텐츠, 전자서적을 읽을 수도 있다고 했다.

이즈미는 현재 회의나 강연 등을 녹음한 음성을 컴퓨터를 이용해 문서로 만드는 일을 하고 있었다. 요즘은 디지털 녹음이 대부분이라 음성 파일을 컴퓨터에 넣어 음성 인식 소프트웨어를 사용하기 때문에 작업이 아주 편해졌다고 한다. 문자로 입력한 문장은 읽기 소프트웨어를 이용해 점검한다는 말도 덧붙였다.

"그동안 너무 모르고 있었네요. 많은 공부가 됐습니다."

가부라기는 그렇게 말하며 고개를 숙였다. 그러자 이즈미가 가부라기 쪽으로 고개를 돌려 물었다.

"그런데 도쿄 경찰 분들이 제게 무슨 볼일로……."

"가와무라 시즈에 씨가 전화하지 않았나요?"

"전화를 받기는 했습니다만 도쿄에서 오신 경찰관 네 분이 오실 거라는 말밖에는."

"그렇습니까?"

가부라기는 한숨을 내쉬고 말을 이었다.

"가와즈 유스케 씨라는 분을 아시죠? 같은 히류무라 출신이고, 미즈사와 씨보다는 세 살 위인 30세 남성입니다."

이즈미는 당황한 듯 고개를 끄덕였다.

"네, 물론 잘 알죠. 히류무라에서 함께 자란 소꿉친구이니까요."

그러나 거기까지 대답한 이즈미의 얼굴에 갑자기 불안한 기색이 떠올랐다.

"유스케에게 무슨 일이 있나요?"

이즈미의 물음에는 대답하지 않고 가부라기는 다시 질문을 이어갔다.

"최근에 만나셨습니까? 아니면 연락을 취한 일은?"

"유스케하고 말인가요?"

"예."

이즈미는 생각하듯 뜸을 들였다가 대답했다.

"최근이요? 그게…… 일주일쯤 전에 전화를 받았어요."

"그때 통화 내용은요? 지장이 없다면 말씀해주시죠."

미즈사와 이즈미는 통화 내용을 떠올리는지 천천히 대답했다.

"평범한 잡담이었어요. 서로 일이 힘들다는 푸념, 또 조만간

한번 만나자는 얘기 같은."

"가와즈 씨가 어딜 가신다거나 하는 이야기는 듣지 못했나요? 혹은 뭔가 이상한 낌새는 없었습니까?"

"아뇨. 특별히 그런 건……."

"그래요?"

생각에 잠긴 가부라기에게 이즈미가 불안한 표정으로 물었다.

"유스케한테 무슨 일이 일어났나요?"

가부라기는 이즈미의 얼굴을 물끄러미 바라보며 말했다.

"닷새 전에 도쿄에서 신원불명의 젊은 남성 시신이 발견되었습니다. 그 시신과 함께 은으로 만든 잠자리 목걸이가 나왔죠. 이즈미 씨가 가와무라 시즈에 씨에게 만들어달라고 해서 가와즈 유스케 씨에게 선물한 겁니다."

"잠자리 목걸이?"

이즈미의 표정이 굳어졌다. 그리고 그대로 긴 침묵이 흘렀다. 가부라기는 미즈사와 이즈미가 입을 열 때까지 가만히 기다렸다.

이윽고 이즈미가 가부라기에게 물었다.

"그 사람이 유스케인가요?"

"아뇨. 확인 작업은 이제부터입니다. 소지품이 전혀 없고 얼굴도 확인할 수 없는 시신이라 목걸이가 유일한 실마리입니다. 아까 드래곤플라이의 주인인 가와무라 시즈에 씨를 만나서 이즈미 씨가 의뢰해 만든 목걸이라는 사실을 겨우 알게 된 것뿐입니다."

가부라기는 이즈미의 얼굴을 보면서 설명을 이어갔다.

"가와무라 씨는 나가노하라마치 주민센터에 근무하는 가와즈 유스케 씨일 거라고 하더군요. 자신이 목걸이를 만들어서 이즈미 씨한테 보낸 거라면서……."

"시즈에가 주민센터에 근무하는 유스케일 거라고 했다고요?"

"예."

이즈미는 생각에 잠기듯 고개를 숙이고 자기 무릎을 바라보다가 이윽고 고개를 들었다.

"얼굴을 알아볼 수 없다고 하셨죠?"

"예, 그렇습니다."

가부라기는 난처한 표정을 지으며 대답했다.

"어째서죠?"

"예, 그게……."

이즈미는 가부라기 쪽으로 몸을 디밀었다.

"가르쳐줄 수 없나요? 그 돌아가신 분이 유스케일지도 모른다면 가르쳐주셔도 되지 않겠어요? 저는 소꿉친구니까요."

"알겠습니다."

가부라기는 한숨을 내쉬고 대답했다.

"수사 정보를 누설하는 꼴이 되기 때문에 자세한 상황을 말씀드릴 수는 없지만, 그 시신은 누구인지 알아볼 수 없을 만큼 심하게 훼손된 상태였습니다."

이즈미는 말없이 눈을 꼭 감았다. 시신의 끔찍한 상황을 상상하고는 큰 충격에 필사적으로 맞서는 듯했다. 가부라기와 세 형사는 말없이 그 모습을 바라보았다.

잠시 후 이즈미가 눈을 뜨더니 두 손과 무릎으로 기어서는 구석 쪽에 있던 숄더백을 집어 들었다. 그리고 스마트폰을 꺼내 전화기에 대고 "유스케에게 전화!"라고 작은 목소리로 말한 다음 왼쪽 귀에 댔다. 음성인식 기능이 있는 기종인 듯했다.

길게 이어지는 신호음이 네 형사에게도 들렸다. 이윽고 억양이 없는 자동음성이 상대의 휴대전화는 전원이 꺼져 있거나 전파가 닿지 않는 곳에 있어 연결되지 않는다고 알려왔다. 이즈미는 전화를 끊고 나서 다시 처음과 같은 동작을 반복했다. 결과는 마찬가지였다. 그녀는 느린 동작으로 스마트폰의 터치패널을 눌러 통화를 종료했다.

그녀는 다시 형사들 쪽을 보며 말했다.

"돌아가신 분이 정말 유스케일까요? 착각일 수도 있지 않을까요?"

"조금 전에 말씀드렸듯이 확인된 사항은 아닙니다. 특징을 이야기하자면 20대에서 30대 사이의 남성으로 보이고 키는 175센티미터 정도, 마른 체형에 짧은 머리를 하고 있었던 것으로 보입니다. 그리고 오래된 골절 흔적이 있습니다. 나머지는 복장에 그리 신경을 쓰지 않는 분이었다는 정도입니다."

가만히 듣고 있던 이즈미가 이윽고 입술을 떨면서 말했다.

"유스케는 중학교 때 산에 잠자리를 잡으러 갔다가 바위에서 떨어져 왼쪽 팔이 부러진 적이 있다고 이야기한 적이 있어요."

"왼쪽 팔이라고요?"

가부라기가 묻자 이즈미는 고개를 끄덕였다.

"그리고 유스케는 늘 옷은 아무거나 입으면 된다, 돈이 아깝다고 했고요."

가부라기와 마사키, 히메노, 사와다는 서로 얼굴을 마주보며 고개를 끄덕였다. 물론 DNA 분석 결과를 기다릴 필요가 있지만 시신의 몇 가지 특징이 가와즈 유스케와 일치했다. 아마 시신은 가와즈 유스케로 보아도 틀림없으리라.

"저어……."

히메노가 조심스럽게 이즈미에게 말을 건넸다.

"가와즈 씨가 뼈가 부러졌던 이야기는 나중에 들으신 것 같군요. 중학교 시절에는 가와즈 씨와 만나지 못했습니까? 가와무라 시즈에 씨에게는 가와즈 씨와 야마세 씨, 그리고 당신은 아주 친한 사이라고 들었는데요."

이즈미는 히메노 쪽을 바라보았다.

"제가 일곱 살 때 부모님이 강도를 당해 목숨을 잃었다는 건 아시나요?"

"예. 아까 가와무라 씨한테 들었습니다."

히메노가 그렇게 대답하자 이즈미는 말을 이었다.

"부모님을 잃은 뒤 저는 기류(桐生) 시에 살던 큰아버지 댁으로 갔어요. 그동안 저는 학교에 가지 않아서 유스케와 만나지 못했죠."

"전화 같은 것도 전혀 없었고요?"

히메노가 이상하다는 듯이 물었다.

"6년 동안 키워준 큰아버지 부부에 대해 좋지 않게 이야기하고 싶지는 않지만."

이즈미는 망설이면서도 말을 이었다.

"큰아버지 댁에 있는 동안 저는 친구나 다른 친척과 마음 편하게 만날 수 없었어요. 그리고 열세 살 때 저는 다카사키 시에 있는 현립 맹학교 기숙사에 들어갔죠. 아마 부모님 생명보험금이 떨어지고 장애인 자립지원금만 받는 저를 돌볼 여유가 없었을 거예요. 큰아버지도 살림이 넉넉하지는 못했으니까요."

가부라기는 짐작이 갔다. 아마 큰아버지 부부는 이즈미의 부모 사망보험금을 노리고 이즈미를 받아들였으리라. 이즈미의 부모 집은 이즈미가 물려받을 테니 큰아버지 부부는 댐이 건설될 때 나올 보상금까지 노렸던 게 아닐까? 그래서 이즈미를 독차지하기 위해 다른 친척도 만나지 못하게 했을 것이다.

하지만 그때는 히류무라 주민들의 댐 건설 반대운동이 활발했던 때다. 언제 공사가 시작될 지 전혀 알 수 없었다. 그러니 이즈미를 계속 키워봐야 한 푼도 들어오지 않을 가능성도 컸다. 그리고 마침내 이즈미의 큰아버지 부부는 자기 동생 내외의 사망보험금이 다 떨어지자 들어올지 어쩔지도 모르는 보상금을 포기하고 귀찮은 존재인 이즈미를 맹학교로 내보냈으리라.

"다카사키에 있는 맹학교 기숙사에 들어간 저는 기숙사 선생님에게 부탁해 그제야 유스케와 겐에게 연락을 할 수 있었어요. 그렇게 해서 유스케를 6년 만에 다시 만났죠."

이즈미는 더듬더듬 말을 이었다.

"초등학생이었던 유스케는 고등학교 1학년 학생이 되어 있더군요. 목소리는 완전히 어른처럼 변했지만 말투는 초등학교 때와 똑같아서……."

그때의 기억이 되살아난 것일까? 이즈미는 이야기를 하면서 빙긋이 미소를 지었다.

"그렇습니까? 6년이나 만나지 못했으니 오랜만에 소꿉친구 두 사람과 다시 만났을 때 무척이나 기뻤겠군요."

가부라기의 말에 이즈미는 고개를 저었다.

"찾아온 건 유스케뿐이었어요. 겐은……."

거기서 잠깐 말을 끊은 이즈미는 잠시 후 이렇게 말했다.

"겐은 오지 않았어요. 도쿄에 있는 국립대학을 목표로 입시 공부에 몰두했던 모양이에요. 그 뒤로도 겐과는 만나지 못했고 서로 전화 통화도 하지 못했어요."

"그래요? 야마세 씨는 무척 쌀쌀맞군요."

히메노가 미간을 찌푸리자 이즈미는 고개를 얼른 저었다.

"아뇨. 겐은 유명한 건축가가 된 모양이에요. 그래서 아주 바쁠 거예요. 히류댐 일도 맡고 있어서 이따금 히류무라에 온다는 이야기를 유스케한테 들었어요."

가부라기는 속으로 한숨을 내쉬었다.

야마세 겐은 건축가가 되어 화려하고 바쁜 나날을 보내느라 어릴 적 소꿉친구와는 만날 틈도 없는 것 같다. 그러고 보니 드래곤플라이의 주인 가와무라 시즈에도 야마세에게는 좋은 감정을 갖고 있지 않은 듯했다. 그리고 이즈미에게 단 하나뿐인 친구 가와즈 유스케는 아마도 이번에 발견된 시신과 일치할 가능성이 매우 높다.

"미즈사와 씨."

가부라기가 말을 건넸다.

"이제 경시청과 군마 현경이 그 시신이 가와즈 유스케 씨인지 아닌지 아파트에 있는 소지품이나 친인척에게서 채취한 DNA와 대조하게 됩니다. 아마 하루나 이틀 지나면 그 결과가 나오겠죠. 시신이 다른 분이기를 기도하겠습니다."

"아뇨."

이즈미가 고개를 숙인 채 툭 내뱉었다.

"유스케일 거예요."

잠시 아무도 입을 열지 못했다. 답답한 침묵이 실내를 감쌌다.

"저어⋯⋯."

이윽고 마사키가 침묵을 깨고 말했다.

"가와즈 유스케 씨 휴대전화 말입니다만, 번호를 가르쳐줄 수 있으십니까?"

이즈미는 느릿느릿 스마트폰을 집어 들더니 입에 대고 "유스케!"라고 말했다. 그리고 그 액정화면을 마사키에게 보여주었다.

화면에는 가와즈 유스케라는 이름과 함께 주소, 휴대전화 번호, 그리고 'yusuke@'로 시작되는 메일 주소가 표시되어 있었다. 터치 패널 몇 군데에 작고 투명한 실이 붙어 있었다. 이걸로 평평한 화면에 있는 버튼 위치를 알 수 있는 모양이었다.

마사키는 고맙다는 인사를 하고 수첩을 꺼내려다가 손을 멈추고 히메노에게 턱짓을 했다. 히메노는 자기 스마트폰 카메라로 그 화면을 촬영했다.

마사키는 자세를 고쳐 앉더니 이즈미에게 말했다.

"미즈사와 씨, 우리는 이 사건의 범인을 반드시 찾아내 체포하겠습니다. 기필코 그렇게 하겠습니다. 약속드리죠."

그러자 이즈미가 불쑥 고개를 들었다. 그리고 마사키 쪽을 향해 미소를 지으며 말했다.

"잡을 수 없을 거예요."

체념한 듯한 목소리였다.

가부라기는 등골이 서늘했다. 이즈미의 말이 마치 불길한 예언처럼 느껴졌다.

"경찰은 20년 전에 부모님이 살해되었을 때도 결국 범인을 잡지 못했습니다. 죄송한 말씀이지만 이번에도 유스케를 죽인 범인을 잡아낼 수 없을 거라는 생각이 드네요."

부드러운 목소리지만 뼈아픈 지적이었다. 마사키는 대꾸할 말을 찾지 못했다.

잠시 후 가부라기가 조용히 말했다.

"사실은 그 20년 전 사건에 대해서도 묻고 싶은 게 있습니다만……."

이즈미는 말없이 가부라기가 하는 이야기에 귀를 기울였다.

"20년 전에 누군가가 미즈사와 씨 부모님의 소중한 목숨을 앗아갔습니다. 그리고 이번에는 역시 소중한 친구인 가와즈 유스케 씨로 보이는 인물이 누군가에 의해 살해되었죠. 세월이 많이 흘렀지만 이 두 사건 사이에 무슨 관계가 없을까요? 짚이는 구석은 없습니까?"

"모르겠어요."

이즈미는 고개를 저으며 바로 대답했다.

"더는 아무것도 몰라요. 그때 겨우 일곱 살이었기 때문에 지금은 기억이 흐릿합니다. 그때 일은 거의 아무것도 기억하지 못해요."

"거의, 아무것도?"

사와다가 되물었다.

"예."

이즈미가 말을 이었다.

"아는 건 20년 전에 모두 경찰에 이야기했어요. 그런데 당신들은 결국 내 부모를 죽인 범인을 잡지 못했죠. 경찰이 모르는 걸 제가 어떻게 알겠어요? 게다가 그 뒤로 20년이 지난 이제 와서 또⋯⋯."

이즈미는 잠시 말을 잇지 못하더니 이윽고 고개를 숙인 채 한숨을 내쉬며 말을 이었다.

"그리운 어머니, 아버지의 죽음을 겨우 받아들이고 가까스로 의욕을 갖고 살아갈 수 있게 되었어요. 이제는 그 사건을 떠올리기 싫군요. 모두 잊고 싶어요. 이해해줄 수 있으시죠?"

"심정은 충분히 이해합니다. 미즈사와 씨, 그렇지만 말입니다······."

다시 가부라기가 말했다.

"우리는 당신이 가와즈 유스케 씨에게 선물한 그 잠자리 목걸이 하나만 실마리로 삼아 여기까지 왔습니다. 말하자면 잠자리에 이끌려 당신을 찾아온 셈이죠. 가와즈 씨가 사랑한 잠자리가 우리를 당신에게 인도한 거죠. 저는 그렇게 생각합니다."

이즈미가 얼굴을 들었다. 그리고 천천히 가부라기 쪽으로 고개를 돌렸다.

"잠자리가······."

이즈미가 중얼거렸다. 가부라기는 고개를 끄덕였다.

"예. 그러니 부디 우리 경찰을 믿고 이 사건 수사에 협조해 주실 수 없을까요?"

미즈사와 이즈미는 고개를 숙인 채 한동안 아무 말도 없었다.

"저는."

이윽고 이즈미가 입을 열었다.

"어렸을 때 잠자리를 무척 좋아했어요. 유일한 놀이 상대였죠. 그리고 유스케는 저보다 더 잠자리를 좋아했습니다. 어렸을 때부터 줄곧 좋아했어요."

잔뜩 잠겨 있는 목소리였다.

"옛날, 그러니까 어머니와 아버지가 돌아가시기 한 해 전 여름이었어요. 어느 날 유스케, 겐과 함께 셋이서 히류가와 강 상류에 있는 산에 올라갔죠. 유스케가 얼마 전 거기서 1미터나 되는 커다란 잠자리를 보았다고 해서 함께 확인하려고요. 굳게 마음을 먹고 새벽같이 일어나서는 컴컴한 어둠을 뚫고 산에…….”

“1미터나 되는 잠자리라고요?”

가부라기가 믿을 수 없다는 표정으로 말했다. 마사키, 히메노, 사와다도 서로 얼굴을 마주보았다. 이즈미는 고개를 끄덕이지도 않고 시선을 떨군 채 말을 이었다.

“지금 돌이켜보면, 다른 때 같으면 단잠에 빠져 있을 시간에 몰래 집에서 빠져나와 유스케와 겐을 따라 산속으로 이상한 곤충을 찾으러 가는 그런 모험에 가슴이 설던 거예요. 진짜 그런 잠자리가 있는지 없는지는 아무 상관이 없었던 거죠. 어른들 눈을 피해 애들 셋이서 어디 간다는 것 자체가 즐거웠습니다. 하지만 그때…….”

미즈사와 이즈미가 고개를 들었다.

“저도 보았고, 유스케와 겐도 확실히 보았습니다. 커다란, 아주 커다란 잠자리가 투명한 날개를 반짝반짝 빛내며 히류무라 위를 천천히 나는 모습을요.”

이즈미의 표정은 마치 어딘가 아득히 먼 곳을 보는 것 같았다.

크기가 1미터나 되는 잠자리를 보았다……. 가부라기는 당황했다. 그런 일이 있을 리 없다. 그러나 이즈미의 말은 사실에 대한 확신으로 가득 찼다.

“보았다니요? 당신은 눈이…….”

히메노의 말에 마사키가 옆구리를 팔꿈치로 쿡쿡 찔렀다.

"맞아요. 저는 앞을 볼 수 없죠. 하지만 유스케와 겐이 그렇게 이야기했어요. 또 저도 알 수 있었고요. 아주 커다란 잠자리가 저 멀리 하늘에 떠 있는 것을요. 제 귀에는 커다랗고 얇은 날개가 바람을 가르는 소리가 또렷하게 들려왔죠."

이즈미는 어느새 꿈꾸듯 부드러운 표정으로 바뀌어 있었다.

"유스케는 메가네우라라고 하는 고대 잠자리가 아직도 남아 있는 게 틀림없다고 했습니다. 히류무라라고 하는 마을 이름도 그 거대한 잠자리가 옛날부터 목격되었고, 그걸 본 사람들이 용이라고 생각했기 때문에 붙은 이름이라면서. 우습죠? 저는 그런 유스케의 이야기를 듣는 게 좋았습니다."

이즈미는 그렇게 말하더니 살짝 웃었다.

"유스케는 어른이 된 뒤에도 잠자리 이야기만 했어요. 취직도 오쿠노사와에 쉽게 갈 수 있도록 히류무라와 이웃한 나가노하라마치의 주민센터를 선택했죠. 그리고 틈만 나면 오쿠노사와에 올라간다고……."

거기까지 이야기한 이즈미는 다시 입을 다물었다. 그 입술이 살짝 떨리기 시작했다.

"어째서!"

이즈미가 갑자기 소리를 지르며 오른손 주먹으로 자기 무릎을 내려쳤다. 동시에 앞을 보지 못하는 두 눈에서 눈물이 주르르 흘러내렸다.

"어머니, 아버지를 잃었는데 이번에는 유스케인가요? 대체 누가, 왜 이런 끔찍한 짓을 하는 거죠? 왜 내게서 소중한 것만 빼앗아가는 건가요? 제가 뭘 어쨌다는 거죠? 도무지 모르겠어요. 어째서 계속 이런 일이!"

스커트를 움켜쥔 이즈미의 두 손등에 눈물이 계속 떨어져 내렸다. 네 사람은 이즈미를 지켜볼 뿐 한동안 아무 말도 할 수 없었다.

"미안합니다. 쓸데없는 소리를 해서."

이윽고 가부라기가 입을 열었다.

"만약 도쿄에서 발견된 시신이 가와즈 유스케 씨라고 판단되었을 경우 다른 경찰관이 당신 이야기를 들으러 올 겁니다. 그때는 부디 협력해주시기 바랍니다."

가부라기는 그렇게 말하더니 자리에서 일어섰다. 마사키, 히메노, 사와다도 따라서 일어났다. 네 사람은 인사를 하고 문으로 향했다.

문을 나서면서 가부라기는 고개를 돌려 이즈미를 보았다. 이즈미는 가부라기 일행에게 등을 보인 채로 바닥에 앉아 있었다. 그 어깨가 살짝 떨리고 있었다.

"실례 많았습니다."

가부라기의 말에도 이즈미는 아무런 대답이 없었다.

"가부라기 선배, 너무해요. 저 여자 분을 테스트했죠?"

네 사람이 차를 세워둔 아파트 옆 공터로 돌아오자 히메노가 입을 삐죽거렸다.

"시신에 골절 흔적이 있다고만 했지, 위치는 이야기하지 않았잖아요. 그런데 미즈사와 이즈미는 정확하게 왼쪽 팔이라고 했어요. 시신은 가와즈 유스케가 틀림없겠군요."

"시신이 가와즈인지 아닌지 빨리 확인하지 않으면 수사를 더 진행할 수 없으니까."

죄 많은 직업이다……. 가부라기는 어깨를 움츠리며 한숨을 내쉬었다.

신체적인 특징이 이 정도로 일치하는 이상 니코타마에서 발견된 시신은 가와즈 유스케라고 보아도 괜찮으리라. 정확한 내용은 조만간 증명될 것이다. DNA 분석이 도입되기 이전이라면 몰라도 요즘 과학수사에서는 시신을 태우건 녹이건 다른 사람으로 착각할 일은 없다.

히메노가 무선 키로 차의 도어록을 해제하고 괴로운 표정을 지으며 고개를 설레설레 저었다.

"그 여자, 잠자리를 싫어하게 될지도 모르겠군요. 마치 잠자리가 가와즈 유스케의 죽음을 알려준 셈이니까요."

마사키도 침통한 표정으로 중얼거렸다.

"행운의 상징이었던 잠자리가 슬픔의 메신저가 되어버린 셈인가?"

히메노가 눈을 크게 뜨며 놀란 표정으로 마사키의 얼굴을 물끄러미 바라보았다.

"마사키 선배, 어쩐 일이세요? 옛날 포크송 가사 같은 말씀을 하시다니. 오늘 아침에 뭐 잘못 드시기라도 했어요?"

"시끄러. 나도 오센티(센티멘탈에다 일본어에서 존경을 뜻하는 접두어 '오'를 붙인 말로 1970년대에 유행하던 말이다.)할 때가 있어."

"오, 오센티?"

히메노는 여우에게 홀린 듯한 표정을 지으며 사와다를 바라보았다. 사와다 역시 난처한 표정으로 고개를 가로저었다.

마사키는 씁쓸한 표정으로 말을 이었다.

"그 이즈미라는 여성, 어떻게든 도와주고 싶군. 태어날 때부터 눈이 먼 데다 어려서 강도를 당해 부모가 살해당하고, 어른이 되어서는 소중한 사람을 끔찍한 살인사건으로 잃다니. 측은하다는 말로는 도저히 표현할 수가 없군."

"소중한 사람이라……. 그 두 사람 연인 사이였을까요?"

히메노가 팔짱을 끼고 생각에 잠기자 마사키가 손바닥으로 히메노의 머리를 때렸다.

"멍청한 녀석! 그 두 사람은 말이야, 네가 생각하는 것처럼 그런 불순한 관계가 아니야."

마사키는 속이 탄다는 듯이 말을 이었다.

"어렸을 때부터 오빠, 동생처럼 함께 자랐기 때문에 어른이 되어서도 서로에게 진심을 털어놓을 수 없는 그런 순수한 관계야. 틀림없어. 난 척 보면 알아."

그러더니 마사키는 작은 목소리로 속삭였다.

"늘 그런 상태로 지내고 싶었겠지. 하지만 언젠가는 끝이 나기 마련이야."

그렇게 말하고 마사키는 입을 다물었다.

여느 때와는 다른 마사키의 모습에 가부라기와 히메노, 사와다는 서로 얼굴을 마주보았다.

가부라기는 한 차례 헛기침을 한 뒤 화제를 돌렸다.

"미즈사와 이즈미가 사건을 기억하지 못하는 것도 무리는 아니지. 당시 겨우 일곱 살이었으니까."

그러자 사와다가 입을 열었다.

"일곱 살이라면 기억 능력은 거의 완성됩니다. 그런데 미즈사와 이즈미는 그때 일을 전혀 기억하지 못한다고 했어요. 거기에는 나이와는 상관없는 다른 이유가 있을 겁니다."

"다른 이유?"

가부라기가 묻자 사와다는 고개를 끄덕였다.

"네. PTSD(외상 후 스트레스 장애) 말입니다. 충격적인 사건을 당하면 정신에 심한 부하가 걸리고 갈등이 발생해 패닉을 일으킬 위험성이 나타나죠. 그러면 뇌는 자기 방어 시스템을 작동시켜 '그런 사건은 없었다.'고 처리하면서 현실에 적응하려고 합니다. 결국 사건을 다시 떠올리기를 거부하거나 혹은 기억 자체를 지워버리기도 하죠."

그 말은 가부라기도 이해가 갔다. 일곱 살인 미즈사와 이즈미에게 부모가 무참하게 살해되었다는 사실은 사실로서 받아들이기 어려운 사건이었으리라. 인간은 그런 끔찍한 기억을 언제까지나 선명하게 유지할 수 있을 만큼 강하지 못하다. 그리고 미즈사와 이즈미로부터 당시의 자세한 이야기를 들을 수 없다면 남은 방법은 뻔하다.

"군마 현경 나가노하라 경찰서로 가서 사건 당시의 상황을 아는 사람에게 물어보도록 하지."

가부라기는 세 사람을 둘러보았다.

"그들에겐 불명예스러운 이야기를 들추는 셈일 수 있어. 하지만 새로 일어난 살인사건 수사를 위해 필요해. 정성을 다해 이야기하면 이해해줄 거야."

"정말이지, 넌 세상을 참 만만하게 보는구나. 몰라, 난."

마사키는 포기한 듯이 문을 열고 차 안으로 들어가려고 했다.

"아! 한 가지 신경 쓰이는 게 있는데요."

히메노가 끼어들었다.

"미즈사와 이즈미가 보았다고 하는 1미터 넘은 거대한 잠자리 말예요. 그거, 진짜 있었던 걸까요?"

마사키가 어처구니없다는 표정을 지었다.

"너, 멍청이냐? 그런 게 있을 리 있잖아!"

"그렇지만 세 사람이 모두 보았다고 하잖아요. 아니지, 정확하게는 이즈미 씨가 엄청나게 큰 잠자리가 하늘을 나는 소리를 들었다고 했죠."

그렇게 말하는 히메노의 얼굴 앞에 마사키가 손을 살랑살랑 흔들었다.

"어렸을 때 이야기잖아. 우리도 어렸을 땐 유령이나 설인, UFO 같은 걸 믿었어. 그런 이야기를 일일이 진지하게 받아들여서 어떡하려고 그래?"

"그건 '집단극성화'예요."

사와다가 마사키에게 말했다.

"집단이 극성을?"

"그게 아니고요. 미국 사회심리학자인 어빙 재니스가 이런 말을 했어요. '친화성이 강한 집단에서는 의견 일치를 중시한 나머지 현실적인 평가를 무시하고 극단적인 의견으로 기우는 경우가 있다.'고요. 이걸 집단극성화라고 하죠. 그러니까 이 경우에는……."

사와다는 마사키가 눈을 희번덕거리는 것에 아랑곳하지 않고 말을 이었다.

"아주 사이가 좋은 어린이 세 명이 있다. 한 아이가 구름이나 새 같은 걸 잘못 보고 거대한 잠자리라고 한다. 그 말을 들은 두 번째 아이도 진짜 본 것 같은 기분이 든다. 앞이 보이지 않는 미즈사와 이즈미가 그 모습을 이미지화한 결과 바람 소리나 나뭇잎 소리 같은 게 잠자리 날갯짓 소리로 들렸다. 그리고 세 사람은 분명히 거대한 잠자리를 보았다고 하는 의견으로 일치를 본다……."

"과연. 그렇군. 아무리 그래도 그렇게 큰 잠자리가 있을 리 없지. 애들이 꿈 이야기를 한 거야."

히메노도 바로 납득했다. 하지만 가부라기는 이렇게 말했다.

"애들 이야기니까 착각일 거다, 또는 거짓말일 거다. 이런 확신을 가져도 괜찮을까? 어쩌면 미즈사와 이즈미가 경찰 불신에 빠진 이유가 그것 때문일지도 몰라."

마사키가 끼어들었다.

"가부, 그렇지만 말이야, 아무리 그래도 1미터나 되는 잠자리가 어디 있나?"

"뭐, 그렇긴 하지만."

마사키의 말에 가부라기도 쓴웃음을 지었다.

나가노가도를 서쪽으로 달리는 자동차 안에서 가부라기는 계속 생각에 잠겨 있었다. 미즈사와 이즈미의 말이 왠지 뇌리에서 떠나지 않았다.

크기가 1미터나 되는 거대한 잠자리를 보았다······. 상식적으로 생각하면 이 세상에 그런 일이 있을 리 없다. 꿈꾸기 좋아하는 어린이들의 환상이 틀림없다. 예를 들면 UFO 목격 정보도 구름이나 별, 번개 같은 자연 현상, 새나 기구, 비행선, 비행기, 헬리콥터 등의 하늘을 나는 물체, 유리창에 비친 조명 등을 잘못 본 것이라고 한다.

그러나 이즈미는 그 거대 잠자리가 날갯짓하는 소리를 들었다고 했다. 도대체 무슨 소리를 잘못 들은 걸까? 앞을 못 보는 그녀는 남들보다 소리에 훨씬 민감할 것이다. 새 날갯짓이나 바람에 나뭇잎 흔들리는 소리를 잠자리 날갯짓 소리와 착각한 걸까?

"가부라기 선배, 왜 그러세요?"

백미러를 통해 히메노가 가부라기를 쳐다보고 있었다. 아까부터 가부라기를 관찰하고 있던 모양이었다.

"아, 아니야. 잠깐 생각할 게 있어서."

가부라기가 대답하기 무섭게 옆에 있던 마사키가 가부라기의 오른쪽 어깨를 힘껏 때렸다.

"네가 이런저런 궁리를 해봐야 소용없잖아! 어차피 마지막에는 직감에 따라 움직이는 주제에. 괜한 시간 낭비야. 무리하지 마."

"그렇군."

머리를 긁적거리는 가부라기를 백미러로 보면서 히메노가 말했다.

"맞아요. 아무 말도 없이 계속 인상을 쓰고 앉아 있으니 어디 아픈가 싶잖아요. 이동 중에는 좀 느긋하게 쉬세요. 이제 나이도 있고 하니."

조수석에 앉은 사와다가 히메노에게 말했다.

"나이와 능력은 아무 관계가 없어. 요한 볼프강 폰 괴테는 84세에 죽을 때까지 『파우스트』 제2부를 썼다고 하고, 임마누엘 칸트가 『영구평화론』을 쓴 건 71세 때였어."

히메노가 조수석으로 눈길을 돌려 말했다.

"그것도 그렇군. 예술가라고 하면 가츠시카 호쿠사이(葛飾北斎, 우키요에 화가)는 84세 때 『노도도』(怒涛図)를 그렸고, 파블로 피카소는 87세에 반 년 동안 347점의 판화를 제작했어."

마사키가 두 사람의 대화에 격분했다.

"야, 인마, 도키오! 가부나 나나 아직 마흔여섯밖에 안 됐어.

그렇게 세상 뜰 날 얼마 남지 않은 노인들을 끌어다 대면 위로
가 되냐?"

가부라기는 쓴웃음을 지으며 세 사람을 둘러보았다. 그러고
는 이내 앞으로의 수사 방향에 대한 생각 속으로 또다시 빠져
들었다.

니코타마 강변에서 발견된 끔찍한 시신. 그것은 가와즈 유
스케가 틀림없으리라. 그러나 그 시신이 지나치게 훼손된 이
유는 아직 수수께끼로 남아 있다. 그 시신을 보았을 때 가부라
기가 느낀 것은 범인이 가졌을 부끄러움의 흔적, 후회, 사죄였
다. 대체 그 이유는 무엇일까.

20년 전 살인사건에 뭔가가 숨어 있다. 가부라기는 자신의
직감을 믿어보리라 생각했다.

06 전화

나는 내 방에서 넋이 나간 사람처럼 멍하니 앉아 있었다. 경찰관들이 돌아간 뒤로 시간이 얼마나 지났을까? 5시간? 아니면 5분?

유스케가 죽었다. 나는 이 사실을 쉽게 받아들일 수 없다. 이틀에 한 번은 전화를 걸어오던 유스케가 요 엿새 동안 연락이 없었다. 틀림없이 일이 바빠서일 거라고 생각했다. 그런데 그게 아니었다.

유스케는 죽었다. 그래서 전화가 없었던 것이다. 앞으로 유스케는 내게 전화를 하지 않을 것이다. 이 사실을 받아들여야만 하는 걸까? 14년 동안 이어진 행복한 날들이 끝났다는 걸나는 받아들여야만 하는 걸까?

할 수만 있다면 다시 그날로 돌아가고 싶었다. 14년 전, 유스케가 다카사키 시에 있는 맹학교로 나를 찾아온 그날부터 시작되었다. 이제는 돌아갈 수 없는 행복했던 나날들은.

"이즈미! 나야! 유스케야! 알겠니?"

그동안의 그리움이 고스란히 드러나는 들뜬 목소리였다. 놀라움, 기쁨, 당황. 여러 가지 감정이 한꺼번에 밀려왔다. 내 눈에서 뜨거운 눈물이 주르륵 흐르기 시작했다.

"유스케?"

"그래! 유스케야! 오랜만이다. 잘 지냈어?"

목소리는 6년 전과 사뭇 달랐다. 변성기가 지나 남자 어른처럼 낮고 굵은 목소리로 변해 있었던 것이다. 나는 그게 우스워서 울다가 그만 웃음을 터뜨리고 말았다.

"뭐가 우스워, 이즈미?"

유스케가 이상하다는 듯이 물었다.

"네 목소리가 아저씨 같아서."

"그, 그래? 나도 고등학교 1학년이 되었으니까. 너도 올해부터 중학생이지?"

유스케는 어색함을 무마하려고 커다란 목소리로 말했다.

"이즈미, 너 정말 많이 컸구나! 하마터면 몰라볼 뻔했어. 그 도깨비 같던 꼬맹이 여자애가 이렇게 예뻐질 줄은 생각도 못 했지."

자기 얼굴이 예쁜지 어떤지 생각해본 적은 한 번도 없었다. 그렇지만 나를 예쁘다고 하면서 유스케는 기쁜 모양이었다. 왠지 나도 같이 기뻤고 한편으로는 부끄럽기도 했다.

"뭐, 도깨비? 난 그런 거 몰라!"

둘이서 한바탕 울고 웃은 뒤 유스케는 머뭇거리며 말했다.

"저어, 겐도 함께 데려오고 싶었어. 아니, 그 녀석, 무척 오고 싶어 했지. 하지만 고등학교 공부가 엄청 힘든 모양이야."

나는 사정을 듣고 고개를 끄덕였다. 언젠가 틀림없이 셋이 만날 날이 올 것이다. 그리고 어렸을 때처럼 셋이서 사이좋게 지낼 날이 꼭 오리라. 유스케가 만나러 와준 지금은 그것만으로도 충분히 행복했다.

다시 만난 뒤로 유스케는 맹학교 기숙사에 자주 전화를 했다. 그리고 유스케가 대학생이 된 어느 날, 아르바이트 급여를 받았다며 내게 휴대전화를 사주었다. 유스케는 그 휴대전화에 자기 휴대전화 번호를 등록했다. 그리고 유스케로부터 전화가 오면 바로 알 수 있도록 늘 정해진 음악이 흘러나오게 설정해주었다.

휴대전화를 갖게 된 뒤로 유스케는 매일 전화를 했다. 그리고 내가 겐을 만나지 못해 섭섭해한다고 생각했는지 유스케는 자기보다 겐이 지금 무엇을 하는지 자주 이야기했다.

음성인식이 되는 스마트폰이 나오자 유스케는 바로 그걸로 바꿔주었다. 그리고 자주 쓰는 버튼 위에 작은 입체 실을 붙여주었다. 스마트폰은 버튼 역할을 하는 부분이 평평해서 눈으로 보지 않으면 버튼 위치를 알 수 없었기 때문이다.

덕분에 나는 어디 있어도 문자메시지를 보낼 수 있게 되었다. 그러자 유스케는 자기가 보낸 문자메시지가 들어오면 전화와 다른 음악이 울리도록 설정해주었다.

유스케는 매일 나에게 문자메시지를 보냈다. 오늘은 덥다느니, 저녁에 무얼 먹었다느니 하는 하찮은 이야기뿐이었다. 그렇지만 누가 내 존재를 잊지 않고 문자메시지를 보내준다는 그 사실이 무엇보다 기뻤다.

언제였던가? 유스케가 밤늦게 전화를 한 날이었다. 짧은 통화 후에 그럼 잘 자, 하고는 전화를 끊으려던 유스케에게 나는 이렇게 말했다.

"저어, 유스케."

"응?"

"한 번만 이야기할 테니까 잘 들어. 그리고 듣고 난 뒤에 바로 잊어."

"뭐? 무슨 얘긴데?"

이야기하지 않는 게 좋을까? 아니야, 꼭 말해야만 해. 나는 망설임 끝에 용기를 내서 말을 이었다.

"나, 유스케 좋아해."

유스케가 뭐라고 대답하기도 전에, 그리고 내 작은 용기가 사그라지기 전에 나는 말을 이었다.

"그렇지만 그렇다고 뭐 어떻다는 건 아니야. 난 유스케에게 도움이 될 수도 없고 오히려 짐만 될 테니까. 지금도 늘 이런저런 폐를 끼치니까. 그렇지만 난 유스케가 좋아. 어렸을 때부터 네가 좋았어. 마음씨 착한 유스케가 좋아. 그래서……."

숨을 쉬기 힘들었다. 나는 숨을 고른 다음 이렇게 말을 맺었다.

"그래서 지금, 난 정말 행복해. 고마워, 유스케."

전화 저편에서 유스케는 내내 말이 없었다. 하지만 고맙다는 말과 함께 어떻게든 내 마음을 전하고 싶었다.

"그뿐이야. 미안해."

"……그래?"

유스케는 시큰둥하게 대답했다.

기뻐할 거라는 기대를 한 건 아니었다. 난처하거나 귀찮게 여길지도 모른다는 생각도 했다. 하지만 그다음에 들린 유스케의 목소리에서 내가 예상치 못한 감정이 전해졌다. 슬픔이었다.

"고마워."

유스케는 이렇게 말하고 조용히 전화를 끊었다.

그런 기억을 떠올리면 하염없이 눈물이 흐른다. 딱 한 번만이라도 좋다. 유스케를 만나고 싶다. 나는 진심으로 그렇게 생각했다.

……그래, 유스케도 말했잖아. 그날 새벽 엄청나게 큰 잠자리를 보러 산을 오른 날도 유스케는 겐에게 말했잖아.

"나는 어른이 되어서도 언제까지나 이즈미를 지켜줄 거야. 평생 곁에서 죽을 때까지 이즈미를 지켜줄 거야. 만약 내가 먼저 죽는다면 유령이 되어서라도 이즈미를 지켜줄 테야!"

유스케가 그런 이상한 소리를 한 데에는 이유가 있었다. 나는 어려서부터 유령이나 도깨비 같이 사람이 아닌 존재를 볼 수 있었다.

아니, 정확하게 말하면 보는 것은 아니지만 거기 있다는 건 알 수 있었다. 예를 들면 가족이 함께 저녁을 먹을 때 돌아가신 할머니가 방 한쪽 구석에 앉아 있다는 걸 알 수 있었다. 어머니나 아버지에게 이야기하면 야단맞을까봐 나는 그런 이야기를 늘 유스케와 겐에게만 했다.

나중에야 알게 된 사실이지만 아오모리 현에 있는 오소레 잔(恐山)이란 산에는 이타코라고 불리는 여성 영매들이 있다고 한다. 무슨 까닭인지 시각장애인들이 많고 어렸을 때 죽은 사람의 영혼을 부르는 수련을 한다고 한다. 그 이유도 이해할 수 있을 것 같다. 앞이 안 보이는 대신 보이지 않는 존재에 민감하기 때문이다. 내게도 영매의 소질이 있었던 걸까?

그때 문득 기분 나쁜 기억이 떠올랐다. 그건 어렸을 때 나타난 도깨비였다. 그 무렵 어머니와 아버지는 저녁이 되면 함께 어디론가 외출했다. 그리고 내가 잠드는 시간까지 돌아오지 않았다. 이튿날 아침이 되면 술 냄새를 풍기며 들어와서는 댐 이야기나 현청, 나라에 대한 험담을 늘어놓았다. 아마도 강경한 반대파 집회에 다녀온 거였으리라.

부모님이 없는 밤이면 영락없이 도깨비가 나타났다. 내가 이불 속에서 가물가물 졸고 있으면 뭔가가 내 방으로 들어왔다. 그리고 누워 있는 내 위로 몸을 구부리고 냄새 나는 입김을 토하면서 내 얼굴을 가만히 들여다보았다. 그리고 그것은 이따금 이즈미, 이즈미, 하고 무섭고 걸걸한 목소리로 내 이름을 불렀다.

그럴 때면 나는 이불을 머리끝까지 뒤집어쓰고 두 손으로 귀를 막았다. 이것은 내 착각일 것이다. 도깨비 같은 건 없다. 실제로는 아무것도 없다고 온 힘을 다해 스스로를 타일렀다. 그래서 이튿날 아침이면 도깨비가 그 뒤에 어떻게 했는지 까맣게 잊었다.

유스케와 겐에게도 도깨비 이야기를 한 적이 있다. 겐은 믿지 않으려고 했지만 유스케는 진지하게 이야기를 들어주었다. 그리고 그건 도깨비가 틀림없으니 내가 가서 물리치겠다고 말해주었다. 하지만 어머니와 아버지의 죽음을 계기로 고향을 떠나게 되었고, 나는 그 도깨비를 잊고 말았다.

그런데 무슨 까닭인지 다시 그 도깨비가 생각난 것이다. 갑자기 그때 느꼈던 것과 같은 추위가 느껴졌다. 나는 몸을 부르르 떨었다. 그리고 나도 모르게 두 팔로 내 몸을 꼭 껴안았다.

유스케, 살려줘. 나 무서워.

죽더라도 날 지켜주겠다고 했잖아.

유령이든 뭐든 좋으니 날 보러 와줘…….

눈물이 흘렀다. 나는 마음속으로 유스케에게 애원했다. 필사적으로. 정말로 유스케가 와주기를 바랐다. 내겐 죽은 사람이나 산 사람이나 마찬가지니까. 둘 다 눈에 보이지 않지만 틀림없이 거기 있으니까. 그래서 나는 그 뒤에 일어난 일도 그다지 놀랍지 않았다.

테이블 위에서 스마트폰이 부르르 떨었다. 동시에 착신 멜로디가 흘러나왔다. 나는 액정 디스플레이에 표시되었을 상대방의 이름을 읽을 수 없다. 하지만 그 멜로디를 들으면 누가 건

전화인지 안다. 그 사람의 번호에만 특별한 착신음을 설정했기 때문이다.

그 곡은 누구나 다 아는 동요였다. 그 기악곡의 멜로디를 타고 어려서부터 익숙한 그 가사가 내 머릿속에 흐르기 시작했다. 나도 모르는 사이에 그 노래를 흥얼거렸다.

잠자리 안경은 물빛 안경
푸르른 하늘을 날아다니니까, 날아다니니까

나는 손을 뻗어 탁자 위에 있는 스마트폰을 집어 응답 버튼을 눌렀다. 그리고 천천히 왼쪽 귀에 갖다 댔다.

전화 저편에서 누군가의 기척이 났다. 그 누군가를 향해 내가 말했다.

"여보세요?"

내 목소리가 갈라졌다.

"이즈미……."

전화 저편에서 속삭이는 듯한 남자 목소리가 들렸다. 그 목소리를 듣는 순간 내 가슴에 기쁨과 슬픔이 한꺼번에 치밀어 올랐다.

"응."

그런 대답밖에 할 수 없었다. 눈에서 뜨거운 눈물이 흘러내리기 시작했다. 청각에만 의지해 27년을 살아온 내가 그 목소리를 알아듣지 못할 리 없다. 다섯 살 때 처음 만나 일곱 살 때

한 차례 헤어졌다가 열세 살에 겨우 다시 만난 그 목소리. 그리고 그 뒤로 14년이나 늘 전화로 들어온 목소리. 다른 사람의 목소리일 리 없다. 그 사람 목소리다.

나는 간신히 목소리를 짜냈다.

"전화할 거라고 생각했어, 유스케."

전화 저편에서 내 이름을 부른 사람은 누구보다 내가 잘 아는 목소리, 유스케였다. 마음씨 고운 유스케. 내게 단 하나뿐인 소중한 사람.

"유스케, 죽은 거 아니지?"

그렇게 말한 순간 다시 눈물이 내 뺨을 타고 흘러내렸다.

"아까 도쿄에서 형사들이 왔어. 도쿄 강변에서 유스케 시신이 발견되었다고."

"그래, 맞아. 난 죽었어."

유스케는 억양이 없는 목소리로 천천히 그렇게 말했다.

"그러니까 난 이제 다시는 이즈미와 만날 수도, 이야기할 수도 없어. 그래도 마지막으로 네 목소리를 한 번 더 듣고 싶었어. 목소리를 들을 수 있어서 다행이야. 난 곧 사라져야 해. 이제 난 이 세상에 있으면 안 돼."

유스케의 목소리가 점점 갈라지기 시작했다. 틀림없이 몸도 사라지려는 모양이다.

"잠깐만!"

나는 스마트폰을 왼쪽 귀에 댄 채로 두 손으로 꼭 움켜쥐고 소리를 질렀다. 유스케는 대답하지 않았다. 나는 갑자기 무서

위졌다. 유스케는 이대로 전화를 끊을 것이다. 그리고 다시는 내 앞에 나타나지 않을 것이다. 나는 속이 탔다.

"가지 마! 날 혼자 남겨두지 마! 내겐 너밖에 없어! 유령이든 도깨비든 뭐든 좋아! 내 곁에 있어줘!"

도깨비. 그 단어를 입에 올린 바로 그 순간이었다. 머릿속에서 20년 전 그 도깨비의 목소리가 들렸다.

이즈미, 이즈미……

내가 웅크리고 있는 이불 위에서 비릿한 입김과 함께 토해내는, 마치 저 세상에서 들려오는 듯한 끔찍한 목소리. 그리고 불쑥 그 도깨비가 요란하게 연설을 시작했다.

우리 마을 사람들의 마음을 짓밟는 이런 국가와 현의 폭거는 결코 용서할 수 없습니다! 히류댐 건설은 어떻게 해서든 막아야 합니다. 조상 대대로 물려받아온 이 히류무라의 땅과 역사, 자연을 지키기 위해, 그리고 자식들에게 물려주기 위해 부디 저 다누마 야스오(田沼康男)에게 힘을 빌려주십시오!

깨진 종소리 같은 그 목소리는 엄청나게 커서 유세 차량에 설치한 확성기를 통해 온 마을에 울려 퍼진 뒤 주변 산들에 메아리쳤다. 나도 모르게 귀를 틀어막았다. 그때 나는 깨달았다. 이 마을을 뒤덮은, 고막을 찢는 듯한 엄청난 음성이 밤마다 내

방에 나타나는 도깨비의 목소리라는 사실을.

나는 부모님이 세상을 떠난 뒤 파출소 순경 아저씨에게 그 이야기를 꺼냈다. 얼마 전부터 밤이면 집에 도깨비가 나타나요. 도깨비는 그 요란한 목소리로 차를 타고 떠들어대는 사람과 같은 목소리예요…….

하지만 순경 아저씨는 난처한 표정으로 미소를 지으며 나를 달래기만 할 뿐이었다.

"얘야, 도깨비 같은 건 이 세상에 없단다. 틀림없이 나쁜 꿈을 꾼 거야. 그만 잊어라."

그랬다. 나는 완전히 잊고 있었다. 어떻게 잊고 지냈을까? 그런 무서운 일을. 아니, 무서워서 잊었다. 잊지 않으면 내 작은 심장은 그 무서운 기억을 견뎌낼 수 없었다. 나는 끔찍한 기억의 파도에 휩쓸려 공포와 현기증, 구역질을 느끼면서 30년 전에 일어났던 일들을 모두 기억에서 끄집어냈다.

고마워, 유스케. 날 지켜준 유스케. 네가 죽은 건 틀림없이 나 때문일 거야. 그리고 미안해, 유스케. 처음으로 거슬러 올라가면 모든 게 나 때문이니까.

"저어, 유스케."

유스케는 대답이 없었다. 그래도 듣고 있다는 건 알 수 있었다.

"유스케를 죽인 건 히류무라 촌장인 다누마 야스오지? 그렇지?"

내가 전화에 대고 속삭였다.

"그리고 20년 전에 우리 부모를 죽인 사람도 다누마 야스오. 그렇지, 유스케?"

유스케는 대답이 없었다. 그렇지만 그 침묵이 내 생각이 옳다는 사실을 웅변했다.

"유스케. 늘 내 곁에 있어주었던 유스케. 유령이 되어버린 유스케. 내 소중한 사람 유스케."

나는 유스케에게 말했다.

"네게 부탁이 있어."

그제야 유스케가 전화 저편에서 당황한 목소리로 물었다.

"……나한테?"

"그래, 네게 부탁이 있어. 너라면 들어줄 수 있을 거야. 너라면 틀림없이 내 부탁을 들어줄 수 있을 거야."

나는 전화를 꼭 움켜쥐고 전화 저편의 유스케에게 속삭였다.

"내게 무슨?"

당황한 듯한 유스케에게 내가 대답했다.

"다누마를 죽이는 거야."

유스케가 긴장하고 있다는 것이 전화기로도 전해졌다.

"내 소중한 부모님과 내 소중한 유스케를 죽인 다누마 야스오를 내 손으로 죽이고 싶어. 어떻게 하면 내가 죽일 수 있을까? 응, 유스케. 생각해보고 가르쳐줘."

07 나가노하라 경찰서

"진술 조서가 없다고?"

가부라기가 되물었다

"보존 기간이 3년입니다. 이 사건은 2007년에 공소시효가 성립되었기 때문에 당시 만들어진 진술조서는 2010년에 파기되었습니다."

30대 중반쯤일까? 맞은편에 앉은 짙은 남색 양복차림의 남자가 무뚝뚝하게 대답했다.

오후 1시 45분. 가부라기, 마사키, 히메노, 사와다는 군마 현나가노하라 경찰서 회의실에 있었다. 책상 위에는 '형사생활안전과 형사계장 경위 요시오카 나오토(吉岡直人)'라고 적힌 명함이 한 장 놓여 있었다. 네 사람 맞은편에 앉은 남자가 건넨 명함이다. 소규모 경찰서에서는 형사과와 생활안전과를 통합운영하는 경우가 많다. 나가노하라 경찰서의 경우도 그랬다.

"그럼 당시 수사에 참가한 분은 안 계십니까?"

가부라기의 질문에 요시오카는 싸늘한 얼굴로 천천히 대꾸했다.

"경시청 형사 나리들이 우리 관할에서 일어난 20년이나 묵은 옛날 사건, 그것도 이미 시효가 지난 사건을 물어서 뭐하려고요?"

"말씀드렸잖습니까? 닷새 전에 도쿄에서 일어난 살인사건 수사의 일환이라고."

가부라기가 난처한 표정으로 오늘 몇 번째인지 모를 대사를 반복했다.

요시오카는 의심스러운 눈빛으로 네 사람을 바라보았다.

"다마가와 강변에서 일어난 살인사건이라면 마에바시에 있는 우리 현 경찰본부가 경시청의 요청을 받아 피해자로 보이는 가와즈 유스케의 주변을 수사 중입니다. 당신들은 우리 관할 구역에서 무얼 하는 겁니까?"

"그렇게 물으시면 답변을 드리기 곤란합니다만……."

가부라기는 오른손으로 자기 뒤통수를 쓰다듬었다.

"어쨌든 가와즈 유스케 씨와 미즈사와 이즈미 씨는 소꿉친구라 사이가 좋았습니다. 그리고 가와즈 씨로 보이는 시신이 발견되었죠. 그러자 20년 전이기는 하지만 미즈사와 이즈미 씨의 부모 살인사건이라는 게 자꾸 마음에 걸려서……."

요시오카는 가부라기의 말을 도중에 가로막았다.

"그런 옛날 사건이 이번 사건과 관계가 있을 것 같지는 않군요. 그쯤에서 멈춰주실 수 없겠습니까? 우리도 이래저래 바빠서."

가부라기는 한숨을 쉬었다.

요시오카는 네 사람에게 시비를 걸 듯 거센 거부감을 드러냈다. 미궁에 빠진 사건을 다른 지역 경찰에 들쑤신다는 것은 담당 현경으로서는 불쾌하지 않을 수 없는 일이다. 그렇지만 이렇게까지 철벽 방어일 줄은 가부라기도 예상하지 못했다.

"쳇, 쩨쩨하긴."

작은 목소리가 들렸다. 히메노였다. 요시오카가 히메노를 노려보았다.

"지금 뭐라고 했습니까?"

히메노가 갑자기 둑이 무너진 듯 말을 쏟아내기 시작했다.

"미즈사와 이즈미가 경찰을 믿지 않고 아무 이야기도 해주지 않는 건 당신 같은 태도를 지닌 경찰관이 있기 때문 아닙니까? 우리 직업이 매일 바쁜 거야 당연하죠. 우리도 정신없이 바쁜 시간을 쪼개서 도쿄에서 출장을 온 겁니다. 애써 먼 곳에서 찾아온 우리에게 여기는 차 한 잔 없습니까?"

"야! 히메! 너, 쉿!"

마사키가 당황해 히메노의 오른쪽 어깨를 때리며 요시오카를 향해 상냥하게 웃어보였다.

"하하하. 이거 미안합니다. 철없는 녀석이라서. 젊은 혈기에 내키는 대로 지껄이는 녀석이니 부디 용서하시기 바랍니다."

"미즈사와 이즈미를 만났나요?"

요시오카가 어처구니없다는 듯 물었다.

"예. 그게 무슨 문제라도?"

히메노가 그렇게 대꾸하자 요시오카는 갑자기 책상을 쾅 두드렸다.

"당신들 말이야! 이렇게 나오면 곤란해! 멋대로 쿵쿵거리며 냄새를 맡고 돌아다니다니! 다마가와에서 나온 시신이 아직 가와즈라고 단정할 수 있는 상태는 아니잖아! 수사본부도 난처할 텐데. 경시청 수사 1과 형사들은 이렇게 수사의 기본도 모르나?"

"잠깐만."

마사키가 낮은 목소리로 말했다.

"그냥 듣고 넘어갈 수가 없군. 자세를 낮추니까 아주 얕잡아 보고 떠드는군, 이 자식."

마사키가 천천히 일어섰다. 그의 목소리가 점점 커졌다.

"애당초 너희들이 20년 전에 살인범을 체포하지 못해 미궁에 빠지게 만든 얼빠진 놈들인 주제에 무슨 낯짝으로 거드름을 피우는 거야, 어어?"

히메노가 마사키의 양복 자락을 힘껏 잡아당겨 앉혔다. 동시에 옆에서 가부라기의 입을 틀어막았다. 그리고 상냥한 웃음을 지으며 요시오카에게 사과했다.

"죄송합니다. 사쿠라다몬에는 주먹이 먼저 나가는 사람들이 많아서요. 부디 양해해주십시오."

요시오카는 발끈하며 자리에서 일어섰다.

"어쨌든 당신들에겐 아무것도 협력할 수 없으니 돌아가세요."

그러자 지금까지 잠자코 있던 사와다가 입을 열었다.

"누구를 내사 중인가?"

요시오카가 사와다를 바라본 채 동작을 멈췄다.

"내사?"

가부라기가 사와다를 보았다. 마사키와 히메노도 동시에 사와다를 보았다. 사와다는 냉정한 표정으로 서 있는 요시오카를 빤히 쳐다보았다. 요시오카는 험악한 표정을 짓고 말없이 서 있었다.

"역시 그런 거죠?"

사와다는 살짝 고개를 끄덕이더니 이렇게 말했다.

"당신은 과거 사건을 들추고 싶지 않다고 했지만 그보다는 오늘 우리가 찾아온 걸 아주 귀찮게 여기는군요. 그리고 일부러 우리를 자극하고, 어서 도쿄로 돌아가게 만들려고 하죠. 그건 바로 히류무라에 다른 범죄가 있어 당신들은 그걸 은밀하게 내사 중인데 우리가 마을을 휘젓고 다니면 내사 중인 대상이 눈치챌까봐 두려워하는 겁니다. 그렇죠?"

그때 사와다 뒤에서 낯선 목소리가 들렸다.

"역시 경시청 수사 1과 분들이로군요. 맞습니다."

회의실 안으로 장년의 남자 한 명이 들어왔다. 그는 자그마한 체구에 낡고 얇은 회색 양복을 걸치고 흰머리가 섞인 짧은 머리카락을 하고 있었다. 옆구리에는 검은색 표지가 있는 서류철을 끼고 있었는데, 남자는 요시오카의 어깨를 두드리고는 씩 웃었다.

"이제 그만하지, 나오토."

"다타라 과장님, 그렇지만."

요시오카는 내키지 않는 듯했지만 다타라라고 불린 남자는 그를 달래듯 말했다.

"이분들은 무슨 일이 있어도 진행 중인 수사에서 손을 떼지 않을 거야. 게다가 상당히 뛰어난 수사관들이고. 이렇게 된 이상 깨끗하게 털어놓고 협력을 구하는 게 낫지 않을까?"

남자는 가부라기 일행에게 명함을 내밀었다. 명함에는 '형사생활안전과 형사과장 경감 다타라 도시오(多々良年男)'라고 쓰여 있었다. 가부라기 일행이 건넨 명함을 받아들자 다타라는 요시오카 옆에 있는 의자에 앉았다. 그리고 가지고 온 서류를 책상 위에 내려놓았다.

"이게 20년 전 강도살인사건 수사 기록입니다. 조사한 사람들에 대한 모든 진술 조서도 남아 있고요."

"폐기하지 않은 겁니까?"

가부라기의 말에 다타라는 심각한 표정으로 고개를 가로저었다.

"버릴 리가 없죠. 그 사건은 제게 가장 후회스러운 사건이었으니까요. 몇 년 전에 시효가 성립되었지만 혼자 남겨진 이즈미 처지를 생각하면 지금도 범인을 용서할 수 없습니다. 내 마음속에서 아직도 그 사건은 끝나지 않았습니다."

다타라는 수사 기록 다발을 가부라기 쪽으로 밀었다.

"저는 올해 59세입니다. 내년 3월이면 정년퇴직이죠. 이제라도 이 사건의 진상을 알 수 있다면 소원이 없을 것 같습니다. 읽어보시고 뭐든 괜찮으니 짚이는 부분이 있다면 이야기해주시겠습니까?"

가부라기는 다타라에게 고개를 숙인 뒤 수사 기록을 받아들었다. 검은 표지 모퉁이는 닳아 둥그스름해졌고 서류도 접힌 자국 때문에 잔뜩 부풀어 있었다. 그리고 빨간 선이 그어진 오래된 메모가 몇 십 장에 걸쳐 잔뜩 붙어 있었다.

"감사합니다. 그런데 저어……, 다타라 과장님은 미즈사와 이즈미 씨를 아시는 것 같습니다만."

다타라는 착잡한 표정으로 미소를 지었다.

"저는 그 사건이 일어난 20년 전 히류무라 파출소에 있었습니다."

네 사람은 서로 얼굴을 마주보았다.

"작은 마을이라서 마을 애들을 다 알고 있었죠. 모두들 순박하고 착한 아이들이었습니다. '순경 아저씨, 순경 아저씨' 하면서 제게 살갑게 대했죠. 특히 이즈미는 유별났습니다. 앞을 보지 못하는데도 말괄량이라서 늘 밖에 나가 뛰어놀기 일쑤였죠. 그러다가 넘어지기도 하고, 아무튼 상처가 아물 날이 없었어요."

다타라는 그 시절이 그리운 듯한 표정을 지었다.

"제겐 자식이 없었기 때문에 히류무라 아이들 모두가 제 자식 같았습니다. 이즈미도 그렇고 겐도 그렇고 유스케도 그랬죠."

"그러셨습니까?"

가부라기는 고개를 끄덕였다. 이즈미의 부모가 살해된 사건도 이번 가와즈 유스케—DNA 분석 결과는 아직 나오지 않았지만 틀림없으리라.— 살인사건도 이 다타라에게는 단순한 사건이 아니었던 것이다.

어쨌든 20년 전에 히류무라 파출소에 근무한 사람을 만났다. 이건 가부라기 일행에게 사건 당시의 모습을 파악하기 위해 매우 중요한 진전이었다.

"가부라기 씨, 우선 함께 오신 분들과 수사 기록을 읽어봐 주십시오. 그다음에 제가 내사 중인 인물과 사건에 대해 말씀드리죠. 그럼 나중에 다시 오겠습니다."

다타라와 요시오카는 자리에서 일어서더니 그대로 회의실을 나갔다.

잠시 후 문을 노크하더니 젊은 여성 경찰관이 네모난 칠기 쟁반을 들고 들어왔다. 쟁반에는 커다란 찻주전자와 찻잔, 온천만두(온천의 뜨거운 증기를 이용해 찌거나 만두피를 만들 때 온천수를 쓰기도 한 만두를 말한다. 군마 현 이카보온천이 온천만두의 발상지라는 설이 있다.)가 놓여 있었다. 히메노는 얼른 일어서서 공손히 그 쟁반을 받아들었다.

그리고 네 사람은 차례로 수사 기록을 훑어보기 시작했다.

1992년 3월 15일(일요일) 오전 6시 15분, 날씨 비. 아가쓰마 군의 히류무라에서 미즈사와 이치로(水澤一郎, 나가노하라 목공소 근무), 스미코(澄子) 부부의 시신이 발견되었다. 발견자는 군마신문 배달사원. 조간신문을 배달하던 중 늘 닫혀 있던 미즈사와 씨 집의 현관 미닫이문이 활짝 열려 있어 이상하게 여긴 배달사원은 안을 살펴보았다. 그리고 바로 거실에 쓰러진 미즈사와 부부를 발견했다.

배달사원은 50미터쯤 떨어진 이웃까지 모터 달린 자전거를 타고 달려가 전화를 빌려 파출소에 연락했다. 파출소에 있던 다타라 경사는 현장으로 달려가 상황을 파악하고 나가노하라 경찰서에 보고했다.

이치로, 스미코 부부는 모두 둔기로 머리와 가슴, 복부를 여러 차례 구타당했다. 복부를 맞았을 때 토한 걸로 보이는 흔적도 보였다. 검시 결과 사인은 부부 모두 두부 구타에 의한 뇌타박상으로 밝혀졌다.

나중에 두개골 함몰 흔적으로 보아 둔기는 현장에 버려졌던 채소 절임용 누름돌로 판명되었다. 이 돌은 미즈사와 씨 집의 봉당에 있던 채소 절임통에서 쓰던 것이었다. 누름돌에 묻은 혈액도 피해자 두 사람의 것과 일치했다.

수상한 지문이나 발자국은 전혀 발견되지 않았다. 집 현관 앞에는 자갈이 깔려 있고, 장마철이라 긴 시간 비가 내려 범인의 발자국을 찾기 힘들었다. 발견된 발자국은 살해당한 부부, 딸 이즈미, 이웃 주민, 그리고 우편배달원과 신문 배달사원의 것이었으며 수상한 사람의 것은 발견되지 않았다.

이치로와 스미코에게는 하나뿐인 딸 이즈미(당시 7세)가 있었다. 스미코는 전 남편 야마다 노부오(山田信夫)와 헤어진 뒤 재혼하면서 이즈미를 데리고 들어왔다. 이즈미는 마침 사건이 있기 전날 오후 3시 경에 소꿉친구인 가와즈 유스케(당시 10세)의 집에 놀러가 하룻밤 자고 오느라 재앙을 피했다.

거실에 있는 접이식 작은 식탁 위에는 식사가 차려져 있어 전날 저녁 식사를 하던 중에 변을 당한 것으로 추정되었다. 사망 추정 시각은 오후 6시부터 9시 사이. 또 식사 음식은 고등어자반 구이, 소고기 두부조림, 시금치 무침, 미나리 무침, 무와 오이 절임, 토란 된장국, 그리고 쌀밥이었다.

장롱, 찻장, 서랍장이 어지럽혀져 있었고 지갑과 예금통장, 인감 등이 없어졌다. 군마 현경은 이를 바탕으로 강도살인사건이라고 단정했다. 그러나 범인은 훔친 뒤에 꼬리가 잡힐 게 두려웠는지 그 뒤로 피해자의 은행 계좌에서 현금이 인출된 일은 없었다.

면식범의 소행일 가능성도 있고, 지인 관계와 함께 히류무라 주민 모두에 대한 꼼꼼한 조사가 이루어졌다. 그러나 미즈사와 부부를 살해할 만한 동기를 지닌 사람은 찾을 수 없었고 알리바이가 없는 사람도 없었다. 그래서 최종적으로는 지나가던 강도가 저지른 범행으로 처리되었다.

범인의 모습은 이럴 것이라고 추정되었다. 히류무라 외부에서 들어온 사람. 지문이나 족적을 남기지 않은 것으로 보아 강도 상습범. 흉기가 무거운 누름돌인 걸로 보아 체격이 좋고 힘이 센 남자. 예를 들면 격투기 경험자 등. 범인이 한 명 이상일 가능성도 부정할 수 없다.

군마 현경은 15년 동안 연인원 1만 2천 명 이상 동원해 수사에 임했다. 하지만 강도 전과자 가운데 의심스러운 인물은 떠오르지 않았다. 수상한 사람을 목격했다는 정보도 들어오지 않았고 원한이나 금전 문제 같은 동기를 지닌 인물도 없었다. 또한 그 뒤로도 범인과 연결될 만한 새로운 증거는 나오지 않았다.

그렇게 해서 사건은 2007년 3월에 해결되지 않은 채로 공소 시효가 완성되어 수사본부는 해산했다.

"검시 결과는 시신 검안서에 적혀 있는데 사법해부는 하지 않았나?"

마사키가 온천만두를 베어 물며 말했다.

"사인이 명백하고 흉기도 현장에 있었기 때문에 필요 없다고 판단했겠지."

히메노도 이해가 간다는 듯이 어깨를 으쓱했다.

범죄 피해 시신이라도 상처를 입은 상황이 분명하고 사인도 외표 검사로 명백할 경우 해부하지 않고 검시만으로 끝내는 경우가 많다. 예를 들어 경시청이 취급하는 시신은 1년에 약 2만 구. 그러나 그 가운데 해부하는 시신은 약 250구다. 1퍼센트 조금 넘을 뿐이다.

"마사키, 읽어본 감상이 어때?"

가부라기가 팔짱을 끼면서 마사키에게 물었다. 마사키는 찻잔으로 손을 뻗으며 대답했다.

"확실히 다타키(우연히 지나가다가 들어가 강도짓을 하는 범죄를 가리키는 경찰 은어)처럼 보이기는 하는데 도쿄라면 몰라도 왜 이런 산골 마을에서 그런 일이 일어났을까, 하는 게 의문이야. 이 부부가 이렇다 할 부자였다고는 생각할 수도 없고."

히메노도 고개를 끄덕였다.

"그렇죠. 정말 다타키일까요? 집 안을 뒤집어엎은 건 그냥 강도로 보이기 위한 위장일지도 모르죠."

"히메, 그럼 다타키가 아닐 경우 살해 동기는 뭘까?"

가부라기의 물음에 히메노는 이렇게 대답했다.

"히류댐 관련 문제가 아닐까요?"

"흐음, 댐이라."

가부라기가 중얼거리자 히메노는 다시 고개를 끄덕였다.

"예. 미즈사와 부부가 댐 반대파의 리더 격이라 댐 추진파가 제거했다던가."

생각할 수 있는 이야기다. 어쨌든 최종적으로는 8,800억 엔이나 되는 금액이 움직이게 된 거대 프로젝트다. 히류댐 건설에는 토지, 건축, 정비, 이전, 금융 등 갖가지 요소에 거액의 이권이 얽혔다.

"그 가능성에 대해서는 나중에 다타라 과장에게 확인해보도록 하지. 사와다, 수사반이 그려낸 범인의 몽타주에 대해 자넨 어떻게 생각하나?"

사와다는 수사 기록을 내려다보며 대답했다.

"분명히 수법이나 결과를 보면 당시 추정한 범인의 몽타주에 모순은 없습니다. 그렇지만 제가 주목하고 싶은 점은 우선 미즈사와 부부가 식사 중에 당했다는 사실입니다."

사와다는 고개를 들더니 가부라기를 바라보며 말을 이었다.

"도둑이라면 집에 사람이 없는 시간을 노리는 게 일반적일 테고, 히메노가 말한 것처럼 살해가 목적이라면 깊은 밤, 잠이 들었을 때를 노리지 않을까요? 만약 일부러 식사 시간을 노렸다면 거기에는 뭔가 이유가 있을 겁니다."

"일부러 식사 시간에?"

마사키가 고개를 꼬았다.

가부라기도 생각에 잠겼다. 사람을 죽이는데 식사 중이 아니면 안 될 이유가 있다면 그건 대체 무얼까? 잠시 생각했지만 가부라기는 마땅히 떠오르는 생각이 없었다.

"또 하나는 흉기가 미즈사와 씨 집에 있던 누름돌이었다는 사실입니다."

사와다가 말을 이었다.

"강도가 목적이건 살인이 목적이건 남의 집에 침입할 때는 호신용으로라도 무슨 무기가 될 만한 것을 준비하는 게 일반적이지 않겠어요? 나이프라든가 부엌칼, 손도끼 같은 흉기나 하다못해 목검이라도요. 그런데 범인은 빈손으로 침입했다가 마침 봉당에 있던 채소 절임용 누름돌이 눈에 띄어 그걸로 마구 때려죽인 것으로 보입니다."

사와다 말이 맞다. 누름돌은 무겁고 손잡이도 없어 결코 다루기 쉬운 흉기가 아니다. 그래서 당시 수사반은 범인이 괴력을 지닌 인물이었을 거라고 상정했다. 그러나 아무리 힘이 센 사람이라도 범행 대상을 미리 정하지 않았다는 점은 부자연스럽다.

"가부라기 선배는 수사 기록을 읽고 어떤 생각이 드셨나요?"

사와다가 가부라기의 얼굴을 보았다. 가부라기는 수사 기록을 바라보면서 난처한 표정을 지었다.

"딱 한 가지 마음에 걸리는 점이 있는데……."

"뭐지? 그게?"

"뭡니까, 도대체?"

마사키와 히메노가 가부라기를 보며 차례로 물었다.

"나물."

"나물?"

히메노가 고개를 갸웃거렸다.

"미즈사와 씨 집 식탁에 놓였던 나물 무침 말인가요?"

"그래, 시금치와 미나리. 두 가지의 나물 무침이 식탁에 놓여 있었다고 적혀 있어. 어느 하나면 되는 거 아닌가 하는 생각이 들어. 나도 슈퍼마켓이나 편의점에서 자주 반찬을 사는데 나물 무침을 두 가지나 사지는 않아. 나물은 하나만 사고 그다음에는 튀김이나 사오마이 같은 걸 사지."

"이봐, 가부. 뭐하는 거야?"

마사키가 지친 표정으로 가부라기의 어깨에 오른손을 얹었다.

"나물 반찬의 가짓수까지 따져서 뭐해! 남의 집 저녁상에 이러쿵저러쿵할 여유가 있으면 너도 보고 배워서 평소 채소를 먹어!"

히메노도 마사키 옆에서 눈썹을 찌푸렸다.

"맞아요. 심각한 표정으로 무슨 말씀을 하시나 싶었더니."

"미, 미안. 그만 자잘한 사실이 마음에 걸려서."

가부라기가 다시 머리를 긁적였다.

"그러실 필요는 없어요, 선배. 식탁에는 두 가지의 나물 무침이 있었죠. 이건 분명히 아주 흥미로운 사실이에요."

그렇게 말한 사람은 사와다였다.

"어떤 사실에 맞닥뜨렸을 때 우선 그걸 '의외로 놀라운 사실'이라고 인식하는 것이 진실을 향해 가는 첫걸음이죠. 이 '의외로 놀라운 사실'에 합리적인 설명을 요구하고 싶다는 생각을 했을 때 비로소 '추론'이란 행위가 시작됩니다. 그리고 그 결과 누구도 생각하지 못했던 진실에 이를 수가 있죠. 그걸 애브덕션(abduction)이라고 하죠."

애브덕션……. 가부라기도 기억이 났다. 기괴하기 짝이 없는 6연속살인사건이 일어나 처음에 사와다가 수사에 참여했을 때 사와다가 가부라기의 직감에 대해 했던 말이다. 미국의 논리학자이자 과학철학자인 찰스 샌더스 퍼스(Charles Sanders Peirce, 1839~1914)가 주창한 귀납법도 아니고 연역법도 아닌 제3의 추론법. 그게 애브덕션이다. 사와다가 그렇게 설명했었다.

이해할 수 없는 현상 A가 관찰되었다고 하자. 그런데 가정 B를 세우면 A는 당연한 귀결이 된다고 하자. 그렇다면 가정 B

는 옳다고 생각해도 되는 것 아닌가? 이것이 애브덕션이라는 추론법이다.

마사키가 생각이 난 듯이 왼쪽 손바닥을 오른쪽 주먹으로 쳤다.

"애브, 뭐라고 하는 그거 말인가? 지난번 사건 때 무슨 별이 어쩼다고 하던……?"

"해왕성입니다. 그때 저는 애브덕션의 유명한 사례로 천왕성 궤도의 흔들림으로부터 그 외측에 미지의 혹성이 존재한다고 추론해 해왕성을 발견한 경우를 들었죠. 다른 예로는 찰스 로버트 다윈이 진화론에 이른 것도 애브덕션의 성과로 여겨집니다."

사와다는 그렇게 말하며 고개를 끄덕였다.

"다윈은 사육 품종인 흰 비둘기를 교배시키면 이따금 야생 양비둘기와 같은 무늬와 색깔이 나타난다는 놀라운 현상에 착안했죠. 그리고 사육 품종인 비둘기나 야생 비둘기나 조상은 같고 유전에 의해 형질정보를 물려받았다는 가설에 도달했죠. 이게 진화론의 기본이 되는 사고방식입니다."

진실에 이르기 위해서는 경험이 아무리 쌓여봐야 의미가 없다. 진실로 단숨에 비약해 그 진실을 움켜쥘 수 있다. 그리고 나중에 이것이 진실임을 증명한다. 이게 애브덕션이다. 사와다는 이 말을 '비약법', '포획법'으로 번역했다.

사와다는 이 애브덕션을 가부라기가 무의식적으로 구사한다고 했는데…….

마사키가 어처구니없다는 듯이 사와다를 바라보았다.

"그렇지만 나물 무침이 두 가지였다는 게 의외이고 놀라운 사실인가? 미즈사와 부부는 채소를 좋아했을 뿐일 수도 있지 않아?"

"그것도 한 가지 가설이 될 수 있어요. 미즈사와 부부는 채소를 좋아했다. 그래서 나물 무침을 두 가지나 만들어 식탁에 올렸다."

사와다는 고개를 끄덕인 뒤에 이렇게 말을 이었다.

"다만 마사키 선배의 이 가설에서는 왜 같은 종류의 반찬인 나물 무침 두 가지를 상에 올렸느냐는 의문이 생깁니다. 채소를 좋아하는 사람은 채소 요리법도 잘 알겠죠. 그러니 한 번 식사에 여러 가지 채소 요리를 만들 때 당연히 요리법에는 변화가 생기지 않겠는가 하는 생각을 할 수 있기 때문이죠."

히메노가 재미있다는 표정으로 끼어들었다.

"그럼 이런 가설은? 미즈사와 부부가 저녁 반찬으로 나물 무침을 만들었는데, 다 먹지 못하고 남았다. 그리고 이튿날 또 다른 나물 무침을 만들었다. 그래서 반찬으로 두 가지 나물 무침이 올라왔다."

사와다가 살짝 고개를 꼬았다.

"분명히 그럴 수도 있겠지. 그렇지만 어제 먹다 남았는데 재료가 될 채소가 다르다고는 해도 이튿날 또 나물 무침을 할까?"

"어휴! 의문의 여지가 전혀 없는 가설은 무리야. 가설은 어디까지나 가설이니까."

히메노가 입술을 삐죽거렸다.

"그럼 사와다에게 물어볼게."

가부라기가 끼어들었다.

"자네는 어떻게 생각하지? 그날 밤 미즈사와 씨 집 식탁에는 왜 나물 무침이 두 가지나 올랐는지, 합리적인 가설을 생각할 수 있나?"

사와다는 고개를 끄덕이고 세 사람을 둘러보았다.

"마사키 선배의 가설이나 히메노가 이야기한 가설이나 '미즈사와 부부가 나물 무침 두 가지를 만들었다.'는 전제 아래 있기 때문에 그 이유를 합리적으로 설명할 수 없는 겁니다. 그렇다면 이 전제를 뒤집어보면 어떻게 될까요? 즉 '나물 무침 한 가지는 미즈사와 부부가 만든 것이 아니다.'라고 생각해보는 겁니다."

"만들지 않으면 어떻게 밥상에 올리지? 나물 무침 한 가지를 만들고 슈퍼마켓에서 다른 나물 무침을 사왔다고 보기도 이상하잖아?"

이해가 가지 않는다는 듯이 마사키가 사와다에게 말했다.

"얻은 거죠."

"얻어?"

가부라기가 되묻자 사와다는 고개를 끄덕였다.

"미즈사와 부부는 저녁 식사를 위해 좋아하는 시금치 나물 무침을 했어요. 그런데 아는 사람이 와서 많이 만들었으니 나누어 먹자며 미나리 무침을 두고 갔죠. 얼른 먹고 식기를 돌려

줘야 하겠죠. 돌려줄 때는 맛있었다는 이야기도 함께 전해야
만 했을 겁니다. 그래서 미즈사와 부부는 그날 안에 먹기 위해
식탁에 나물 무침을 두 가지 얹은 겁니다."

"과연."

사와다의 대답에 가부라기는 감탄했다. 분명히 그 가설이
다른 세 가지 가설보다 가장 모순이 없어 보였다.

히메노가 의문을 제기했다.

"사와다, 너는 지금 미즈사와 부부가 만든 것이 시금치이고
얻어온 게 미나리라고 했는데 너 어떻게 그렇게 단정할 수 있
지?"

"시금치는 옛날부터 1년 내내 슈퍼마켓에서 파는 채소야.
그 요리를 굳이 다른 집과 나누어 먹으려고 하지는 않겠지. 또
사건이 일어난 때는 3월이었어. 그야말로 산나물이 나오기 시
작하는 계절이지. 그렇다면 이렇게 생각하는 게 자연스러워.
누군가 계절 나물인 미나리로 무침을 잔뜩 만들었다. 혼자 다
먹을 수 없을 것 같아 미즈사와 씨 집에 나누어주기로 했다."

"아아, 그런가……?"

히메노가 분한 듯 말했다.

가부라기는 생각에 잠기며 혼잣말처럼 중얼거렸다.

"미즈사와 부부는 무슨 영문인지 식사를 하다가 당했어. 그
럼 나물 무침을 가지고 온 인물이 미즈사와 부부를 살해했다
는 이야기가 되는 건가?"

그렇다면 살인범은 미즈사와 부부와 잘 아는 히류무라 주민

이다. 그렇지만…….

"그건 아닙니다, 가부라기 선배. 반찬을 주고받는 건 이웃이라는 이야기잖아요? 즉 가지고 온 사람은 히류무라 주민이겠죠. 그렇지만 수사 기록에 따르면 히류무라 주민은 모두 알리바이가 확인되었습니다."

히메노가 바로 부정했다.

그렇다. 가부라기도 말없이 고개를 끄덕일 수밖에 없었다. 역시 나물 무침을 가지고 온 인물은 미즈사와 부부 살해와는 아무런 관계가 없는 걸까?

"이제 나물 이야기는 그만 끝내는 게 어때? 다타라 과장과 요시오카가 기다릴 텐데."

마사키가 속이 탄다는 듯이 입을 열었다.

"아참, 그렇지."

가부라기는 그제야 제정신을 차린 듯 히메노에게 말했다.

"히메, 두 분을 모셔와. 당시 히류댐을 둘러싼 상황에 대해 이야기를 좀 들어봐야겠어."

"분명히 미즈사와 부부는 댐 건설을 강경하게 반대하는 쪽이었습니다."

앞에 앉은 다타라가 네 사람을 차례로 보면서 말했다. 다타라 옆에는 싸늘한 표정을 한 요시오카가 앉아 있었다.

"당시 히류무라에는 '히류의 자연을 지키는 모임'이라는 단체가 있었는데 미즈사와 부부가 그곳 간사를 맡고 있었죠. 당시 회장은 지금 히류무라 촌장인 다누마 야스오 씨였습니다."

히류무라는 이미 대부분의 주민이 마을을 떠났고 이제 곧 나가노하라마치에 흡수 합병될 예정이다. 다누마도 촌장이라고는 해도 이름뿐이고 그저 마을의 소멸을 기다리는 상태다……. 다타라는 그렇게 설명했다.

히메노가 맥 빠진 목소리로 말했다.

"뭐야? 댐 건설을 강경하게 반대하는 쪽이기는 해도 대표자는 아니었던 거로군. 그럼 아닌가?"

"아니라니, 뭐가 말입니까?"

다타라가 히메노를 바라보며 물었다.

"히류댐 건설 추진파에게 살해되었을 가능성도 있지 않을까 생각했던 겁니다."

히메노가 그렇게 말하자 다타라는 고개를 끄덕였다.

"그때 수사회의에서도 그런 의견이 나왔죠. 그렇지만 당시에는 주민 대부분이 히류댐 건설에 반대했었습니다. 대표인 다누마 야스오 씨라면 몰라도 간사 두 사람을 죽였다고 해서 댐 건설이 크게 진전될 리는 없었을 겁니다. 그런 이유로 댐 추진파 범행설은 바로 소멸되었습니다."

다타라가 잠깐 뜸을 들인 뒤 말을 이었다.

"그렇지만 20년이 흐른 지금, 상황은 완전히 변했죠."

다타라는 오른쪽에 앉은 요시오카를 보았다.

"히류무라 촌장 다누마 야스오를 배임, 업무상 횡령, 사기 혐의로 내사 중입니다."

"어째서요?"

가부라기의 물음에 요시오카는 내키지 않는 듯이 설명했다.

"다누마 야스오는 히류무라 출신으로 도쿄에 있는 사립대학을 졸업한 뒤 건축회사에 근무했습니다. 21년 전, 건축회사를 그만두고 독립, 히류무라로 돌아와 소규모로 건축 청부 업체를 오픈했습니다. 그와 동시에 히류댐 건설 반대 운동에 참가, '히류의 자연을 지키는 모임'을 결성했습니다. 그 표를 배경으로 다섯 차례의 선거에서 촌장으로 선출, 20년에 걸쳐 히류무라 촌장 자리를 꿰차고 있습니다. 나이는 56세, 현재 독신입니다."

"흐음, 고향으로 돌아온 지 1년 만에 촌장이라니."

고개를 갸우뚱한 채 중얼거리는 마사키에게 다타라가 설명했다.

"히류댐 건설에는 마을 사람들 거의 모두가 반대했죠. 그렇지만 댐 건설 계획이 취소된다고 하더라도 히류무라는 인구가 계속 줄어들고 있었기 때문에 앞날에 대한 불안감이 컸습니다. 그래서 다누마는 오쿠노사와라고 불리는 경치가 뛰어난 계곡 부근에 별장지를 개발한다는 계획을 세운 겁니다."

"잠자리의 성지라는 그 오쿠노사와 말인가요?"

히메노가 묻자 다타라는 고개를 끄덕였다.

"그렇습니다. 오쿠노사와 일대는 모두 마을 소유로 되어 있는데, 그걸 도시 부유층에게 분양해 별장지로 만들어 인구가 줄어드는 히류무라를 다시 일으켜 세우고 동시에 댐을 건설할 수 없는 상황으로 만든다는 것이 다누마의 계획이었습니다. 무엇보다 히류무라의 자연을 지켜야 한다는 호소가 마을 사람들의 마음을 움직였습니다. 그 결과 마을 사람 모두의 뜻을 모으는 데 성공했던 것이지요."

요시오카가 입을 열었다.

"히류무라에는 자금이 거의 없었기 때문에 다누마는 자금을 모으는 한편, 자기 돈까지 투자해 리조트 개발을 진행 중입니다. 별장지 개발회사를 세우고 약 3만 평방미터의 마을 땅을 평가액으로 사들인 다음, 등기를 마치고 정지 작업을 거쳐 전기와 상하수도를 끌어들였습니다. 모델하우스를 세워 언론사에 광고를 하고 체험 투어를 개최했죠. 아마 몇 천만 엔은 쏟아부었을 겁니다."

다타라가 요시오카의 말에 설명을 보탰다.

"마을 주민들은 모두 기뻐했습니다. 다누마를 '히류무라의 구세주'라 부르며 숭배하는 분위기였습니다. 그러니 촌장 선거에서 당선되는 건 당연하죠."

가부라기가 끼어들었다.

"그런데 배임, 업무상 횡령, 사기 혐의라는 건 어째서……."

다타라는 진지한 표정으로 말을 이었다.

"결국 별장지 개발은 실패로 끝났습니다. 잠자리밖에 살지 않는 산속 땅을 사려는 기특한 사람은 거의 없었던 겁니다. 온천 시설이나 골프장, 멋진 레스토랑과 카페, 선물 가게, 아웃렛 등 도시인이 좋아할 시설은 주위에 아무것도 없었으니까요. 왜 그런 얼토당토않은 계획에 마을 전체가 들떠 휩쓸렸는지……."

"이것도 집단극성화로군요."

사와다가 작은 목소리로 중얼거렸지만 다타라와 요시오카의 귀에는 들리지 않는 듯했다.

다타라를 대신해 요시오카가 설명을 이어갔다.

"결국 다누마는 자기가 부담한 수천 만 엔을 잃을 상황이었죠. 그 대신 히류무라 마을 의회는 오쿠노사와 일대의 토지 소유권을 무상으로 다누마에게 양도하기로 했습니다. 오쿠노사와의 토지 평가액은 몇 푼 되지 않았지만 히류무라의 예산으로는 다누마가 본 손실을 보상할 수 없기 때문에 작은 사과의 의미로 여겼던 겁니다."

히메노가 끼어들었다.

"그럼 다누마는 배임이 아니라 수천 만 엔의 손실을 입은 거네요?"

요시오카가 히메노를 바라보며 한심하다는 표정으로 말했다.

"애초 댐 건설 계획에서 오쿠노사와 일대는 수몰되지 않을 예정이었어요. 그렇지만 별장지 개발이 좌절되고 오쿠노사와가 다누마에게 넘어간 뒤에 갑자기 계획이 변경되었어요. 히류댐은 3킬로미터 강 상류로 이동하고 오쿠노사와도 수몰 예정지가 된 겁니다."

"아!"

마사키가 입을 떡 벌린 채 다물지 못했다. 요시오카가 고개를 끄덕였다.

"일단 수몰되면 공짜나 마찬가지였던 오쿠노사와 일대의 땅에도 수몰 보상금이 나옵니다. 그리고 지난주 히류무라 주민 전체에 대해 보상금이 지불되었죠."

"예? 벌써요? 그런 보도가 있었나요?"

히메노가 깜짝 놀라자 요시오카는 어깨를 으쓱했다.

"보상금 지불에 관해서는 국가 내규에 따라 금액이나 시기가 모두 비공개입니다. 하지만 우리 조사에 따르면 한 가구 당 평균 약 3억 엔이 지급되었습니다. 농지 등 주택 이외의 토지는 따로 계산하고 나무 한 그루까지 재산으로 평가해 보상 대상이 되죠. 그 결과 다누마에게는 약 15억 엔이 국고에서 지불되었습니다."

"15억 엔이라……."

가부라기는 오른손으로 이마를 짚고 소파에 등을 기댔다. 틀림없이 15억 엔은 범죄를 불러오기에 충분한 금액이었다.

히메노가 계속 의문을 제기했다.

"그렇지만 별장지 개발이 시작되었을 무렵에는 그곳이 수몰 예정지는 아니었잖아요? 중간에 댐 건설 계획이 변경되어 그야말로 우연히, 결과적으로……."

요시오카는 콧방귀를 뀌었다.

"우연히, 결과적으로? 우린 그렇지 않다고 생각합니다."

요시오카는 맞은편에 앉은 네 명을 둘러보았다.

"댐 건설을 담당한 구마바야시건설과 다누마 야스오가 처

음부터 내통했다면? 구마바야시건설이 다누마를 이용해 반대
운동을 부채질해 공사 기간을 질질 끌어 국가로부터 돈을 계
속 빨아들였다면?"

가부라기가 중얼거렸다.

"결국 다누마는 구마바야시건설로부터 내부 정보를 얻어
가까운 장래에 댐 건설 계획이 변경되어 오쿠노사와가 수몰될
거라는 사실을 알고 있었죠. 그리고 오쿠노사와의 별장지 개
발을 히류무라에 제안해 개발비용을 떠맡아 마을 땅을 사유지
로 등기 변경하게 만들었습니다."

다타라는 고개를 끄덕였다.

"그 다누마가 자기 지갑을 열었다는 개발 비용도 구마바야
시건설로부터 나왔을 가능성이 높습니다. 수 천만 엔이나 되
는 돈을 다누마가 어떻게 조달했는지 아직 밝혀지지 않았죠."

그러더니 요시오카는 이렇게 단언했다.

"구마바야시건설은 히류댐 건설 계획을 컨트롤하기 위해
히류무라에 공작원을 보내는 계획을 세웠습니다. 그래서 히류
무라 출신인 다누마 야스오가 뽑힌 거죠. 그리고 다누마는 구
마바야시건설의 이익을 위해 20년 동안 히류무라를 조종했습
니다. 우리는 그렇게 확신해요. 이건 엄연한 배임죄, 또는 업무
상 횡령죄나 사기죄에 해당합니다."

히메노가 다시 요시오카를 물고 늘어졌다.

"구마 현경이 다누마 촌장을 내사 중이라는 건 잘 알겠습니
다. 그렇지만 우리는 순수하게 20년 전 미즈사와 부부 살인사

건을 조사하고 싶을 뿐이에요. 댐 문제는 건드리지 않기로 하면 다누마 촌장과 만나도······."

거기까지 말한 히메노는 그만 입을 다물었다.

"서, 설마 그 20년 전 살인사건도?"

"다누마의 범행이었을 가능성이 있습니다."

요시오카가 천천히 고개를 끄덕였다.

"다누마가 구마바야시건설 공작원이었다면 '히류의 자연을 지키는 모임'에 의한 반대 운동도 오쿠노사와의 별장지 개발도 실패를 전제로 하고 한 셈이 되지요. 그걸 반대파 간부였던 미즈사와 부부가 눈치챘다면 어떻게 되었을까요? 다누마는 키가 180센티미터가 넘습니다. 누름돌로 때려죽인다는 수법도 다누마라면 납득이 갑니다."

네 명의 얼굴이 굳어졌다. 가부라기가 요시오카에게 물었다.

"어떤 근거라도 있습니까?"

요시오카는 입을 다물었다. 그런 요시오카를 바라보며 다타라가 대신 대답했다.

"나오토, 이야기해도 괜찮잖아? ······사실은 익명의 정보 제공자가 있었습니다."

"정보 제공자?"

히메노가 눈썹을 찌푸렸다.

요시오카는 체념한 듯이 양복 안주머니에 손을 찔러 넣었다.

"4일 전에 경찰서로 발신인 불명 우편이 도착했죠. 이게 그 사본입니다."

요시오카는 종이 한 장을 꺼내 책상 위에 놓았다. 거기에는 프린터로 인쇄된 글자로 다음과 같은 내용이 적혀 있었다.

고발장

1. 히류무라 촌장 다누마 야스오는 주식회사 구마바야시건설이 파견한 공작원이다. 다누마는 이 회사의 의뢰를 받아 21년 전에 히류무라로 돌아와 댐 반대파를 선동해 댐 건설이 장기화되도록 만들었고, 20년 동안 구마바야시건설에 이익이 되도록 유도했으며 최종적으로 댐 건설을 실현시켰다.

2. 다누마 야스오는 구마바야시건설로부터 댐 건설 위치가 변경될 거라는 정보를 사전에 입수해 성공할 가능성이 없는 별장지 개발 계획을 히류무라에 제안해 마을 땅이었던 오쿠노사와를 교묘하게 개인 소유로 만들어 약 15억 엔의 수몰 보상금을 가로챘다.

3. 다누마 야스오는 20년 전에 히류무라에서 일어난 미즈사와 이치로, 스미코 부부 살인사건의 범인이다. 구마바야시건설과 내통했다는 사실이 들통나자 미즈사와 부부의 입을 막기 위해 살해한 것이다.

이상 세 가지 사항으로 다누마 야스오를 고발하며 단호한 처벌을 요구한다.

요시오카가 덧붙였다.

"우리는 다누마가 계좌를 개설한 은행을 찔러보았습니다. 그의 계좌 정보를 내밀하게 파악한 결과 다누마가 가로챈 보상금 액수가 정확하다는 것을 알아냈습니다. 게다가 입금한 사람이 뚜렷하지 않은 돈 약 3억 5천만 엔이 과거 20년 동안 꾸준하게 다누마의 계좌로 입금되었다는 사실도 확인했고요. 그래서 다누마를 비밀리에 조사하기 시작한 겁니다."

히메노가 흥분한 얼굴로 고개를 끄덕였다.

"구마바야시건설이 다누마에게 준 활동자금이로군요. 별장 개발비용도 거기서 나왔을 테고. 3억 5천만 엔이라면 엄청난 금액이네요. 연 평균 1,800만 엔가량 되는걸요. 대형 건설사의 연간 매출액은 1조 엔이 넘으니 회계 장부 조작도 충분히 가능한 금액이겠고요."

가부라기가 확인했다.

"4일 전이라면 5월 8일이네요. 즉 제보가 나가노하라 경찰서에 들어온 것은 가와즈 유스케의 시신이 발견된 이튿날이로군요."

다타라가 고개를 끄덕였다.

"그렇게 되네요. 도쿄에서 발견된 시신이 유스케인 줄은 미처 몰랐을 때지만."

직접 만나 정보의 출처를 확인하고 싶지만 정보 제공자는 자신의 신원을 밝히지 않았다. 문서의 폰트는 어느 컴퓨터에서나 일반적으로 사용하는 MS고딕, 프린터는 가정용 컬러 레이저 프린터의 베스트셀러 기종이었다. 인쇄된 종이나 봉투도 전국에서 흔히 유통되는 제품이다. 나가노하라 경찰서 부근의 우편함에 넣었는데 지문은 전혀 나오지 않았다. 요시오카는 그렇게 말했다.

가부라기는 생각에 잠겼다. 도대체 누가 이런 정보를 제공한 걸까?

오쿠노사와가 수몰될 거라고 해서 거액의 보상금이 다누마에게 지급되었다는 사실은 마을 주민이라면 누구나 상상할 수 있다. 시샘 때문에 고자질했을 수도 있다. 그러나 한편으로 평범한 마을 주민이 정보 제공 문서에 적힌 정확한 금액을 알기는 어려울 것이다. 그렇다면 자기 회사의 비리를 알고 의분에 찬 구마바야시건설 직원인가?

"이 정보 제공 내용이 믿을 만하다고 판단하시는 거로군요."

가부라기의 말에 다타라는 고개를 끄덕였다.

"우선 다누마가 구마바야시건설에서 보낸 공작원이고 그걸 이용해 자기 배를 불렸다는 부분입니다. 다누마는 실제로 15억 엔을 손에 넣었으며 또 30년에 걸쳐 누군가가 다누마에게 3억 5천만 엔을 입금했습니다. 이건 투서가 들어오기 전에는 아무도 모르던 사실이고 적혀 있는 금액도 정확합니다. 투서 내용은 옳다고 생각할 수밖에 없습니다. 하지만……."

다타라는 잠시 말을 잇지 못했다.

"안타깝게도 다누마에게 30년 동안 돈을 보낸 것이 구마바야시건설이라는 증거, 즉 다누마가 구마바야시건설과 얽혀 있다는 구체적인 증거는 아직 잡지 못했습니다. 뿐만 아니라 골치 아프게도 다누마와 구마바야시건설이 내통했다는 사실을 부정하는 듯한 기록이 남아 있습니다."

"기록이요?"

되묻는 가부라기에게 다타라는 이렇게 대답했다.

"20년 전 다누마의 집 전화 통화 기록입니다."

"그런 게 남아 있나요?"

마사키가 놀라자 다타라는 고개를 끄덕이며 말을 이었다.

"20년 전 미즈사와 부부 살인사건 때 당시 수사반은 미즈사와 부부가 살해되기 전후로 반년씩, 1년에 걸친 마을 주민 모두의 통화 기록을 전화회사로부터 뽑아냈었죠. 그 기록이 아직도 남아 있습니다. 다누마가 구마바야시건설과 내통했다면 집 전화로 연락을 취했을 거라고 생각합니다. 촌장 사무실 전화를 이용하면 너무 위험하니까요. 그런데……."

다타라는 한숨을 내쉬었다.

"다누마가 집 전화로 구마바야시건설로 전화를 하거나 구마바야시건설에서 다누마의 집으로 전화를 건 기록이 전혀 없습니다. 통화 상대는 모두 확인할 수 있었고, 수상한 번호나 통화 기록도 전혀 없더군요. 그 시절에는 이미 개인용 컴퓨터도 있었지만 아직 인터넷 전용선은 없었기 때문에 통신하려면 일반 전화회선을 이용할 수밖에 없었죠. 그런 통화기록도 없습니다."

"마을 밖에 있는 제3자를 통해 연락한 걸까요? 아니면 다누마가 구마바야시건설과 주고받는 모든 연락을 히류무라 밖으로 나갔을 때만 공중전화로 했다거나?"

"그럴지도 모르죠. 다누마가 그렇게까지 조심했다면 안타깝게도 내통했다는 사실을 증명하기는 더더욱 곤란해질 겁니다."

이번에는 가부라기가 물었다.

"그 당시에 휴대전화는 아직 없었나요?"

다타라가 고개를 저었다.

"1992년 당시에는 이미 휴대전화 판매가 시작되었습니다. 그렇지만 히류무라는 산골 마을이기 때문에 10년쯤 전까지 전파가 닿지 않았습니다. 그때는 텔레비전을 보기 위해서 각 가정마다 전용 안테나를 달아야만 했으니까요. 물론 지금은 휴대전화도 통하고 방송 중계시설도 생겼습니다."

"그때는 마을 전체에 휴대전화가 통하지 않았던 거로군요."

가부라기가 안타깝다는 듯이 말했다.

"도시로 나가지 않으면 사용할 수 없었죠. 산꼭대기라면 통했을 테지만 지금은 확인할 길이 없습니다. 그래도 일단 휴대전화 회사를 조사해보았습니다만 어느 회사에서도 당시 다누마와 계약한 기록은 없었습니다."

"구마바야시건설이 계약하고 빌려주었는지도 모르죠."

히메노의 말에 다타라는 이렇게 대답했다.

"그렇습니다만, 몰래 가지고 있었다고 해도 히류무라에서는 쓸 수 없으니 별 의미가 없었을 겁니다. 게다가 당시 다누마가 휴대전화를 가지고 있었던 모습을 본 사람은 아무도 없습니다. 그 시절에는 휴대전화가 무척 보기 드문 물건이라 틀림없이 눈길을 끌었을 텐데 말입니다."

"저어…… 그렇다면 말입니다."

마사키가 다타라에게 조심스럽게 입을 열었다.

"결국 다누마 야스오가 구마바야시건설과 내통했다는 증거는 아무것도 없는 셈이네요?"

다타라는 한숨을 푹 내쉬었다.

"예. 그래서 지금 다누마를 비밀리에 조사하는 겁니다."

이번에는 히메노가 다타라에게 물었다.

"미즈사와 부부 살해는 어떻습니까? 투서 말고 다누마의 범행이라는 증거는 나왔나요?"

이번에는 요시오카가 대답했다.

"20년 전 미즈사와 부부 살인사건이 미궁에 빠진 가장 큰 이유는 두 사람을 죽일 동기가 있는 사람을 찾아내지 못했기 때문입니다. 그렇지만 이번에는 다르죠. 다누마가 구마바야시건설의 공작원이었다고 하면 그런 사실을 반대파 간부인 미즈사와 부부가 눈치챘을 경우 충분히 살해 동기가 될 수 있지요."

"동기는 있어도 증거가 없으면 억측에 지나지 않는 것이 될 텐데요?"

마사키의 말에 요시오카는 발끈했다.

"증거라면 바로 찾아낼 수 있습니다."

"사실은……."

다타라가 머뭇거리듯 뜸을 들인 뒤 말했다.

"그때 수사 기록에 남기지 않은 증언 하나가 있습니다."

"뭐죠? 그 증언이라는 게?"

마사키가 몸을 들이밀며 물었다.

"그게 제 부끄러운 점을 드러내는 꼴이지만……."

다타라는 결심한 듯 고개를 끄덕이며 이야기를 시작했다.

"그때 파출소에 있던 제가 사건 한 달쯤 뒤에 그때 일곱 살이던 미즈사와 이즈미한테 들은 이야기입니다."

"미즈사와 이즈미?"

가부라기가 묻자 다타라는 착잡한 표정을 지으며 고개를 끄덕였다.

"이즈미는 사건이 있은 지 두 달 뒤에 기류 시에 있는 친척 집에서 데려갔는데, 그전까지 임시로 가와무라 시즈에라는 분교 상급생 집에서 지냈죠."

"액세서리 가게를 하는 가와무라 시즈에 말인가요?"

"예. 그 무렵은 한창 히류무라 촌장 선거 중이었어요. 타협하려는 현직 촌장에 대항해 강경한 반대론을 주장하는 다누마가 입후보해 압승을 거두었지요."

다타라는 망설이듯 말을 끊었다가 다시 말을 이었다.

"이즈미가 파출소에 와서 제게 이렇게 말했습니다. 부모가 살해되기 얼마 전부터 부모가 없을 때 집에 도깨비가 나타난다고요. 그 도깨비의 목소리가 매일 선거 유세 차량에서 나오는 다누마란 사람 목소리와 똑같다고 말입니다."

"도, 도깨비?"

마사키가 괴상한 목소리로 물었다. 가부라기, 히메노, 사와다도 무심코 서로 얼굴을 마주보았다.

"그건 도저히 증언이라고 할 수 없겠군요. 다누마와 부모가 말다툼하는 걸 들었다면 또 몰라도."

다타라는 진지한 표정으로 고개를 끄덕였다.

"그때는 저도 그렇게 생각했죠. 그리고 이즈미가 하는 말을 흘려들었습니다. 겨우 일곱 살짜리 앞을 못 보는 여자애가 하는 이야기였으니까요. 도깨비가 나온다는 어린애 특유의 공상일 것이다. 확성기를 통해 산에 메아리치는 다누마의 목소리가 도깨비의 목소리처럼 무섭게 들렸겠구나, 이런 식으로 생각했지요."

다타라는 자조하듯 웃음을 지었다.

"그러니까, 미즈사와 이즈미는 무슨 영문인지 그전부터 다누마를 무서워했다……."

"사건이 일어난 날 밤, 다누마는 자기 집에서 텔레비전을 보면서 식사하던 중이었다고 하고, 그 프로그램 내용을 정확하게 증언했습니다. 그래서 우리도 더는 추궁하려고 생각하지 않았죠. 동기도 찾을 수 없었고, 게다가 촌장이 되려는 사람이 그런 짓을 저지를 리 없다는 생각도 우리 머릿속에 있었을 겁니다."

다타라는 한숨을 내쉬고 말을 이었다.

"그렇지만 지금 이런 투서가 들어와 다누마의 정체가 드러나고 보니 이즈미가 한 말에 뭔가 근거가 있었던 게 아닐까 하는 생각이 드는 거죠. 앞을 보지 못하는 어린애가 한 말이라 믿을 만하지 못하다고 경찰은 판단한 겁니다. 그게 이즈미가 경찰을 불신하게 된 이유일 테죠. 모두 다 이즈미의 말을 우습게 여긴 제 책임입니다."

말을 마친 다타라는 침통한 표정을 지으며 입을 다물었다.

도깨비가 나왔다. 그 목소리가 다누마를 닮았다……. 마사키가 말한 것처럼 도저히 증언으로 여길 만한 발언이 아니다. 다타라가 대응을 잘못했다고 탓할 수는 없다. 가부라기는 그렇게 생각했다.

1974년, 효고 현에서 '가부토야마(甲山) 사건'이라고 불리는 사건이 일어났다. 지적 장애아동을 수용하는 시설에서 두 명의 남녀 아이가 행방불명되었는데, 그날 밤 시설 안에 있는 정화조에서 시신으로 발견되었다. 결국 사고사였음이 밝혀졌지만 시설에 근무하던 젊은 여성 종업원이 살인죄로 기소되어 1999년에 무죄가 확정될 때까지 25년 동안 짓지도 않은 죄로 고통을 받아야 했다.

그때 여성 종업원이 살인 혐의를 받게 된 원인 가운데 하나는 '그 여자가 죽은 남자아이를 데리고 가는 걸 보았다.'는 한 아이의 증언이었다. 이 신빙성이 의문스러운 증언을 경찰이나 언론도 그대로 믿고 말았다.

미즈사와 부부 살인사건이 일어난 1992년에는 '가부토야 마 사건'도 억울한 죄를 뒤집어쓴 것이라는 사실이 널리 알려진 상태였다. 경찰 내부에도 그 사건에서 얻어야 할 교훈이 전달되었으리라. 앞을 보지 못하는 일곱 살 소녀가 한 황당무계한 이야기는 누구도 믿을 수 없었다.

그러나 다타라는 20년이 지난 지금까지 미즈사와 이즈미의 말에 귀를 기울이지 않았던 사실을 후회하며 자책해왔다. 가부라기는 같은 경찰관으로서 그 심정이 뼈저릴 만큼 이해가되었다.

"투서한 사람이 기왕에 다누마를 고발하기로 작심했다면 익명으로 보낼 게 아니라 직접 경찰서에 연락해준다면 좋을 텐데요."

다타라는 한숨을 푹 내쉬었다.

"돈의 흐름까지 정확하게 파악한 상태에서 저리도 격앙된 말투로 다누마를 단죄하고 있습니다. 그 사람은 틀림없이 뭔가 결정적인 증거를 쥐고 있을 겁니다. 그걸 가르쳐주면 좋을 텐데 말입니다. 그 증거만 있다면 독직 건은 물론이고 어쩌면 20년 전 살인사건의 진상도……."

가부라기는 다타라의 말에 고개를 끄덕였다. 정보의 정확도로 보아 고발한 인물은 다누마의 범죄 전모를 파악한 게 틀림없다. 그렇다면 실로 어정쩡한 고발이 아닐 수 없다. 증거가 될 만한 것을 제출하면 자기 정체가 드러나 처지가 위태로워지기 때문일까? 그렇다면 고발자는 구마바야시건설 사람일까?

"잘 들으세요, 네 분."

요시오카가 끼어들었다.

"20년 전에 일어난 미즈사와 부부 살인사건은 벌써 시효가 만료되었어요. 다누마가 범인이라는 사실이 밝혀져도 이제는 어쩔 도리가 없습니다. 하지만 다누마의 배임 혐의, 또는 업무상 횡령이나 사기는 지금도 진행 중인 건입니다. 기필코 증거를 잡아 다누마를 교도소에 처넣어야 합니다. 살해된 미즈사와 부부와 딸 이즈미를 위해서라도."

그렇게 말하더니 요시오카는 수사 기록을 들고 일어섰다.

"그렇기 때문에 벌써 시효가 만료된 사건에 대해 이제 와서 히류무라에 들어가 휘젓고 다니면 곤란하다는 거죠. 우리도 가능한 한 정보 제공을 했습니다. 이제 그만 도쿄로 돌아가 주셨으면 합니다."

나가노하라 경찰서를 나온 가부라기는 손목시계를 보았다.

오후 3시가 조금 지난 시각이었다.

"어떡하지, 가부?"

마사키가 작은 목소리로 물었다. 가부라기도 작게 대답했다.

"일단 여기서 철수하지. 군마 현경이 히류무라 촌장을 내사 중이라고 하면 히류무라에서 마음대로 행동할 수 없으니."

히메노도 아쉬운 듯이 고개를 끄덕였다.

"만약 사실이라면 거대 건설회사에 의한 악질적인 독직 사건이로군요. 공표되면 정부도 말려들 일대 스캔들이 되겠어요. 게다가 그 중심인물이 현직 촌장이고 뿐만 아니라 20년 전에 두 사람을 죽였다면 그야말로 역사적인 사건이 되겠어요."

히메노의 말에 가부라기가 고개를 끄덕였다.

"수사 기록을 보아 20년 전 사건의 개요는 파악했어. 게다가 우리가 추적하는 건 가와즈 유스케 살인범이야."

"그렇지만."

마사키가 손목시계를 흘끔 보고 불만스러운 목소리로 말했다.

"그 살인사건은 아직 아무런 진전도 없잖아? 뭔가 이쪽에서 할 수 있는 일은 없을까? 아직 오후 3시인데."

"또다시 잠자리로군요."

사와다가 중얼거렸다.

"뭐? 잠자리가 어쨌다고?"

마사키가 묻자 사와다는 이렇게 대답했다.

"우선 시신과 함께 잠자리 목걸이가 발견되었습니다. 시신은 가와즈 유스케. 어렸을 때 희귀한 잠자리를 발견했다는 남자였죠. 그 목걸이를 만든 가게는 드래곤플라이, 즉 잠자리라는 이름이었습니다. 목걸이를 주문한 미즈사와 이즈미는 어렸을 때 거대 잠자리를 목격했다고 했습니다. 그리고 나가노하라 경찰서에서는······."

가부라기가 그 말을 이어받았다.

"오쿠노사와라는 잠자리의 성지를 둘러싼 독직 사건을 내사 중이라는 건가?"

"그렇게 생각하면 갈 곳은 잠자리가 있는……."

마사키가 중얼거렸다. 히메노도 고개를 끄덕였다.

다마가와 강변에서 일어난 끔찍한 살인사건을 뒤좇아 네 사람은 군마 현까지 왔다. 정신을 차리니 사건 곳곳에 잠자리가 얽혀 있었다.

"오쿠노사와로 갑시다!"

히메노가 외쳤다.

"히류무라 사람들 이야기를 듣고 돌아다닐 수 없다면 오쿠노사와를 보는 것만은 괜찮지 않겠어요? 잠자리밖에 없을 테니까요. 게다가 댐 아래 가라앉기 전에 잠자리의 성지를 좀 봐두는 것도 괜찮겠다는 생각이 드는데, 어떠세요?"

"그렇군."

가부라기는 고개를 끄덕였다.

"수몰 보상금이 지불되었다면 오쿠노사와는 이제 다누마의 사유지가 아니라는 이야기지. 게다가 가는 도중에 건설 중인 히류댐도 볼 수 있을 테고. 히류무라가 어떤 곳인지 멀리서라도 봐두고 싶은 마음이 드는걸?"

마사키가 손뼉을 짝 쳤다.

"좋아! 모처럼 군마까지 왔는데. 이대로 요시오카 녀석이 시키는 대로 맥없이 도쿄로 물러나면 속이 풀리지 않지. 아, 속이야기를 하니 점심도 걸렀네. 가다가 편의점에서 뭐라도 사서 그걸 먹으면서 드라이브를 하는 건 어때?"

"그럼 서두르죠. 해가 저물기 전에."

사와다도 찬성했다.

네 사람은 차에 올라탔다. 그리고 검은색 알파로메오의 엔진이 힘차게 포효했다.

08 오쿠노사와

히메노의 알파로메오는 히류무라를 향해 나가노가도 북쪽으로 꺾어 달렸다. 한동안 달리자 도로는 차츰 언덕길이 되어 갔다. 히류댐 건설을 위해 포장을 다시 했는지, 폭 7미터짜리 상하행 2차선 도로는 말끔했다. 그 위로 푸르른 초여름 하늘이 펼쳐져 있었다.

하지만 결과적으로 네 사람에게 우아한 드라이브는 되지 못했다. 반대차선으로 대형 트럭이 바삐 지나갔고, 그때마다 네 사람이 탄 알파로메오는 디젤엔진 특유의 시커먼 배기가스와 흙먼지를 고스란히 뒤집어썼다. 앞쪽으로도 엄청난 양의 짐을 실은 대형 트럭이 달리면서 배기가스와 흙먼지를 마구 피워 올렸다. 게다가 차간 거리를 유지하지 않으면 튀어 오른 돌이 바로 앞에서 날아왔다.

"으아, 아침에 모처럼 세차하고 왔는데. 차가 완전히 먼지투성이네요."

히메노가 입을 삐죽거리면서 핸들 왼쪽 레버를 손가락으로 당겼다. 윈도 워셔액이 앞 유리창에 뿌려지자 동시에 와이퍼가 좌우로 몇 차례 움직였다. 히메노가 그걸 두세 차례 반복하자 앞 유리창은 겨우 제대로 밖을 내다볼 수 있었다.

"여긴 덤프트럭밖에 안 다니는 모양이네."

뒷좌석에 앉은 마사키가 창문 너머로 밖을 내다보니 대형 트럭이 따라오는 중이었다. 트럭은 중간에 다른 차가 끼어들지 못하게 하려는 듯 커다란 몸집을 좌우로 흔들고 엔진 소리를 크게 울리면서 네 사람이 탄 차 뒤를 바짝 쫓아왔다. 히류무라는 대형 트럭과 중장비 천지였다.

트럭에 둘러싸여 30분쯤 달렸을까? 갑자기 왼쪽 시야가 확 트였다. 알파로메오 왼쪽 가드레일 밖은 아득한 낭떠러지였다. 그 아래로는 맑은 계곡이 흐르고 계곡 양쪽으로는 크고 작은 바위가 삐죽삐죽 늘어서 있었다. 강 건너편 기슭 위로 울창한 천연 숲이 펼쳐졌다. 그리고 계곡 전체를 메우기라도 하듯 활처럼 반원형 커브를 그리는 거대한 시멘트벽이 우뚝 솟아 있었다.

가부라기는 저도 모르게 중얼거렸다.

"저게 히류댐인가."

높이 135미터, 폭 350미터. 33층짜리 고층빌딩 높이에 폭은 수에즈운하의 1.5배나 된다. 그 압도적인 존재감을 자랑하는 거대한 건조물은 마치 갓 세운 피라미드처럼 보이기도 했다. 실제로 히류댐의 높이는 이집트 기자에 있는 쿠푸왕의 피라미드와 거의 같고, 폭은 히류댐이 백 미터 이상 넓다.

댐 상류 쪽 산 양쪽에 거대한 콘크리트 기둥이 네 개 보였다. 그리고 그 위로 까마득한 허공에 기나긴 다리가 걸려 있었다. 계곡 아래서부터 따지면 수십 미터 높이가 될 것이다. 이미 완성된 모양인데 아직 통행 허가는 나지 않은 듯했다.

앞서 달리던 대형 트럭이 왼쪽 깜빡이를 켜고 댐 아래쪽을 향해 내려가는 도로로 들어갔다. 네 사람이 탄 차가 그대로 직진하자 바로 뒤에서 따라오던 트럭이 좌회전해 비탈길을 내려갔다. 그 뒤에 따라오던 트럭도 마찬가지였다.

오른쪽 옆을 지나면서 댐을 바라보니 댐의 오른쪽, 즉 강 상류 쪽에 다 합치면 수십 채가 될 만한 집들이 듬성듬성 모여 있는 부락이 보였다. 히류무라였다. 히류댐 완성 예정은 한 달 뒤인 6월로 발표되었다. 이미 마을 사람들은 모두 이주했으며 댐 밑바닥에는 인적이 없었다. 경작하지 않은 마을의 논밭은 푸른 풀이 멋대로 자라나 히류무라의 집들은 수몰되기도 전에 푸른 나무와 풀에 묻혀버릴 것처럼 보였다.

"새로 지은 집이 있네요. 댐 건설이 진행 중이었는데."

사와다가 강 건너를 바라보았다. 건너편 산 중턱 절개지에 지은 지 얼마 되지 않아 보이는 주택 십여 채가 보였다. 당연히 사는 사람은 아무도 없는 것 같았다.

히메노가 곁눈질로 바라보며 말했다.

"댐 건설 계획이 도중에 변경되었기 때문이겠지. 그 계획이 변경되기 전에 지어진 집들 아닐까? 저기도 틀림없이 수몰되겠군."

"아직 새 집인데 아깝네. 저런 낭비가 이 댐에는 대체 얼마나 많은 건가?"

마사키도 시무룩한 표정으로 중얼거렸다.

조금 더 달리자 도로 폭이 좁아졌다. 차량 두 대가 스쳐지나갈 수 있을까 말까한 도로에서도 히메노는 속도를 낮추지 않았다.

그렇게 20분쯤 달렸을까. 도로가 갑자기 끊어졌다.

히메노는 도로가 끝나는 부분에 있는 좁은 공간에 차를 세웠다. 네 사람이 차에서 내렸다. 거기에는 먼저 주차된 차가 한 대 있었다. 카키색 스즈키 짐니였다. 도로 사정이 나빠도 잘 달리는 특성을 지닌 사륜구동 경자동차다.

"먼저 온 손님이 있나?"

히메노의 말에 마사키가 기지개를 켜면서 말했다.

"이 고장 사람이 이 부근에 산나물이라도 캐러 온 거 아닐까? 그런데, 히메. 오쿠노사와라는 데가 어느 쪽이야?"

"오다가 주유소에서 물어보았을 때 이 도로 끝에서 차를 내려 임도를 따라 올라가라고 했으니, 아, 저쪽이네요."

히메노가 숲속으로 이어진 작은 흙길을 가리켰다. 마사키가 진저리 난다는 표정을 지었다.

"나 참, 이런 산길을 올라가야 하나? 구두를 신고 오는 게 아니었어."

가부라기가 손목시계를 보았다. 시계는 오후 3시 45분을 가리키고 있었다.

"애초에 여기까지 올 생각은 아니었으니까 좀 서두르자고. 서두르지 않으면 돌아갈 때 날이 저물겠어."

가부라기가 산길을 향해 걸음을 내디뎠다. 세 사람도 그 뒤를 따랐다.

키 작은 나무와 풀을 헤치며 낯선 산길을 30분쯤 올라갔을까? 네 사람의 귀에 시냇물 흐르는 소리가 들렸다. 강 상류에 가까워진 것이다.

산길은 느닷없이 끝났다. 길이 끝난 부분에 커다란 암반이 벽처럼 솟아 있었다. 높이 3미터쯤 되는 그 암반 한가운데에 다른 부분보다 낮은 곳이 일부 있고, 바위 표면이 계단 모양으로 깎였다. 거의 수직에 가까운 각도였다. 가부라기가 이마에 난 땀을 손등으로 닦으며 어처구니없다는 듯이 중얼거렸다.

"여길 올라가라고? 말도 안 돼."

"방법이 없습니다. 자, 제가 엉덩이를 밀어드릴 테니까."

주저하는 마사키를 굳이 바위 위로 밀어 올리더니 히메노는 훌쩍 자기 힘으로 암벽을 기어올랐다. 그리고 아래 있는 두 사람에게 손을 내밀어 먼저 가부라기를, 그리고 마지막으로 사와다를 끌어올렸다. 너머 쪽 바위는 비스듬한 경사를 이루고 있었다. 네 사람은 미끄러지지 않도록 조심하면서 겨우 아래로 내려갔다.

"우와아⋯⋯!"

히메노가 감탄사를 토했다. 다른 사람들도 모두 넋이 나간 듯이 주위를 둘러보았다.

그곳은 자연이 만든 돔 구장 같은 공간이었다. 머리 위로 나뭇가지들이 푸른 나뭇잎을 펼치며 뒤덮듯 뻗어나갔다. 그 틈새로 몇 줄기 햇빛이 부드럽게 스며들었다. 아래쪽을 보니 투명한 물이 반짝반짝 빛을 내면서 이끼가 덮인 바위 사이를 맑은 소리를 내며 흘러갔다.

자갈이 깔린 개울가에는 이름도 모를 풀이 조용히 자리를 잡았고 작고 흰 꽃이 바람에 흔들렸다. 어디선가 새 지저귀는 소리가 들렸다.

사와다가 고개를 옆으로 돌려 뭔가를 바라보며 중얼거렸다.

"와, 잠자리가 저렇게나?"

나뭇잎 사이로 쏟아져 들어오는 햇살을 받으며 여러 종류의 잠자리가 맑은 개울 물 위를 날고 있었다. 파란 잠자리, 검은 잠자리, 빨간 잠자리, 갈색 잠자리, 줄무늬 잠자리……. 수면 가까이에서는 알록달록한 실잠자리가 날개를 떨며 이리저리 춤을 추었다. 맑은 물에 젖은 바위 위에서는 검은 물잠자리가 여기저기서 날개를 수직으로 접었다가 다시 천천히 펼쳤다.

"세상에, 여긴 잠자리 낙원이로군요."

감탄하는 히메노의 말에 가부라기는 고개를 끄덕였다. 이렇게 많은 잠자리, 그것도 갖가지 종류의 잠자리를 한꺼번에 보기는 난생처음이었다. 그러나 이 낙원 같은 오쿠노사와도 이제 곧 댐의 물이 차오르면 물속에 가라앉을 운명이다. 그런 생각을 하니 지금 눈앞에 펼쳐진 풍경이 너무도 소중하게 느껴졌다.

마사키가 완전히 지친 듯이 개울가를 향해 걷기 시작했다.

"확실히 아름다운 곳이지만 아무리 그래도 길이 너무 험하군. 어디 보자, 이쯤에서 구두를 좀 닦을까?"

히메노가 놀라 마사키에게 말했다.

"앗, 선배. 가죽구두는 문외한이 물로 씻으면 안 됩니다. 전문가에게 맡겨야 모양새가 틀어지지 않죠."

"시끄러. 내 구두는 통신판매를 통해 산 고급 인공가죽 구두란 말이야."

그러더니 마사키는 오른쪽 구두를 벗어 인도의 수도자처럼 한쪽 발로 쭈그리고 앉더니 오른손으로 물을 길어 올려 구두에 끼얹었다.

그때였다.

"야! 이게 무슨 짓이야?"

느닷없이 어디선가 큰 호통 소리가 울려 퍼졌다.

그 소리에 간이 콩알만 해진 마사키는 균형을 잃었다. 그리고 비스듬히 기울어진 자세로 제자리걸음을 하면서 첨벙첨벙 몇 발자국 개울 안으로 들어갔다. 오른쪽 발은 맨발, 왼쪽 발은 구두를 신은 채였다.

"어어어어! 앗, 차가워!"

마사키는 얼른 몸을 돌려 왼손에 구두를 든 채로 발끝으로 걸어 개울가로 뛰어나왔다.

"괘, 괜찮은가? 마사키?"

가부라기가 말을 걸었지만 마사키의 귀에는 들리지 않은 듯했다. 마사키는 새빨개진 얼굴로 주위를 둘러보며 소리쳤다.

"제기랄! 누구야? 갑자기 소리를 버럭 지르다니!"

가부라기 뒤에 있는 풀숲에서 부스럭거리는 소리가 났다. 네 사람은 일제히 그 풀숲을 바라보았다.

자그마한 노인 한 명이 풀숲을 헤치며 나타났다. 70대 중반쯤 되었을까? 머리에 야구 모자를 쓰고 와이셔츠 위에 주머니가 여러 개 달린 조끼를 입었다. 아래는 얼룩무늬 작업복, 발에는 작업화. 배낭을 등에 지고 허리에는 초승달 모양을 한 허리파우치를 둘렀다. 얼핏 보면 계류 낚시꾼 차림으로 보이지만 왼손에는 낚싯대가 아니라 자루가 긴 포충망을 들었다.

노인이 마사키를 노려보며 말했다.

"꾀죄죄한 구두로 맑은 물을 더럽힐 작정이야, 지금?"

"꾀, 꾀죄죄한 구두? 아니, 근데 이 영감이……."

벌떡 일어서는 마사키를 대신해 가부라기가 노인에게 사과했다.

"죄송합니다. 저희가 생각이 모자랐습니다. 그렇지만 결코 장난삼아 개울물을 더럽히려고 한 건 아닙니다."

"뭐, 알면 됐네. 이 맑은 물을 더럽히면 잠자리가 측은하잖아."

그러더니 노인은 포충망을 살짝 들어 지팡이처럼 땅을 쿡 찍었다. 그리고 네 사람을 가만히 둘러보며 말을 이었다.

"댐 관계자는 아닌 모양이로군. 당신들도 잠자리를 보러 왔나? 하지만 구두를 신고 온 걸 보면 준비가 거의 안 되어 있군. 이런 습지를 돌아다닐 때는 작업화가 제일이지. 기억해둬."

한쪽 발을 들어 자기 작업화를 보여주는 노인에게 히메노가 말했다.

"물론 잠자리도 보고 싶었지만 사실은 어떤 사건을 수사 중이라 불쑥 들르는 바람에 준비를 못했습니다."

"사건을 수사한다고?"

의아해하는 노인에게 히메노는 경찰 배지 케이스를 꺼내 펼쳐 보였다.

"아, 우리는 도쿄 경시청에서 나왔습니다."

노인이 갑자기 몸을 돌려 도망가려고 했다. 마사키가 대뜸 노인을 뒤에서 덮쳐 배낭을 움켜쥐더니 노인을 불끈 들어올렸다.

"제, 제발. 날 놔줘! 국유지에 멋대로 들어온 건 잘못이야. 그렇지만 나쁜 짓은 전혀 하지 않았어! 그냥 잠자리를 관찰했을 뿐이라고!"

노인은 등껍질을 잡힌 게처럼 마사키의 손을 뿌리치려고 했다.

가부라기는 쓴웃음을 지었다.

"마사키. 상대방은 노인이야. 그만 놔드리는 게 어떻겠나?"

마사키는 마지못해 노인을 내려놓았다. 노인은 마사키를 똑바로 바라보면서 비난하기라도 하듯 어깨며 목을 빙글빙글 돌렸다. 그리고 가부라기에게 다가가 웨스트파우치에서 명함을 꺼냈다.

"난 이런 사람이올시다."

그 명함에는 '일본 잠자리회의 대표 나미노 헤이스케(波野兵助)'라고 적혀 있었다.

"오호. 잠자리를 연구하는 민간단체에서 나오신 분인가요?"

히메노가 흥미진진하다는 듯이 나미노 노인에게 물었다.

가부라기 일행과 나미노는 각자 강변에 있는 큼직한 돌 위에 둥글게 걸터앉았다. 마사키는 구두를 옆에 있는 바위에 기대어 말리면서 부아가 난 표정으로 젖은 양말을 손으로 쥐어짰다.

나미노가 의기양양하게 대답했다.

"일본 잠자리회의는 우리나라에서 가장 오랜 역사를 지닌 잠자리 연구단체지. 올해로 발족 53년이야. 회원은 5백 명에 이르고, 대학 교수나 정치가들도 회원으로 가입되어 있지."

가부라기는 다시 명함을 보았다. 일본 잠자리회의의 연락처는 도쿄 도 네리마 구였다. 아마 이 나미노라는 노인의 집 주소이리라. 그도 도쿄에서 온 듯했다.

마사키가 양말을 바위 위에 널면서 야유하듯 중얼거렸다.

"흥. 애들도 아니고, 그 나이에 무슨 잠자리회의야? 한심하긴."

"이런 멍청이! 넌 잠자리를 우습게 여기는 거냐?"

언성을 높이더니 나미노는 불쑥 포충망을 짚고 벌떡 일어섰다. 그 기세에 놀라 마사키는 저도 모르게 눈이 휘둥그레져 뒷걸음질을 쳤다.

나미노는 분노에 찬 표정으로 네 사람을 둘러보더니 포충망을 치켜들며 큰 소리로 떠들기 시작했다.

"일찍이 『고지키』(古事記)에 이런 말씀이 있었지. 이자나기 (伊邪那岐)와 이사나미(伊邪那美)라는 남녀 신이 아메노누보코(天沼矛)라는 창으로 혼돈 상태였던 대지를 휘저었어. 그때 창에서 뚝뚝 떨어진 것이 쌓여 오노고로시마(淤能碁呂島)가 생겼지. 이때 두 신은 나라를 낳아 오오야시마노쿠니, 즉 일본 열도를 낳았는데 마지막에 낳은 혼슈를 오호야마토토요아키츠시마라고 불렀다. 아키츠란 가을 곤충, 즉 잠자리를 말하지. 그래서 혼슈는 '큰 일본 잠자리가 많은 섬'인 거지!"

느닷없이 시작된 연설에 네 사람은 놀란 표정으로 나미노를 바라보았다.

"그리고 『니혼쇼키』(日本書紀)에 따르면 진무텐노(神武天皇, 일본 신화 속 인물이자 첫 번째 텐노로 기록된 인물)가 이 나라를 굽어보며 '무명 옷감처럼 길쭉한 나라지만 마치 잠자리 꼬리가 교미하듯 자손 번영을 상징하는 좋은 모습이다.'라는 뜻으로 이야기했다고 적혀 있어. 이때부터 일본을 아키츠시마, 즉 '잠자리의 섬'이라고 부르게 된 거야."

"아, 그런데, 나미노 씨."

나미노는 가부리기의 말에도 귀를 기울이지 않고 계속 지껄였다.

"기록에 이렇게 적혀 있는 바와 같이 일본은 잠자리의 나라야. 결국 잠자리는 일본 그 자체요, 잠자리가 살 수 없다면 그건 이미 일본이 아니지! 그런데 말이야, 저런 콘크리트 덩어리로 이 훌륭한 잠자리의 낙원을 깊은 물속에 가라앉혀 버린다니, 그야말로 언어도단, 극악무도, 세기의 어리석음……, 쿨럭, 쿨럭."

나미노가 갑자기 심하게 기침을 했다. 탁음이 많은 발음을 계속했기 때문이리라.

마사키가 어처구니없다는 듯이 말했다.

"이봐요, 영감님. 괜찮습니까? 연설도 좋지만 연세도 생각하셔야지."

"에이, 시끄럽긴. 기침 좀 한 거 가지고."

나미노는 겨우 숨을 고르더니 조금 차분해진 말투로 이야기를 이어갔다.

"잠자리는 말이야, 유럽에서는 재수 없는 곤충으로 취급해. 때론 사람을 문다는 오해까지 받는데 일본에선 아주 친숙한 곤충이지. 어디 그뿐인가? 예로부터 잠자리는 '승리의 곤충'으로 불리며 행운을 가져다주는 곤충으로 여겨졌어. 그래서 무사들이 칼이나 투구, 겉옷 장식이나 무늬로 즐겨 사용한 거야. 그뿐인가? 잠자리는 그 자체가 참으로 신비한 생물이야."

나미노의 강의는 도무지 끝날 기미를 보이지 않았다. 가부라기는 한숨을 내쉬었다.

"우선 1만 개도 넘은 그 복안(複眼)이라고 불리는 눈이 가장 신비하지. 동시에 들어오는 1만 종류의 영상을 어떻게 그 작은 뇌로 정보 처리를 하는지, 자네들은 상상할 수 있나? 다음은 날개. 접히는 구조로 되어 있고 나뭇잎처럼 날개에 올록볼록한 부분이 있지. 왜 그런 모양이 되었고 그 날개로 어떻게 나는지 오래전부터 수수께끼였네. 1초에 30번이나 날개를 파닥거리고, 날개 뒤로 기류의 소용돌이를 만들어 난다는 사실을 알게 된 것은 최근의 일이지."

마치 자기 자랑을 하는 사람처럼 나미노는 가슴을 쭉 폈다.

"그리고 뭐니 뭐니 해도 가장 신비로운 것은 암컷과 수컷의 교접이지. 둘 다 긴 복부 끄트머리에 생식기가 있는데 수컷은 정자를 일단 자기 배에 있는 저정낭(貯精囊)에 저장하지. 암컷은 거기에 자기 배 끄트머리를 대고 정자를 받아들여. 무슨 까닭인지는 몰라도 아주 번거로운 방법을 쓰지."

결국 넌더리가 난다는 표정을 지으며 마사키가 말을 가로막았다.

"영감님, 잠자리 강의는 이제 그만. 우린 바빠요. 이제 슬슬……."

"질문이 있습니다."

마사키의 말이 끝나기도 전에 사와다가 오른손을 높이 들었다.

"잠자리는 교접할 때 암컷과 수컷이 고리나 하트 모양으로 연결되지 않습니까? 그런데 왜 『니혼쇼키』에서는 가늘고 긴 국토와 비유하는 거죠?"

"야, 너, 쉿!"

마사키가 당황해 두 손으로 부채질하듯 저으며 사와다를 제지했지만 이미 늦었다.

"그래! 바로 그거야!"

나미노는 손가락을 들어 사와다의 얼굴을 가리키더니 다시 신이 나서 떠들기 시작했다.

"그건 『고지키』와 『니혼쇼키』를 연구하는 사람들이 착각한 거지. 연구자들은 교접으로 보았지만 사실은 요즘 식으로 이야기하면 탠덤(tandem, 일렬로 나란히 이어진 두 개체의 상태나 장치를 일컫는 모습)이야. 교미하기 전이나 산란 때 암컷과 수컷이 가로로 한 줄로 연결되는 모습이지. 그렇지 않다면 『니혼쇼키』에 있는 것 같은 길쭉한 모양새가 되지 않아."

나미노 노인은 잠자리가 탠덤인 상태를 두 손으로 묘사했다.

"그리고 『니혼쇼키』에는 '도나메'(臀呫, 일본 사전에는 잠자리의 암수가 교미할 때 서로 꼬리를 물고 고리 모양으로 나는 행위라고 풀이한다.)란 말은 꼬리를 핥는다는 뜻인데, 실제로 잠자리는 꼬리를 물고 연결되는 게 아니지. 앞에 있는 수컷이 꼬리 끝에 있는 부속 기관으로 뒤에 있는 암컷의 뒤통수 부분을 꽉 잡고 있는 거야."

"흐음. 잠자리 수컷은 남자답군요. 몰랐네."

히메노가 감탄하자 나미노는 또 기쁜 표정을 지으며 고개를 끄덕였다.

"일반인들이야 대개 모르지. 하지만 자네들 젊은이 두 명은 그쪽 중년 멍청이들과 달리 잠자리에 관심이 있는 모양이로군. 우리 모임에 가입하면 환영하겠네."

"주, 중년 멍청이? 근데 이놈의 영감탱이가!"

마사키가 또 이를 악물었다.

"저어, 나미노 씨."

가부라기가 참다못해 끼어들었다.

"실례지만 어째서 이런 군마 현 산속까지 잠자리를 관찰하러 오시는 거죠? 여기가 역시 유명한 곳이라서 그런 겁니까?"

나미노는 가부라기 쪽을 바라보았다.

"물론 이 히류무라의 오쿠노사와는 군마 지역 잠자리 연구가 사이에서는 유명한 곳이지. 대모잠자리, 진노란잠자리 같은 멸종 위기종이 서식하는 것도 확인되었어. 하지만 이번에 내가 여기 온 건 더 중요한 이유가 있어서요."

나미노는 목소리를 살짝 낮췄다.

"회원 가운데 한 사람이 히류무라 출신이지. 이 이야기 듣고 놀라지 마셔. 최근에 이 오쿠노사와에서 새로운 종류의 무카시톤보를 발견했다는 거야. 일주일 전에 우편을 이용해 그 표본 사진을 우리 집으로 보냈지."

"신종 무카시톤보?"

가부라기는 진지한 표정을 지었다. 마사키, 히메노, 사와다도 마찬가지로 긴장한 얼굴 표정이었다.

"그래. 무카시톤보는 일본 고유종인데 한 종류뿐이지. 히말라야나 중국에 아종(亞種)이 하나씩 있지. 세계적으로 이 세 종류밖에 발견되지 않았네. 그 신종 무카시톤보는 그야말로 세계적인 대발견일세. 그래서 여기가 수몰되기 전에 어떻게든 확인해야만 한다는 생각에 찾아온 거지."

나미노에게 가부라기가 진지한 표정으로 질문을 던졌다.

"그 회원 성함은 어떻게 됩니까?"

"가와즈 유스케라는 젊은이요."

나미노는 선뜻 이름을 밝혔다.

"나가노하라마치 주민센터에 근무하는 남자인데 어려서부터 오쿠노사와에서 줄곧 잠자리를 관찰했다고 하더군. 여기에는 반드시 아직 발견되지 않은 새로운 종류의 잠자리가 있다고 믿었는지 휴일이면 매일 여기 왔다고 했는데, 마침내 발견했지. 세기의 대발견이야."

가부라기 일행은 서로 얼굴을 마주보며 고개를 끄덕였다.

역시 가와즈 유스케였다. 어린 시절 오쿠노사와에서 무카시톤보를 발견해 잠자리의 매력에 사로잡힌 남자. 그 이후 틈만 나면 잠자리 연구에 몰두한 남자. 그 가와즈가 여기서 신종 무카시톤보를 발견했다는 이야기다.

"그 뒤로 몇 번이나 가와즈 군 집으로 전화를 했는데 도통 받지를 않더군. 그 친구는 휴대전화가 없어 연락하기 참 힘들어. 혼자 산속을 돌아다니는 일이 많으니 휴대전화쯤은 가지고 다니라고 했는데도."

사정을 모르는 나미노는 그렇게 투덜거렸다.

"가와즈 씨는 휴대전화가 없나요?"

"그럼. 요즘 세상에 휴대전화도 없다니, 젊은이 치고는 드문 일이지."

가부라기는 고개를 갸웃거렸다. 어떻게 된 일일까? 미즈사와 이즈미는 이미 몇 해 전부터 가와즈의 휴대전화 번호를 알고 줄곧 그 번호로 연락을 했다고 말했는데…….

히메노가 작은 목소리로 마사키에게 속삭였다.

"가와즈 씨가 나미노 씨에게 번호를 가르쳐주지 않았던 모양이네요."

마사키는 팔짱을 끼면서 크게 고개를 끄덕였다.

"이해가 가. 저렇게 잔소리가 많은 영감이니 종일 전화를 걸어대겠지."

다행스럽게도 나미노에게는 두 사람의 대화가 들리지 않은 듯했다.

"그래서 나는 애간장이 타서 직접 가와즈 군 집을 찾아가기로 하고 도쿄에서 온 거지. 전에 한 차례 발견 현장 환경을 확인해두려고 먼저 이 오쿠노사와에 온 건데…….."

그렇게 말하면서 나미노는 주위를 눈부신 듯이 둘러보았다.

"이거 정말, 여기라면 신종 무카시톤보가 발견되었다고 하더라도 이상할 게 없지. 기후, 수질, 표고, 식생 모두 무카시톤보가 서식할 조건을 갖추었고 주위에 있는 바위가 보호하는 듯한 지형이야. 그야말로 비경이라고 할 수 있지."

히메노가 가부라기에게 얼굴을 가까이 대고 속삭였다.

"가와즈가 신종 무카시톤보를 발견했다는 게 사실일까요?"

가부라기가 작은 목소리로 말했다.

"몰라. 하지만 수몰 예정지인 오쿠노사와에서 생물학상 세계적으로 중대한 발견을 했고, 그 소식이 언론사를 통해 전국적인 뉴스가 된다면…….”

“조사를 위해 히류댐의 건설이 중단될지도 모르겠군.”

마사키가 툭 내뱉었다.

“히류댐 공사가 바로 중지될 수도 있겠군요.”

히메노도 중얼거렸다. 그 옆에서 사와다는 가만히 뭔가를 생각하는 듯했다.

“당신들 뭘 그렇게 소곤대는 건가?”

나미노가 조바심이 난다는 목소리로 물었다. 가부라기는 나미노 쪽을 바라보며 물었다.

“나미노 씨, 그 신종 무카시톤보 사진을 가지고 계십니까? ……아, 요즘 세상이니 사진이라고 하면 디지털카메라 화상인가요?”

“아니, 여기 있네.”

나미노 노인은 허리춤에 찬 파우치 안을 뒤적여 명함 크기만 한 인화 사진을 꺼내 가부라기에게 내밀었다.

“휴대전화도 그렇고, 가와즈 군은 젊은이답지 않게 컴퓨터나 디지털카메라도 싫어하는 모양이더군. 항상 필름 카메라로 찍은 인화 사진을 우편으로 보내더군.”

가부라기와 세 형사는 그 사진을 들여다보았다. 위아래로 늘어놓은 잠자리 두 마리의 표본이 찍혀 있었다. 새하얀 바탕의 종이 위에 둘 다 날개를 접은 상태로 가로 방향으로 꽂혀 있었다.

“무카시톤보는 균시불균시아목(均翅不均翅亞目)이기 때문에 전시 표본이 아니라 이렇게 표본을 만든 걸 테지. 이걸 보구려. 두 마리를 비교하면 모양이 다르지 않소?"

그 말을 듣고 보니 틀림없이 흉부와 복부의 무늬가 달랐다.

위에 있는 잠자리에는 노란색 줄무늬가 있는데 아래 잠자리는 전체적으로 검은색이었다.

마사키가 나미노에게 물었다.

"영감, 어느 쪽이 신종 잠자리요?"

"검은색과 노란색 줄무늬를 지닌 개체가 전국적으로 발견되는 무카시톤보지. 하지만 온통 검은색인 개체는 나도 처음 보았어. 돌연변이 개체일지도 모르지. 하지만 이 표본이 된 녀석 말고도 여러 개체가 발견된다면 처음 발견된 신종이라고 할 수 있겠지. 가와즈 군은 신종이라고 확신하고 종이 위에 벌써 '히류무카시톤보'라고 이름을 적었어."

히류무카시톤보⋯⋯. 구체적인 이름까지 듣자 가부라기도 가와즈가 느낀 신종 발견의 흥분이 짐작이 될 것 같았다.

나미노는 네 사람을 둘러보았다.

"그래서 빨리 가와즈 군을 만나 그 표본을 직접 보고 싶은 거야. 이 사진 한 장만 보고는 발표할 수 없지. 실물을 재래종과 비교할 필요가 있어. 그리고 표본을 적합한 연구시설로 가지고 가서 DNA를 분석하면 신종인지 어떤지 판단할 수 있지."

마사키가 얼른 젖은 양말을 신으며 가부라기에게 작은 목소리로 말했다.

"가부, 어떡할래? 가만히 있을 수 없잖아?"

가부라기는 가와즈 유스케로 보이는 인물의 시신이 도쿄 다마가와 강변에서 발견되었다는 사실을 이야기했다. 물론 시신 상태에 대해서는 자세하게 설명하지 않았다.

"아니, 어떻게 그런 일이……."

나미노 노인은 어안이 벙벙한 표정으로 시선을 둘 곳도 찾지 못하더니 다시 돌 위에 쓰러지듯 주저앉았다. 무리도 아니겠지만 큰 충격을 받은 듯했다.

"그렇게 잠자리를 사랑한 순수한 청년이 어째서……."

넋 나간 사람처럼 중얼거리는 나미노를 가부라기는 애처로운 눈으로 바라보았다.

"현재 경시청과 군마 현경이 수사 중입니다. 나미노 씨에게는 또 다른 수사관들이 말씀을 들으러 찾아뵐 겁니다. 그때는 부디 협력해주시기 바랍니다."

나미노는 시선을 한곳에 두지 못한 채 몽유병자처럼 천천히 고개를 끄덕였다.

"아, 참. 나미노 씨. 한 가지 이야기하고 싶은 게 있습니다. 예전에 메가네우라라고 하는 거대한 잠자리가 있었다면서요?"

나미노가 희한하다는 표정으로 천천히 가부라기를 쳐다보았다.

"……메가네우라?"

"예. 3억 년쯤 전, 석탄기에 생겨난 잠자리의 일종이라고 들었습니다. 화석만으로 보면 역사상 가장 큰 잠자리인데 날개를 펼치면 70센티미터도 넘는다고 하더군요. 그게 아직 살아 있을 가능성이 있을까요?"

"없지."

나미노는 바로 대답했다.

"그런데 가와즈 씨가 어렸을 때 메가네우라를 보았다는 이야기를 들었습니다만."

가부라기의 말에 나미노는 힘없이 웃었다.

"틀림없이 나도 가와즈 군에게 그런 이야기를 들은 적이 있지. 그 친구는 정말로 보았다고 믿는 것 같았어. 그런 면도 어린아이 같았어. 정말 순수한 청년이었지. 그렇지만 실제로는 있을 리 없어."

가부라기는 다시 물었다.

"그렇지만 실러캔스나 앵무조개, 투구게, 바퀴벌레 같은 살아있는 화석으로 불리는 생물이 지금도 많이 있지 않습니까? 그렇다면 메가네우라가 아직 살아 있을 가능성도 있지 않을까요?"

"무리야. 산소가 부족해."

나미노는 가부라기를 쳐다보면서 고개를 가로저었다.

"산소?"

가부라기가 되묻자 나미노는 고개를 끄덕였다.

"석탄기 지층에서는 메가네우라 이외에도 거대한 곤충이 여럿 발견되지. 그건 대기 중 산소 농도 때문이야. 석탄기의 대기 중 산소 농도는 약 35퍼센트. 지금의 1.5배라고 해."

히메노가 손뼉을 쳤다.

"그렇군요! 석탄기에는 거대한 양치식물이 무성해서 도처에 숲이 만들어지던 시대예요. 그 숲이 광합성을 통해 많은 산소를 방출하고, 대기 중의 산소 농도가 매우 높았죠. 그래서 이 거대한 양치류가 서식하던 숲은 이윽고 기후 변화에 의해 말라죽고 쓰러져 쌓여 전 세계에 두꺼운 석탄층을 남겼죠."

"맞아. 고농도 산소 덕분에 곤충의 에너지대사가 활발해져 덩치가 커졌다는 설, 또는 산소의 독성을 완화하기 위해 거대한 몸집이 필요했다는 설. 이 두 가지 주장이 있기는 하지만."

나미노는 히메노를 바라보며 고개를 크게 끄덕였다.

"설명을 보태자면 백악기에 들어 진조류(Euornithes)가 출현하자 하늘을 나는 거대한 곤충은 새와 생존경쟁을 벌였어. 이걸 피하기 위해 곤충은 점점 작아졌고, 또 이 백악기에 출현한 속씨식물과 공존 관계를 유지하면서 지금과 같은 번영을 누리는 셈이지."

"그럼 현지 환경에서는 곤충이 거대화할 일은 없다는 건가요?"

가부라기가 다시 확인하자 나미노는 어깨를 으쓱했다.

"현재의 산소 농도와 생물 환경에서는 곤충이 거대화할 일은 없을 거요. 70센티미터가 넘는 잠자리는 있을 수 없지. 현재 세계에서 가장 큰 잠자리는 오스트레일리아에 서식하는 페탈라 인젠티시마(Petalura ingentissima)인데, 그것도 날개를 펼쳤을 때 18센티미터 가량이고."

"그런가요?"

가부라기는 아쉽다는 듯이 손에 든 사진으로 시선을 떨어뜨렸다. 그리고 다시 고개를 들더니 나미노 노인에게 이렇게 말했다.

"이 사진 말입니다. 잠시 저희가 맡아두어도 괜찮을까요? 조심스럽게 다루겠습니다."

"상관없소. 그 대신."

나미노가 심각한 표정으로 가부라기의 눈을 바라보았다.

"한시바삐 범인을 체포해줘. 이런 상태라면 가와즈 군이나 히류무카시톤보나 눈을 감을 수 없을 거야."

같은 날, 즉 5월 12일 토요일 오후 7시 45분.

해는 완전히 저물었다. 가부라기와 마사키, 히메노, 사와다는 어둠이 내린 간에쓰고속도로를 타고 도쿄를 향해 달리는 검은색 알파로메오 159ti 안에 있었다.

"······그렇습니까? 알겠습니다. 감사합니다."

뒷좌석에 앉은 가부라기는 휴대전화를 끊고 나서 세 형사에게 말했다.

"가와즈의 아파트에는 무카시톤보라고 적힌 표본은 검은색과 노란색 줄무늬를 지닌 한 종류뿐이라는군."

전화를 한 사람은 사이키 관리관이었다. 가부라기 일행이 나가노하라 경찰서에 있는 동안 특별수사본부에는 가와즈 유스케의 아파트를 수색한 결과가 보고됐다.

가와즈의 아파트 주방 한쪽에는 검은색 비닐 옷장 같은 것이 있는데, 조립식 암실이었다. 그 안에는 필름을 현상하고 인화하기 위한 도구와 약품이 놓여 있었다. 요즘 가정에서는 보기 드물게 가와즈의 집에는 개인용 컴퓨터가 없었다. 휴대전화 충전기는 없었지만 휴대전화 회사에서 보낸 최근 요금 명세서가 발견되었다. 가와즈가 휴대전화를 갖고 있는 것은 틀림없었다.

그리고 잠자리 표본. 가와즈의 아파트에는 일본에 있는 214종의 잠자리 가운데 203종의 표본이 있었다. 모두 학명과 일본 이름을 적은 종이가 붙어 있었는데, 그 표본 가운데 신종 무카시톤보로 보이는 것은 발견되지 않았다. 책상 서랍이나 서랍장에서도 나오지 않았다.

"대체 어디에 둔 걸까요?"

운전석에 앉은 히메노가 고개를 갸웃거렸다.

"신종 표본이라면 마니아에게는 그야말로 목숨과도 바꿀 수 없는 귀중품인데. 혹시 은행 대여금고 같은 데 숨겨놓은 걸까?"

"아니, 또 잠자리야?"

가부라기 옆에 앉은 마사키가 두 손을 머리 뒤로 돌려 깍지를 끼면서 한숨을 내쉬었다.

"이번에는 신종 무카시톤보라니. 어딜 가나 잠자리투성이로군."

"가와즈 유스케는 살해되기 전에 오쿠노사와에서 신종 무카시톤보를 발견했다고 나미노 노인에게 연락했다……."

가부라기는 혼잣말처럼 중얼거렸다.

"이 일이 가와즈 살해와 뭔가 관계가 있는 걸까?"

조수석에서 사와다가 입을 열었다.

"선배, 가와즈 유스케의 시신은 목부터 배까지 가르고 내장을 몽땅 꺼내갔습니다. 그것도 모자라 온몸에 화이트 가솔린을 뿌려 태웠고요."

"그랬지. 그래서?"

"시신 입안에는 5센티미터쯤 되는 작은 돌이 들어 있었습니다."

"맞아."

"그리고 가와즈의 방에는 그가 발견했다는 신종 무카시톤보 표본이 없었습니다."

"그런 것 같아."

사와다는 크게 고개를 끄덕였다.

"알 것 같습니다."

가부라기와 마사키, 히메노는 일제히 사와다를 보았다.

"사와다, 뭘 알 것 같다는 거야?"

가부라기가 묻자 사와다는 세 사람을 둘러보면서 이렇게 말했다.

"가와즈 유스케가 진짜로 신종 무카시톤보를 발견했다는 걸 전제로 하면, 가와즈의 시신이 그토록 훼손된 이유를 설명할 수 있습니다."

"그게 뭔데?"

운전석에 앉은 히메노가 사와다를 바라보았다.

"저, 정말이냐, 도키오?"

마사키가 뒷좌석에서 몸을 디밀며 물었다.

"사와다, 설명해봐."

뒷좌석 왼쪽에서 가부라기가 재촉하자 사와다는 곧 말을 이었다.

"가와즈의 시신이 왜 그런 상태가 되었는지 저는 줄곧 생각했죠. 우선 시신의 배를 갈라 대부분의 내장을 꺼내간 이유입니다. 저는 이게 가와즈가 죽기 전에 뭔가를 삼켰기 때문이 아닐까 생각했습니다."

"으아!"

마사키가 저도 모르게 어처구니없다는 듯이 말했다.

"그, 그럼 범인은 가와즈가 삼킨 걸 회수하기 위해 배를 째고 내장을 꺼내 갔다는 소리야?"

히메노도 눈이 휘둥그레졌다.

가부라기도 허를 찔린 기분이었다. 가와즈는 살해되기 전에 뭔가를 삼켰다. 분명히 그렇게 생각하면 그 시신의 훼손 상황도 납득된다.

"문제는 가와즈가 삼킨 게 과연 뭐냐, 하는 거였습니다. 만약 열쇠나 보석 같은 딱딱한 물체라면 위를 갈라 그걸 꺼내 가면 그만이죠. 그러나 범인은 식도와 소화기관뿐 아니라 주변 장기까지 모두 가지고 갔고, 심지어 불까지 질렀습니다."

사와다는 냉정하게 말을 이었다.

"이런 점으로 미루어 저는 가와즈가 삼킨 것은 부서져서 쉽게 확산되는 물체이며 불에 타는 물체라고 추측했습니다. 내장을 가지고 가도 남은 시신에 미세한 파편이 남을 가능성이 있기 때문에 신체 내부를 태워야 할 필요가 있었던 거죠. 거기까지는 알겠습니다. 그러나 가와즈가 삼킨 물체의 정체는 몰랐었죠."

"부서져서 쉽게 확산되고 불에 타는 물체라면, 과연 그런 건가!"

히메노가 중얼거리더니 조수석에 앉은 사와다를 보며 소리쳤다.

"가와즈는 신종 무카시톤보 표본을 삼킨 거로군."

"잠자리?"

"분명히 그렇군요. 준비를 너무 잘했어요."

"표본을?"

가부라기와 마사키도 깜짝 놀라 동시에 소리쳤다. 확실히 그렇게 생각하면 표본이 발견되지 않았다는 사실도 설명이 된다. 사와다의 추론 능력에는 가부라기도 새삼 혀를 내둘렀다. 놀랍게도 상황을 면밀하게 관찰해 단숨에 비약해서는 진실을 향해 단서를 움켜쥔다. ……이것이 애브덕션인가?

사와다는 고개를 끄덕였다.

"그날 가와즈 유스케는 신종 무카시톤보 표본을 가지고 도쿄로 갔습니다. 그리고 누군가와 만나 그 표본을 보여주었죠. 그 누군가에게 신종 무카시톤보는 자기에게 큰 불이익을 초래하는 물건이었겠죠. 그래서 가와즈를 죽이고 그 표본을 빼앗은 다음에 아무도 모르게 없앨 작정이었습니다. 그런데……."

"가와즈란 친구가 살해되기 직전에 표본을 삼켰다?"

마사키가 무심코 중얼거렸다.

"그렇습니다. 자기가 살해될 거라는 사실을 안 가와즈는 어떻게든 표본 일부만이라도 이 세상에 남기고 싶었겠죠. 예를 들면 아주 작은 조각이라도 자기 시신에서 검출되기만 하면 분석에 의해 신종 무카시톤보라는 걸 알아낼 수 있을지도 모르니까요."

"게다가 자기를 죽인 놈이 잠자리 표본을 빼앗으려고 했다는 사실도 경찰에 전할 수 있을지 모르고."

히메노의 말에 고개를 끄덕이며 사와다가 말을 이었다.

"범인은 애가 탔겠죠. 가와즈의 시신을 해부하면 잠자리 표본의 파편이 발견될 테니까. 그래서 그 누군가는 표본이 존재했다는 사실을 완전히 지워버리기 위해 모든 짓을 다했습니다. 결국 목에서 복부까지 갈라 식도와 내장을 꺼내고, 파편이 남았을 가능성이 있는 나머지 신체도 불태운 겁니다."

"그럼, 그럼 말이야, 입안에 있던 작은 돌은 뭐지?"

마사키가 그렇게 묻자 사와다는 바로 대답했다.

"입안에도 잠자리 파편이 남았을 수 있으니 입안도 잘 태워야 할 필요가 있었겠죠. 그래서 범인은 시신의 입이 닫히지 않도록 위아래 치아 사이에 작은 돌을 물린 겁니다. 그 작은 돌이 시신이 탈 때 입 안쪽으로 떨어졌겠죠. 사실 이건 꼬치구이 집에서 마사키 선배가 이쑤시개를 사용했을 때 머릿속에 떠오른 생각입니다만……."

"도키오, 그럼 너 그 꼬치구이 집에 있을 때 벌써 대략 알고 있었던 거야?"

마사키는 어처구니없다는 듯이 말을 잇지 못했다.

"사와다, 그렇지만 한 가지 의문이 있는데……."

가부라기가 조수석 시트에 손을 얹었다.

"범인이 가와즈를 죽일 때 미리 화이트 가솔린을 준비한 셈이 되나? 그렇다면 범인은 가와즈가 잠자리 표본을 삼킬 거라는 걸 미리 예상했다는 이야기가 되지. 과연 거기까지 예상할 수 있을까?"

사와다는 잠깐 입을 다물고 생각에 잠기더니 이렇게 말했다.

"가부라기 선배, 화이트 가솔린은 죽인 뒤에도 조달할 수 있어요."

운전석에서 히메노가 끼어들었다.

"니코타마가와에는 심야영업을 하는 할인점도 있으니까 일단 시신을 풀숲에 숨기고 차를 몰고 사러 가면 그만이죠. 어쩌면 범인은 야외생활에 취미가 있어 차에 랜턴이나 버너, 화이트 가솔린을 싣고 다녔을 가능성도 있고요."

"뭐, 그럴지도 모르지."

가부라기는 모호하게 고개를 끄덕였다. 그러자 마사키가 끼어들었다.

"그러니까 간단하게 말하면 범인은 히류댐 공사를 방해받고 싶지 않아서 가와즈를 죽이고 잠자리 표본을 시신과 함께 태워버렸다는 거잖아? 그렇다면 범인은?"

마사키는 운전석과 조수석 시트를 두 손으로 뒤에서 팡 소리가 나도록 두드렸다.

"히류무라 촌장인 다누마 야스오야! 달리 누가 있겠어?"

차 안의 세 사람을 둘러보면서 마사키가 말을 이었다.

"놈은 20년 전부터 구마바야시건설의 앞잡이였어. 틀림없이 댐이 완공되면 엄청난 성공보수를 손에 넣지 않겠어? 게다가 만약 댐 건설이 중지되면 보상금은 물론이고 이미 자기 손에 들어온 오쿠노사와 수몰 보상금을 토해내야 할지도 몰라. 수몰되지 않으니까 말이야. 이제 와서 잠자리 때문에 20년에 걸친 고생을 물거품으로 돌릴 수는 없다고 생각했겠지."

"그렇습니다! 틀림없어요!"

히메노도 핸들을 두드리며 소리쳤다.

"확실히 다누마가 범인이라면 시신의 수수께끼는 깔끔하게 설명이 되지."

가부라기는 신중하게 말을 이었다.

"그렇지만 다누마 촌장이 구마바야시건설과 내통했다는 확실한 증거는 아직 군마 현경도 잡지 못했어. 아직 모든 게 가설에 지나지 않아."

"조금 전에도 말했듯이 전제로서 증명해야 할 사항이 있습니다."

사와다도 역시 신중한 입장을 지켰다.

"가와즈 유스케는 정말로 신종 무카시톤보를 발견했는지. 그리고 진짜로 그 표본을 삼켰는지. 이 두 가지가 증명되지 않는 한 이 가설은 영원히 가설일 뿐입니다."

가부라기는 고개를 끄덕였다. 사진 필름이 방에 남아 있지 않을까? 그리고 나미노 말고 가와즈한테 신종 무카시톤보를 발견했다는 이야기를 들은 사람은 없을까? 그다음에는 시신에 대한 재조사가 필요하다.

"검시관에게 시신을 더 자세하게 분석해달라고 요청하자. 작은 파편이라도 발견할 수 있으면 사와다의 가설이 사실인지 어떤지 증명할 수 있을 거야."

가부라기가 그렇게 말하자 히메노가 운전하면서 가부라기를 돌아보았다.

"그리고 중요한 것은 가와즈가 살해된 5월 6일 밤에 다누마의 알리바이 문제가 있죠. 만약 다른 곳에 있었다면 다누마는 범인이 아니니까요."

"나가노하라 경찰서 요시오카와 다타라 과장에게 물어보자. 그 두 사람은 다누마 촌장의 최근 행적을 조사했을 테니까."

가부라기는 왼쪽 바지 주머니에서 휴대전화를 꺼냈다. 그리고 요시오카한테 받은 명함을 보면서 버튼을 누른 다음 왼쪽 귀에 댔다.

"경시청 수사 1과 가부라기입니다. 죄송하지만…… 아, 다타라 과장님. 아까는 실례 많았습니다."

전화를 받은 사람이 다타라인 모양이었다.

"……예. 가와즈 유스케로 보이는 시신이 발견되기 전날 밤, 5월 6일 밤에 다누마 촌장이 어디 있었느냐가 궁금합니다. 아십니까? ……예? 틀림없습니까? ……그렇습니까?"

가부라기는 고맙다는 인사를 하고 전화를 끊었다.

"야, 가부. 다타라 과장이 뭐래?"

마사키가 몸을 디밀며 물었다. 가부라기는 휴대전화를 쥔 채 마사키에게 이렇게 대답했다.

"다누마 야스오는 5월 4일부터 7일까지, 댐 건설에 관한 여러 언론사의 취재에 응하기 위해 혼자 도쿄에 머물렀다는군. 묵은 호텔도 알고 있어."

마사키가 짝, 하고 손뼉을 쳤다.

"예상대로군, 제길! 이제 다누마 녀석에게 5월 6일 밤 알리바이가 없다면 끝장이야!"

"역시 가와즈의 시신에 중요한 힌트가 숨어 있었군요! 역시 사와다야. 이제 이 사건도 단숨에 해결되겠군."

히메노도 운전하면서 사와다가 앉은 조수석을 왼손으로 두드렸다. 사와다가 신중한 표정으로 대답했다.

"히메노, 기뻐하긴 아직 일러. 가와즈 유스케가 신종 무카시톤보를 확실히 발견했고, 그 표본을 확실히 삼켰다는 사실이 증명되어야 하니까."

"그야 다키무라 주임이 바로 잠자리 파편을 찾아내주겠지."

핸들을 잡고 신바람이 난 히메노의 뒤에서 마사키도 검은 가죽 시트를 뒤로 잔뜩 젖히면서 이렇게 말했다.

"사이키 녀석이 우리에게 군마 현 산골까지 다녀오라고 했을 때는 화가 났지만 오히려 행운이었어. 액세서리 가게, 미즈사와 이즈미의 아파트, 군마 현경, 오쿠노사와로 발바닥에 땀나게 돌아다닌 보람이 있네. 결과적으로는 사건을 신속하게 해결한 셈 아닌가? 안 그래, 가부?"

마사키는 왼쪽에 앉은 가부라기의 어깨를 거칠게 때렸다.

"아마 그렇다면 20년 전 미즈사와 부부 살해도 다누마가 저지른 짓이겠지. 그러면 역시 가와즈 살해와 그 사건은 관계가 있었던 거야. 둘 다 다누마가 스파이 짓을 숨기기 위해 저지른 거지. 가부, 네 직감도 가끔은 맞아떨어져!"

"아, 뭐……."

가부가리는 모호하게 고개를 끄덕이면서 머리를 긁적였다.

그 순간 가부라기는 정체를 알 수 없는 불안감에 휩싸였다. 뭔가 중요한 것을 잊고 있는데 그게 뭔지 생각이 나지 않을 때 느끼는 불안감 같은. 혹은 집을 나섰는데 가스레인지 불을 껐는지, 현관문을 잠갔는지 기억이 가물가물할 때 느끼는 불안감을 닮았다.

뭐지, 이 불안감은……?

가부라기는 스스로에게 물었다. 그리고 마침내 그것은 아직도 몇 가지 작은 의문이 남았기 때문이라는 사실을 깨달았다.

우선 범인이 시신의 자세를 가지런히 정돈한 것으로 보인다는 점이다.

다음은 가와즈는 휴대전화를 갖고 있었는데, 나미노 노인은 없었다고 단언하는 점이다.

세 번째, 군마 현경에 투서한 인물은 누구인가 하는 것이다. 그 인물은 어떻게 다누마의 독직 행위를 눈치챘고, 왜 그 독직 증거는 제시하지 않았는가 하는 점이다.

네 번째는 범인이 화이트 가솔린을 입수한 경로를 아직 알지 못한다는 것이었다.

그리고 20년 전 미즈사와 부부 살인사건의 수수께끼. 식사 중인 때를 노려 채소절임 누름돌이라는 흔치 않은 흉기로 공격한 것은 왜일까. 그 직전에 미즈사와 씨 집에 미나리 무침을 가지고 온 마을 사람이 있다면 그 사람은 정말 사건과 관계가 없는 걸까?

또 있다. 일곱 살인 미즈사와 이즈미가 보았다고 하는 다누마의 목소리를 지닌 '도깨비'는 대체 무엇이었나?

그리고 그 한 해 전에 가와즈 유스케, 야마세 겐과 셋이서 보았다는 1미터가 넘는 거대한 잠자리, 메가네우라…….

가부라기는 문득 누군가가 머리 위에서 내려다보는 듯한 기분을 느꼈다. 누군가가 우리들을 어디선가 가만히 지켜보는 듯한 꺼림칙한 느낌이었다. 물론 그런 일이 있을 리는 없다. 그런데도 그 감각 때문에 가부라기는 등골이 오싹하는 걸 느꼈다.

"가부라기 선배! 이제 곧 오이즈미(大泉) 나들목입니다!"

히메노가 운전석에서 뒤를 돌아보며 밝은 목소리로 말했다.

"오이즈미에서 수도고속도로로 들어가면 사쿠라다몬까지 20분이면 갑니다. 내친 김에 사무실에 들어가면 바로 보고서를 정리하죠? 그리고 내일 아침 일찍 사이키 관리관에게 제출해 깜짝 놀라게 만들어주자고요!"

"아, 그래. 그렇게 하지."

가부라기는 대답하고 속으로 자신을 설득했다.

다누마가 히류댐 건설을 둘러싼 비리에 관계된 것은 틀림없다. 그리고 가와즈 유스케의 시신 훼손 상황 설명에 사와다의 추론 이상으로 설득력이 있는 가설은 없다. 최종적으로 다누마 본인이 범행을 인정하면 모든 의문은 밝혀질 것이다.

앞쪽에 오이즈미 나들목 표지판에 보였다. 네 사람을 태운 차는 속도를 낮추며 수도고속도로 방면이라고 적힌 왼쪽 길로 천천히 들어섰다.

09 죽은 사람의 나라

사람은 죽으면 어디로 가는 걸까?

나는 안다. 죽은 사람은 사라진 게 아니다. 죽은 사람은 유령이 되어 우리가 사는 이 세상에 온다. 그래서 만나려고 마음만 먹으면 만날 수 있다.

그렇지만 늘 만날 수는 없다. 죽은 사람이 늘 우리 세계에 있는 것은 아니기 때문이다. 평소에는 죽은 사람이 사는 세상에 있다가 거기서 우리가 사는 세상으로 온다. 죽은 사람에게는 '죽은 사람의 나라'가 있는 것이다. 그리고 유령이 된 유스케는 나를 그곳으로 데려가 주겠다고 했다.

'죽은 사람의 나라'는 바로 군마 현의 깊고 깊은 산속에 있다고 한다. 왜냐하면 이 부근은 '일본의 한복판'에 해당하기 때문이다. 전국 어디서 죽은 사람이라도 길을 헤매지 않고 올 수 있도록, 그리고 만나고 싶은 사람이 있는 곳으로 바로 갈 수 있도록 죽은 사람의 나라는 일본 한복판에 있다. 유스케가 그렇게 가르쳐주었다.

그곳은 겉보기에는 우리 세계와 다를 게 아무것도 없다고
한다. 도로가 있고, 전봇대나 표지판이 있고, 집들이 늘어서 있
다고 한다. 즉 그곳에는 거리가 있다. 다른 점은 살아 있는 사
람이 아무도 살지 않는다는 사실 한 가지뿐이다.

"그 거리는 만질 수 있는 거야?"

내가 오른쪽을 보며 유스케에게 물었다. 유스케가 물론이라
고 대답해 나는 마음이 놓였다. 앞을 볼 수 없기 때문에 만질
수 없으면 아무것도 알 수 없다.

"거의 다 왔나?"

혼잣말처럼 중얼거리자 내 오른쪽에 앉은 유스케가 거의 다
왔다고 했다.

나는 유스케가 운전하는 차 조수석에 앉아 있었다. 지금은
밤, 그것도 깊은 밤이다. 조금 있으면 오전 2시가 될 것이다. 죽
은 사람들의 나라는 틀림없이 깊은 밤에만 갈 수 있을 것이다.

주위는 한 치 앞도 보이지 않는 어둠일 것이다. 물론 이 표
현은 눈이 보이는 사람들에게 해당되는 말이다. 보이는 사람
은 캄캄해서 아무것도 보이지 않으면 다른 감각까지 잃어버린
다고 한다. 하지만 나는 늘 어둠 속에 있기 때문에 그렇지 않
다. 눈이 보이는 사람은 어쩜 그리 자유롭지 못한지.

집에서 한 시간쯤 차로 달렸을까? 어느 시점부터는 계속 언
덕이었기 때문에 꽤 깊은 산속으로 들어온 게 틀림없다. 이윽

고 차는 천천히 속도를 낮추더니 멈췄다.

유스케가 엔진을 껐다. 차 안은 물을 끼얹은 듯 조용해졌다. 나는 두 다리 사이에 끼고 있던 흰 지팡이를 들고 조수석 문을 열고 밖으로 나왔다.

쏴아……. 나뭇잎이 흔들리는 소리가 들렸다. 동시에 오싹한 냉기가 내 몸을 휩쌌다. 지금은 5월인데 왜 이렇게 추울까. 가만히 귀를 기울이자 물 흐르는 소리가 들렸다. 가까이에 강이 있다. 삼도천(三途川)인가?

나는 흰 지팡이를 짚고 한두 걸음 걸어보았다. 지팡이 끝과 발바닥에 딱딱한 감촉이 느껴졌다. 나무가 무성한 깊은 산속에 있을 텐데 내가 서 있는 곳은 깔끔하게 포장된 도로였다. 그리고 흰 지팡이가 내는 소리와 희미한 바람의 흐름으로 앞쪽에 툭 트인 공터가 있다는 걸 알았다. 여기가 '죽은 사람의 나라'로 들어가는 입구다.

……자, 이즈미.

유스케가 그렇게 말했다. 나는 고개를 끄덕이고 흰 지팡이를 짚으며 다시 걷기 시작했다. 탁, 탁. 도로에서 지팡이 소리가 났다. 나는 차가운 공기 속에 혼자서 지팡이를 짚으며 똑바로 걸었다.

이윽고 앞에 뭔가 커다란 것이 다가왔다. 아니, 내가 뭔가 커다란 것에 다가간 것이다. 지팡이 끝에 무엇인가가 닿았다. 돌로 만든 계단인 모양이다. 높이를 확인한 후 나는 계단을 올랐다. 한 칸, 두 칸, 그리고 세 칸. 계단은 거기서 끝났다.

바로 앞에 벽이 있었다. 나는 오른손을 천천히 뻗어 손바닥을 댔다. 차고 딱딱한 나무 촉감. 그 표면을 천천히 쓰다듬었다. 기하학적인 무늬가 새겨져 있었다. 그리고 왼쪽 허리 높이에 아치형 손잡이가 만져졌다. 이건 어딘가로 이어지는 문이다.

……자, 이즈미. 안으로 들어가.

유스케가 그렇게 말했다. 나는 문손잡이를 잡고 천천히 앞으로 당겼다. 문이 찰칵하는 소리와 함께 바깥쪽으로 열렸다.

나는 문 안쪽으로, 누구의 기척도 느껴지지 않는, 무엇이 있는지 전혀 알 수 없는 곳을 향해 천천히 첫발을 내디뎠다.

10 부인

"그럼 다마가와 강변에서 발견한 시신은 역시 가와즈 유스케라는 거로군요?"

사이키 관리관이 확인하자 감식과 다키무라 주임이 고개를 끄덕였다.

"틀림없습니다. 가와즈 유스케의 아파트에 남은 유류품과 핵 DNA를 대조하고 가와즈의 부모와 미토콘드리아 DNA 대조 결과 완전히 일치되었습니다. 군마 현경 쪽에서 가족이나 관계자에게 물어본 수술 흔적 외 신체 각 부분의 특징도 마찬가지로 완전히 일치합니다."

5월 13일 일요일 오전 10시. 군마 현에서 돌아온 가부라기 일행이 사이키 관리관에게 수집한 정보를 보고하고 DNA 판정 결과가 나오자 경시청 6층 대회의실에 '니코타마가와 강변 살인사건 특별수사본부'의 모든 수사관이 소집되었다.

DNA 감정 결과를 기다릴 것도 없이 수사본부는 이미 시신 아래서 발견된 잠자리 목걸이가 가와즈 유스케의 소지품이라는 사실이 밝혀진 시점에 가와즈에 대한 신변 조사가 시작되었다. 그러나 원한, 여성관계, 금전 문제 등은 지금도 확인되지 않은 상태였다.

이어서 가부라기가 군마 현에서 입수한 정보를 보고했다. 일본 잠자리회의 나미노 헤이스케 대표의 증언에 따르면 피해자인 가와즈 유스케가 오쿠노사와에서 신종 무카시톤보를 발견한 것으로 보인다는 이야기. 이 발견은 히류댐 건설 공사를 중지시킬 수도 있는 중대한 발견이라는 이야기. 그리고 가와즈의 시신이 훼손된 것은 가와즈가 범인 앞에서 그 표본을 삼켰기 때문이 아닐까 하는 가설을 가부라기가 발표하자 회의실은 술렁거렸다.

다만 이것은 어디까지나 가설이며 반드시 증명이 뒷받침되어야 한다는 점을 가부라기는 강조했다. 즉 나미노 노인으로부터 빌린 사진 필름이 존재할 것, 가와즈의 시신에서 잠자리 파편이 검출될 것, 그리고 범인이 살해 직후에 화이트 가솔린을 구입했거나 혹은 미리 자동차에 싣고 있을 것. 이 세 가지 사항이 증명되어야만 한다.

그러나 만약 이 가설이 증명되면 가와즈 유스케 살인범은 히류댐 건설이 중지되었을 때 엄청난 불이익을 당할 사람으로 추측된다. 가부라기는 이렇게 결론을 내렸다.

이어서 군마 현경 요시오카 나오토 경위가 히류무라 촌장 다누마 야스오의 배임, 업무상 횡령, 사기 혐의에 대한 보고했다.

우선 다누마의 은행 계좌에는 과거 20년에 걸쳐 약 3억 5천만 엔이 넘는 출처 불명의 입금이 이루어졌다. 또 다누마는 오쿠노사와를 사유화하여 댐 건설 계획 변경 후 수몰 보상금 약 15억 엔을 손에 쥐었다. 이런 사실로 미루어 구마바야시건설이 다누마에게 내부 정보를 제공했을 것으로 추측할 수 있었다.

이 두 가지 점으로 미루어 과거 20년 이상 히류댐 건설을 맡은 구마바야시건설과 내통했으며 댐 건설 사업을 길게 끌어 구마바야시건설이 이익을 보도록 히류무라를 조종했다고 요시오카는 결론을 내렸다.

이렇게 전제하면 다누마에게는 가와즈 유스케를 살해할 만한 충분한 동기가 있었다. 가와즈가 발견했다는 신종 무카시톤보는 히류댐 건설을 중지시킬지도 모르며 20년에 걸친 다누마의 공작 활동을 물거품으로 돌릴 가능성이 있었다. 그리고 다누마 이외에 동기를 지닌 자는 보이지 않았다.

"가와즈가 살해된 날 밤, 다누마는 도쿄에 있었고 알리바이가 없는 겁니까?"

사이키 관리관이 다누마의 도쿄 행적을 추적한 수사관에게 물었다. 그가 일어서서 보고했다.

"예. 다누마 야스오는 5월 4일부터 7일까지 나흘간 크라운 승용차를 타고 도쿄로 가, 시부야에 있는 도테쓰호텔에 묵었습니다. 그리고 호텔 주차장에 설치된 CCTV 기록에 따르면 가와즈 유스케가 살해된 5월 6일 심야에 차를 몰고 외출해 약 세 시간 뒤에 호텔로 돌아왔습니다. 그 시간 동안의 행적은 밝혀내지 못한 상태입니다."

사이키는 고개를 끄덕이고 다른 수사관에게 물었다.

"그날 밤, 가와즈가 자기 휴대전화로 다누마에게 전화한 겁
니까?"

"예. 우선 가와즈 유스케의 휴대전화에 대해 보고하겠습니
다."

수사관은 그렇게 말하며 일어서더니 수첩을 펼쳤다.

"가와즈의 방에 있던 요금명세서를 바탕으로 그걸 발행한
니혼셀룰러뱅크에 문의한 결과 틀림없이 명의, 주소, 요금 자
동이체 계좌는 모두 가와즈 유스케와 일치하는 것으로 확인되
었습니다. 번호는 ○9○-××××-××××. 가와즈는 이 번
호를 이미 10년간 계속해서 사용했습니다. 가와즈의 어린 시
절 친구인 미즈사와 이즈미의 휴대전화에 등록된 가와즈의 휴
대전화 번호와도 일치했습니다."

수사관은 수첩을 들여다보면서 메모를 읽었다.

"6일 오후 10시 17분에 다누마 야스오의 휴대전화로 발신
한 기록이 보입니다. 발신 장소는 니코타마가와가 포함되는
중계소입니다."

가와즈는 자기 휴대전화로 다누마를 현장으로 불러낸 것이
다.

"가와즈의 휴대전화 단말기는 미국 애플리(appli)사의 이폰
(ephone) 7이라는 액정 조작형 다기능 휴대전화, 이른바 스마
트폰 최신기종입니다. 이 단말기는 살해 현장에는 없었고, 아

직 발견되지 않았습니다. 범인이 가지고 간 것으로 보입니다."

가부라기와 마사키, 히메노, 사와다는 이날도 회의실 맨 뒷줄에 앉아 있었다.

"가와즈, 그것 봐. 휴대전화를 가지고 있었잖아."

마사키가 중얼거리자 오른쪽 옆에 앉은 히메노가 작은 목소리로 대꾸했다.

"그야 그렇죠. 미즈사와 이즈미 씨도 번호를 자기 단말기에 등록해두었으니까요."

"그 잠자리 영감탱이! 그 양반이 가와즈의 번호를 모른다고 적당히 대답하고 넘어갔어."

일어선 수사관은 보고를 이어갔다.

"가와즈의 휴대전화 발신 기록은 이번 5월 6일 다누마에게 발신한 것 이외에는 모두 어린 시절 친구인 여성 미즈사와 이즈미에게 한 전화뿐이었습니다. 가와즈 유스케는 인간관계가 매우 좁은 인물이었던 것으로 보입니다. 이상 보고를 마칩니다."

통화 상대는 미즈사와 이즈미뿐? 이 보고를 듣고 가부라기는 생각에 잠겼다. 가와즈 유스케는 미즈사와 이즈미와 한 통화 이외에는 휴대전화를 사용하지 않았다. 그렇다면 일본 잠자리회의 나미노 노인이 가와즈는 휴대전화가 없다고 생각한 것도 이상하지는 않다.

그러나 그런 일이 있을 수 있을까? 나미노 노인이야 그렇다 쳐도 친구나 직장, 자기 가족에게 전화를 거는 일도 없었다는 걸까? 평소 사용하지 않는다면 무엇 때문에 휴대전화를 가지고 있었을까? 다른 휴대전화가 있다면 몰라도 가와즈가 계약한 것은 한 대뿐이었다.

"여러분, 고맙습니다. 자, 아무래도 논의의 여지는 없는 것 같군요."

사이키 관리관이 회의실을 둘러보았다.

"가와즈 유스케 살인범이 히류무라 촌장 다누마 야스오라는 것은 상황으로 미루어 틀림없는 것 같습니다. 다누마는 20년 이상 구마바야시건설 공작원으로 활동했으며 댐 반대파로 가장하여 주민들이 댐 건설에 합의하도록 유도했습니다. 그리고 댐 완공이 얼마 남지 않은 이달, 가와즈 유스케가 수몰예정지에서 신종 잠자리를 발견하자 이것이 댐 공사에 큰 장애가 될 수 있다고 판단해 증거를 없애기 위해 가와즈를 살해했습니다."

회의실을 메운 수사관들이 일제히 고개를 끄덕였다. 모든 사실이 다누마 야스오가 범인임을 뒷받침하는 듯했다.

"문제는 다누마를 체포영장을 청구할 수 있을 만한 결정적인 증거가 나오지 않았다는 점인데……."

"관리관님!"

군마 현경의 요시오카 나오토가 손을 들면서 자리에서 일어섰다.

"우리에게 다누마를 임의 동행할 수 있도록 해주십시오. 다누마 스스로 증거를 털어놓게 만드는 게 제일 빠릅니다. 기필코 자백을 받아내겠습니다."

요시오카 옆에 앉은 다타라 도시오도 손을 들면서 천천히 일어났다.

"지금까지 이루어진 보고에 덧붙여 한 가지 더 말씀드리고 싶은 게 있습니다. 다누마 야스오는 20년 전에 미즈사와 이즈미의 부모를 살해한 혐의가 있습니다. 이 사건은 다누마의 비리를 고발한 익명의 제보자가 보내온 정보입니다."

회의실이 다시 크게 술렁거렸다. 사실이라면 다누마는 모두 세 명을 살해한 셈이 된다.

"이 제보자가 누구인지는 알 수 없지만 아마 구마바야시건설 관계자일 겁니다. 다누마에게 들어간 금액과 그 흐름을 정확하게 알고 있으니 정보는 신용할 만하다고 판단됩니다. 그렇다면 20년 전 살인사건에 대한 고발도 신빙성이 높다고 생각해도 좋겠죠."

요시오카가 다타라의 말을 이어받았다.

"안타깝게도 20년 전 살인사건은 형사소송법 개정 전에 일어나 이미 소송 시효를 넘겼습니다. 이제 와서 이 사건을 다시 수사할 수는 없습니다. 그러나 이 처벌할 수 없는 죄를 묻기 위해서도 우리는 온 힘을 다해 다누마의 자백을 받아내겠습니다. 맡겨주실 수 없겠습니까, 관리관님?"

"그게 좋겠군요."

사이키 관리관은 고개를 끄덕였다.

"이제 다누마가 자백하면 히류댐을 둘러싼 모든 사건은 종결됩니다."

깡, 하는 소리가 나며 재떨이가 바닥에서 튀어 올랐다. 재떨이는 뒤집힌 채로 데굴데굴 구르더니 이윽고 바닥에 정지했다. 누군가가 책상 위에 있던 재떨이를 떨어뜨린 것이다.

"당신들, 머리가 이상한 거 아닙니까?"

파이프 의자에 앉은 남자가 비아냥거리는 말투로 말했다.

히류무라 촌장 다누마 야스오였다. 180센티미터는 족히 넘는 듯한 키에 건장한 체격이었고, 얼굴은 햇볕에 약간 그을려 있었다. 짧게 깎은 까만 머리에 공장 근무자 제복 같은 베이지색 점퍼를 입었다. 지방자치단체의 책임자라기보다는 공장이나 상점 경영자 같은 분위기였다.

"무슨 증거라도 있습니까? 제가 가와즈란 남자를 죽였다는 증거 말이오. 내 지문이 묻은 흉기? 내가 죽이는 장면을 목격한 증인? 사람을 살인범으로 모는 건 증거를 찾아낸 다음에 하시죠."

5월 15일 화요일, 오후 10시. 군마 현경 나가노하라 경찰서 2층에 있는 취조실. 한복판에 있는 책상의 창 쪽 의자에 다누마가 앉았고 그 맞은편에 요시오카와 다타라가 앉았다. 그 등 뒤에는 다른 책상이 있고 기록 담당자가 앉아 조서를 쓰고 있다.

다타라가 입을 열었다.

"아, 진정하세요. 우린 당신이 가와즈 유스케 씨를 죽였다고 하는 게 아니에요."

"그럼 내가 뭘 어쨌다는 거요?"

빈정거리는 말투로 묻는 다누마에게 다타라가 달래듯 말했다.

"다누마 씨, 그러니까 설명을 좀 해달라는 겁니다. 도쿄 경시청 조사에 따르면 5월 6일부터 7일에 걸친 심야에 당신은 숙박지인 시부야의 호텔에서 어디론가 승용차를 끌고 나갔습니다. 어디 가서 무얼 한 겁니까?"

"내가 말했잖아요? 누구라고 밝힐 수는 없지만 도쿄에 사는 지지자와 만났다고."

"그렇게 늦은 밤에?"

"언론사 취재에 응하느라 바빠서 다른 시간은 낼 수 없었다고 설명하지 않았습니까?"

다타라가 말했다.

"살해된 가와즈 씨의 휴대전화 통화 기록에 따르면, 가와즈 씨는 6일 밤에 전화 한 통을 걸었습니다. 바로 당신 휴대전화로요. 당신은 그날 밤 가와즈 유스케 씨의 전화를 받고 나갔죠? 왜 거짓말합니까?"

다누마는 다타라의 얼굴을 보며 마지못해 대답했다.

"맞습니다. 가와즈라고 하는 모르는 남자한테서 전화가 와서 니코타마가와 강으로 갔죠. 그건 인정합니다. 하지만 아무리 시간이 지나도 만나기로 한 장소에 오지 않아 상대방 번호로 전화를 했지만 받지 않더군요. 그래서 포기하고 호텔로 돌아왔습니다. 그뿐이에요."

다타라가 놀란 표정으로 말했다.

"호오. 그렇게 늦은 밤에 모르는 남자 전화를 받고 바로 차를 몰아 만나러 가셨다?"

"그건……."

다누마가 잠깐 뜸을 들였다가 말을 이었다.

"가와즈라는 사람이 히류무라 출신이라고 했기 때문이죠. 촌장인 이상 마을에 연고가 있는 사람이 만나고 싶다는데 다른 이유를 들어 거절할 수도 없고……."

"이봐요, 다누마 씨."

요시오카가 조바심이 난다는 듯이 끼어들었다.

"당신은 가와즈에게 전화로 이런 이야기를 듣지 않았나요? 자기가 오쿠노사와에서 신종 무카시톤보를 발견했다. 그러니 히류댐 건설을 중지해달라. 증거로 그 표본을 보여주겠다. 이런 이야기 말입니다."

다누마는 입을 다물었다. 요시오카와 다타라는 잠깐 서로 시선을 마주쳤다.

"그래서 그 늦은 밤에 서둘러 만나러 간 거요. 그렇죠?"

요시오카가 확신에 찬 표정으로 고개를 끄덕였다.

"그리고 당신은 그 잠자리 표본을 빼앗으려고 가와즈를 죽인 거고."

다누마가 갑자기 소리를 꽥 질렀다.

"대체 몇 번을 이야기해야 알아듣습니까? 잘 들어요, 가와즈라는 남자는 오지 않았다고요! 만나지도 않은 사람을 어떻게 죽일 수 있습니까, 예?"

요시오카가 말했다.

"이건 임의 동행에 따른 조사예요. 당신은 여기서 나가고 싶으면 언제든 나갈 수 있어요. 다만 우리 질문에 납득이 갈 만한 대답을 하지 않고 돌아가면 당신이 뭔가 켕기는 구석이 있어서 도망갔다, 당신이 가와즈를 죽인 거다, 하는 의심을 받아도 어쩔 수 없지 않겠어요?"

"케, 켕기고 뭐고, 난 정말 아무것도 모른다고!"

"어디에 두었죠?"

요시오카가 낮은 목소리로 물었다. 다누마는 당황스레 되물었다.

"뭘 말이요?"

"내장 말이요, 내장."

요시오카는 다누마를 바라보며 억양이 없는 목소리로 계속 물었다.

"가와즈 유스케의 배를 가르고 내장을 꺼냈잖아요? 강물에 버리거나 강가에 묻지는 않았을 테고. 자기 차에 싣고 가서 그다음에 어디다 숨겼죠? 아니면, 벌써 없애버렸나?"

다누마의 얼굴이 확 붉어졌다.

"고, 고소하겠어! 당신들 나를 억지로 살인자로 만들 작정이군!"

흥분한 다누마에게 다타라가 오른손을 슬쩍 들어 말했다.

"아아, 다누마 씨. 그럼 다른 이야기를 해볼까요?"

"다른?"

무심코 다타라 쪽으로 시선을 옮긴 다누마에게 다타라는 고개를 끄덕였다.

"사실 당신에 대한 또 다른 골치 아픈 소문이 있습니다. 오쿠노사와 이야기죠."

다누마의 얼굴이 굳어졌다.

"당신은 20년 전부터 구마바야시건설의 앞잡이 노릇을 해왔습니다. 히류댐 계획 변경 정보를 손에 넣은 당신은 촌장이라는 지위를 이용해 수몰될 오쿠노사와를 사유지로 만들어 15억 엔이나 되는 엄청난 돈을 가로챘지요. 이 같은 사실을 고발해온 사람이 있습니다. 만약 사실이라면 당신은 배임이나 횡령, 사기 같은 무거운 죄를 받게 됩니다."

다누마는 말이 없었다. 그의 얼굴을 가만히 지켜보면서 다타라가 말을 이었다.

"게다가 완성 직전인 히류댐 건설도 중지될지 모릅니다. 댐 반대파 촌장과 댐 건설 담당 건설회사가 한통속이었다고 하면 히류무라 주민뿐 아니라 여론도 가만히 있지 않을 테니까요. 안 그래도 히류댐은 요즘 들어 그 필요성에 대한 의문이 제기되고 있더군요. 과연 위에서 어떤 판단을 내릴지……."

요시오카가 싸늘하게 말했다.

"당신 은행 계좌에는 과거 20년에 걸쳐서 합계 3억 5천만 엔이나 되는 돈이 입금되었어요. 누가 그런 큰돈을 당신에게 보낸 거죠?"

다누마의 눈동자가 살짝 흔들렸다.

"아, 그 돈은 부모님한테 물려받은 미술품과 골동품, 귀금속을 조금씩 지인에게 팔아서……. 탈세라는 건가? 그, 그렇다면 세금을 추징하면 되지 않소?"

다누마의 말에 요시오카는 진저리가 난다는 표정을 지었다.

"뭐라고, 그냥 전부 털어놔. 가와즈를 죽였지? 당신이 점잖
게 가와즈 살해와 히류댐 건설 관련 비리를 인정하면 우리는
구마바야시건설을 수사할 수 있어. 당신은 깊이 반성해 수사
에 협력한 걸로 하고 재판에서 정상 참작이 가능하도록 부탁
할게. 그러면 일단 사형은 면할 거야. 하지만 순순히 인정하지
않으면 어떻게 될까?"

"사, 사형?"

다누마는 흥분해서 벌떡 일어섰다.

"난 아무도 죽이지 않았어! 내게 누명을 씌우려는 건가? 게,
게다가 사형이라니. 그런 협박에 속아 넘어갈 줄 알아! 말도
안 되는 가정이지만 설사 내가 가와즈란 남자를 죽였다고 해
도 겨우 한 명 죽였을 뿐인데 사형을 당하겠어?"

"겨우 한 명이라고?"

요시오카가 이상하다는 듯 말했다.

"당신이 죽인 건 세 명이잖아?"

"뭐, 뭐라고?"

다누마는 패닉 상태에 빠졌다. 요시오카는 다시 감정이 드
러나지 않는 표정으로 말을 이었다.

"20년 전 미즈사와 부부 살해. 그것도 당신 짓이잖아?"

"말도 안 되는 소리를! 왜 내가 그 부부를! 게다가 그 사건
은 벌써……."

"시효가 만료되었지. 그렇기 때문에 이제 와서 군이 당신 짓이라는 걸 입증할 필요는 없어. 재판관이 당신이 저지른 짓이라고 생각하게만 하면 그걸로 충분하지. 이번 가와즈 살해가 세 번째 살인이라면 재판관의 심증은 최악이겠지?"

다누마는 할 말을 잃은 표정이었다. 그 얼굴에서 점점 핏기가 사라졌다.

"그리고 미리 말해두지만 살인범은 사형에 처해도 된다고 법률로 정해져 있어. 실제로 한 명만 죽였어도 사형 판결이 나온 사례도 있지. 게다가 이번에는 시신을 무참하게 베고 태우는 극악무도한 수법을 썼지. 사형을 면할 수 있을지 어떨지 나는 모르겠군."

털썩. 다누마가 의자에 주저앉았다. 그리고 개구리처럼 책상 위에 두 손을 짚고 요시오카와 다타라를 번갈아 바라보며 간절한 눈빛으로 말했다.

"좀 믿어주세요! 저는 정말 사람을 죽인 적이 한 번도 없습니다! 20년 전 미즈사와 부부도 그렇고 이번 가와즈라는 남자도 제가 죽인 게 아니라고요! 둘 다 범인이 따로 있습니다! 틀림없이 그놈이 저를 함정에 빠뜨리려는 겁니다!"

"그럼 구마바야시건설의 공작원이라는 사실을 숨기고 촌장 자리에 취임해 댐 반대파인 척하며 20년 동안 구마바야시건설에 이익이 되도록 유도하고, 동시에 촌장이라는 지위를 이용해 오쿠노사와를 사유화해 나랏돈 15억 엔을 착복한 건 인정하나?"

요시오카의 말에 다누마는 고개를 숙인 채 말이 없었다. 그의 이마에서 진땀이 배어났다. 책상에 얹은 두 손은 부들부들 떨리고 있었다. 그 침묵은 혐의를 인정하는 것이나 마찬가지였다.

자백을 받았다. 다타라와 요시오카는 그렇게 확신하고 서로 눈짓을 주고받았다. 바로 그때였다.

"……그런가?"

다누마가 느닷없이 웃었다. 그러더니 천천히 고개를 끄덕이며 마치 책을 낭독하는 듯한 말투로 혼잣말을 중얼거렸다.

"하하하. 뭐야, 그런 거였어? 결국 경찰은 그걸 자백하게 만들려고 나하곤 아무런 관계도 없는 살인사건을 두 건이나 들이밀면서 인정하지 않으면 누명을 씌우겠다고 협박한 건가? 그래? 그런 거였어?"

다누마는 얼굴을 들더니 이번에는 천천히 자리에서 일어나 일부러 그러는 듯 상의 옷깃을 매만졌다. 그리고 요시오카와 다타라를 내려다보며 천천히 입을 열었다.

"나는 구마바야시건설과 아무런 관계도 없어. 오쿠노사와가 수몰되게 된 것도 완전히 우연이었지. 가와즈란 남자가 살해당한 사건도, 20년 전 살인사건도 전혀 관계가 없는 일이야. 체포하고 싶다면 증거를 내놓고 체포영장을 가지고 와. 없는 죄를 만들어 씌우고 싶다면 그렇게 해. 경찰의 음모를 언론사에 모두 폭로하고 변호사를 세워 끝까지 싸울 테니까!"

다누마 야스오, 혐의 부인…….

군마 현경에서 보고가 들어왔다. 수사는 방침을 전환하지 않을 수 없었다. '니코타마가와 강변 살인사건 특별수사본부'의 사이키 관리관은 수사 1과장 모토하라 요시히코의 명령을 받아 수사 제2기로 이행한다고 선언했다.

가와즈 살인 현장 주변에서 다시 탐문 수사를 진행하라는 지시가 떨어졌다. 동시에 군마 현경은 다누마에게 24시간 3교대로 수사관을 붙여 주변을 철저하게 수사하기 시작했다.

다누마를 체포하려면 물증이나 증인이 절대적으로 필요했다. 우선 가와즈의 시신을 태우는 데 사용한 화이트 가솔린의 출처. 다누마에게 야영이나 아웃도어 라이프를 즐기는 취미는 없었다. 따라서 다누마가 범인이라면 가와즈 살해 후 현장 주변에서 입수했으리라. 그러나 사건 당일 밤, 도내 심야영업 점포에서 화이트 가솔린을 구입한 손님은 찾을 수 없었다.

수사와 병행해서 검시관은 가와즈 유스케의 시신을 철저하게 다시 분석했다. 그 결과 시신에서 곤충 외골격을 형성하는 키틴질과 각피가 검출되어 법곤충학 전문가가 면밀하게 분석했다. 그러나 둘 다 시신 발견 현장에 있던 파리, 등에 같은 쌍시목이나 딱정벌레, 송장벌레, 거저리 같은 딱정벌레목의 것과 구분이 되지 않아 잠자리목에 속하는 곤충의 조직이라고 단정 지을 수 없었다. 설사 잠자리목이라고 해도 현장인 강변에서 잠자리 시체가 섞였을 가능성도 부정할 수 없다. 이게 전문가가 내린 결론이었다.

가와즈 유스케가 신종 무카시톤보를 발견했다는 일본 잠자리회의 나미노 대표 발언을 뒷받침할 증거도 전혀 나오지 않았다. 아파트에 있던 수많은 사진 필름 가운데는 나미노가 받은 사진의 필름이 발견되지 않았다. 또 가와즈의 가족과 주민센터 동료들 가운데도 신종 발견 이야기를 들은 사람은 없었다.

5월 20일 일요일, 오전 10시. 다누마 야스오의 임의동행 조사가 실패로 끝난 지 닷새 뒤였다.

가부라기, 마사키, 히메노, 사와다는 수사본부가 설치된 경시청 6층의 회의실에 있었다. 다른 수사관들은 재수사를 위해 도쿄 여기저기로 흩어졌다. 네 사람은 텅 빈 회의실에서 긴 책상을 사이에 두고 말없이 앉아 있었다.

시신에 대한 수수께끼는 풀렸다. 범인으로 보이는 인물도 밝혀냈다. 히류무라 촌장 다누마 야스오 말고는 범인이 있을 수 없을 것 같았다. 그러나 수사는 거기서 벽에 부딪혔다. 다누마가 범인이라면 모든 게 깔끔하게 설명된다. 그렇지만 다누마의 범행이라는 걸 뒷받침할 수 있는 결정적인 증거는 하나도 나오지 않았다.

뭔가 잘못된 게 아닐까? 가부라기는 조금씩 초조해지기 시작했다. 동굴 안에서 출구를 찾아 걷다 보면 까마득한 절벽이 앞에 있는 옆길로 빠지기도 한다. 또는 자동차 모형을 조립한다고 했는데 완성된 것은 배 모형이거나. 가부라기는 그런 무력감에 휩싸였다.

"제기랄!"

마사키가 분통이 터진다는 듯이 중얼거렸다.

"잠자리 조각 하나 찾아내지 못하면서 무슨 법곤충학자야. 그것만 나오면 도키오가 세운 가설이 증명되는 건데."

"마사키 선배, 그렇게 말씀하시면 안 되죠."

히메노가 고개를 저었다.

"가와즈 살해 현장은 도쿄 도에서도 손꼽히는 곤충 서식지예요. 살해 장소가 니코타마 강가다 아니라 어느 건물의 실내였다면 좋았겠지만."

히메노의 말을 듣고 가부라기가 혼자 중얼거렸다.

"왜 니코타마일까?"

"예?"

히메노가 의아하다는 듯이 가부라기를 보았다.

"가와즈 유스케나 다누마 야스오나 두 사람 모두 히류무라 출신이고 지금도 군마 현에 살잖아. 그런데 가와즈는 다누마를 왜 굳이 도쿄 니코타마로 불러낸 거지?"

"그도 그렇군. 두 사람 다 지리에 어두울 텐데."

마사키도 고개를 꼬았다.

"단순히 자기 지역인 군마에서 먼 곳을 골랐을 뿐 어디건 상관없었던 거 아닐까요? 다누마는 진정서 접수나 언론사 취재 때문에 도쿄에 자주 왔던 모양이고 도심에서 가깝고 인적이 드문 장소라면 니코타마 같은 곳 아니면 몇 군데 안 되니까요."

히메노의 말을 듣고 가부라기는 생각에 담겼다.

"그럴지도 모르지. 하지만 정말 그뿐일까?"

그때 가부라기는 히류무라에서 돌아오는 간에쓰고속도로에서 느꼈던 불간감이 되살아났다. 어쩌면…….

"가와즈 살인범은 다누마가 아닐지도 몰라."

이 말에 마사키와 히메노가 동시에 눈이 휘둥그레졌다.

"설마, 그럴 리가!"

"뭐? 그, 그럼 대체 누구란 거야?"

"몰라, 그렇지만 모든 가설을 한 번 다 깨부수자. 그리고 가와즈 유스케 살인범은 다누마 야스오가 아니라 다른 데 있다. 이 전제에서 생각해보지 않겠나?"

"찬성입니다."

사와다가 가부라기를 바라보며 고개를 끄덕였다.

"저는 내내 가부라기 선배가 지적한 제 가설의 허술함이 마음에 걸렸습니다. 그건 범인이 미리 화이트 가솔린을 준비했다고 생각할 수 있다는 거죠. 가와즈가 사건 현장에서 신종 무카시톤보를 삼켰고, 다누마가 가와즈 살해와 표본 인멸을 작정했다면 어디선가 화이트 가솔린을 샀을 겁니다. 그렇지만 그런 증거는 아직 나오지 않았습니다. 그런데 만약 미리 준비한 거라면……."

"가와즈 유스케 살해는 처음부터 계획된 것이지."

가부라기가 긴장한 목소리로 그렇게 말했다.

"사와다, 계획적이라고 하면 범인이 가와즈의 시신을 갈라 내장을 꺼내간 건 왜지?"

"다누마 야스오에게 혐의를 뒤집어쓰게 만들기 위한 위장 아니었을까요?"

사와다가 대답했다.

"위, 위장이라니……."

히메노가 당황한 목소리로 말했다.

"사와다, 그러면 진범은 다누마에게 죄를 뒤집어씌우기 위해 가와즈의 시신에 그런 짓을 했다는 거야? 가와즈는 무카시톤보 표본 같은 건 갖고 오지 않았다고?"

"가와즈가 표본을 삼켰다는 증거가 나오지 않은 이상 그럴 가능성도 생각할 필요가 있지."

사와다는 고개를 끄덕이더니 세 사람을 둘러보며 빠른 말투로 설명하기 시작했다.

"애당초 우린 왜 다누마 야스오를 가와즈 살인범이라고 생각했을까요? 그건 시신이 발견된 다음 날이라는 절묘한 시기에 다누마를 고발하는 편지가 경찰서에 도착했기 때문입니다. 우리는 그 편지를 보고 다누마와 구마바야시건설의 유착 관계를 알았죠. 그리고 그런 사실을 은폐하려는 게 가와즈 살해 동기라고 보고 다누마의 범행으로 결론을 내렸습니다. 하지만 이건 정보를 제공한 인물의 의도에 교묘하게 말려든 결과일지도 모릅니다."

마사키는 멍하니 입을 벌리고 있다가 이윽고 정신을 가다듬고 사와다에게 물었다.

"그럼 넌 그 투서가 가짜 정보라는 건가? 하지만 다누마의 은행계좌에 입금된 금액은 투서에 있는 그대로였잖아?"

사와다는 고개를 끄덕였다.

"구마바야시건설과의 유착 관계에 관한 정보는 정확했죠. 하지만 진짜 목적은 다누마의 독직을 고발하는 게 아니라 다누마에게 가와즈 살인 누명을 씌우는 것 아니었을까요?"

가부라기는 필사적으로 머리를 굴렸다. 만약 제보한 인물에게 다누마의 다른 범죄를 고발하는 것으로 가와즈 살해도 다누마의 범행이라고 의심하게 만들 의도가 있었다면 제보한 인물이야말로 가와즈를 죽인 진범일 가능성이 있다.

하지만…….

"도키오, 다누마 말고 진짜 범인이 있다고 치면 그놈의 범행 동기는 대체 뭘까? 난 그 다누마 이외에는 가와즈를 죽일 필요가 있는 놈이 있을 것 같지 않은데."

마사키의 말 그대로다. 애당초 시신이 가와즈 유스케라고 추정될 때부터 가와즈 주변에 살해 동기를 지닌 인물이 없는지 철저하게 수사했다. 그러나 원한이나 금전 문제, 이성 문제에서도 누구 하나 동기가 있는 사람을 찾아내지 못했다. 그렇기 때문에 가와즈 살해 동기를 지닌 단 한 사람인 다누마 야스오가 유일한 용의자로 지목된 것이다.

히메노도 심각한 표정으로 말했다.

"이해가 되지 않는 게 한 가지 더 있습니다. 가와즈 살인범이 따로 있다면 다누마를 니코타마로 불러낸 것도 그놈일 겁니다. 그렇지만 다누마에게 전화를 걸어 불러낸 사람은 가와

즈 본인이잖아요? 가와즈의 휴대전화로 다누마에게 전화를
건 기록이 있으니까요."

마사키도 답답하다는 듯이 가부라기를 보았다.

"가부, 역시 다누마가 진범 아니겠어?"

아니, 틀렸다……. 가부라기는 한숨을 내쉬었다. 이 방법으
로는 추리를 더 진전시킬 수 없는 건가? 가부라기는 다시 초조
해지기 시작했다. 가와즈 유스케 살인사건은 다누마 야스오가
한없이 범인에 가까운 상태인 채로 다누마가 범인이라는 증거
도 못 찾고, 다른 진범이 있다고 증명하지도 못하고 끝나버리
는 걸까?

미궁에 빠진 20년 전 미즈사와 부부 살인사건. 히류댐 건설
을 둘러싼 공작과 독직 사건. 그리고 가와즈 유스케 살인사건.
모두 그 뒤에는 히류무라 촌장 다누마 야스오가 있었다. 그리
고 아무리 생각해도 다누마 이외에는 이 세 사건 모두와 관계
된 인물은 있을 리가…….

가부라기는 얼른 고개를 들었다.

"있어."

"예? 뭐라고요?"

히메노가 깜짝 놀라 되물었다. 가부라기는 히메노의 말이
안 들리는지 잠꼬대하듯 혼자 중얼거렸다.

"세 가지 사건 뒤에 숨어 있는 인물이 한 명 있어. 이번 가와
즈 유스케의 죽음뿐만이 아니야. 20년 전 살인사건 뒤에도, 히
류댐 건설을 둘러싼 독직 사건 뒤에도 그 녀석은 틀림없이 있

었어. 빨리 만나봐야 해."

"그렇군요. 깜빡했습니다."

사와다가 미간을 찌푸렸다.

"아, 그런가! 분명히 그 녀석 생각을 못 했군!"

히메노도 분하다는 듯이 그렇게 말했다.

마사키 혼자서만 세 사람을 둘러보면서 소리쳤다.

"야! 너희 서로 눈짓으로 주고받다니, 비겁하게! 사람 속 태우지 말고, 그놈이 도대체 누구야?"

가부라기가 마사키에게 이렇게 말했다.

"부모를 살해당한 미즈사와 이즈미, 그리고 이번에 살해당한 가와즈 유스케. 이 두 사람과 어린 시절부터 친구인 인물, 그리고 촌장인 다누마 야스오와도 댐 건설 공사로 접점이 있는 인물, 바로 야마세 겐이야."

특별수사본부도 가와즈 유스케의 죽마고우인 야마세 겐을 조사한 바 있었다. 야마세를 조사한 수사관의 보고서에는 이렇게 적혀 있었다.

야마세 겐. 1982년 군마 현 아가쓰마 군 히류무라 출생. 30세. 형제 없음. 부모는 히류무라에서 농업에 종사했으며 지금은 다카사키 시내로 옮겨 수몰 보상금을 투자해 임대 아파트 경영을 준비 중.

나가노하라마치고등학교 히류분교, 나가노하라중학교, 현

립 다카사키고등학교를 거쳐 국립 도쿄이동대학 토목환경공
학과에 입학. 졸업 후 대형 건축회사인 다케모토쿠미(竹本組)에
입사 후 5년 뒤인 27세 때 독립. 지금은 도쿄 도 미나토 구미나
미아오야마에 있는 오피스빌딩 안에 건축설계회사 '야마세 공
간설계'를 차리고 주택설계 등의 업무를 하고 있음.

2년 전, 건설 중이던 히류댐이 정식으로 인가되자 야마세는
'히류댐 기념관' 설계 공모전에 참가하여 당선. 다누마 촌장에
게 솜씨를 인정받아 그 뒤로도 주민들이 이전해 살게 될 지역
의 주택 설계 같은 프로젝트도 수주함.

가와즈 유스케 살인사건 당일, 야마세는 도쿄 미나미아오야
마에 있는 사무실에서 혼자 일했다고 증언했다. 미나미아오야
마에서 니코타마까지는 심야에 승용차로 달린다면 20분이면
갈 수 있어 수사본부는 초기에 야마세를 용의자 리스트에 넣
었다.

하지만 수사가 진행되어도 야마세가 가와즈를 살해할 동기
를 도무지 찾을 수 없었다. 야마세의 회사 경영은 순조로웠고,
자금 조달 때문에 곤란을 겪은 적도 없었으며 가와즈에게 개
인적인 원한을 품은 사실도 드러나지 않았다. 무엇보다 가와
즈와 야마세는 죽마고우 사이였다.

그리고 가와즈의 시신 발견 이튿날인 5월 8일. 군마 현경에
들어온 익명의 투서를 계기로 수사 방향은 단숨에 다누마 야
스오 쪽 한 방향으로 고정되어 야마세는 용의자 리스트에서

빠졌다.

"야마세 겐이 가와즈의 전화로 다누마 야스오를 현장 근처로 불러내고 그가 오는 동안에 가와즈 유스케를 살해했다. 그리고 다누마와 구마바야시건설의 유착 관계를 군마 현경에 고자질하고, 다누마에게 살인죄를 뒤집어씌우려고 했다⋯⋯."

히메노가 머리를 굴리며 말했다.

"야마세가 정보를 제공했을 가능성은 얼마든지 있습니다. 야마세는 댐 건설공사에 참여했으니까 수주한 일을 진행하는 과정에서 다누마와 구마바야시건설의 유착 관계를 눈치챘을 수 있죠. 그런데⋯⋯."

히메노가 한숨을 내쉬었다.

"역시 동기가 문제로군요. 수사본부가 야마세를 용의자 리스트에서 제외한 것도 결국 야마세에게 동기를 찾아낼 수 없었기 때문이에요."

마사키가 난처하다는 표정으로 고개를 저었다.

"게다가 말이야, 야마세가 가와즈를 죽인 진범이라고 해도 그렇게 복잡한 수법을 써서 다누마를 범인으로 만들려고 할 이유가 있나? 저놈이 죽였다고 투서를 보내면 그만인데 그렇게 힘들게 다누마에게 죄를 뒤집어씌울 필요는 없잖아?"

"그렇군요⋯⋯."

히메노는 팔짱을 낀 뒤 입을 다물었다.

가부라기도 생각에 잠겼다. 야마세가 진범이라면 두 가지 새로운 의문에 맞닥뜨린다. 야마세가 가와즈 유스케를 죽여야만 했던 것은 무슨 까닭인가? 그리고 그 죄를 다누마에게 뒤집어씌우려고 한 까닭은 무엇인가?

그러나 야마세 겐이 진범이라고 가정하면 가부라기가 품은 가장 큰 의문은 풀릴 것 같았다. 그것은 가와즈 시신을 처음 보았을 때 느낀 범인의 수치심, 후회, 사죄였다.

범인은 가와즈를 죽인 뒤 그 시신의 자세를 곱게 매만졌다. 가와즈의 어린 시절 친구인 야마세 겐이 범인이라면 그런 행동에는 필연성이 존재할 것 같았다.

그런데 야마세는 왜 친구인 가와즈를 죽여야만 했을까?

"역시 그들의 과거에 이유가 있지 않을까?"

가부라기는 세 사람을 둘러보더니 결심한 듯이 말했다.

"현재의 가와즈 유스케와 야마세, 그리고 미즈사와 이즈미의 관계를 아무리 조사해도 야마세가 가와즈를 죽일 동기는 발견되지 않았어. 그렇다면 사실 가와즈 유스케 살인사건의 불씨는 훨씬 오래전에 생겨났던 게 아닐까? 세 사람은 어렸을 때부터 친했으니까."

"훨씬 오래전이라니, 혹시 그 20년 전?"

히메노가 가부라기의 얼굴을 보았다. 가부라기는 고개를 끄덕여 보였다.

"미즈사와 이즈미의 부모 살인사건. 역시 난 자꾸 그 미궁에 빠진 사건이 마음에 걸려. 다누마가 범인이 아니라고 해도 그 20년 전 살인사건이 가와즈 살해와 관계가 있다는 생각을 떨칠 수가 없군."

"그러고 보니……."

사와다가 문득 생각났다는 듯 입을 열었다.

"정보 제공 내용 세 가지 가운데 두 가지는 히류댐을 둘러싼 다누마의 독직 문제에 대해서입니다. 그렇지만 다른 하나는 댐 문제와 관계없는, 20년 전 미즈사와 부부 살인사건에 대해서였죠. 이번 사건의 범인이 이 오래된 사건의 진상을 안다면 왜 지금까지 입을 다물고 있었을까요? 그리고 왜 이제 와서 다누마가 저지른 짓이라고 고발했을까요? 아무리 생각해도 이해가 되지 않는군요."

"됐어! 이해가 안 가는 건 일단 옆으로 밀어두고 우선 우린 야마세 쪽을 파보자!"

마사키가 그렇게 말하며 자리에서 일어섰다.

"일단 야마세가 니코타마 쪽 지리를 잘 아는지 어떤지가 문제야. 도시정비국에 가서 그 주변 일대의 도지건물을 전부 조사해보겠어. 니코타마에 야마세가 관계한 건축이나 시설물을 지었다면 놈은 그쪽 지리에 빠삭하다고 생각해도 좋겠지."

"역시, 마사키 선배야!"

히메노가 마사키를 쳐다보며 기쁜 표정으로 소리쳤다. 마사키의 얼굴에는 그제야 답답한 교착상태에서 빠져나와 할 일이 생겼다는 흥분이 넘쳐흘렀다.

"그래! 만약 야마세가 관계한 공사가 없다면 야마세와 살인현장과의 접점을 샅샅이 뒤져보겠어. 낚시, 야구, 소프트볼, 테니스, 축구, 꽃놀이, 불꽃놀이, 바비큐파티, 골프, 조깅, 산책,

자전거 투어링, 유적 답사, 화석 찾기, 술래잡기, 깡통차기, 술
래잡기…… 그리고 또 뭐가 있더라?"

"일단 그 정도면 충분해. 부탁할게."

가부라기도 자리에서 일어섰다.

"우리는 야마세를 만나보겠어. 히메노, 그리고 사와다도 나
와 함께 가자. 둘이서 야마세 겐이라는 인물을 잘 관찰해줘. 아
마도 야마세는……."

가부라기는 스스로를 타이르듯 말을 이었다.

"무서우리만치 머리가 좋은 녀석일 거야."

11 진실

"와, 정말 멋진 사무실이로군요!"

소파 한가운데 앉은 가부라기가 감탄사를 터뜨렸다. 사와다는 가부라기 왼쪽에 앉아 말없이 방 안을 둘러보았다. 오른쪽 끝에 앉은 히메노 역시 흥분한 목소리로 말했다.

"정말 멋지군요! 경시청도 이렇게 멋지면 매일 일할 맛 날 텐데. 특히 우리 과가 있는 6층은 기능만 생각한 인테리어라서 그런지 진짜 살벌하다니까."

바로 앞에 놓인 유리 테이블에는 커피가 담긴 하얀 자기 컵이 네 개 놓여 있었다. 길쭉하고 단순한 모양새지만 세련된 분위기가 풍겼다. 가부라기가 보기에도 유명한 디자이너의 솜씨라는 걸 알 수 있었다.

5월 21일 월요일 오후 2시. 세 사람은 야마세의 사무실을 찾았다. '야마세 공간설계'는 도쿄 미나미아오야마 길가에 있는 근사한 오피스빌딩 안에 있었다.

사무실은 70~80평쯤 되는 탁 트인 방이었다. 천장에는 할로겐 조명이 달려 있었고 벽은 콘크리트의 질감을 그대로 살려 멋스러움을 풍겼다. 책상과 책꽂이 같은 가구는 모두 밝은 색 목재와 은빛 무광택 금속으로 되어 있었다. 아마 모두 야마세가 디자인해 주문한 물건들이리라.

구석에 있는 스탠드 조명에는 일본 전통종이를 이용한 전등갓이 덧씌워져 있었다. 게다가 대나무 비슷한 가느다란 관엽 식물이 여기저기 배치되어 있어 야마세의 사무실은 서양식 인테리어인데도 어렴풋이 일본풍이 배어났다.

"이 소파, 좋은데요! 코르뷔지에죠?"

그렇게 말하면서 히메노는 세 사람이 걸터앉은 흰색 가죽 소파 위에서 탄력을 느끼듯 몸을 위아래로 움직였다. 르 코르뷔지에는 근대 건축의 거장으로 불리는 스위스 출신 공업 디자이너다.

"예. 1928년에 만든 LC2 그랑 콩포르의 오리지널이죠. 리프로덕트 제품과 달리 쿠션의 우레탄이 아주 부드러워서 손질하기 까다로웠지만요. 코르뷔지에는 저와 마찬가지로 건축가 출신이기 때문인지 그의 작품에 마음이 끌립니다."

세 사람 맞은편에 놓인 같은 디자인의 일인용 소파에 앉은 사내가 미소를 지으며 조용히 말했다. 야마세 겐이었다. 한가운데서 가르마를 탄 긴 머리카락, 검고 가느다란 셀룰로이드 안경. 윤곽이 또렷한 얼굴에 살짝 기른 수염이 이지적인 느낌을 주었다. 상의는 마 또는 마와 면이 섞인 혼방 소재에 어깨

패드가 없어 편안해 보이는 베이지색 재킷을 입었다. 바지는 같은 옷감으로 지은 스트레이트 팬츠. 재킷 안에는 흰색 바탕의 티셔츠를 입었다.

"아, 작품……인가요?"

가부라기는 앉아 있기 불편한 듯이 엉덩이를 움직이며 머뭇머뭇 물었다.

"그럼 이거, 많이 비싼 겁니까?"

조심스러우면서도 노골적인 질문에 야마세는 쓴웃음을 지었다.

"예, 뭐. 나름 비싸죠. 이 사무실 자체가 제 건축 콘셉트를 보여주는 쇼룸 같은 곳이니까요. 인테리어까지 포함해서 일단 찾아주신 손님에게 사무실이 마음에 들지 않으면 상담이 진행되지 않죠."

왼쪽 끄트머리에 앉은 사와다가 바닥으로 시선을 내렸다.

"이 바닥재만 해도 무척 오래된 것 같군요."

가부라기도 바닥을 보았다. 예전에는 낡은 건물에서 사용하던 것인지 세월의 흔적이 느껴지는 두툼한 판자가 사무실 바닥 전체에 딸려 있었다.

"이거 말인가요?"

야마세도 흘끔 아래를 보더니 설명했다.

"이건 제가 어렸을 때 다니던 분교, 그러니까 나가노하라마치고등학교 히류분교 교실 바닥이었습니다. 아, 제 이력은 전에 찾아온 형사님께 말씀드렸으니 이미 아시겠군요?"

"아, 예. 번갈아 찾아와 미안합니다."

가부라기는 겸연쩍은 듯 머리를 긁적였다.

"그 분교도 히류댐 건설로 주민들이 이주하기 시작하자 그만 폐교되었습니다. 그래서 그 학교 건물을 철거할 때 교실과 복도 바닥재를 사들여 이리 가지고 왔죠."

가부라기가 두세 차례 고개를 끄덕여 보였다.

야마세는 바닥을 둘러보면서 그리운 듯 말했다.

"1학년부터 6학년까지 여남은 명밖에 안 되는 작은 분교였습니다. 과목에 따라 다른 학년 학생들이 함께 수업을 받기도 했죠. 믿어지지 않으시죠? 그렇게 적은 인원이었기 때문에 학생들은 모두 사이가 좋았어요. 매일 분교에 다니는 게 공부라기보다는 놀러 가는 기분이었죠. 특히 유스케는……."

야마세는 거기서 잠깐 뜸을 들이더니 다시 말을 이었다.

"유스케는 동갑이었기 때문에 학교에 갈 때도 함께, 공부할 때도 함께, 집에 돌아갈 때나 그 뒤에 놀 때도 늘 함께였죠. 그야말로 진짜 형제 같은, 아니, 형제 이상이었을지도 모릅니다."

야마세는 바닥에 시선을 둔 채로 입을 다물었다.

"심정은 잘 알겠습니다. 추억이 담긴 바닥이로군요."

가부라기도 차분한 표정으로 말했다. 히메노가 탐색하는 눈빛으로 입을 열었다.

"드래곤플라이의 가와무라 시즈에 씨에게 들은 얘깁니다만, 야마세 씨와 가와즈 씨, 그리고 미즈사와 이즈미 씨, 세 분은 유난히 사이가 좋았다면서요?"

280

야마세는 히메노를 바라보며 고개를 끄덕였다.

"이즈미와 처음 만난 건 유스케와 제가 여덟 살 때, 이즈미가 다섯 살 때였습니다. 이즈미는 아시다시피 앞을 보지 못하기 때문에 거의 집에서 나오는 일이 없어 만날 기회도 없었어요. 그런데 어느 날 학교에서 집으로 돌아가는 길에 이즈미네 집 앞에서 마침 마당에 나와 있는 그 애를 보았죠."

야마세는 그때 일이 생각났는지 후훗, 하고 웃음을 지었다.

"잠자리를 기다리고 있다고, 이즈미가 그렇게 말했습니다."

"잠자리를 기다린다고요?"

가부라기가 묻자 야마세는 그 시절이 그리운 듯이 미소를 지었다.

"예. 잠자리는 희한한 곤충이라 사람 몸에 자주 앉죠. 친구가 없는 이즈미에게는 잠자리만이 놀러와 주는 유일한 존재였던 겁니다. 그래서 잠자리가 날아오기를 기다리던 거죠. 유스케도 잠자리 마니아였기 때문에 우리는 바로 친해질 수 있었습니다."

또 잠자리다…….

가부라기는 깊은 감개에 휩싸였다. 20여 년 전부터 지금까지 이 일련의 사건들이 모두 잠자리를 빼고는 이야기할 수 없다니.

"잠자리라면 그……."

가부라기가 물었다.

"당신은 어렸을 때 가와즈 유스케 씨, 미즈사와 이즈미 씨와 함께 히류무라 산에서 거대한 잠자리를 보셨다면서요?"

야마세가 고개를 끄덕였다.

"예. 봤습니다."

자신 있는 대답에 가부라기는 저도 모르게 되묻고 말았다.

"정말인가요?"

"예. 틀림없이 1미터는 될 것 같은 커다란 잠자리였는데 히류무라 하늘 높이, 천천히 마치 작은 용처럼 날았죠. 유스케는 그게 메가네우라라고 하는 고대 잠자리의 후예라면서, 히류무라라는 이름도 틀림없이 그 거대한 잠자리 때문에 생긴 거라고 했죠."

천천히 이야기한 다음, 야마세는 차분한 말투로 이렇게 덧붙였다.

"저도 그렇게 믿습니다. 지금까지요."

야마세의 말투는 그 거대 잠자리라는 존재를 전혀 의심하지 않는 것 같았다.

"실례지만 이과 계통 대학을 나온 당신이 그런 체험을 믿고 계신다고요?"

야마세가 가부라기에게 또 한 번 미소를 지으며 대꾸했다.

"제 전공은 건축이기 때문에 생물학은 문외한입니다. 게다가 잠자리뿐 아니라 생물은 뭐든 복잡하고 신비롭기 그지없지요. 왜 그다지도 종류가 많은지, 왜 저마다 그런 모습으로 또 그렇게 살아가는지. 정말 생물은 이해할 수 없는 것투성이에요."

야마세는 커피 잔을 입으로 가져가 한 모금 마신 뒤 말을 이었다.

"아니, 애초에 생물이 살아 있다는 사실 자체가 참으로 신비로운 일이죠. 단백질을 모아놓기만 해서는 아무리 자극을 주더라도, 설사 몇 십 억 년 동안 그렇게 해도 그게 자기 생각을 가지고 마음먹은 대로 움직이지는 않을 겁니다. 거꾸로 살아 있을 때와 죽은 뒤에 생물의 어디가 어떻게 다른지도 모릅니다. 그에 비하면 잠자리의 크기 같은 건 신비한 일 축에 들지도 않죠. 그렇지 않습니까?"

"예. 그러고 보니 그런 것 같군요."

가부라기가 모호한 표정을 지으며 고개를 끄덕였다.

야마세는 커피 잔을 테이블에 내려놓으며 오히려 가부라기에게 물었다.

"거대 잠자리 이야기는 어디서 들으셨나요?"

"미즈사와 이즈미 씨에게 들었습니다."

"그랬군요."

야마세가 왜 그런 걸 묻는지 가부라기는 알 수 없었다. 하지만 지난번에 본 미즈사와 이즈미의 모습을 떠올리며 가부라기는 대답했다.

"그런 잠자리가 실제로 있다고 믿고 계시는지 어떤지는 모르겠습니다. 하지만 당신과 가와즈 유스케 씨 세 사람이 커다란 잠자리를 보았다는 사실은 이즈미 씨에게는 매우 중요한 보물 같은 추억이라는 걸 잘 압니다."

"그렇게 생각하세요?"

야마세는 살짝 고개를 끄덕이더니 입을 다물었다.

"그래, 유스케를 죽인 범인을 잡을 수 있을 것 같습니까?"

가부라기는 살짝 한숨을 내쉬며 야마세에게 대답했다.

"수사본부가 범인이라고 보는 인물은 있습니다. 하지만 곤란하게도 그 사람이 범인이라는 결정적인 증거가 나오지 않는군요."

야마세는 빈정거리듯 웃음을 지었다.

"숨기지 않아도 됩니다. 경찰이 의심하는 인물은 히류무라 다누마 야스오 촌장이죠? 다누마 씨 본인에게 그렇게 들었습니다. 군마 현경에 불려가 살인범 취급을 당했다면서 무척 화가 났더군요."

가부라기는 야마세에게 물었다.

"당신은 다누마 씨가 사람을 죽일 만한 인물이라고 보십니까?"

야마세는 가부라기의 질문 의도를 탐색하듯 잠시 뜸을 들였다.

"그건 모르겠네요."

야마세는 어깨를 으쓱했다.

"사람이란 복잡한 동물이죠. 선량한 사람으로 보이지만 사실은 그렇지 않은 경우도 자주 있습니다. 또는 선량한 사람이라도 어쩔 수 없는 이유로 범죄를 저지를 수 있을 겁니다."

야마세의 대답은 긍정도 부정도 아니었다.

"사실 우리 경찰이 다누마 씨를 의심하게 된 계기는 익명의 투서, 즉 고발장이 있었기 때문입니다."

"그렇습니까?"

야마세는 특별히 놀란 것 같지 않은 말투로 말했다. 가부라기는 고개를 끄덕였다.

"그 투서에 적혀 있는 정보를 바탕으로 다누마 촌장 주변을 조사했더니 그 사람에겐 가와즈 씨를 죽일 만한 동기가 있고, 사건 당일 알리바이도 없다는 사실이 드러났죠."

가부라기는 조심스레 야마세의 표정을 살폈다. 야마세의 얼굴에는 아무런 표정도 떠오르지 않았다.

"그런데도 경찰은 다누마 씨를 체포하지 않았습니다. 그건 다누마 씨가 범인이라는 결정적인 증거는 없다는 이야기로군요."

야마세가 가부라기를 보며 말했다.

"그렇습니다."

"그래도 다누마 촌장이 범인이 아닐까 의심은 하고 계시는 상태고요."

"그렇습니다."

가부라기가 대답하자 야마세는 천천히 고개를 몇 차례 끄덕였다.

"그런데 말이죠, 야마세 씨."

가부라기가 불쑥 이야기 방향을 바꾸었다.

"당신은 왜 히류댐 관련 사업에 참여한 거죠? 댐이 생기면 고향인 히류무라가 사라지고 마는데. 히류댐 건설에 도움을 주면서 저항감은 없었습니까?"

야마세는 가부라기의 얼굴을 흘끔 보고는 대답했다.

"분명히 어렸을 때는 분해서 견딜 수 없었습니다. 히류무라 주민 이외의 사람들 형편에 따라 댐을 만드는데 우리 마을이 사라지게 된다고 하니까요. 그렇지만 히류가와 강 하류에 사는 사람들에게 댐이 필요한 것은 사실이죠. 게다가 히류무라도 고령화가 진행되어 언젠가는 인구가 적어져 사라질 운명이었습니다."

그러더니 야마세는 갑자기 풋, 하고 쓴웃음을 지었다.

"뭐, 솔직하게 이야기하죠. 이건 비즈니스 찬스라고 생각했습니다."

"결국 돈벌이 기회라서?"

히메노가 미간을 찌푸리며 물었다.

"예. 그렇습니다."

소파 팔걸이에 몸을 기대고 다리를 바꿔 꼬면서 야마세가 웃음을 지었다.

"히류댐 공사 주변에는 관련 건설 계획이 수없이 많았으니까요. 꼭 수주를 하고 싶어서 히류댐 기념관 설계 공모에 응모한 거죠. 공모하는 형식을 취했지만 어차피 히류무라 출신인 제게 일이 돌아오지 않겠나, 하는 계산도 있었습니다. 아니나 다를까 그렇게 되었습니다. 그 뒤로 히류댐 관련 시설 건설은 대부분 제가 맡아왔죠."

대답이 끝나자 히메노가 물었다.

"수몰 예정지에 지은 지 얼마 되지 않는 주택가가 있던데요.

그것도 야마세 씨가 한 일입니까?"

"예, 그렇습니다."

선뜻 그렇게 대답한 야마세를 히메노는 분노를 억누른 표정으로 바라보았다.

"수몰될 언덕에 왜 주택을 지은 거죠? 완전 낭비 아닙니까?"

"아아, 그 말씀이로군요?"

야마세는 난처한 듯 쓴웃음을 지었다.

"거기는 댐 건설 초기에 계획된 주민 이주 예정지였죠. 그 뒤에 댐 위치가 상류로 변경되어 물에 잠기게 된 겁니다. 그렇지만 이미 예산도 들어갔고 하청업자에게도 공사 발주가 끝난 상태였습니다. 무엇보다 그 공사를 중지하면 저는 설계비를 받을 수 없는 상태였지요. 그래서 다누마 촌장에게 부탁해서 그대로 짓게 만든 겁니다. ……무슨 문제라도 있나요?"

히메노의 표정이 더 험악해졌다.

"법률적으로는 문제가 없을지 모르지만 도의적으로도 문제가 없을까요? 이런 쓸데없는 공사가 쌓이고 쌓여 히류댐 총 건설비용이 8,800억 엔으로 엄청나게 부풀어 오른 거 아닌가요?"

"그런 주택 건설비용은 전부 합쳐봐야 원가가 기껏해야 몇억 엔입니다. 8,800억 엔이라는 전체 규모로 보면 오차 범위 안에 들죠. 게다가 하이브리드RC 방식으로 지었고요."

"하이브리드RC?"

고개를 갸웃거리는 가부라기에게 야마세가 설명해주었다.

"콘크리트를 굳히는 패널이 그대로 단열용 내벽이 되는 새로운 철근 콘크리트 공법이죠. 공사비도 아주 싸고 목조건축과 큰 차이가 없습니다. 목조건축이라면 물에 떠서 댐에 물을 담을 때 철거해야 할 필요가 있지만 콘크리트 건축이라면 그냥 물밑에 가라앉아도 괜찮기 때문에 철거 비용이 절약됩니다. 나름 제 양심의 표현이죠."

"그건 남을 위하는 척하면서 제 실속만 차리는⋯⋯."

몸을 앞으로 들이대려고 하는 히메노를 가부라기가 오른손으로 막았다.

"야마세 씨. 내 눈에는 당신이 일부러 악덕업자인 척하는 걸로 보이는군요. 그게 아니면 다누마 촌장을 안심시키기 위해 일부러 그렇게 행동해 온 겁니까?"

"무슨 이야기를 하고 싶은 거죠?"

야마세는 무표정하게 물었다. 가부라기는 차분한 말투로 말했다.

"군마 현경에 투서한 건 당신이죠?"

"제가요?"

이상하다는 표정으로 야마세가 되물었다.

"왜 내가 제게 돈을 벌게 만들어주는 다누마 촌장을 고발해야 하죠?"

가부라기는 야마세의 눈을 보면서 대답했다.

"다누마 촌장의 비리 때문에 의분이 끓어올랐거나 시샘 때문에 한 고발이라면 20년 전 사건까지 문제로 삼지는 않았을 테죠. 그 투서는 오히려 다누마 씨가 20년 전 사건의 범인이라

288

는 사실을 고발하는, 그게 목적이었던 게 아닌가 하는 생각도 듭니다. 그렇다면 고발한 사람은 미즈사와 이즈미 씨와 아주 가까운 인물이겠죠. 가와즈 씨가 세상을 떠난 지금 당신 말고는 떠오르는 인물이 없습니다."

야마세는 고개를 저으며 한숨을 푹 내쉬었다.

"아주 가깝다고는 해도 저는 이즈미가 친척 집으로 간 뒤로 이미 20년이나 만나지 못했습니다. 게다가 이제 와서 20년 전 사건을 고발해서 뭘 어쩐다는 거죠? 그 사건은 벌써 시효가 만료되었을 텐데요?"

"예. 5년 전에 공소시효가 만료되었습니다."

"그렇다면 설사 다누마 촌장이 이즈미의 부모를 죽인 범인이라는 사실이 밝혀져 봐야 아무 의미도 없지 않습니까? 이제 와서 증오스러운 범인을 찾게 됐다고 한들 이즈미의 슬픔이 치유될 리도 없고요. 오히려 겨우 손에 넣은 마음의 평온을 빼앗길 뿐일 겁니다."

야마세에게서 내면의 흔들림은 느껴지지 않았다. 그러나 가부라기는 더 몰아붙였다.

"야마세 씨. 당신이 히류댐 관련 사업에 참가한 건 돈 때문이 아니에요. 다누마 씨에게 접근해서 20년 전 사건에 대해 탐색하기 위해서였지요. 그리고 당신은 결국 20년 전 사건의 진상을 파악했죠. 그렇지 않습니까?"

야마세는 말이 없었다. 가부라기가 말을 이었다.

"당신은 왜 애써 파악한 다누마의 비리 증거를 공개하지 않는 거죠? 정말로 다누마 촌장이 이즈미 씨의 부모를 살해한 겁니까? 20년 전 히류무라에서 대체 무슨 일이 있었던 겁니까? 당신이 아는 모든 진실을 우리에게 털어놓을 수 없습니까?"

"진실……이라고요?"

야마세는 중얼거리더니 빈정거리듯 웃었다.

"이 세상에 진실 같은 건 없습니다."

가부라기는 허를 찔렸다. 야마세가 무든 말을 하는 건지 도통 알 수 없었다.

"그게 무슨 뜻입니까?"

사와다가 은테 안경 안의 눈을 가늘게 뜨며 물었다. 야마세는 어깨를 으쓱했다.

"무슨 뜻? 그냥 말 그대로입니다. 진실 같은 건 없습니다."

"진실 같은 건 없다……."

사와다가 혼잣말처럼 가만히 중얼거렸다. 대신 히메노가 분노를 드러내며 야마세 쪽으로 몸을 들이밀었다.

"있죠! 당연히 있습니다! 단 하나뿐인 사실, 그게 진실이잖습니까! 아니에요?"

"아니죠."

소파에 등을 기대며 야마세는 고개를 천천히 저었다.

"깔끔하게 앞뒤가 맞고, 누구나 납득할 수 있는 이야기, 그게 진실입니다. 실제 있었던 일이건 아니건 상관없이. 예를 들어 거대한 잠자리만 해도 그렇습니다. 유스케와 나, 그리고 이즈미는 정말로 보았다고 믿습니다. 그러니 거대 잠자리는 존재하죠. 그게 진실입니다."

오른쪽 손바닥을 위로 들어 올리며 야마세가 말했다.

"당신들 직업과 관련하여 이야기하자면 재판도 그렇지 않습니까? 검사와 변호사가 전혀 다른 두 개의 진실을 주장하죠. 그리고 어느 쪽이든 한쪽, 재판관이 납득한 쪽이 진실로 인정받죠. 그렇지 않습니까?"

"그렇지 않습니다."

가부라기는 조용히 반론을 펼쳤다.

"검찰이나 변호인 측이나 서로 자기들에게 유리한 이야기를 꾸며내는 건 아닙니다. 양쪽 다 자기가 단 하나의 진실이라고 믿는 것을 주장하며 싸우는 거죠. 그리고 사법부는 단 하나의 진실을 찾아내 진실에 기초해 범죄자에게 형벌을 내립니다."

"마찬가지 이야기죠."

야마세는 빈정거리듯 웃으며 세 사람을 차례로 바라보았다.

"진실이 하나라면 수사만으로도 되겠죠. 재판 같은 건 할 필요가 없습니다. 그렇지만 진실이 여러 가지이기 때문에 그 가운데 더 그럴듯한 진실을 선택하기 위해 재판을 합니다. 그렇지 않은가요?"

야마세는 가부라기 쪽으로 몸을 굽혔다.

"당신들 경찰은 이즈미의 부모와 유스케, 양쪽 다 다누마 씨가 죽였다고 의심하고 있죠? 그리고 다누마 씨가 범인이라면 모든 게 앞뒤가 맞잖아요? 그렇다면 그게 진실이죠. 그러면 된 거 아닙니까?"

히메노가 또 물고 늘어졌다.

"그렇지만 다누마 야스오는 둘 다 자기가 한 짓이 아니라고 부정하고 있습니다."

야마세는 결국 소리 내어 웃었다.

"그야 인정할 리가 없죠! 누구나 무거운 형벌을 받고 싶지는 않을 테니까. 다누마 씨가 범인이라면 그것 또한 깔끔하게 앞뒤가 맞는 거 아닌가요?"

야마세는 일부러 왼쪽 팔을 높이 들어 손목시계를 보았다.

"자, 죄송하지만 이제 슬슬 마무리하실까요? 일이 잔뜩 밀려 있어서."

"그렇지만!"

계속 물고 늘어지려는 히메노의 왼쪽 어깨에 오른손을 얹으며 가부라기가 일어섰다.

"바쁘신데 시간 내주셔서 감사했습니다."

어쩔 수 없이 히메노도 자리에서 일어섰다. 사와다도 천천히 두 사람을 따라 일어났다. 세 사람을 쳐다보며 야마세가 말했다.

"당신들은 마음에 드는 진실을 찾아 수사하시면 됩니다. 세상 사람들을 납득시키면 그게 진실이 될 겁니다. 설사 그게 진짜로 일어나지 않았던 일이라고 해도 말이죠."

세 사람은 인사를 하고 사무실 출입문으로 향했다. 야마세가 일어나 그 뒤를 따랐다.

"야마세 씨, 다시 한 번 묻겠습니다."

가부라기가 불쑥 돌아서더니 야마세에게 물었다.

"당신은 다누마 촌장과 구마바야시건설이 내통했다는 증거를 손에 넣었어요. 그래서 투서를 보내기로 한 거죠. 하지만 그 증거는 밝히지 않았고. 왜죠?"

야마세는 그 물음에 대답하지 않고 가만히 가부라기의 얼굴을 바라보았다.

"그리고 또 한 가지."

가부라기가 말을 이었다.

"왜 당신은 계속 미즈사와 이즈미 씨를 만나지 않고 피하는 거죠? 어린 시절 친구인 이즈미 씨가 결국 친척 집을 나와 맹학교로 옮겼을 때도 당신은 만나러 가지 않았어요. 그리고 그 뒤로도 이즈미 씨를 전혀 만나려고 하지 않았죠. 그건 왜입니까?"

야마세는 세 사람보다 먼저 문 앞에 이르렀다. 그리고 문을 열더니 아무런 표정도 없는 얼굴로 문밖을 향해 고개를 기울여 보였다.

문밖에서 노란 햇살과 함께 차가운 기운이 흘러들었다. 밖은 이미 해가 저물어가고 있었다.

같은 날, 즉 5월 21일 월요일 19시. 가부라기와 사와다는 특별수사본부가 설치된 회의실에 있었다.

히메노는 경시청으로 돌아오자 야마세 겐의 승용차인 검은색 아우디 A6 왜건의 넘버를 조사해 그것을 'N시스템'으로 검색하기 위해 형사기획과에 가 있었다. N시스템이란 전국 주요도로에 설치된 카메라를 이용한 자동차 추적 시스템이다. 모든 통행 차량의 번호판을 촬영하며 그 번호를 자동적으로 인식해 지나간 날짜와 시간을 바로 알아낼 수 있었다.

마사키는 가와즈 유스케 살해 현장인 니코타마가와 강변과 야마세 겐의 접점을 조사하기 위해 국토교통성에 나가 아직 돌아오지 않았다.

가부라기와 사와다는 식사를 배달시켜 저녁을 때우고 야마세가 한 말들을 다시 검토하기 시작했다.

"야마세가 투서를 보낸 인물일 가능성이 높다…….그 점에서는 의견이 일치한 거지?"

"그렇게 생각합니다."

가부라기의 말에 사와다도 고개를 끄덕였다.

"그 문제에 대해 질문했을 때 야마세는 '내가 왜 그런 짓을?' 하며 되물었을 뿐입니다. 긍정하지 않았지만 확실하게 '아니다'라고 부정하지도 않았던 거죠. 그런 경우 이성적인 인간일수록 거짓말하는 행위에 대해 무의식적인 저항감 때문에 단정적인 답변을 피합니다. 그걸 '인지적 부하(負荷)'라고 하죠."

가부라기도 같은 생각이었다. 무엇보다 20년 전에 일어난 이즈미 부모 살인사건을 언급한 것으로 보아 야마세 겐 이외의 인물은 상상하기 힘들다. 그렇다면 이렇게 추측할 수 있다.

야마세는 저부터 20년 전 미즈사와 부부 살해에 대해 다누마 야스오가 저지른 범행이라고 믿었다. 아마 미즈사와 이즈미의 도깨비 발언을 믿었으리라. 그러나 경찰은 다누마를 의심하려고 들지 않았다. 그래서 다누마에게 접근하기 위해 히류댐 기념관 설계 공모에 응모, 수주에 성공했다.

그리고 히류댐 관련 일을 계속하는 과정에서 계속 다누마를 탐색해 최근에 마침내 미즈사와 부부 살인, 구마바야시건설과의 유착, 히류댐을 이용한 축재 증거를 잡았다. 그래서 군마 현경에 익명으로 투서를 보냈다.

"가와즈 살인사건에 대해서는 어때? 야마세가 진범일 수 있을까?"

사와다는 신중하게 대답했다.

"그건 아직 모르겠습니다. 그렇지만 주목해야 할 점은 투서가 군마 현경에 우편으로 도착한 것이 가와즈의 시신이 발견된 이튿날이었다는 점입니다. 결국 편지가 우편함에 들어간 것은 가와즈가 살해된 직후겠죠. 이게 우연일까요? 우연이 아니라면……."

"야마세는 뭔가 이유가 있어서 가와즈를 죽이고 다누마의 범행으로 꾸미기 위해 시신을 훼손했다. 그리고 서둘러 다누마를 고발하는 투서를 써서 우편함에 넣었다……."

사와다의 말을 이어받아 그렇게 중얼거린 다음 가부라기는 다시 물었다.

"야마세가 투서 안에서 다누마의 범행이라고 쓰지 않았던 것은 왜지? 그렇게 하는 게 훨씬 손쉽지 않은가?"

"쓸 수 없었던 거죠."

사와다는 고개를 저었다.

"편지가 군마 현경에 도착한 시점에는 아직 니코타마가와 강변에서 발견된 시신이 가와즈라는 사실이 밝혀지지 않았습니다. 그러니 먼저 그런 내용을 쓰면 고발한 인물이 가와즈 살해와 관계가 있다는 사실이 드러나고 말죠."

"아, 그렇게 되나……?"

사와다의 설명에 가부라기는 자기 뒤통수를 손으로 때렸다. 사와다가 말을 이었다.

"그렇지만 우리 경찰의 시선을 빨리 다누마 야스오 쪽으로 돌리게 할 필요가 있었습니다. 구마바야시건설의 공작원이라면 가와즈 살해 동기가 충분하죠. 미리 그런 정보를 우리에게 알려주면 시신이 가와즈라는 사실이 밝혀졌을 때 경찰은 바로 다누마를 가와즈 살해 유력 용의자로 여기게 될 겁니다. 그리고 실제로 그렇게 생각해 다누마 이외의 용의자를 떠올리지 않았고요."

사와다의 가설에는 빈틈이 없었다. 그때 회의실 문이 열리고 큰 목소리가 들렸다.

"아니, 뭐야? 너희들, 벌써 저녁을 먹은 거야?"

마사키였다. 그는 문 옆에 놓인 메밀국수집 배달통을 힐끗 보더니 성큼성큼 회의실로 들어와 가부라기 맞은편에 있는 파이프 의자에 털썩 주저앉았다.

"나 참. 같은 공무원끼리 남 이야기하듯 할 수 없지만 역시 관공서야. 저리 가라, 이리 와라, 뺑뺑이 돌렸어."

"수고했어. 미안하다. 저녁을 먼저 먹어서. 그래, 수확은 좀 있었고?"

가부라기가 위로하자 마사키는 가방에서 복사한 서류 뭉치를 꺼내 긴 테이블 위에 던졌다.

"네 직감이 또 맞아떨어질지도 몰라, 가부."

가부라기와 사와다가 복사한 서류를 훑어보기도 전에 마사키가 얼른 설명을 시작했다.

"5년 전에 국토교통성 간토지방정비국 게이힌(京浜)하천사무소에 종합건설사인 다케모토쿠미가 제출한 공사허가요청서 복사본이야. 오타 구에서 의뢰해 하천 둔치를 활용하기 위해 정비 공사를 했는데 그때 야마세 겐은 다케모토쿠미의 사원으로 하청호사 감독을 위해 약 3개월 동안 거의 매일 사건 현장 부근 강변으로 출퇴근했어. 당시 상사에게 확인해 증언도 들었으니 틀림없어."

"결국 야마세는 사건 현장인 니코타마 부근의 다나카와 둔치 쪽 지리를 잘 아는 거군."

가부라기의 말이 끝나기 무섭게 문밖에서 친숙한 목소리가 들렸다.

"어라? 다들 저녁 식사 벌써 했어요? 으아, 너무해."

히메노였다. 히메노는 지칠 대로 지친 걸음으로 회의실로 들어와서는 마사키 옆에 있던 쿠션을 껴안고는 풀썩 의자에 주저앉았다.

"아, 히메. 너도 저녁 아직 못 먹었냐? 나도 배에서 꼬르륵 소리가 난다. 배달시킬까?"

"좋죠!"

마사키의 말에 히메노는 바로 기운을 차렸다. 그리고 상의 안주머니에서 스마트폰을 꺼내 신나게 화면을 스크롤하기 시작했다.

"마사키 선배, 어디에 시킬까요? 파스타는 어때요? 얼마 전에 근처에 이탈리아 음식 배달하는 가게가 생겼어요. 파스타라면 바로 에너지원이 될 거예요. 혈당 상승도 심하지 않을 테고 식이섬유나 칼슘, 철분, 비타민 B1에 나이아신도 풍부해서 성인병 예방에도 좋죠. 중년인 마사키 선배에게 딱 맞지 않아요?"

"파, 스, 타?"

마사키는 입가를 잔뜩 늘어뜨리고는 못마땅하다는 투로 말했다.

"일반 회사 여직원 점심도 아니고. 그런 서양 접시우동 같은 걸로 배가 불러? 멍청이! 게다가 수사본부가 운영되는 동안에 가닥이 나가메시(麵類, 긴 국수 종류를 가리키는 경찰 은어)는 금기야. 수사가 질질 길어진다고 여기니까. 넌 경찰 은어 마니아 주제에 그런 것도 몰라?"

히메노는 입을 삐죽거리며 불만스러운 표정을 지었다.

"에이, 오늘은 이탈리아 요리가 당겼는데. 아, 그러면 저는 리소토로 시킬 테니 선배는 마카로니그라탱 어때요?"

"마, 마카로니? 마카로니는 길지 않냐?"

잠깐 생각에 잠기던 마사키가 정신이 든 듯 소리쳤다.

"시끄러! 덮밥 시켜, 덮밥! 덮밥에는 튀김을 올리니까 범인을 낚아 올린다는 뜻이라 운이 좋으니까."

히메노가 주문을 마치자 이윽고 가부라기가 입을 열었다.

"그래, 히메. N시스템에서 야마세의 차를 확인하고 온 거지?"

"아, 참! 다녀왔는데 생각지도 못한 사실을 알아냈습니다."

히메노는 세 사람을 둘러보았다.

"야마세는 5월 8일, 즉 가와즈의 시신이 발견된 이튿날 차를 바꿨어요. 그때까지 타던 차를 시나가와 운수지국에서 영구말소등록, 즉 폐차했습니다."

가부라기와 마사키, 사와다는 깜짝 놀라 히메노를 보았다.

"아, 아니! 그럼 그거 증거인멸 공작 아니야?"

허둥거리는 마사키에게 히메노도 고개를 끄덕였다.

"예, 그렇지요. 게다가 전에 타던 차도 지금과 마찬가지로 검정색 아우디 A6 왜건인데, 똑같은 차로 바꾸었어요. 이상하죠? 그래서 6일부터 8일까지 사흘 동안 전에 타던 차량 번호로 주행기록을 검색했는데……."

"어, 어떻게 됐나?"

"나오지 않았습니다. 아마 번호판을 위조하거나 했겠죠. 그렇다면 도무지 방법이 없습니다. 폐차한 차량은 지금쯤 해체되어 해외로 나갔겠죠."

N시스템은 도주 중인 차량 추적에는 절대적인 위력을 발휘한다. 하지만 번호판을 읽어들여 검색하기 때문에 그 번호판이 위조되었을 때는 손을 쓸 방법이 없다.

여하튼 야마세 겐은 대형 종합건설회사에 근무하던 시절에 니코타마가와에서 건설 공사를 했기 때문에 사건 현장 부근의 지리를 잘 안다. 또 시신이 발견된 이튿날 차를 바꾸었으며, 현장 왕복에 사용했을 수 있는 차는 폐차했다. 상황으로 보면 야마세가 가와즈를 살해한 진범일 가능성은 상당히 높다. 그러나 모두 다 정황 증거에 지나지 않아 야마세의 범행을 뒷받침할 수 있는 사실이라고는 할 수 없다.

"가부, 이걸로 야마세를 잡아들일 수는 없을까?"

마사키가 초조한 표정으로 가부라기에게 물었다.

"시신이 발견된 다음 날 차를 폐차하다니, 아무리 생각해도 수상하잖아. 게다가 현장 부근 지리도 잘 알고. 사무실이나 아파트도 한밤중이라면 현장까지 차로 20분이면 갈 수 있는 거리야. 잡아들일 수 있지 않을까? 차를 폐차한 이유부터 추궁해서 자백하게 만들면……."

"……아니."

가부라기는 망설인 끝에 고개를 가로저었다.

"자백을 받아내기에는 동기가 분명하지 않아. 우리는 야마세가 가와즈를 살해한 동기를 몰라."

"동기라면 이런 건 어때?"

마사키가 다시 물고 늘어졌다.

"신종 무카시톤보가 발견되어 히류댐 건설 공사가 중단되면 야마세에게는 앞으로 댐 관련 공사를 통한 돈벌이가 끊기잖아? 그리고 또 그거. 그 녀석 가족이나 지인들이 3억 엔이라고 소문이 난 수몰 보상금을 받을 수 없게 될지도 모르고……."

마사키 옆에서 히메노가 한숨을 내쉬었다.

"선배, 그건 무리예요. 히류댐은 이미 완공 직전입니다. 앞으로 큰 건축이 야마세에게 떨어질 일이 없겠죠. 보상금도 이미 지불했을 테고요. 설사 댐 공사가 중지되어도 이제 와서 '다들 돈을 돌려주고 히류무라로 돌아가라.'고 할 수는 없잖아요."

마사키는 머리를 긁적이면서 큰 소리로 말했다.

"에이, 제길! 기분 나쁘군! 20년 전 사건은 미궁에 빠져, 가와즈 살인사건은 범인이 다누마인지, 야마세인지 단정할 수 없어. 도대체 무슨 일이 이 모양이야?"

그때 사와다가 툭 내뱉듯 중얼거렸다.

"진실 같은 건 없다……."

가부라기와 마사키, 히메노는 일제히 사와다를 바라보았다.

"사와다, 왜 그래?"

가부라기의 물음에 사와다는 생각에 잠긴 표정으로 대답했다.

"선배와 히메노, 그리고 저한테 야마세가 이렇게 말했죠. '이 세상에 진실 같은 건 없습니다.' ……이 말은 무슨 의미일까요?"

가부라기도 야마세가 한 말을 떠올렸다. 이 세상에 진실같은 건 존재하지 않는다, 앞뒤가 정확하게 맞아떨어지는 이야기, 그게 진실이다. 야마세는 그렇게 단언했다.

"마사키 선배가 말씀하신 것처럼, 이 지독하게 기분 나쁜 무엇이 진실인지 알 수 없는 상태가 어쩌면 야마세가 바라던 상황이 아닐까요? 이런 상황을 만들어내기 위해 다누마의 비리를 고발한 게 아닌가, 저는 그렇게 생각합니다."

가부라기가 당황한 표정으로 사와다에게 물었다.

"이런 상태를 만들어서 야마세는 어떻게 하려고?"

사와다는 심각한 표정으로 다시 생각에 잠기며 대답했다.

"모르겠습니다. 그렇지만 불길한 예감이 드네요. 빨리 모든 수수께끼를 풀지 않으면 뭔가 터무니없는 일이 일어날지도……."

사와다의 말에 마사키가 몸을 부르르 떨었다.

"야, 야. 그러지 마. 네 불길한 예감은 지난번 사건만으로도 지긋지긋해."

가부라기도 사와다가 이야기하는 불길한 예감이란 것을 똑똑히 기억한다. 아니, 이미 마찬가지로 불길한 예감이 왔다. 가부라기는 그런 느낌이 들었다.

히류무라에서 도쿄로 돌아오는 길에 간에쓰고속도로에서 느낀 누군가의 시선. 모습을 드러내지 않는 누군가가 가만히 지켜보는 듯한, 등골이 으스스한 느낌. 그건 진범이 이끄는 대로 그릇된 결론을 향해 달려가는 자신에 대한 경계경보였다. 살갗이 바짝바짝 타들어가는 이 감각은 가부라기가 오랜 형사 생활에서 실패를 거듭할 때마다 수없이 느꼈던 초조감이었다.

그 경험이 이렇게 경고하고 있다. 사건은 아직 끝나지 않았다. 이제부터 무슨 일이 터질 것이다. 그렇다면 가능한 한 빨리 모든 진실을 밝혀내야만 한다.

"역시 20년 전 사건이 문제로군."

가부라기는 세 사람을 둘러보면서 단호하게 말했다.

"야마세가 진짜 투서를 보낸 사람이라면 두 사건은 반드시 연결되어 있어. 미궁에 빠진 미즈사와 부부 살인을 해명하지 않고서는 가와즈 살인사건의 진상에 도달할 수 없는 거 아닐까? 다른 수사관은 경시청이나 관할 경찰서나 군마 현경도 필사적으로 뛰어다니고 있어. 그렇다면 20년 전 사건 수사는 우리 네 명이 맡을 수밖에 없지."

"그렇지만……"

히메노가 난처한 표정으로 가부라기를 바라보았다.

"20년 전 사건을 수사한다고 해도 대체 어디를 찔러봐야 할지……. 미즈사와 이즈미는 아무것도 기억하지 못한다고 하고, 다누마는 관계없다고 주장하고, 야마세는 물어봐도 털어놓을 리 없겠고."

"또 한 사람 있지."

가부라기가 말했다.

"20년 이상 전부터 히류무라와 깊은 관계를 지닌 인물이 한 명 더 있어. 군마 현경은 20년 전 사건 때도 그 인물과 전혀 접촉하지 않았어."

"뭐? 그런 녀석이 있어? 그게 누군데?"

여우에게 홀린 듯한 표정으로 마사키가 묻자 가부라기가 말했다.

"다누마 야스오를 히류무라에 보내 놓고 계속 연락을 취했던 인물이지."

"그럼, 설마 구마바야시건설?"

히메노는 눈이 휘둥그레졌다.

"맞아."

가부라기가 고개를 끄덕였다.

"군마 현경은 다누마에게 모두 털어놓게 해 증거를 굳힌 다음 구마바야시건설의 핵심으로 치고 들어가려고 했지. 압수수색을 할 수 없는 단계에서 섣불리 구마바야시건설과 접촉했다가는 증거서류를 없앨 테니까. 그리고 다누마와 연락을 취했던 구마바야시건설 담당자는 20년 전 미즈사와 부부 살인사건에 대해서도 우리가 모르는 사실을 알 가능성이 있지."

"그럴 수가!"

히메노가 두 손을 들어 올리며 질렸다는 듯이 말했다.

"물어봐도 털어놓을 리 없죠! 댐 건설 계획 발표로부터 50년 이상 지나 이제 막 댐 공사가 완성되려는 시점인데. 다누마를 스파이로 히류무라에 꽂고 20년 넘게 마을 주민을 속였다는 이야기를 구마바야시건설 사람이 털어놓을 리 없잖아요!"

마사키도 분하다는 듯이 고개를 저었다.

"구마바야시건설을 강제수사하려고 해도 법원은 수색영장을 내주지 않겠지? 야마세는 독질 비리 증거를 가지고 있을지도 모르지만 우린 아무것도 없으니까. 군마 현경이 다누마를 임의로 데려다가 조사했지만 결국 입을 열지 않았으니. 이건 무리 아니겠어?"

"방법이 있어."

가부라기는 깊이 생각에 잠기며 중얼거렸다.

"그 방법을 우리가 선택하느냐 마느냐가 문제지."

12 교섭

이튿날인 5월 22일 화요일, 10시, 긴급 수사회의가 소집되었다. 보고는 가부라기 데쓰오가 맡았다. 주요 내용은 가와즈 유스케를 죽인 진범이 야마세 겐이라는 가설에 대한 것이었다. 가부라기 데쓰오는 그 같은 가설의 배경으로 아래와 같은 주장을 펼쳤다.

첫째, 야마세 겐은 가와즈 유스케가 살해된 날 밤 알리바이가 없다. 사무실에 남아 혼자 일하고 있었다고 설명했지만 그걸 증명해줄 사람은 없다. 게다가 사무실이 있는 미나미아오야마에서 가와즈 살해 현장까지는 야간이라면 차로 20분 만에 갈 수 있는 거리다.

둘째, 야마세는 시신이 발견된 다음 날, 자기 차를 영구 말소 등록하여 없앴다. 이건 범행 당일에 사용한 증거품을 없앤 행위로 볼 수 있다.

셋째, 야마세는 건설회사 근무 당시 니코타마가와 쪽에서 일을 한 적이 있어 살해 현장 부근의 지리를 잘 안다.

가부라기는 이렇게 정리하며 보고를 마쳤다.

"다누마 야스오가 유력한 용의자로 떠오른 단계에서 우리는 야마세 겐에 대한 감시를 너무 일찍 풀었습니다. 하지만 야마세 겐이 진범일 가능성을 다시 검토할 필요가 있습니다."

가부라기는 설명을 마치고 맨 뒷줄 오른쪽 긴 의자에 앉았다. 가부라기의 오른쪽에는 마사키 마사야, 히메노 히로미, 사와다 도키오가, 같은 줄 왼쪽에는 군마 현경 소속 다타라 도시오와 요시오카 나오토가 앉아 있었다.

수사관들 정면에 놓인 긴 책상을 사이에 두고 사이키 관리관이 입을 열었다.

"지금 제정신으로 말하는 겁니까?"

싸늘한 목소리였다. 회의실에 모인 백여 명의 수사관들은 물을 끼얹은 듯 잠잠했다.

"느닷없이 야마세 겐이 진범일지도 모른다는 소리를 꺼내면서 증거는 없다, 동기도 모르겠다는 건가요? 이런 상태라면 하나부터 열까지 모두가 가부라기 경위의 상상 속에 있는 이야기 아닙니까?"

가부라기는 다시 일어서 반박했다.

"따지고 보면 다누마 야스오의 범행이라는 전제도 상황은 마찬가지입니다. 다누마가 죽였다는 확실한 증거가 나오지 않았고, 다누마 본인도 완강하게 부인하고 있습니다. 이런 상태로는……."

잠시 주저했지만 가부라기는 이렇게 잘라 말했다.

"20년 전 미즈사와 부부 살인사건과 마찬가지로 가와즈 유스케 살인사건도 미궁에 빠질 겁니다."

사이키 관리관의 얼굴에서 표정이 사라졌다.

"지금 내 앞에서 예언을 하는 겁니까? 아니면 충고인가요? 그도 아니면 협박?"

가부라기 오른쪽에 앉은 마사키의 표정이 굳어졌다. 그 오른쪽에 앉은 히메노는 안절부절못하며 가부라기와 사이키 얼굴을 번갈아 살폈다. 그 오른쪽에 있는 사와다는 그저 가만히 지켜볼 따름이었다.

이윽고 가부라기가 입을 열었다.

"분명히 다누마에게는 가와즈를 죽일 만한 동기가 있습니다. 가와즈의 시신 훼손 정황도 그 동기와 맞아떨어집니다. 게다가 사건 당일 밤, 다누마는 살해 현장 근처에 있었다는 사실이 밝혀졌습니다. 그렇지만 그런 것들 모두 야마세 겐이 설치한 함정일 가능성도 있습니다."

사이키 관리관이 미간을 찡그렸다.

"함정?"

"예. 지난번에 제가 말씀드린 바 있습니다. 가와즈 유스케의 시신 훼손은 가와즈가 삼킨 신종 무카시톤보 표본을 없애기 위해 다누마가 저지른 일이라고요. 사과와 동시에 이 발언을 철회합니다. 아니, 수정하겠습니다."

가부라기는 회의실을 찬찬히 둘러보며 말을 이었다.

"가와즈 유스케가 신종 무카시톤보를 발견했다는 이야기는 사실일지도 모릅니다. 그러나 그걸 삼켰기 때문에 다누마가 가와즈를 살해하고 배를 갈랐다고 생각하는 것은 잘못일지도 모릅니다. 우리를 속이고 다누마에게 죄를 뒤집어씌우기 위해 야마세가 위장한 것일지도 모를 일이죠."

회의실이 갑자기 술렁거리기 시작했다. 사이키는 오른손을 들어 조용히 시킨 다음 가부라기에게 물었다.

"가와즈는 잠자리 표본을 갖고 있지 않았다. 하지만 야마세는 다누마가 저지른 짓으로 보이게 만들려고 굳이 가와즈 시신의 배를 가르고 내장을 꺼낸 다음 불을 질렀다, 지금 이렇게 말씀하시는 겁니까?"

"예. 맞습니다."

회의실이 더욱 술렁거렸다.

"그럼 야마세 겐이 가와즈 유스케 살인범이라고 가정합시다. 동기는 뭐죠?"

사이키가 다시 묻자 가부라기는 고개를 끄덕였다.

"그게 가장 어려운 문제입니다. 야마세는 가와즈와 형제처럼 자란 죽마고우이고 지금까지는 아무리 생각해도 가와즈를 죽일 이유가 없습니다. 저는 20년 전 미즈사와 부부 살인사건에 그 동기가 숨어 있을 것으로 보고 있습니다. 그리고 당시 히류무라의 상황을 아는 사람은 마을 주민 이외에 다누마와 연락을 취하던 구마바야시건설 담당자밖에 없습니다."

사이키가 확인했다.

"구마바야시건설의 입을 열게 만들면 20년 전 미즈사와 부부 살인사건의 진상을 밝힐 수 있고, 그걸 알게 되면 야마세가 가와즈를 죽이게 된 동기도 알 수 있다, 그런 말입니까?"

"알 수 없을지도 모릅니다. 알 수 있을지도 모르고요. 조금이라도 가능성이 있다면 시도해야 합니다."

가부라기가 말을 이었다.

"관리관님, 다누마나 구마바야시건설이나 틀림없이 서로 내통했던 증거를 숨기고 있을 겁니다. 그렇지 않으면 다누마는 구마바야시건설에 의해 제거될 우려가 있고, 구마바야시건설은 다누마에게 공갈을 당할 우려가 있으니까요."

사이키는 말없이 테 없는 안경 너머로 가부라기의 얼굴을 뚫어져라 바라보았다.

"야마세는 댐 관련 공사 수주를 통해 다누마에게 접근해서는 다누마가 숨기고 있던 증거를 찾아내 다누마의 비리를 밝혀낸 거 아니겠습니까? 다누마가 입을 열지 않는 이상 구마바야시건설이 입을 열게 하는 수밖에 없습니다. 관리관님, 제가 구마바야시건설을 수사할 수 있게 해주십시오."

단숨에 거기까지 말한 가부라기는 사이키 관리관의 대답을 기다렸다.

"인정할 수 없습니다."

입을 연 사이키의 목소리는 아주 싸늘했다.

"증거도 없는데 법원이 강제 수사를 진행할 수 있는 영장을 내줄 리 없습니다. 그리고 영장이 없는 상태에서 설령설령 이

310

야기를 들으러 가봐야 구마바야시건설이 비밀을 술술 풀어놓을 리도 없고요. 오히려 증거를 모두 태워 없앨지도 모릅니다."

"관리관님!"

가부라기가 사이키의 눈을 똑바로 바라보았다.

"우리 경시청 수사 1과의, 아니, 이 특별수사본부의 목적은 히류댐 건설을 둘러싼 독직 사건 해결입니까? 아니면 가와즈 유스케 살인범 체포입니까?"

"대체 무슨 말을 하고 싶은 겁니까?"

사이키도 가부라기의 눈을 노려보았다. 가부라기는 아랑곳하지 않고 말을 이었다.

"두 마리 토끼를 잡을 수 없으면 어느 한 쪽 토끼는 포기하는 용기도 필요하지 않겠습니까? 그리고 저는 살인만은 절대로 용서할 수 없습니다."

"포기요?"

사이키 관리관은 가부라기의 말에 눈살을 찌푸렸다. 안 그래도 무표정한 얼굴이 더욱 굳어졌다. 사이키는 가부라기가 이야기하고자 하는 뜻을 그제야 이해했다.

"가부라기 경위, 그러니까 당신은……."

사이키는 필사적으로 냉정을 유지하면서 겨우 말을 이었다.

"내게 구마바야시건설과 '거래'를 하라는 겁니까?"

"네, 바로 보셨습니다."

가부라기는 결연히 대답했다.

"구마바야시건설에 가서 히류댐 건설을 둘러싼 모든 비리를 눈감아주겠다고 하고, 그 대신 구마바야시건설이 지닌 다누마 야스오의 범죄에 관한 모든 기록을 제출하게 만드는 겁니다. 20년 전에 히류무라에서 도대체 무슨 일이 일어났었는지 알 수 있는 길은 이것뿐입니다."

가부라기의 말에 회의실이 어수선해졌다.

"거래를 하라고?"

"저 자식, 무슨 소리를 하는 거야?"

"구마바야시건설이 저지른 범죄를 어떻게 눈감아줘?"

"아니야, 재미있을지도 모르지."

"그래, 확실히 그 방법 이외에는 구마바야시건설의 입을 열게 할 방법은 없지."

"그렇지만 증거도 없는데 구마바야시건설이 거래에 응할까?"

가부라기의 발언을 둘러싸고 회의실을 메운 수사관들이 여기저기서 수군댔다. 다들 저마다 한마디씩 내뱉는 바람에 회의실은 갑작스레 어수선해졌다.

미국을 비롯한 몇몇 나라에서는 피고가 유죄를 인정하고 증거를 제출하면 검찰이 형을 줄여주거나 다른 죄로 기소된 것을 취하해주는 제도가 있다. 이른바 '사법거래'라는 제도다. 일본에는 이런 제도가 없지만 과거에 취조 중인 경찰과 용의자, 또는 재판 중인 검찰과 피고 사이에 밀약에 의한 거래가 이루어지는 경우가 흔치는 않았지만 종종 있었다.

"가부 녀석, 도대체 무슨 궁리를 하는 거야?"

가부라기를 눈으로 흘기며 마사키가 어처구니없다는 듯 중얼거렸다.

"그런 방법이 있었구나!"

히메노도 흥분한 듯 속삭였다.

"확실히 히류댐 건설 관련 모든 범죄를 눈감아주겠다고 약속하면 구마바야시건설도 고맙겠죠. 어쩌면 숨겨졌던 새로운 사실이 밝혀질지도 모르고……."

"어리석은 소리 그만합시다!"

누군가가 불쑥 호통을 치면서 자리에서 일어났다. 군마 현경 요시오카였다.

"가부라기 씨, 당신은 이토록 큰 범죄를 잠자코 넘기자는 거요? 20년 이상 히류무라 사람들을 속이고, 나라를 속여 수천억 엔이나 되는 세금을 도둑질한 깜짝 놀랄 범죄 아닙니까? 군마 현에는 이미 52개나 되는 댐이 있어요. 앞으로도 더 건설되겠죠. 군마 현경은 도저히 이 범죄를 간과할 수 없소!"

가부라기는 요시오카에게 이렇게 대답했다.

"알고 있습니다. 그렇지만 이 일련의 범죄에서 세 명이 고귀한 생명을 잃었습니다. 댐을 둘러싼 부정은 용서할 수 없지요. 그러나 그보다 우선해야 할 문제는 사람 목숨을 빼앗은 끔찍한 살인사건의 해결, 즉 살인범을 밝혀내고 체포하는 겁니다. 그렇지 않은가요?"

가부라기의 말에도 요시오카의 분노는 가라앉지 않았다.

"당신 같은 도쿄 사람들이 뭘 안다고 그래? 댐이 돈을 낳는 장치인 한 필요 없는 거대한 댐은 앞으로도 계속 건설될 거요! 그리고 그때마다 태어나고 자란 고향에서 쫓겨나는 사람들이 많이 생길 거고! 당신들은 전기나 물, 홍수 예방 같은 댐의 혜택만 당연하다는 듯이 누리지, 그 뒤에서 눈물을 흘리는 사람들은 생각도 못하겠지!"

"나오토, 그만."

요시오카 옆에 앉은 남자가 천천히 일어섰다. 다타라였다.

"군마 현경 나가노하라 경찰서 다타라입니다. 방금 발언한 요시오카의 상사입니다. 사이키 관리관님, 저도 바랍니다. 구마바야시건설과 거래해주실 수 없겠습니까?"

"다, 다타라 선배! 그, 그렇지만!"

깜짝 놀라는 요시오카의 어깨를 가볍게 두드리며 다타라가 말을 이었다.

"20년 전, 저는 히류무라 파출소에 근무했습니다. 그곳은 사건이라고 해봐야 경트럭이 소와 부딪혔다거나 기껏해야 마을 사람들끼리 술에 취해 다투거나 하는 그런 사소한 일들뿐이었죠. 그야말로 한가롭고 평화로운 마을이었습니다. 그런 마을에서 느닷없이 그 흉악하기 짝이 없는 미즈사와 부부 살인사건이 일어났습니다. 저는 제일 먼저 달려갔습니다. 피투성이가 된 끔찍한 현장이었죠."

다타라는 기억을 떠올리는 표정을 지으며 담담한 말투로 이야기를 이어갔다.

"미즈사와 이즈미는 제게 집에 나타나는 도깨비의 목소리

314

가 다누마 야스오와 닮았다고 이야기했습니다. 하지만 저는 앞 못 보는 조그만 어린애의 이야기라고 해서 그 내용을 보고 서에 기록하지 않았습니다. 도깨비가 있을 리 없다, 저는 이즈 미에게 그렇게 말했습니다. 저는 지금도 그 당시 이즈미의 슬 픈 표정을 잊을 수 없습니다."

회의실은 어느새 물을 끼얹은 듯 조용해졌다.

"투서를 읽으면서 저는 왜 그때 이즈미가 한 말을 믿어주지 않았을까 뼈저리게 후회했습니다. 지금은 이즈미의 부모를 죽 인 범인이 틀림없이 다누마 야스오라고 생각합니다. 그리고 이번 가와즈 유스케 살해도 다누마의 범행이라고 확신합니다. 그러나 지금 가부라기 경위는 놀랍게도 겐이, 야마세 겐이 유 스케를 죽인 진범이라고 말합니다. 저로서는 도저히 믿을 수 없는 이야기입니다."

다타라는 가부라기를 힐끗 바라보더니 다시 사이키 쪽으로 시선을 돌렸다.

"관리관님, 저는 진실을 알고 싶은 겁니다. 저는 이제 곧 정 년퇴직합니다. 배지와 수첩을 반납하기 전에 이즈미의 부모를 죽인 인간이 누구인지, 유스케를 그렇게 만든 인간이 누구인 지 진실을 알고 싶은 겁니다. 노인네의 이기심이라고 생각하 셔도 좋습니다. 부디 제 부탁을 들어주시기 바랍니다."

사이키는 잠자코 다타라를 바라보다가 입을 열었다.

"심정은 잘 알겠습니다."

그의 얼굴은 여전히 무표정했다.

"그렇지만 만약 구마바야시건설로부터 아무런 정보도 얻지 못하면 가와즈 유스케 사건뿐만 아니라 이 회사가 저지른 20년에 걸친 범죄도 경찰이 스스로 덮어버리는 꼴이 되겠죠? 그렇게 될 경우 그 책임은 누가 집니까?"

사이키가 말했을 때였다.

"관리관님!"

수사관 한 명이 회의실로 뛰어들어 왔다. 그는 경례도 하는 둥 마는 둥 사이키 앞으로 가서는 차렷 자세로 보고했다.

"다누마 야스오가 해외로 도피할 준비를 하고 있습니다!"

"뭐라고?"

"6월 1일 금요일에 나리타 국제공항을 출발하는 태국행 노선에 다누마 야스오라는 이름으로 예약이 들어왔다는 사실이 밝혀졌습니다."

"그게 왜 도피인가? 그냥 해외여행일 수도 있잖은가?"

사이키의 질문에 수사관이 빠른 말투로 대답했다.

"다누마의 출국 이력을 조사했더니 과거에도 거의 1년에 한 번씩 태국에 다녀와 그쪽 지리를 꽤 알 걸로 보입니다. 게다가 다누마는 편도 항공권을 구입했습니다. 그건 장기 체류나 여러 나라를 돌아다닐 계획을 전제로 한 겁니다. 출국해 몇 년씩 태국에 눌러앉아 지낼 수도, 아니, 마음만 먹으면 눌러살 수도 있습니다."

갑자기 회의실이 소란스러워졌다.

"편도라고?"

"비자는 어떻게 됐지?"

"영주라니, 그게 그리 쉽게 가능한가?"

이어지는 질문에 보고하던 수사관은 이렇게 대답했다.

"태국은 입국 후 그쪽 입국 관리국에 '논이미그런트 O·A 비자'라는 퇴직자용 장기체류 비자를 신청하면 건강진단서와 연금증명서만으로도 사실상 영주가 가능하다고 합니다."

이런……. 가부라기는 입술을 깨물었다.

태국은 동남아시아의 중심이며 기후가 따스하고 물가가 싸서 은퇴 후 영주지로 인기가 높은 나라다. 큰돈을 손에 쥔 다누마가 태국으로 이주할 꿍꿍이를 꾸민다고 해도 이상할 게 없다. 다누마가 출국해버리면 일본은 경찰권을 행사할 수 없게 된다. 게다가 해외에서 가명을 써서 행방을 숨긴다면 거처를 추적하기는 거의 불가능하다.

가와즈 유스케를 살해한 범인은 다누마가 아니라고 해도 구마바야시건설이 저지른 댐을 둘러싼 범죄의 유일한 증인이다. 다누마가 없어지면 구마바야시건설은 경찰과 거래에 응하지 않을지도 모른다. 그렇다고 해도 현재 상황에서는 전과가 없는 다누마의 출국을 막을 법적 근거는 전혀 없다.

가부라기가 다시 사이키를 설득하려고 막 입을 여는데 옆에서 누군가가 외쳤다.

"꾸물거릴 틈이 없어, 관리관!"

마사키였다.

"당신은 다누마가 범인이라고 생각하잖소? 다누마가 뺑소

니치면 난처하지 않은가? 가와즈 살해나 히류댐 비리나 영원히 해결할 방법이 없어질 텐데?"

사이키가 미간을 찌푸렸다.

"당신이 결정할 일은 아닙니다. 그리고 마사키 경위, 난 당신보다 나이가 어리지만 당신 상사예요. 말조심하는 게 어떻겠습니까?"

"시끄러! 야, 다타리! 가만히 듣고 있자 하니 너 아까부터 한심한 소리나 지껄이고 말이야!"

가부라기는 당황했다. 마사키는 마흔여섯 살, 사이키 관리관은 서른 셋. 분명히 나이와 근무 연수는 마사키가 위다. 하지만 마사키는 경위, 사이키는 경정이다. 계급은 사이키가 훨씬 높다. 그리고 경찰 사회에서 계급은 절대적이다. 마사키 같은 말투는 허용되지 않는다. 하지만 마사키는 발언을 멈추지 않았다.

"누가 책임을 지냐고? 책임, 책임 하는데 네 입장이 그렇게 중요한가? 만약 아무것도 나오지 않는다면 그때는 내가 네 대신 책임지고 강등이건 좌천이건 징계 파면이건 당하겠어! 잔말 말고 당장 구마바야시건설로 달려가!"

마사키 옆에서 히메노가 일어섰다.

"다타리, 아니 사이키 관리관님! 가와즈 살인범이 다누마건 야마세건 두 사람은 우리 경찰이 구마바야시건설 비리 적발을 포기하고 거래를 하리라고는 꿈에도 생각하지 못할 겁니다. 이건 형세를 단숨에 뒤집을 수 있는 마지막 기회 아닙니까? 결단을 내려주세요! 범인이 다누마인지 야마세인지 모든 진상을 기필코 밝혀내겠습니다!"

가부라기는 일어선 두 사람을 가만히 바라보더니 다시 사이키를 향해 고개를 숙였다.

"관리관님, 보내주실 수 없겠습니까? 달리 방법이 없습니다. 가와즈를 죽인 녀석이 누구인지 반드시 증거를 잡아 돌아오겠습니다. 부탁드립니다."

사이키는 가부라기, 마사키, 히메노의 얼굴을 차례로 노려보더니 이윽고 무표정하게 말했다.

"당신들에게는 이 일을 맡길 수 없습니다."

이제 그른 걸까? 가부라기는 일어선 채로 고개를 숙였다. 분한 나머지 온몸에서 힘이 빠지고 무릎이 꺾일 것만 같았다.

구마바야시건설로부터 정보를 얻을 수 없다면 20년 동안 히류무라에서 일어난 일을 조사할 수 있는 다른 방법은? 다누마 야스오나 야마세 겐은 결코 한마디도 털어놓지 않을 것이다. 끊어지지 않도록 조심스럽게 당기던 가느다란 실이 툭 끊어진 느낌이었다. 가부라기는 헛수고를 했다는 엄청난 피로감에 정신이 아득해졌다.

"……따라서 저도 함께 가겠습니다."

가부라기는 그 목소리를 듣고 고개를 번쩍 들었다. 마사키와 히메노도 깜짝 놀라 사이키를 보았다.

사이키는 세 사람을 향해 말을 이었다.

"저는 즉시 구마바야시건설 히류댐 담당자에게 면담을 요구하겠습니다. 가부라기 경위, 마사키 경위, 히메노 순경, 나와 함께 구마바야시건설로 갑시다."

"관리관님!"

히메노가 감격한 목소리로 말했다.

"관리관님, 감사합니다."

다타라도 고개를 깊숙이 숙였다. 요시오카는 실망한 표정으로 자리에 앉았다.

"오해하지 마세요. 당신들이 주장하는 말도 안 되는 핑계를 받아들여서가 아니에요. 구마바야시건설에 가는 까닭은 수사에 협력을 요청하러 가는 것뿐입니다. 당신들처럼 마구 부딪히는 무분별한 사람들은 개인을 상대한다면 몰라도 대기업과 교섭하는 건 무리니까요. 그리고……."

사이키는 가부라기, 마사키, 히메노, 그리고 사와다에게 차례로 경계의 시선을 보냈다.

"가지 말라고 해봐야 당신들은 내 명령을 무시하고 제멋대로 구마바야시건설에 쳐들어갈지도 모르죠. 그런 일이 일어나면 내 부하 관리 능력에 문제가 생깁니다."

"다타리, 당신 진짜 솔직하네……."

마사키가 어처구니없다는 듯이 중얼거렸다.

"내 이름은 다카시입니다. 앞으로 내 이름을 일부러 틀리게 부르면 명령계통 위반으로 시말서를 요구하겠습니다."

사이키는 마사키에게 못을 박더니 회의실 안을 둘러보며 이렇게 말했다.

"야마세 겐은 오늘 22일 화요일부터 다누마 야스오와 마찬가지로 24시간 3교대 감시에 들어갑니다. 도쿄를 벗어나거나 조금이라도 수상한 행동이 보이면 신속하게 보고하도록 하세요."

사이키 관리관이 자리에서 일어났다. 그리고 회의실에 있는 모두를 향해 무표정하게 내뱉었다.

"우리는 어떤 수단을 동원하더라도 가와즈 유스케 살인범을 반드시 검거할 겁니다. 모든 책임은 내가 집니다."

13 음악

밤.

나는 내 방 방석 위에 가만히 앉아 있었다. 오늘은 5월 22일 화요일. 유스케의 시신이 발견된 지 벌써 보름이 지났다.

나는 기다렸다. 전화가 오기를. 내 휴대전화는 테이블 위에 놓여 있었다. 유스케가 골라준 음성인식 기능 스마트폰. 유스케가 자신의 전화번호와 메일 주소를 등록해준 전화기. 내가 휴대전화를 바꿀 때마다 유스케는 늘 그렇게 등록해주었다.

왼손에 차고 있는 손목시계 유리 뚜껑을 열고 문자판을 손가락으로 더듬었다. 시계 바늘은 오후 11시를 향해 가고 있었다. 유스케는 시간을 정확하게 지켰다.

갑자기 테이블 위에서 심한 진동이 느껴졌다. 그 소리에 나도 모르게 몸이 굳어졌다. 이내 방 안에 음악이 흐르기 시작했다. 연주곡이지만 어렸을 때 자주 들었던 친근한 가사가 내 머릿속에 되살아났다.

내 스마트폰에 설정된 착신 멜로디다. 심장이 마구 뛰기 시작했다. 나는 낚아채듯 스마트폰을 두 손으로 움켜쥐고 왼쪽 귀에 갖다 댔다.

"유스케?"

나는 스마트폰에 대고 속삭였다. 그 밋밋하고 네모난 기계 안에서 귀에 익은 목소리가 들려왔다.

"이즈미, 많이 기다렸겠다."

유스케의 목소리였다. 아니야. 나는 고개를 저었다.

"지금 차를 몰고 이즈미 아파트로 가고 있어. 널 태워서 지난번 그곳으로 갈 거야."

나는 긴장한 얼굴로 고개를 끄덕였다.

"오늘로 세 번째네. 늘 그랬듯이 기운 내. ……그럼."

"잠깐!"

내가 얼른 말했다.

"유스케, 나 열심히 할게. 꼭 익숙해질 거야."

잠시 침묵이 흐른 뒤 전화가 끊겼다. 그 뒤로 채 1분이 지나지 않았으리라. 창밖에서 자동차 엔진 소리가 들려왔다. 그 소리는 점점 가까워지더니 바로 근처까지 와서 이동을 멈추고 낮은 소리를 내기 시작했다.

잠시 후 테이블 위에서 내 스마트폰이 조금 전과는 다른 곡을 연주하기 시작했다. 그건 누구나 아는 동요 멜로디였다.

저무는 저녁노을 고추잠자리

업혀서 어깨너머로 본 게 그 언제이던가.

통화는 '잠자리 안경은 물빛 안경', 문자메시지는 '고추잠자
리.' 유스케가 설정해 준, 유스케가 휴대폰 연락을 해왔을 때
나오는 멜로디다. 나는 휴대폰을 입에 대고 이렇게 말했다.

"메시지 읽기."

인위적이지만 밝고 명랑한 여자 목소리가 방금 도착한 메시
지를 읽었다.

지금 도착했어. 아파트 앞 도로에서 기다릴게. 유스케.

이미 준비는 마친 상태였다. 나는 청바지에 커트 앤드 소운
차림을 하고 옆에 놓아두었던 면 재킷을 걸치고 일어섰다.

현관에서 스니커를 골라 신고 흰 지팡이를 왼손에 든 다음
문을 열었다.

문밖으로 나오니 싸늘한 밤공기가 내 몸을 감쌌다. 문을 걸
어 잠그고 아파트의 철제 계단을 천천히 내려왔다. 그리고 입
주자들의 자전거가 나란히 세워진 콘크리트 통로를 지나 아파
트 앞 도로를 향해 걸었다.

도로에는 차 한 대가 엔진을 끄지 않은 상태로 멈춰서 있었
다. 내 모습을 발견했는지 철컥 하고 문이 열리는 소리가 나더
니 운전석에 있던 사람이 차에서 나왔다. 발소리가 내 쪽으로

다가오더니 바로 앞에서 멈췄다.

"유스케, 기다렸겠네."

내가 말하자 유스케는 말없이 조수식 문을 열었다. 그리고 내 몸을 부축해 조수석에 앉힌 다음 문을 닫았다. 유스케는 차 반대쪽으로 돌아가 문을 열고 운전석에 앉아 차를 출발시켰다.

"저어, 유스케."

달리는 차 안에서 내가 입을 열었다. 운전석에 앉은 유스케는 말이 없었다.

"생각해보니 네 메시지를 참 많이 받았어. 매일매일 정신없이 바쁠 텐데도 유스케는 매일 내게 메시지를 보내주었어. 정말 고마워."

대답은 없었지만 나는 아랑곳하지 않고 천천히 말을 이었다.

"네가 나를 이토록 지탱해주고 있다는 걸 그동안 까맣게 모르고 있었어. 정말 미안해. 이번 일만 해도 내가 무작정 고집을 부렸던 일인데 넌 그 소원을 들어주기 위해 이렇게 애를 쓰고……. 난 정말 행복한 사람이야. 그래서……."

나는 운전석에 앉은 유스케 쪽을 바라보며 미소 지었다.

"……유스케는 죽었지만 난 전혀 쓸쓸하지 않아. 너도 그렇게 생각하지, 유스케?"

운전석에 앉은 유스케가 고개를 끄덕이는 기척이 났다.

차는 어둠을 헤치며 계속 달렸다. 유스케가 어디로 데려가는지 나는 안다. '죽은 사람의 나라'다. 그곳에 가는 것이 오늘로써 세 번째. 그곳에서 내가 해야 할 일은 잘 안다.

이제 곧 차는 '죽은 사람의 나라'에 도착한다. 그러면 유스케와 나는 차에서 내린다. 그리고 함께 '죽은 사람의 나라' 안에 있는 어떤 장소로 들어간다. 유스케는 오늘도 거기서 나를 훈련시킬 것이다. 내가 배우고 싶다고 유스케에게 말한 그것을. 앞을 보지 못하는 내가 다누마 야스오를 죽이는 방법을.

유스케는 그 방법을 생각해냈다. 그 방법이라면 다누마를 죽여도 절대로 내게 죄를 묻지 못할 거라고 했다. 남은 문제는 내가 그걸 제대로 해낼 수 있느냐 없느냐였다.

실패는 있을 수 없어. 난 반드시 해내야만 해.

항상 내 곁에 있어준 유스케를 위해. 매일 내게 메시지를 보내준 유스케를 위해. 나 때문에 죽은 가엾은 유스케를 위해.

나는 기필코 다누마 야스오를 죽일 것이다.

14 거래

여기는 임원 사무실이 있는 층일 것이다. 다른 층보다 천장이 높다.

옅은 회색 정장을 입은 젊은 여성의 안내를 받아 가부라기 일행 네 명이 들어간 곳은 '귀빈실'이라고 적힌 방이었다.

"여기서 잠시 기다려주십시오."

안내를 맡은 여성이 미소를 지으며 묵직한 마호가니 문을 열었다. 그리고 먼저 안으로 들어가더니 공손하게 인사를 하며 방 안쪽을 향해 오른손을 뻗었다. 사이키 관리관을 앞세우고 가부라기 일행 네 명은 어슬렁어슬렁 방 안으로 들어갔다.

그곳은 창문이 없는 넓은 방이었다. 바닥은 우윳빛 대리석이었고 벽은 짙은 갈색을 띤 목재였다. 방 안쪽 벽에는 120호는 될 법한 유화 추상화가 걸려 있었고, 구석구석에 2미터쯤되는 높이의 서로 다른 네 개의 오브제가 서 있었다.

천장을 올려다보니 한가운데 모던한 디자인의 샹들리에가

늘어져 있었다. 그 양쪽 옆에는 할로겐 다운라이트가 같은 간격으로 쭉 늘어서 고아한 빛을 뿌리고 있었다. 조명 때문인지 고급스런 사무집기들 때문인지 방 전체가 마치 미술관 같은 분위기를 풍겼다.

방 한가운데 얼굴이 비칠 정도로 잘 닦인 거대한 나무 테이블이 놓여 있었다. 직사각형의 긴 변을 따라 아홉 개씩, 모두 열여덟 개의 의자가 넉넉한 간격으로 놓여 있었다. 나무로 만든 의자 양쪽에는 팔걸이가 붙어 있었다. 팔걸이와 앉는 면, 등받침은 두툼한 쿠션이 들어간 검은 가죽으로 덮여 있었다.

5월 24일 목요일 오후 4시. 가부라기 일행은 도쿄 롯폰기에 있는 구마바야시건설 본사 빌딩에 와 있었다. 빌딩 꼭대기 층인 42층에 있는 귀빈실은 중요한 내방객 영접이나 상담, 임원 회의에 사용하는 공간 같았다. 가부라기 일행은 VIP가 아닐 뿐만 아니라 환영받을 손님도 아니었다. 그런데 귀빈실로 안내한 것은 아마도 야유이거나 초대받지 않은 손님에게 위압감을 주기 위해서이리라.

"어어, 어디 앉으면 되지?"

마사키가 당황한 표정으로 가부라기를 보았다. 가부라기도 어쩔 줄 모르고 의자들을 둘러보았다.

그러자 사이키 관리관이 뚜벅뚜벅 방 안쪽으로 걸어가더니 당연하다는 듯이 한가운데 있는 의자를 잡았다. 그리고 그 의자에 깊숙이 기대앉더니 다리를 꼬고 앉아 두 팔꿈치를 팔걸이에 자연스럽게 얹었다.

나머지 세 명도 머뭇거리다가 사이키 왼쪽에 가부라기, 오른쪽에 마사키, 히메노의 순서로 자리를 잡았다.

노크소리가 났다. "예, 들어오세요."라고 사이키가 말하자 문이 열리더니 방금 안내했던 여성이 스테인리스로 만든 왜건을 밀고 들어왔다. 왜건에는 은빛 주전자와 다섯 개의 잔과 잔받침, 유리로 된 밀크 피처, 그리고 흰색과 갈색 설탕이 담긴 그릇이 실려 있었다.

여성이 주전자를 들어 컵에 김이 모락모락 오르는 갈색 액체를 따르기 시작했다. 귀빈실에는 곧바로 원두커피의 그윽한 향이 가득 퍼졌다.

"이거, 헤렌드에서 만든 중국풍 도자기예요."

여자가 물러가자 히메노가 커피 잔을 들고 감탄한 듯이 다른 일행을 둘러보았다.

"역시 종합건설사 2위인 구마바야시건설이로군요. 비싼 컵을 쓰네요."

헤렌드는 세계적으로 많은 애호가를 지닌 헝가리의 유명한 도자기 가마다. 네 사람 앞에 놓인 잔과 받침은 각각 다른 색과 디자인이지만 모두 중국 스타일의 화초 무늬가 들어가 있었다. 손잡이는 중국 아이를 본뜬 마스코트로 꾸며졌다.

마사키가 얼굴을 찌푸리며 히메노를 노려보았다.

"야, 히메. 남의 회사 물건을 멋대로 품평하면 못써! 한심하긴. 그리고 아무리 비싸다고 해야 도자기 찻잔 아니야? 허풍은……."

그러면서 마사키는 오른손을 잔으로 뻗어 새끼손가락을 세워 손잡이를 잡더니 잔뜩 거드름을 피우며 입으로 가져갔다.

"하지만 이걸 백화점에서 사면 한 세트에 십만 엔 이상 나갈걸요."

"시, 십만 엔?"

히메노의 말에 막 커피를 마시려던 마사키가 당황했다.

"앗 뜨거, 뜨거!"

마사키는 컵을 떨어뜨릴 뻔했지만 간신히 참고 받침 위에 조심스럽게 얹었다. 그리고 얼른 손수건을 꺼내 테이블에 흘린 커피를 닦은 다음 자기 입 주위를 닦았다.

가부라기가 작은 목소리로 옆에 앉은 사이키에게 물었다.

"야마세 겐에게 수상한 움직임 같은 건 없습니까?"

사이키는 앞을 응시한 채로 고개를 끄덕였다.

"없습니다. 쇼핑이나 외식을 하러 나가기는 하지만 기본적으로는 자기 아파트와 작업실을 자동차로 오갈 뿐입니다. 감시를 시작한 이후 사흘 동안 야마세는 도쿄에서 한 걸음도 밖으로 나가지 않았습니다."

가부라기는 살짝 안도했다. 사와다가 말했던 무슨 일이 일어날 것 같은 불길한 예감. 그걸 가부라기 역시 아플 만큼 또렷하게 느끼고 있었다. 그러나 야마세가 움직이지 않는 이상 아직 시간은 있다.

그때 다시 노크 소리가 들려왔다.

"예."

사이키가 대답하자 문이 열리고 남자 한 명이 들어왔다.

사이키를 비롯한 네 사람의 얼굴에 뜻밖이라는 표정이 떠올랐다. 예상 외로 젊은 남자가 들어왔기 때문이었다. 30대 후반일까? 골격이 다부져 보이는 얼굴에 짙은 회색 양복을 입은 남자가 테이블을 돌아 네 사람에게 다가왔다. 네 사람은 동시에 의자에서 일어섰다.

남자는 양복 안주머니에서 금속제 명함 케이스를 꺼냈다. 그리고 먼저 사이키, 이어서 가부라기, 마사키, 히메노와 차례로 명함을 교환하더니 사이키 맞은편 의자에 앉았다. 가부라기는 명함을 보았다. 거기에는 '홍보실 실장 보좌 구로다 스스무(黒田進)'라고 적혀 있었다.

"저희가 찾아온 이유가 제대로 전달되지 않은 모양이군요."

다들 의자에 앉자 사이키가 무표정하게 말했다. 구로다라는 남자도 진지한 표정으로 대꾸했다.

"우리가 건설을 맡고 있는 허류댐에 관해 경찰 분들이 아무래도 큰 오해를 하고 계시는 것 같다. 윗분들이 이렇게 말씀하셨습니다만."

"직함을 보니 당신이 판단할 수 있는 문제는 아닐 겁니다."

사이키가 구로다를 노려보았다.

"게다가 당신은 젊어서, 20년 이상 이어져온 당신 회사의 범죄에 꾸준히 관계했을 리가 없죠. 대신 임원급 관계자를 불러줄 수 없겠습니까?"

구로다는 슬쩍 미소를 지었다.

"안타깝게도 담당 임원은 업무가 바쁘셔서요. 정말 죄송합니다."

그렇게 말하더니 구로다는 살짝 고개를 숙였다.

"과연. 높은 분은 경찰 나부랭이는 만날 틈이 없을 정도로 바쁘시군요."

사이키가 슬쩍 콧방귀를 뀌었다.

"그렇지만 당신이 몇 살이건 직함이 뭐건 이 자리에 나온 이상 구마바야시건설을 대표하는 사람입니다. 우리와 한 교섭 결과가 어떻게 될지 회사 입장에서 판단해주시기 바랍니다. 아시겠습니까?"

사이키가 말했지만 구로다는 신경 쓰이지 않는 듯했다.

"사이키 선생님. 당신은 방금 범죄라는 표현을 사용하셨는데, 저희 회사에는 어떠한 불법행위도 저지른 사실이 없습니다. 과거나 현재, 그리고 미래에도요."

사이키의 눈을 빤히 바라보면서 구로다가 말을 이었다.

"히류댐 사업의 한 담당자로서 경찰에서 나오신 분의 말씀을 자세하게 듣고 오해가 있으면 잘 설명하고 수사에 협력할 수 있는 일이 있다면 뭐든 협력하라는 말씀을 들었습니다."

"우리가 수사한 바에 따르면 그 정도로 끝날 일이 아니던데요."

사이키가 차분한 목소리로 대꾸했다.

"당신네 구마바야시건설이 히류댐 건설에 있어서 다누마

야스오라는 공작원을 히류무라에 보내 20년에 걸쳐 국민의 세금을 계속 빨아먹은 사실은 명백합니다. 그 사이에 다누마는 두 건의 살인사건을 저질렀죠. 그리고 당신들은 틀림없이 뭔가 알고 있을 겁니다."

"명백하다면 수색영장이나 체포영장이라도 가지고 오지 그러셨습니까?"

구로다가 말꼬리를 잡고 늘어지자 사이키의 눈썹이 꿈틀 움직였다.

"그렇다면 저처럼 어린 사람을 상대로 시간을 낭비하지 않아도 됐을 텐데요. 영장을 가지고 오시지 않았다는 것은 저희 회사의 범죄가 명백하지 않다는 이야기겠죠."

"그렇긴 하죠."

사이키는 천천히 고개를 끄덕였다.

"구로다 씨, 우리 툭 터놓고 이야기하지 않겠습니까?"

가부라기가 구로다의 얼굴을 바라보며 조용히 말했다.

"두 건의 살인사건을 무사히 해결하고 피해자의 묘소와 유족에게 보고하고 싶습니다. 범인을 잡아 죄를 묻고 싶어요. 우리는 그저 그걸 원할 뿐입니다. 그래서 귀사의 협력을 얻을 수 있다면 우리도 가능한 한 귀사의 입장을 고려할 겁니다."

그 말이 끝나기를 기다렸다는 듯이 마사키가 입을 열었다.

"구로다 씨, 지금 당신이 모시는 높은 분들이 어떻든 상관없어. 이 회사 안에 지난 20년 동안 내내 다누마 야스오와 연락을 취한 사람이 있을 거야. 아직 근무하는지 이미 퇴직했는지는 모르지만 그 사람을 만나게 해줄 수 없겠어요? 그 사람이라면 20년 전 미즈사와 부부 살인사건이 다누마의 범행인지 아닌지 알고 있을지도 몰라요."

"다시 말씀드리겠습니다."

구로다가 조용히 대꾸했다.

"저희 회사는 범죄를 저지른 사실이 없습니다. 히류댐 건설을 부당하게 지연시킨 사실도 없고 히류무라의 다누마 촌장과도 전혀 관계가 없습니다. 만약 하실 말씀이 그뿐이라면 협력해드릴 수 있는 일은 아무것도 없겠군요. 이만 돌아가주시지요."

"그런데 이 자식이!"

마사키가 몸을 일으켰다. 순간 히메노가 소리를 질렀다.

"원래 댐 건설 자체가 일종의 범죄 아닙니까?"

가부라기가 당황해 히메노를 제지했다.

"히메, 말조심해. 우리는 협상하러 온 거야."

그러나 히메노는 가부라기의 말이 귀에 들어오지 않는 듯 계속 퍼부었다.

"댐이란 게 현재 일본에서는 완전히 쓸데없는 존재입니다. 아니, 백해무익하죠. 댐의 목적은 치수, 수리 사업, 전기 발전이라고 하지요. 그렇지만 이 세 가지 모두 실은 거짓말 아닙니까? 그건 당신이 더 잘 알 텐데요."

"네에?"

구로다가 재미있다는 듯이 히메노를 보았다.

"무슨 근거로 그런 말씀을 하시는 거죠?"

"우선 치수 문제요. 댐으로는 수해를 막을 수 없습니다. 이건 엄연한 사실이죠."

그러더니 히메노는 구로다를 노려보며 다시 말을 이었다.

"일본의 댐은 경사가 가파른 지형에 만들어졌기 때문에 저수 용량이 매우 적죠. 게다가 수리 사업을 위해 평소 물을 가두어두고 있어 많은 비가 계속되면 바로 물이 가득 차 하류로 방류합니다. 이렇게 해서야 댐이 있으나 마나죠. 오히려 댐의 방류가 전국적인 수해의 원인이 되고 있지 않습니까?"

"그래서요?"

구로다가 다음 말을 재촉했다.

"그다음은 수리 사업 관련입니다. 일본 인구는 2004년부터 감소 추세로 돌아섰죠. 산업기기나 가전, 화장실까지도 절수 대책이 마련되어 물을 아껴야 한다는 의식도 높아졌습니다. 도시 쪽에서도 물 부족이 일어날 일은 없어졌어요. 논이나 밭도 계속 줄어들고 있고. 일본에는 이제 더 많은 물이 필요하지 않습니다."

구로다는 말없이 히메노의 얼굴을 가만히 바라보았다. 히메노는 계속 말을 이었다.

"수력발전도 의문입니다. 공해 없이 전기를 생산하는 방법이지만 비용이 너무 많이 들고요. 산속에 있기 때문에 송전 과정에서 손실도 크고 일본 총발전량의 8퍼센트밖에 되지 않습니다. 게다가 시간이 흐를수록 토사가 쌓이기 때문에 한정된 기간 동안만 발전에 사용할 수 있습니다."

히메노는 자기 왼쪽에 앉은 세 사람에게 차례로 눈길을 보냈다.

"무엇보다 큰 죄는 자연 파괴입니다. 히류댐 건설로 인해 오쿠노사와라는 잠자리 서식지가 수몰된다고 하는데, 다른 댐도 동식물의 생태계를 파괴하기는 마찬가지입니다. 게다가 댐 때문에 흘러내려가야 할 모래가 막혀 하구 해안에서는 모래사장이 사라지고 있습니다. 산속에 있는 댐이 주변 생태계까지 파괴하고 어업에도 심각한 타격을 주고 있는 겁니다."

히메노는 날카로운 눈빛으로 구로다를 쏘아보았다.

"어떻습니까? 댐 건설 자체가 범죄나 마찬가지 아닙니까? 이렇게 해서 이익을 얻는다는 게 미안하다는 생각도 들지 않습니까? 미안하면 순순히 우리 수사에 협력을……."

"실례지만 전쟁, 좋아하십니까?"

불쑥 구로다가 히메노에게 물었다.

"예?"

허를 찔린 히메노는 말을 멈추었다. 구로다는 히메노를 가만히 바라보다가 이윽고 입을 열었다.

"국가는 생물입니다. 생물은 음식을 섭취하고 심장으로 혈류를 일으켜 온몸의 세포에 필수 원소를 보내며 그 활동을 통해 살아가는 에너지를 얻죠. 국가에게 음식이란 예산, 심장은 사업, 세포는 국민, 필수 원소는 돈, 에너지란 세금 수입과 무역을 통해 얻는 외화입니다."

당황한 히메노는 아랑곳하지 않고 구로다는 말을 이었다.

"예전 유럽 열강처럼 착취할 수 있는 식민지가 있거나 또는 지금의 중동 여러 나라처럼 엄청난 지하자원을 지닌 나라라면 운영에 어려움이 없겠죠. 넉넉한 무역 흑자를 그냥 국내에 흘려보내면 됩니다. 한편으로 국민의 생활수준이 낮은 개발도상국이라면 국민 모두에게 돌아갈 돈도 조금이면 됩니다. 그렇지만 현재 일본은 그렇지 못해요."

사이키 관리관이 확인하듯 말했다.

"그러니까 식민지도 자원도 없는 일본에서 1억 명도 넘는 국민 모두가 세계적으로 따져도 최고 수준의 생활을 유지해야만 한다, 즉 1억 명이 풍요롭게 생활할 수 있는 고용 상황을 유지하고 전원에게 그만한 돈이 돌게 해야만 한다, 그 얘기입니까?"

"그렇습니다."

구로다는 고개를 끄덕이며 말을 이었다.

"예를 들면 미국은 군사 분야와 군사적 이용을 위한 우주개발을 돈을 순환시키는 심장으로 삼는 방법을 택했습니다. 약 60조 엔이나 되는 군사비와 약 5조 엔에 이르는 우주 개발비를 국내에 쏟아부어 고용과 경제 활동을 유지하는 거죠. 하지만 우리 일본이라는 나라는 헌법 제9조가 있어서 그럴 수 없습니다. 그래서 일본은 군사 분야 대신 공공사업을 심장으로 삼는 방법을 택한 겁니다."

가부라기는 그제야 구로다가 히메노에게 하고자 하는 말뜻을 이해했다.

"일본의 연간 공공사업비는 우리 계산으로 약 15조 엔.

GDP의 6퍼센트를 넘어섭니다. 이건 일본의 26배나 되는 넓은 영토를 가진 미국의 약 3배이며, 미국, 영국, 프랑스, 독일, 이탈리아, 캐나다까지 합친 여섯 나라의 공공사업비를 합친 금액보다 많습니다."

"그래서 아무리 낭비가 되더라도 댐 건설은 필요하다는 말씀?"

히메노가 화를 꾹 눌러 참으며 물었다.

"맞습니다. 전쟁을 하지 않는 일본에서는 거액의 '낭비'가 필요합니다. 댐을 비롯한 공공사업은 비용이 많이 들수록 좋죠. 공사 기간은 길수록 좋고요. 종사하는 사람 수도 많을수록 좋습니다. 즉 낭비가 클수록 좋다고 할 수 있지요."

구로다는 담담하게 설명을 이어갔다.

"낭비가 많은 고용을 낳고 돈을 순환시킵니다. 공공사업의 진짜 의의는 바로 여기에 있습니다. 그에 비하면 댐 자체의 존재 이유 따위는 하찮은 문제죠."

"댐은 낭비(댐은 일본어 표기로 '다무', '헛일' 등의 낭비를 뜻하는 일본 말은 '무다'라는 점을 가지고 하는 말장난)라는 이야긴가?"

히메노가 중얼거리는 마사키를 노려보았다. 마사키는 바로 움츠러들었다.

"이 나라의 선과 악은 모두 경제 효과로 결정됩니다."

구로다는 달관한 표정으로 말했다.

"예를 들어 최근 흡연이 나쁜 습관이라고 해서 비난의 대상이 되어 정부도 금연을 장려하고 있지요. 이건 이 나라의 건

강 의식이 높아졌기 때문이 아닙니다. 오랜 세월 세금을 빨아들이던 니코틴이란 중독물질이 그 역사적 사명을 다했을 뿐이죠. 일본 정부가 중독물질로 수익을 올렸던 다른 사례는 담배만이 아닙니다. 메이지시대에는 아편을 정부에서 독점 판매하기도 했고, 제2차 세계대전 전부터 전쟁이 끝난 뒤까지도 각성제 제조 판매를 허가했었죠."

네 사람을 둘러보며 구로다가 거침없이 말했다.

"원래 기호품이라고 하면 담배보다 술 쪽이 훨씬 위험합니다. 알코올은 인간을 취하게 만들어 정상적인 판단력을 잃게 하고 매일 살인사건이나 상해사건, 음주운전으로 인한 사망사고를 일으키죠. 이건 경찰이 더 잘 아실 겁니다. 그러나 술은 거대한 외식 산업을 떠받치고 있기 때문에 술을 법률로 금지하라는 말을 누구도 하지 않죠."

구로다는 어깨를 슬쩍 움츠리더니 말을 이어갔다.

"게다가 신체에 대한 해를 따지면 담배의 간접흡연 따위보다 자동차 배기가스 쪽이 압도적으로 유해하고 위험합니다. 자살에도 쓰일 정도니까요. 그 자동차 배기가스가 매일 일본 전국에 대량으로 뿌려지고 있습니다. 그렇지만 건강을 위해 담배를 없애라고 떠들면서도 자동차를 없애라는 소리는 누구도 하지 않지요. 자동차는 이 나라의 경제 활동에 없어서는 안될 상품이고 거액의 무역 수입을 가져오기 때문입니다."

구로다는 살짝 한숨을 내쉬었다.

"그래서 우리는 건설이라는 사업을 통해 일본의 경제활동을 지탱하고 일본에 사는 사람들의 생활을 떠받친다는 기개로 매일 격무를 이겨내고 있습니다. 그러니까 제 말씀은……."

구로다가 목소리에 힘을 주고 잘라 말했다.

"우리 사업을 비방하는 사람은 누구도 용서할 수 없다는 겁니다."

히메노는 할 말을 잃은 표정이었다. 귀빈실에는 그대로 침묵이 흘렀다.

침묵을 가르고 마침내 가부라기가 입을 열었다.

"구로다 씨, 당신은 자기가 종사하는 일에 긍지를 가지고 계시군요. 그건 잘 알겠습니다. 우리도 마찬가지니까요. 확실한 증거도 잡지 못했는데 당신들을 범죄자로 취급한 일은 사과드립니다."

"가, 가부라기 선배! 그렇지만!"

못마땅해하는 히메노를 가부라기는 오른손을 들어 제지했다.

"그렇지만 자기 일에 대한 긍지는 자기 일이 사람들의 생활을 지키고 행복으로 이끈다는 믿음이 있기 때문에 생기는 겁니다. 당신들이 하는 일 때문에 불행한 사람이 한 명이라도 생기는 것은 원치 않겠죠. 그렇지 않습니까?"

구로다가 가부라기의 얼굴을 빤히 바라보았다.

"그리고 20년이 넘는 세월을 다누마 촌장과 몰래 연락을 취하며 히류댐 건설에 힘을 쓴 그 어떤 분도 당연히 그렇게 생각할 겁니다."

구로다의 눈동자가 살짝 흔들렸다. 그 모습을 본 가부라기는 확신했다. 구로다는 다누마 야스오와 연락을 취한 인물을 안다. 가부라기는 다시 말을 이었다.

"구로다 씨, 다시 이야기하겠습니다. 우리는 구마바야시건설이라는 회사가 히류댐 건설을 진행하며 저지른 일의 결정적인 증거를 쥐고 있지는 않습니다. 따라서 법이 정한 바에 따라 당신들로부터 이야기를 들을 수는 없습니다. 그렇지만 두 건의 끔찍한 살인사건 진상을 밝히기 위해서는 반드시 그분의 정보 제공이 필요합니다. 그래서 부탁하는 겁니다."

구로다는 다시 입을 다문 채 가부라기를 뚫어지게 바라보았다.

"20년 전 미즈사와 부부 살인사건, 그리고 이번 가와즈 유스케 씨 살인사건. 다누마 야스오와 연락을 담당했던 분은 이 두 사건에 관한 정보를 가지고 있지 않을까요? 구로다 씨, 부디 그분을 만나게 해주십시오. 만약 그걸 공개했을 때 구마바야시건설에 불리한 상황이 생긴다면 우리는 살인사건 수사에 대한 협력의 보상 차원에서 이 회사의 비밀을 지켜드리겠다고 약속합니다."

가부라기는 구로다의 대답을 기다렸다.

구로다는 잠시 말이 없다가 이윽고 입을 열었다.

"돌아가셨습니다."

"예?"

히메노가 무심코 소리를 질렀다.

"소문에 따르면 히류댐 프로젝트팀에 같이 참가했던 직원 조차도 그 사람이 무슨 일을 하는지 알 수 없었던 담당자가 한 명 있었습니다. 자신이 하는 일의 내용을 절대 다른 사람에게 발설하지 않았던 거죠. 그 사람은 10년 전 히류댐 건설이 정식으로 합의에 이른 직후 심근경색으로 세상을 떠났습니다. 58세, 정년까지 앞으로 2년 남았을 때였습니다."

구로다가 차분한 목소리로 설명했다.

"과로가 원인이 아니겠느냐는 이야기가 있었는데 산재 인정은 되지 않았습니다. 회사에서는 정해진 퇴직금과 약간의 위로금을 지급했을 뿐이죠. 산재로 인정되면 그 사람의 업무 내용과 노동 상황을 근로복지공단이 조사하게 됩니다. 회사가 이걸 꺼렸기 때문이라고 생각합니다."

"그, 그럼, 그 사람이 다누마와 연락을……."

마사키의 말에는 대답하지 않고 구로다는 설명을 이어갔다.

"그 사람이 죽자 회사는 그 사람의 서류함에 있던 엄청난 분량의 서류와 서랍 속에 있던 것들, 사물함 안의 물건들까지 모든 것을 회수했습니다. 아마 소각 처분했겠죠. 우리는 상당히 중요한 기밀과 관계가 있었다고만 생각했습니다."

히류댐 건설계획 초기에 다누마 야스오와 연락을 담당했던 인물. 그 사람이 구로다가 이야기하는 그 사람이 틀림없을 것이다.

그런데 그 사람은 이미 죽었다…….

"알겠습니다."

사이키가 한숨을 내쉬며 말했다.

"그 사람은 다누마의 살인을 알면서도 은폐했죠. 어쩌면 댐 건설 추진을 위해 그 살인에 가담했을지도 모르고요. 그렇게 생각하지 않을 수 없겠군요. 참으로 대단한 애사심이네요."

"뭐라고요?"

구로다의 눈이 휘둥그레졌다. 사이키가 의자에서 일어섰다.

"돌아갑시다, 여러분. 이 사람은 우리가 원하는 정보를 아무것도 가지고 있지 않네요. 여기 더 있어봤자 시간 낭비입니다."

"잠깐만요. 지금 뭐라고 하셨죠?"

구로다가 사이키를 노려보면서 목소리를 짜냈다.

"살인에 가담했을 리 없습니다."

구로다의 손이 파르르 떨렸다. 사이키는 무표정하게 다시 내뱉었다.

"이미 그 살인사건은 공소시효가 성립되었습니다. 하지만 그자가 살인에 관여했다면 그가 저지른 범죄, 즉 구마바야시 건설이 저지른 범죄를 그냥 내버려두고 지나갈 수는 없습니다. 법으로 처단할 수 없다면 이 회사는 사회적으로 처단되어야 할 겁니다."

가부라기는 사이키를 쳐다보며 당황한 표정으로 물었다.

"관리관님, 도대체 어떻게 하시려고?"

"구로다 씨, 이건 예를 들어 하는 말입니다."

가부라기의 질문은 무시하고 사이키는 한가로운 이야기라

도 하듯 가벼운 말투로 이야기하기 시작했다.

"주간지 같은 매체가 히류댐을 둘러싼 종합건설회사의 불상사를 눈치채게 되면 과연 어떻게 나올까요? 그들에게 증거는 필요 없습니다. 억측만으로도 기사를 쓸 수 있겠죠. 그리고 기사가 세상에 뿌려지면 구마바야시건설은 스파이활동은 물론 두 사람을 살해한 사건에도 관여한 걸로 여겨지게 될 겁니다. 그렇게 해서 이 회사의 신용은 땅에 떨어지고 수주는 엄청나게 줄어들 테고 창업 120년의 역사를 자랑하는 이 회사의 존속은 위태로워질지도 모릅니다."

구로다, 아니 방 안에 있는 모두가 깜짝 놀라 사이키를 보았다. 사이키는 태연이 말을 이었다.

"그런 매체들은 우리와 전혀 다른 정보 수집 능력을 지녔습니다. 게다가 특종을 올리기 위해서라면 도촬이건 도청이건 매수건 미인계건 우리는 쓸 수 없는 위법행위도 아무렇지 않게 동원할 겁니다. 그리고 반드시 20년 전 살인사건에 관한 뭔가를 파내게 되겠죠. 우리는 그저 가만히 앉아서 기다리기만 하면 그만입니다."

사이키는 테이블 위에 한쪽 손을 얹고 구로다 쪽으로 살짝 몸을 기울였다.

"이런 생각도 해볼 수 있지 않겠습니까? 예를 들면 말입니다."

가부라기는 등에서 식은땀이 흘렀다. 사이키는 언론사에 정보를 흘리겠다는 것이다. 마사키가 당황한 표정으로 사이키에게 말했다.

"아니, 관리관님. 그렇게까지 심하게 말씀하시지 말고, 좀 더 부드럽게 말씀하시죠. 일단 앉으세요."

"말했을 텐데요. 나는 어떤 수단을 쓰더라도 이번 살인사건을 해결하겠다고."

사이키는 그렇게 말하면서도 다시 의자에 걸터앉았다.

"저는 그분을 믿습니다."

구로다는 사이키의 얼굴을 똑바로 바라보았다.

"이름을 밝힐 수는 없지만 그분은 저를 지도해준 상사였습니다. 업무에는 매우 엄격한 분이었지만 아무것도 모르는 제게 성의껏 일을 가르쳐주고 개인적으로도 어떻게든 돌봐주셨죠. 저는 결혼할 때 그분에게 주례를 부탁할 작정이었습니다. 하지만 제가 결혼 상대를 만나기 전에 돌아가시고 말았습니다."

구로다가 진지한 표정으로 네 사람을 돌아보았다.

"그분이 히류댐 사업 진행 과정에서 무슨 일을 했는지 저는 모릅니다. 어쩌면 법에 저촉되는 일을 회사가 시켰을지도 모르죠. 그렇지만 결코 살인 같은 일에 가담할 분은 아닙니다. 알고서도 입 다물고 있을 분도 아니고요. 20년 전 살인사건 따위와는 관계가 있을 리 없습니다."

가부라기는 미소를 지었다.

"행복하겠군요."

"예?"

구로다는 당황한 듯이 얼굴을 들어 가부라기를 바라보았다.

"조직에서 일하는 사람에게 존경할 수 있는 상사나 선배가 있다는 것은 참 소중하고 행복한 일이죠. 당신은 그런 분을 만났으니 행복하겠다는 말입니다."

가부라기는 말을 이었다.

"다만 나쁜 짓은 나쁜 짓입니다. 설사 회사 명령이라 내키지 않았다고 해도 법을 어겼다면 언젠가 그 값을 치러야 합니다. 존경할 만한 분이라면 더욱 그렇겠죠. 그분도 틀림없이 돌아가시기 직전까지 괴로워하지 않았겠습니까?"

구로다는 가부라기를 가만히 바라보다가 말없이 시선을 테이블 위로 떨어뜨렸다.

가부라기는 구로다 쪽으로 가까이 다가가 말했다.

"구로다 씨, 그분이 쓴 서류는 정말 아무것도 남아 있지 않습니까? 엽서건 메일이건 메모지건 뭐든 좋습니다."

구로다는 그럼에도 입을 열지 않았다.

"우리는 살인이라는 범죄만은 결코 용서할 수 없습니다. 사람이 사람을 죽이는 일은 있어서는 안 됩니다. 범인을 체포해 피해자의 묘 앞에, 그리고 유족들에게 알려드리고 싶습니다. 그리고 범인과 사회에 사람이 사람을 죽인다는 일이 얼마나 어리석고 슬픈 행위인지 알게 하고 싶은 겁니다. 그냥 그뿐이에요. 믿어주십시오."

구로다가 불쑥 고개를 들었다.

"혹시……."

"예?"

가부라기가 얼른 물었다. 구로다는 마음을 굳힌 듯이 말을 이었다.

"……당시 상황을 글로 써서 남긴 걸로 여겨지는 것을 제가 당신들에게 제공하면 언론사가 근거 없는 억측 기사를 쓰지 않도록 배려해줄 수 있으십니까?"

가부라기는 자신도 모르게 엉거주춤 몸을 일으켰다.

"있습니까?"

구로다는 시선을 허공으로 던지면서 이렇게 말했다.

"해외출장 중이라 장례식에 가지 못했던 저는 향이라도 올리기 위해 댁으로 찾아갔습니다. 그런데 사모님께서 제게 수첩 한 권을 주셨죠. 그분 서재에 있는 책상 서랍 안쪽에 숨겨져 있던 것이었습니다. 업무에 사용하던 수첩이다, 후배에게 꼭 전해달라, 사모님께 그렇게 말씀하셨답니다."

구로다는 양복 안주머니에 오른손을 넣어 검정색 작은 가죽 표지가 있는 수첩을 꺼냈다.

"우리는 당신들이 보면 회사 이익을 위해 무슨 짓이든 하는 인간들로 보일지 모르겠습니다. 하지만 그렇지 않습니다. 우리는 국민의 행복을 위해 공헌한다는 긍지를 가슴에 간직하고 일합니다. 그리고 그분도 그러셨다고, 적어도 살인 같은 일에는 관여하지 않았다고 저는 믿습니다."

구로다는 그 수첩을 가부라기 앞에 내려놓았다.

"이건 회사 내부 자료가 아닙니다. 제 개인적인 소유물이죠.

그러니 회사가 아니라 저와 거래하실 수 없겠습니까?"

"당신과 거래를?"

되묻는 가부라기에게 구로다는 고개를 끄덕였다.

"이 수첩은 당신들에게 맡기겠습니다. 그 대신 어떤 내용이 적혀 있더라도 1만 2천 명이 일하는 이 회사를 지켜주시면 좋겠습니다. 그렇게 해주시겠습니까?"

가부라기는 곁눈질로 사이키를 바라보았다. 사이키는 말없이 어깨를 으쓱했다.

"알겠습니다. 약속하죠."

가부라기는 고개를 숙이고 그렇게 말한 뒤 수첩을 집어 들었다. 그리고 검은 가죽 표지를 넘겨 첫 페이지에 적힌 글자를 읽었다.

24033443241221236403251315235531013312650443

가부라기는 아무 말도 하지 못했다. 수첩 첫 페이지에는 오로지 숫자만 잔뜩 적혀 있었다.

가부라기는 당황해 다음 페이지를 펼쳤다. 마찬가지였다. 검은 가죽 수첩에 적힌 것은 모두 긴 숫자의 나열이었다.

"이게, 대체 뭐지?"

수첩을 들여다본 마사키가 고개를 꼬았다. 사이키도 수첩을 보고 표정이 심각해졌다.

히메노도 일어서 마사키의 어깨 너머로 수첩을 보았다.

"암호인가요? 전혀 무슨 뜻인지 알 수 없네요."

가부라기는 얼굴을 들고 구로다를 보았다. 구로다는 천천히 고개를 저었다.

"그 선배 사원이 무얼 하셨는지 저도 알고 싶습니다. 그래서 매일 가지고 다니며 틈이 날 때마다 들여다보았죠. 하지만 아직도 무슨 뜻인지 모르겠습니다. 무엇인가를 암호로 기록한 거라고 생각합니다. 그렇지만 회사 자료실에 가지고 갈 수도 없고 외부에 의뢰할 수도 없어 무슨 내용을 적은 것인지 밝혀내지 못했죠."

그렇게 말한 뒤 구로다는 덧붙였다.

"저는 분명히 건네드렸습니다. 그러니 약속은 지켜주시는 거죠?"

"이 자식이, 지금 우릴 놀려?"

마사키가 화를 내며 몸을 일으켰다.

"어차피 읽을 수 없을 테니까 이쯤은 넘겨도 된다? 이 비겁한 놈!"

"그만둬, 마사키."

가부라기는 마사키를 말리고 구로다에게 말했다.

"이 수첩은 잠시 맡아두고 내용을 모두 기록하면 돌려드리죠. 구마바야시건설의 중요한 기밀도 포함되어 있을지 모르니까요. 하지만 약속드린 대로 살인사건에 관한 정보 이외에는 절대로 공개하지 않겠습니다. 어디까지나 두 건의 살인사건 해결을 위해서만 사용하도록 하지요."

사이키가 일어섰다.

"어쩔 수 없군요. 약속은 약속이니. 그만 돌아가실까요?"

가부라기 일행은 자리에서 일어났다. 구로다가 먼저 가서 문을 열었다. 사이키, 그리고 마사키가 귀빈실 문을 나섰다. 그리고 가부라기가 문을 나설 때 구로다가 슬쩍 중얼거렸다.

"우린 뭘까요?"

"예?"

되묻는 가부라기를 바라보며 구로다는 지친 표정으로 말했다.

"만약 다누마를 히류무라에 심은 게 우리라고 하면, 그리고 다누마가 공작 활동 과정에서 살인을 저질렀다면 그 피해자들을 죽인 것은 우리 구마바야시건설이다, 이렇게 되는 걸까요?"

"그럴지도 모르죠."

가부라기는 구로다의 얼굴을 빤히 바라보며 고개를 끄덕였다.

"나쁜 짓은 줄줄이 꼬리를 물기 마련입니다. 사소한 나쁜 짓이 다음 나쁜 짓을 불러 눈덩이처럼 자꾸 커지죠. 그리고 마지막에는 큰 비극을 낳습니다. 나는 당신들이 히류댐 건설을 위해 한 일은 20년 전의 살인사건과도, 그리고 이번 살인사건과도 관계가 없지 않다고 생각합니다."

구로다는 말없이 텅 빈 눈을 바닥으로 떨구었다.

15 혼미

5월 24일 목요일 오후 8시. 경시청 6층 회의실 중앙에 접이식 긴 책상을 네 개 이어붙인 자리가 만들어졌다.

그 주위에는 여섯 개의 파이프 의자가 놓였고 여섯 남자가 제각각 다른 자세로 앉아 있었다. 가부라기 데쓰오, 마사키 마사야, 히메노 히로미, 사와다 도키오, 그리고 군마 현경의 다타라 도시오와 요시오카 나오토, 이렇게 여섯 명이었다. 그들 앞에는 각각 짙은 남색 물방울무늬를 한 넓적한 찻잔이 받침도 없이 놓여 있었다.

두 시간 전. 구마바야시건설 본사 빌딩을 나선 사이키 관리관은 서둘러 우에노 경찰서로 갔다. 사이키는 오카치마치(御徒町)에서 일어난 보석상 강도살인사건 수사본부의 관리관이기도 했다. 그 사건의 수사본부가 우에노 경찰서에 설치되어 있었다. 다른 세 사람은 바로 경시청으로 돌아왔다. 그리고 가부라기는 군마 현경 소속 두 사람과 과학경찰연구소에서 파견된 사와다 도키오를 회의실로 불렀다.

"이게 그 수첩입니까? 좀 봐도 될까요?"

가부라기는 다타라에게 수첩을 건넸다. 다타라는 수첩을 펼쳐 거기 적힌 숫자를 한동안 들여다보았지만 이윽고 포기한 듯 깊은 한숨을 내쉬었다.

"이거야, 어떻게 해 볼 도리가 없군요. 정말 여기 적힌 숫자에 의미가 있기나 한 걸까요?"

가부라기는 어찌할 바를 몰랐다. 사이키를 어떻게든 설득해 구마바야시건설로 가서 결국 다누마 야스오와 연락을 주고받은 것으로 보이는 인물을 찾아냈다. 그리고 그 인물이 갖고 있었다는 수첩도 손에 넣었다. 하지만 거기 적힌 내용은 도무지 읽어낼 수 없는 암호뿐이었다.

"그러기에 내가 뭐라고 했습니까?"

요시오카가 내뱉듯 말했다.

"구마바야시건설에 놀아나 엄청난 비리를 눈감아주겠다고 약속하고 그 대가로 이런 의미도 모를 물건을 감사히 받아오다니……. 토끼 한 마리를 놓친 정도가 아니라 몽땅 다 놓친 꼴이 아니고 뭐겠습니까?"

가부라기는 생각에 잠기며 이렇게 대꾸했다.

"나는 구로다 씨가 나쁜 짓을 했다고 생각하지는 않아요. 그 사람 입장에서는 자기 회사의 스파이 행위를 증명할 수 있는 자료를 경찰에 넘길 수는 없었겠죠. 그래서 이 수첩이, 그 사람 나름대로는 최대한의 양보 아니었을까요? 내용을 모르니 우리 경찰에 넘긴 거죠."

히메노가 잔뜩 부은 얼굴로 말했다.

"정말 그런 걸까요? 저는 우리를 놀려먹은 거라는 생각만 드는데요."

"야, 도키오! 넌 과학경찰연구소 소속이잖아. 이런 정도는 척척 읽어낼 수 있지 않아?"

그러나 사와다는 고개를 저을 뿐이다.

"저는 암호에 대해서는 문외한입니다. 정보 제2 쪽에 해독해달라고 의뢰해야 합니다."

정보 제2는 문서 해독을 전문으로 하는 과학경찰연구소 범과학 제4부 정보과학 제2연구실을 말한다.

"나오토, 한 번 볼 텐가?"

다타라가 수첩을 요시오카에게 내밀었다. 그는 내키지 않는 듯이 수첩을 받아들었다.

그 사이 가부라기는 필사적으로 머리를 굴렸다. 과학경찰연구소는 이 수첩에 나열된 숫자를 반드시 해독해낼 것이다. 문제는 시간이다. 다누마 야스오가 태국으로 떠나는 날은 6월 1일. 앞으로 일주일밖에 남지 않았다. 그때까지 해독하지 못하면 다누마는 경찰의 손길이 닿지 않는 곳으로 빠져나가고 만다…….

그때였다.

"건·설·계·획·변·경(け·ん·せ·つ·け·い·か·く·へ·ん·こ·う)."

한 글자씩 천천히 문장을 읽어내는 목소리가 들려왔다. 가부라기는 얼른 목소리가 나는 쪽을 바라보았다. 요시오카 나오토였다.

"오·쿠·노·사·와·수·몰(お·く·の·さ·わ·す·い·ぼ·つ)."

요시오카는 수첩을 보면서 계속 읽었다.

"나, 나오토. 자네?"

다타라는 신기한 물건이라도 본 사람처럼 요시오카의 얼굴을 빤히 바라보았다. 히메노도 믿을 수 없다는 표정으로 요시오카 쪽으로 고개를 디밀었다.

"이 암호를 읽을 수 있습니까?"

요시오카는 어깨를 으쓱했다.

"이건 암호니 뭐니 하는 그런 거창한 게 아니죠. 과학경찰연구소에 부탁할 일도 아닙니다. 그냥 삐삐 입력 방식이죠."

"삐삐 입력 방식?"

책상 반대편에서 가부라기가 되물었다.

"그래요. 삐삐 입력. 투 터치 입력이라고도 하죠."

요시오카는 바지 주머니에서 자기 휴대전화를 꺼냈다.

"우리가 중고등학교에 다닐 때는 휴대전화도 PHS도 아직 나오지 않았을 때예요. 그래서 한때 흔히 삐삐라고 불리는 호출기가 크게 유행한 적이 있었죠. 지금 스마트폰 정도의 단말기에 흑백 액정화면이 달려 있었는데, 전화로 상대방 삐삐에 메시지를 보낼 수 있었습니다. 처음에는 숫자로만 표시할 수 있었죠. 100024는 '많이 사랑해.' 하는 식으로 발음과 비슷한 숫자를 중심으로 메시지를 보냈습니다."

요시오카는 휴대전화를 들어 올렸다.

"그러다가 가나와 한자도 보낼 수 있게 되었죠. 기종에 따라 다르지만 기껏해야 열 글자나 많아야 스무 글자를 겨우 보낼 수 있었던 걸로 기억합니다. 하지만 그때 우리는 그 삐삐와 공중전화를 이용해 친구와 잡담을 나누기도 했습니다. 메시지도 30건 정도는 단말기에 보존이 되었고요."

그렇게 말하며 요시오카는 두 엄지손가락으로 빠르게 숫자 버튼을 눌렀다.

"요즘 식으로 이야기하면 휴대전화 메시지, 아니 트위터 비슷한 느낌일까요? 아무 삐삐 번호로나 메시지를 보내 친구를 만들기도 하고 했었죠."

요시오카는 눈 깜빡할 사이에 숫자 찍기를 마치더니 그 액정화면을 가부라기에게 보여주었다. 모두들 경쟁이라도 하듯 그 화면을 들여다보았다.

건설계획변경 오쿠노사와 수몰

액정화면에 이런 글자가 표시되었다.

요시오카가 설명했다. 투 터치 입력이란 50음표의 가로세로에 번호를 붙여 두 자리 숫자로 글자 하나를 표시하는 입력 방법이다. '아이우에오' 행에 1~5의 번호가 붙고, '아카사타나'로 이어지는 열에 1~0까지 번호가 붙는다. 예를 들어 '아'는 11, '우'는 13이 되며 '사'는 31이 된다. 요음이나 촉음은 또 다른 번호가 배정되었다.

사실 요즘 휴대전화 단말기도 이 투 터치 입력 방식을 쓸 수 있도록 만들어진다. 익숙해지면 50음 입력 방식보다 빨리 입력할 수 있어 자기 또래인 사람들 사이에는 아직도 휴대전화로 메시지를 보낼 때 투 터치 입력 방식을 쓰는 사람이 있다고 요시오카는 말했다.

"뭐야, 그렇게 간단한 거였어?"

맥이 풀린 듯 마사키가 어처구니없다는 표정으로 말했다.

"요시오카와 비슷한 또래 세대에만 유명한 거야. 그러고 보니 경찰청에 들어왔을 때 공중전화박스의 전화기 숫자 버튼을 10엔짜리 동전으로 문질러 지우는 장난도 자주 있었는데. 요시오카, 너도 그런 장난했었지?"

요시오카는 마사키를 보더니 어깨를 으쓱했다.

삐삐 또는 호출기는 '무선호출시스템 단말기'를 일컫는다. 아직 휴대전화나 PHS 같은 통신기기가 없던 시절, 외출 중인 자기 회사 직원과 연락을 취하기 위해 자주 사용되었다. 1986년에 서비스를 시작한 뒤로 기업체에 폭발적으로 보급되었다. 그리고 마침내 새로운 커뮤니케이션 도구로 젊은이들 사이에도 퍼져나갔다.

당시 중고생들은 공중전화를 이용해 서로의 삐삐에 메시지를 보냈다. 직접 전화를 하면 몇 초 만에 끝날 일인데 전화박스를 몇 시간이나 차지하고 서로 문자를 주고받는 이들도 있었다. 그 무렵 긴급전화를 사용하는 위법적인 꼼수가 있었는데 버튼을 빨리 누르기 위해 10엔짜리 동전을 사용하는 방법이

나와 버튼이 깎이는 피해가 많이 일어났다고 한다.

다누마 야스오와 구마바야시건설은 삐삐로 연락을 주고받았던 것인가?

가부라기는 필사적으로 궁리했다. 요시오카가 고등학생이고 마사키가 경찰청에 입사했을 무렵이라면 90년대 초. 20년쯤 전이다. 바로 미즈사와 부부 살인사건이 일어났던 무렵, 구마바야시건설의 담당자는 다누마에게 삐삐를 주고 급할 때는 그걸로 연락을 취했던 것이다. 내용으로 보아 이 수첩에 적힌 숫자들은 삐삐 통신 내용을 기록한 게 틀림없다. 그렇지만…….

"그때 히류무라는 전파 상태가 열악했었죠. 라디오나 텔레비전의 강력한 전파도 전용 안테나를 세우지 않으면 수신할 수 없었습니다. 그런 히류무라에서 안테나도 설치되지 않은 삐삐단말기가 전파를 수신할 수는 없었을 것 같은데요."

히메노가 그렇게 말하며 팔짱을 꼈다. 히메노의 말이 맞다. 구마바야시건설 담당자는 대체 어떤 방법으로 다누마의 삐삐와 통신을 했을까? 그건 여전히 수수께끼다. 하지만 지금은 그걸 생각할 때가 아니다.

"요시오카 씨, 이 수첩에 적힌 숫자를 모두 문장으로 풀어주시겠어요? 히메노, 그걸 받아 적어 수사본부 모두 볼 수 있도록 배포해."

수첩은 1992년도용이었다. 미즈사와 부부가 살해된 바로 그해에 쓰던 수첩이다. 가부라기는 이것이 우연이 아니라고 생각했다.

1991년에 구마바야시건설은 다누마 야스오를 공작원으로 히류무라에 심었다. 그리고 어떤 기술을 사용했는지 모르지만 전파장애 문제를 해결해 휴대전화가 보급되기까지 몇 년 동안 삐삐를 써서 다누마와 통신했다. 그러니 통신내용을 기록한 수첩은 여러 개 있었을 것이다. 나머지 수첩은 구마바야시건설 측이 없앴으리라.

연락 담당자는 이 한 권만 집에 가지고 와서 숨겼다. 그 이유는 아마 수첩에 적힌 내용을 구마바야시건설 내부에 공개할 수 없었기 때문일 것이다. 즉 히류댐 건설과는 관계없는 정보, 예를 들면 '밝힐 수 없는 다누마의 행동'에 대한 내용이기 때문이 아닐까?

그렇다면 미즈사와 부부를 살해한 사람은 역시 다누마 야스오인가? 그 답은 이 수첩에 적혀 있으리라.

×월 ×일 건설 계획 변경 오쿠노사와 수몰
×월 ×일 이달 입금 완료, 내일 인출 가능
×월 ×일 다음 주 투표일 지키는 모임 인원 수 연락 바람
×월 ×일 촌장 선거 승리 축하
×월 ×일 현 의회 의원 D 포섭 성공 반대파 과반수 초과
×월 ×일 공사 순조롭게 지연 공기 더욱 연장될 예정
×월 ×일 ……

"결국 손에 넣었군요."

다타라가 긴장한 목소리로 말했다.

"이거야말로 다누마 촌장과 구마바야시건설이 내통하고 있었다는 움직일 수 없는 증거입니다."

"제기랄……, 이걸 공개할 수 없을까?"

종이를 보면서 분통을 터뜨리는 요시오카에게 가부라기가 고개를 숙였다.

"미안해요, 요시오카 씨. 그렇지만……."

"살인범 체포가 최우선이라는 건 압니다."

요시오카는 화를 참듯 한숨을 내쉬며 겨우 대꾸했다.

"뭐가 '공사 순조롭게 지연'이야! 놀고들 있군!"

마사키는 이를 갈며 종이를 손등으로 탁탁 쳤다.

"다누마한테서 온 답신은 어떻게 했을까요?"

히메노의 말에 가부라기는 이렇게 대답했다.

"날짜로 보아 다누마는 일주일에 한 번 삐삐로 메시지를 받고 필요하면 히류무라 밖으로 나와 공중전화 같은 걸로 연락한 게 아닐까? 촌장 사무실이나 집에서 전화를 하면 구마바야시건설로 전화를 건 기록이 전화국에 남을 테니까."

요시오카에 따르면 삐삐 단말기에는 메시지를 몇 개밖에 보존할 수 없었다고 한다. 그렇다면 이 수첩과 마찬가지로 다누마에게도 베껴 쓴 내용이 있으리라. 그걸 그 투서를 보낸 고발자—아마도 야마세 겐이겠지만—가 발견한 게 아닐까?

"그렇지만 이제 우리 목적은 히류댐을 둘러싼 독직 사건을 증명하는 게 아닙니다."

사와다가 서류를 물끄러미 들여다보면서 말했다.

"그렇죠. 20년 전 미즈사와 부부 살인사건에 관한 정보가 담겨 있느냐가 중요하니까요."

찻잔을 들어 한 모금 마시던 다타라도 심각한 표정으로 종이를 내려다보았다.

"20년 전 사건의 진실이 가와즈 유스케 살인사건과 분명 연결되어 있을 텐데……."

그렇게 말하며 가부라기는 책상 위에 놓인 서류 두 군데를 차례로 손가락으로 두드렸다.

"이 두 가지가 신경이 쓰이는군."

수첩에 적힌 숫자는 거의 댐 건설계획에 관한 내부 정보와 다누마에게 보낸 송금, 정부와 지자체의 동향 등을 알리는 통신 기록이었다. 하지만 이상한 메시지 두 건이 다누마에게 발송되었다.

"화이트보드에 적겠습니다!"

히메노가 일어나 회의실 구석에 있는 화이트보드를 끌고 오더니 검은 펠트펜으로 두 개의 문장을 옮겨 적었다.

1. ×월 ×일 오늘 심야 긴급회의 내일 오전 4시 잠자리 날려라
2. ×월 ×일 다시 경고 미즈사와 부부의 뇌물에는 손대지 말라

"우선 첫 번째 메시지."

화이트보드 옆에 선 히메노가 자기가 쓴 문장을 바라보며

팔짱을 꼈다.

"또, 또 잠자리인가!"

마사키가 어처구니없다는 듯이 내뱉었다.

가부라기는 첫 번째 메시지를 물끄러미 바라보았다. '오늘 심야 긴급회의'라는 말은 무슨 의미인지 알겠다. 문제는 그다음. 구마바야시건설의 연락 담당자는 다누마 야스오에게 '잠자리를 날려라'라는 지시를 내렸다. 삐삐라서 한 번에 주고받을 수 있는 글자 수는 제한이 있다. 최대한 줄인 문장이 될 수밖에 없다. 잠자리를 날리라는 게 무슨 행위를 비유한 걸까? 아니면 글자 그대로 잠자리를 잡아서 하늘로 날려 보내라는 지시인 걸까?

"도대체 무슨 뜻일까요?"

히메노가 한숨을 내쉬며 중얼거렸다. 하지만 대답할 수 있는 사람은 없었다.

회의실에 침묵의 시간이 흘렀다. 다들 필사적으로 이 메시지에 담긴 뜻을 찾았다. 하지만 누구도 그럴듯한 아이디어를 떠올리지 못했다. 그저 시간만 계속 흘렀다.

다타라가 침묵을 깨듯 한숨을 푹 내쉬었다.

"휴우……, 두 손 들었습니다. 도무지 짐작이 가지 않는군요."

히메노도 안타까운 표정으로 고개를 저었다.

"그럼 일단 1은 미뤄두고 다음 메시지로 가죠. 두 번째 메시지는 이렇습니다.

2. ×월 ×일 다시 경고 미즈사와 부부의 뇌물에는 손대지
말라

곧이곧대로 해석하면 미즈사와 부부가 다누마 촌장에게 뇌
물을 주었거나 적어도 주려고 했다는 이야기다. 아마 다누마
는 그걸 구마바야시건설의 연락 담당자에게 자랑스럽게 떠벌
렸으리라. 그리고 그 이야기를 들은 연락 담당자는 그 뇌물을
절대 받지 말라고 경고했다.

"뇌물이라고?"

요시오카가 험상궂은 표정으로 말했다.

"사건 당시는 히류무라 촌장 선거가 치러지기 전이었는데,
다누마는 이미 '히류의 자연을 지키는 모임'을 이끌면서 별장
지 개발에도 사비를 들여 히류무라에서 압도적인 인기를 누렸
죠. 촌장 선거 당선이 거의 확실한 상태였습니다. 미즈사와 부
부는 훗날 덕을 보려고 다누마에게 달라붙었던 모양이로군요."

"그런데 왜 구마바야시건설 담당자는 미즈사와 부부의 뇌
물을 받지 말라고 했을까?"

가부라기는 생각에 잠겼다.

그 무렵 다누마는 오쿠노사와를 이용해 15억 엔이나 되는
돈을 옳지 않은 방법으로 손에 넣을 계획을 세웠다. 구마바야
시건설 측에서는 의도하지 않은 행위였을 테지만 이러한 다
누마의 사이드 비즈니스를 결국 묵인했다. 그렇다면 미즈사와
부부로부터 약간의 부수입을 얻더라도 특별히 잔소리를 할 만

한 일은 아니었을 것이다.

히메노가 가설을 제시했다.

"엄청난 액수의 뇌물 아니었을까요? 자칫 잘못 받으면 후환이 두려운, 약점을 잡힐 만한."

틀림없이 그렇게 생각하면 납득이 간다. 그러나 받기 위험할 정도의 뇌물이라는 게 대체 뭘까? 골동품이나 미술품 같은 걸까? 아니면 더 희소가치가 있는 물건일까?

"다타라 과장님, 어떻습니까? 뭔가 짚이는 게 있습니까?"

가부라기가 묻자 다타라는 어쩔 줄 몰라 하며 한숨을 쉬었다.

"모르겠군요. 저도 히류무라 파출소에 근무하던 시절에 순찰을 도느라 여러 차례 미즈사와 씨 집을 찾아갔지만 결코 유복한 가정은 아니었습니다. 도저히 그런 값비싼 물건을 지니고 있는 걸로 보이지는 않았는데요."

다타라는 찻잔을 들더니 입으로 가져가며 말을 이었다.

"오히려 생활이 힘든 편 아니었을까요? 이즈미라는 눈이 불편한 여자애까지 있고……."

쩽그랑, 하고 요란한 소리가 회의실에 울려 퍼졌다.

다타라를 제외한 다섯 명 모두 깜짝 놀라 일제히 소리가 난 쪽을 보았다. 다타라의 발아래, 돌무늬 타일 바닥 위에 도기 파편이 흩어져 있었다. 그 주위로 옅은 노란색 액체가 천천히 퍼져나갔다. 다타라가 집어 들었던 찻잔을 떨어뜨려 깨진 소리였다.

"왜, 왜 그러십니까?"

옆에 앉은 요시오카가 당황한 표정으로 다타라에게 말을 건넸다. 하지만 다타라의 귀에는 그 소리가 들리지 않는 듯했다.

"이즈미……, 도깨비……, 태국……."

다타라는 몽유병자처럼 중얼거렸다. 그리고 이렇게 내뱉었다.

"이런 멍청이……."

그의 얼굴에서 핏기가 사라졌다.

가부라기가 긴장한 얼굴로 다타라에게 말을 건넸다.

"뭔가 기억이 나셨습니까, 다타라 과장님?"

다타라는 천천히 얼굴을 돌려 가부라기를 바라보았다. 그리고 갑자기 고개를 거세게 저었다.

"아, 아뇨. 아무것도 아닙니다. 미안합니다, 찻잔을 깨서. 나이를 먹으니 손 움직임도 뜻대로 되지 않는군요."

그러더니 다타라는 바닥에 쭈그리고 앉아 떨리는 손으로 찻잔 조각을 줍기 시작했다. 히메노가 회의실에서 달려 나갔다. 그리고 어디선가 걸레를 가지고 돌아와 다타라 옆에 쭈그리고 앉아 바닥에 쏟아진 차를 훔쳤다.

다타라는 분명히 큰 쇼크를 받은 눈치였다. 파편을 주우려고 했지만 손가락이 떨리는지 자꾸 떨어뜨렸다. 다른 사람들은 그런 모습을 가만히 지켜보았다.

이즈미, 도깨비, 태국……. 다타라는 중얼거렸다. 그 세 마디에서 다타라는 뭔가 떠올린 건가? 다타라가 매우 혼란스러워

하는 모습을 보며 가부라기는 한 가지 결론에 이르지 않을 수
없었다.

"다타라 과장님, 그렇게 충격을 받을 만한 상상이라면 제게
는 한 가지밖에 떠오르지 않는군요."

가부라기가 차분한 목소리로 입을 열었다. 다타라의 손이
찻잔 파편을 든 채 멈췄다.

"히류무라의 촌장 다누마 야스오는 56세인 지금도 독신입
니다."

다타라는 얼굴을 들고 가부라기를 바라보았다. 가부라기가
말을 이었다.

"우리 수사에 따르면 다누마는 며칠 전 태국행 편도 항공권을
구입했습니다. 다누마는 전에도 태국을 십여 차례 방문했죠."

"그만!"

다타라가 벌떡 일어섰다. 그리고 찻잔 조각을 두 손에 쥔 재
로 가부라기 쪽으로 다가갔다.

"가부라기 씨, 내가 착각한 게 틀림없어요! 그러니 그만둬!
제발!"

"그리고 태국은 일본인을 포함한 해외 관광객의 아동 매춘
이 문제인 나라입니다."

가부라기는 끓어오르는 분노를 필사적으로 참으며 말했다.

다들 할 말을 잃었다. 다타라가 절망스러운 표정을 지었다.
그 두 손에서 찻잔 조각이 후드득 떨어졌다. 가부라기는 괴로
운 표정으로 다타라에게 말했다.

"미즈사와 부부가 다누마 야스오에게 바친 뇌물이 일곱 살 난 딸 미즈사와 이즈미라고 생각하시는 거죠, 다타라 과장님?"

다타라는 가만히 바닥을 바라보더니 이윽고 툭 내뱉었다.

"이즈미는 내게 '순경 아저씨, 우리 집에 도깨비가 나와요.'라고 했습니다."

다타라는 속삭이듯 작은 목소리로 더듬더듬 말했다.

"부모가 없는 날, 자기 방에 도깨비가 나타난다고. 그 목소리가 선거 유세 차량에서 흘러나오는 다누마 야스오의 목소리와 똑같다고. 그때 눈치챘어야 했는데. 내가 정신이 나간 놈이지."

다타라는 구겨진 얼굴로 힘없이 고개를 저었다.

"왜 내가 그걸 알아차리지 못했을까. 미즈사와 부부가 집을 비운 날 밤에 다누마 야스오가 이즈미의 방에 몰래 들어갔다는 걸. 아니, 그게 아니지. 미즈사와 부부가 이즈미를 접대 도구로 다누마에게 제공하고 다누마가 오기로 한 시간에 외출했다는 걸 왜 진작 눈치채지 못했을까……."

"이런 빌어먹을!"

고함 소리와 함께 요란한 소리가 났다. 동시에 책상 위에 있던 찻잔들이 튀어 올랐다. 마사키가 책상을 두 주먹으로 힘껏 내려친 소리였다.

"그 변태 새끼! 그냥 두지 않겠어! 그리고 그 부부, 어떻게 부모가 딸에게 그런 짓을 할 수 있지? 다들 인간도 아니야! 인간의 가죽을 쓴 짐승이지! 아니, 짐승도 그런 짓은 하지 않아!"

요시오카도 이를 갈았다.

"이즈미의 친아버지는 이즈미가 다섯 살 때 집을 나갔습니다. 미즈사와 이치로는 그다음에 굴러들어온 녀석이고. 이즈미와 피가 섞이지 않았으니 있을 수 없는 일은 아니겠죠. 하지만……."

요시오카는 분노로 가득 찬 눈으로 가부라기를 노려보았다.

"어머니인 스미코는 이즈미를 낳은 친엄마 아닙니까? 나는 친엄마가 자기 딸에게 그런 잔혹한 짓을 할 수 있다는 게 도저히 믿어지지 않아요!"

"생각이 모자랐어."

가부라기는 분노를 필사적으로 억누르며 말했다.

"미즈사와 이즈미를 만났을 때 손과 발에 오래된 흉터와 화상 흔적이 여러 개 있는 걸 보았는데 말이야. 그때는 태어날 때부터 앞을 보지 못해 어렸을 때 자주 넘어지고 부딪혀서 생긴 거라고 생각하고 말았으니. 하지만 그건 그런 흉터가 아니라……."

"부모가 학대한 흔적이었군요."

히메노가 비명 섞인 목소리로 말했다.

"남편이 가정 폭력을 휘두르는 인물일 때 아내는 자기 몸을 지키기 위해 충돌을 피해 남편의 폭력을 적극적으로 긍정하게 되죠."

누구에게랄 것도 없이 사와다가 감정을 억누른 목소리로 말했다.

"그리고 다른 가족에게, 대부분 자식에게 남편의 폭력이 향하게 만듭니다. 게다가 남편의 환심을 사기 위해 자기도 남편과 함께 자식에게 폭력을 휘두르게 되고 말지요. 이건 '허위성 장애'의 일종인데, 허풍선이 남작이라는 별명을 지녔던 인물의 실제 이름을 따서 '대리 뮌하우젠 증후군'이라고 부르죠."

찬물을 끼얹은 듯이 조용해진 회의실에 사와다의 목소리만 들렸다.

"특히 자녀에게 장애가 있는 경우 아내는 그 아이의 존재가 남편 폭력의 원인, 즉 자기가 불행해지는 원인이라고 생각하게 되어 학대는 더욱 심해지는 경향을 보입니다. 그 결과, 자녀가 사망하는 예도 드물지 않죠."

"없는 살림에 아버지도 친아버지가 아닌 데다가 폭력까지 휘두르는 인간이었다……. 어머니는 그 남편을 두려워했고 이즈미에게는 장애가 있었다……."

가부라기의 말에 사와다는 고개를 끄덕였다.

"그렇습니다. 당시 미즈사와 씨 집에는 자식을 심하게 학대할 조건이 여러 개 겹쳐 존재합니다. 그걸 생각하면 오히려 미즈사와 이즈미는 용케 학대를 견디고 살아남은 셈이죠. 행운에 감사하지 않을 수 없습니다. 물론 그건 강도살인사건이라는 해프닝에 의해 학대를 하던 미즈사와 부부가 살해되었기 때문이지만요."

사와다는 눈썹을 찡그리며 말을 끊더니 입을 다물었다.

마사키가 불안한 표정으로 물었다.

"야, 도키오, 왜 그래?"

사와다가 천천히 마사키를 바라보았다.

"해프닝이었을까요?"

"뭐가?"

마사키의 얼굴이 불길한 예감에 일그러졌다. 사와다가 말을 이었다.

"20년 전 미즈사와 이즈미가 부모로부터 학대를 당하고 있었다고 가정해보지요. 그 부모가 어느 날 누군가에게 살해되었습니다. 그리고 그 결과, 이즈미는 부모의 학대로부터 해방되었습니다. 그렇다면 과연 그 부모의 죽음이 진짜 해프닝이었겠느냐는 거죠."

"사와다, 설마, 너……."

가부라기 말했다. 마사키, 히메노, 다타라, 그리고 요시오카도 깜짝 놀라 사와다를 보았다.

사와다는 의자를 박차고 일어나 급히 히메노 옆에 있는 화이트보드로 달려갔다. 그리고 펠트펜을 들어 뭔가 쓰기 시작했다.

이윽고 화이트보드 위에 여섯 개의 문장이 나타났다.

1. 이즈미는 부모로부터 학대당했다.

2. 부모는 이즈미를 다누마 야스오에게 '접대'하는 데 이용했다.

3. 미즈사와 부부 살해 당일, 마을 사람 누군가가 미즈사와 씨 집에 '미나리 무침'을 가지고 왔다.

4. 미즈사와 부부는 저녁 식사를 하다가 살해당했다.

5. 미즈사와 부부는 집에 있던 채소 절임 누름돌에 맞아 죽었다.

6. 이 살인사건에 대해 다누마를 비롯한 마을 사람 모두 알리바이가 있었다.

"……그랬던 건가?"

사와다가 어처구니없다는 듯이 잔뜩 잠긴 목소리로 중얼거렸다.

"사와다, 너, 알아낸 거야? 20년 전에 미즈사와 부부를 죽인 범인을?"

가부라기의 말에 마사키와 히메노는 크게 동요했다.

"뭐라고? 야, 정말이냐, 도키오?"

"사와다, 누구야? 다누마가 아니야?"

다타라와 요시오카는 멍하니 서로의 얼굴을 바라보았다.

사와다는 말없이 화이트보드를 바라보다가 이윽고 천천히 고개를 끄덕였다.

"여기를 봐주십시오. 이게 20년 전 미즈사와 부부 살인사건의 전모입니다. 1, 2, 3은 가부라기 선배의 추측에 바탕을 둔 가설입니다만 틀림없이 사실일 겁니다."

그러더니 사와다는 빠른 말투로 설명하기 시작했다.

"당시 수사본부는 5, 6이라는 한정된 정보에 바탕을 두고 범인은 '힘이 센 성인 남성'이며 '마을 밖에서 온 외부인'이라고 추정했습니다. 하지만 그게 아니었던 거죠."

"그, 그게 아니라고?"

마사키가 혼란스러운 표정을 지었다.

"네. 마을 사람 모두에게 알리바이가 있으니 마을 외부 사람이 틀림없겠지요? 게다가 범인은 어른 두 명을 누름돌로 때려죽였습니다. 그런 난폭한 살해 방법은 어지간히 힘이 센 덩치가 아니면 무리일 겁니다."

사와다는 가부라기를 바라보며 말을 이어나갔다.

"가부라기 선배, 선배는 '드래곤플라이'에서 가와무라 시즈에 씨에게 사건에 대한 대략적인 이야기를 들었을 때 이렇게 말씀하셨죠. 미즈사와 부부가 살해되었을 때 딸인 이즈미가 외박한 건 요행이었다고요."

"아, 그랬지. 그야 우연히 외박하는 날이라 목숨을 건졌으니까……."

가부라기의 말을 가로채며 사와다가 말을 이었다.

"우연이 아니었어요. 계획된 일이었습니다. 그리고 20년 전미즈사와 부부를 살해한 사람은……."

사와다의 목소리에서 원통하다는 느낌이 묻어났다.

"아마 그때 열 살이었던 야마세 겐일 겁니다."

모두들 숨도 쉬지 못했다. 그리고 그 누구도 입을 열 수 없었다.

사와다도 잠시 침묵했지만 다시 입을 열었다.

"그날 야마세 겐은 가와즈 유스케의 부모가 하룻밤 집을 비운다고 해서 미즈사와 이즈미를 불러내 가와즈 유스케의 집에서 묵게 했습니다. 야마세는 아마 이즈미가 외박하는 기회를 기다렸겠죠. 그리고 나중에 가와즈 유스케의 집을 빠져나와 미즈사와 부부를 살해한 겁니다."

가부라기가 이해하기 힘들다는 표정으로 사와다에게 물었다.

"이즈미에 대한 부모의 학대를 막기 위해서라는 건가?"

사와다는 고개를 끄덕였다.

"야마세는 어렸을 때부터 아주 총명했던 모양입니다. 이즈미가 한 이야기를 통해 이즈미가 부모로부터 학대당한다는 사실을 눈치채고 있었던 겁니다. 이즈미의 부모가 누군가에게 이즈미에게 끔찍한 짓을 하도록 허락했다는 사실도 눈치챘을지 모릅니다. 그리고 야마세는 그 학대를 그치게 하기 위해서는 이즈미의 부모를 죽이는 수밖에 없다고 생각했을 겁니다."

"말도 안 돼!"

고함 소리가 회의실에 울려 퍼졌다. 다타라였다. 다타라는 사와다 쪽으로 다가가더니 두 손으로 사와다의 멱살을 잡았다. 그리고 사와다를 향해 거친 목소리로 퍼부었다.

"사와다, 방금 한 말 취소해! 겐이 사람을 죽이다니, 그럴 리 없어! 도대체 열 살짜리 어린애가 어떻게 어른을 두 명이나 죽일 수 있겠나? 자네 상상은 틀렸어. 안 그래? 그렇다고 이야기해!"

"열쇠는 두 종류의 나물 무침입니다."

다타라에게 먹살을 잡힌 채로 사와다는 다시 입을 열었다.

"범인은 왜 식사 중인 미즈사와 부부를 공격했는가. 왜 빈손으로 미즈사와의 집에 가서 마침 거기 있던 야채 누름돌로 때려죽였을까. 그리고 왜 살인 현장에는 무침이 두 종류 있었는가. 범인이 어린애라고 생각하면 모든 게 설명됩니다."

사와다는 담담하게 말을 이었다.

"그날 야마세 겐은 미즈사와 이즈미를 데리고 가와즈 유스케의 집으로 갔습니다. 그리고 아버지가 시킨 심부름이 생각났다면서 이즈미를 가와즈에게 맡기고 비가 쏟아지는 가운데 어떤 것을 들고 미즈사와 씨 집으로 갔죠."

"어떤 것?"

"미나리 무침입니다."

마사키가 깜짝 놀란 목소리로 말했다.

"뭐? 그럼 그 현장에 있던 미나리 무침이 야마세가 가지고 갔던 거란 말인가? 어째서 그런 걸?"

"그 미나리 무침에는."

사와다는 다타라를 빤히 내려다보며 마사키에게 대답했다.

"독미나리가 섞여 있었을 겁니다. 미나리와 아주 비슷하게 생긴 독초죠."

"독……?"

다타라의 눈에 절망의 빛이 떠올랐다. 그의 두 어깨가 축 늘어지며 사와다의 먹살을 잡았던 손을 풀었다. 다타라는 힘없이 그대로 바닥에 무릎을 꿇고 앉았다.

사와다는 다타라를 괴로운 표정으로 내려다보며 설명을 계속했다.

"힘없는 어린애가 어른 둘을 죽이려면 칼이나 일반적인 흉기로는 힘듭니다. 가장 간단한 방법은 독살일 겁니다. 그리고 현장에는 누군가가 가지고 온 미나리 무침이 남아 있었죠. 결국 그게 야마세의 살인 도구였던 겁니다."

"독미나리였나······?"

요시오카가 침을 꿀꺽 삼켰다.

"틀림없이 우리 관내에서도 몇 년에 한 차례씩 독미나리를 잘못 먹고 중독되어 죽는 사건이 일어났습니다. 어렸을 때도 식용 나물로 착각하지 않도록 조심하라고 부모님이나 선생님이 입에 침이 마르도록 말씀하셨는데······."

"그, 그렇게 강력한 독인가? 독미나리가?"

마사키의 말을 듣고 요시오카는 경시청 소속 네 형사에게 설명했다.

독미나리는 군마 현뿐만 아니라 전국 습지나 강가에서 흔히 볼 수 있는 식물이다. 하지만 시쿠톡신과 시쿠틴이라는 두 종류의 맹독성분을 지니고 있어 투구꽃, 독빈도리와 함께 일본의 3대 독초로 꼽힌다. 특히 시쿠톡신은 신경에 작용하는 강력한 독이라 체중 1킬로그램 당 50밀리그램, 즉 0.05그램만 섭취해도 사망률이 50퍼센트에 이른다.

치사량을 섭취하면 속이 거북하고 구토, 목이 타들어가는 듯한 느낌, 복통, 설사, 귀울림, 현기증, 심장 두근거림, 의식장애, 발작적 경련, 청색증, 동공 확산, 맥박이 느려지는 현상, 호흡 곤란 같은 중독 증상을 보이며 길어야 24시간 이내에 죽음에 이른다. 이 시쿠톡신은 피부를 통해서도 흡수되기 때문에 독미나리 즙이 피부에 묻어 사망에 이른 사례도 있다고 한다.

그리고 골치 아프게도 독미나리 잎이나 줄기는 미나리와 똑같고 땅속줄기는 고추냉이나 부들과 비슷하다. 이 풀들도 역시 무서운 독이 있다. 요시오카는 설명했다.

가부라기의 등줄기를 타고 식은땀이 흘러내렸다. 미즈사와 씨 집의 식탁에 남았던 두 가지 나물 무침. 그 가운데 미나리 무침은 같은 마을 사람한테 받았을 것이라고 사와다는 말했다.

미즈사와 부부가 저녁 식사 중에 살해된 사실로 미루어 애초 가부라기도 그 무침을 가지고 온 인물이 범인일 가능성을 검토했다. 그러나 최종적으로는 그 가능성을 배제했다. 그건 물론 조사받은 마을 사람들 모두 알리바이가 있었기 때문이다.

하지만 알리바이를 조사받은 사람은 마을 주민 전부가 아니었다. 알리바이가 확인되지 않은 주민도 있었다. 마을 어린이들이었다. 범인이 어린애일 가능성을 간과했다고 해서 그것을 군마 현경의 수사 실수라고 몰아세울 수는 없다. 살해 현장의 끔찍한 상황을 보면 생각이 미칠 수 없는 맹점이었다고 해야 하리라.

이즈미에게 가해지는 학대를 멈추기 위해 이즈미의 부모를 죽인다……. 야마세 겐은 마음을 굳혔다. 그러나 어린애 혼자 어른 두 명을 죽이는 것은 거의 불가능하다. 여러 모로 궁리한 끝에 독미나리를 이용해 독살하는 방법을 짜냈으리라.

야마세뿐만 아니라 히류무라라는 산골 마을에서 태어난 어린이들은 산이 놀이터다. 산길을 달리고 나무를 타고 나무 열매를 과자처럼 먹기도 했을 것이다. 그렇다 보니 산에서 나는 독초에 대해서도 잘 알 수 있다. 그렇지 않으면 산에서 놀 수 없었을 테니 말이다.

그리고 미즈사와 부부를 확실하게 죽이기 위해 누름돌을 사용한 것은 범인이 힘센 남자였기 때문이 아니었다. 오히려 범인이 힘없는 어린애였기 때문이다. 힘이 없기 때문에 사람을 때려죽이기 위해서는 무겁고 확실한 흉기를 사용해야 했던 것이다.

"가와즈 유스케는 관계가 없을까요?"

요시오카는 사와다에게 이렇게 묻고는 계속해서 말했다.

"가와즈도 야마세와 마찬가지로 이즈미와 친했습니다. 이즈미가 부모로부터 학대당한다는 사실을 가와즈도 눈치챘을지 모릅니다. 그렇다면 야마세와 가와즈 둘이 공범일 가능성도 있지 않을까요?"

"저는 야마세 겐의 단독 범행이라고 생각합니다."

사와다가 단호하게 말했다.

"미즈사와 부부 살인사건 뒤로 야마세 겐은 미즈사와 이즈미와 모든 연락을 끊었습니다. 그러나 가와즈 유스케는 그 뒤로도 내내 변함없이 미즈사와 이즈미와 연락을 자주 주고받았으니까요."

가부라기는 신음소리를 냈다. 틀림없이 야마세의 행동은 처음부터 이해가 되지 않았다. 사건 뒤 6년 동안 친척 집에 있던 미즈사와 이즈미가 다카사키에 있는 맹학교에 들어갔을 때 가와즈 유스케는 이즈미를 만나러 왔다. 그렇지만 야마세 겐은 만나러 오지 않았으며, 그 뒤로도 지금까지 한 번도 이즈미와 만나지 않았다. 전화조차 없다고 이즈미는 말했다.

　"야마세 겐이 미즈사와 이즈미와 만나는 걸 철저하게 피한 까닭은 자기가 이즈미의 부모를 죽였다는 깊은 죄책감 때문이다. 이런 이야기로군."

　가부라기의 말을 사와다가 이어받았다.

　"그렇습니다. 한편 가와즈 유스케는 미즈사와 부부 살해에 전혀 관계하지 않았죠. 그래서 그 뒤로도 내내 이즈미와 친하게 지낼 수 있었던 게 아닐까요? 그리고 야마세가 이즈미의 부모를 살해했다는 사실을 모르기 때문에 야마세와 내내 친구로 지내왔다……."

　뒤이어 사와다는 사건에 대한 추론으로 이야기를 돌렸다.

　"야마세가 스스로 독미나리 요리를 했는지 아니면 집에 있던 미나리 무침에 독미나리를 섞었는지는 알 수 없습니다. 어쩌면 그날 야마세 겐은 저녁 식사 전에 미즈사와 씨 집으로 가서 부모가 갖다드리라고 했다면서 독미나리가 든 무침을 건넸겠죠."

　물론 미즈사와 부부도 독미나리에 대한 지식은 있었을 것이다. 그렇지만 설마 요리를 해서 자기들에게 먹일 사람이 있을 줄은 상상도 못했으리라.

"야마세는 미즈사와 부부가 독미나리를 먹으면 바로 죽을 거라고 생각했을 겁니다. 그렇지만 치사량을 섭취하기 전에 이상하다는 걸 깨달았는지 아니면 독미나리 양이 부족했는지 몰라도 두 사람은 토하고 경련을 일으킬 뿐 바로 죽지 않았죠."

사와다의 설명을 들으며 가부라기는 비로소 납득이 갔다. 살해 현장에 남았던 피해자의 구토 흔적. 당시 수사 기록에는 식사 중에 누름돌로 복부를 세게 맞았기 때문일 거라고 적혀 있었다. 그러나 사실은 독을 먹고 토한 흔적이었다.

"숨어서 지켜보다가 야마세는 애가 탔겠죠. 괴로워하는 미즈사와 부부를 완전히 마무리해야만 하는데 말입니다. 그런데 독미나리로 두 사람을 죽이겠다고 생각한 야마세는 칼 같은 흉기를 가지고 오지 않았습니다. 그래서 봉당에 있던 채소 절임 누름돌을 수건 같은 걸로 싸서 들고 경련을 일으켜 저항할 수 없는 미즈사와 부부에게 여러 차례……."

"그만!"

다타라가 사와다의 말을 막았다. 사와다는 말을 끊고 다타라를 내려다보았다.

"……미안해, 사와다. 이제 됐어. 알았다고."

다타라는 다시 말하더니 사와다의 발아래 앉은 채 힘없이 말을 이었다.

"아마 자네 이야기가 맞을 거야. 자네 주장은 무서우리만치 아무런 허점도 없고 모순도 없어. 겐이 미즈사와 부부를 죽였다. 그게 진실이겠지. 그렇지만…….”

다타라의 뺨 위로 한 줄기 눈물이 흘러내렸다. 무릎 위에 얹은 손등에 눈물방울이 떨어졌다.

“그게 진실이라면 나는 진실 따위는 알고 싶지 않아. 그 착한 겐이, 그렇게 귀엽고 똘똘하고 순수하던 아이가…….”

“순수하기 때문에 그런 거 아닐까요?”

사와다 옆에서 히메노가 다타라를 내려다보며 중얼거렸다.

“이즈미의 부모에게 학대를 멈춰달라고 부탁해봐야 멈출 것 같지 않았겠죠. 아니, 어쩌면 남에게 고자질했다고 오히려 학대가 더 심해질 위험도 있습니다. 경찰이나 주위 사람들에게 알린다고 해도 미즈사와 부부가 그런 일 없다고 하면 애들 말을 믿어줄 것 같지도 않고. 도저히 학대를 멈추게 할 수 없다. 그러니 친구 이즈미를 지키기 위해서는…….”

“사람이 사람을 죽이는 일은 절대로 일어나선 안 돼! 어떤 이유건 절대로 용서할 수 없어!”

마사키가 엄숙한 목소리로 히메노에게 그렇게 말한 다음 이를 갈면서 말을 이었다.

“하지만 야마세는 어린 마음에 내 친구인 어린 여자애가 부모로부터 폭행을 당한다, 그냥 두면 죽을지도 모른다, 이렇게 생각했을지도 몰라. 이즈미를 지키기 위해서는 그 아이의 부모를 죽일 수밖에 없다, 야마세가 그런 생각을 했다고 해도 난 도저히 나무랄 수가 없어!”

히메노가 가부라기에게 물었다.

"야마세는 알고 있었던 걸까요? 이즈미의 부모가 딸을 그 다누마에게……."

말끝을 흐리는 히메노를 보면서 가부라기는 고개를 좌우로 저었다.

"모르겠어. 미즈사와 이즈미도 야마세 겐도 아직 어렸을 때 야. 이즈미도 다누마를 도깨비라고 생각했고 자기 몸에 무슨 일이 일어났다는 사실을 자각했는지 어땠는지도 모르지. 그러 나 야마세는 이즈미가 뭔가 끔찍한 짓을 당하고 있다는 걸 알 았을지도……."

"내 잘못입니다!"

다타라가 목소리를 짜냈다.

"모두 내 탓입니다. 나는 파출소 순경으로 히류무라 어린이 들을 지킬 책임이 있었어요. 그런데 나는 미즈사와 부부가 이 즈미를 학대하는 것도, 다누마의 터무니없는 짓도 눈치채지 못했으니……. 그리고 겐은 그걸 눈치챘는데도 내게 이야기해 주지 않았어요. 나는 마을 어린이들에게 믿을 만한 경찰관이 아니었던 겁니다. 그래서……."

다타라는 무릎 위의 주먹을 불끈 쥐었다.

"그래서 열 살밖에 되지 않은 겐이 이즈미를 구하기 위해 자기 손으로, 그렇게 작은 손으로……."

다타라의 입에서 흐느끼는 소리가 흘러나오기 시작했다. 아 무도 입을 열지 않았다.

20년 전 미즈사와 이즈미의 부모를 살해한 사람은 그때 열

살이었던 야마세 겐이었다. 그야말로 놀라운 결론이었다. 어린아이가 사람을 둘이나 죽이다니. 누구도 믿고 싶지 않은 이야기였다. 특히 그때 히류무라 파출소에 근무하며 야마세를 비롯한 마을 어린이들을 자기 자식처럼 귀여워했던 다타라에게는 도저히 받아들이기 힘든 이야기였다.

그러나 확실히 모든 상황이 미즈사와 부부를 살해한 사람은 야마세 겐이라고 가리키고 있다. 가부라기는 그렇게 생각할 수밖에 없었다.

미즈사와 이즈미의 몸에 남은 수많은 흉터와 불에 덴 자국들.

미즈사와 부부가 다누마 야스오에게 바치던 뇌물 같은 존재.

사건 당일, 야마세 겐이 이즈미를 가와즈 유스케의 집으로 데리고 간 사실.

살해 현장 주변에 수상한 사람의 발자국이 없었다는 사실.

저녁 식사 시간을 골라 살해한 범인.

미즈사와 부부의 구토 흔적.

누름돌이라는 이해할 수 없는 흉기.

히류무라에 사는 어른들 모두에게는 알리바이가 있었다는 사실.

그리고 미즈사와 부부 살인사건 이후 야마세가 줄곧 이즈미를 피하고 있다는 사실.

"그럼……."

마사키가 바닥으로 시선을 떨어뜨리면서 시무룩한 표정으

로 말했다.

"가부, 이런 이야기인가? 야마세가 군마 현경에 투서를 보낸 건 20년 전에 자기가 저지른 미즈사와 부부 살해 죄를 다누마에게 뒤집어씌우기 위해서였다. 그러기 위해 다누마의 히류무라 댐과 관계된 비리를 고발하고 다누마가 악당이라는 인상을 군마 현경에 더 깊게 심어주었다."

가부라기는 고개를 끄덕였다. 그리고 마음속으로 이렇게 추측했다.

야마세가 손에 넣은 다누마와 구마바야시건설의 유착 증거란 그 수첩 같은, 다누마 쪽에서 삐삐로 보낸 메시지 기록이 아니었을까? 그리고 그 안에는 그 수첩과 마찬가지로 다누마가 미즈사와 이즈미에게 성적 학대를 저질렀다는 사실을 드러내는 내용이 포함되었던 것은 아닐까?

그래서 야마세는 고발문을 보낼 때 그 증거를 군마 현경에 보내지 않았다. 아니, 보낼 수 없었다. 야마세는 이즈미의 끔찍한 과거를 공개할 수가 없었던 것이다.

"가부라기 선배, 그렇다면……."

히메노가 망설이는 표정을 지으며 말했다.

"역시 야마세는 가와즈 살인사건과는 관계가 없는 게 아닐까요? 소꿉친구인 이즈미를 위해 그렇게까지 한 야마세가 친구인 가와즈를 죽이다니, 저는 도무지……."

가부라기도 판단을 내릴 수 없었다. 가와즈 유스케 살인사건을 해결하는 열쇠는 20년 전 미즈사와 부부 살인사건에 숨

겨져 있다. 가부라기 특수반은 그렇게 생각하고 지금까지 추
론을 거듭해왔다. 그리고 마침내 미즈사와 부부를 살해한 유
력한 용의자를 떠올렸다. 놀랍게도 사건이 일어났을 당시 열
살이었던 야마세 겐이 용의자였다.

그러나 두 가지 사건 사이에는 아무런 접점도 발견되지 않
았다. 야마세 겐이 미즈사와 부부를 죽인 진범이라고 해도 이
사건은 그걸로 끝이다.

"그럴 리 없어."

가부라기는 결연히 고개를 저었다. 분명 20년 전 미즈사와
부부 살인사건 안에 가와즈 유스케 살인사건의 열쇠가 숨어
있으리라.

"뭔가 연결고리가 있을 텐데……. 이 두 사건에는."

가부라기는 긴 책상 위에서 시선으로 허공을 더듬으며 필사
적으로 머리를 짜냈다. 그리고 불쑥 고개를 들더니 다섯 명을
둘러보며 이렇게 말했다.

"야마세가 20년 전에 이즈미의 부모를 죽였다는 사실을 가
와즈가 최근에야 알게 된 거 아닐까? 그래서 야마세는 입을 막
으려고 가와즈를 죽였다. 그렇지 않을까?"

가부라기 옆에 있던 히메노가 고개를 저었다.

"선배, 미즈사와 부부 살인사건은 5년 전에 이미 시효를 맞
이했잖아요? 이제 와서 가와즈가 알게 되었다고 해서 살인죄
로 잡혀갈 리는 없죠."

"그야 그렇지만……."

가부라기는 다시 물었다.

"처벌이야 받지 않는다고 해도 야마세는 미즈사와 이즈미에게 부모를 죽인 원수가 되지. 가와즈가 미즈사와 이즈미에게 그런 이야기를 하면 이즈미는 야마세를 증오하게 되겠지. 친했던 소꿉친구로부터 미움을 사게 되는 걸 야마세는 도저히 견딜 수 없었던 게 아닐까?"

히메노는 이 말 역시 부정했다.

"그렇지만 야마세는 이즈미를 계속 피해왔고 벌써 20년이나 만나지 않았습니다. 연락 한 번 없었잖아요? 이제 와서 미움을 받게 된다고 해서 달라질 건 아무것도 없을 것 같은데요……."

히메노 옆에 있던 마사키도 팔짱을 끼면서 중얼거렸다.

"야마세는 이즈미를 학대로부터 구하기 위해 부모를 죽였잖아. 그럼 야마세는 이즈미에겐 생명의 은인이지. 내가 이즈미라면 야마세를 증오하지는 않을 것 같은데. 고맙게 여기지는 않을지 몰라도 그런 일까지 저지른 야마세에게 미안한 마음은 들 거야."

요시오카도 눈살을 찌푸리며 말했다.

"사건이 일어난 지 20년이나 지났는데 가와즈는 어떻게 이제 와서 야마세가 이즈미의 부모를 죽였다는 사실을 알게 된 걸까요? 우리는 우연히 이 수첩을 손에 넣었기 때문에 미즈사와 부부 살인사건의 진상에 접근할 수 있었죠. 야마세 스스로가 털어놓지 않는 한 가와즈에게는 사건의 진상을 알 수 있는 수단이 없지 않았을까요?"

모든 반론이 반박할 수 없는 내용이었다. 가부라기는 입술을 깨물었다.

그때 등 뒤에서 목소리가 들려왔다.

"이제 할 만큼 했나요, 가부라기 경위?"

가부라기는 고개를 돌려 뒤를 바라보았다. 회의실 입구에 사이키 관리관이 서 있었다.

"그럼 20년 전 히류무라에서 일어난 미즈사와 부부 살인사건은 그때 열 살이던 야마세 겐이 저지른 범행이었다는 겁니까?"

사이키 관리관이 팔짱을 낀 오른손을 턱으로 가져가며 가부라기를 바라보았다.

긴 책상을 맞댄 테이블에 일곱 명의 수사관이 앉아 있었다. 우에노 경찰서에서 돌아온 사이키, 가부라기, 마사키, 히메노, 사와다, 그리고 군마 현경 소속 다타라와 요시오카, 이렇게 일곱 명이었다.

"예. 사실을 종합하면 그렇게밖에 생각할 수 없습니다."

가부라기는 그렇게 대답하더니 다타라를 곁눈으로 흘끔 보았다. 아직 충격에서 벗어나지 못했는지 다타라는 넋이 나간 표정으로 힘없이 의자에 앉아 있었다.

"미즈사와 부부는 딸인 이즈미를 학대했을 뿐만 아니라 다누마 야스오의 성 접대에 이용하기까지 했다. 그걸 막기 위해 이즈미의 친구인 야마세가 미즈사와 부부를 죽였다. 이런 이야기죠?"

"예. 그렇게 생각할 수밖에 없습니다."

"그렇지만 그게 20년 전 사건의 진상이라면 야마세가 가와즈를 죽인 동기와는 아무런 연관이 없지 않습니까?"

가부라기는 입술을 깨물고 침묵했다. 사이키가 다시 물었다.

"그렇다면 역시 다누마 야스오가 댐 건설에 걸리적거리는 가와즈 유스케를 살해했다, 이렇게 생각할 수밖에 없지 않습니까? 그 수첩에 적힌 정보로 보아 다누마가 구마바야시건설이 보낸 공작원이었다는 사실이 밝혀진 셈이니."

"그렇지만……."

"가부라기 경위, 경위는 아무래도 야마세를 가와즈 유스케 살인범으로 만들고 싶은 것 같군요."

가부라기는 대답하지 못했다. 사이키가 빈정거리는 표정으로 말을 이었다.

"혹시 이렇게 생각하는 겁니까? 야마세는 어렸을 대부터 살인이 취미였던 정신적으로 문제가 있는 인물, 즉 사이코패스다. 그래서 이번 가와즈 유스케 살인사건에서도 야마세 겐이 범인이 틀림없다……."

"무슨 말도 안 되는!"

가부라기는 버럭 성을 내며 몸을 일으켰다.

"아, 실례했습니다. 사이키 관리관님, 결코 그런 이유는 아닙니다."

"그럼 무슨 이유로 야마세를 의심하는 거죠?"

"가와즈 유스케 살인사건 주변에는 아직도 이해되지 않는 사실이 몇 가지 존재하기 때문입니다."

가부라기는 자기가 말해놓고 스스로 고개를 끄덕였다. 그렇다. 아직 남은 몇 가지 의문이 모두 풀릴 때까지는 다누마가 범인이라는 사실을 인정할 수 없다.

"예를 들면 가와즈는 꽤 오래전부터 휴대전화를 가지고 있었으며, 미즈사와 이즈미와는 휴대전화로 연락을 취했습니다. 그러나 일본 잠자리회의의 나미노 씨는 가와즈 유스케에게 휴대전화가 없었다고 증언했습니다. 이게 어떻게 된 일일까요?"

"별로 이상할 일도 아니지 않습니까?"

가부라기의 말을 듣고 사이키는 맥이 빠진다는 듯이 한숨을 내쉬었다.

"가부라기 경위도 만나는 사람 모두에게 휴대전화 번호를 가르쳐주지는 않죠? 그 나미노 씨는 가와즈에게 그리 중요한 인물이 아니었던 거겠죠."

"그렇지만 잠자리연구에 인생을 건 가와즈가 잠자리 연구 단체의 대표자에게 휴대전화 번호를 가르쳐주지 않았다니, 이상하지 않습니까?"

"휴대전화 번호가 아니라도 전화는 할 수 있으니까요."

사이키가 무뚝뚝하게 대꾸하자 가부라기는 계속 물고 늘어졌다.

"그럼 이건 어떻습니까? 가와즈의 휴대전화기는 휴대전화 회사에 따르면 최신식 스마트폰이었습니다. 컴퓨터도 없고 디지털카메라도 쓰지 않는 남자인데 휴대전화만 최첨단 기종을 썼다는 거 아닙니까?"

사이키는 어깨를 으쓱했다.

"PC 기능을 최신 스마트폰으로 대신했던 게 아닐까요? 컴퓨터로 할 수 있는 대부분의 일이 스마트폰으로 가능합니다. 사진이라면 지금도 아날로그 카메라에 집착하는 사람들이 적지 않습니다. 그리고 어지간한 사진이라면 디지털카메라가 아니라도 스마트폰 카메라로 촬영할 수 있습니다."

"또 있습니다!"

가부라기는 사이키를 몰아세웠다.

"그 휴대전화 발신 기록에 따르면 가와즈가 휴대전화로 전화를 건 상대는 마지막에 다누마 야스오를 불러낸 통화 한 건을 제외하면 모두 미즈사와 이즈미였습니다. 이건 어떻게 된 걸까요?"

"가와즈는 사무직이라 외근이나 출장이 있는 업무는 아닙니다. 게다가 가와즈는 사교적인 사람은 아니었던 모양이더군요. 휴대전화로 이야기를 나눌 만큼 사이가 좋은 친구는 어린 시절 친구인 미즈사와 이즈미 정도뿐이었기 때문이 아닐까요?"

사이키는 관심 없다는 듯 대꾸했다.

"가부라기 경위, 가와즈가 쓰던 휴대전화가 가와즈 살해와 무슨 관계라도 있다는 겁니까?"

"모릅니다. 하지만 마음에 걸립니다."

그때 내내 말이 없던 사와다가 입을 열었다.

"관리관님, 저도 마음에 걸리는 게 딱 하나 있습니다."

여섯 명이 모두 사와다를 바라보았다.

"전에도 이야기했지만 군마 현경에 그 투서가 들어온 타이밍입니다. 야마세가—저는 야마세가 보낸 게 틀림없다고 생각합니다만—투서를 보낸 때가 왜 하필이면 가와즈가 살해된 직후일까요?"

사와다는 머릿속으로 정리하며 이야기하듯 신중한 말투였다.

"야마세가 가와즈 유스케를 살해했다면 이 의문은 설명이 가능합니다. 가와즈 살해도 다누마가 저지른 범행으로 보이게 하고 싶었던 겁니다. 다누마가 저지른 비리를 고발하고 자기가 저지른 20년 전 살인죄도 다누마에게 씌우기 위해서라면 투서는 더 일찍 보냈어도 되고 더 늦어도 상관없었을 겁니다."

"맞아! 틀림없어!"

가부라기가 사와다를 보며 고개를 끄덕였다.

"투서가 군마 현경에 도착한 시점은 아직 다마가와 강변에서 발견된 시신이 가와즈라는 사실이 밝혀지지 않았을 때야. 가와즈가 살해되었다는 사실을 아는 사람은 가와즈를 죽인 범인뿐이지. 투서를 보낸 사람이 야마세라면 그가 가와즈 살해에 관계했겠지."

"가부라기 경위뿐만 아니라 사와다, 자네도?"

사이키는 어처구니없다는 듯이 두 사람을 번갈아 바라보았다.

"그럼 두 분은 가와즈를 죽인 게 야마세라고 계속 주장할 생각입니까?"

"적어도 그렇게 생각하면 가와즈가 살해된 직후에 야마세가 투서를 한 이유가 설명이 됩니다."

고개를 끄덕이는 가부라기에게 사이키가 무표정하게 말했다.

"우연입니다."

"우연이 아닐지도 모르죠."

가부라기가 대꾸했다.

"그럼 묻겠습니다, 동기가 뭐죠?"

사이키는 지긋지긋하다는 표정으로 물었다.

"야마세 겐이 가와즈 유스케를 살해했다면 그건 무슨 이유에서죠? 야마세는 왜 어린 시절 친구를 죽여야만 했던 겁니까?"

"그건……."

가부라기는 대답할 말을 찾지 못했다.

"내일 오전 9시, 긴급수사회의를 소집하겠습니다."

사이키가 여섯 명을 둘러보며 말했다.

"그 자리에서 다누마 야스오를 가와즈 살인사건 용의자로 단정하고 경찰에 체포영장을 청구하겠다는 발표를 할 겁니다."

사이키의 말에 가부라기를 비롯한 다른 사람들은 서로 얼굴을 마주보았다.

"다누마가 구마바야시건설에서 보낸 공작원이었다는 사실이 분명해진 이상 검찰도 받아들이지 않을 수 없을 겁니다. 그런 사실을 발표할 수 없다는 점은 아쉽지만."

그러더니 사이키는 볼일을 다 보았다는 듯이 불쑥 일어섰다.

"잠깐만요!"

가부라기도 따라 일어섰다.

"왠지 불길한 예감이 듭니다. 관리관님, 앞으로 이틀, 아니 하루만 더 시간을 주실 수 없겠습니까?"

"그럴 시간 없습니다."

사이키는 가부라기의 말을 삭둑 잘랐다.

"오늘은 벌써 5월 24일입니다. 다누마는 6월 1일 출발하는 태국행 편도 항공권을 구입했어요. 아마 경찰이 손을 쓰기 전에 튈 작정이겠죠. 그러기 전에 다누마를 체포해 자백을 받고 검찰에 송치해야 합니다."

사이키는 싸늘한 목소리로 그렇게 말하더니 바로 회의실 출입구를 향해 걸어가기 시작했다.

그때 출입구 쪽에서 목소리가 들려왔다.

"다타리, 잠깐만. 예로부터 서둘러서 좋을 거 없다고 하잖아."

목소리와 함께 다부진 체격을 한 중년 남자가 회의실 안으로 들어왔다.

모토하라 요시히코 수사 1과장이었다.

모토하라는 바지 주머니에 두 손을 찔러 넣은 채 천천히 회의실 안으로 들어왔다. 그리고 사이키 바로 앞에서 멈추더니 그의 얼굴을 바라보며 다시 입을 열었다.

"자네 밑에서 일하는 자네의 어여쁜 부하가 —뭐, 보기에 따라 어여쁘지 않을지도 모르지만— 아직 납득이 되지 않는다잖아. 앞으로 하루나 이틀 시간을 더 주면 어때? 6월 1일까지는 아직 일주일 넘게 남았는데."

"말씀드리죠."

사이키는 모토하라를 똑바로 바라보았다.

"가부라기 경위에겐 이미 기회를 한차례 주었습니다. 20년 전 미즈사와 부부 살인사건의 진상이 파악되면 가와즈 살인사건 범인도 밝혀낼 수 있다는 주장을 존중해서 우리는 구마바야시건설과 교섭에 들어갔죠. 하지만 진상을 알고 보니 20년이라는 세월을 사이에 두고 일어난 두 사건에는 결국 아무런 관련이 없었습니다."

모토하라는 잠자코 사이키의 말에 귀를 기울였다.

"모든 사실이 다누마 야스오가 가와즈 유스케 살인범이라고 가리키고 있죠. 무엇보다 가와즈를 죽일 만한 동기가 있는 사람은 다누마 한 명뿐입니다. 다누마가 범인이 아닐지도 모른다는 가부라기 경위의 주장은 그냥 염려일 뿐, 아무런 논리적 근거도 없습니다."

"으음, '그냥 염려'라고?"

모토하라는 일단 시선을 바닥으로 떨어뜨렸다가 고개를 몇 차례 살짝 끄덕였다. 그리고 다시 얼굴을 들었다.

"이봐, 다타리."

"다카시입니다."

"좋아, 사이키 다카시 관리관."

모토하라는 어깨를 으쓱하더니 고쳐 부른 다음 말을 이었다.

"자네는 머리도 좋고 정의감도 강해. 말재주도 좋고 행동력도 있지. 말하자면 우수한 경찰관이야. 조만간 나를 제치고 과장 자리에 앉을지도 몰라."

"아무리 추켜세우셔도 제 생각은 바뀌지 않습니다."

"그런 완고한 면도 괜찮아. 하지만 말이야."

모토하라는 사이키의 눈을 빤히 들여다보면서 말했다.

"자네는 지나치게 합리적으로 세상을 보려고 해. 그게 자네가 지닌 유일한 약점이지."

"합리적으로 세상을 보면 안 되는 겁니까?"

사이키의 눈이 천천히 가늘어졌다.

"오니하라 선배, 저는 선배하곤 다릅니다. 부하의 열성에 얽매이거나 엉뚱한 상상을 기뻐하거나 어림짐작이 운 좋게 맞아떨어지기를 바라거나 하여 과장 권한으로 수사의 흐름을 되돌리고 함부로 수사에 혼선일 빚는 일은 하지 않겠습니다."

모토하라는 몇 차례 고개를 끄덕이면서 시선을 바닥으로 떨어뜨렸다. 그리고 다시 고개를 들어 사이키를 바라보았다.

"난 말이야, 겁쟁이야."

나지막한 목소리였다.

"개미구멍 하나가 둑을 무너뜨려 엄청난 홍수가 일어나는 일이 있어. 실제로 나는 여러 차례 그런 뼈아픈 경험을 했지. 지레짐작에서 벗어나지 못하고 경주마처럼 내달리다가 아주 사소한 사실을 간과했기 때문에 막판에 엄청난 실수를 깨닫고 새파랗게 질린 적도 한두 번이 아니지. 난 그게 얼마나 두려운 일인지 잘 아네. 그래서 겁쟁이야."

모토하라는 사이키의 얼굴을 빤히 바라보았다.

"다타리, 넌 아직 아무 죄도 없는 사람을 교도소에 집어넣은 적이 없겠지? 아니,"

모토하라는 중얼거리듯 말했다.

"자네는 죄 없는 사람 목에 밧줄을 걸고 커튼 안쪽에 세운 적이 없겠지?"

사이키의 몸이 약간 흔들렸다. 그리고 잠시 침묵한 뒤 사이키가 물었다.

"선배는 있습니까?"

약간 잠긴 목소리였다. 모토하라는 사이키의 물음에 대답하지 않았다. 그리고 사이키의 시선을 받으며 다시 말했다.

"하루면 돼. 체포영장 청구를 기다려줄 수 없겠나?"

사이키는 잠시 말이 없다가 이윽고 물었다.

"그건 명령입니까?"

"충고다."

모토하라는 표정 변화 없이 대답했다.

사이키는 계속 모토하라의 얼굴을 노려보았다. 그리고 불쑥 가부라기 쪽으로 방향을 바꾸었다.

"수사회의는 모레 9시로 변경합니다."

가부라기의 눈이 휘둥그레졌다.

"그때까지 새로운 보고가 있다면 하세요. 만약 아무런 보고도 올라오지 않으면 모레 9시, 검찰에 다누마 야스오에 대한 체포영장을 청구하겠습니다."

"관리관님, 감사합니다."

가부라기는 휴우, 하고 안도의 한숨을 내쉬며 얼른 고개를 숙였다.

사이키는 다시 모토하라를 바라보았다.

"모토하라 선배, 제 수사 방침에 대한 부정적인 의견이 있으시다면 다음 수사회의 때 말씀해주십시오. 먼저 실례하겠습니다."

사이키는 인사도 하는 둥 마는 둥 회의실 출입구 쪽으로 걷기 시작했다. 모토하라는 그의 뒷모습을 바라보았다. 가부라기를 비롯한 다른 수사관 모두 함께 사이키를 지켜보았다. 사이키는 뒤도 돌아보지 않고 그대로 회의실을 나갔다.

"과장님, 죄송합니다."

가부라기는 모토하라에게 고개를 숙였다.

"너 뭔가 착각한 거 아니야, 가부?"

모토하라가 가부라기를 노려보았다.

"흰 고양이든 검은 고양이든 쥐를 잡는 게 좋은 고양이다, 마오쩌둥이 한 말이던가?"

"저어……, 덩샤오핑입니다."

히메노가 작은 목소리로 말했다.

"자네건 다타리건 나는 어느 쪽이건 아무 상관없어. 누가 되었든 쥐를 물고 오기만 하면."

그러더니 모토하라는 몸을 돌려 두 손을 바지 주머니에 꽂은 채 천천히 회의실을 나갔다.

"내일 하루밖에 없는 건가, 제기랄."

그렇게 말하더니 마사키는 한숨을 푹 내쉬었다.

사와다가 다른 형사들을 둘러보았다.

"컴퓨터나 디지털카메라도 쓰지 않는 가와즈가 최신 스마트폰을 사용했다. 그 사실을 일본 잠자리회의 나미노 씨에게는 알리지 않았다. 그리고 가와즈는 몇 년 동안이나 미즈사와 이즈미 이외에는 휴대전화를 건 사람이 없었다. 이 세 가지 모두 사실입니다. 어림짐작도 아니고 상상한 것도 아니죠. 왜 그랬는지 확실하게 해둘 필요가 있습니다."

"내일 하루 동안 할 수 있는 일은 최대한 해봅시다!"

히메노가 벌떡 일어서며 소리쳤다.

"저는 야마세가 폐차한 차를 내일 하루 종일 추적해보겠습니다. 만약 차 파편이라도 찾아내면 루미놀 반응이나 모발 등

가와즈 살해 증거가 나올지도 모르니까!"

"좋았어! 그건 내게 맡겨."

마사키도 자리에서 일어났다.

"그런 수사는 내가 익숙하니까. 히메, 내일 넌 가와즈가 계약한 휴대전화 회사를 다시 찔러봐. 가부는 가와즈의 휴대전화가 아무래도 마음에 걸린다는 거잖아? 전화회사를 찔러보면 뭔가 나올지도 모르지. 나는 가부와 마찬가지로 최신 기계 쪽은 아주 약하니까."

"예! 알겠습니다!"

"이것들이……."

가부라기가 마사키와 히메노를 쳐다보았다.

"나가노하라 경찰서로 돌아가 하루만 더 정보를 모아볼까?"

요시오카도 혼자 중얼거리며 일어섰다.

"그래, 나오토. 그렇게 하세."

다타라도 고개를 끄덕이며 천천히 자리에서 일어났다.

"그렇지만 가부라기 경위. 미안하지만 난 지금도 믿을 수 없군요. 설사 이즈미를 학대에서 구하기 위해서였다고 해도 그 야마세 겐이 20년 전 이즈미의 부모를 그렇게 하다니. 그것도 모자라 겐이, 설마 겐이 형제처럼 사이가 좋았던 유스케를……."

다타라는 지칠 대로 지친 표정이었다.

"그래서 저는 사이키 관리관과 마찬가지로 유스케를 죽인

사람은 겐이 아니라 다누마 야스오라고 생각합니다. 어느 쪽
이 진실인지 그 답을 찾아 하루만 더 돌아다니고 싶습니다. 그
래도 괜찮을까요?"

"알겠습니다."

가부라기는 그렇게 대답하고 더는 아무 말도 하지 않았다.
다타라는 쓸쓸하게 웃으며 말을 이었다.

"저는 다누마 야스오가 이즈미의 부모를 죽였다는 쪽이 진
실이기를 바랐죠. 그 자식이 범인이면 더는 누구도 상처받지
않을 테니까. 그렇다면 얼마나 좋았을까. ……하지만 진실이
란 변하는 게 아니니까."

사와다가 중얼거리듯 툭 내뱉었다.

"진실은 변하지 않는다……."

가부라기는 사와다를 보았다. 사와다는 심각한 표정으로 뭔
가 곰곰이 생각에 잠긴 표정이었다.

가부라기도 문득 다타라와 사와다의 말에서 뭔가 불안한 느
낌을 받았다. 그게 무엇 때문인지 생각하는 사이에 가부라기
의 뇌리에 한마디 말이 떠올랐다.

'이 세상에 진실 같은 건 없습니다…….'

야마세 겐이 한 말이었다. 물론 진실은 하나뿐이다. 그리고
변할 리 없다. 그런데 야마세는 진실 같은 건 '없다'고 했다. 야
마세가 한 말이 왠지 이제 와서 가부라기에게 불안감을 던져
주었다.

그때였다. 회의실에 전자음이 울려 퍼졌다. 다타라의 휴대

전화 착신음이었다. 다타라는 바지 주머니에서 폴더폰을 꺼내 왼쪽 귀에 댔다. 그리고 무슨 일인지 아주 작은 목소리로 대화를 나누더니 폴더를 탁 접었다.

"가부라기 경위, 군마 현 경찰본부에서 온 전화였습니다."

다타라는 가부라기를 바라보았다. 안타까운 표정이었다.

"15분쯤 전, 그러니까 오늘 오후 10시 30분에 갑작스레 히류댐 시험담수를 시작했다고 합니다. 아마 댐 건설 반대파의 시위를 피하기 위해 예고하지 않은 모양입니다."

가부라기, 마사키, 히메노, 사와다, 그리고 요시오카까지 모두가 다타라를 바라보며 꼼짝도 하지 않았다.

마사키가 다타라에게 당황한 표정으로 물었다.

"시험담수……? 뭐가 시작되었다고?"

"그러니까 댐에 물을 채우기 시작했다는 이야기죠."

히메노가 옆에서 대답했다.

"댐이 완성되면 댐 본체와 방류 설비, 저수지 주변의 안전성 검증을 위해 한 차례 서차지 수위, 즉 계획상의 한계 최고 수위까지 물을 채웠다가 다시 최저 수위까지 방류하는 실험을 반복하죠. 히류댐처럼 큰 댐이라면 여러 해에 걸쳐 누수량을 측정하고 산사태가 일어나지 않는지 상태를 살핍니다."

요시오카가 문득 생각이 났다는 듯이 입을 열었다.

"그러고 보니 오늘 아침 일기예보에서 군마 현 전역에 오늘 늦은 밤부터 호우경보를 발령한다고 하던데. 이런 상황에서 히류댐을 이용하지 않으면 여기저기서 도대체 무엇 때문에 몇 십 년씩 걸려 댐을 만들었느냐는 소리가 나올 테니 물을 채워야겠죠."

사와다도 고개를 끄덕였다.

"거꾸로 만약 이번 호우 때문에 히류가와 강 하류 지역에 큰 피해가 생기지 않는다면 히류댐이 정말로 필요한지 존재 이유를 근본적으로 문제 삼게 될 겁니다. 그러니 비가 내리기 시작하기 전에 시험담수를 시작해 '히류댐이 수해를 미리 막았다.'고 하는 모양새를 취하고 싶은 거겠죠."

히류댐 저수 개시……. 가부라기는 심경이 복잡해졌다.

히류무라가 물에 잠긴다. 가와즈 유스케, 야마세 겐, 미즈사와 이즈미가 태어나 자란 산골 작은 마을이 거대한 댐 밑바닥으로 사라진다. 그리고 가와즈가 사랑한 잠자리들의 낙원 오쿠노사와도 신종 무카시톤보가 서식하는지 어떤지도 모른 채 깊은 물속에 잠겨 영원히 사라지게 된다.

요시오카의 말대로 그날, 5월 24일 늦은 밤부터 군마 현에서 나가노 현 동쪽 지방에 걸쳐 집중호우가 쏟아졌다. 군마 현 상공에 머물던 장마전선이 남쪽에서 올라온 온난기류와 만나 장마전선의 활동이 매우 활발해졌기 때문이다.

특히 군마 현 서쪽 지방에는 엄청난 호우가 쏟아졌다. 마쓰이와 산(松岩山)에서부터 구레사카 고개(暮坂峠), 다카마 산(高間山), 오조 산(王城山)으로 이어지는 산악지대, 그리고 아가쓰마 군 거의 전체 지역에 시간 당 강우량 60밀리리터를 넘는 엄청난 양의 비가 내렸다. 그 비는 산비탈을 타고 흘러내리거나 바위 밑을 지나 산악지대의 골짜기들과 만나는 히류가와 강 상류로 밀려들었다.

호우는 이튿날인 5월 25일 아침까지 계속 쏟아졌다.

16 천둥소리

쿠쿵, 하며 몸이 떨릴 정도로 큰 소리가 들려왔다.

마치 산만큼 커다란 북을 두드린 듯한 소리에 바닥에서부터 배로 타고 오르는 저주파를 동반한 중저음이었다. 나는 깜짝 놀라 몸을 움츠리며 얼른 두 손으로 귀를 막았다.

바로 뒤이어 이번에는 나무바퀴를 단 거대한 산차(山車, 일본어로는 '다시'라고 읽는다. 일본 신사의 제례 때 끌고 가는 온갖 장식을 매단 건물 모양의 수레를 말한다.)가 하늘을 마구 달리듯 우르르, 우르르 하는 요란한 소리가 하늘 여기저기서 쏟아져 내렸다. 그리고 다시 쿠쿵, 하는 충격파 같은 소리가 내 몸을 뒤흔들었다. 나는 다시 두 귀를 막은 채 몸을 웅크렸다.

이윽고 창문에서 토닥토닥하는 소리가 들리기 시작했다. 비가 내리는 소리였다. 그것도 상당히 굵은 빗방울 같았다. 빗방울이 내는 소리의 간격이 점차 좁아지더니 이윽고 모두가 하나로 연결되어 쏴아아 하는 요란한 빗소리가 되었다.

밤. 나는 시멘트를 바른 목조 아파트 안에서 혼자 천둥소리에 떨고 있었다. 나는 천둥이 싫다. 아니, 너무 무섭다.

이 적란운이 만들어내는 자연의 중저음에는 비행기나 도로 공사 같은 인공적인 소리와는 달리 뭔가 생물로서의 근원적인 공포를 불러일으키는 울림이 있었다. 비가 내리기 전에 갑자기 기압이 쑥 내려가는 것도 마치 뱃멀미처럼 내게 현기증과 구토를 불러일으켰다.

그리고 지금 나는 전에 없이 천둥소리가 무섭다.

벼락……. 신의 소리. 그 이름 그대로 신이 내는 소리다(일본어로 천둥소리는 '가미나리'라고 하며 한자로는 '雷'라고 쓰지만 때론 '神鳴り'라고 적기도 한다.).

기독교에서 죄인은 벼락을 맞아 죽는다고 한다. 그 벼락은 신의 노여움이며 죄인을 꿰뚫는 불화살이다. 신은 지금 하늘에서 벼락을 맞아 죽어야 할 죄인을 찾고 있다.

신은 왜 화가 났을까? 신은 누구에게 이런 무시무시한 분노를 내뿜는 걸까? 나 때문이라고 생각할 수밖에 없다. 신은 이제 내가 하려고 하는 일, 다누마 야스오를 죽이려는 것에 대해 하늘을 뒤흔들며 화를 내는 중이다.

유스케는 이렇게 말했다. 이제 곧 장마가 시작된다. 장마 초기에는 가끔 기록적인 폭우가 쏟아진다. 그건 신이 주신 천재일우의 기회다. 폭우가 쏟아지면 우리 계획은 영원히 누구도 모르게 된다. 다누마 야스오를 죽여도 아무도 벌을 받지 않을 것이다.

신은 정말로 우리 편일까? 정말로 신은 우리를 도와주는 걸까? 이 천둥소리와 쏟아지는 빗소리를 들으니 도무지 그렇게 생각되지 않았다. 너희들에게 반드시 벌을 내리겠다고 그렇게 외치며 화를 내는 것처럼 느껴졌다.

그날로부터 며칠이나 지났을까? 마치 꿈꾸듯 기억이 몽롱했다.

그날 나는 유스케가 운전하는 차를 타고 처음으로 '죽은 사람의 나라'로 갔다. 우리는 차에서 내려 '죽은 사람의 나라'로 들어갔고 그곳을 거닐었다.

그곳은 유스케가 말한 그대로였다. 길이 있고 집도 있고 전봇대와 표지판도 있었다. 내가 사는 세계와 다른 점은 그곳에는 살아 있는 사람이 살지 않는다는 사실 뿐이었다. 마침내 나는 처음 방문한 그 거리를 모두 걸어 보았다. 도로가 어떻게 나 있고 전봇대가 어디 있으며 표지판이 어디쯤 있는지 기억했다.

그런 다음 나는 어느 집에 도착했다. 유스케는 다누마 야스오가 죽은 뒤에 '죽은 사람의 나라'에서 살게 될 집이라고 했다. 그 집 주위가 어떤 상태인지, 내부는 어떻게 되어 있는지, 나는 담장과 벽, 기둥을 비롯한 모든 것을 만지면서 걸었다.

'죽은 사람의 나라'를 세 번째 방문했을 때, 유스케는 차에 실은 가방 안에서 어떤 물건을 꺼내 내 손에 쥐어 주었다. 나는 태어나서 처음으로 그것을 만져보았다. 유스케는 조심스럽게 사용 방법과 요령을 가르쳐주었다. 이윽고 나는 혼자서 그것을 쓸 수 있게 되었다.

나는 그것을 오른쪽 옆구리에 안고 바로 앞에 있는 현관문을 연다. 그리고 스니커를 신은 채 안으로 올라간다.

다섯 걸음 걸으면 오른쪽에 계단이 있다. 난간은 왼쪽이다. 열네 칸짜리 계단을 올라 왼손으로 벽을 쓰다듬듯 하면서 그대로 왼쪽으로 아홉 걸음 나아간다. 그러면 막다른 곳에 또 문이 있다. 왼손으로 문 표면을 더듬어 금속 손잡이를 찾는다. 그리고 오른쪽으로 돌리며 앞으로 밀어 문을 연다.

나는 방 안으로 들어간다. 내 뒤를 따라 유스케도 안으로 들어온다. 그는 나를 지나 방 안쪽으로 걸어간다.

그리고 구석 벽 쪽에서 말을 건다.

"이즈미, 자, 난 여기 있어."

유스케의 목소리다.

"내 입이 어디 있는지 목소리로 알겠니? 머리는 바로 그 위야. 너무 걱정할 필요 없어. 내 입이 있는 위치 바로 위를 노리면 돼. 맞는 부분이 눈이건 코건 상관없어."

유스케가 말했다.

나는 유스케의 목소리가 들리는 쪽을 똑바로 보고 섰다. 그리고 유스케가 꼼꼼하게 가르쳐준 내용을 떠올리면서 그것을 유스케의 목소리가 나는 쪽을 향해 겨누었다.

"어서, 이즈미!"

나는 유스케의 목소리가 나는 쪽을 향해 그걸 사용했다.

유스케의 입 바로 위에서 쿵, 하는 소리가 났다.

"명중이야, 이즈미. 아주 잘했어."

유스케가 들뜬 목소리로 말했다. 목소리가 나는 위치보다 십 몇 센티미터쯤 위에서 뭔가가 꽂힌 상태로 유스케는 계속 나를 칭찬해주었다.

"괜찮아. 틀림없이 잘 될 거야. 자, 한 번 더."

유스케의 칭찬을 듣고 나는 '휴' 하고 안도의 한숨을 내쉬었다. 그리고 다시 손에 든 그것을 사용할 준비를 했다.

그렇다. 유스케는 틀림없이 다치지 않았다. 피도 나지 않는다. 왜냐하면 유스케는 유령이니까.

하늘이 부르르 떨더니 다시 천둥이 쳤다. 나는 무서워서 무심코 낮은 탁자 위에 놓인 스마트폰으로 손을 뻗었다. 전화기에 대고 '유스케에게 전화'라고 말한 다음 왼쪽 귀에 댔다. 몇초 뒤 호출음이 들려왔다. 유스케는 전화를 받지 않았다. 부재중 전화로 넘어갔다.

"여보세요……. 유스케? 나 이즈미야."

특별히 할 이야기가 있는 것은 아니었다. 앞으로 내가 해야 할 일은 다 정해졌다. 그냥 유스케와 전화로 이야기를 하고 싶었다. 그것만이 내게 유일한 신경안정제였다.

"유스케, 늘 고마워. 항상 전화해주는 너에게 고맙다는 말을 하고 싶었어. 늘 차로 데려다주는 유스케에게도 감사해."

그렇게 말을 하다 보면 차츰 두려움이 사라졌다.

"드디어 모레야. 나 정말 잘할게."

그때 쿠쿵 하며 벼락이 치는 소리가 들렸다. 잠깐 반사적으로 몸을 움츠리기는 했지만 나는 아랑곳하지 않고 계속 말했다. 유스케에게 이야기하는 중이라 두렵지 않았다.

"잘할게. ……그럼 모레."

나는 전화를 끊었다.

천둥치는 소리와 요란한 빗소리를 들으며 나는 방 안에서 혼자 숨을 고르면서 가만히 생각에 잠겼다. 어느새 두려움은 사라졌다.

신이 아무리 화를 내더라도 이미 늦었다. 나는 결심했다. 다누마 야스오를 죽이기로 마음을 먹었다.

늘 내게 전화해준 유스케를 위해.

늘 내게 메시지를 보내준 유스케를 위해.

이제는 죽어버린 가엾은 유스케를 위해.

17 실종

"······이번 폭우의 영향으로 운행을 멈추었던 JR 아가즈마 선은 조금 전 운행을 재개했습니다. 군마 현 안의 각 지역 간선 도로에서도 차량 통제가 있었지만 대부분의 지역이 통제를 풀 었습니다. 또한 현에서 발표한 대피 권고에 따라 각 지역 초등 학교를 비롯한 지정 대피시설에서 불안한 하룻밤을 지낸 사람 들도 집으로 돌아가기 시작했습니다."

양복 위에 투명한 우비를 입고 머리 위에 희한하게 떠 있는 흰색 안전모를 쓴 젊은 남자 아나운서가 손에 든 종이를 보면 서 빠른 말투로 이야기했다. 콘크리트로 만든 다리 위에 선 그 의 등 뒤로 한결 약해진 빗발 속에 뿌옇게 보이는 푸른 산들과 갈색 탁류가 보였다.

그는 히류가와 상류 지역에 있는 모양이었다.

"다음은 완성과 동시에 어젯밤 오후 10시 30분부터 시험담 수를 시작한 히류댐 소식입니다. 폭우로 인해 예상보다 빠른 속도로 수위가 상승해 현재 만수위의 60퍼센트까지 이르렀다고 합니다. 히류댐 사업국의 발표에 따르면, 현재 댐은 아무 문제가 없으며 히류댐이 가동됨에 따라 이번 집중호우로 인한 피해를 상당 부분 줄일 수 있었다고 밝혔습니다."

5월 25일 금요일, 오전 9시. 가부라기 데쓰오와 사와다 도키오는 군마 현 시부카와 역 앞에 있는 메밀국수 집에 있었다. 가게 안은 낡은 목재를 사용한 민속식당 스타일이었는데 계산대 옆에 물병을 보관하는 유리 냉장 케이스가 놓여 있었다. 두 사람은 그 위에 놓인 텔레비전에서 흘러나오는 뉴스를 보는 중이었다.

사이키 다카시 관리관이 선언한 다누마 야스오의 체포영장 청구까지 남은 시간은 오늘 하루뿐.

마사키 마사야는 야마세가 폐차한 아우디의 행방을 추적 중이다. 히메노 히로미는 휴대전화 회사에서 가와즈의 휴대전화에 관한 정보를 모으고 있다. 군마 현경 소속 다타라 도키오와 요시오카 나오토는 나가노하라 경찰서로 돌아가 다시 탐문 수사를 벌이는 중이리라.

"군마 현 메밀국수는 역시 맛있군. 게다가 가격까지 이렇게 싸다니. 도쿄에선 이런 정도의 수타 메밀국수를 이 가격에 절대 먹을 수 없을 거야."

가부라기가 메밀국수 곱빼기를 먹으며 한마디 내뱉자 젓가락으로 들어 올린 국수를 후후 불면서 사와다도 고개를 끄덕였다. 사와다 앞에는 그릇에 담긴 산나물 메밀국수와 야키오니기리 두 개가 놓여 있었다.

가부라기와 사와다가 JR 조에쓰선(上越線) 시부카와 역에 도착한 때는 오전 7시 50분. 그 뒤로 벌써 한 시간 넘게 흘렀다. 남은 하루 사이에 무엇을 해야 할까? 가부라기는 미즈사와 이즈미를 만나 한 번 더 이야기를 듣고 싶었다. 이즈미야말로 가와즈 유스케와 야마세 겐의 관계를 가장 잘 아는 인물이니까.

가와즈와 야마세의 가족은 군마 현경이 접촉했지만 이렇다 할 이야기는 들을 수 없었다. 어쩔 수 없는 일이라는 생각이 들었다. 자신도 부모 슬하에서 떠난 뒤로 명절에 잠깐 찾아뵙는 것 이외에는 이따금 전화로 안부를 묻는 정도이니 그럴 만도 했다. 더구나 가족에게 직장 이야기나 친구 이야기는 꺼낸 적도 없다.

시부카와 역에 도착해서 가부라기와 사와다는 일부러 '드래곤플라이' 쪽으로 동선을 잡았다. 가게 문에는 '준비 중'이란 팻말이 달려 있었다. 가게 오픈은 오전 10시일 것이다. 시간이 난다면 나중에 가와무라 시즈에도 만나도록 하자. 가부라기는 그런 생각을 하면서 사와다와 함께 미즈사와 이즈미의 아파트로 향했다.

미즈사와 이즈미는 집에 없었다. 휴대전화를 걸어 보니 부재중 메시지가 흘러나왔다. 가부라기는 어쩔 수 없이 자신이 시부카와 시내에 있다는 사실은 알리지 않고 이 번호로 전화를 달라는 메시지를 남겼다. 가부라기와 사와다는 시부카와 역 주변에서 전화 연락을 기다리기로 했다.

사전에 약속을 잡지 않거나 현재 위치를 알리지 않은 데는 이유가 있다. 하나는 형사가 가겠다는 말을 듣고 환영하는 사람은 없기 때문이다. 어떤 사람은 볼일이 있다며 만남을 피하는 사람도 있다. 다른 하나는 전화를 한 다음 만날 때까지 간격이 생기면 사실이 아닌 대답을 준비하거나 관계자와 말을 맞추는 사람들도 있기 때문이다.

두 사람은 잠시 시간을 죽이기로 했다. 그리고 역 앞 상점가를 산책한 뒤에 이른 아침부터 영업하는 메밀국수 가게를 발견하고 들어왔던 것이다.

"연락이 오지 않는군. 다 먹으면 다시 이즈미의 아파트로 가 보자."

가부라기는 국수를 장에 적시면서 사와다에게 말했다.

미즈사와 이즈미의 아파트 앞에 도착한 지 한 시간쯤 지났을 터였다. 부근 편의점에 간 게 아닐까 하는 생각을 했지만 아무래도 그렇지 않은 모양이었다.

"여행을 갔나? 아니면 아는 사람 집에 가서 묵고 있는 걸까?"

가부라기는 묘한 불안을 느꼈다. 굳이 말하지 않아도 될 소리를 사와다에게 한 것도 그런 불안감 때문일지 모른다.

사와다는 대답이 없었다. 국수를 입으로 가져가면서 가부라기는 슬쩍 사와다를 보았다. 그는 물이 든 컵을 왼손에 든 채 뭔가를 골똘히 생각하는 표정이었다.

"왜 그래?"

사와다는 가부라기가 묻는데도 아무 말이 없다가 이윽고 툭 내뱉었다.

"1년이 지난 지금도 그 말이 지금도 머릿속에서 떠나지 않습니다."

"그 말?"

가부라기는 젓가락질을 멈춘 채 사와다의 얼굴을 쳐다보았다. 그는 허공을 노려보고 있었다. 어디에도 초점이 맞지 않는 눈빛이었다.

"그 6연속살인사건의 범인이 우리와 대치했을 때(『데드맨』에서 다루는 사건을 말한다.) 우리에게 했던 얘기 말입니다. 그 뒤로 이렇게 멍하니 있는 시간이면 그 말이 머릿속에 떠오르곤 합니다."

그러더니 사와다는 그 말을 소리 내어 중얼거렸다.

"조금만 더 일찍 당신들이 내 앞에 나타났다면 어떻게 되었을까……?"

가부라기도 그 말을 떠올렸다. 1년 전쯤이었다. 가부라기가 수사본부장 대행이 되어 담당한, 시신의 일부를 잘라내는 끔찍한 6연속살인사건. 그 반년에 걸친 추적 끝에 막다른 골목에 몰린 진범이 한 말이었다.

그 말은 지금도 사와다의 가슴 밑바닥에 가라앉아 있었다. 사건이 모두 해결된 뒤에도 여러 번, 아니 수십, 수백 번이나 떠올리곤 했다.

"그러고 보니 자네가 언젠가 이런 이야기를 했었지. 사건이 일어난 뒤에 범인을 잡아봤자 이미 늦다. 사건이 일어나기 전에 범인을 잡아야 한다고."

그때 사와다가 했던 말은 진정 그의 본심이었다. 그래서 6연속살인범이 내뱉은 그 말은 가슴에 말뚝처럼 날카롭고도 깊이 박혀 있었다.

사와다는 시선을 테이블로 떨어뜨렸다.

"저는 과경연에 들어간 뒤로 지금까지 피해자를 구하는 일, 그것만 생각해왔습니다. 그러기 위해 목표로 삼아야 할 일은 범죄가 일어나기 전에 범죄 발생을 막는 것이라고 생각했죠. 그런 생각은 지금도 변함없습니다. 하지만 그 범인을 만난 뒤로 또 한 가지 다른 생각이 생겼습니다."

사와다가 고개를 들었다.

"선배, 죄를 저지르는 자는 모두……."

사와다는 가부라기의 눈을 똑바로 쳐다보았다.

"우리 경찰의 추적을 필사적으로 피하면서도 가슴속 어딘가에는 일찍 잡히기를 바라는 마음이 있는 게 아닐까요? 그리고 이제 막 죄를 저지르려는 자의 가슴속 어딘가에는 이 범죄를 멈추게 해주기를 바라는 마음이 있는 게 아닐까요?"

가부라기는 젓가락을 그릇 위에 가만히 얹었다. 그리고 사와다의 얘기에 계속 귀를 기울였다.

"그래서 범인은 무의식중에 자기가 범인이라는 사인을 보내는 게 아닐까요? 만약 제가 그런 사인을 발견할 수 있다면 앞으로 범인이 저지르려는 범죄도 사전에 알아차릴 수 있을 겁니다. 그리고 그런 능력이 범인을 죄를 지을 운명에서 구해 낼 수 있다고 생각합니다."

"야마세 겐이 했던 그 말?"

이 세상에 진실 같은 건 없습니다……. 그 말은 야마세 겐을 만난 뒤로 내내 가부라기의 마음 한구석에서 마치 목에 걸린 생선 가시처럼 그를 불편하게 했다.

사와다가 고개를 크게 끄덕였다.

"예, 그렇습니다. 이 세상에 진실 같은 건 없다……. 어쩌면 이 말은 야마세 자신도 깨닫지 못한, 그의 마음이 내지르는 비명이 아닐까요? 그것이 야마세가 내보내는 무의식의 사인 같은 게 아닐까 싶습니다. 내가 범인이다, 그러니 체포해 달라는."

맞은편에 앉아 있는 순수한 청년의 말이 가부라기의 가슴에 메아리쳤다.

그렇다. 죄를 지은 범인은 기필코 찾아내 체포해서 벌을 주어 그 죄를 갚게 해야 한다. 그렇게 해서 피해자와 그 주변 사람들의 한을 풀어줘야만 한다. 그리고 그럴 수 있는 사람은 경찰관뿐이다.

동시에 그것은 죄를 범하고 피해 다니는 사람을 구제하는 일이기도 하다. 죄를 저지르고는 언제 체포될지 몰라 공포에 떨고 무거운 형벌을 받게 되지나 않을까 부들부들 떠는 것은 당연하다. 그러나 사와다가 말하듯 도망치려고 안간힘을 쓰는

414

범죄자를 체포해 죗값을 치를 기회를 주는 것도 우리 경찰이 해야 할 일 아닌가?

나아가 만약 이 세상 어딘가에 앞으로 죄를 지으려는 사람이 있다면 죄를 짓기 전에 어떻게든 그것을 막는 일, 그 일이 우리 경찰관들이 해야 할 궁극적인 업무일 것이다. 가부라기도 그렇게 생각했다.

"히류댐 수위는 이번 집중호우 때문에 만수위의 60퍼센트까지 찼다더군요."

사와다가 불쑥 화제를 바꾸었다.

"아, 좀 전에 텔레비전 뉴스에서 들었어."

가부라기는 별 생각 없이 대답했다. 사와다가 말했다.

"비는 거의 그쳤지만 아직 빗물이 히류댐 상류로 흘러들고 있습니다. 아마 예정보다 훨씬 빨리, 며칠 안에 히류댐은 만수위에 이르겠죠."

가부라기는 고개를 끄덕였다. 히류가와 강의 평소 수량이라면 시험담수 개시로부터 만수까지 몇 주가 걸릴지 모른다. 그러나 갑작스러운 집중호우 때문에 히류댐은 단숨에 그 수위를 올렸다. 댐 사무국도 틀림없이 언론사에 히류댐의 수해 방지효과를 힘주어 이야기했으리라.

"그게 무슨 문제라도 되는 건가?"

"미즈사와 이즈미가 어디론가 외출한 거요……."

사와다는 주저하듯 일단 말을 끊었다. 그리고 천천히 말을 이었다.

"이 히류댐 상태와 이즈미의 외출에 어떤 관계가 있지 않을까 해서요."

"뭐?"

가부라기는 사와다가 무슨 말을 하는지 종잡을 수 없었다.

"히류댐에 물이 차서 히류무라가 물에 잠긴다. 동시에 미즈사와 이즈미가 돌연 자취를 감추었다……."

"사와다, 너 혹시?"

가부라기는 눈이 휘둥그레졌다.

"미즈사와 이즈미가 히류댐에 물이 차기를 기다렸다고 생각하는 거야?"

"그럴 가능성은 없을까요?"

사와다는 심각한 표정으로 가부라기를 바라보았다.

"글쎄, 아무래도 그건 좀……."

그때 테이블 위에 있던 가부라기의 휴대전화가 구식 벨소리를 울렸다. 가부라기는 휴, 하고 한숨을 쉬면서 오른손으로 전화기를 집어 들었다.

"미즈사와 이즈미일 거야. 이제야 음성 메시지를 들은 모양이네."

가부라기는 그러면서 전화기 액정 화면을 보았다. 하지만 전화를 건 사람은 미즈사와 이즈미가 아니었다. 다름 아닌 군마 현경 나가노하라 경찰서의 다타라 도시오였다.

"가부라기 씨, 할 이야기가 좀 있는데, 통화 괜찮겠습니까?"

가부라기는 밖으로 나가기 위해 일어서려고 하다가 주위에 다른 손님이 없는 것을 확인하고는 그냥 자리에서 전화기를 손바닥으로 가리고 작은 목소리로 통화를 이어갔다.

"예. 사실 지금 사와다와 시부카와 역 앞에 있습니다."

가부라기는 놀라는 다타라에게 사와다와 함께 미즈사와 이즈미를 만나러 왔는데 집에 없어서 연락이 오기를 기다리는 중이라고 설명했다.

그러자 다타라가 이렇게 말했다.

"근처에 계시면 마침 잘 되었군요. 잠깐 히가시아가쓰마마치(東吾妻町)까지 좀 와주실 수 있겠습니까? 요시오카는 다른 쪽에 가 있으니 제가 지금 우리 경찰서 차로 모시러 가겠습니다. 이제 교통 통제도 해제되었으니 30분도 채 걸리지 않을 겁니다."

"히가시아가쓰마마치라고요?"

대화의 흐름을 파악할 수 없어 가부라기는 당황한 목소리로 물었다. 히가시아가쓰마마치는 시부카와 시 서쪽에 있는 지역이다.

"오늘 아침에 히가시아가쓰마마치에 있는 일본적십자병원에 신원을 알 수 없는 남자가 실려 들어왔습니다. 그때는 의식도 있었다더군요. 그때 중얼거린 말에 사투리가 없는 것으로 보아 병원 측은 도쿄에서 온 사람일 거라고 보고 있습니다. 지금은 열이 높은 상태라서 제대로 이야기를 나누기는 어려울 것 같다고 하네요. 소지품이 전혀 없어 신분을 확인하지 못하고 있습니다."

도쿄에서 온 신원 불명의 남자······. 가부라기는 곤혹스러웠다. 도쿄 지역의 치안을 담당하는 경시청 직원이니 당장 달려가 봐야 할지도 모른다. 하지만 미즈사와 이즈미의 행방이 마음에 걸렸다. 병원에 있다면 걱정할 일은 없을 테고 솔직히 그럴 상황은 아닌 듯한 기분이 들었다.

"경시청에 연락해 신원불명 상담실 담당자에게 연락드리라고 하겠습니다. 그러면 될까요?"

경시청 감식과 신원증명상담실은 도쿄 도의 행방불명자 조회를 맡은 부서다.

그러자 다타라는 난처한 목소리로 말했다.

"그런데 그 남자가 아주 묘한 소리를 하더군요. 그 말이 자꾸 마음에 걸려서······."

"묘한 소리라고요?"

가부라기의 질문에 다타라는 이렇게 대답했다.

"예. 이곳 산속에 도쿄에 있는 자기 집이 있었다고 하더군요."

"며칠인지 모르지만 한동안 산속을 헤맨 모양입니다."

흰 가운을 입은 중년의 남자 의사가 말했다. 가부라기, 사와다, 다타라는 그 남자가 누운 병상을 내려다보면서 의사의 말을 듣고 있는 중이었다. 신원불명의 남자는 링거 팩이 세 개나 연결된 상태로 담요를 덮은 채 눈을 감고 있었다. 잠이 든 모양이었다. 나이는 20대 후반에서 30대? 며칠은 면도를 하지 않

418

은 듯 수염이 삐죽삐죽 자라나 있었다.

"얼굴이나 손발은 온통 진흙투성이였고 속옷까지 완전히 젖었습니다. 무척 쇠약해진 상태죠. 어젯밤 폭우를 맞았기 때문일 겁니다. 감기 때문에 폐렴으로 번졌는지 체온이 40도 가까이 올라 의식이 흐린 상태죠. 초여름이라곤 해도 군마 현 산간 지방에서는 아침저녁으로 무척 추우니까요. 항생제가 효과를 보이기 시작했으니 하루나 이틀이면 의식을 회복할 겁니다……."

다타라는 고개를 갸웃거렸다.

"현재 전국 실종자 리스트를 살펴보아도 비슷한 인물은 보이지 않습니다. 아마도 며칠 동안은 가족이나 직장에 연락을 하지 못했을 텐데 말이죠."

"발견된 곳은 어느 쪽 산속입니까?"

가부라기가 그 의사에게 묻자 그는 고개를 저었다.

"구급차를 부른 사람 말에 따르면 145번 국도 주변에 있는 마을 변두리 버스정류장 앞에 쓰러져 있었다고 합니다."

"겨우 큰길까지 나와 마음이 놓이자 곧바로 정신을 잃은 걸까요?"

다타라가 중얼거렸다.

"……그래, 이 사람이 묘한 소리를 했다는 건가요? 이 사람은 도쿄에서 온 걸로 보이고요?"

가부라기가 확인하자 다타라는 착잡한 표정을 지으며 고개를 끄덕였다.

"그렇습니다. 유스케 사건과 관계가 없을지도 모르지만 일단 가부라기 씨에게 알리는 것이 좋겠다는 생각이 들었습니다. 어쨌든 이번 사건에서는 나물 무침이나 잠자리 같은 얼핏 보기에 사건과 관계없을 것 같은 것들이 중요한 실마리를 제공하기도 했고……."

남자는 병원으로 옮겨질 때 들것 위에서 공포에 질린 표정을 지으며 이렇게 말했다고 한다.

"산속에 우리 집이 있었어. 아내도 있었고. 막 소리를 지르며 두들겨 팰 거야. ……무서워."

남자는 그런 말을 남긴 뒤 의식을 잃고 여태 잠에서 깨어나지 못하고 있다는 이야기다.

대체 그건 무슨 뜻일까? 가부라기는 팔짱을 끼며 생각했다.

말 그대로 받아들이면 이렇다. 이 남자가 산속에 들어갔더니 거기 집이 있었다. 그 집은 놀랍게도 도쿄에 있는 '우리 집'이었다. 그리고 그 집에는 이 남자의 아내가 있고, 돌아온 남자를 꾸짖으며 때리려고 해서 무서웠다…….

하지만 현실적으로 그런 일이 일어날 리는 없다.

"가장 무리가 없는 해석은 이런 식이 될까요?"

가부라기는 남자를 내려다보며 말했다.

"산속에서 길을 잃어 조난당한 이 사람은 피로와 공복, 고열 때문에 의식이 혼미해졌다. 그리고 도쿄에 있는 집으로 돌아가고 싶다고 간절히 바라다 보니 무사히 집에 도착했다는 환각에 휩싸였다. 이 사람은 지독한 공처가이기 때문에 자기 집에 있을 아내의 모습이 헛것으로 보이고 환청이 들렸다……."

사와다가 미간을 찌푸리며 중얼거렸다.

"그러나 종합실조증 환자라면 몰라도 극한상황에서 일시적인 정신착란 때문에 환각을 보는 경우 대부분 자기가 원하던 상황을 보기 마련입니다. 죽은 가족 모습이 보이거나 목소리가 들린다거나 하는 경우가 그런 사례죠. 이 사람도 돌아가고 싶은 자기 집이 보였다는 점은 이해가 갑니다. 그렇지만 아내에게 꾸지람을 듣고 얻어맞을 거라는 식의 네거티브한 환각을 보는 경우는 별로 없는 것 같은데 말이죠."

"환각이 아니라면 이 사람이 무엇을 보았다는 거죠?"

사와다는 입술을 깨문 채 말이 없었다. 그것은 사와다가 필사적으로 두뇌를 움직이고 있을 때 나오는 버릇이다. 가부라기는 사와다의 생각을 방해하지 않기 위해 내버려두기로 하고 다타라에게 물었다.

"발견되었을 때 이 사람 옷차림은 어땠습니까?"

남자는 지금 깨끗한 옅푸른색 환자복 차림이다. 다타라는 상의 안주머니에서 수첩을 꺼내더니 그걸 들여다보면서 설명했다.

"이런 초가을에는 도쿄에서 하루나후지(榛名冨士)라거나 조신에쓰(上信越) 고원의 산들을 등산하기 위해 찾아오는 사람도 많은데 이 남자 옷차림은 도저히 등산객 차림이라고 볼 수 없었습니다. 폴로셔츠에 옅은 카키색 면바지―치노팬츠라고 하나요? 그리고 가죽구두를 신었고요."

"가죽구두?"

가부라기는 눈이 휘둥그레졌다. 틀림없이 산길을 걸을 차림은 아니다.

"예. 마치 잠깐 슈퍼마켓에 뭘 사러 나온 옷차림이었죠. 그리고 가죽벨트에, 양말, 속옷, 손수건, 손목시계……. 아, 그리고 팔찌형 자기건강기구를 오른쪽 손목에 차고 있었습니다.

자기건강기구란 수지로 만든 고리에 영구자석이나 자기를 지닌 금속 조각을 넣은 것인데, 자기가 혈액의 흐름을 개선하고 근육 뭉침을 완화해주는 것으로 알려져 있다.

"최근 텔레비전에서 자주 선전하는 물건이죠. 선생님, 그게 의학적으로 정말 효과가 있는 건가요?"

"글쎄요……. 효과가 있다면 있는 거 아닐까요?"

의사는 흥미 없다는 듯이 어깨를 으쓱했다. 가부라기가 다타라에게 물었다:

"상의는 폴로셔츠만 입고 겉옷은 걸치지 않았습니까?"

"예. 점퍼나 바람막이 같은 건 없었습니다. 그러다 보니 체온이 떨어져 폐렴이 된 걸 겁니다."

"폴로셔츠 메이커는 어디죠?"

다타라는 또 수첩을 들여다보았다.

"그게, 미즈오라는 회사 제품이군요. 스포츠용품 메이커죠."

가부라기는 그 말을 듣고 고개를 끄덕인 뒤 누워 있는 남자에게 다가가 담요를 들춰 두 손을 보았다. 그리고 다시 고개를 크게 끄덕인 다음 다타라에게 물었다.

"그 근처에 골프장이 있습니까?"

다타라는 이상하다는 표정을 지으며 고개를 끄덕였다.

"예. 남동쪽에 이카호(伊香保), 서쪽으로 가면 나가노하라마치를 지나 구사츠(草津)나 쓰마고이(嬬恋)에 골프장이 여러 개 있습니다만."

가부라기는 알겠다는 듯이 고개를 끄덕이더니 다타라에게 말했다.

"아마 골프장 주변 산속을 지나는 도로 어딘가에 며칠 전 버려진 차가 있을 겁니다. 그걸 찾으면 이 사람 신원을 알아낼 수 있지 않을까요?"

"골프장 주변 산속 길에 차가?"

다타라는 눈이 휘둥그레졌다.

"이 사람은 도쿄에서 차를 가지고 군마 현 골프장에 왔다가 산속을 달리던 중 뭔가 사정이 있어 차에서 내린 다음 길을 잃고 조난을 당했을 겁니다. 그걸 발견한 누군가가 이곳 히가시아가쓰마마치까지 차로 태워 사람들 눈길이 닿을 만한 버스정류장에 두고 간 겁니다."

사와다가 눈이 휘둥그레져 물었다.

"가부라기 선배, 어떻게 이 사람이 도쿄에서 골프를 치러 왔다는 걸 아셨어요?"

"대단한 건 아니야."

가부라기는 쓴웃음을 지었다.

"나도 예전에 니시오기쿠보에 있는 술집 주인이 가자고 해서 골프를 치러 따라갔던 적이 있어. 마지못해 딱 한 번 치러 간 거라 골프장에 있는 임대 클럽을 빌려 코스로 나갔지. 엄청 힘들더군. 몇 번을 휘둘러도 헛스윙이고 우연히 맞아도 공이 똑바로 날아가지 않았어. 무거운 클럽을 여러 개 들고 숲속과 수풀을 돌아다니다 보니 무릎과 허리가 후들후들 떨려서……."

"저어, 그런데 왜 이 사람이 골프를 치러 온 사람이라고 생각하신 거죠?"

다타라가 머뭇머뭇 끼어들었다.

"아, 미안합니다."

가부라기는 머리를 긁적거리며 설명하기 시작했다.

"그 술집 주인이 가르쳐준 건데, 골프장 클럽하우스에서는 재킷을 입고 구두를 신는 게 매너라고 하더군요. 폴로셔츠에 가죽구두는 그때 그 사장이 제게 입고 오라고 했던 그 복장입니다. 재킷은 차에 있으니 걸치지 않았겠죠. 휴대전화나 소지품도 모두 차 안에 있을 겁니다."

다타라와 사와다는 얼굴을 마주보았다.

"이 사람이 끼고 있는 자기건강기구는 젊은이들에게 인기 많은 프로골퍼를 모델로 텔레비전에서 선전하는 골퍼 대상 제품입니다. 그리고 이 사람, 오른손은 햇볕에 그을었는데 왼손은 손목에서부터 손가락까지 하얗더군요. 골퍼 가운데 오른손잡이는 왼손에만 장갑을 끼기 때문에 왼손은 햇볕에 타지 않습니다."

"자기 힘으로 산길을 걸어온 게 아니라 누가 차에 태워 데려왔다고 하시는 이유는?"

사와다의 물음에 가부라기는 이렇게 대답했다.

"아, 국도 옆 버스정류장 앞에 비를 맞지 않도록 차양 아래 누워 있었다고 해서. 산속에서 거기까지 걸어올 기력이 있다면 도중에 있는 농가나 민가에 들어가 도움을 청하지 않았겠어? 국도 옆이라고 하니 차에 싣고 온 걸로 짐작할 수 있지. 아마 누군가가 이 사람이 쉽게 발견되도록, 또 비를 고스란히 맞지 않도록 버스정류장에 눕혔을 거야."

그 말에 다타라도 이해한 듯이 고개를 끄덕였다.

"그렇군요. 하지만 친절한 건지 쌀쌀맞은 건지 모르겠군요. 도움을 준 그 사람이요. 차에 실은 김에 병원까지 옮겼으면 좋았을 텐데. 아니면 119에 신고해 구급차라도 부르거나."

가부라기도 그런 점은 이상하다는 생각이 들었다. 이 남자를 옮긴 사람은 어지간히 급했거나 뭔가 다른 사정이 있었으리라……

"그것도 이상하지만 무엇보다 이해가 안 되는 건 역시 이 사람이 한 말입니다."

사와다가 흘끔 침대를 보았다.

"산속 어딘가에 도쿄에 있어야 할 자기 집이 있고 거기에 아내까지 있었다니……."

세 사람은 다시 침대 위에 누운 남자를 바라보았다. 그러나 아무리 말에 담긴 뜻을 풀어보려고 해도 아무런 가설도 세울 수 없었다. 역시 심신쇠약 상태에서 헛것을 보았다고 생각하는 게 가장 쉽게 납득할 수 있는 결론이었다.

"유스케 살인사건과는 전혀 관계없는 일이로군요."

시부카와 역 앞에서 순찰차가 멈추자 조수석에 앉은 다타라는 실망과 안도가 뒤섞인 표정으로 한숨을 내쉬었다.

"군마 현에 있는 골프장에 문의해 최근 일주일 이내에 들렀던 고객 명부를 보여달라고 하겠습니다. 사건성이 없다면 너무 초조하게 처리할 필요는 없겠죠. 그 남자는 한동안 입원이 필요할 테고 조만간 가족이 실종신고를 낼 테니까요. 타던 차 역시 조만간 신고가 들어올 겁니다."

가부라기와 사와다를 따라 다타라도 차에서 내렸다. 그리고 가부라기를 향해 허리를 깊숙이 숙였다.

"가부라기 씨, 소란을 떨어 미안합니다. 그렇지만 덕분에 이 사람 신원은 바로 파악될 겁니다. 감사합니다."

"아뇨, 별로 한 일도 없는데요."

가부라기도 얼른 고개를 숙였다. 다타라는 다시 순찰차 조수석에 올라타더니 창밖으로 손을 내밀어 흔들었다. 이윽고 차가 출발해 모퉁이를 돌아 사라졌다.

차를 배웅하면서 가부라기는 생각에 잠겼다. 다타라도 오늘 뭔가 새로운 정보는 없을지 관내를 탐문하고 돌아다녔으리라. 그리고 조단당한 남자 이야기를 듣고 혹시나 싶어 가부라기에게 연락을 해주었다. 결과적으로 가와즈 유스케 살인사건과는 아무런 관계도 없는 모양이지만…….

문득 정신을 차리고 손목시계를 보았다. 오전 11시 30분. 미즈사와 이즈미의 휴대전화에 부재중 메시지를 남긴 지 벌써 3시간 반이 지났다.

"다시 미즈사와 이즈미의 아파트에 가보기로 하지."

가부라기가 사와다에게 말하기가 무섭게 가부라기의 휴대 전화가 울렸다. 이번에는 미즈사와 이즈미일까? 가부라기가 얼른 액정 화면을 보니 군마 현경 요시오카 나오토의 이름이 떠 있었다.

"다누마 야스오가 행방을 감췄습니다."

가부라기가 전화를 받자 요시오카가 분하다는 듯한 목소리로 얼른 말했다.

"다누마가? 감시를 붙였던 거 아닌가요?"

그렇게 말하는 가부라기를 보고 사와다의 얼굴에도 긴장이 흘렀다. 요시오카가 설명했다.

"오늘 아침, 비가 좀 잦아들 무렵 다누마가 마에바시에 있는 자기 집에서 평상시 옷차림으로 짐도 없이 차를 몰고 나갔습니다. 그리고 간에쓰고속도로를 타고 니가타(新潟) 방향으로 갔죠. 물론 미행은 붙였습니다. 그런데 고마요세(駒寄) 휴게소 화장실에 들어가더니 차를 주차장에 남겨둔 채 사라진 겁니다."

"사라졌다……?"

가부라기는 저도 모르게 중얼거렸다. 요시오카는 더 화가 난 목소리로 말했다.

"그렇다니까요. 아무래도 다른 출입구로 화장실을 빠져나가 미리 준비한 다른 차로 갈아탄 모양입니다. 도주를 도운 자가 있겠죠. 아무런 짐도 없이 나왔기 때문에 그대로 도주할 줄은 생각도 못하고 차만 지키고 있으면 돌아올 거라고 생각한 수사관들이 방심한 겁니다. 죄송합니다. 이런 실수를 저지르다니……."

"사실은 미즈사와 이즈미도 연락이 닿지 않습니다."

가부라기가 말하자 전화 저편에서 요시오카도 긴장하는 듯했다.

"이즈미가요? 가부라기 씨, 지금 어디 계십니까?"

"사와다와 함께 시부카와에 있습니다. 혹시 모르니 시부카와 경찰서에 연락해 미즈사와 이즈미를 찾아봐주실 수 없겠습니까?"

"알겠습니다." 하고 말한 뒤 요시오카는 바로 전화를 끊었다.

가부라기는 사와다에게 간단하게 상황을 전달했다.

"사이키 관리관에겐 군마 현경이 보고를 했을 거야. 일단 도쿄로 돌아가지."

가부라기가 그렇게 말했을 때 다시 휴대전화가 울렸다.

"가부라기 선배! 크, 큰일 났습니다!"

히메노 히로미였다. 그는 가와즈 유스케의 휴대전화에 대해 조사하기 위해 통신회사인 니혼셀룰러뱅크 도쿄지사에 가 있을 터였다.

"지금 차를 운전하는 중은 아니겠죠? 그럼 놀라지 마세요! 아시겠습니까? 당황하지 말고 심호흡하시고."

"당황한 건 너 같은데. 왜 그러는데?"

"가와즈 유스케는 살아 있습니다."

가부라기는 순간 아무 말도 할 수 없었다. 그리고 바로 온몸에서 힘이 빠지고 폐 안의 공기가 모두 새나갔다. 이렇게 바쁠 때 히메노 이 녀석은 무슨 말도 안 되는 농담이나 지껄인다는 말인가.

"무슨 한심한 소리야? 너도 니코타마 강변에서 시신이 된 가와즈를 봤잖아? DNA분석으로도 그 시신이 가와즈 유스케라는 결과가 나왔고."

"그, 그렇죠. 그랬었죠. 그럼 현실적인 판단에 기초해서 다시 말씀드리겠습니다."

히메노가 숨을 크게 내쉬더니 이렇게 말했다.

"가와즈 유스케의 유령이 나타났습니다."

가부라기는 다시 할 말을 잃었다. 히메노는 바로 난처한 목소리로 말을 이었다.

"어때요? 선배, 죽은 가와즈가 살아 있다는 말과 가와즈의 유령이 나타났다는 말 중에서 어느 쪽이 더 현실적으로 들리세요?"

히메노도 무척 혼란스러운 모양이었다. 물론 둘 다 현실적이라고는 할 수 없는 말이었다.

"히메, 진정해. 대체 무슨 일이 일어난 거야?"

"이즈미가 가와즈에게 전화를 걸고 있습니다."

히메노가 조바심이 난다는 듯 말했다.

"가와즈 유스케가 죽은 뒤에도 미즈사와 이즈미는 가와즈의 휴대전화에 여러 차례 전화를 걸었습니다."

18 유령

"극히 일부 다누마 이외의 인물을 의심하는 목소리도 있었습니다만, 다누마가 도주한 이상 이제 그런 가능성을 따져볼 필요는 없겠죠."

회의실을 꽉 메운 수사관들을 둘러보면서 사이키 관리관은 차분한 목소리로 입을 열었다.

"아까 경시청의 요청에 따라 체포영장이 발부되었습니다. 이제 이 특별수사본부는 가와즈 유스케 살해 피의자 다누마 야스오 체포에 온 힘을 다할 것입니다."

5월 25일 금요일, 오후 2시. 사이키 다카시 관리관은 경시청 6층 대회의실에 '니코타마가와 강변 살인사건 특별수사본부의 긴급수사회의를 소집, 당일 10시 42분에 히류무라 촌장 다누마 야스오가 간에쓰고속도로의 고마요세 휴게소에서 실종되었다고 발표했다. 동시에 이 사실을 바탕으로 예정보다 하루 일찍 다누마 야스오에 대한 체포영장이 발부되었음을 모든 수사관에게 통고했다.

이에 따라 다누마는 정식으로 가와즈 유스케 살인사건의 '피의자'가 되어 전국 경찰에 일제히 지명수배서가 배포되었다. 또 도주를 도운 공범자가 떠올랐기 때문에 그 수사에도 더 많은 인원을 배치하기로 결정했다.

한편 군마 현경에는 이 사건의 피해자인 가와즈 유스케의 지인 미즈사와 이즈미의 행방을 파악할 수 없다는 보고가 올라왔다. 다누마의 도주와 관계가 있을 거라고 의심하는 주장도 있어, 군마 현경은 계속해서 미즈사와 이즈미의 행방을 쫓겠다는 방침을 발표했다.

회의는 30분 만에 끝났다. 수사관들이 모두 흩어진 회의실 안에 가부라기 데쓰오, 히메노 히로미, 사와다 도키오가 남았다. 마사키 마사야는 아직 야마세가 폐차한 차의 행방을 추적하고 있는 중이었다. 군마 현경 소속 요시오카 나오토와 다타라 도시오는 그쪽 나가노하라마치에서 다누마 야스오와 그 공범자의 뒤를 추적하는 중이리라.

"다타리 관리관이 회의 때 가부라기 선배를 무섭게 노려보던데요."

히메노가 한숨을 쉬었다. 가부라기도 심각한 표정으로 고개를 끄덕였다.

"오늘 아침 9시에 체포영장이 발부되었다면 다누마의 신병이 확보되었겠지. 내가 하루만 더 달라고 했기 때문에 다누마가 자취를 감추고 말았으니…….”

“가부라기 선배 잘못 아니에요!”

히메노는 기가 막힌다는 투로 소리쳤다.

“하루 연기하기로 결정한 건 관리관입니다. 오니하라 선배가 그렇게 해보자고 해서 그쪽으로 결정한 거 아닙니까?”

“하지만 결과적으로 나 때문에 다누마를 놓쳐버렸어. 아니, 그보다 다누마가 실종된 덕분에 다누마가 완전히 피의자가 되었지.”

가부라기는 떨떠름한 표정으로 입술을 깨물었다.

그런데 다누마는 왜 자취를 감춘 걸까? 혐의가 자기에게 집중된 상황이라 머지않아 체포영장이 발부될 거라고 예감한 걸까? 나가노하라 경찰서에서 요시오카와 다타라에게 취조당할 때는 증거 같은 건 있을 리 없다, 체포할 수 있으면 해보라며 자신만만했다고 한다. 구마바야시건설로부터 비리를 저지른 증거가 흘러나왔다는 사실을 눈치챈 걸까?

한 가지 더 마음에 걸리는 점은 미즈사와 이즈미가 집에 돌아오지 않고 있다는 사실이었다. 단순한 외출일지도 모르지만 다누마가 실종된 시점과 때를 같이하는 만큼 가부라기는 불안을 떨칠 수 없었다.

그때 히메노가 불쑥 밝은 목소리로 외쳤다.

“오히려 잘됐잖아요! 덕분에 다타리 관리관이 우리를 방치하게 될 테니까. 관리관이 우리더러 뭐라고 했는지 생각해보세요. ‘다누마 체포는 시간문제입니다. 가부라기 경위, 그쪽 팀은 부디 내키는 대로 야마세를 철저하게 수사해보기 바랍니다.'라고 얘기했잖아요."

히메노가 사이키의 말투를 그대로 흉내 내자 가부라기는 그만 '픽' 하고 쓴웃음을 지었다. 분명히 히메노의 말대로 잠시나마 다누마가 체포당할 우려는 없겠고, 야마세를 계속해서 수사할 수 있게 된 점은 다행이었다. 사이키 관리관이 가부라기 팀에 대한 관심의 끈을 놓은 점은 감사하지 않을 수 없었다. 가부라기는 여전히 야마세가 가와즈 살인범일 가능성을 놓지 않고 있기 때문이다.

이때 사와다가 초조한 표정으로 히메노에게 말했다.

"히메노, 그보다 가와즈가 살아 있다, 유령이 되어 나타났다는 이야기, 좀 자세하게 해줄 수 없겠어?"

"아! 맞다! 그 이야기를 까먹고 있었네!"

히메노는 갑자기 생각났다는 듯이 오른손으로 긴 책상을 두드렸다.

"가부라기 선배, 제가 오늘 아침 일찍 니혼셀룰러뱅크에 다녀온 건 아시죠? 가와즈가 생전에 휴대전화를 얼마나 썼는지, 요금은 어떻게 냈는지 등등 자세한 사용 기록을 조사하면 뭔가 나올지도 모른다고 생각해서요."

다른 수사관이 올린 보고서가 있긴 했지만 히메노는 다시 처음부터 사용 기록을 조사했다.

먼저 올라온 보고서에도 있듯이 가와즈의 휴대전화 발신은 한 건을 제외하면 모두 미즈사와 이즈미의 휴대전화로 건 것이었다. 그 예외인 한 건이 가와즈가 살해되기 직전으로 보이는 상황에서 다누마 야스오에게 건 발신 기록이었다. 가와즈의 휴대전화 사용 기록에는 달리 수상한 점은 전혀 없었다. 요금 체납도 없고 미심쩍은 통화 회수나 고액 데이터 통신료도 보이지 않았다.

단말기의 행방을 알 수 없는데도 불구하고 가와즈의 가족은 아직 계약을 해지하지 않고 있었다. 충격 때문에 그런 일까지 신경을 쓰지 못하는 모양이라고 가부라기는 생각했다. 게다가 경찰 입장에서는 만약 가와즈의 휴대전화 단말기가 발견되면 사건의 실마리가 될 통신기록이 남아 있을 가능성도 있어 계약이 계속 유지되고 있는 상태는 다행스러운 일이었다.

"그런데 그때 수사본부에서 '미즈사와 이즈미의 위치가 파악되지 않는다.'는 연락이 왔죠. 그래서 이즈미의 휴대전화도 니혼셀룰러뱅크를 이용한다는 사실이 생각나더군요. 밑져야 본전이다 싶어 지금 행방불명자를 찾고 있는데 그 사람 통화 기록을 볼 수 없겠느냐고 했죠. 담당자가 젊은 여성이었는데, 마침 친절한 사람이라 다행히 볼 수 있게 해주었습니다."

친절한 사람이라기보다 살인사건을 수사하러 온 형사라서 믿었으리라. 아니, 그보다 다른 이유가 있을지도 모른다. 가부라기는 그런 생각을 하면서 히메노의 단정한 얼굴을 흘끔 보았다. 그리고 역시 감탄한 듯 히메노의 얼굴을 보던 사와다와 눈이 마주치자 둘은 같이 고개를 끄덕였다. 사와다도 같은 상상을 한 모양이었다.

어쨌든 그 젊은 여직원은 이즈미의 휴대전화 발신 기록을 히메노에게 슬쩍 보여주었다. 놀랍게도 가와즈 유스케가 죽은 날 이후로도 행방을 찾을 수 없는 가와즈의 휴대전화가 다섯 차례나 통화를 한 기록이 보였다.

"히메노, 그렇지만 말이야…….."

사와다가 한숨을 쉬며 히메노를 보았다.

"가와즈 유스케가 살아 있다거나 유령이 되어 나타났다고 생각하기보다 더 단순하고 합리적으로 생각할 수 있지 않겠어?"

히메노가 당연하다는 듯이 고개를 끄덕였다.

"나도 처음엔 그렇게 생각했지. 하지만 이걸 봐."

히메노는 자기 스마트폰을 꺼내 이리저리 만지기 시작했다.

"다섯 차례의 착신 기록 가운데 처음 네 번은 모두 몇 분씩 통화를 했어. 마지막 발신 딱 한 번만 상대가 받지 않았는지 부재중 메시지에 미즈사와 이즈미의 목소리가 남아 있었다니까. 그 음성 메시지를 꼭 듣고 싶다고, 어쩌면 유괴사건일지도 모른다고 사정사정해서 몰래 여기에 복사해두었지."

히메노가 스마트폰을 긴 책상 위에 놓았다. 스마트폰을 스피커 모드로 바꾼 모양이다. 가부라기와 사와다는 가만히 그 목소리에 귀를 기울였다. 이윽고 스마트폰에서 속삭이는 듯한 여성의 목소리가 흘러나왔다.

여보세요……, 유스케?

나 이즈미야.

비가 많이 오네. 천둥도 심하고.

유스케, 늘 고마워.

항상 전화해주는 너에게 고맙다는 말을 하고 싶었어.

늘 차로 데려다주는 유스케에게도 감사해.

드디어 모레야.

나 정말 잘할게.

……(벼락 치는 소리)

잘할게.

……그럼 모레.

음성 메시지는 거기서 끝났다. 히메노가 가부라기를 보며 입을 열었다.

"비와 벼락 치는 소리가 섞여 있죠? 음성 메시지를 남긴 시각이 어젯밤 10시 21분. 군마 현 전체에 집중호우가 쏟아지던 시간대거든요."

"말도 안 돼."

사와다가 중얼거리더니 불쑥 책상 위에 놓인 히메노의 스마트폰을 낚아챘다. 그리고 액정 화면을 몇 차례 급히 두드리더니 다시 책상 위에 내려놓았다. 스피커에서 다시 미즈사와 이즈미의 목소리가 흘러나왔다. 똑같은 내용이었다.

회의실은 물을 끼얹은 듯 조용해졌다.

가부라기는 갑자기 혼란스러웠다. 유스케……. 미즈사와 이즈미는 분명히 전화 상대를 그렇게 불렀다. 미즈사와 이즈미는 가와즈 유스케가 죽은 뒤에도 가와즈 유스케와 전화로 이야기를 나누었다. 무심코 사와다를 보니 그 또한 멍한 표정으로 히메노의 스마트폰을 바라보고 있었다.

"이 음성파일, 사와다와 공유해둘게."

히메노는 자기 스마트폰을 들고 조작했다. 이윽고 사와다의 주머니에서 전자음이 짧게 울렸다. 히메노는 그걸 확인하고 스마트폰을 주머니에 넣었다.

"드디어 모레……라고?"

가부라기가 중얼거렸다.

"어제의 모레는 내일이지. 이즈미는 내일 대체 무얼 하려고 하는 걸까?"

이 부재중 메시지 내용만 들으면 미즈사와 이즈미와 가와즈 유스케 혹은 유스케의 전화기 주인이 전부터 뭔가 계획하고 있으며 그걸 드디어 내일 실행에 옮기려고 한다. 이즈미는 그러기 위해 자취를 감추었다. 가부라기는 그렇게 이해했다.

사와다가 고개를 갸우뚱하며 입을 열었다.

"게다가 이즈미는 이 가와즈 유스케, 죽은 뒤의 가와즈와도 정기적으로 만난 모양입니다. '늘 차로 데려다주는'이라고 하는 걸 보면."

"저어, 야마세 겐은 최근 군마 현 쪽에는 가지 않았죠?"

히메노가 묻자 가부라기는 착잡한 표정으로 고개를 끄덕였다.

"그래. 잠복 수사관의 보고에 따르면 식사나 쇼핑 이외에는 사무실과 자기 아파트를 오갈 뿐이라고 하는군. 적어도 우리가 야마세를 만난 뒤로 그는 도쿄에서 한 발도 나가지 않았어."

"가부라기 선배, 그럼 이 유스케는 도대체⋯⋯."

히메노는 어처구니없다는 표정으로 가부라기를 바라보았다.

가부라기도 머리를 감싸 쥐지 않을 수 없었다. 미즈사와 이즈미가 전화로 이야기하는 상대가 야마세 겐일 리는 없을 텐데. 그럼 대체 누구란 말인가⋯⋯.

사와다가 불쑥 히메노를 바라보았다.

"히메노, 가와즈의 휴대전화에서 발신한 기록은 살펴보았나?"

사와다는 빠른 말투로 말을 이었다.

"이 유스케, 그러니까 가와즈 유스케 명의의 휴대전화를 가지고 있는 인물이 이 뒤로 이즈미에게 전화를 했을지도 몰라. 그렇다면 가와즈의 휴대전화를 들고 있는 인물이 있던 장소를 몇 킬로미터 범위 안으로 알아낼 수 있지."

"발신 기록은 없어."

히메노가 고개를 저었다.

"가와즈가 죽은 뒤 가와즈의 휴대전화에서는 어디로도 발신한 기록이 없어."

"발신 기록은 없다⋯⋯."

사와다는 입술을 깨물면서 가만히 생각에 잠겼다가 이윽고 고개를 들었다.

"히메노, 지금 당장 니혼셀룰러뱅크에 다시 다녀와."

"엥?"

놀라는 히메노에게 사와다는 이렇게 말했다.

"휴대전화는 전원이 켜진 순간 기지국과 위치 정보를 주고받기 시작하지. 중계기를 선택해서 효율적으로 접속하기 위해서야. 이즈미가 가와즈의 휴대전화에 전화를 걸었다면 휴대전화 회사는 가와즈의 휴대전화 위치를 알아낼 수 있어. GPS 기능이 있는 기종이라면 상당히 정확한 위치를 알 수 있을 거야."

"그, 그렇지만 그런 것까지 물어보려면 정식 영장이 필요할 텐데."

히메노가 난처한 듯이 사와다를 바라보았다. 사와다는 고개를 저었다.

"법원에 오갈 시간이 어디 있나? 아, 성급하게 굴지 마. 그리고 영장을 청구하라는 이야기도 아니야. 지금 너라면 영장 없이도 알아낼 수 있을 거야."

사와다가 단언했다.

"히메, 미안하지만 부탁할게."

가부라기도 사와다 옆에서 히메노를 향해 오른손을 들어 보였다.

"나나 사와다가 갈 수도 있지만 네가 가지 않으면 그 젊은 여직원은 수사에 협력하지 않을 거야."

"어서 가."

"부탁해."

두 사람은 히메노를 빤히 바라보았다.

"뭐, 뭐가 뭔지 잘 모르겠지만 다녀오겠습니다!"

히메노는 당황스런 몸짓으로 상의를 움켜쥐고 일어섰다. 그리고 바로 회의실 출입구로 달려 나갔다.

그 순간, 히메노는 회의실로 들어오던 누군가와 정통으로 부딪혔다. 히메노는 튕겨져 나가 엉덩방아를 찧고 상대는 벌렁 자빠졌다.

"아아, 죄, 죄송합니다. 괜찮으세요?"

히메노가 재빨리 일어나며 말했다. 상대는 뒤집힌 거북이처럼 목을 들고 오른손 검지로 삿대질을 하며 호통을 쳤다.

"이봐, 조심 좀 하라구! 갑자기 튀어나오면 어떡해! 순간의 실수가 평생을 좌우한다고! ……어라? 히메였어?"

바닥에 벌렁 드러누운 사람은 다름 아닌 마사키 마사야였다.

"가, 가와즈 유스케의 유령이야. 틀림없어."

창백한 얼굴을 한 마사키가 떨리는 목소리로 말했다.

"생각해봐. 가와즈는 죽었지? 그런데 이즈미는 전화 상대를 '유스케'라고 부르잖아. 가와즈의 유령 아닌가? 유스케의 유령이야!"

"그렇게 볼 수도 있지만 유령이 아니라 산 사람일 가능성도 생각해야죠."

사와다가 진지하게 말했다.

"다만 그 유령이 야마세 겐이 아닌 건 확실합니다. 유령은 최근에도 이즈미를 차에 태우고 다녔는데 야마세는 5월 22일 이후 최근 나흘 동안 도쿄에서 한 발도 벗어나지 않았으니까요."

회의실 긴 책상 앞에는 가부라기, 사와다, 그리고 방금 돌아온 마사키가 앉아 있었다. 히메노는 마사키가 돌아오자마자 휴대전화 회사로 달려갔다.

"그런데 마사키, 야마세가 전에 타던 차는 찾아냈나?"

마사키는 야마세가 폐차한 승용차의 행방을 추적하느라 육운국을 비롯한 관계 기관을 돌아다녔다.

"아마 지금쯤 러시아나 중국에 가 있겠지."

마사키는 분통이 터진다는 표정으로 고개를 저었다.

"해체업자에게 넘어간 흔적은 없어. 야마세 녀석이 아마 도난차량 같은 불법적인 차량까지 처리하는 지저분한 업자에게 넘겨버린 것 같아. 도난차량 매매는 스피드가 승부니까 지금까지의 예로 보면 이삼일 뒤에는 벌써 다른 나라로 넘어가 있을 거야. 아직 국내에 남아 있을 가능성은 거의 없어."

가부라기는 저도 모르게 한숨을 내쉬었다.

사고 차량이나 도난 차량을 모아 도야마(富山)나 니가타, 오타루(小樽) 등지에서 운항하는 화물선에 실어 조직적으로 러시아나 예전에 소련이었던 여러 나라로 몰래 내보내는 조직이 존재한다. 만약 해외로 팔아넘겼다면 찾아내기는 불가능하리

라. 야마세가 가와즈의 배 속에서 꺼낸 내장을 옮겼을 차를 찾아내지 못한다면 야마세가 가와즈 유스케를 살해했더라도 입증하기가 매우 어려워진다.

그리고 이 상태라면 다누마 야스오가 범인으로 굳어진다. 그렇다고 해서 다누마가 범인이라는 확실한 증거가 있는 것도 아니다. 정황증거를 늘어놓고 추궁하며 다누마가 자백하기를 기다리는 수밖에.

"마사키, 다누마를 체포한다고 해도 계속 범행을 부인할 경우에 기소할 수 있을까?"

가부라기의 물음에 마사키는 팔짱을 끼고 신음했다.

"어려울지도 모르지. 확실히 다누마는 정황이 아주 수상하고 동기까지 있어. 살해 동기가 있는 놈은 아무도 없지. 하지만 어쨌든 다누마가 죽였다는 결정적인 증거가 없으니까. 자백하지 않는 한 입건할 수 없겠지."

"이상하군."

가부라기가 진지한 표정으로 생각에 잠겼다.

"뭐가 말입니까?"

사와다가 묻자 곧 가부라기의 대답이 이어졌다.

"야마세는 도대체 무얼 하려는 거지? 야마세는 다누마에게 20년 전 미즈사와 부부 살해와 이번 가와즈 유스케 살해, 이 두 가지 죄를 뒤집어씌우려 하고 있다. 지금까지 우리는 그렇게 생각했지. 하지만 정말 그럴까?"

사와다가 대꾸했다.

"그렇지만 야마세는 그렇게 하려고 투서로 다누마의 비리를 고발하고 경찰에 그가 악당이라는 인상을 심은 겁니다. 투서 안에 20년 전 사건은 다누마가 저질렀다고 고발했죠. 그리고 가와즈를 죽이면서 누가 보더라도 다누마가 죽인 것처럼 만들려고 가와즈의 시신에 손을 댔고요. 그렇지 않습니까?"

가부라기는 생각의 끈을 놓지 않으며 이렇게 말했다.

"그렇지만 결국 다누마가 그걸 인정하지 않으면 아무것도 되지 않지. 그리고 다누마가 범인이 아닌 이상 자백을 기대한다는 건 말도 안 되고. 야마세도 그건 알고 있을 텐데."

마사키도 고개를 끄덕였다.

"틀림없이 그렇지. 야마세 녀석도 다누마를 함정에 빠뜨리려면 거짓이라도 증거를 준비했으면 좋을 텐데 말이야. 흉기를 다누마의 집에 던져 넣어둔다거나 '다누마가 죽였다'고 쓴 가와즈의 유서를 준비한다거나."

내키는 대로 떠드는 마사키를 보며 가부라기는 쓴웃음을 지었다.

"마사키, 그런 위장은 바로 들통이 나고, 오히려 자기 목을 조르지 않겠어?"

그때 콰당, 하는 큰 소리가 났다.

가부라기와 마사키가 돌아보니 사와다가 멍한 표정으로 일어서 있었다. 그가 앉았던 파이프 의자가 쓰러지는 소리였던 것이다.

마사키가 휴우, 하고 숨을 내쉬었다.

"뭐야, 도키오. 놀랐잖아."

"있습니다."

사와다가 억양 없는 목소리로 말했다.

"뭐, 뭐가?"

마사키가 불안한 듯이 물었다.

"다누마를 가와즈 살인범으로 확실하게 만들어내는 방법이 딱 한 가지 있습니다."

가부라기와 마사키는 사와다 쪽으로 몸을 디밀었다.

"저, 정말이야? 도키오, 그럼 야마세는 그 방법을 쓸 작정이란 건가?"

"사와다, 그게 대체 어떤 방법이지?"

사와다는 가부라기와 마사키를 내려다보더니 천천히 말했다.

"다누마 야스오를 죽이는 겁니다."

회의실이 쥐죽은 듯 고요했다. 가부라기와 마사키는 입을 벌린 채 사와다만 바라보았다.

사와다는 아주 빠른 말투로 설명하기 시작했다.

"현재 상황은 이렇습니다. 가와즈 유스케를 살해할 명확한 동기가 있는 사람은 다누마 야스오 단 한 명뿐. 그리고 다누마는 유스케가 살해당하는 시간에 현장 쪽에 있었고, 가와즈가 살해되기 직전에 다누마에게 전화를 거는 등 상황도 한없이 의심스럽죠. 하지만 결정적인 증거가 없기 때문에 경찰은 다누마의 자백을 끌어낼 수밖에 없어요."

말을 하면서 사와다는 가부라기와 마사키를 바라보았다.

"그러나 지금 당장 다누마가 죽는다면 어떻게 될까요? 다누마가 범인이 아니라고 하는 사람은 다누마 혼자입니다. 현재 상태에서 다누마가 죽어버리면 가와즈 유스케 살인사건은 다누마의 범행이 되어 매끈하게 마무리되지 않겠어요? 야마세는 그걸 노리고 있는 게 아닐까요?"

"아니, 잠깐만, 도키오."

마사키가 얼른 끼어들었다.

"야마세가 다누마를 죽이면 가와즈를 죽인 죄는 다누마가 뒤집어쓸지도 모르겠군. 하지만 그러면 야마세는 이번엔 다누마를 죽인 살인죄를 짓게 되는 거 아닌가? 그렇게 해서 좋을 게 뭐가 있지?"

"진실 같은 건 없다, 그때 야마세 겐이 한 말이죠."

사와다는 마사키의 말이 귀에 들어오지 않는 듯 말을 이었다.

"야마세의 그 말은 무엇을 의미하는 걸까요? 혹시 야마세 겐이 다누마 야스오를 죽여서 자기가 바라는 '진실'을 만들어낼 작정은 아닐까요? 설마 자기가 범인이라는 사실을 절대로 알 수 없는 완전범죄를 꾸미는 것은 아니겠죠?"

가부라기도 야마세가 한 그 말을 기억한다. 아니, 그 뒤로 한시도 잊은 적이 없었다. 이 세상에 진실 같은 것은 없다. 깔끔하게 앞뒤가 맞고, 누구나 납득할 수 있는 이야기, 그게 진실이다, 야마세는 그렇게 말했다.

그리고 사와다가 시부카와 시 메밀국수집에서 했던 말도 떠올랐다. 죄를 지은 사람은 필사적으로 경찰의 추적을 피하지만 마음 한구석에서는 일찍 잡혔으면, 하고 바라는 게 아닐까? 어쩌면 범인은 틀림없이 무의식중에 자기가 범인이라는 사인을 내보내고 있는 건지도 모른다. 만약 그 사인을 알아차릴 수 있다면 범인이 앞으로 저지르려는 범죄를 사전에 눈치챌 수 있을 뿐만 아니라 죄를 저지를 운명에 놓인 사람을 구원해낼 수 있다……

"내일이야."

가부라기가 확신에 찬 목소리로 말했다.

"내일 야마세는 다누마 야스오를 죽일 작정이야."

"뭐야?"

"마사키가 버럭 소리를 질렀다.

"오늘 다누마 야스오가 사라졌어. 때를 같이 해서 미즈사와 이즈미도 사라졌지. 그리고 어제 이즈미는 가와즈의 휴대전화에 메시지를 남겼어. 드디어 모레라고. 하루 지났으니 내일인 거지."

마사키의 표정이 어두워졌다.

"그렇지만 야마세에겐 형사들이 하루 종일 붙어 있잖아. 야마세도 당연히 눈치를 챘겠지. 도대체 어떻게 다누마를 죽이러 빠져나갈 수 있겠나?"

"알 수 없는 일은 왜 이즈미까지 자취를 감추었느냐 하는 점입니다. 이즈미는 도대체 왜 오늘 다누마와 동시에 자취를 감춘 걸까요? 무얼 잘하겠다는 걸까요?"

사와다도 이런 의문을 드러냈다.

"모르지. 도대체 뭐가 뭔지 하나도 모르겠어."

가부라기는 짧게 한숨을 토하더니 사와다, 그리고 마사키를 심각한 눈으로 바라보았다.

"그렇지만 사와다 말대로 또 살인사건이 일어나는 것만은 어떻게든 막아야 해. 그렇지 않은가?"

마사키는 당황했다.

"막는다니……. 다누마가 어디 있는지도 모르는데 어떻게 막을 수가 있겠어?"

맞는 말이었다. 가부라기는 대답이 궁했다.

다누마가 어디에 있는지 야마세는 알고 있고 어떤 방법을 쓸지는 몰라도 그를 죽이려고 한다. 이런 예측은 충분히 할 수 있다. 하지만 다누마가 왜 실종되었는지, 그리고 어디에 있는지, 가와즈의 유령이란 어떤 존재인지, 미즈사와 이즈미는 왜 자취를 감추었는지, 하나도 짐작이 가지 않았다.

"이 부재중 메시지 파일을 과경연 정보과학 제3연구실에 보내도 괜찮을까요?"

사와다가 가부라기에게 물었다.

"음원을 분석하고 싶습니다. 미즈사와 이즈미가 남긴 음성 메시지 안에 벼락 치는 소리가 담겨 있습니다. 그 몇 초 사이에 이즈미의 목소리가 가려졌을지도 모릅니다."

"그럼 이즈미의 목소리를 되살릴 수 있다는 건가?"

448

마사키가 옆에서 물었다.

"예. 역위상음을 덧붙이면 벼락 치는 소리만 제거할 수 있죠. 헤드폰의 잡음 제거에 사용되는 기술이죠. 정보 제3연구실에서는 전용 소프트웨어도 개발했기 때문에 가려진 대화 내용을 알 수 있는 상태를 만드는 정도라면 시간이 걸릴 작업은 아니죠."

"그럼 부탁 좀 하겠네. 그렇게 해줘."

가부라기의 말에 사와다는 고개를 끄덕였다. 확실히 남은 재료는 그 정도뿐이었다. 사와다는 바로 스마트폰을 꺼내 조작하기 시작했다.

그때 회의실 안에 구식 휴대전화 벨소리가 울려 퍼졌다. 가부라기의 전화기였다.

"히메 전화로군."

가부라기는 휴대전화의 액정 화면을 보더니 초조한 듯이 얼른 통화 버튼을 눌렀다.

"가부라기 선배? 가와즈의 휴대전화가 마지막으로 사용된 장소를 알아냈습니다! 담당자 분에게 GPS 위치 정보를 얻어냈습니다."

니혼셀룰러뱅크를 다시 방문한 히메노가 '친절한' 젊은 여성 담당자로부터 가와즈의 휴대전화 위치 정보를 성공적으로 빼낸 듯했다.

"그 대신 나중에 함께 식사를 하러 가기로 했어요."

웅얼거리는 작은 목소리로 속삭이는 히메노에게 가부라기

가 빠른 말투로 말했다.

"프랑스요리 풀코스건 강희제의 만한전석이건 뭐든 대접해드려. 그래, 그 위치가 어디야?"

그 위치가 도쿄의 아오야마에 있는 야마세의 사무실 부근이라면 역시 사용한 것은 야마세 겐이라고 생각할 수 있다. 히메노가 빠른 말투로 대답했다.

"북위 36.54729389340178도, 동경 138.70039701461792도입니다."

가부라기는 잠시 현기증을 느꼈다. 하지만 이내 정신을 가다듬고 히메노에게 물었다.

"히메, 미안하지만 그게 대체 어디지?"

"아, 죄, 죄송합니다. 사와다 바꿔주세요."

사와다는 가부라기로부터 전화기를 받아들고는 자기 스마트폰을 꺼내 지도 어플리케이션을 실행시키고 히메노가 부른 위치 정보를 입력했다.

"여깁니다."

가부라기와 마사키는 사와다가 건네는 휴대폰 액정 화면을 들여다보았다. 지도 위에 표시된 지점을 확인한 마사키는 눈이 휘둥그레졌다.

"아니, 이봐. 가부……."

"가부라기 선배, 여기는……?"

사와다도 말을 잇지 못했다.

"아아."

가부라기도 고개를 끄덕였다.

"히류댐이야."

히메노가 말한 좌표는 원래 히류무라였던 곳, 즉 지금은 물에 잠긴 히류댐 안의 한 곳을 가리키고 있었다. 그저께 가와즈 유스케의 유령은 수몰 직전의 히류댐에서 미즈사와 이즈미와 휴대전화로 통화했다는 이야기다.

"여, 역시 가와즈의 유령이로군!"

마사키가 꿀꺽 마른침을 삼켰다.

"야마세 겐일 리가 없지. 어쨌든 야마세 겐은 최근 나흘 동안 도쿄에서 한 발도 벗어나지 않았어. 그저께 히류댐 안에 있었을 리가 없지."

사와다는 말없이 지도가 표시된 액정 화면을 뚫어져라 들여다보았다.

가부라기는 전화 저편에 있는 히메노에게 호통을 쳤다.

"히메! 정말 여기가 틀림없는 거야?"

"틀림없습니다! 여기죠? ……아키(亜季) 씨도 여기라고 합니다!"

히메노도 소리쳤다. 니혼셀룰러뱅크 직원에게 다시 확인한 모양이었다.

"이 ×표 위치."

사와다가 지도를 가만히 바라보면서 중얼거렸다. 가부라기가 물었다.

"×표 위치가 어때서?"

"틀림없이 여긴……."

사와다는 오른쪽 손가락을 써서 스마트폰 액정에 표시된 지도를 확대했다. 그리고 그 지도를 물끄러미 들여다보면서 말을 이었다.

"생각이 났습니다. 여기는 야마세 겐이 설계했다는 주택가가 있는 곳입니다."

"그래? 그 주택가인가?"

가부라기도 생각이 났다. 틀림없이 히메노가 차로 오쿠노사와로 가던 도중에 가부라기 일행은 새로 지었다는 그 주택가를 보았다. 아무도 살지 않는 수몰될 주택을 보며 네 사람은 기분이 착잡했다.

"이미 히류댐에 수몰되었지만요. 아마 가와즈의 유령은 그저께 그 주택가에서 미즈사와 이즈미와 휴대전화로 통화했을 겁니다."

"어, 어째서 그런 곳에 있었던 걸까? 가와즈의 유령은."

마사키의 말을 들은 사와다는 한숨을 내쉬었다.

"모르겠습니다. 하지만 그곳에 가야 할 분명한 이유가 있었을 겁니다."

가부라기가 확인하려는 듯 사와다에게 물었다.

"그 주택가는 물에 잠길 것을 전제로 지은 거잖아?"

"예. 야마세는 그렇게 말했죠. 이미 하청업체에 발주를 끝내서 짓지 않으면 자기도 설계비를 받을 수 없기 때문이라면서."

"그리고 시부카와 역 앞에 있는 메밀국수집에서 넌 이런 말도 했지? 히류댐에 물을 채우기 시작하자마자 미즈사와 이즈미가 자취를 감추었는데 이게 우연일까, 하고."

사와다도 기억이 난다는 표정으로 고개를 끄덕였다.

"아, 예. 타이밍이 너무 기막히게 좋아서, 혹시나 하는 생각이 들었습니다."

가부라기는 필사적으로 머리를 굴렸다. 히류댐 안에 지어진 아무도 살지 않을 주택가. 그저께 가와즈의 유령은 거기 있었다. 그리고 어제 갑작스러운 집중호우가 군마 현 일대에 쏟아졌다. 히류댐은 급히 물을 채우기 시작했고, 주택가는 히류댐 물속으로 사라졌다. 그리고 그걸 기다렸다는 듯이 미즈사와 이즈미도 자취를 감추었다.

가와즈의 유령은 대체 어떤 존재일까?

야마세는 다누마를 어떻게 죽이려는 걸까?

미즈사와 이즈미는 왜 자취를 감추었을까?

그리고 히류무라에서 일어난 일련의 사태에는 대체 어떤 연관성이 있는 걸까?

"여보세요! 여보세요!"

가부라기의 휴대전화 속에서 히메노가 소리를 질렀다. 가부라기는 얼른 전화기를 귀에 댔다.

"저, 이제 들어가도 됩니까?"

휴대전화 속에서 히메노가 처량하게 물었다.

"미안. 깜빡했네. 바로 돌아와. 담당 여직원에게는 고맙다고 전해줘."

"알겠습니다! 아키 씨, 그럼 저는 돌아가겠습니다. 정말 감사했습니다. 예? 주소는 아까 제가 드린 명함에……. 휴대전화 번호도 달라고요?"

히메노는 거기까지 이야기하고 전화를 끊었다.

그때 사와다의 스마트폰에 메시지가 도착했다는 신호음이 울렸다. 사와다는 얼른 주머니에서 전화기를 꺼냈다. 그리고 액정화면을 보더니 엄지로 몇 차례 두드리며 말했다.

"과경연 정보 제3연구실에서 답변이 왔습니다. 음성 첨부파일이 있으니 재생하겠습니다."

과경연은 미즈사와 이즈미가 부재중 메시지에 남긴 말을 모두 분석한 모양이었다. 사와다는 자기 스마트폰을 아까 히메노가 했던 것과 마찬가지로 긴 책상 위에 놓았다. 이윽고 여성의 목소리가 들려왔다. 미즈사와 이즈미의 목소리였다. 아까보다 음질이 약간 뭉툭해진 느낌이었지만 무슨 말인지 알아듣기는 훨씬 더 쉬웠다. 빗소리 같은 잡음을 제거하고 음성만 강조한 모양이었다. 그리고 마지막으로 이즈미의 목소리를 덮고 있던 벼락 치는 소리도 제거했을 것이다.

미즈사와 이즈미는 이렇게 말했다.

여보세요……, 유스케?

나 이즈미야.

비가 많이 오네. 천둥도 심하고.

유스케, 늘 고마워.

454

항상 전화해주는 너에게 고맙다는 말을 하고 싶었어.

늘 차로 데려다주는 유스케에게도 감사해.

드디어 모레야.

나 정말 잘할게.

여기까지는 같았다. 그다음에 벼락 치는 소리가 들어 있었다. 가부라기, 마사키, 사와다는 휴대전화를 뚫어지게 바라보면서 미즈사와 이즈미의 목소리에 귀를 기울였다.

내 잠자리는 절대로 사과를 벗어나지 않을 테니까.

잘할게.

……그럼 모레.

미즈사와 이즈미의 목소리는 거기서 끝났다.

"내 잠자리는 절대로 사과를 벗어나지 않을 거라고?"

가부라기는 멍한 표정으로 중얼거렸다. 도무지 의미를 알 수 없는 말이었다.

마사키가 어처구니없다는 표정으로 가부라기와 사와다를 번갈아 바라보았다.

"아니, 이게 뭐야? 잠자리가 왜 또 여기서 나오는 거지? 그리고 사과라니, 그 먹는 과일을 말하는 건가?"

가부라기도 사와다를 바라보았다. 그러나 사와다는 스마트폰을 뚫어지게 바라보며 사고 정지 상태에 빠져 있었다.

힌트를 손에 넣었는데 또 새로운 문제가 발생했다. 가부라기는 현기증이 났다.

침착하라. 생각하라. 생각해야 한다……. 가부라기는 자기 자신을 채찍질했다.

사와다의 추측이 옳다면 야마세 겐은 다누마 야스오를 죽일 작정이다. 20년 전 미즈사와 부부 살해와 가와즈 유스케 살해. 야마세가 저지른 이 두 건의 살인 모두를 다누마가 한 범행으로 꾸미려고 한다. 그리고 미즈사와 이즈미는 자취를 감추었다. '드디어 내일'이라는 말. 이즈미는 내일 무얼 실행에 옮기려는 걸까?

바로 그때 나타난 가와즈 유스케의 유령. 이즈미는 가와즈가 죽은 뒤 그 유령과 전화로 연락을 취해 왔다. 게다가 그 유령은 최근에 차로 이즈미를 태우러 오기도 한 모양이다. 그러니 그 유령은 야마세가 아니다. 야마세 겐은 요즘 한동안 도쿄에서 한 걸음도 벗어나지 않았다.

그럼 유령은 누구지? 야마세가 아니라면 누구지? 어디로 가기 위해, 그리고 무엇 때문에 이즈미를 차에 태우러 온 걸까? 그 유령이 마지막으로 휴대전화를 사용한 위치는 지금 히류댐 물속에 잠긴, 야마세가 설계한 주택가였다. 왜 유령은 그런 곳에 있었던 걸까?

또한 이즈미는 유령에게 부재중 메시지를 남겼다. '내 잠자리는 절대로 사과를 벗어나지 않을 테니까.'라는 말. 이건 무슨 뜻일까? 설마 이즈미가 맛있는 사과 냄새를 맡는 잠자리를 키

우기라도 하는 걸까? 아니, 그런 한심한 소리일 리가 없다. 뭔가 다른 의미가…….

"……사과?"

가부라기는 저도 모르게 자기 머리를 왼손으로 움켜쥐었다.

머릿속 어딘가에 '사과에 대한 말'이 있다. 거기까지는 알겠다. 그런데 그 말이 어떤 내용인지 기억이 나지 않았다. 무슨 말이었지? 언제, 어디서 들었더라? 가부라기는 속이 탔다. 필사적으로 자기 머릿속 기억을 뒤졌다.

그 말은…… 가부라기의 기억 속 뜻하지 않은 곳에 있었다. 문득 가부라기의 머리에 그 사람의 말이 떠올랐다.

이름이 가와무라 시즈에인데 왜 테루짱이라고 부르냐는 말씀이죠? 제가 외출하는 날이면 항상 날이 맑거든요. 친구들과 놀러 가거나 여행을 갈 때는 전날 아무리 비가 쏟아져도 당일에는 날이 맑아졌어요. 그래서 다들 저를 '테루테루보즈 (照る照る坊主, 날이 맑기를 빌며 처마 끝에 매다는 종이 인형) 같다.'고 하다 보니 어느새 테루짱이라는 별명이 붙었죠."

"설마, 이 잠자리라는 게……."

가부라기가 툭 내뱉었다.

"예? 뭐라고요?"

사와다가 가부라기를 보았다. 가부라기는 왼손을 자기 머리에 댄 채로 입을 반쯤 벌린 얼굴이었다.

"가부, 너 지금 뭐라고 한 거야?"

마사키의 말은 가부라기의 귀에 들리지 않았다. 가부라기는 모든 감각을 차단하고 필사적으로 기억을 조립하고 있었다. 그러자 입에서 그 생각의 조각이 흘러나왔다.

"……맞아. 그래서 가와즈의 유령은 이즈미를 차에 태우러 갈 수 있었던 거지. 그럼 무엇 때문에 히류댐에 물이 차오르기 시작하자마자 이즈미가 자취를 감춘 걸까? 그건 댐에 물을 채우면……."

가부라기는 불쑥 두 손으로 긴 책상을 쾅 두드리며 벌떡 일어섰다.

"야마세!"

가부라기가 외쳤다. 그의 얼굴은 분노로 새빨갛게 물들어 있었다.

"무슨 짓을! 대체 무슨 짓을 꾸미는 거냐, 너는!"

불같이 화내는 가부라기를 보고 마사키와 사와다는 얼굴을 마주보았다.

"막아야 해, 어떻게든 막아야 해……."

헛소리를 하듯 중얼거리는 가부라기의 어깨를 마사키가 일어나 두 손으로 마구 흔들었다.

"가부! 야! 정신 차려!"

가부라기는 겨우 제정신을 차리고는 천천히 마사키의 얼굴을 쳐다보았다.

마사키가 가부라기의 눈을 보며 낮은 목소리로 말했다.

"잘 들어. 네가 무슨 생각을 했는지 이야기해. 침착하게, 차근차근 말해봐."

가부라기는 숨을 가다듬으며 대답했다.

"다누마를 죽이려는 건 야마세가 아니야."

"야마세가 아니라고?"

마사키가 눈을 부릅떴다.

"그럼 누가 죽이려고 한다는 거야?"

"미즈사와 이즈미와 가와즈의 유령이."

"뭐라고……?"

마사키는 말을 잇지 못했다. 사와다 역시 입을 열지 못했다.

가부라기는 스스로에게 말하듯 중얼거렸다.

"이즈미는 야마세의 지시에 따라 그 가와즈의 유령과 함께 내일 다누마를 살해할 작정이야! 이게 사와다가 말했던, 야마세가 생각해낸 '완전범죄'라고!"

"그럴 리가, 너 도대체……."

잠시 멍하니 있더니 마사키는 고개를 마구 저었다.

"그럴 리 없어! 이즈미와 야마세는 벌써 십 몇 년이나 만나지 않았고 전화 연락도 없었잖아? 그런데 이제 와서 갑자기 살인이라니, 그런 끔찍한 일을 사이좋게 의논할 사이가 아니잖아? 그리고 도대체 어느 틈에 그런 걸 의논한다는 거야?"

두 손을 휘저으면서 마사키가 마구 퍼부었다.

"게다가 미즈사와 이즈미는, 야마세도 마찬가지지만 다누마가 어디 있는지 어떻게 알지? 그 가와즈의 유령이 사실은 살아 있는 사람이라면 대체 그게 누구지? 아니, 그 무엇보다 어떻게 이즈미가 사람을 죽이게 한다는 거야? 이즈미는 앞을 보지 못하잖아?"

가부라기가 혼잣말을 하듯 중얼거렸다.

"20년 전 미즈사와 이즈미의 부모를 죽인 건 야마세 겐이 아니야."

"뭐라고?"

가부라기는 휴대전화를 집어 들더니 급히 번호를 눌러 전화를 걸었다.

"요시오카 씨? 가부라기입니다. 잠깐 여쭤보고 싶은 게 있어서."

상대는 군마 현경 요시오카 나오토였다.

마사키가 사와다에게 호통을 쳤다.

"야, 도키오! 지금 가부 녀석이 뭐라고 이상한 소리를 하지 않았냐?"

"그럴 리 없습니다. 설마 그럴 리가!"

사와다는 심각한 표정으로 고개를 마구 저었다.

"야마세 겐은 왜 미즈사와 이즈미의 부모가 살해된 뒤로 이즈미를 절대 만나려고 하지 않았는가. 그건 야마세가 이즈미의 부모를 죽였기 때문입니다! 이즈미에게 큰 죄책감을 느꼈기 때문이죠. 그렇게 생각하지 않으면 설명이 되지 않는단 말입니다!"

가부라기는 요시오카와 잠시 뭔가 이야기를 나눈 뒤 전화를 끊었다.

"사와다!"

사와다가 흠칫 놀라 가부라기를 보았다.

"너는 시부카와에 있는 메밀국수집에서 이렇게 말했어. 히류댐에 물을 채우기 시작한 것과 함께 미즈사와 이즈미가 사라진 게 뭔가 관계가 있을지 모른다고."

"아, 예. 그랬죠."

가부라기는 고개를 끄덕이며 말을 이었다.

"그 뒤에 우리는 다타라 씨와 신원불명 남자가 실려 온 병원에 갔지?"

"아, 그랬죠."

마사키가 어처구니없다는 듯이 두 사람을 바라보았다.

"신원불명? 너희들 이 바쁜 시기에 군마에서 무얼 한 거야?"

사와다가 난처한 표정으로 대꾸했다.

"도쿄에서 온 걸로 보이는 남자가 히가시아가쓰마마치 국도 옆에 쓰러져 있었다고 합니다. 쇠약해진 상태에다 폐렴에 걸려 지금은 병원에서 혼수상태로 있는데 병원에 들어왔을 때 그 남자가 '산속에 우리 집이 있었다.'고 했다더군요."

"구, 군마 현 산속에 자기 집이? 그 사람, 도쿄에서 왔다면서?"

마사키는 입을 떡 벌린 채 울상을 지었다.

"제발 부탁이니 더는 이상한 이야기하지 마! 잠자리 다음에는 유령, 유령 다음에는 사과, 사과 다음에는 우리 집이야? 난 대체 뭐가 뭔지……."

"다누마가 어디 있는지 알 수 있어."

가부라기가 단호하게 말했다.

"뭐?"

"저, 정말이요?"

사와다와 마사키의 눈이 동시에 휘둥그레졌다. 마사키가 얼른 가부라기 쪽으로 몸을 들이밀었다.

"어, 어떻게 다누마가 있는 곳을……. 아니, 그런 건 지금 아무 상관없어! 다누마 녀석이 지금 대체 어디 있다는 거야?"

"몰라."

가부라기의 대답에 마사키는 고개를 푹 수그린 채 긴 책상 위에 엎드렸다. 하지만 벌떡 일어서더니 가부라기의 얼굴을 가리키며 멱살이라도 잡을 듯한 기세로 퍼부었다.

"이 심각한 시기에 고약한 농담하지 말란 말이야! 너 도대체 하루하루를 진지하게 살아보려고 노력이라도 하는 거야? 한심한 생각이나 떠벌이고 말이야! 그런 소리를 진지하게 듣는 내가 바보 같잖아!"

가부라기는 답답하다는 듯이 대답했다.

"그게 아니야, 마사키. 그러니까, 그게, 모르기는 해도 알 수 있는 방법을 알아냈다는 거야."

"아, 아는지 모르는지 확실하게 하란 말이다!"

가부라기는 자리에서 일어서 상의를 집어 들었다.

"마사키, 사와다. 가자!"

"엥? 어디로?"

마사키와 사와다는 허둥지둥 일어섰다.

"물론 야마세가 있는 곳이지."

가부라기는 서둘러 상의를 걸치더니 두 사람에게 말했다.

"야마세가 모든 꿍꿍이를 털어놓게 할 거야. 그리고 다누마가 있는 곳을 캐낼 거고. 그리로 가서 미즈사와 이즈미를 말릴 거야. 어떻게는 막아야만 해!"

그때 가부라기의 휴대전화가 구식 벨소리를 울려댔다. 가부라기는 바지 주머니에 왼손을 찔러 넣고 서둘러 전화기를 꺼냈다.

전화를 건 사람은 군마 현경 나가노하라 경찰서 다타라 도시오였다.

"가부라기입니다. 무슨 일이시죠?"

"아, 가부라기 경위. 야마세 겐은 지금 어디 있습니까?"

다타라가 긴박한 목소리로 소리쳤다.

"사무실입니다. 잠복 중인 형사들로부터 외출했다는 연락이 없었습니다."

"그럼 어서 겐의 사무실로 가 주세요!"

가부라기는 그 목소리에서 심상치 않은 분위기를 감지했다.

"지금 우리도 막 가려던 참입니다. 다타라 과장님, 무슨 일 있습니까?"

"겐이, 야마세 겐이 죽을 작정입니다! 말려주세요! 제발 부탁합니다!"

"야마세 겐이 자살을……?"

가부라기는 휴대전화를 왼쪽 귀에 댄 채 말을 잇지 못했다. 마사키와 사와다도 표정이 굳어졌다.

다타라가 급히 다시 말했다.

"조금 전에 겐이 나가노하라 경찰서로 메일을 보냈습니다. 방금 가부라기 경위에게도 전달했습니다. ……어, 어서 빨리 겐을!"

"알겠습니다. 진정하세요, 과장님. 현재 야마세 겐의 사무실 앞에는 우리 형사들이 잠복하고 있을 겁니다. 바로 들어가도록 하죠."

마사키가 휴대전화를 꺼냈다. 그리고 서둘러 번호를 눌러 전화를 받은 상대방에게 소리쳤다. 상대는 야마세의 아파트 앞에 잠복 중인 수사관이었다.

"야마세가 자살할 거야! 너희는 당장 뛰어 들어가 잡아! ……열쇠? 문이건 창이건 부수고 들어가! 어서!"

사와다가 외쳤다.

"가부라기 선배가 쓰는 컴퓨터 패스워드가 어떻게 됩니까? 지문 인증은 가능한 기종인가요?"

가부라기가 외쳤다.

"쓰라고 했지만 거의 사용하지 않아서 몰라!"

사와다가 쏜살같이 회의실을 뛰쳐나갔다. 그리고 가부라기의 책상에 있는 컴퓨터로 향했다.

마사키의 휴대전화가 울렸다. 얼른 통화 버튼을 누르더니 마사키가 소리쳤다.

"뭐라고? ……구급차는? 그래? 부탁한다!"

"늦지 않았나?"

가부라기가 물었다. 휴대전화를 끊으며 마사키가 심각한 표정으로 고개를 저었다.

"야마세는 욕조에서 손목을 긋고 혼수상태로 쓰러져 있었대. 수면제도 많이 삼킨 모양이야. 지금 가까운 병원에서 의사가 도착한 모양이야. 구급차도 곧 도착하겠지."

"목숨을 건질 수 있을까?"

"모르지."

마사키는 분하다는 듯이 두 손을 휘저으며 소리쳤다.

"제기랄! 그 자식 제 멋대로야! 죽어서 저세상으로 도망치려고 하다니. 그렇게 엿장수 마음대로 될 리가 없지! 기필코 살려내서 교도소에 처박아줄 테다!"

"그보다 다누마가 어디 있는지가 더 문제지."

가부라기는 속이 바짝바짝 탔다.

"다누마가 숨은 곳을 아는 사람은 야마세 겐과 미즈사와 이즈미, 그리고 가와즈의 유령뿐이야. 내일이면 이즈미와 유령은 다누마를 죽이기 위해 그가 숨은 곳으로 갈 테고."

"너, 조금 전에 안다고 떠들었잖아. 안다면서? 설마 모르는 건 아닐 테지?"

애가 타서 묻는 마사키에게 가부라기는 미간을 찡그리며 대답했다.

"다누마가 있는 곳을 정확하게 알아낼 방법은 있어. 그렇지만 그 방법을 쓰려면 아주 크게 일을 벌여야 해. 게다가 그렇게 한다고 해서 백 퍼센트 알아낼 수 있는 것도 아니고. 그래서 야마세에게 직접 캐물으려고 했는데 야마세가 그만……."

마사키가 눈을 부릅떴다.

"그럼, 이즈미와 유령이 다누마를 죽이는 걸 막을 수 없다는 건가?"

"다타라 과장에 보낸 메일이 도착했습니다!"

사와다가 회의실로 뛰어들었다. 오른손에 종이 뭉치를 들고 있었다. 가부라기와 마사키는 한 부씩 낚아채듯 받아들고 얼른 훑어보았다.

군마 현경 나가노하라 경찰서 다타라 요시오 과장님에게

겐입니다. 오래간만에 소식 전합니다.
다음은 히류댐 관련 공사를 통해 제가 알게 된 사실입니다.

20년 전 이즈미의 부모를 죽인 사람은 다누마 야스오입니다.
그리고 이번에 유스케를 죽인 사람도 다누마 야스오입니다.
이게 진실이며, 이것 이외의 진실은 존재하지 않습니다.

어렸을 때부터 정말 신세 많이 졌습니다.
우리 히류무라 아이들은 모두 다타라 과장님을 좋아했습니다.
부디 건강하십시오.

야마세 겐

"처음부터 죽을 작정이었던 거야!"

가부라기가 목소리를 짜냈다.

"제기랄, 난 왜 이리 멍청한 거지! 야마세가 친구인 가와즈를 어쩔 수 없이 죽였다면 야마세가 마지막으로 무엇을 할지 더 일찍 눈치챘어야 하는데!"

사와다가 가부라기를 보며 빠른 말투로 이야기했다.

"야마세는 죽음으로 가와즈 살해의 죄를 갚고, 동시에 그 죽음으로 자기 입을 영원히 막아 자기가 바라는 진실을 완성시킬 작정이었다. 결국 자살이 바로 마지막 매듭이었다. 그런 이야기죠?"

"맞아, 사와다. 그리고 야마세가 이렇게 된 이상 그가 회복될 때까지 다누마의 위치를 캐낼 수 없게 됐어."

그렇게 말하더니 가부라기는 말없이 생각에 잠겼다. 그리고 뜻을 굳힌 듯이 중얼거렸다.

"되든 안 되든 해보는 수밖에 없지."

"응? 하다니. 뭘?"

가부라기는 마사키의 물음에는 대답도 않고 사와다를 돌아보았다.

"TV전화라는 게 이미 실현된 기술인가?"

"예?"

사와다는 순간 당황한 나머지 얼떨떨한 표정을 지었지만 바로 고개를 끄덕였다.

"예. 가정용 전화라면 전용 기기가 필요하지만 요즘은 그런 걸 쓰지 않더라도 개인용 컴퓨터나 휴대전화 영상통화로 쌍방향 대화가 가능하죠."

"넌 노트북 컴퓨터 있지? 될 수 있으면 화면이 큰 게 좋아."

"아, 예. 14인치 울트라북이라면 가방에 있습니다."

가부라기는 고개를 끄덕이고 손목시계를 보았다. 오후 4시 15분. 일몰까지는 아직 세 시간 조금 안 되게 남아 있었다.

가부라기는 일어서서 벽 쪽에 있는 내선전화로 달려가 급히 번호를 눌렀다. 상대가 전화를 받자 가부라기는 수첩을 꺼내 들여다보면서 빠른 말투로 이야기했다.

"서무계입니까? 수사 1과 가부라기입니다. 급히 준비해주셔야 할 게 두 가지 있습니다. 우선 사이타마에 있는 회사인데……."

"미안합니다! 늦어서!"

그때 히메노가 회의실로 달려들어 왔다.

"으아, 너무 힘들었어요! 아키 씨가 저녁약속 날짜를 잡기 전에는 돌려보낼 수 없다고 해서요. 그 식대, 경비로 청구해도 되죠? 오기쿠보에 삼바라는 괜찮은 프랑스 레스토랑이 있어서 그리로 갈까 생각합니다만……."

히메노는 지칠 대로 지친 모습으로 넥타이를 느슨하게 하며 파이프 의자에 주저앉았다. 그런 히메노에게 마사키가 호통을 쳤다.

"너 바보냐? 네 데이트 자금을 왜 소중한 세금에서 내줘야 해? 네 돈으로 내, 네 돈! 아, 지금 이러고 있을 때가 아니야! 야마세가 자살 기도를 했어!"

히메노의 얼굴에서 핏기가 싹 가셨다.

"뭐, 뭐라고요……?"

그때 가부라기가 전화를 끊고 세 사람을 돌아보았다.

"마사키, 사와다, 그리고 히메노! 가자. 서둘지 않으면 날이 저물겠어!"

가부라기는 말하며 상의를 움켜쥐고 일어섰다.

"예? 지금 당장이요?"

히메노가 놀란 표정으로 가부라기를 쳐다보았다.

"가부라기 선배! 해가 지면 무슨 문제라도 있습니까?"

사와다가 일어섰다.

"어, 어디로 가자는 거야? 야마세에게 가는 건가?"

마사키도 상의를 집어 들었다.

"아니. 우리가 해야 할 일이 있어! 가자!"

그렇게 말하며 달려 나가려는 가부라기에게 마사키가 조바심을 감추지 않고 소리쳤다.

"그러니까 묻잖아! 우리가 어딜 가야 하는 거냐고!"

"옥상!"

"오, 오, 옥상……?"

마사키는 입을 떡 벌린 채 멈춰 섰다.

"가부라기 선배, 옥상으로 가서 어쩌려고요?"

히메노도 가방을 손에 들고 일어서면서 가부라기에게 소리
쳤다.

가부라기는 돌아보더니 이렇게 대답했다.

"잠자리를 타야지!"

19 비상

무시무시한 소리와 함께 바람이 콘크리트 바닥 위에서 소용돌이쳤다. 경시청 옥상에 있는 헬기 착륙장에 헬리콥터 한 대가 시동을 건 상태로 대기하는 중이었다.

미국의 '벨 헬리콥터 텍스트론'이란 회사에서 만든 '벨429.' 경시청 항공대에 소속된 소형 헬리콥터다. 주 로터의 날은 복합재재 4장을 썼다. 꼬리 부분의 로터는 부등간격 4장짜리 날, 엔진은 598축 마력의 프랫 앤 휘트니(Pratt & Whitney, 미국의 항공기 엔진 제작회사)의 PW207D1이 두 대 장착되어 있다. 한 번 뜨면 네 시간을 연속 비행할 수 있으며 거리로 따지면 750킬로미터. 소형이지만 최대 여덟 명까지 탑승 가능하다.

로터가 일으키는 바람이 착륙장 바닥에 부딪혀 사나운 난기류가 솟아오르는 가운데 가부라기는 넥타이를 매면서 소리쳤다.

"마사키, 사와다, 이걸 타고 히류댐까지 날아가! 나하고 히메노는 차로 쫓아갈 테니까!"

"히, 히류댐이라고?"

마사키의 눈이 휘둥그레졌다.

"아니, 거긴 물이 가득 찼을 텐데? 야마세가 설계한 주택가도 물에 잠겼을 테고! 대체 우리가 왜 히류댐에 가야 하는 거야?"

"가부라기 선배! 설마 히류댐의 물을 빼라고 할 작정은 아니겠죠? 그건 절대 무리예요! 강 하류 지역에 엄청난 홍수가 일어날 거예요! 안 그래도 비가 많이 와서 수량이 늘었는데……. 그런 위험한 일은 할 수 없어요!"

히메노도 엔진과 로터가 씽씽 돌아가는 소리에 지지 않으려고 소리를 질렀다. 가부라기가 고함을 지르듯 대답했다.

"그런 정도는 나도 알아! 중간에 들러서 히류댐까지 옮겨주었으면 하는 게 있어서 그래! 갈 곳과 그 물건 사용법은 서무 담당자를 통해 조종사에게 전달했어!"

"뭐, 뭐라고요? 그 물건이라뇨?"

사와다도 필사적으로 소리쳤다.

"가르쳐줄 시간이 없어! 마사키, 사와다, 어서 출발해!"

"나, 난 헬기 같은 거 타본 적 없잖아. 네가 가면 안 되는 거냐?"

"미안! 난 고소공포증이라!"

그때 헬기 착륙장에 한 남자가 뛰어 올라왔다. 사이키 관리관이었다.

"가부라기 경위! 대체 무슨 짓을 하는 겁니까?"

"헬기를 띄우려고요!"

가부라기가 소리쳐 대답하자 사이키도 머리를 필사적으로 누르며 소리쳤다.

"그걸 묻는 게 아니잖아요! 게다가 당신은 내 명의로 경찰 헬기 출동을 요청했죠? 헬기를 띄워서 대체 뭘 어쩌려는 겁니까?"

그 틈에 마사키와 사와다가 헬기에 올라탔다. 그걸 눈치챈 사이키가 달려와 닫힌 헬기 문을 탕탕 두드렸다.

"마사키 씨, 사와다 씨. 내리세요. 내려서 어딜 가는 건가 설명하세요!"

마사키가 헬기 창문을 열면서 소리쳤다.

"나도 몰라요! 도리어 내가 묻고 싶은 말인 걸요!"

사이키는 다시 가부라기를 돌아보며 소리쳤다.

"가부라기 경위, 경찰 헬기가 한 번 출동하는 데 경비가 얼마나 드는지 압니까? 약 3백만 엔 듭니다. 그거 당신이 낼 겁니까?"

가부라기는 순간 할 말이 없어 처량한 표정으로 돌아보았다.

"일단 외상으로 할 수 없겠습니까? 보너스 나오는 달까지 감안해서 할부라면 어떻게든 갚을 수 있을지도 모르겠는데."

"나 참, 내가 그걸 정말 내라고 이러는 걸로 보입니까? 왜 이런 짓을 하는지 묻는 거잖아요!"

히메노가 사이키에게 소리쳤다.

"관리관님! 비키지 않으면 위험합니다! 로터에 빨려 들어간다고요!"

사이키는 허둥지둥 고개를 낮추고 뒤로 물러섰다. 그 순간 헬리콥터는 단숨에 하늘 높이 떠올랐다.

"야호!"

마사키가 소리쳤다. 헬기는 눈 깜빡할 사이에 푸른 하늘로 사라졌다.

"관리관님! 다 끝난 뒤에 설명하겠습니다! 가자, 히메!"

"예! 관리관님, 머리카락이 많이 흐트러졌네요!"

가부라기와 히메노는 헬기 착륙장에서 달려 나와 바로 계단 쪽으로 사라졌다.

아무도 없는 옥상 헬기 착륙장에 사이키 관리관만 홀로 우두커니 서 있었다.

"정말 네 녀석이 하나같이 지독히도 말을 안 듣는군."

사이키 뒤에서 나직한 목소리가 들렸다. 모토하라 요시히코 과장이 두 손을 바지 주머니에 찔러 넣은 채 계단 앞에 서 있었다.

"자네, 이러지도 못하고 저러지도 못하면서 용케 저 말썽꾸러기들을 거느리고 있군. 하기야 가만히 생각해보면……."

사이키를 향해 걸어오면서 모토하라가 말했다.

"이 사건 초기부터 자네는 내내 그랬지. 처음부터 가부라기 팀이 자유롭게 돌아다니도록 내버려두었어. 군마 현에서도 내키는 대로 행동하도록 해주었지. 구마바야시건설과 거래하자는 요구도 결국은 받아들였고. 그리고 다누마 야스오를 지명

수배한 뒤에도 수사에서 제외한 척하면서 녀석들이 야마세를
바짝 뒤쫓게 만들었지."

모토하라는 사이키 바로 앞에 멈춰 서더니 씩 웃었다.

"자네도 참 보통내기가 아니야. 안 그래, 다타리?"

사이키는 무표정하게 어깨를 으쓱했다. 그리고 살짝 빨갛게
물들어가는 저녁노을을 바라보며 이렇게 말했다.

"제가 의외로 겁이 많다는 말씀인가요, 오니하라 선배?"

20 호수

차 지붕에 경광등을 밝힌 검은색 세단이 간에쓰고속도로를 요란한 사이렌을 울리며 질주했다. 히메노가 모는 알파로메오 159ti였다.

풀타임 사륜구동의 네 바퀴가 고양이과에 속하는 맹수처럼 도로를 박차고 달리며 요란한 엔진 소리를 냈다. 이 정도 스피드가 되니 3.2리터 6기통 엔진도 온 힘을 다하는 듯했다. 속도계의 붉은 바늘이 시속 180킬로미터를 가리켰다.

추월 차선을 달리던 차가 얼른 왼쪽으로 비켜 길을 열어주었다. 검은 알파로메오는 당연하다는 듯이 속도를 늦추지 않고 추월하더니 그대로 쏜살같이 달렸다.

으르렁거리는 엔진 소리 속에 히메노가 흘끔 왼쪽으로 시선을 던졌다. 조수석에서 안전벨트를 한 가부라기는 미간을 잔뜩 찌푸린 채 뭔가 생각하는 중이었다. 히메노는 말을 걸지 않고 운전에만 집중했다.

시부카와이카보 나들목을 빠져나와 차는 JR 아가마쓰선과 나란히 달리는 나가노가도로 접어들었다. 히메노는 경광등과 사이렌을 최대로 돌리며 계속 달렸다. 잠시 후 오른쪽으로 꺾어져 옆길로 들어서 그대로 느슨한 커브가 이어지는 언덕길을 속도도 늦추지 않은 채 계속 달려 올라갔다.

경시청을 출발한 지 1시간 반. 산길을 달리는 도로 왼쪽으로 거대한 호수가 보였다. 히류댐이다. 지난번에 왔을 때 이곳은 산으로 둘러싸인 계곡이었고, 그 아래에는 히류가와가 햇빛을 반사하며 흘렀다. 주위에는 잡초가 무성한 푸르른 논밭과 히류무라 부락이 있었다. 하지만 지금은 거대한 흰 콘크리트에 막힌 엄청난 양의 물이 산중턱까지 가득 찬 상태다. 물은 멀리 보이는 건너편 기슭까지 가득 메웠다. 수면은 조용한 잔물결을 일으키고 있었다.

도로 왼쪽으로 '히류댐 수면 1호선'이라고 적힌 표지판이 눈에 들어왔다. 히메노는 차를 왼쪽으로 꺾어 그 도로로 들어갔다. 앞쪽 길 위에 플라스틱으로 만든 빨간 원추형 표지판이 네 개 보였다. 여기부터는 출입이 금지되어 있다. 검은색 알파로메오는 아랑곳하지 않고 그 표지판을 걷어차며 그대로 돌진했다.

이윽고 앞쪽에 곧게 뻗은 흰 다리가 보였다. 차는 그대로 직진해 콘크리트 다리로 들어갔다. '히류댐대교'라고 쓰인 다리는 히류댐 수면 십여 미터 상공을 길게 지나고 있었다. 왼쪽으로 거대한 호(弧)를 그리는 히류댐 상단의 능선을 내려다보면서 차는 다리 위를 무서운 속도로 내달렸다.

다리가 끝나갈 무렵 가부라기가 입을 열었다.

"히메, 댐 수면으로 내려갈 수 있는 곳에 차를 대."

히메노는 다리를 지나자 오른쪽으로 꺾어져 호수 왼쪽으로 이어지는 도로로 들어갔다. 그리고 호수로 내려가는 수질관측용 계단을 발견하고 그 입구 앞에 차를 급히 세웠다.

"노트북컴퓨터 잊지 말고!"

그렇게 말하고 가부라기는 바로 차에서 내려 조수석 문을 세게 닫았다. 그러더니 계단 입구를 가로막은 철문을 멋대로 넘어서 만든 지 얼마 되지 않는 계단을 단숨에 달려 내려갔다. 히메노도 서둘러 엔진을 끄고 뒷좌석에 두었던 자기 가방을 들고 차에서 내려 가부라기의 뒤를 따랐다.

"선배, 이 물!"

히메노가 비명을 질렀다.

히류댐의 물은 집중호우로 흘러내린 개울물 때문인지 카페오레처럼 탁한 색이었다. 살짝 맑아지기는 했지만 수면에 얼굴을 가까이 대고 들여다봐도 물속은 아무것도 보이지 않았다.

"잠수해서 물에 잠긴 주택가에 뭔가를 조사하러 갈 생각이었던 거 아닌가요? 전 스쿠버 자격증을 갖고 있지만 물이 이런 상태라면 들어가 봤자 아무것도 보이지 않을 거예요!"

"그것도 좋은 생각이긴 하지. 하지만 나는 잠수 자격증도 없고 수영도 잘 못하거든."

가부라기가 그렇게 말했을 때였다. 공중에서 둔탁하고 규칙적인 소리가 들려왔다. 마사키와 사와다가 탄 헬기가 도착한 것이다.

헬기는 기수를 이쪽으로 향하고 똑바로 날아오는 중이었다. 알루미노규산유리로 만든 조종석의 둥근 앞 유리창이 해 질 녘 햇빛을 받아 빛나고 있었다. 그 모습은 마치 거대한 잠자리 같았다.

가부라기는 하늘을 쳐다보았다. 노을이 서쪽 하늘을 물들이기 시작했지만 헬기는 다행히 일몰 전에 도착했다. 손목시계를 보니 오후 6시 21분이었다. 앞으로 30분쯤 지나면 해가 저문다.

그때 가부라기의 휴대전화가 울렸다. 마사키의 전화였다.

"가부, 오래 기다렸지? 이제 시작해도 되겠나?"

"그래, 부탁해! 시작해!"

가부라기가 휴대전화에 대고 소리치자 헬기는 자세를 바꾸어 댐 상공을 빙빙 돌기 시작했다.

"히메! 그 가방에 노트북컴퓨터가 들어 있지? 젖지 않도록 조심해!"

가부라기가 소리쳤다.

"예? 저, 젖는다고요? 대체 뭘 하려는 거죠?"

히메노는 당황해 상의 안쪽으로 가방을 감싸 안았다. 바로 그때 하늘에서 비가 내렸다. 히류댐 수면에 쏟아지는 그 비는 탁했다. 마사키와 사와다가 탄 헬기가 희뿌연 액체를 마구 뿌리기 시작한 것이다. 그 물방울이 헬리콥터 로터가 일으키는 바람을 타고 가부라기와 히메노의 얼굴에도 쏟아졌다.

"으아앗! 가, 가부라기 선배! 이게 뭐죠? 이런 흙탕물을 뿌리면 댐의 물이 더 탁해질 텐데요!"

쏟아지는 탁한 물방울을 맞으며 히메노가 얼굴을 찌푸리고 소리쳤다. 호수에 뿌려진 희뿌연 액체는 댐의 물보다 비중이 큰지 수면을 얼룩덜룩 물들이면서 천천히 뒤섞이기 시작했다. 헬기는 계속 히류댐 상공을 선회하면서 희뿌연 물을 호수 전체에 뿌렸다.

"내일이면 알 수 있을 거야! 그때까진 좀 기다려보자고! 잘 될지 어떨지 잘 모르겠지만 이 방법 말고는 도무지 다른 생각이 떠오르지 않아!"

그렇게 소리친 가부라기의 휴대전화에서 마사키가 소리치는 소리가 들려왔다.

"가부, 들리나? 전부 다 뿌렸어! 이제 탱크는 비었다! 짐이 한 개 더 있는데 이건 어디에 떨어뜨리면 되지?"

가부라기는 휴대전화를 향해 소리쳤다.

"댐 북쪽을 봐! 호수 수면으로 내려가는 계단 제일 아래 히메와 내가 같이 있어! 우리 바로 앞에 떨어뜨려줘."

헬기가 자세를 바꾸더니 두 사람 쪽으로 날아왔다. 그리고 두 사람 바로 위에서 호버링 자세를 취했다. 고막이 찢어질 듯한 굉음과 함께 로터가 일으키는 거센 바람이 가부라기와 히메노를 휘감았다. 두 사람은 셔츠 자락을 펄럭이며 날아가지 않도록 계단 난간을 꼭 잡고 매달렸다.

헬기가 해치를 통해 오렌지색 사각 물체를 떨어뜨렸다. 두 사람 바로 앞에 떨어진 순간 첨벙하는 소리를 내며 물 위에서 팝업 북을 펼친 듯이 퍼드덕 펼쳐지기 시작했다. 물에 닿으면 공기압을 이용해 자동으로 부풀어 오르는 U자 모양의 구조용 고무보트였다. 양 옆에 플라스틱으로 만든 흰색 노가 하나씩 보였다.

"마사키, 이제 됐어! 돌아가 기름을 넣은 다음 본사 옥상에서 대기해!"

가부라기가 휴대전화에 대고 고함을 지르자 마사키가 신이 난 듯 큰 목소리로 대꾸했다.

"좋았어! 그럼 전화 기다릴게! 헬기를 타본 건 처음인데 재미있군!"

마사키와 사와다가 헬기 유리창 너머로 가부라기와 히메노를 보며 손을 흔들었다. 그리고 헬기는 방향을 바꾸어 도쿄 쪽을 향해 일직선으로 날아갔다.

"이봐! 당신들! 거기서 뭐하는 거요!"

계단 위에서 회색 제복을 입은 다섯 명이 달려 내려왔다. 모두 흰색 안전모를 쓰고 있었다. 히류댐 관리자들이었다.

"지금 무얼 뿌린 거요? 오염물질은 아니겠지? 히류댐에 무얼 하려는 거요? 당신들 대체 뭐하는 사람들이야?"

가부라기가 오른손을 들었다.

"아, 미안합니다. 이건 오염물질이나 위험물이 아닙니다. 안심하십시오."

"수상한 사람 아닙니다. 경시청에서 나왔습니다."

히메노가 셔츠 가슴주머니에서 경찰 배지를 꺼내 한 손으로 펼쳐 보여주었다.

"겨, 경시청? 도쿄 경찰이 여기서 뭐하는 겁니까?"

히류댐 관리자들은 어떻게 대응해야 좋을지 모르는 듯했다.

"어쨌든 이걸로 작업은 끝났습니다. 소란을 피워 미안합니다. 질문하실 게 있다면 경시청 형사부 수사 1과로 전화해서 사이키 다카시 관리관에게 해주시면 됩니다."

"사, 사이키, 관리관이라고요?"

"저희는 이제부터 밤새 보트를 타고 호수 위에서 지낼 겁니다. 도망치거나 숨지 않을 테니 염려하지 마시고. 자, 히메, 갈까?"

가부라기는 그렇게 말하더니 보트와 연결된 밧줄을 잡아당겨 그 보트에 올라탔다. 히메노도 얼른 보트에 탔다.

"자, 잠깐만. 당신들 도대체?"

소리치는 관리자들은 아랑곳하지 않고 히메노는 노를 제대로 장착한 다음 댐 한복판을 향해 저어가기 시작했다. 제복에 안전모를 쓴 다섯 사람은 입을 쩍 벌린 채 멀어져가는 오렌지색 보트를 멍하니 바라보았다.

히메노는 보트를 저으면서 마주보고 앉은 가부라기를 보았다. 가부라기는 또 미간을 찡그리고 뭔가 생각에 잠겨 있었다. 히메노는 어깨를 으쓱하더니 말없이 노를 저었다. 고요한 수면 위에 첨벙첨벙 노 젓는 소리만 울려 퍼졌다.

땅거미가 지는 가운데 보트는 히류댐이 만든 호수 한가운데 멈췄다.

가부라기는 후우, 하고 크게 숨을 토해냈다. 미즈사와 이즈미는 부재중 음성 메시지에서 내일 행동할 거라고 말했다. 그렇다면 적어도 내일 아침까지는 다누마가 살해되지 않을 거라고 생각해도 되리라. ……침착하자, 괜찮다. 새벽이 올 때까지는 아직 시간이 있다. 가부라기는 끓어오르는 초조감을 필사적으로 참아냈다.

가부라기는 고개를 들어 하늘을 보았다. 캄캄한 하늘에 상현달이 떠 있었다. 오른쪽을 보니 다리 교각 옆에 댐 관리소 조명이 보였다. 하지만 그밖에 보이는 불빛은 달과 그 주변에 흩어진 모래알 같은 별빛뿐이었다.

"이런 시기에 한가한 소리일지 모르지만 아름답군요."

히메노가 말했다. 그의 모습은 어두워서 또렷하게 보이지 않았지만 목소리가 나는 방향으로 보아 밤하늘을 우러르고 있는 중이라는 걸 알 수 있었다. 그렇군. 가부라기도 감탄했다. 미즈사와 이즈미도 이렇게 목소리가 나는 방향을 판단해 상대의 동작을 감지하리라.

"우리가 있는 곳도 저런 별 가운데 하나겠지."

가부라기도 밤하늘을 쳐다보며 이렇게 중얼거렸다.

"훨씬 더 작은 별이죠."

히메노가 가부라기를 바라보며 웃는 듯했다.

"지구에서 보이는 별은 대부분 태양보다 훨씬 멀리 있는 거대한 항성이에요. 지구 같은 건 태양이라는 작은 항성의 인력에 얽매어 휘둘리는 아주 작은 동그란 흙덩어리에 지나지 않죠."

가부라기는 중얼거리더니 히메노가 있는 쪽을 바라보았다.

"생물 가운데 동족끼리 죽이는 건 인간뿐이다……. 가와즈 유스케의 시신을 보았을 때 네가 그렇게 말했지. 도대체 왜 그러는 걸까."

눈이 점점 어둠에 익숙해졌다. 희미한 달빛 아래 히메노가 보트 뱃머리에 앉아 노를 두 손으로 잡고 물끄러미 가부라기 쪽을 바라보는 중이었다.

"동물은 다들 여러 종이 있죠?"

"응?"

갑작스러운 말에 가부라기는 당황했지만 일단 이렇게 대답했다.

"그렇지. 개나 고양이도 몇 백 종이나 있지."

히메노는 고개를 저었다.

"아뇨. 개나 고양이 종류는 단순한 변종이에요. '종'이 다른 건 아닙니다. 개과라면 늑대, 자칼, 코요테, 너구리 등이 다른 종이 되겠죠."

히메노는 그렇게 말하더니 슬픈 목소리로 말을 이었다.

"하지만 사람, 즉 인류, 우리 호모 사피엔스 사피엔스는 한 종뿐이에요."

가부라기가 확인했다.

"그럼 인종이 여러 가지인 건 종의 차이가 아니란 말이야?"

"네. 인종이란 호모 사피엔스 사피엔스라는 단일종 가운데 변종에 지나지 않아요. 5만 년 전에 아프리카 대륙에서 이동을 시작한 인류는 모두 흑인이었을 겁니다."

히메노가 조용히 대답했다.

"그렇지만 과거에는 우리와 다른 종의 인류가 아주 많았다고 합니다. 호모 하빌리스, 호모 에렉투스, 호모 네안데르탈렌시스, 호모 사피엔스 이달투……. 최근 연구로는 지금까지 출현한 인류가 30종 이상이며 그 가운데 적어도 몇 종의 인류는 과거 호모 사피엔스 사피엔스와 동시에 존재했었을 거라고 하더군요."

히메노는 설명을 하면서 노를 들어 올리더니 물을 턴 다음 자기 옆에 내려놓았다.

"2003년에 인도네시아에서 처음 멸종 인류로 보이는 뼈가 발견되어 호모 플로레시엔시스라는 이름을 얻었죠. 그들이 진짜 인류라면 가장 최근까지 살았던 우리들 이외의 인류입니다. 지구상에서 사라진 때가 1만 2천 년 전이라고 하니 일본에서 이야기하는 조몬시대가 되네요."

"그렇게 최근까지 존재했나?"

가부라기는 놀랐다. 화석으로밖에 볼 수 없는 아득한 옛날 사람들이라고 생각했던 '다른 인류'가 가부라기의 마음속에 갑자기 현실감을 띠게 되었다. 얼마 전까지만 해도 우리와 다른 사람들이 우리 곁에서 생활했다…….

"그렇지만 이 호모 플로레시엔시스를 비롯한 우리의 동료는 모두 사라지고 우리만 살아남았죠. 왜 그렇게 되었을 것 같습니까, 선배?"

그 질문에 가부라기는 대답을 하지 못했다. 생물학자도 아니고 고고학자도 아니며 역사학자도 아니다. 그런 걸 물어봐야 대답할 수 있을 리 없다.

히메노는 가부라기의 대답을 기다리지도 않고 계속 말했다.

"모든 생물 가운데 우리들만 동족을 죽이죠. 이게 우리들만 살아남은 이유 아닐까요? 저는 그렇게 생각합니다."

히메노는 대체 무슨 말을 하고 싶은 걸까? 가부라기는 곰곰이 생각했다. 다른 인류는 모두 멸종되고 우리만 살아남았다. 그리고 생물 가운데 우리만 동족을 죽인다. 그 말은⋯⋯.

가부라기는 갑자기 한기를 느꼈다. 거기서 나올 수 있는 역사는 하나밖에 없었다.

"결국은."

가부라기가 침을 꿀꺽 삼켰다.

"우리는 아득한 옛날부터 내내 동족이지만 다른 사람을 죽여 왔다는 이야긴가?"

"그렇게 생각할 수밖에 없죠."

히메노는 시선을 호수 수면 위로 옮기고 담담하게 말을 이었다.

"동족을 죽인다는 것, 이건 모든 생물에게 금기일 겁니다. 종을 존속시킨다는 생물의 최대이자 유일한 목적을 거스르는 일이니까요. 하지만 우리 인류는 이 금기를 스스로 깨고 동족을 죽이는 길을 선택했죠. 다른 인류와의 생존경쟁에서 이기고 싶다는 욕망 때문입니다. 그러니 우리들만 살아남아 번영을 독점할 수 있게 되었고요. ……그렇지 않은가요?"

가부라기는 소름이 끼쳤다. 더는 아무 말도 할 수 없었다.

"그리고 다른 인류를 모두 죽인 지금 우리는 이제 동족을 서로 죽이고 있습니다. 다른 사람을 죽이지 않으면 자기가 죽는다는 강박관념에 휩싸여 있는 겁니다. 물론 그건 자기들이 그렇게 해왔기 때문이죠."

히메노는 그렇게 말한 뒤 입을 다물었다.

"하지만 히메, 난 어려운 이야기는 잘 모르겠지만 말이야……."

가부라기는 히메노의 단정한 옆얼굴을 보면서 입을 열었다.

"인간이 원래 동료를 죽이는 동물이라고 생각하는 건 체념이랄까, 너무 퇴행적인 사고방식 아닐까? 도저히 살인사건을 없앨 수 없다는 이야기잖아? 우리 경찰이 하는 일도 헛수고에 지나지 않는다는 이야기가 되고……."

히메노가 얼른 가부라기 쪽을 보더니 빙긋 웃었다.

"인간은 언젠가 틀림없이 변할 겁니다. 그리고 동족을 죽인다는, 있어서는 안 될 습성을 버릴 날이 반드시 올 겁니다. 저는 그렇게 믿어요. 하지만 그날까지는 인간 스스로가 인간을 지켜주어야만 합니다. 그래서 우리 같은 경찰관이 필요하죠. 저는 그래서 경찰관이 된 겁니다."

히메노는 차분하면서도 단호하게 말을 맺었다. 그리고 작은 목소리로 덧붙였다.

"인간이란 불쌍하게도 망가져버린 동물이다, 그래서 사람을 죽이는 거다, 하고 생각하면 아무도 원망하지 않고 넘어갈 수 있겠죠?"

히메노는 이렇게 말한 뒤 침묵에 잠겼다.

히메, 네겐 누군가 원망해야 할 사람이 있는 거냐? 가부라기는 그렇게 묻고 싶었다. 하지만 말이 나오지 않았다. 고요하고 어두운 호수 위에는 그저 시간만 천천히 흐를 뿐이었다.

문득 정신을 차리니 약간 거친 숨소리가 들려왔다. 히메노가 보트의 노 대신 머리를 젓는 중이었다. 앉아서 졸고 있는 것이다. 도쿄에서부터 히류댐까지 차를 운전했으니 많이 피곤하리라.

가부라기는 자기 상의를 벗어 보트가 균형을 잃지 않도록 무릎으로 걸어 히메노에게 다가갔다. 그리고 상의를 히메노의 어깨에 걸쳐주었다.

"아버지, 어째서……?"

꿈을 꾸는 모양이었다. 아버지 꿈인가? 도대체 어떤 꿈일까?

히메노는 어렸을 때 부모를 잃고 엄청난 부자인 큰어머니에게 맡겨져 자랐다고 들었다. 히메노의 부모는 어쩌다 세상을 떠난 걸까? 함께 돌아가셨다면 사고인가? 아니면…….

가부라기는 혼자 생각에 잠겼다. 나는 지금까지 왜 사람이 사람을 죽이는가에 대해 생각해본 적이 없었다. 하지만 히메

노는 그걸 꼼꼼하게 생각했고 나름대로 결론을 냈다. 히메노
가 그렇게 된 데에는 자신의 과거에 이유가 있는 것 아닐까?
쓰라린 체험 같은 거 말이다.

가부라기는 고개를 저었다. 혼자 아무리 머리를 굴려봐야
알 길이 없다. 물어봐도 가르쳐줄지 어떨지 모른다. 아니, 그런
이야기를 히메노에게 물을 수 없다. 나중에 때가 되면 히메노
가 스스로 이야기해줄 테지. 그때까지는 아무것도 묻지 않는
게 낫다.

"그렇지만 말이야, 히메."

가부라기의 입에서 무심코 목소리가 흘러나왔다.

"인간이란 망가진, 큰 죄를 진 동물일지도 몰라. 미움이라거
나 원한, 질투 같은 쓸데없는 걸 잔뜩 떠안고 있는지도 모르지.
하지만 좋은 면도 조금은 있지 않을까? 난 적어도 그렇게 믿고
싶어."

히메노가 깨지 않도록 속삭이듯 작은 목소리였다.

"네게도 소중한 사람이 있을 거 아니야?"

히메노는 여전히 쿨쿨 자고 있었다. 물론 가부라기도 대답
을 기대하지는 않았다. 그리고 이런 말을 아까 히메노에게 직
접 대놓고 이야기하지 않았던 자신이 한심하게 여겨졌다.

"한심하군, 나란 인간은……."

가부라기는 무심코 한숨을 내쉬고 말았다.

하고 싶은 말도 못하고 묻고 싶은 것도 묻지 못한다. 부하에
게 가르쳐주기는커녕 젊은 녀석들에게 배우고만 있다. 나는

남들 위에 서서 일을 할 만한 인간이 되지 못한다. 미안해, 히메. 내가 이런 못난 상사라서……. 가부라기는 그런 생각을 하면서 잠자는 히메노를 바라보았다.

그러고 보니 히메노는 어렸을 때 경비원 제복을 입은 아버지를 경찰관인 줄 알고 자랑스럽게 여겼다고 했다. 그리고 아버지가 경찰관이 아니라는 사실을 알았을 때 속은 기분이 들어 큰 반발을 느꼈다고 했다. 물론 히메노가 제멋대로 그렇게 생각한 것이지만 가부라기는 히메노의 심정을 이해할 수 있을 것 같았다.

어린 히메노에게 아버지가 경찰관이라는 것은 진실이었다. 그러나 결국 그게 진실이 아니라는 사실을 알게 되었다. 어린 히메노에게 진실은 거추장스러운 존재였으리라.

그때 어둠 속에서 야마세 겐의 말이 들려오는 듯했다.

진실 같은 건 없습니다…….

어렸을 적 히메노가 그러했듯이 '거짓' 쪽이 '진실'보다 훨씬 소중하다고 생각하는 사람들이 있다. 알게 된 '진실' 따위는 절대로 인정하고 싶지 않고 '거짓'을 믿던 때가 훨씬 행복했다고 생각하는 사람들이 있다.

그리고 그 사람들은 결국 '거짓'을 '진실'로 만들기로 작정했다…….

가부라기는 다시 야마세 겐과 미즈사와 이즈미가 지녔을 미칠 듯한 소망에 대해 생각했다. 어둠 속에 떠 있는 보트 위에서 가부라기는 계속 생각에 잠겼다.

"선배! 가부라기 선배! 일어나세요!"

히메노가 소리치는 바람에 가부라기는 눈을 떴다. 앉은 채 깜빡 잠이 든 모양이었다. 얼른 손목시계를 보니 오전 4시 20분. 이제 슬슬 해가 뜰 시간이다. 벌써 동녘 하늘이 뿌옇게 밝아오기 시작했다.

정신을 차리니 상의가 자기 등에 걸쳐져 있었다. 히메노가 걸쳐준 것이다. 갑자기 이른 아침 산중의 차가운 공기가 느껴져 가부라기는 부르르 떨면서 상의를 걸쳤다.

"선배."

히메노가 보트 아래 물속을 멍하니 들여다보며 가부라기를 불렀다.

"이, 이게……."

가부라기도 수면을 내려다보았다. 순간 온몸에 피가 싹 가시는 느낌이 들었다.

보트 저 아래 히류무라가 보였다.

파란 풀이 무성한 밭과 그 사이를 가로지르는 길, 여기저기 들어선 인가. 고소공포증인 가부라기는 눈 아래 펼쳐지는 광경에 온몸이 얼어붙었다.

어느새 두 사람이 탄 보트가 하늘 높이 날아오른 걸까? 그리고 그대로 시간을 거슬러 댐이 물을 채우기 전의 히류무라 위에 떠 있는 걸까……?

물론 그건 착각이었다. 가부라기와 히메노가 탄 보트는 더할 나위 없이 투명한 히류댐 호수 위에서 물밑에 가라앉은 히류무라 위에 떠 있는 것이다. 겨우 냉정을 되찾아 상황 판단이 되자 가부라기는 후우, 하고 한숨을 크게 내쉬었다.

"선배, 이게 무슨 마술입니까? 도대체 어떻게 된 거죠?"

히메노가 믿을 수 없다는 표정으로 물었다. 가부라기는 문득 생각났다는 듯이 대답했다.

"얼마 전 텔레비전 프로그램에서 흙탕물을 투명하게 하는 실험이란 걸 본 적이 있지. 비커에 넣은 흙탕물에 어떤 물질을 넣고 몇 차례 저어주니 눈 깜빡할 사이에 투명해졌지. 재해 때 생활용수 문제를 해결하기 위한 대책이라고 해서 메모해 두었거든."

"혹시 흙탕물에 명반수(明礬水, 물에 백반을 풀어 녹인 것)를 섞은 겁니까? 그거 학생들이 이과 수업 시간에 하는 실험이거든요."

히메노가 어처구니없다는 듯이 말했다. 가부라기가 고개를 끄덕이더니 수첩을 꺼내 펼쳤다.

"그때 한 메모에는 이렇게 적혀 있어. 흙탕물의 진흙 입자는 마이너스로 전하한 소수 콜로이드 입자이기 때문에 플러스 전하를 지닌 전해질을 조금만 섞으면 된다. 도통 무슨 소리인지는 모르겠지만."

"역시! 그래서 탁한 흙탕물이 침전된 거로군요! 그럼 헬기에서 부린 그 뿌연 물이 명반수, 그러니까 황산알미늄칼륨포화수용액이었던 건가요?"

히메노는 메모한 내용이 무슨 소리인지 아는 모양이었다. 가부라기는 수첩을 들여다보며 덧붙였다.

"그러니까, 황산알미늄칼륨 외에 폴리글루타민산, 폴리염화알미늄 같은 응고제에 제오라이트, 아르고나이트, 활성탄 같은 흡착제, 거기에 수질정화 박테리아를 배합한 즉효성 수질개선제를 넣는다고 하네. 가라앉은 흙탕물은 물을 내보낼 때 댐의 정화조에서 여과되기 때문에 수질에 영향을 미치지 않고 물고기와 수서생물에게도 전혀 해가 되지 않는대. 헬기 조종사에게 부탁해서 사이타마에 있는 수질정화 전문회사에 들러 싣고 오라고 했지."

가부라기는 수첩을 주머니에 넣으며 조심스럽게 보트 아래를 둘러보았다. 그리고 문득 하늘을 올려다보았다. 차츰 동쪽 하늘이 밝아오는 중이었다.

"안 돼. 날이 밝겠어……."

가부라기는 히메노를 보며 소리쳤다.

"히메! 수몰된 주택가는 어느 쪽이지?"

"예! 바로 그 위로 이동하겠습니다!"

히메노는 노를 잡고 힘껏 젓기 시작했다.

이윽고 두 사람이 탄 보트 아래로 새로 지은 집들의 지붕이 보였다. 사람이 살았던 적도 없이 물밑에 가라앉은 주택가다. 보트에서 내려다보는 시야는 마치 그 집 위를 날고 있는 듯했다.

"야마세 겐에 대한 자료에서 지금까지 설계한 건축물 목록을 불러내! 그리고 그 안에서 단독주택 단지 개발 건만 검색하는 거야! 주소도 잊지 말고!"

히메노는 노를 세워 보트를 중지시키고 은색 노트북컴퓨터를 꺼내 켰다. 그리고 수사본부의 클라우드 서버에서 야마세 겐에 대한 자료를 불러내 야마세가 설계한 주택가 개발 목록을 재빨리 편집해 작성했다.

"다 됐습니다! 야마세가 설계간 단독주택 주택가는 전부 도쿄 도입니다! ······그런데 선배, 소재지 주소가 자세하게 나오지 않네요."

"맞아. 지번까지 알면 관할서 협조를 얻어 단숨에 쳐들어갈 수 있었겠지. 자세한 주소를 모르기 때문에 이런 방법을 쓸 수밖에 없었던 거야."

그렇게 이야기하더니 가부라기는 히메노에게 계속 지시했다.

"그걸 사와다의 컴퓨터에 메일로 보내줘. 전송을 마친 다음에는, 그러니까 TV전화라고 하나? 그걸 너와 사와다 사이에 쓸 수 있도록 실행시켜줘."

"스카이프 말이죠? 알겠습니다!"

히메노는 사와다에게 리스트를 송신하더니 가방에서 외장 웹카메라를 꺼내 컴퓨터의 USB 3.0 단자에 연결하고 스카이프를 실행했다. 그 사이 가부라기는 마사키에게 전화를 걸었다.

"마사키! 일어났어? 출동이야!"

"그래, 일어났어! 옥상 헬리포트 헬기 안에서 잤지만. 이 헬기, 타고 다니기도 좋고 잠을 자기에도 제법 편하군!"

경찰 헬기로 쓰는 벨429는 원래 의료용 헬기로 개발된 기종이다. 기체는 충격이 적도록 설계되었고 좌석의 쿠션도 푹신하다.

"좋았어! 그럼 이제 갑시다!"

마사키는 마치 택시라도 타고 가듯 헬기를 조종하는 경찰관에게 말했다. 휴대전화를 통해 헬기 로터가 차츰 회전수를 올리는 소리가 들려왔다. 마사키가 즐겁다는 듯이 소리를 질렀다. 헬기가 하늘로 날아오른 모양이었다.

"마사키! 들리나?"

가부라기가 휴대전화에 대고 헬기 내부의 굉음에 지지 않을 정도로 소리를 질렀다.

"사와다의 컴퓨터에 이제부터 날아가 주었으면 하는 장소 목록을 보낼 거야! 고맙게도 모두 도쿄 도 안이다! 히메! 사와다에게 그 스카이 뭐라고 하는 걸 연결하라고 해줘!"

히메노가 얼른 스마트폰을 꺼냈다.

"사와다, 스카이프로 이쪽에서 전송하는 영상을 봐줘!"

그렇게 소리치더니 히메노는 전화를 끊고 무릎 위에 얹은 노트북컴퓨터를 조작했다.

"연결됐습니다! 사와다에게 영상을 보내겠습니다!"

히메노가 소리치자 동시에 사와다의 목소리가 히메노의 노트북컴퓨터를 통해 들려왔다.

"지금 영상이 도착했습니다! 통신 상태는 문제없습니다."

가부라기도 휴대전화를 끊었다. 이제 스카이프로 대화할 수 있다.

"가부라기 선배, 이 영상은 어떻게 찍은 거죠? 마치 선배와 히메노가 히류무라 상공을 날면서 촬영하고 있는 것 같습니다!"

히메노의 노트북컴퓨터 화면에 사와다와 마사키의 놀란 표정이 나타났다. 자기들 노트북컴퓨터를 집어삼킬 듯이 들여다보았다.

"마법의 융단을 타고 있지! 마사키! 이 히류무라 주택가가 보이지? 여기와 똑같아 보이는 주택가가 조금 전에 보낸 그 주소 목록 어딘가에 있을 거야!"

"뭐, 뭐라고?"

컴퓨터 화면 속 마사키가 눈이 휘둥그레졌다.

"완전히 똑같다니, 백 퍼센트 똑같다는 건가?"

"그래! 조종사에게 목록을 건네주고 가까운 순서대로 샅샅이 그 지역 상공을 날아! 지금 보내고 있는 히류무라의 주택가와 똑같은 풍경이 어딘가에서 보일 거야. 다누마 야스오가 거기 있고 미즈사와 이즈미와 가와즈의 유령도 다누마를 죽이기 위해 그리로 가고 있을 거야!"

히메노가 난처하기 짝이 없다는 표정으로 가부라기에게 질문했다.

"뭐가 뭔지 모르겠습니다! 선배는 어떻게 그런 것까지 아는 거죠?"

"사와다, 기억하나? 그 히가시아가쓰마마치 병원에서 본 신원불명 남자."

"아, 예. 그 사람이 왜요?"

사와다도 컴퓨터 속에서 당황한 목소리로 물었다.

"그의 의식이 확실해지면 이야기는 간단한데 회복되기를 기다릴 시간이 없어. 그래서 이런 번거로운 방법을 쓸 수밖에 없었어. 그는 히류무라와 도쿄에 지어진 완전히 똑같은 주택가를 양쪽 다 본 유일한 사람이야."

사와다는 순간 할 말을 잊은 듯했다. 하지만 이내 입을 열었다.

"알겠습니다! 야마세는 이 주택가를 지을 때 어차피 수몰될 거니까 예전에 지었던 도쿄의 주택가 설계도를 사용한 거로군요. 그 신원불명 남자는 도쿄 주택가에 살고 있었고. 그리고 군마 현 산길을 헤매다가 히류댐 건설 부지로 흘러들어 똑같은 설계도로 지은 주택가를 본 거네요. 당연히 거기에는 자기 집과 똑같은 집이 있었고……."

"그렇지."

가부라기가 고개를 끄덕였다.

"게다가 야마세는 해체 비용이 들지 않도록 하이브리드 RC, 즉 콘크리트 건축 주택을 선택했어. 그 결과, 이 주택가는 철거할 필요도 없이 그냥 댐 아래 가라앉게 되었지. 야마세의 양심이 이 주택가를 남겨놓은 셈이지. 아이러니하군."

가부라기가 말을 이었다.

"가와즈 유스케의 휴대전화가 마지막으로 사용된 곳은 바로 여기, 지금 우리 바로 아래 있는 주택가였어. 그건 그때 거기에 가와즈의 유령 중 적어도 한 명은 있었다는 이야기지."

"적어도 한 명이라고요?"

히메노가 놀란 목소리로 물었다.

"그럼, 가와즈의 유령이 하나가 아니었다는 말인가요?"

그 질문에 가부라기는 이렇게 대답했다.

"한 명은 야마세 겐이지. 야마세 겐은 미즈사와 이즈미가 다카사키에 있는 맹학교로 옮긴 뒤로 십여 년 동안 가와즈 유스케인 척하며 이즈미와 만났어."

히메노와 마사키는 믿을 수 없다는 표정이었다.

"야, 야마세 겐이……?"

"가와즈 유스케인 척했다고?"

가부라기는 다시 확인했다. 그렇게밖에 생각할 수 없다. 10여 년 동안 완전히 연락을 취하지 않았던 야마세 겐과 미즈사와 이즈미가 갑자기 다누마를 살해한다는 의논을 할 수 있을 리 없다. 야마세가 가와즈인 척하며 이즈미와 내내 친하게 지냈기 때문에 그런 일이 가능한 것이다.

"그런가! 그래서 가와즈 유스케가 죽은 뒤에도 이즈미는 전화 상대를, 즉 야마세를 유스케라고 불렀던 거로군. 결국 야마세를 유스케라고 불렀던 것은 결국 20년 전에 미즈사와 이즈미의 부모를 죽인 사람은……."

"가와즈 유스케라는 이야기가 되는군."

가부라기는 컴퓨터 안의 사와다를 향해 고개를 끄덕였다.

"가와즈는 이즈미의 부모를 죽였어. 그 죄책감 때문에 차마 이즈미의 얼굴을 볼 수 없게 되었지. 그래서 야마세는 가와즈인 척하면서 이즈미를 만나기로 했을 거야. 6년 만에 이즈미와 만날 때 변성기를 지나 자기 목소리가 바뀌었다는 걸 이용해서."

"어, 어째서 야마세는 그런 짓을?"

히메노의 말에 가부라기는 한숨을 내쉬었다.

"그 이유는……."

가부라기는 머뭇거렸다. 도저히 이야기하기 힘든 내용이었다.

"상상은 할 수 있지만 내가 그 얘기를 꺼내기는 어려워. 야마세 스스로 이야기하게 하는 수밖에 없어."

이번에는 마사키가 컴퓨터 저편에서 끼어들었다.

"야, 가부! 가와즈의 유령이 한 명 더 있다는 건 어떻게 알게 된 거야?"

"가와즈의 유령은 차로 이즈미를 데리러 가거나 이 호수 밑바닥에 있는 주택가로 가와즈의 휴대전화를 가지고 갔어. 그런데 야마세는 도쿄를 한 발짝도 벗어나지 않았지. 그렇다면 가와즈의 유령은 두 명이라고 생각할 수밖에 없지."

"아아……."

가부라기의 설명에 마사키는 할 말을 잃었다. 듣고 보니 충분히 그럴 만했다.

"그, 그럼 그 또 한 명의 유령이란 도대체 누구지?"

"그 신원불명의 남자는 산속에서 본 자기 집에 자기 아내가 있었다고 했어. 즉 유령은 여성이지. 그렇다면 다른 가와즈의 유령은 그 여자 이외에는 생각할 수 없지. 액세서리 가게 '드래곤플라이'의 주인 가와무라 시즈에야."

가부라기는 그렇게 단언했다.

"아니, '드래곤플라이…….'

"가와무라 시즈에가?"

"또 다른 가와즈의 유령이라니……."

마사키, 히메노, 사와다 세 사람은 멍한 목소리로 중얼거렸
다.

"가와무라 시즈에는 가와즈 유스케, 야마세 겐, 미즈사와 이
즈미까지 셋 모두를 잘 알고 있고, 이즈미와 가까운 곳에 살아.
그리고 시즈에도 이즈미가 사라지면서 동시에 가게 문을 닫고
모습을 드러내지 않고 있어. 아마 지금은 이즈미와 함께 행동
하고 있을 거야."

가부라기는 히메노를 바라보았다.

"히메, '드래곤플라이'에 갔을 때 가와무라 시즈에가 가게
를 오픈할 때 받았다는 친구들의 격려 메시지가 적힌 색종이
를 기억하나?"

"예? 아, 예. '테루짱에게'라고 적혀 있던 그거 말이죠? 자
기가 외출할 때면 늘 날이 맑아서 별명이 '테루짱'이 되었다
고……."

"그 테루짱이라는 별명이 열쇠였어. 이즈미가 가와즈의 휴
대전화에 남긴 부재중 메시지 가운데 벼락치는 소리에 가려져
들리지 않았던 '사과를 벗어나지 않는다.'는 말을 해독할 수
있는 열쇠. '사과'와 '테루.' 이 두 말을 들으면 뭔가 떠오르지
않아?"

"사과, 테루……."

히메노가 불쑥 소리쳤다.

"맞아! 윌리엄 텔! 윌리엄 텔이로군요? 14세기에 스위스에 살았다는 석궁의 명수. 못된 관리에게 대항하다가 사과를 아들 머리에 얹고 쏘아야 했지만 멋지게 명중시켰다는 유명한 전설이 있죠."

"위, 윌리엄 텔의 그 텔, 아니 테루?"

멍한 목소리로 중얼거리는 마사키에게 가부라기가 말했다.

"군마 현경 요시오카 씨에게 가와무라 시즈에에 대한 조사 기록을 보여달라고 했지. 시즈에는 도쿄에 있는 대학을 다녔는데 양궁부 활동을 했고 석궁 경기 선수였지. 큰 대회에서 우승도 했어. 그 양궁부에서 붙여준 별명이 '테루쨩'이었다더군."

세 사람은 저마다 고개를 끄덕였다. 여성 윌리엄 텔이라는 뜻이 담긴 별명이었으리라.

"그리고 색종이 한가운데 있는 사진에서 모두들 들고 있던 동그스름한 가방. 난 그게 가먼트 백이라고 생각했었지. 그렇지만 그건 석궁을 넣는 소프트케이스였던 거야. 석궁은 도검류 규제를 받지 않기 때문에 신고나 등록을 하지 않아도 되지만 유럽에서는 사냥에 사용할 정도로 높은 살상 능력을 지닌 무기이기도 하지."

"그, 그럼 이즈미가 남긴 부재중 메시지에 있던 '내 잠자리'라는 건?"

사와다가 끼어들자 가부라기는 고개를 끄덕였다.

"석궁을 말하는 거였지. 배럴과 림이 십자 모양으로 교차하는 모양이 잠자리를 많이 닮았어. 잠자리에 애착이 있는 이즈미는 석궁을 잠자리라고 부른 게 아닐까?"

"그럼 '사과를 벗어나지 않는다.'는 말의 뜻은⋯⋯?"

히메노가 물었지만 가부라기는 선뜻 대답할 수 없었다.

"다누마 야스오를 석궁으로 죽일 것이다. 윌리엄 텔이 멋지게 사과에 명중시켰듯이 자기도 화살이 절대 사과에서 벗어나는 일은 없을 것이다. ⋯⋯이런 의미로 생각할 수밖에 없어. 그래서 가와무라 시즈에는 히류댐에 가라앉을 주택가 안에 있는 집에서 미즈사와 이즈미에게 석궁을 가르친 거야."

마사키가 끼어들었다.

"어, 어째서 그런 데서 가르쳤지?"

"그 집은 다누마가 있는 도쿄의 집과 똑같은 구조이기 때문이지. 같은 설계에 따라 지었으니까. 이즈미는 앞을 보지 못하지만 한 번 간 적이 있는 곳은 머릿속에 완전히 기억할 수 있어. 그래서 다누마가 있는 집은 처음 가는 곳이라고 해도 이즈미에겐 환히 아는 장소나 마찬가지지."

가부라기는 말을 이었다.

"처음 간 곳에 있는, 처음 들어간 집 안에서 앞을 전혀 보지 못하는 사람이 처음 잡은 석궁으로 사람을 쏘아 죽인다⋯⋯. 그런 일이 가능하다고 증명할 수 있겠나? 만약 '똑같은 집이 두 채 있어 다른 한 채에서 석궁 연습을 했다.'고 하는 비밀을 알지 못한다면 이즈미가 다누마를 죽여도 재판에서는 입증이 불가능해 '추정무죄'가 될 테지."

형법에는 '추정무죄' 원칙이라는 게 있다. '범죄 사실에 대해서는 소송을 청구한 측에 증거를 제시할 책임이 있으며 합리적으로 입증되지 않는 경우 피고인은 무죄가 된다.'는 내용이다. 형사소송법 제336조에도 '범죄 증명이 없을 때는 판결에서 무죄를 언도해야만 한다.'고 적혀 있다.

"이것이 야마세 겐이 세운 '완전범죄' 계획이야."

가부라기는 단호하게 말을 맺었다. 마사키, 히메노, 사와다 세 사람은 아무 말도 할 수 없었다.

가부라기는 계속 생각에 잠겼다. 야마세 겐, 미즈사와 이즈미, 가와무라 시즈에가 한 지금까지의 행동에 대해서는 자신의 추측이 틀림없이 맞을 것이다. 모든 사실이 그걸 뒷받침한다. 그리고 바로 지금, 그 세 사람이 공모해 다누마를 죽이려고 한다는 사실도 틀림없으리라.

하지만…… 야마세는 왜 가와즈를 죽였는가? 역시 그 이유가 가장 큰 의문이었다. 상상은 할 수 있다. 하지만 정말 그런지, 가부라기는 자기 생각에 자신이 없었다.

야마세 겐, 가와즈 유스케, 미즈사와 이즈미. 같은 마을에서 태어나 서로 결코 입에 올릴 수 없는 비밀을 간직한 채 20년 넘도록 형제자매처럼 살아온 세 사람. 그 세 사람의 관계를 어제오늘 만난 사람이 이해할 수 있을 거라고 생각하는 것은 그야말로 상상에 지나지 않는다. 가부라기는 그렇게 생각했다.

도대체 남의 마음을 다른 사람이 완전히 이해할 수 있는 걸까? 아니, 생각은 고사하고 자기 행동에 대해 스스로 왜 그렇게 했는지 완전하게 설명할 수가 있을까?

그 순간 가부라기의 머릿속에 불쑥 한 가지 생각이 떠올랐다.

야마세 겐이 가와즈 유스케를, 친구를 죽인 행동에 대한 부끄러운 마음……. 야마세가 가와즈를 죽인 뒤 가와즈의 시신을 내려다보면서 가와즈를 위해 뭔가 해주자고 생각한 것은 아닐까?

"설마……."

"예? 뭐요?"

히메노의 목소리는 가부라기 귀에 들어오지 않았다. 야마세가 시신이 된 가와즈의 배를 갈라낸 이유. 그건 다누마 야스오에게 죄를 뒤집어씌우기 위해서가 아니라 순수하게 가와즈를 위한 행동이었던 것이 아닐까? 가와즈의 삶을 앗아간 야마세가 친구인 가와즈를 위해 할 수 있는 일, 그게 딱 하나 있었다. 야마세는 그걸 한 게 아닐까?

하지만 가부라기는 그걸 확인할 수 있는 길이 없었다.

우리가 할 수 있는 일은 여기까지다……. 가부라기는 그렇게 생각할 수밖에 없었다.

21 겐

하늘이 눈부시다. 밝은 햇살이 눈으로 바로 쏟아져 들어온다. 눈을 뜰 수 없다. 여긴 어디일까? 그리고 지금은 며칠일까?

……그렇다. 날이 새기 전에 유스케, 이즈미와 함께 오쿠노사와로 가는 길에 있는 산에 올랐다. 그건 물론 유스케가 보았다는 고대의 거대 잠자리 메가네우라를 보기 위해서다.

유스케, 이즈미와 함께 셋이서 동트는 하늘을 바라보고 있는데 주위 산들 위로 아침햇살이 고개를 내밀기 시작했다. 그때 푸르스름한 하늘에 뭔가 반짝 빛나는 것이 보였다. 그것은 히류무라 위를 천천히 날고 있었다. 그 날개가 아침햇살에 빛났다.

메가네우라…….

유스케, 네 말이 맞았어. 메가네우라, 정말 있었구나. 정말 크네. 그리고 진짜 멋져. 이즈미, 들리니? 저 날갯짓 소리. 네게도 보여주고 싶구나. 반짝반짝 빛나. 아아, 저렇게 높이 날아올라서, 봐, 아침 태양 속으로 들어가네. 눈이 부셔. 눈이 부셔서 눈을 뜰 수 없어…….

정신을 차리니 나는 눈부신 빛을 받으며 누워 있었다.

내 입을 뭔가 딱딱한 것이 덮고 있다. 슉슉, 규칙적인 소리가 난다. 내 숨소리인 모양이다. 누워 있는 내 위로 마스크를 쓴 두 남자가 이야기를 나누고 있다. 삑, 삑 하는 정밀기계 전자음도 함께 들렸다.

살짝 눈을 떠 보았지만 눈이 부셔 다시 감았다. 그래도 빛이 눈꺼풀을 통해 들어와 불그레하게 보였다. 아아, 뭐지? 저건 조명이다. 해가 아니다.

나는 다시 눈을 떠 보았다. 좁은 방 안에서 모르는 남자가 내 왼쪽 손목에 감긴 붕대를 교체하고 있다. 내 왼팔에는 핏자국이 묻었고 팔뚝에는 고무 밴드 같은 것이 감겼다. 오른팔에는 가느다란 투명 튜브가 꽂혀 있다.

그런가……? 나는 죽지 않은 것이다. 그 사실을 깨달은 순간 머릿속에서 깊은 절망과 체념이 교차했다. 그리고 불현듯 어린 시절 기억이 떠올랐다.

건축가가 되자, 그렇게 마음먹은 때는 열 살이었다. 물론 히류댐 건설을 막기 위해서였다. 학교로 가는 논두렁길이, 매일 뛰어놀던 들과 산, 물고기를 낚던 개울이 모두 사라진다는 사실은 우리 동급생 세 명, 즉 나, 유스케, 그리고 시즈에게는 도저히 받아들이기 힘든 일이었다.

유스케는 잠자리 연구를 계속해, 오쿠노사와에서 신종 잠자리를 발견하고 댐이 만들어지지 못하게 만들겠다고 했다. 시즈에는 금속공예 일을 하며 히류무라의 아름다운 자연과 생물을 널리 알리겠다고 했다. 그리고 나는 건축가가 되어 히류댐 사업에 참가해 내부에서 무너뜨리겠다고 결심했다.

사실 건축가가 되기로 결심한 이유는 또 하나가 있다. 그것은 히류무라 촌장인 다누마 야스오에게 접근하기 위해서였다. 이즈미의 부모를 죽인 범인은 다누마가 틀림없다. 나는 그렇게 생각했다. 그것은 이즈미가 '혼자 있으면 밤중에 다누마의 목소리를 지닌 도깨비가 나타난다.'고 했기 때문이다.

다누마는 도둑이다. 이즈미네 집에 밤마다 몰래 숨어들어간다. 그걸 들켜서 이즈미의 부모를 죽인 것이다. ……아무래도 어린애 같은 추리지만 나는 그렇게 믿었다.

커가면서 그 상상에는 별로 근거가 없다는 사실을 깨달았다. 하지만 다른 한편으로 다누마가 오쿠노사와를 사유화했다는 사실을 알게 되고, 또 댐 건설에 대한 입장을 뒤집는 걸 보고 다누마 야스오란 남자의 본성을 의심하기 시작했다. 그래서 다시 이즈미 부모를 살해했을 거라는 의심이 더욱 커졌다.

나는 대학 건축과에 입학했다. 졸업과 동시에 대형 건설업체에 취직해 일급건축사 시험에 합격한 뒤 독립해 설계사무실을 냈다. 그리고 다누마에게 접근하기 위해 '히류댐기념관' 설계 공모전에 참가해 예상대로 그 일을 따냈다.

히류댐 건설 사업에 참가하게 된 나는 이윽고 다누마 야스오의 마음에 드는 데 성공했다. 계속해서 댐 관련 설계 일을 맡아 하게 되었다. 다누마 야스오의 환심을 사는 일은 아주 간단했다. 설계비를 시세보다 아주 싸게 한 것이다. 자기 돈도 아니면서 다누마는 비용에 대해 인색한 사람이었다.

어느 날, 다누마는 내게 히류무라에서 이주하는 주민들을 위한 주택가 건설을 부탁했다. 그때 다누마는 놀랍게도 이런 말을 했다.

"사실은 이제 곧 댐 건설 위치가 변경될 거야. 자네가 설계할 주택가는 물에 잠길 테지. 그러니 적당히 대충 지어주면 돼."

아무래도 다누마는 공사 하청을 받은 건설회사로부터 리베이트를 받고 있는 듯했다.

나는 될 수 있으면 쓸데없는 비용을 조금이라도 줄이려고 예전에 내가 설계했던 도쿄의 어느 주택가 설계도를 이용하자고 제안했다. '설계비가 싸면 뭐든지 좋다, 어차피 댐 아래 가라앉을 테니까.'라는 게 다누마의 대답이었다. 그 결과, 도쿄에 있는 주택가와 똑같은 모습을 한 주택가가 히류댐 안에 완성되었다.

이렇게 비리의 공모자가 되어버린 나는, 자신과 마찬가지로 나쁜 놈이라고 생각해 마음을 허락했는지 점점 다누마의 신임을 얻게 되었다. 이윽고 마을 주민센터의 촌장 집무실에도 책상을 마련해 자유롭게 출입할 수 있게 되었다.

나는 다누마가 없을 때를 노려 그의 책상 서랍이나 금고를 뒤졌다. 다누마의 범죄 증거를 찾기 위해서였다. 금고는 다이얼식이었기 때문에 몰래 금고 옆에 있는 책꽂이에 소형 카메라를 설치해 다누마가 여는 모습을 녹화해 번호를 알아냈다. 다누마가 책 같은 걸 읽을 사람은 아니어서 집무실에 있는 고전과 역사, 정치 관련 책은 전부 장식용이라는 걸 알고 있었다.

　다누마가 이즈미의 부모를 살해했다고 하는 증거는 결국 아무것도 발견하지 못했다. 그 대신 금고 안에 있던 다누마의 수첩을 본 나는 놀라운 사실을 알게 되었다.

　다누마는 원래 구마바야시건설이 보낸 스파이이며 히류댐 건설을 가능한 한 길게 끌다가 완성시키라는 밀명을 띠고 움직이던 중이었다. 우리 히류무라 사람들은 20년 넘게 다누마의 손바닥 위에서 춤을 춘 꼴이었다.

　하지만 너무 늦었다. 그 무렵에는 히류댐 계획도 합의에 이르러 마을 주민들은 이주를 시작했고, 보상금도 모두 지불된 상태였다. 히류무라의 수몰은 슬픈 일이었지만 나는 그 증거를 묵살하기로 했다.

　왜냐하면 히류댐이 생기면 이즈미에게도 큰 금액의 보상비가 나오기 때문이었다. 눈이 자유롭지 못한 이즈미가 평생 생활에 어려움이 없을 만큼 돈을 손에 넣을 수 있다. 다누마의 비리를 고발해서 만약 히류댐 건설이 중지된다고 하면 이즈미의 인생은 오히려 위태로워지고 만다. 그럴 수는 없다, 그렇게 해선 안 된다고 나는 판단했다.

그때 내 머릿속에는 다누마를 고발하고 히류댐 건설을 막자, 그리고 이즈미는 내가 결혼해서 보살펴주면 된다, 하는 생각뿐이었다. 하지만 나는 이즈미에게 청혼할 용기가 없었다.

왜냐하면 나는 이즈미 앞에서 야마세 겐이 아니라 가와즈 유스케였기 때문이다.

이즈미가 친척 집에서 쫓겨나 다카사키에 있는 맹학교 기숙사에 들어갔다는 이야기를 듣고 나는 바로 유스케에게 전화했다. 어서 이즈미를 만나러 가자, 이즈미 얼굴을 보러 가자, 많이 고생했을 테니 이야기를 들어주자, 이제부터는 우리 세 사람이 늘 형제처럼 살아가자, 그렇게 말하러 가자고 했다.

그런데 유스케는 이즈미를 만나고 싶지 않다고 말했다. 왜지? 너무 매정하지 않아? 이제 이즈미를 다시 만날 수 있는데? 너는 이즈미와 그토록 사이가 좋았는데 만나고 싶지 않아? 나는 필사적으로 설득하려고 했다. 그렇지만 유스케는 만나고 싶지 않다는 말만 되뇌었다.

나는 난처했다. 이즈미에게 미안하다는 생각이 들었다. 이즈미는 유스케를 좋아했다. 그런 이즈미에게 가서 유스케는 널 만나고 싶어 하지 않는다는 말을 할 용기가 없었다.

결국 나는 바보 같은 짓을 하고 말았다. 내가 유스케인 척하고 이즈미를 만나러 간 것이다.

마지막으로 만났을 때 이즈미는 일곱 살. 그로부터 6년이 지났다. 열 살이었던 나와 유스케도 고등학생이 되어 변성기를 지나 다른 사람 같은 목소리가 되었다. 게다가 나는 어렸을 때부터 특징이 많은 유스케의 말투를 자주 흉내를 냈기 때문에 유스케와 똑같이 말할 자신도 있었다.

이즈미는 나를 유스케라고 믿어주었다. 언제 들통이 날까 생각하면 스릴도 있었다. 게다가 속았다는 사실을 깨달았을 때에 이즈미가 보여줄, 웃음을 참은 부루퉁한 얼굴을 보고 싶기도 해서 나는 그냥 유스케 행세를 하며 이즈미를 계속 만났다.

아니, 솔직하게 이야기하자. 그건 내가 나 스스로를 속이기 위해 만든 가짜 이유에 지나지 않는다.

나는 이즈미가 유스케에게 보여주는 감정이 부러웠다. 유스케에게만 보여주는 웃는 얼굴을 빼앗아 내 것으로 만들고 싶었다. 다른 사람, 특히 유스케에게는 결코 넘겨주고 싶지 않았다. 그래서 계속 내가 유스케가 아니라는 사실을 고백할 수 없었다.

유스케가 취직이 결정되었다는 이야기를 마치 내 일처럼 이야기했을 때, 이즈미는 어느새 시즈에게 무카시톤보 목걸이를 주문해 내게 주었다. 나는 그 목걸이를 바로 유스케에게 보냈다. 그건 내가 아니라 유스케에게 선물한 것이었으니까. 앞이 보이지 않는 이즈미는 내가 늘 그 목걸이를 하고 다녔다고 생각했을 테지만.

몇 년 전, 이즈미에게 휴대전화를 선물할 때 나는 유스케에게 이렇게 말했다.

너도 휴대전화를 사서 내게 맡겨라. 네가 이즈미와 만나고
싶지 않다면 내가 네 휴대전화로 이즈미에게 메시지를 보내주
겠다. 그렇게 하면 이즈미도 마음이 쓸쓸하지 않을 테니까, 하
고. 유스케는 스스로 휴대전화를 계약해 그걸 내게 맡겼다.

나는 이즈미의 휴대전화 주소록에 유스케의 휴대전화 번호
를 등록했다. 그리고 그 번호에서 전화가 왔을 때 울릴 고유 착
신음을 설정했다. 착신음은 유스케가 고를 만한 '잠자리 안경'
으로 했다.

그리고 이즈미의 휴대전화에 내 휴대전화 번호도 함께 슬쩍
등록했다. 그 고유 착신음도 마찬가지로 '잠자리 안경'으로 설
정했다. 그리고 이즈미에게 전화를 할 때는 될 수 있으면 내 휴
대전화로 걸려고 했다. 돈이 없는 유스케가 굳이 통화료를 지
불하지 않아도 되도록.

이즈미는 휴대전화 액정화면을 볼 수 없다. 누구 휴대전화
로 걸어도 상대방 번호를 볼 수 없다. 그리고 '잠자리 안경'이
들리는 순간 유스케가 한 전화라고 판단하리라.

거꾸로 이즈미가 내게, 아니 유스케에게 전화를 걸 때 이즈
미는 음성인식기능으로 '유스케에게 전화'라고 말해 번호를 불
러낼 것이다. 그때 나는 유스케의 휴대전화로 착신하면 된다.

사실 나는 어린 시절부터 친하게 지내는 가와무라 시즈에
에게만 내 비밀—내가 이즈미 앞에서는 유스케인 척한다는 사
실—을 가르쳐주었다. 시즈에는 입이 무거워 믿을 수 있는 친
구였다.

시즈에는 어처구니없어 하면서도 나를 도와주었다. 어쩌면 이즈미에 대한 내 은밀한 감정을 눈치챘을지도 모른다. 내가 일 때문에 바쁠 때는 시즈에가 나 대신 유스케인 척하며 이즈미와 메시지를 주고받기도 했다. 내 휴대전화 메시지와 시즈에의 휴대전화 메시지 착신음을 같은 '고추잠자리'로 설정해 두었던 것이다. 그래서 이즈미에게 유스케는 바로 나와 시즈에였던 것이다.

히류댐 건설이 진행되어 히류무라 주민들에게 보상금이 비밀리에 제시되기 시작한 어느 날, 나는 불쑥 유스케로부터 전화를 받았다. 그리고 깜짝 놀랐다. 유스케가 결국 오쿠노사와에서 지금까지 알려지지 않았던 잠자리, 그것도 신종 무카시톤보를 발견했다는 이야기였다.

유스케는 흥분해서 이렇게 말했다.

"이제 확실하게 히류댐 공사를 막을 수 있어. 겐, 너도 도와줄 거지?"

나는 고민했다. 유스케의 집념에 감동했고, 그 발견은 참으로 다행이라고 생각했다. 하지만 히류댐 건설이 중지되면 이즈미에게 들어올 예정인 거액의 보상금이 지불되지 않을 가능성이 있다. 앞을 보지 못하는 이즈미에게 그건 사활이 걸린 문제였다.

아니, 그렇지 않다. 그것도 내가 스스로에게 한 거짓말이다. 유스케가 신종 무카시톤보를 발견했다는 사실을 발표하면 당연히 여러 언론 매체에서 취재하러 올 것이다. 그리고 유스케의 목소리가 텔레비전이나 라디오를 통해 흘러나온다. 결국 그때는 내가 이즈미를 속이고 유스케 행세를 했다는 사실이 들통나는 것이다. 틀림없이 이즈미는 내 속셈을 눈치채고 나를 경멸하리라.

유스케가 한 이야기는 그것만이 아니었다. 유스케는 '20년 전 이즈미의 부모를 죽인 건 나다.'라고 고백했다.

유스케는 이즈미의 부모가 이즈미를 학대하고 있다는 사실과 이즈미에게 다누마가 끔찍한 짓을 저지른다는 사실을 알고 있었다. 이즈미의 '도깨비가 나온다.'는 말을, 나는 제대로 믿지 않았던 그 말을 유스케는 믿었다. 그리고 혼자 밤중에 몰래 이즈미네 집을 지켜보다가 다누마의 행동을 보고 말았다. 유스케는 그걸 막기 위해 아무에게도, 친구인 내게도 이야기하지 않고 혼자 해결하고 말았다.

어렸을 때부터 내내 내가 유스케보다 훨씬 어른스러웠다. 나는 이때 태어나서 처음 유스케에게 열등감을 느꼈다. 졌다는 생각이 들었다.

유스케가 이즈미의 부모를 죽인 일을 나무라고 싶은 생각은 전혀 없었다. 나는 난폭한 이즈미의 부모가 너무 싫었다. 그보다 다누마가 어린 여자아이에게 관심을 보이는 변태이며 이즈미가 어렸을 때 그 악랄한 놈에게 걸려든 적이 있다, 하고 유스케가 한 말에 나는 큰 충격을 받았다. 있어서는 안 될 일이었다. 이 세상에 존재해서는 안 될 진실이었다.

만약 내가 그때 이즈미 부모의 딸 학대 사실을 알았다고 하면 유스케가 한 일은 내가 했어야 할 일이었다. 그리고 다누마에게도 엄벌이 내려져야 한다고 생각했다.

유스케는 전화기 저편에서 불쑥 내게 이렇게 말했다.

"난 내내 이즈미를 만나고 싶었어. 만나서 부모를 죽인 일을 사죄하고 싶었어. 하지만 양심의 가책 때문에 만날 수 없었지. 용케 참았다고 생각하지 않니? 이 목걸이가 있어서 겨우 참을 수 있었어."

유스케가 이야기하는 목걸이는 이즈미가 시즈에게 부탁해 만든 무카시톤보 목걸이였다. 문제는 그다음이었다. 유스케가 그 뒤를 이어서 한 말에 나는 다리가 후들후들 떨렸다.

"이제 겨우 이즈미를 만날 수 있어! 신종 잠자리를 발견하면 이즈미를 만나자, 그런 생각을 하며 여태까지 이 목걸이를 보면서 꾹 참아왔거든!"

이즈미를 위해 히류댐 건설을 막아 잘 아는 고향에서 내내 살게 해주고 싶었다. 그런 간절한 마음으로 자신은 지금까지 인생을 걸고 잠자리를 찾아왔다. 그리고 마침내 히류댐 건설을 중단시킬 수 있는 무기를, 신종 무카시톤보를 발견했다. 이제 드디어 이즈미 앞에 당당히 설 수 있다. 학대를 막기 위해 부모를 죽인 것도, 이즈미라면 틀림없이 이해하고 용서해줄 것이다. 유스케는 흥분한 목소리로 계속 이야기했다.

그리고 유스케는 내게 기쁜 듯이 이렇게 말했다.

"나 이즈미에게 청혼할 거야! 히류댐 건설이 중지되면 보상금을 받을 수 없게 될 테지. 그 대신 내가 평생 이즈미를 돌보겠어. 앞으로는 잠자리 연구자로도 유명해져 돈도 벌 수 있을 테니까. 어때, 겐. 이즈미와 내 결혼식에 네가 친구 대표로 연설해주지 않겠니?"

유스케는 나보다 어른이었다. 하지만 그래도 아직 여전히 어렸다. 아니, 유스케는 너무도 순진하고 너무도 순수했다.

정치나 폭력단의 이권이 얽힌 건축업계에 종사하는 나는 완성을 앞둔 히류댐이 겨우 잠자리 한 마리 때문에 중단될 거라는 생각은 도저히 할 수 없었다. 또 유스케가 신종 무카시톤보를 발견했다고 해도 이즈미를 보살피며 살아갈 수 있게 될 거라는 생각은 들지 않았다. 유스케가 꿈꾸는 미래는 아름다운 모습이지만 얼음조각처럼 덧없고 설탕공예처럼 달콤하기만 한 것으로 보였다.

그 무엇보다 이즈미가 자기 부모를 죽인 사람이 유스케, 어린 시절부터 친구이며 지금도 마음에 둔 유스케라는 걸 아는 것은 이즈미에게 너무 잔혹한 짓이라는 생각이 들었다.

그런 진실은 필요 없다. 절망스러운 진실이라면 없는 편이 낫다. 그렇다면 그 진실은 없었던 일로 만들면 그만이다. 그게 이즈미에게 훨씬 더 낫다. 그런 생각이 들었을 때 나는 유스케를 죽이기로 마음먹었다.

아니, 이것은 나 스스로를 속이기 위한 거짓말이다. 어떻게 그런 이유로 어려서부터 친하게 지낸 친구를 죽일 수 있겠는

가. 유스케를 죽이기로 마음먹은 것은 지금 돌이켜보면 그때 이미 내 마음속에 자리를 잡았던 것이다.

유스케가, 어려서부터 왠지 얕잡아보이던 유스케가 내가 모르는 중대한 비밀을 알고 있고, 게다가 내게 말도 없이 영웅적인 행동을 했다는 사실. 그런 유스케에 대해 내가 처음 느낀 지독한 소외감, 패배감, 열등감. 그리고 나와 유스케, 이즈미 세 사람이 같은 등거리로 이루어졌던 완벽한 삼각형을 암묵적인 규칙을 깨고 파괴하려는 유스케에 대한 분노.

아니, 이제 얼버무리는 짓은 그만두자. 이즈미가, 내가 아닌 유스케를 사랑했다는 사실에 대한 한심한 질투다. 그리고 유스케에게 이즈미를 빼앗기고 싶지 않은, 나 혼자 독차지하고 싶은 강렬한 욕망이다.

유스케는 이렇게 말했다. 잠자리연구단체 대표를 만나 발견한 잠자리 감정을 받기 위해 조만간 도쿄에 가고 싶다. 이미 사진은 보냈다. 그래서 나는 다누마가 도쿄에 오는 날에 맞추어 유스케도 도쿄로 오라고 불렀다.

"신종 무카시톤보 표본을 갖고 올 거라면 나도 보여줘. 알겠지? 절대 잊지 마."

나는 그렇게 못을 박았다. 그 표본을 빼앗아 불태우기 위해서였다.

그날 밤 나는 히류댐 건설을 막는 계획을 짜자면서 내가 잘 알고 인적이 드문 곳, 즉 니코타마가와 강변으로 유스케를 불러냈다.

왜 그런 시간에 그런 장소에서 만나는지 유스케는 물으려고도 하지 않았고, 의심도 하지 않았다. 약속한 오후 10시에 약속 장소에 도착했다. 틀림없이 친구인 나를 완전히 믿었으리라. 그런 생각을 하면 가슴이 아프다. 하지만 이제 돌이킬 수 없는 일이다.

유스케가 오기 전에 나는 유스케의 휴대전화로 다누마에게 전화를 걸었다. 그리고 손수건으로 입을 막고 음성을 변조해 이렇게 말했다. 너와 구마바야시의 유착 관계를 안다. 경찰에 알리고 싶지 않다면 오후 10시까지 니코타마가와 역 근처로 와라. 그러면 다음 행동을 전화로 지시하겠다. 아무에게도 얼굴을 드러내지 말아라…….

이걸로 알리바이는 없어져 다누마에게 죄를 뒤집어씌울 준비가 되었다. 나는 서바이벌나이프를 가지고 방수 봉지에 화이트가솔린 깡통을 넣어 차에 싣고 약속한 장소로 향했다.

어둠 속에서 나를 발견한 유스케는 손을 흔들며 달려왔다. 그 기뻐하는 얼굴을 보니 내 살의는 크게 흔들렸다. 그런데 그때 유스케가 천진난만하게 웃으면서 내게 이렇게 말했다.

"겐! 내 휴대전화 돌려줘. 지금 여기서 이즈미에게 전화하게. 오랜만에 내 목소리를 들으면 이즈미가 뭐라고 할까?"

넌 이제 볼일 끝났으니 꺼지면 돼……. 그렇게 들렸다.

나는 이토록 노력했는데. 나는 너를 위해 십 몇 년이나 애를 썼는데.

그 순간 나는 절망과 함께 고개를 저으며 숨겼던 서바이벌 나이프를 꺼냈다. 하나뿐인 친구를, 유스케를 죽이기 위해.

유스케를 찌른 뒤의 일은 잘 기억이 나지 않는다. 마치 꿈처럼 기억도 조각조각이며 몽롱했다. 정신을 차리니 나는 피로 물든 칼을 움켜쥔 채 숨을 몰아쉬면서 하늘을 보고 드러누운 유스케의 시신을 내려다보고 있었다.

유스케를 죽이기 전까지는 시신을 그런 모습으로 만들 생각은 전혀 없었다. 유스케는 잠자리연구단체에 신종 무카시톤보 사진을 보냈으니 다음은 다누마 야스오를 이 부근으로 불러낸 것만으로 다누마에게 경찰의 시선이 향할 것은 충분히 짐작할 수 있었다. 화이트가솔린을 준비한 이유는 어디까지나 유스케가 가지고 올 표본을 그 자리에서 태워버리기 위해서였다.

그렇지만 유스케는 신종 무카시톤보 표본을 가지고 오지 않았다. 유스케는 분명히 '깜빡 잊었다'고 했다. 하지만 표본이 있는 건 사실이다, 히류댐 공사를 중단시키는 데 가장 효과적인 이용 방안을 의논하자고 내게 말했다. 그래서 그 표본은 지금도 어딘가에 남아 있을지도 모른다.

그렇지만……. 죽어버린 유스케를 내려다보면서 나는 생각했다.

어쩌면 유스케는 신종 무카시톤보 같은 건 발견하지 못한 게 아닐까? 잠자리연구단체에 보냈다는 사진은 유스케가 날조한 합성사진이 아닐까? 히류댐 완성이 얼마 남지 않아 초조해진 유스케는 어떻게든 댐 건설을 막기 위해 신종 무카시톤보가 살고 있다고 조작하려고 생각한 게 아닐까? 아니, 어쩌면 유스케는 신종 잠자리 발견이라는 평생의 꿈을 실현하지 못한 자신을 견디지 못하고 그만 허구 속에서 그걸 실현할 수밖에 없었던 게 아닐까?

만약 그렇다면…… 나는 유스케의 간절한 소망을 들어주어야만 한다. 유스케는 신종 무카시톤보를 발견했다. 그걸 진실로 만들어줘야만 한다. 그것만이 내가 유스케에게 할 수 있는 단 하나의 속죄다. 나는 그렇게 생각했다. 그리고 나는 유스케의 시신을 바로 눕히고 다시 서바이벌나이프를 사용했다.

유스케가 가지고 온 신종 무카시톤보 표본을 다누마가 빼앗으려고 했다. 그래서 유스케는 표본을 얼른 삼켰다. 다누마는 유스케를 죽이고 유스케가 삼킨 표본을 완전히 없애기로 했다. 이것이 내가 생각한, 있어야 할 진실이었다.

나는 유스케의 목에서 배까지 갈라 식도와 내장을 꺼냈다. 유스케의 손을 배 위에서 포개주고 다리를 바르게 펴주었다. 그리고 유스케를 위해 묵념했다.

그 뒤에 유스케가 입을 다물지 않도록 —표본을 삼켰다면 입 안에 파편이 남아 있을 테니까 구석구석 타도록— 작은 돌을 이 사이에 물리고 온몸에 화이트가솔린을 뿌린 다음 불을 붙였다.

내가 취한 행동은 유스케가 신종 무카시톤보를 발견했다는 진실을 만들어내 줄까? 만약 그렇다면 유스케는 조금은 고마워하고, 조금은 용서해주지 않을까? 터무니없는 생각이라는 것은 잘 안다. 하지만 자꾸 그런 마음이 들었다.

　나는 유스케에게서 떼어낸 신체의 일부를 화이트가솔린 통을 넣었던 방수 봉투에 담아 내 차 트렁크에 실었다. 그 작업을 하면서 나는 내내 울었다.

　유스케를 죽인 뒤 내 마음속에는 분노가 들끓었다. 물론 다누마 야스오에 대한 분노였다. 다누마가 이즈미에게 그런 짓을 하지 않았다면 유스케가 이즈미의 부모를 죽이지 않았으리라. 유스케가 이즈미의 부모를 죽이지 않았다면 유스케는 이즈미를 만나지 않겠다고 할 이유도 없었을 테고 신종 잠자리를 찾는 일에 평생을 허비하는 일도 없었을 것이다. 내가 십 몇 년 동안 유스케의 대역을 할 필요도 없었다. 그리고 내가 유스케를 죽일 일도 없었다. 모두 다누마 때문이다. 나는 그렇게 생각했다.

　그리고 결심했다. 다누마에게 모든 죄를 뒤집어씌우고 죽이기로. 유스케가 이즈미의 부모를 죽이는 것 같은 그런 일은 있어서는 안 된다. 어린 이즈미가 누군가에게 짓밟히는 일은 절대 있어서는 안 된다. 그리고 신종 잠자리 발견이라는 유스케의 필생의 꿈이 망가지는 일은 일어나서는 안 된다. 나는 다누마를 죽여 모든 진실을 다시 쓰고 싶었다. ……그러나 이 또한 내 거짓이리라. 나는 유스케를 죽인 죄책감을 다누마에 대한 증오로 바꿔치기하고 있을 뿐이다.

유스케를 죽인 뒤 나는 차에 그의 내장을 실은 채 군마 현 나가노하라마치로 갔다. 나가노하라 경찰서 앞으로 다누마를 고발하는 문서를 보냈다. 유스케가 20년 전에 한 이즈미 부모 살해도 다누마의 범행으로 만들 필요가 있었다.

돌아오는 길에 나는 오쿠노사와에 들렀다. 그리고 잠자리가 춤추는 강변 한구석을 깊이 파 유스케의 시신 일부를 곱게 묻었다. 유스케가 그토록 좋아했던 오쿠노사와에 유스케의 마지막 안식처를 마련해주고 싶었다. 그래서 유스케는 지금 그토록 좋아한 잠자리들과 함께 히류댐 깊은 물속에 있다. 그런 생각을 하면 그나마 마음이 편해졌다.

그리고 나는 도쿄로 돌아와 차가 망가진 척하며 폐차 신고를 하고 도난차도 취급하는 수상쩍은 업자를 골라 팔아넘겼다. 서바이벌나이프도 그 시트 안에 쑤셔 넣어 숨겼다. 악덕업자가 나이프를 발견한들 경찰에 신고할 일은 없으리라.

그리고 나는 이즈미에게 전화를 했다. 유스케의 유령인 척하며.

이즈미와의 통화도 그것으로 끝낼 작정이었다. 유스케가 죽은 이상 ─죽인 것은 나지만─ 더는 이즈미를 만날 수 없다. 야마세 겐으로서 만날 수도 없다. 이즈미가 목소리를 듣고 눈치를 챌 테니까. 하지만 나는 마지막으로 딱 한 번 더 이즈미의 목소리를 듣고 싶었다.

이제 나는 다누마 야스오를 죽일 것이다. 이즈미를 위해 진실을 새로 쓰겠다. 그런 내게 다누마를 죽이고 체포되기 전에 딱 한 번 이즈미의 목소리를 들을 권리는 있지 않을까……? 그렇게 멋대로 생각했다. 일방적으로 내 생각만 내세우는 교만한 면이 틀림없이 내게는 있었다.

이즈미는 유스케의 유령이라는 존재를 의외일 정도로 스스럼없이 받아들였다. 이즈미는 어렸을 때부터 죽은 할머니가 놀러온다는 이야기를 했으니 틀림없이 영혼이라는 존재를 믿으리라. 나는 눈에 보이지 않는다는 이유로 영혼의 존재를 부정하지만, 이즈미가 생각하기에는 우리 또한 앞을 보지 못하는 셈일 테니까.

거꾸로 이즈미는 내게 바람이 있다고 말했다. 그것은 내가 깜짝 놀랄 만한 이야기였다.

부모를 죽인 사람도, 유스케를 죽인 사람도 다누마 야스오가 틀림없다. 다누마를 죽여 원수를 갚고 싶다. 하지만 그런 극악무도한 인간을 죽였다고 해서 벌을 받고 싶지는 않다. 다누마를 죽이고도 벌을 받지 않을 방법을 유스케, 즉 내가 가르쳐주면 좋겠다……. 이즈미는 그렇게 말했다.

애당초 나는 다누마를 죽이면 자수할 생각이었다. 그리고 20년 전에 이즈미의 부모를 죽인 사람도, 유스케를 죽인 범인도 모두 다누마다, 이런 진실을 거짓 자백을 통해 만들어낼 작정이었다. 하지만 이즈미의 말대로 그런 인간을 죽였다고 벌을 받는 것은 아무리 생각해도 억울하다. 그리고 나는 결국 그 방법, 다누마 야스오를 죽이고도 벌을 받지 않는 방법을 생각해냈다.

그 실행에는 아무리 생각해도 한 사람의 도움이 필요했다. 가와무라 시즈에였다. 다행히 시즈에의 액세서리 가게 드래곤플라이는 이즈미가 사는 아파트와 가까웠다.

그리고 시즈에에게는 더 바랄 나위 없는 뛰어난 능력이 있었다. 시즈에는 대학 시절에 석궁 선수였다. 액세서리 가게 주인에게는 그다지 어울리지 않는 경력이리라. 그래서 시즈에는 가게에 걸어놓은, 선수 시절에 받은 친구들의 격려 글이 적힌 색종이에 대해서는 적당히 얼버무리는 모양이었다.

내가 생각한 다누마 야스오 살해 방법은 이런 식이었다.

우선 다누마에게 이렇게 말을 걸어 실종시킨다.

당신은 태국으로 이주할 작정인 모양이지만 경찰은 당신이 가와즈 유스케 살인범이라고 보고 있다. 이대로 가면 당신은 죄도 없이 억울하게 체포되어 누명을 뒤집어쓰고 몇 십 년의 징역을 살아야 할 것이다. 나중에 무죄가 증명되더라도 지금까지의 유사한 사건을 보면 알 수 있듯이 살날이 얼마 남지 않았을 때나 교도소에서 나오게 될 것이다. 내가 국외 탈출을 위해 가짜 패스포트를 구하겠다. 그리고 러시아로 가는 화물선에 탈 수 있도록 준비하겠다. 그다음에는 태국이건 어디건 가고 싶은 데로 갈 수 있다. 출국할 때까지는 내가 준비한 집에서 잠시 숨어 있는 게 낫겠다…….

그리고 다누마가 숨어 있을 집으로 이즈미가 가서 다누마를 죽인다.

그 집은 내가 설계한 도쿄 도 안에 있는 분양 주택가 안에 있는 한 채다. 호화롭게 꾸며 가격도 좀 비싸져 사겠다는 사람이 잘 나서지 않았다. 그러나 나는 이 집이 마음에 들어 일단 내가 사두었던 것이다.

나는 이과 계열이었지만 형법에도 관심이 많았다. 그 분야 전문서적을 뒤지던 나는 마침내 '이즈미가 다누마를 죽여도 벌을 받지 않을 방법'을 찾아냈다. 이즈미가 앞을 보지 못하기 때문에 가질 수 있는 뛰어난 능력, 이 능력으로 할 수 있는, 이즈미만이 할 수 있는 방법이었다.

시즈에에게는 유스케가 20년 전에 이즈미의 부모를 죽였다는 이야기는 하지 않았다. 당연히 다누마가 이즈미에게 저지른 끔찍한 짓에 대해서도 이야기하지 않았다. 그리고 이즈미 부모를 살해한 것도, 유스케를 죽인 것도 다누마다, 경찰에 잡히기 전에 죽이고 싶다고 했다. 시즈에는 내 말을 믿고 힘을 보탰다. 즉 나는 이즈미에 이어 시즈에까지 속인 것이다.

아침이면 이즈미는 시즈에의 차를 타고 다누마가 숨어 있는 집에 도착하리라. 그리고 다누마의 이마를 석궁으로 꿰뚫을 것이다. 막을 수 있는 사람은 누구도 없다. 나는 이즈미를 살인자로 만들고 말았다. 이즈미 스스로 원했다고는 해도 내가 지은 죄는 용서받을 수 없다. 유스케를 죽인 죄와 함께 갚아야 한다. 그래서 나는 죽음을 택했다.

그런데 이렇게 살아남았다…….

병원 침대 위에서 눈부신 조명을 받고 있는 내게 결렬한 후회와 타들어가는 듯한 초조가 한꺼번에 밀려왔다.

나는 왜 이런 잔혹한 짓을 이즈미에게 시킨 걸가? 내가 죽을 수 없다면 이즈미를 살인자로 만들어서는 안 된다. 이즈미를 말려줄 사람이 없을까? 이즈미를 살인자로 만들고 싶지 않다.

누가 이즈미를 구해줘……. 나는 간절하게 기도했다. 그러나 내 소망이 헛된 바람이라는 사실은 나도 안다. 내 계획은 너무도 완벽했다.

불현듯 머릿속에 아득한 옛날 풍경이 되살아났다. 그것은 유스케와 이즈미, 내가 본 '거대한 잠자리'의 모습이었다. 어느 날 새벽에 우리 셋은 각자 집에서 빠져나와 함께 산에 올랐다. 그리고 우리는 용처럼 유유히 드넓은 하늘을 나는 거대한 잠자리를 보았다. 그래, 적어도 그 사실만은…….

그 거대한 잠자리가 가짜였다는 사실만은 이즈미에게 마지막까지 알리고 싶지 않았다. 우리 세 사람의 가장 소중했던 추억이니까.

그건 틀림없이 거대한 잠자리였다. 그게 우리의 진실이다.

22 잠자리

"제기랄! 여기도 아니군! 전혀 다르잖아!"

목록의 한 줄에 볼펜으로 선을 그어 지우며 마사키가 투덜거렸다.

"다음은 어디지? 어디 보자, 기요세(清瀬) 시? 거의 사이타마현 바로 이웃이잖아. ……어이, 항공대 운전기사 양반, 다음은 기요세로 갑시다!"

마사키와 사와다가 탄 헬기는 기수를 북서쪽으로 돌려 속도를 높였다.

"마사키 선배! 얼마나 걸릴까요?"

사와다가 소리쳤다.

"어이, 운전기사 양반, 얼마나 걸리겠소? 10분? 5분 안에 도착해! 무리라고? 해서 안 될 일이 어디 있나!"

마사키도 목록을 들여다보며 초조감을 숨기지 않았다.

"남은 곳은 얼마 되지 않아! 이럴 거라면 목록 아래서부터 차례로 뒤질 걸 그랬네, 제길!"

"늦으면 큰일이에요!"

사와다가 침통한 목소리를 짜냈다.

"미즈사와 이즈미와 가와무라 시즈에가 죄를 짓게 놔둘 수는 없습니다. 죄를 저지른 뒤에 체포하면 늦습니다. 야마세 겐에게도 마찬가지고요. 더는 죄를 짓게 할 수 없어요!"

"멍청한 놈! 늦지 않을 거야!"

마사키가 소리쳤다.

"절대 늦지 않을 거야! 도키오, 믿어! 헬기 운전기사 양반도 죽어라 속도를 올리고 있어! 가부 녀석과 히메도 산속 댐에서 바보처럼 보트를 저으며 기도하고 있어! 다들 이렇게 간절하게 바란다고! 그러니 믿어!"

7분 뒤, 눈 아래 기요세 역이 보였다. 마사키가 조종사에게 소리쳤다.

"저 역이 아니야, 저 다음 역 근처야!"

"마사키 선배!"

사와다가 소리쳤다.

"아래를 보세요! 저 주택가! 저거 아닌가요?"

사와다는 불쑥 헬기 창을 활짝 열고 밖을 향해 몸을 쑥 내밀었다. 거센 바람이 휘몰아쳤다. 마사키는 목록이 날아가지 않도록 얼른 잡으며 소리쳤다.

"도키오, 어, 어디지?"

마사키가 사와다를 밀치며 창 아래를 내려다보았다. 사와다는 웅크리듯 좌석에 앉아 무릎 위에 얹은 검은색 노트북 컴퓨터 화면을 들여다보았다. 마사키도 몸을 뒤로 꼬아 들여다보았다.

"맞아……."

마사키는 얼른 다시 헬기 아래를 내려다보았다. 그리고 확신에 찬 표정으로 몇 번이고 고개를 끄덕였다.

"틀림없지? 맞아, 틀림없어! 저기다! 저 주택가야!"

사와다의 컴퓨터 화면 안에서 히메노가 외쳤다.

"찾았습니까? 마사키 선배! 찾아낸 거죠?"

"그래, 히메! 네가 보낸 영상과 똑같은 모양을 한 지붕이 보인다! 믿어지지 않는군! 왠지 기분이 묘해! 똑같은 풍경이 멀리 떨어진 도쿄와 군마 두 곳에 있다니……."

마사키는 그렇게 대답한 뒤 헬기 조종사를 향해 소리쳤다.

"운전기사 양반! 저리 갑시다! 저기 어디 가까운 곳에 내릴 만한 곳을 찾아줘요! 학교 운동장 같은 곳! 어? 저기다! 저기 저 역 바로 남쪽, 도키오, 저기가 무슨 역이지?"

사와다는 바람이 몰아치는 좌석에서 바로 아래 풍경을 내려다보며 대답했다.

"저긴 세이부이케부쿠로선 아키츠(秋津) 역입니다."

"가부라기 선배! 찾았습니다! 이곳과 똑같은 주택가가 도쿄에도 있었어요! 기요세 시입니다. 아키츠 역 바로 남쪽에……."

흥분해서 소리친 히메노가 자기가 입에 올린 말에 눈이 휘둥그레졌다.

"어? 아, 아키츠, 역?"

가부라기도 고개를 끄덕이며 보트 위에서 무슨 뜻인지 눈치 챘다. 우연일까? 아니면 야마세가 다누마가 죽을 장소로 일부러 고른 걸까. 야마세가 다누마를 살해할 곳으로 고른 곳이 아키츠, 즉 잠자리라는 이름을 지닌 역 가까이에 있는 주택가였다.

마사키와 사와다는 잠자리라는 뜻의 이름을 지닌 장소를 향해 날아가는 중이었다. 네 날개를 지닌 마치 거대한 잠자리 같은 헬기로 도시의 높은 하늘을 날아서……

그때 불쑥 가부라기가 자기 이마에 손을 댔다.

거대한 잠자리? 높은 하늘……?

"히메!"

가부라기가 갑자기 큰 소리로 이름을 부르자 히메노는 눈이 휘둥그레졌다.

"왜, 왜요? 선배."

"20년 전 히류무라는 마을 전체가 휴대전화 통화권 밖이었어. 그렇지?"

"예, 그래요. 휴대전화가 통하게 된 건 댐 공사가 본격적으로 시작되어 중계국이 마련된 다음이라고 하죠."

"그리고 그 즈음 휴대전화로 통화하려면 산기슭에 있는 나가노하라마치까지 나오거나 아니면 주변 산꼭대기로 올라갈 수밖에 없었다. 그렇지?"

히메노는 당황한 표정으로 고개를 끄덕였다.

"분명히 그렇기는 한데, 그게 왜요?"

가부라기는 혼자 머리를 끄덕이면서 중얼거렸다.

"맞아. 높은 하늘이야. 풍선이나 기구라면 늘 수소 탱크를 준비해야 하지. 모형 비행기는 엔진 소리 때문에 힘들고. 언제든 바로 쏠 수 있고 재빨리 상공으로 올라가면 작아서 눈에 뜨지 않고 소리가 없을 뿐만 아니라 회수하기도 쉽고 망가져도 교체하기 쉬운 것. 그게 뭘까? ……맞아, 그래. 그래서 '잠자리를 날려라.'였어."

그러더니 가부라기는 두 주먹을 움켜쥐고 중얼거렸다.

"그 잠자리는 다누마 야스오가 날린 거였어."

히메노가 당황한 표정으로 가부라기에게 물었다.

"그 잠자리라니……, 무슨 잠자리 말인가요? 이번 사건은 잠자리 이야기가 한둘이 아니라서."

"20년 전 히류무라에 나타났다는 거대한 잠자리 말이야."

가부라기는 진지한 표정으로 그렇게 말했다.

"미즈사와 이즈미, 가와즈 유스케, 야마세 겐, 이 세 사람이 어린 시절에 보고 고대 곤충 메가네우라가 살아남은 거라고 생각한 거대 잠자리. 그건 잠자리가 아니었어."

"잠자리가 아니라고요?"

히메노는 혼란스러운 듯 가부라기에게 물었다.

"그럼 그게 대체 뭐였다는 거죠? 세 사람이 본 게?"

"연이지."

가부라기가 단호하게 말했다.

"실험해서 증명할 수는 없지만 아마 틀림없을 거야. 그 거대 잠자리는 다누마 야스오가 날린 연이었어."

"그런가? 알겠어요!"

히메노가 소리쳤다.

"다누마 야스오는 구마바야시건설에서 오는 연락을 받기 위해 연에 삐삐를 매달아 정기적으로 하늘에 띄운 거로군요! 전파가 닿지 않는 산골 마을에서 신호를 받기 위해 전파가 닿은 높이까지 연에 삐삐를 매달아 띄운 거요. 그 연이 세 아이들 눈에는 거대한 잠자리처럼 보였을 테고……."

아직 어스름한 새벽, 히류무라의 아득한 상공을 날갯짓하듯 바람을 가르는 소리를 내며 날던, 투명한 날개를 지닌 1미터 가량 되는 비행물체.

일본 전통 연이 아니다. 서양식 연이다. 개발자(프란시스 멜빈 로갈로, 1912~2009, 미국의 발명가)의 이름을 따서 로갈로 윙이라고 불리는데 새나 가오리 같은 물고기 모양을 하고 있고 가운데 몸통으로 보이기도 하는 수직날개를 지니고 있다. 그걸 애써 남들 눈에 띄지 않도록 투명한 소재로 교체한 게 아닐까? 실도 아주 가늘며 햇빛을 반사하지 않는 걸 사용했을 테고. 삐삐를 연에 매달려고 해도 본체에 붙이면 무게 균형이 무너진다. 가느다란 봉지 같은 데에 넣어 꼬리처럼 늘어뜨렸을 게 틀림없다.

그런 연을 몇 백 미터 또는 몇 킬로미터 떨어진 곳에서 보면……. 하늘을 나는 거대한 잠자리로 보여도 이상한 일은 아니지 않을까? 다누마는 평소 이 연을 남들 눈에 띄지 않는 깊은 밤에 날렸으리라. 하지만 급할 때는 새벽에 메시지를 수신해야 할 경우도 있었을 터이다. 그게 세 어린이 눈에 보였던 것이다.

히메노는 흥분해서 말을 이었다.

"삐삐는 라디오와 마찬가지로 수신전용 장비죠. 휴대전화의 출력은 1와트이지만 삐삐는 250와트나 되는 강력한 전파를 사용했다고 합니다. 그래서 주변 산의 간섭만 없애면 중계국 전파를 충분히 수신할 수 있었을 거예요."

세 아이들은 뭔가를 보고 잠자리라고 생각했다. 사와다가 말하는 그 '집단극성화'가 일어났다고 해도 잘못 본 원래 물체는 엄연히 존재한다. 그게 구름이나 새였기보다 투명한 연이었다고 생각하는 편이 훨씬 개연성이 있다. 가부라기도 그렇게 확신했다.

'이즈미는 지금도 믿고 있습니까……?' 야마세 겐은 미나미아오야마 사무실에서 가부라기에게 이런 투로 말했다. 아마 다누마가 숨겼던 당시 기록을 발견했을 때 그 거대 잠자리는 다누마가 띄운 연이라는 사실을 야마세 겐은 알게 되었으리라. 하지만 그걸 이즈미에게는 알려줄 수 없었다. 세 사람의 소중한 추억을 망가뜨리지 않기 위해서다. 그리고 야마세는 다누마 야스오를 죽여 이 거대 잠자리의 환상 또한 진실로 바꾸려고 한 것이다.

"가부! 히메!"

컴퓨터 화면 안에서 마사키의 고함이 들려왔다.

"내릴 만한 곳을 찾았어! 관할인 히사기무라야마(東村山) 경찰서도 출발했고! 뒷일은 우리에게 맡겨! 기필코 미즈사와 이즈미의 범행을 막을 테니까!"

"부탁해, 마사키, 사와다!"

가부라기가 소리쳤다. 그리고 스카이프 영상은 끊어졌다.

마사키와 사와다는 늦지 않게 도착할까? 가부라기는 입술을 깨물었다. 미즈사와 이즈미와 가와무라 시즈에가 다누마 야스오를 살해하기 전에 도착해 이즈미와 시즈에의 범행을 막을 수 있을까? 직접 그곳으로 달려갈 수 없어 초조했다. 하지만 이제 헬기로 현장에 도착할 두 사람에게 맡기는 수밖에 없었다.

제발 늦지 않기를.

마사키, 사와다. 어떻게든 늦지 말아줘…….

가부라기는 다시 눈을 감고 간절히 기도했다.

23 유스케

나는 유스케가, 아니, 시즈에가 운전하는 차에서 내려 손목시계 문자판을 더듬었다.

오전 5시 30분. 사람들이 움직이기 시작하려면 아직 시간이 있다. 특히 이 주변은 분양 주택가일 것이다. 샐러리맨 가정이 대부분이다. 분명히 6시에 자명종을 맞춰둔 사람들이 잠의 마지막 끄트머리를 붙들고 있을 시간이다.

그리고 매일 새벽까지 술을 마신다는 다누마 야스오가 곯아떨어져 있을 시간.

운전석에 앉은 시즈에도 차에서 내렸다. 그리고 내 손에 잠자리를 닮은 석궁을 쥐어주었다. 그건 다누마 야스오를 죽이기 위한 도구. 내가 원하는 진실을 만들어내기 위한 도구.

"그럼 다녀올게."

나는 밝은 목소리로 말하고 석궁을 든 채 돌아섰다. 그리고 막 걸음을 떼려는 순간 불현듯 어린 시절 추억이 떠올랐다.

유스케, 겐과 함께 셋이서 히류무라 뒷산에 올라갔던 그날. 딱 지금 같은 새벽이었던 것 같다. 불안한 걸음으로 유스케에게 이끌려 겐의 뒤를 따라 나는 산에 올랐다. 맑고 서늘한 산의 냄새, 나뭇잎이 바람에 흔들리는 소리, 아침이슬에 젖은 흙의 감촉……. 그것들 모두가 생생하게 되살아났다.

틀림없이 지금 호흡하는 아침 공기 때문이리라. 도쿄의 공기는 배기가스가 섞여 히류무라의 맑은 공기와 비교도 할 수 없지만 분명히 상쾌한 아침 공기였다.

"이즈미……."

뒤에서 시즈에가 나를 불렀다. 떨리는 목소리였다. 시즈에가 울고 있다.

"꼭 네가 해야 하는 거니? 응, 이즈미……?"

시즈에는 그렇게 말하더니 훌쩍거리기 시작했다.

"지금까지 정말 고마웠어, 시즈에."

나는 뒤도 돌아보지 않고 말했다. 돌아보면 나도 울어버리고 말 것 같았다.

나는 처음부터 알고 있었다. 14년 전, 다카사키에 있는 맹학교로 만나러 와준 사람은 유스케가 아니라 겐이었다는 사실을.

"이즈미! 알겠어? 나야! 유스케야!"

맹학교 기숙사로 '유스케'가 만나러 와주었을 때 나는 그게 '겐'이라는 사실을 바로 깨달았다. 겐은 목소리가 완전히 바뀌어 마치 다른 사람 같은 어른 목소리가 되었다. 그래서 겐은 유

536

스케의 말투를 흉내 내면 자기가 겐인 줄 모를 거라고 생각한 모양이다.

그렇지만 기본적인 목소리의 골격이랄까, 성분이랄까. 말로는 잘 표현할 수 없지만 어쨌든 겐의 목소리가 지닌 본질은 어렸을 때와 조금도 변하지 않았다. 그래서 항상 내 눈을 대신하던 귀는 겐에게 속지 않았다.

다만 나는 이해할 수 없었다. 왜 겐은 유스케를 대신하는 걸까? 왜 겐만 나를 만나러 왔고 유스케는 와주지 않은 걸까?

겐은 미안하다는 듯이 '겐은 바빠서 올 수 없었다.'고 했다. 나는 '유스케는 너를 만나고 싶지 않은 모양이야.'라는 뜻으로 이해했다. 그리고 나는 그 이유를 묻지 않았다. 왜냐하면 유스케가 나를 만나고 싶지 않은 이유를 알기 때문이었다.

그날. 20년 전 어느 날.

유스케의 부모님이 외박할 예정으로 외출한다고 해서 겐과 함께 유스케네 집에서 하루 자기로 하고 놀러 갔던 3월 어느 날. 태어나서 처음 남의 집에서 자게 되어 가슴이 뛰던 그날.

저녁 식사 때가 되자 겐은 집에서 가지고 온 재료를 펼치고 우리가 먹을 저녁 식사를 준비하기 시작했다. 겐은 정말이지 뭐든 잘하는 아이였다. 바삐 움직이는 겐을 아랑곳하지 않고 유스케는 엄마가 부탁한 심부름이 생각났다면서 뭔가를 들고 비가 내리는 밖으로 나갔다.

얼마 뒤 유스케가 돌아왔다. 그때 나는 유스케의 몸에서 비나 흙냄새와는 다른, 두 가지 끔찍한 냄새가 나는 걸 눈치챘다.

하나는 독미나리 냄새. 산에 놀러 갔을 때 겐과 유스케가 '절대 만지지 말라.'고 가르쳐준 적이 있다. 독미나리는 독특한 풋내와 함께 살짝 당근 냄새가 섞여 있다. 나중에 그게 시쿠톡신이라는 독이 풍기는 냄새라는 걸 알게 되었다. 그 냄새가 유스케의 양말에서 희미하게 풍겨왔다.

또 하나는 더 무서운 냄새. 쇳내 같기도 하고 바닷물 냄새 같기도 한 비릿한 냄새. 내가 아버지에게 얻어맞을 때 코 안에서 나오는 끈끈하고 뜨거운 액체에서 나는 냄새. 그렇다. 피 냄새다.

나는 유스케가 어디서 무얼 하고 왔는지 겁이 나서 묻지 못했다. 하지만 이튿날, 집에 돌아왔을 때 눈치채고 말았다.

유스케가 내 부모를 죽였다…… 그 사실은 나를 괴롭혔다. 유스케를 원망하거나 미워해서가 아니다. 오히려 나 때문에 유스케가 그토록 괴로워했다는 것과 유스케를 그 지경으로 몰아넣은 게 바로 나였다는 것 때문에 끝없이 깊은 죄의식을 느꼈다.

태어난 뒤로 부모의 사랑을 느낀 적은 한 번도 없었다. 부모는 나를 거추장스러워 했고, 쓸모없는 자식이다, 돈만 먹는 자식이다, 낳지 말았어야 했다며 모질게 대했다. 그리고 뭔가 마음에 들지 않는 일이 있으면 나를 때리고 차고, 딱딱한 봉당이나 불타는 이로리(일본의 전통적인 난방장치인데 방의 가운데 부분 마루를 사각형으로 잘라내 거기 재를 깔아 난방용 불을 피운다.)에 밀어 넣기도 했다.

지옥이었다. 유스케는 그 지옥에서 나를 구해주었다.

감사는 못할망정 유스케를 원망할 이유는 전혀 없다. 내가 그 지옥에서 빠져나올 수 있었던 것은 유스케 덕분이다. 하지만 유스케는 오히려 내게 깊은 죄의식을 품었다. 그래서 내 앞에 나타날 수 없는 것이다.

그렇다면 나도 모른 척하는 편이 낫다. 겐이나 시즈에나 내 부모를 죽인 사람이 유스케라는 사실을 모른다. 그러니 죽을 때까지 이 사실을 숨기면 된다.

겐이 유스케인 척하며 나타난 이유는 짐작이 갔다. 겐은 틀림없이 내가 어렸을 때부터 내내 유스케를 좋아했다고 생각한 모양이다. 겐보다 유스케가 왠지 더 편했던 것은 사실이다. 겐은 머리가 좋아 늘 똘똘했기 때문에 약간 주눅 들게 하는 면이 있었다. 그래서 셋이 산에 놀러갈 때도 나는 늘 유스케의 손을 잡았다.

그런 나를 보며 겐은 내가 유스케를 좋아한다고 생각했으리라. 그리고 유스케가 만나러 오지 않으면 내가 너무 슬퍼할 거라 판단하고 목소리가 변한 걸 이용해 유스케인 척했을 것이다.

어쩌면 가벼운 장난이었을지도 모른다는 생각도 들었다. 이삼일 지난 뒤 '사실은 나 겐이야.'라고 웃으며 사실대로 밝힐 작정이었을지도 모른다고 생각한 것이다. 그래서 나는 겐의 연극에 그냥 맞장구를 쳐주었다.

정신을 차리니 어느새 나는 내 앞에 있는 사람이 겐인지 유스케인지 구분이 가지 않을 정도가 되어 있었다. 아니, 어느 쪽이건 상관없었다. 나는 겐이나 유스케나 똑같이 좋아했으니까. 항상 겐과 유스케 둘과 함께 있는 느낌이 들어 너무도 행복했으니까.

그리고 그렇게 14년이 흘렀다.

겐은 유스케가 되어 내내 내 곁에 있어주었다. 늘 맹학교 기숙사로 전화를 걸어주었고 쉬는 날이면 기숙사로 만나러 와주었다.

겐이 열여덟 살, 내가 열다섯 살 되던 해 어느 날. 겐은 '나 나가노하라마치 주민센터에 취직되었어.'라고 말했다. 그건 물론 유스케의 직장이 거기로 결정되었다는 뜻이었다. 나는 겐에게 고맙다는 뜻을 전할 좋은 기회라고 생각해 무카시톤보 목걸이를 시즈에게 만들어달라고 해 선물했다. 그야 겐은 유스케니까.

나는 맹학교를 졸업한 뒤 아파트를 얻어 녹음테이프 녹취 일을 시작했다. 그러자 겐은 내게 휴대전화를 사주었다. 그리고 자기가 하는 전화에는 '잠자리 안경', 문자메시지에는 '고추잠자리'를 착신음으로 설정해주었다.

아, 시즈에. 겐이 바쁠 때는 시즈에도 유스케인 척하며 늘 내게 메시지를 보내주었다. 나는 그걸 모르고 전부 겐이 보내는 메시지라고 생각했다. 시즈에까지 유스케인 척했다는 걸 알게 된 때는 다누마를 죽일 준비에 들어간 뒤였다. 생각해보면 간단한 이야기였다. 겐과 시즈에, 누가 메시지를 보내건 내 휴대전화는 '고추잠자리'가 나오도록 설정되어 있었으니까.

결국 내게 유스케는 겐과 시즈에 두 사람이었다.

"시즈에는 겐을 좋아하지?"

애써 밝은 목소리로 나는 시즈에에게 물었다.

"나는 겐에게 다누마 야스오라는 남자를 죽여 부모와 유스케의 원수를 갚고 싶다고 했어. 그래서 겐은 나를 위해 다누마를 죽일 방법을 생각해냈지. 그리고 시즈에도 겐에게 도움이 되고 싶어서 이렇게 무서운 일을 거들어주었어. 괴로웠을 거야. 미안해, 시즈에."

시즈에는 모른다. 내 부모를 죽인 사람이 유스케라는 사실도, 죽인 이유 중 하나가 바로 다누마가 내게 저지른 도깨비 같은 짓 때문이라는 것도 모른다. 나도 그걸 시즈에에게 이야기할 생각은 없다. 마음씨 고운 시즈에는 모르는 편이 나을 테니까.

히류무라 촌장 다누마 야스오가 내게 무슨 짓을 했는지, 이상하게도 나는 완전히 까먹었다. 틀림없이 어린 내 마음은 그 끔찍한 일이 현실이라는 걸 견딜 수 없어 기억 밑바닥 깊은 곳에 숨겨두고 없었던 일로 여기려고 했으리라. 생각이 난 것은 유스케가 죽은 뒤, 겐이 전화를 했을 때였다.

유스케의 유령이 전화를 걸었다……?

전화 상대가 겐인줄 알면서도 나는 순간 그렇게 생각하고 말았다. 그 이상한 느낌이 어릴 때의 기억을 불러일으켰다. 할머니의 유령이 있다는 사실을 알았다는 것과 그리고 내게 무서운 짓을 하는 다누마를 도깨비라고 생각했던 것을.

시즈에는 떨리는 목소리에 분노를 담아 속삭이듯 말했다.

"다누마는 절대 용서할 수 없어! 히류무라의 모든 사람을 속이다가 들통날 것 같으니까 너희 부모도 죽였는데 공소시효 때문에 아무런 죄도 물을 수 없다니! 게다가 댐 때문에, 돈 때문에 그놈은 유스케까지 죽였어! 그런 놈은 죽어야 마땅해!"

그러더니 시즈에는 이렇게 말을 이었다.

"그렇지만 이즈미, 다누마를 죽이게 할 것까지는 없을 텐데! 왜 네가 해야만 하는 거니?"

난 고개를 저었다.

"내가 해야만 해."

그렇다. 모두 나 때문에 일어난 일이니까.

"어떻게든 다누마를 죽여야 해. 그리고 내가 내 손으로 직접 해야만 해. 그래서 미안해. 시즈에도 마지막까지 날 도와줄 거지? 응?"

유스케를 죽인 사람은 다누마 야스오. 그렇지?

나는 유스케의 유령에게, 그러니까 겐에게 말했다. 하지만 나는 사실 그렇지 않다는 걸 알고 있었다.

"가와즈 유스케라는 남자를 아십니까?"

내 아파트에 도쿄에서 온 형사들이 찾아와 닷새 전에 도쿄에서 유스케로 보이는 사람의 시신이 발견되었다는 이야기를 들었을 때 나는 너무 혼란스러웠다. 시신 아래 내가 선물한 무카시톤보 목걸이가 나왔다고 형사들이 말했기 때문이다. 내가 그 목걸이를 선물한 사람은 겐이기 때문에 겐의 시신일지도 모른다고 생각했다.

그래서 나는 걱정이 되어 견딜 수 없어 그만 그 자리에서 겐에게 전화를 걸고 말았다. 겐은 전화를 받지 않았다. 그리고 돌이켜보면 겐은 늘 이틀에 한 차례 내게 전화를 해주었는데 엿새 전부터, 즉 진짜 유스케가 죽고 나서부터는 한 번도 내게 전화를 하지 않았다.

결국 겐은 시신의 신원이 밝혀지기 전부터 유스케가 죽었다는 사실을 알고 있었던 셈이다.

그렇다면 하나의 가능성만 남는다.

유스케를 죽인 사람은 겐이다.

겐이 왜 유스케를 죽여야만 했던 걸까? 그 이유는 모른다.

겐은 어째서 유스케의 시신에 그런 끔찍한 짓을 했을까? 그것도 모르겠다.

아무리 생각해도 도무지 알 수 없었다. 그렇지만 틀림없이 이유가 있었을 것이다. 나는 겐을 믿기로 했다. 나보다 소중한 사람이니까. 나만은 겐을 믿어주고 싶으니까.

다만 겐은 나에게 깊은 죄책감을 품고 있었다. 겐은 내가 유스케를 좋아했다고 생각한다. 그런 유스케를 자기가 죽였으니까.

"나는 유스케를 좋아해. 어렸을 때부터 유스케를 좋아했어.

너무 착한 유스케가 좋아."

그날 나는 전화로 겐에게 말했다. 물론 전화로 이야기하는
상대가 겐이라는 걸 알고 있었다. 내 마음속에서 이때 유스케
는 겐이었다. 그야 겐은 내 앞에서는 유스케니까. 기를 쓰고 유
스케인 척하는 겐에게 '겐을 좋아해.'라고 말할 수는 없었다.

그렇지만 겐은 그 말을 들었을 때 무척 슬픈 모양이었다. 나
는 나중에야 깨달았다. 그때 겐은 내가 역시나 유스케를 좋아했
다고 다시 확인한 것이다. 내게는 둘 다 소중하고 두 사람 다 정
말 좋아했는데. 내게는 겐이 유스케이고 유스케가 겐이었는데.

나는 겐에게 심한 소리를 했다. 겐을 슬프게 만들고 말았다.
그래서……

유스케를 죽인 사람은 겐이 아니다. 유스케는 다누마 야스
오가 죽였다.

그게 낫다. 그게 제일 좋다.

"괜찮아, 시즈에."

나는 다시 시즈에에게 말했다.

"겐이 말했는걸. 내가 하면 틀림없이 무죄가 될 거라고. 겐
이 하면 겐이 잡혀가잖아? 그런 남자를 죽이는 일이니 아무도
잡혀가서는 안 돼."

그렇다. 아무도 죄를 짊어질 필요 없다. 그래서 내가 하는
게 제일 낫다.

"다누마는 내 부모와 유스케를 죽였어. 그래서 나는 내 손으

로 원수를 갚고 싶은 거야. 그래서 나는 석궁을 배운 거지. 나는 기필코 그 남자를, 다누마 야스오를 죽여야만 해."

미안해, 시즈에. 네게 거짓말을 해서. 난 손에 든 석궁을 꼭 쥐었다. 시즈에가 즐겨 쓰는, 여성용으로 만든 가벼운 석궁이었다.

앞을 보지 못하는 내가 낯선 장소에서 사용해본 적도 없는 석궁으로 다누마를 죽인다. 그런 일이 정말 가능할까? 나는 겐에게 물었다.

"일반적으로는 무리지. 하지만 무리라고 여겨지기 때문에 우리는 무죄가 될 거야."

겐이 그렇게 말하며 자기 계획을 자세하게 설명했다. 나는 그 말을 듣고 깜짝 놀라 감탄했다. 역시 겐은 머리가 좋다는 생각이 들었다.

이제 곧 댐에 가라앉을 집. 다누마가 잠복할 그 집은 겐이 소유한 도쿄의 집과 완전히 똑같은 구조였다. 둘 다 겐이 같은 설계도로 지은 집이기 때문이다. 거기서 시즈에는 내게 석궁 쏘는 법을 가르쳐주었다.

처음에는 사람을 죽일 도구를 만지는 게 너무 무서웠다. 그렇지만 석궁이 잠자리를 많이 닮았다는 사실을 알게 된 뒤로는 무섭지 않았다. 잠자리가 내 소원을 이루어줄 것이다. 그리고 오쿠노사와라는 낙원을 짓밟은 다누마에게 잠자리 스스로가 벌을 내리리라. 그런 생각을 하니 다누마를 죽이기 위해 꼭

이 잠자리처럼 생긴 석궁을 쓰고 싶어졌다.

연습 때 시즈에는 겐에게 받은 유스케의 휴대전화를 벽에 걸었다. 그리고 겐은 도쿄 사무실에서 그 휴대전화로 전화를 걸어 자기 목소리를 표적으로 삼으라고 했다. 눈이 보이지 않는 내게 표적은 소리가 나는 것이어야만 했다. 기껏해야 몇 미터밖에 안 되는 거리다. 이윽고 나는 거의 정확하게 원하는 곳에 맞힐 수 있게 되었다.

나는 휴대전화에서 흘러나오는 겐의 목소리를 듣고 그 목소리가 나는 방향을 향해 석궁 화살을 쏘는 연습을 했다. 목소리가 나는 위치보다 약간 위를 노려서 확실하게 명중시킬 수 있도록. 다누마가 목소리를 낸 순간 그 이마 한가운데를 꿰뚫을 수 있도록.

시즈에는 내 옆에서 자기 휴대전화를 통해 훈련 상태를 겐에게 전달했다. 그래서 겐은 마치 함께 있는 것처럼 내게 말을 건넸다. 나도 벽에 건 휴대전화 쪽에 겐이 있는 듯해 마치 진짜로 겐을 쏘는 느낌이 들었다. 너무 무서웠다. 하지만 이것도 사람을 쏘는 공포에 익숙해지기 위한 훈련이라고 겐이 말했다.

휴대전화에 명중하면 새 전화기가 필요했다. 휴대전화는 시즈에가 도쿄까지 가서 겐의 사무실 근처에 있는 슈퍼마켓에서 가지고 왔다고 했다. 겐이 물건을 보는 척하면서 휴대전화를 진열장에 올려두면 시즈에가 나중에 그걸 들고 온 것이다. 겐이 예상한 대로 겐을 감시하는 도쿄 형사는 시즈에의 얼굴을 본 적이 없었다.

계획은 모두 순조롭게 진행되었다. 유일한 오산이라고 하면 수몰될 주택가에 있는 모습을 누군가에게 들키고 만 것이다. 하지만 그 사람은 아마 여러 날 산속을 헤맸는지 모두 헛것을 보았다고 생각하는 모양이었고, 바로 정신을 잃었다. 나와 시즈에는 그 사람을 차에 태워 시부카와로 돌아가는 길에 국도 옆에 내려놓았다. 미안한 짓을 했는데 그 사람은 무사할까?

"그렇지, 그래. 나도 생각났어."

시즈에는 스스로에게 이야기하듯 말했다.

"다누마를 본 순간 그 너무도 비열하게 생긴 얼굴에 구역질이 났지. 그래, 그 남자는 인간쓰레기야. 양심이라고는 눈곱만큼도 없는 악당이지. 내가 보기에는 그랬어. 그 남자가 마을 사람들을 계속 속였고 이즈미의 부모와 유스케를 죽인 거다, 하고 생각하면 내 안에 조금이나마 남았던 살인에 대한 마지막 망설임도 깨끗하게 사라지고 말아."

그렇다. 다누마를 히류무라에서 도쿄까지 태우고 온 사람도 시즈에다. 다누마는 자기 차로 고속도로 휴게소에 도착해 일단 화장실에 간 다음 다른 출입구로 나와서 기다리던 시즈에의 차로 옮겨 탔다.

시즈에는 이곳, 지금 내 바로 앞에 있는 집으로 다누마를 데리고 왔다. 겐이 다누마를 잘 구슬려 여기 숨어 있게 했다.

유스케는 그 누구도 죽이지 않는다. 내 부모는 다누마에게 살해되었다.

겐은 누구도 죽이지 않는다. 유스케는 다누마에게 살해되었다.

그것이 진짜 진실이다. 나는 다누마를 죽여 본래의 끔찍했던, 있어서는 안 될 진실을 새로운 진실로 바꿀 것이다.

나는 잠자리 모양을 한 석궁을 가슴에 안고 현관문으로 가는 계단을 올랐다. 한 칸, 두 칸, 그리고 세 칸. 바로 눈앞에 문이 있다. 겐이 보조열쇠를 내게 주었다.

앞으로 내가 해야 할 행동은 모두 정해졌다. 열쇠를 열쇠구멍에 꽂고 살며시 손잡이를 돌린 다음 안으로 들어간다. 스니커를 신은 채로 홀로 올라가면 오른쪽에 계단이 있다. 소리가 나지 않도록 계단을 다 오르면 왼쪽으로 복도가 이어진다. 그 막다른 곳인 침실에 다누마 야스오가 자고 있다.

나는 문을 열고 살며시 방 안으로 들어간다. 문을 닫은 다음 다누마의 이름을 부른다. 그러면 다누마는 두툼한 차광 커튼이 쳐진 캄캄한 침실 침대에서 몸을 일으킨다. 다누마에게는 어둠 속에 있는 내 모습이 보이지 않는다. 하지만 나는 다누마의 위치를 정확하게 알 수 있다.

다누마는 술냄새 나는 숨을 토하며 잠이 덜 깬 목소리로, 또는 의아하다는 목소리로, 또는 공포에 질린 목소리로 나를 향해 이렇게 말할 것이다. '누구지? 어떻게 들어왔지?'

그 순간 나는 그 목소리가 나는 지점 바로 위를 향해 석궁 화살을 쏜다. 벼락이 신이 내리는 처단의 화살이라면 이건 내가 쏘는 처단의 화살이다. 내가 쏜 화살은 확실하게 다누마의 이마 한복판을 꿰뚫는다. 실패할 리 없다. 헤아릴 수 없이 여러 번 연습했다.

쿵, 쿵. 큰 소리가 났다. 심장이 머릿속으로 올라온 것처럼 내 심장 박동이 또렷하게 느껴졌다. 나는 마구 뛰는 심장을 진정시키기 위해 하나, 둘, 크게 심호흡했다. 그리고 주머니에서 열쇠를 꺼내 손가락으로 열쇠 구멍의 위치를 확인하면서 거기에 꽂아 돌리려고 했다.

그러자 갑자기 또 내 머릿속에 그 먼 옛날 일이 되살아났다.

그날……

어린 나는 유스케, 그리고 겐과 함께 산에 올라 밝은 쪽 하늘을 쳐다보고 있었다. 그러자 저 멀리 하늘 저편에서 뭔가 날갯짓하는 소리가 들려왔다.

"왔어."

내가 말했다.

"뭐, 뭐가?"

유스케가 물었다.

"메가네, 우라……?"

겐이 말했다.

"겐, 메가네에서 끊지 말라니까. 메가, 네우라야."

유스케가 대꾸했다.

커다란, 아주 커다란 잠자리 날개짓 소리. 그건 틀림없이 유스케가 가르쳐준 고대의 거대한 잠자리. 그 잠자리는 그때 틀림없이 우리 세 사람 앞에 존재했다. 나는 내 귀로 거대 잠자리의 날갯짓 소리를 틀림없이 들었다.

그때였다. 내 귀에 멀리서 무슨 소리가 들려왔다. 나는 열쇠를 꽂은 채로 고개를 돌려 하늘을 향해 두 귀를 기울였다.

저건 날갯짓 소리. 뭔가가 하늘을 날갯짓하며 날아 내 쪽으로 다가오는 소리다. 아주 커다란 것이 네 개의 날개를 힘차게 휘두르면서 나를 향해 죽을힘을 다해 —왜인지 알 수 없지만 내겐 그렇게 느껴졌다.— 필사적으로 하늘을 날아오는 소리.

"왔네."

나는 얼굴을 하늘로 향한 채 시즈에게 말했다.

"그래, 이즈미."

시즈에도 같은 방향을 쳐다보는 모양이었다.

"잠자리가 왔어. 커다란, 아주 커다란 잠자리가."

내가 그렇게 말했다.

"그래. 잠자리야. 커다란, 아주 커다란 잠자리……."

시즈에가 울먹이며 그렇게 말했다.

잠자리가 와주었다. 옛날 그 시절과 마찬가지로 내게 와주었다.

그리고…….

갑자기 내 주위에서 모든 소리가 사라졌다.

그리고 내 뒤에서 밝은 어린아이 목소리가 들려왔다.

"이즈미!"

누군가 내 뒤에 서 있었다. 그 정겨운 목소리를 듣는 게 도 대체 몇 년 만인지. 일곱 살 때 이후 처음이니 정확하게 20년 전이다. 하지만 몇 십 년이 지난들 내가 그 목소리를 어찌 잊을 까. 나는 천천히 뒤를 돌아보았다.

그 아이가 내게 말했다.

"이즈미, 이제 됐어. 이제 됐어."

내 두 손이 어느새 축 늘어졌다.

"이즈미, 미안해."

그 어린이가, 열 살인 유스케가, 면목 없다는 듯한 목소리로 내게 사과했다.

"나야. 너를 돕겠다는 생각으로 내가 너희 아빠와 엄마를 죽 였어. 그래서 너는 친척집으로 가서 또 고생을 하고 말았지. 난 바보라서 뒷일을 생각하지 못했어. 그때는 그냥 너를 구해야 한다는 생각뿐이었어."

괜찮아, 유스케.

난 알고 있었어.

고마워, 유스케.

그리고 미안해.

유스케, 겐을 용서해줘…….

눈물이 내 뺨을 타고 흘러내렸다. 그리고 석궁이 내 손에서 떨어져 현관 바닥에 떨어졌다.

유스케가 웃는 느낌이 들었다. 그리고 유스케는 사라졌다. 틀림없이 '죽은 사람의 나라'로 돌아갔으리라.

정신을 차리니 나는 길 위에 우두커니 서 있었다.

옆에서 시즈에가 울고 있었다. 하늘을 날아오는 커다란 잠자리, 헬리콥터 날개 소리는 더욱 커졌다. 어디선가 여러 개의 사이렌 소리가 다가오는 중이었다.

방금 본 게 진짜 유스케였을까? 아니면 헛것을 본 걸까?

아니, 유스케는 틀림없이 와주었다. 틀림없이 지금 이곳을 향해 하늘을 날아오는 저 커다란 잠자리를 타고서. 나를 만나러. 내 잘못을 막기 위해서…….

20년 전, 어린 나를 지켜준 유스케.

그리고 유스케는 지금도 나를 지켜주고 있다.

틀림없이 앞으로도 유스케는 나를 지켜주리라.

그리고…… 내겐 겐이 있다. 시즈에도 있다.

그래서 나는 이제 두려울 것이 없다.

에필로그

가부라기는 히류댐 호수에 떠 있는 보트 위에서 기도했다.

어렸을 때부터 쓰라린 경험을 해온 미즈사와 이즈미에게 사람을 죽이는 잘못까지 저지르게 하고 싶지는 않았다. 아무리 인정하고 싶지 않은 진실이라도 진실로 받아들이고, 아무리 괴로워도 그 진실을 똑바로 마주하며 살아가게 되기를 바랐다.

아직 범행을 저지르지 않은 상태에서 잡히면 미즈사와 이즈미나 가와무라 시즈에는 그리 무거운 벌을 받지는 않는다. 가와즈 유스케를 죽이고 자살을 기도한 야마세 겐도 어떻게든 생명이 위태로운 상태에서 벗어나기를 바랐다. 그리고 가와즈를 죽인 죄를 인정한 다음 법의 심판에 따라 죄를 갚게 만들고 싶다. 그리고 이즈미, 시즈에와 함께 셋이서 새로운 인생을 살기 바란다.

마사키 선배……, 사와다…….

히메노가 두 사람의 이름을 중얼거리면서 울음을 터뜨릴 것만 같은 얼굴을 두 손으로 가리고 있었다.

가부라기는 하늘을 우러렀다. 그 하늘을 헬기로 날고 있는 마사키나 사와다도 히메노와 마찬가지 생각이었으리라. 그리고 군마 현경 다타라와 요시오카에게도 이미 연락이 닿아 우리와 같은 생각을 하고 있을 게 틀림없다. 가부라기는 눈을 감고 계속 기도할 수밖에 없었다.

그때 가부라기의 얼굴 앞에 뭔가가 슥 스쳐 지나갔다.

가부라기는 눈을 크게 떠서 저도 모르게 그것을 눈으로 뒤좇았다. 그것은 호수에서 피어오르는 김 같은 아지랑이 속을 희미한 날갯짓 소리를 내며 파르륵파르륵 날아갔다.

그건 작고 까만 잠자리 한 마리였다.

잠자리는 수면 가까이로 불쑥 방향을 바꿔 날았다. 하지만 금세 높이 날아오르더니 그대로 하늘 속으로, 아침노을이 붉게 물든 초여름 구름 속으로 사라졌다.

그 잠자리의 이름을 알 수는 없었다. 하지만 어디선가 본 적이 있는 느낌이 들었다. 언제, 어디서 보았더라?

이윽고 가부라기는 기억을 떠올렸다. 맞다. 나미노 노인이 보여주었던 사진이다. 거기 찍혀 있던 신종 무카시톤보. 가와즈가 히류무카시톤보라고 이름 붙인 잠자리를 아주 많이 닮은 것 같았다.

가부라기는 멍하니 앉아 사라져간 잠자리의 환상을 뒤좇았다. 그리고 생각하지 않을 수 없었다.

혹시 가와즈 유스케는 정말로 신종 무카시톤보를 발견했던 게 아닐까?

잡을 수는 없었다고 해도 그 환상의 잠자리는 평생을 걸고 자신을 뒤좇아온 가와즈 앞에 딱 한 번 그 모습을 드러내준 게 아닐까?

그러나 오쿠노사와는 이미 히류댐 물속에 가라앉고 말았다. 그 작고 검은 잠자리도 어디론가 사라지고 말았다. 이제는 확인할 길도 없다.

어쨌든 그 잠자리는 오쿠노사와에 살던 잠자리일 것이다. 그리고 물밑에 가라앉은 낙원을 슬퍼하며 미련이 남은 듯 히류댐 위를 날고 있었으리라. 가부라기는 그렇게 상상했다.

잠자리의 행동에 의미 같은 게 있을 리 없다.

그러나 늘 잠자리와 함께했던 이 사건의 마지막 순간에 또 한 번 잠자리가 모습을 드러냈다. 마치 가부라기에게 뭔가를 이야기하러 온 것처럼.

가부라기는 그 잠자리를 보고 확실한 희망을 느꼈다.

군살을 발라내고 뼈대만 남기면, 추리소설은 던져진 단서를 바탕으로 추론을 통해 수수께끼를 풀어 진실에 이르는 과정을 그린 이야기다. 논리가 어긋나면 '파탄'에 이른다. 소설은 될 수 있을지언정 추리소설은 될 수 없다.

이 작품 속 잠자리는 단순한 곤충이 아니다. 본문에서 자세하게 설명하듯 일본의 창조 신화에 뿌리를 둔 존재이며 주요 등장인물들의 영혼을 상징한다. 잠자리의 고장에서 태어나고 자란 한 소녀와 두 사내아이. 앞을 보지 못하는 소녀에게 일어난 비극은 오랜 세월을 거쳐 잠자리 장식이 달린 목걸이로 파열음을 내며 파국으로 곤두박질친다. 잠자리는 주인공을 단서로 안내할 뿐 아니라 추론의 방향을 가리키며 진실로 이끈다.

이 시리즈의 전작 『데드맨』도 마찬가지지만, 이 작품에서 독자들의 흥미를 한껏 끌어당기는 부분은 가부라기 특수반의 추론 방법이다. 이해할 수 없는 현상 A가 관찰되었을 때 B라는 가정을 내세웠더니 당연하다는 듯이 A로 귀결된다. 그렇다면 가정 B는 옳다고 볼 수 있다. 이런 추론법을 애브덕션

(abduction)이라고 한다. 미국의 과학철학자 찰스 퍼스가 주장한 제3의 추론법이다.

주인공 가부라기는 애브덕션의 명수로 묘사된다. 엉뚱한 비약이나 어림짐작 같지만 벽에 부딪힌 수사를 진전시키는 강력한 방법으로 작동한다. 그래서 이 방법을 '비약법', '포획법', '가추법'이라고도 부른다. 연역법과 귀납법 같은 논리 전개에 익숙한 독자는 애브덕션이 과연 추리소설의 추론 방법으로 타당한지 의문을 품을지도 모른다. 낯설기도 하거니와 육감 혹은 직감으로 이야기를 끌고 가는 느낌이 들기 때문이다. 하지만 이 소설 안에서 추론은 논증되며 주인공을 '진실'로 이끈다.

특수반이 구사하는 추론에 대항해 한 등장인물은 '이 세상에 진실 같은 건 없다.'는 수수께끼 같은 말을 던져 가부라기와 동료들을 막다른 골목으로 몰아넣는다.

"당신들은 마음에 드는 진실을 찾아 수사하시면 됩니다. 세상 사람들을 납득시키면 그게 진실이 될 겁니다. 설사 그게 진짜로는 일어나지 않았던 일이라고 해도 말이죠."

이런 식으로 진실 앞에 장벽이 쳐지고 실타래는 헝클어져 주인공은 위기에 처한다. 그러나 가부라기가 위기를 벗어나는 방법은 다시 애브덕션이다.

이 소설은 범인을 짐작하기 쉽다. 경험이 쌓인 미스터리 독자라면 중반, 후기를 먼저 읽은 독자는 초반에 범인을 짐작해 낸다. 수사반의 시각과 사건 관계자의 시각을 오가며 묘사하는 구성 때문에 범인을 더 쉽게 짐작할 수 있다. 하지만 진실을 파악하지 못하면 범인을 알아내봐야 진정한 사건 해결이 되지 못한다.

이 작품은 범인 찾기보다 사건 뒤에 숨은 진실 찾기가 훨씬 더 중요하다. 소설 속 진실의 의미에 대한 이야기다. '우리에게 진실이 필요한 걸까?', '과연 진실이란 존재하는가?' 하는 물음 끝에 줄곧 잠자리를 따라간 주인공은 마지막 지점에 이른다. 그게 실제 존재하는 진실이건 믿고 싶은 진실이건.

작가정신이 이 작품에 이어 준비 중인 가부라기 특수반 시리즈 세 번째 이야기는 『단델라이언』(Dandelion)이다. '민들레'

를 뜻하는 말로, 프랑스어 'Dent-de-lion'(사자 이빨이라는 뜻)에
서 유래한 단어다. 민들레의 꽃말은 '풀기 힘든 수수께끼.' 작
품과 잘 어울리는 제목이 아닐 수 없다. 역시 가부라기 특수반
이 애브덕션을 이용해 사건의 진실에 이르는 과정을 그린다.
가부라기 특수반 마니아들, 그리고 애브덕션이라는 추론법에
흥미를 느끼는 분들에게 기쁜 소식이 되겠다.

2016년 겨울
권일영

* 생략할까 고민했지만 옮긴이의 말을 적는 김에 전한다. '01 히류무라'의 시작
부분에 언급된 '오래된 소설'은 미시마 유키오의 『가면의 고백』이다.

드래곤 플라이

초판 1쇄 2016년 12월 20일

지은이 / 가와이 간지
옮긴이 / 권일영
펴낸이 / 박진숙
펴낸곳 / 작가정신
편집 / 김종숙 김나리
디자인 / 주영훈
마케팅 / 김미숙
디지털콘텐츠 / 김영란
관리 / 윤서현
인쇄 및 제본 / 한영문화사

주소 (10881) 경기도 파주시 문발로 207
대표전화 031-955-6230 팩스 031-944-2858
이메일 editor@jakka.co.kr 블로그 blog.naver.com/jakkapub
출판등록 제406-2012-000021호

ISBN 979-11-6026-016-8 (03830)

이 도서의 국립중앙도서관 출판시도서목록(CIP)은 서지정보유통지원시스템 홈페이지(http://seoji.nl.go.kr)와
국가자료공동목록시스템(http://www.nl.go.kr/kolisnet)에서 이용하실 수 있습니다.
(CIP제어번호 : CIP2016029259)